Un millón de estrellas

JAMIE
McGUIRE

Traducción de
Ana Alcaina

Título original: *All the Little Lights*
Publicado originalmente por Montlake Romance, Estados Unidos, 2018

Edición en español publicada por:
AmazonCrossing, Amazon Media EU Sàrl
5 rue Plaetis, L-2338, Luxembourg
Octubre, 2018

Adaptación de cubierta por PEPE *nymi*, Milano
Imagen de cubierta © EschCollection © danm/Getty Images; © kaisorn/
Shutterstock
Producción editorial: Wider Words

Impreso por: Ver última página
Primera edición digital 2018

ISBN: 9782919803361
www.apub.com

Sobre la autora

Jamie McGuire nació en Tulsa, Oklahoma, y estudió en el Northern Oklahoma College, la Universidad Central de Oklahoma, y el Autry Technology Center, donde se graduó en Radiografía. Pionera del género Young Adult, es la autora superventas de la serie Beautiful, compuesta por los libros *Maravilloso desastre*, *Inevitable desastre* y *Un desastre es para siempre*, así como de la serie de Los hermanos Maddox. Jamie fue la primera autora indie de la historia en firmar un acuerdo de publicación en papel con el gigante minorista Walmart.

Entre los premios que ha recibido se incluye el galardón a la mejor distopía del año 2014 UtopYA por *Red Hill* y a la mejor novela romántica del año 2016 de iBooks por *Beautiful Burn*.

Sus libros se han traducido a cincuenta idiomas y *Un millón de estrellas* es su primera novela traducida al español con el sello AmazonCrossing. Actualmente, Jamie vive en Colorado con su esposo, Jeff, y sus tres hijos.

Para saber más sobre la autora, visita su página web www.jamiemcguire.com, o síguela en Twitter @JamieMcGuire.

A Eden McGuire,
la persona más fuerte a la que he tenido el honor de conocer

Prólogo

Elliott

El viejo roble al que me había subido era uno de los muchos que flanqueaban la calle Juniper. Había escogido ese gigante de madera en concreto porque estaba justo al lado de una valla blanca, una valla con la altura justa para apoyarme y, desde allí, encaramarme a la rama más baja. Daba igual que tuviera las palmas de las manos, las rodillas y las espinillas llenas de rasguños y de sangre por el roce con la corteza rugosa y las ramas afiladas, porque sentir el escozor del viento en mis heridas abiertas me recordaba que había peleado y ganado. Era la sangre lo que me molestaba; no porque fuera un chico aprensivo, sino porque tenía que esperar a que las heridas dejaran de sangrar para no manchar mi cámara nueva.

Diez minutos después de haberme acomodado en aquel tronco, haciendo equilibrios con el trasero a casi siete metros del suelo sobre una rama que tenía más años que yo, cesó el derrame del líquido rojo. Sonreí. Por fin podía manejar mi cámara como era debido. No era nueva del todo, sino un regalo adelantado que me había hecho mi tía por mi undécimo cumpleaños. Normalmente la veía dos o tres semanas después de mi cumpleaños, para Acción de Gracias, pero ella odiaba darme los regalos con retraso. La tía Leigh odiaba muchas cosas, salvo a mí y al tío John.

Miré por el visor, al tiempo que lo paseaba por las interminables hectáreas de hierba, trigo y colinas onduladas. Había un callejón improvisado detrás de las vallas de las casas que poblaban la calle donde vivía mi tía. Dos hileras de huellas de neumáticos que bordeaban una franja de hierba eran lo único que separaba los jardines traseros de nuestros vecinos de un mar interminable de campos de trigo y colza. Era un paisaje monótono, pero cuando el sol se ponía y las salpicaduras de naranja, rosa y púrpura coloreaban el cielo, estaba seguro de que no había en el mundo un lugar más bonito.

Oak Creek no era el decepcionante páramo de desolación que describía mi madre, sino una sucesión de «antes», en alusión a un pasado más glorioso: en Oak Creek «antes» había una zona comercial, «antes» había una cadena de supermercados baratos, «antes» había una sala de máquinas recreativas, «antes» había pistas de tenis y un sendero peatonal que rodeaba uno de los parques, pero ahora todo eran edificios vacíos y ventanas tapiadas. Solo habíamos ido de visita cada dos Navidades, antes de que las peleas entre mi padre y mi madre fuesen de mal en peor, hasta el punto de que mamá decidió que ya no quería que yo fuese testigo de ellas. Las discusiones parecían ser mucho peores en verano. El primer día de las vacaciones de verano mi madre me dejó en casa del tío John y la tía Leigh, después de una discusión con mi padre que se prolongó toda la noche, y reparé en que no se quitó las gafas de sol en ningún momento, ni siquiera dentro de la casa. Fue entonces cuando supe que aquello era algo más que una simple visita, que iba a quedarme allí, y cuando deshice la maleta, la cantidad de ropa que contenía confirmó mis sospechas.

El cielo justo estaba empezando a oscurecerse y tomé varias fotos, manipulando los ajustes de mi cámara. La tía Leigh no era la mujer más cariñosa y espléndida del mundo, pero se compadeció lo bastante de mi situación como para regalarme una cámara decente. Tal vez lo hiciera con la esperanza de que pasara más tiempo fuera de la casa, pero no me importaba. Mis amigos pedían la PlayStation o un iPhone y estos aparecían como por arte de magia. Yo, en cambio, casi nunca conseguía lo que pedía, así que tener aquella cámara en mi poder era algo más que un regalo: significaba que alguien me escuchaba y que había prestado atención a mis deseos.

El ruido de una puerta al abrirse distrajo mi atención del sol crepuscular y vi a un padre y una hija mantener una conversación en voz baja mientras salían al jardín trasero de la casa. El hombre llevaba en la mano un bulto pequeño, envuelto en una manta. La niña estaba lloriqueando y tenía las mejillas húmedas. Me quedé inmóvil, sin respirar siquiera, por miedo a que me vieran y les estropease el momento íntimo que estaban a punto de compartir. Fue entonces cuando advertí el hoyo junto al tronco del árbol, al lado de una pequeña pila amontonada de tierra roja.

—Con cuidado —dijo la niña. Tenía el pelo entre rubio y castaño, y el rojo que rodeaba sus ojos por culpa del llanto hacía que relumbrase el verde del interior.

El hombre metió el pequeño bulto en el hoyo y la niña se puso a llorar.

—Lo siento, princesa. Bobo era un buen perro.

Apreté los labios. La risa que estaba reprimiendo era inoportuna, pero lo cierto era que me parecía gracioso que fuesen a celebrar un entierro por algo con un nombre tan ridículo.

De pronto, dejando que la puerta de atrás se cerrara de un portazo a su espalda, apareció una mujer con unos rizos oscuros muy marcados, aún más encrespados por la humedad. Se secó las manos con un trapo de cocina que llevaba sujeto a la cintura.

—Ya estoy aquí —dijo, sin resuello. Se quedó inmóvil, mirando al hoyo—. Ah. Que ya habéis… —Palideció y se dirigió a la hija—: Lo siento muchísimo, cariño. —Mientras la madre miraba a Bobo, cuya patita asomaba por debajo del arrullo en el que lo habían envuelto, parecía cada vez más disgustada—. Pero no puedo… No puedo quedarme.

—Mavis... —dijo el hombre, alargando la mano para tocar a su mujer.

El labio inferior de Mavis temblaba.

—Lo siento mucho.

Volvió al interior de la casa.

La niña miró a su padre.

—No pasa nada, papá.

El hombre abrazó a su hija.

—Los entierros siempre han sido muy duros para ella. La dejan destrozada.

—Y Bobo era como su hijo antes de que me tuviera a mí —dijo ella, secándose las lágrimas—. No pasa nada.

—Bueno… Deberíamos decir unas palabras de despedida. Gracias, Bobo, por ser tan bueno con nuestra princesita. Gracias por esconderte debajo de la mesa para comerte sus verduras…

La niña miró de reojo a su padre, y él a ella.

—Gracias —prosiguió él—, por todos los años de juegos, por ser un amigo fiel y…

—Por los abrazos de todas las noches —dijo ella, secándose la mejilla—. Y por los besos. Y por tumbarte a mis pies mientras hacía los deberes, y por alegrarte siempre tanto de verme cuando volvía a casa.

El hombre asintió con la cabeza y luego tomó la pala que estaba apoyada en la valla y empezó a llenar el hoyo.

La niña se tapó la boca, sofocando el llanto. Cuando su padre hubo terminado, permanecieron unos minutos callados; luego, ella preguntó si podía estar sola y él accedió y regresó al interior de la casa.

Ella se sentó junto a la pila de tierra, arrancando briznas de hierba, a solas con su tristeza. Quise mirarla a través del visor y captar ese momento, pero entonces ella habría oído el clic de la cámara y yo parecería un friqui obseso o algo peor, así que me quedé inmóvil y le dejé dar rienda suelta a su dolor.

Se sorbió la nariz.

—Gracias por protegerme.

Fruncí el ceño, preguntándome de qué habría tenido que protegerla el perro, y si aún necesitaba protección. Tenía más o menos mi edad, y era más guapa que cualquiera de las niñas de mi escuela. Me pregunté qué le habría pasado a su perro, y cuánto tiempo llevaría viviendo en la casa gigantesca que se elevaba con aire imponente sobre el jardín de la parte de atrás y proyectaba su sombra encima de las casas del otro lado de la calle cuando el sol se desplazaba hacia el cielo de poniente. Me molestaba no saber si estaba sentada allí fuera en el suelo porque se sentía más segura con su perro muerto que dentro.

El sol se perdió de vista y la noche se instaló en el horizonte, acompañada del canto de los grillos, mientras el viento siseaba por entre las hojas del roble. Empezaba a rugirme el estómago, y estaba seguro de que la tía Leigh me echaría una buena bronca en cuanto volviese a casa por no haber ido a cenar, pero la niña seguía sentada junto a su amigo, y yo había decidido más de una hora antes que no iba a molestarla.

Se abrió la puerta de atrás y una luz amarilla y cálida iluminó el jardín trasero.

—¿Catherine? —la llamó Mavis—. Ya es hora de entrar, cielo. Se te está enfriando la cena. Puedes volver a salir mañana por la mañana.

Catherine obedeció: se levantó y se encaminó hacia la casa, deteniéndose un momento a mirar una vez más la tumba antes de entrar. Cuando se cerró la puerta, traté de adivinar qué quería exactamente con ese último vistazo: tal vez estaba recordándose a sí misma que aquello era real y que Bobo había muerto, o tal vez estaba dedicándole un último adiós.

Me bajé del árbol despacio para asegurarme de que saltaba y aterrizaba del otro lado de la valla, dejando así amplio espacio entre mis pies y la tumba recién cavada. El crujido de mis zapatos sobre la gravilla del callejón alteró a algunos perros del barrio, pero recorrí el camino de vuelta en la oscuridad sin problemas... hasta que llegué a casa.

La tía Leigh estaba de pie en la puerta, con los brazos cruzados. Primero parecía preocupada, pero cuando me vio, una ira instantánea relumbró en sus ojos. Iba ya en bata, recordándome lo tarde que era. Un solo mechón de pelo cano le nacía de la sien, entreverándose con las porciones de pelo grueso y castaño de su trenza de lado.

—¿Lo siento? —ofrecí.

—Te has perdido la cena —dijo, abriendo la puerta con mosquitera. Entré en la casa y ella me siguió—. Tienes el plato en el microondas. Ahora come y luego ya me dirás dónde te habías metido.

—Sí, tía —dije, y pasé por su lado como una exhalación. Enfilé hacia la cocina, dejando atrás la mesa de comedor, ovalada y de madera, y al abrir la puerta del microondas, vi un plato cubierto con papel de aluminio. Se me hizo la boca agua inmediatamente.

—Quítale esa... —empezó a decir la tía Leigh, pero yo ya había arrancado el papel, cerrado la puerta y apretado el número dos en el panel.

Observé cómo el plato giraba en círculos bajo el resplandor de una cálida luz amarilla. El bistec empezó a crepitar, y la salsa de carne sobre el puré de patatas empezó a borbotear.

—Todavía no —me espetó la tía Leigh cuando quise abrir la puerta del microondas.

Tenía retortijones en el estómago.

—Si tienes tanta hambre, ¿por qué has tardado tanto en venir a casa?

—Estaba atrapado en lo alto de un árbol —dije, tirando del asa de la puerta en cuanto el microondas emitió un pitido.

—¿Atrapado en un árbol, dices? —La tía Leigh me dio un tenedor cuando pasé junto a ella y me siguió a la mesa.

Me metí el primer bocado en la boca y asentí, zampándome dos trozos más antes de que pudiera hacerme otra pregunta. Mi madre también era muy buena cocinera, pero cuanto más mayor me hacía, más hambre tenía; comiese las veces que comiese durante el día, o devorase la cantidad que devorase de una sentada, nunca me quedaba satisfecho. Por muy rápido que me metiese la comida —cualquier comida— en el estómago, no había manera de que fuese suficiente.

La tía Leigh hizo una mueca cuando agaché la cabeza sobre el plato para reducir la distancia entre este y mi boca.

—Vas a tener que explicarme eso —me dijo. Cuando no paré, ella se inclinó para ponerme la mano en la muñeca—. Elliott, no me hagas preguntártelo otra vez.

Intenté masticar deprisa y tragar, asintiendo con aire dócil.

—En la casa grande que hay al final de la calle hay un roble. Me subí a él.

—¿Y?

—Pues que mientras estaba ahí arriba esperando para tomar la imagen perfecta con mi cámara, salieron los dueños de la casa.

—¿Los Calhoun? ¿Y te vieron?

Negué con la cabeza, aprovechando para comer otro bocado.

—Sabes que es el jefe de tu tío John, ¿verdad?

Dejé de masticar.

—No.

La tía Leigh se retiró hacia atrás.

—De entre todos los árboles, tenías que elegir ese…

—Parecían simpáticos… y tristes.

—¿Por qué? —Al menos de momento, se le había olvidado el enfado.

—Estaban enterrando algo en el jardín. Creo que se les ha muerto el perro.

—Vaya, qué lástima —exclamó la tía Leigh, tratando de mostrar compasión. No tenía hijos ni perros, y parecía satisfecha con ese estado de cosas. Se rascó la cabeza, nerviosa de repente—. Hoy ha llamado tu madre.

Asentí, engullendo otro bocado. Me dejó terminar, esperando pacientemente a que me acordase de usar la servilleta.

—¿Qué quería?

—Por lo visto, tu padre y ella están arreglando las cosas. Parecía contenta.

Desvié la mirada, apretando los dientes.

—Al principio, siempre lo está. —Me volví hacia ella—. ¿Se le ha curado ya el ojo al menos?

—Elliott…

Me levanté y recogí mi plato y el tenedor para llevarlos al fregadero.

—¿Se lo has dicho? —dijo el tío John, rascándose la oronda barriga. Estaba de pie en el pasillo, con el pijama azul marino que la tía Leigh le había comprado la Navidad anterior. Ella asintió. Él me miró y vio mi cara de disgusto—. Pues sí. A nosotros tampoco nos gusta.

—A ver, un momento… —dijo la tía Leigh, cruzándose de brazos.

—¿Lo de mamá? —pregunté. El tío John asintió—. No hay quien se crea esa mierda.

—Elliott… —me regañó la tía Leigh.

—Es normal que no queramos que vuelva con alguien que le pega —dije.

—Es tu padre —repuso ella.

—¿Y eso qué importa? —preguntó el tío John.

Tía Leigh lanzó un suspiro y se llevó los dedos a la frente.

—A ella no le gustaría que estemos hablando de esto con Elliott. Si queremos que siga volviendo a esta casa.

—¿Es que queréis que siga volviendo a esta casa? —pregunté, sorprendido.

Tía Leigh cruzó los brazos a la altura del pecho, negándose a regalarme el oído. Las emociones la ponían furiosa, tal vez porque eran difíciles de controlar y eso la hacía sentirse débil, pero por alguna razón, no le gustaba hablar de nada que le hiciese sentir algo que no fuese ira.

Tío John sonrió.

—Se encierra en el dormitorio una hora cada vez que te vas.

—John… —dijo ella, apretando los dientes.

Sonreí, pero la sonrisa se esfumó al instante. El escozor de los rasguños me recordó lo que había presenciado.

—¿Creéis que esa chica está bien?

—¿La hija de los Calhoun? —preguntó la tía Leigh—. ¿Por qué?

Me encogí de hombros.

—No sé. Es que vi unas cosas un poco raras mientras estaba ahí subido al árbol.

—¿Estabas subido a un árbol? —preguntó el tío John.

La tía Leigh le hizo un gesto para que se callara y se acercó a mí.

—¿Qué fue lo que viste?

—No estoy seguro. Sus padres parecen simpáticos.

—Simpatiquísimos —señaló la tía Leigh—. Mavis era una niña mimada y repelente en la escuela. Su familia era dueña de media ciudad gracias a la fundición de zinc, pero la fundición cerró y, uno a uno, todos murieron de cáncer. ¿Sabías que esa maldita fundición contaminó todos los acuíferos de por aquí? Pusieron una demanda muy importante contra su familia. Lo único que le queda es esa casa. Antes se llamaba la mansión Van Meter, ¿sabes? Le cambiaron el nombre cuando los padres de Mavis murieron y se casó con el hijo de los Calhoun. La gente de por aquí siente un profundo odio por los Van Meter.

—Eso es muy triste —comenté.

—¿Triste? Los Van Meter envenenaron la ciudad. La mitad de la población sufre cáncer o alguna complicación derivada del cáncer. Eso es lo mínimo que merecen, si quieres saber mi opinión, sobre todo si tienes en cuenta cómo trataron a todo el mundo.

—¿Mavis te trataba mal? —pregunté.

—No, pero se portaba fatal con tu madre y con tu tío John.

Fruncí el ceño.

—¿Y su marido es el jefe del tío John?

—Es un buen hombre —señaló el tío John—. Cae bien a todo el mundo.

—¿Y la hija? —pregunté. El tío John me miró con una sonrisa burlona y yo negué con la cabeza—. No importa.

Me guiñó un ojo.

—Es guapa, ¿verdad?

—Qué va... —Pasé junto a ellos y abrí puerta del sótano para bajar las escaleras.

La tía Leigh había dicho mil veces que había que arreglarlo, comprar muebles nuevos y también una alfombra, pero yo no pasaba allí abajo tanto tiempo como para que me importase. Lo único que me importaba era la cámara, y el tío John me dio su viejo portátil para que pudiera practicar editando las fotos. Pasé al ordenador las fotos que había sacado, incapaz de concentrarme, pensando en aquella chica tan rara y en su extraña familia.

—¿Elliott? —me llamó la tía Leigh.

Levanté la cabeza de golpe y miré el pequeño reloj cuadrado de color negro que había junto al monitor. Lo agarré, sin poder creer que hubieran pasado dos horas.

—¿Elliott? —repitió la tía Leigh—. Tu madre está al teléfono.

—¡Dile que luego la llamo! —grité.

Tía Leigh bajó los escalones con el teléfono en la mano.

—Ha dicho que, si quieres tener tu propio móvil, tienes que hablar con ella por el mío.

Lancé un suspiro y me levanté del asiento para dirigirme de mala gana a donde estaba ella. Tomé el teléfono, pulsé la pantalla para activar el altavoz y lo dejé en mi mesa, volviendo a sentarme.

—¿Elliott? —dijo mi madre.

—Hola.

—He..., mmm... He hablado con tu padre. Ha vuelto a casa. Quería decir que lo siente.

—Entonces, ¿por qué no lo dice? —mascullé.

—¿Qué?

—Nada.

—¿No tienes nada que decir sobre que haya vuelto a casa?

Me recosté en la silla y me crucé de brazos.

—¿Y qué importa? No es que me hayas preguntado ni que te importe lo que yo piense.

—Pues sí me importa, Elliott. Por eso llamo.

—¿Cómo tienes el ojo? —pregunté.

—Elliott... —dijo la tía Leigh entre dientes, dando un paso adelante.

Mi madre tardó unos segundos en responder.

—Mejor. Me ha prometido...

—Siempre te está haciendo promesas. Solo que no las mantiene cuando se enfada, ese es el problema.

Mi madre lanzó un suspiro.

—Ya lo sé. Pero tengo que intentarlo.

—¿Y por qué no le pides que lo intente él, para variar?

Mi madre se quedó en silencio.

—Ya lo he hecho. Ya no le quedan muchas oportunidades, y lo sabe. Lo está intentando, Elliott.

—No cuesta tanto no ponerle la mano encima a una mujer. Y si tanto te cuesta, es mejor que te mantengas alejado de ella. Díselo.

—Tienes razón. Sé que tienes razón. Se lo diré. Te quiero.

Apreté los dientes con fuerza. Ella sabía que yo también la quería, pero era difícil recordar que contestarle eso no significaba que estuviese de acuerdo con ella, o que me pareciese bien que mi padre hubiese vuelto a casa.

—Yo también.

Soltó una risa, pero la tristeza impregnaba sus palabras.

—Todo va a ir bien, Elliott. Te lo prometo.

Arrugué la nariz.

—No hagas eso. No hagas promesas a menos que puedas cumplirlas.

—A veces pasan cosas que escapan a nuestro control.

—Una promesa no es una declaración de buenas intenciones, mamá.

Lanzó un suspiro.

—A veces me pregunto quién está educando a quién… Ahora no lo entiendes, Elliott, pero uno de estos días lo entenderás. Te llamaré mañana, ¿de acuerdo?

Me volví para mirar a la tía Leigh. Estaba al pie de la escalera, con su gesto de decepción bien visible bajo la exigua luz.

—Sí —dije, dejando caer los hombros. Normalmente, tratar de hacer entrar en razón a mi madre era una causa perdida, pero sentirme como el malo de la película por intentarlo hacía que me quedara exhausto. Colgué el teléfono y se lo di a mi tía—. No me mires así.

Se señaló la nariz y luego trazó un círculo invisible alrededor de su cara.

—¿Crees que esta cara que pongo es por ti? Lo creas o no, Elliott, opino que tienes razón.

Esperé a oír un «pero». No llegó.

—Gracias, tía Leigh.

—¿Elliott?

—¿Tía Leigh?

—Si crees que esa niña necesita ayuda, me lo dirás, ¿verdad?

La miré un momento y luego asentí.

—Estaré atento.

Capítulo 1

Catherine

Nueve ventanas, dos puertas, un porche que daba la vuelta a la casa y dos balcones; esa era solo la fachada de nuestra imponente mansión victoriana de dos plantas en la calle Juniper. La pintura azul descascarillada y las ventanas polvorientas parecían relatar una terrible historia sobre el siglo de veranos implacables e inviernos salvajemente fríos que había soportado la casa.

Sentí que el ojo se me contraía involuntariamente al percibir un leve cosquilleo en la mejilla, y una fracción de segundo después la piel me ardía bajo la palma de la mano. Acababa de darle un manotazo al insecto negruzco que se desplazaba por mi cara. Se había detenido allí a saborear el sudor que me goteaba del pelo. Papá siempre había dicho que yo era incapaz de matar una mosca, pero ver cómo la casa me observaba me llevaba a hacer cosas extrañas. El miedo era un animal muy persuasivo.

Las cigarras cantaban sin cesar por el calor, y cerré los ojos, tratando de aislarme del ruido. Odiaba aquel canto, el zumbido de los insectos, el sonido de la tierra resecándose a temperaturas asfixiantes. Una brisa débil sopló por el jardín, y unos mechones de pelo me cayeron sobre la cara mientras estaba ahí de pie, con la mochila de Walmart azul marino a mis pies y los hombros doloridos y muy sensibles después de llevarla por toda la ciudad desde el instituto. Tendría que entrar pronto.

Por más que intentaba ser valiente y convencerme a mí misma para entrar y respirar el aire espeso y cargado de polvo y subir las escaleras que crujirían bajo mis pies, un golpeteo constante procedente del jardín trasero me dio una excusa para no atravesar la puerta de madera de doble hoja.

Rastreé el origen del sonido —un objeto duro que chocaba contra algo más duro, un hacha contra la madera, un martillo contra el hueso— y vi aparecer a un muchacho de piel bronceada al doblar la esquina del porche. Estaba golpeando con el puño ensangrentado la corteza de nuestro viejo roble, cuyo tronco era cinco veces más grueso que su asaltante.

Las escasas hojas del roble no bastaban para proteger al chico del sol, pero permanecía allí igualmente, con una camiseta un poco corta manchada de sudor. O era tonto o era muy terco, y cuando la intensidad de sus ojos decidió enfocarse en mí, no pude apartar la mirada.

Junté los dedos para formar una visera justo encima de la frente, tapando así la luz solar lo bastante para distinguir más allá de la silueta del chico, lo que me permitió ver sus gafas de montura redonda y sus pómulos marcados. Pareció darse por vencido en su difícil misión y se agachó a recoger una cámara del suelo. Se levantó y metió la cabeza por una gruesa correa negra. El aparato le quedó colgando del cuello cuando lo dejó caer, mientras hundía los dedos a tientas en su pelo grasiento, que le llegaba hasta los hombros.

—Hola —dijo con el sol reflejándose en los *brackets* de sus dientes cuando habló.

«No es la solemnidad que esperaba de alguien que se dedica a golpear los árboles», pensé.

La hierba me hacía cosquillas en los dedos de los pies al chocar mis chancletas con los talones. Me acerqué unos pasos, preguntándome quién sería y por qué estaba ahí, en nuestro jardín. Justo cuando algo en mi interior me decía que echara a correr, di otro paso más. Había propiciado cosas mucho más aterradoras otras veces.

Mi curiosidad casi siempre acababa derrotando a la razón, un rasgo que mi padre veía como un augurio de que, al final, acabaría compartiendo el mismo destino que el desdichado felino cuya historia me contaba con fines ejemplarizantes. La curiosidad me empujó a dar un paso más, pero el chico no se movió ni habló mientras esperaba pacientemente a que el misterio derrotara a mi instinto de supervivencia.

—¡Catherine! —me llamó mi padre entonces.

El muchacho no se inmutó. Entornó los ojos para protegerse de la deslumbrante luz del sol y, en silencio, me vio quedarme paralizada al oír mi nombre.

Retrocedí unos pasos, agarrando mi mochila y corriendo hacia el porche delantero.

—Hay un chico... —dije, jadeando—, en nuestro jardín trasero.

Mi padre vestía su habitual camisa blanca de cuello, pantalones y una corbata floja. Llevaba el pelo negro fijo en su sitio con gomina, y sus ojos cansados pero amables me miraban como si hubiera hecho una proeza increíble: si acabar un año entero de la tortura que suponía el instituto entraba dentro de esa categoría, entonces tenía razón.

—Conque un chico, ¿eh? —dijo papá, inclinándose hacia delante para poder fingir que se asomaba a mirar por la esquina—. ¿Del instituto?

—No, pero lo he visto por el barrio antes. Es el chico que corta el césped de las casas del barrio.

—Ah —dijo mi padre, quitándome la mochila de los hombros—. Ese es el sobrino de John y Leigh Youngblood. Leigh dijo que se queda con ellos a pasar los veranos. ¿Nunca habías hablado con él antes?

Negué con la cabeza.

—¿Eso significa que los chicos ya no son asquerosos? No puedo decir que me alegre oír eso, la verdad…

—Papá, ¿por qué está en nuestro jardín trasero?

Mi padre se encogió de hombros.

—¿Lo está destrozando?

Negué con la cabeza.

—Entonces me trae sin cuidado por qué está en nuestro jardín trasero, Catherine. La pregunta es, ¿por qué te importa a ti?

—Pues porque es un extraño, y está en nuestra propiedad.

Mi padre me miró fijamente.

—¿Y es guapo?

Hice una mueca de asco.

—Puaj. Se supone que los padres no deben preguntar esas cosas. Y la respuesta es no.

Mi padre revisó el correo, con una sonrisa satisfecha que apenas desdibujó su barba incipiente.

—Solo por si acaso.

Me eché hacia atrás, mirando a la franja de hierba que había entre nuestra casa y la parcela de tierra desnuda que había sido de los Fenton, antes de que muriera la viuda Fenton y sus hijos mandaran demoler la casa. Mamá decía que se alegraba porque, a pesar de lo mal que olía la casa desde fuera, tenía que ser mucho peor por dentro, como si algo hubiera muerto en lo más profundo de aquel edificio.

—Estaba pensando —dijo mi padre, abriendo la puerta de mosquitera— que tal vez este fin de semana podríamos sacar el Buick para dar una vuelta.

—Muy bien —respondí, preguntándome a qué se refería.

Hizo girar el pomo y abrió la puerta, haciéndome una seña para que entrara.

—Pensé que te haría más ilusión. ¿No falta poco para que te den el permiso de aprendiz de conductora?

—Ah, ¿te refieres a que yo saque el Buick para dar una vuelta?

—¿Por qué no? —exclamó.

Pasé por su lado para llegar al recibidor y dejé caer al suelo la mochila llena con los restos del material escolar y los cuadernos de todo el curso.

—Supongo que porque no le veo el sentido. No es como si tuviera un coche para poder conducirlo.

—Puedes conducir el Buick —sugirió.

Miré por la ventana para ver si el chico se había puesto a destrozar los árboles de nuestro jardín.

—Pero tú usas el Buick.

Hizo una mueca, impacientándose ya con la discusión.

—Me refiero a cuando no lo use. Tienes que aprender a conducir, Catherine. Tarde o temprano tendrás un coche.

—Está bien, está bien —dije, accediendo—. Solo quería decir que no tengo prisa. No tenemos que hacerlo este fin de semana. Ya sabes… si estás ocupado.

Me besó el pelo.

—Nunca estoy demasiado ocupado, princesa. Deberíamos despejar la cocina y empezar a preparar la cena antes de que mamá vuelva a casa del trabajo.

—¿Por qué estás en casa tan temprano? —le pregunté.

Mi padre me alborotó el pelo con aire juguetón.

—Hoy estás muy preguntona. ¿Cómo te ha ido el último día de tu primer año de instituto? Supongo que no tendrás deberes. ¿Has hecho planes con Minka y Owen?

Negué con la cabeza.

—La señora Vowel nos ha pedido que leamos al menos cinco libros este verano. Minka está haciendo la maleta y Owen va a ir al campamento de ciencias, en verano.

—Ah, es verdad; la familia de Minka tiene una casa de verano en Red River, lo había olvidado. Bueno, podrás ver a Owen cuando vuelva del campamento.

—Sí. —Me quedé callada, sin saber qué más decir. Sentarme frente a la enorme pantalla plana de Owen para verlo jugar al último videojuego no era mi idea de un verano divertido.

Minka y Owen habían sido mis únicos amigos desde primer curso, cuando todos nos etiquetaron a los tres como «raritos». El pelo de color zanahoria y las pecas de Minka le hicieron pasar malos ratos y le provocaron bastantes lágrimas, pero luego, en sexto, pasó a formar parte del equipo de animadoras y eso le dio un respiro. Owen se pasaba la mayor parte del tiempo delante de la televisión jugando a la Xbox y apartándose el flequillo de los ojos, pero su verdadera pasión era Minka. Siempre sería su mejor amigo, y todos fingíamos que no estaba enamorado de ella.

—Bueno, pero eso no va a ser un problema, ¿o sí? —preguntó mi padre.

—¿Mmm?

—Los libros —contestó.

—Ah —dije, volviendo al presente—. No.

Señaló mi mochila.

—Será mejor que la recojas. Tu madre te echará bronca si vuelve a tropezarse con ella.

—Depende de qué humor esté hoy —respondí en voz baja. Recogí la bolsa del suelo y la acerqué a mi pecho. Mi padre siempre me estaba salvando de mamá.

Miré hacia las escaleras. El sol entraba a raudales por la ventana del fondo del pasillo. Las motas de polvo se reflejaban en la luz, lo que me hacía sentir ganas de contener la respiración. El aire olía a cerrado y a moho, como de costumbre, pero el calor lo empeoraba. Noté cómo una gota de sudor se formaba en mi nuca y se deslizaba hacia abajo, absorbida al instante por mi camisa de algodón.

Los escalones de madera protestaron bajo mis escasos cincuenta kilos de peso mientras subía al descansillo de arriba y lo atravesaba para dirigirme a mi habitación y dejar mi bolsa encima de mi cama.

—¿Es que no funciona el aire acondicionado? —pregunté, bajando las escaleras.

—No. Solo lo apago cuando no hay nadie en casa, para no gastar.

—El aire está demasiado caliente, no se puede ni respirar.

—Acabo de encender el aparato. No tardará en estar más fresco. —Miró al reloj de la pared—. Tu madre estará en casa dentro de una hora. Vamos, manos a la obra.

Tomé una manzana del frutero que había sobre la mesa, le di un mordisco y mastiqué mientras observaba a mi padre arremangarse y abrir el grifo del fregadero para restregarse el día de las manos. Parecía tener muchas cosas en la cabeza, más de lo normal.

—¿Estás bien, papá?

—Sí.

—¿Qué hay de cenar? —pregunté, quedando mis palabras amortiguadas por la manzana que tenía en la boca.

—Dímelo tú. —Hice una mueca, y él se rio—. Mi especialidad. Pollo con chile y alubias blancas.

—Hace demasiado calor para el chile.

—Muy bien, ¿tacos de cerdo asado, entonces?

—No te olvides del maíz —dije, y dejé el corazón de la manzana antes de tomar el relevo en el fregadero.

Lo llené con agua caliente y jabón, y mientras el agua burbujeaba y humeaba, eché un rápido vistazo a las habitaciones de la planta baja en busca de platos sucios. En el salón de atrás me asomé a la ventana buscando al chico. Estaba sentado al lado del tronco del roble, mirando al campo que había detrás de nuestra casa a través del objetivo de su cámara.

Me pregunté cuánto tiempo pensaba estar en nuestro jardín.

El chico hizo una pausa, y luego, al volverse, me sorprendió mirándolo. Apuntó su cámara en mi dirección y tomó una foto antes de bajarla para mirarme de nuevo. Retrocedí, sin saber muy bien si estaba avergonzada o asustada.

Volví a la cocina con los platos, los puse en el fregadero con el resto y empecé a fregar. El agua me salpicaba la camisa, y mientras las burbujas se encargaban de eliminar la suciedad, mi padre adobó el asado de cerdo y lo metió en el horno.

—Hace demasiado calor para preparar chile en la olla de cocción, pero no te importa encender el horno… —se burló.

Se puso el delantal de mamá alrededor de la cintura; la tela amarilla con estampado de flores de color rosa hacía juego con el papel de damasco descolorido que empapelaba todas las habitaciones principales.

—Estás guapísimo, papá.

Hizo caso omiso de mi pulla y abrió la nevera, abarcándola con un movimiento exageradamente teatral de su brazo.

—He comprado una tarta.

La nevera reaccionó emitiendo un zumbido, acostumbrado al esfuerzo de enfriar su contenido cada vez que se abría la puerta. Como la casa y todo lo que había en ella, la nevera tenía el doble de años que yo. Mi padre decía que la abolladura en la parte de abajo le daba carácter. Las puertas dobles, que habían sido blancas en su día, estaban cubiertas con imanes de lugares en los que nunca había estado, y de huellas sucias de pegatinas que mi madre había colocado allí de niña y que había quitado luego, ya de adulta. Aquella nevera me recordaba a nuestra familia: a pesar de las apariencias, las distintas partes trabajaban en colaboración y nunca se rendían.

—¿Una tarta? —pregunté.

—Para celebrar tu último día de primero de secundaria.

—Desde luego, es un motivo de celebración. Tres meses enteros sin Presley y sus clones.

Papá frunció el ceño.

—¿La hija de los Brubaker todavía te causa problemas?

—Presley me odia, papá —dije, restregando el plato que tenía en la mano—. Siempre me ha odiado.

—Bah, yo recuerdo una época en la que erais amigas.

—Todo el mundo es amigo en el jardín de infancia —contesté con un gruñido.

—¿Qué crees que pasó? —preguntó, cerrando la nevera.

Me volví hacia él. La idea de recordar cada uno de los pasos del proceso por el cual Presley había cambiado, y con ella, su decisión de ser mi amiga, no me parecía nada atractiva.

—¿Cuándo compraste la tarta?

Mi padre pestañeó con nerviosismo.

—¿Qué, cariño?

—¿Te han dado el día libre?

Mi padre esbozó la mejor de sus sonrisas forzadas, de las que no le alcanzaban los ojos. Intentaba protegerme de algo que no creía que mi corazón de apenas quince años pudiera soportar.

Sentí una desazón en el pecho.

—Te han despedido.

—Ha llegado el momento, hija. El precio del petróleo lleva meses por los suelos. El mío solo ha sido uno más de los setenta y dos despidos en mi departamento. Ya se abrirán más puertas.

Bajé la mirada hacia el plato, medio sumergido en el agua turbia.

—Tú no eres solo uno más de entre setenta y dos.

—Todo irá bien, princesa. Te lo prometo.

Enjuagué la espuma del plato, mirando el reloj y cayendo en la cuenta de por qué a papá le preocupaba tanto el tiempo. Mamá no tardaría en llegar a casa, y él tendría que decírselo. Mi padre siempre me salvaba de mi madre, y por mucho que yo intentara hacer lo mismo por él, esta vez no habría manera de aplacar su ira.

Justo empezábamos a acostumbrarnos a oír nuevamente la risa de mamá, a sentarnos a cenar y hablar de cómo nos había ido el día y no de las facturas que había que pagar.

Coloqué el plato limpio en la encimera.

—Te creo. Encontrarás algo.

Apoyó su mano gigante sobre mi hombro con suavidad.

—Pues claro que sí. Acaba con los platos y limpia la encimera, y luego sácame la basura, ¿quieres?

Asentí, inclinándome hacia él cuando me besó en la mejilla.

—Tienes el pelo cada vez más largo. Eso es bueno.

Me tiré de algunos de los mechones de color rojizo que tenía más cerca de la cara con los dedos húmedos.

—Puede que un poco.

—¿Vas a dejar que te crezca un poco por fin? —preguntó con la voz impregnada de esperanza.

—Lo sé. Te gusta largo.

—Me declaro culpable —dijo, clavándome el dedo en un costado—. Pero llévalo como a ti te guste. Es tu pelo.

Las manecillas del reloj me hicieron trabajar más deprisa, preguntándome por qué papá quería que cuando llegara mamá, encontrara la casa limpia y la cena en la mesa. «¿Para qué asegurarse de que esté de buen humor solo para darle malas noticias?», pensé.

Hasta hacía pocos meses mamá había estado preocupada por el trabajo de mi padre. Nuestra pequeña ciudad, antaño un paraíso para los jubilados, se había ido deteriorando a ojos vista a nuestro alrededor: demasiada gente y pocos puestos de trabajo. La gran refinería de petróleo de la población vecina se había fusionado con otra empresa y la mayor parte de las oficinas ya se habían trasladado a Texas.

—¿Vamos a mudarnos? —pregunté mientras guardaba la última olla. La idea encendió una chispa de esperanza en mi pecho.

Mi padre se rio entre dientes.

—Una mudanza cuesta dinero. Esta vieja casa ha pertenecido a la familia de mamá desde 1917. Nunca me lo perdonaría si la vendiéramos.

—Pero no pasa nada si la vendemos. Es demasiado grande para nosotros, de todos modos.

—¿Catherine?

—¿Sí?

—No menciones siquiera lo de vender la casa delante de mamá, ¿de acuerdo? Solo la enfadarías más.

Asentí con la cabeza, limpiando las encimeras. Terminamos de recoger la casa en silencio. Papá parecía perdido en sus propios pensamientos, seguramente dándole vueltas a cómo iba a contarle la noticia. Lo dejé solo al ver que estaba nervioso. Eso hizo que me preocupara, porque se había convertido en un verdadero experto en calmar los arrebatos explosivos de mi madre, sus desvaríos sin sentido. Una vez se le escapó que llevaba perfeccionando sus técnicas desde que iban al instituto.

Cuando era pequeña, antes de irme a la cama, al menos una vez a la semana, papá me contaba la historia de cómo él se enamoró de ella. Él la invitó a salir la primera semana del primer año de secundaria, y la defendió contra el acoso que sufría por culpa de la fundición de su familia. Los subproductos se habían filtrado en el subsuelo y luego en el agua subterránea de los acuíferos, y cada vez que la madre de alguien enfermaba, cada vez que le diagnosticaban cáncer a alguien, era culpa de los Van Meter. Papá decía que mi abuelo era un hombre cruel, pero que era aún peor con mamá, tanto que fue un alivio cuando murió. Me advirtió que nunca hablara de eso delante de ella y que tuviera paciencia con lo que él llamaba sus «ataques». Yo hacía grandes esfuerzos por no hacer caso de sus ataques y sus comentarios despiadados hacia papá. El maltrato que había sufrido siempre aparecía en sus ojos, incluso veinte años después de la muerte del abuelo.

La gravilla del camino de entrada crujió bajo los neumáticos del Lexus de mamá, llevándome de vuelta al presente. La puerta del lado del conductor se encontraba abierta y ella estaba inclinada, recogiendo algo de entre los tablones del suelo. Con bolsas de basura en ambas manos, observé su búsqueda frenética.

Dejé las bolsas en el contenedor, junto al garaje, cerré la tapa y me limpié las manos en los pantalones cortos de tela vaquera.

—¿Cómo te ha ido tu último día de curso? —preguntó mamá, ajustándose el bolso en el hombro—. Se acabó eso de ser el último mono, ¿verdad? —Su sonrisa aupó sus mejillas sonrosadas y carnosas, pero apenas si podía andar por la gravilla con aquellos tacones, caminando con cuidado hacia la puerta de entrada. Llevaba una pequeña bolsa de la farmacia que ya estaba abierta.

—Me alegro de que se haya acabado —comenté.

—Bah, tampoco ha sido tan malo, ¿no?

Apretó las llaves en la mano, me besó en la mejilla y luego se detuvo cerca del porche. Se había hecho una carrera en las medias, que le subía desde la rodilla hasta meterse debajo de la falda, y un tirabuzón oscuro se le había soltado del moño en alto y le colgaba sobre la cara.

—¿Cómo… cómo te ha ido el día? —pregunté.

Mamá llevaba trabajando como cajera de un banco, el First Bank, en la ventanilla exterior para los coches, desde los diecinueve años. Solo tardaba veinte minutos en el trayecto diario desde casa hasta el trabajo, y le gustaba dedicar ese tiempo a relajarse, pero lo más bonito que había dicho de las otras dos empleadas que trabajaban con ella era que se trataba de un par de arrogantes. El pequeño edificio con la ventanilla exterior se hallaba separado del banco principal, y trabajar día tras día en ese reducido espacio hacía que los problemas que tenían entre ellas se magnificasen aún más.

Cuanto más tiempo pasaba allí, más pastillas necesitaba. La bolsa abierta en su mano era una señal segura de que ya había tenido un mal día, aunque solo fuese porque recordaba que su vida no estaba saliendo como ella había planeado. Mi madre tenía la costumbre de centrarse en lo negativo. Intentaba cambiar, eso sí; libros como *Encuentra la satisfacción* y *Cómo gestionar la ira de forma sana* ocupaban la mayor parte de nuestras estanterías. Mamá meditaba y tomaba unos baños muy largos mientras escuchaba música relajante, pero su ira no tardaba mucho en volver a aflorar a la superficie. Su furia siempre estaba ahí, en segundo plano, hirviendo a fuego lento, acumulándose, esperando a que algo o alguien le creara una vía de escape.

Adelantó el labio inferior y se sopló el mechón de pelo suelto.

—Tu padre está en casa.

—Lo sé.

No apartó los ojos de la puerta.

—¿Por qué?

—Está haciendo la cena.

—Oh, Dios... ¡Oh, no...!

Corrió escaleras arriba, abrió la puerta de mosquitera de un tirón y dejó que se cerrara detrás de ella de golpe.

Al principio no los oía, pero los gritos de pánico de mamá no tardaron en filtrarse a través de las paredes. Me quedé en el jardín delantero, escuchando cómo los gritos iban en aumento al tiempo que papá intentaba tranquilizarla, pero ella no estaba dispuesta a dejarse aplacar. Ella vivía en el mundo de las posibilidades, mientras que papá insistía en el aquí y el ahora.

Cerré los ojos y contuve la respiración, esperando que en cualquier momento las siluetas de la ventana colisionasen y papá abrazase a mamá mientras ella lloraba hasta que ya no tuviera miedo.

Miré hacia nuestra casa, al enrejado cubierto de enredaderas muertas, a la baranda que rodeaba el porche pidiendo a gritos una nueva capa de pintura. Las mosquiteras de las ventanas estaban llenas de polvo y había que reemplazar los tablones del porche. El exterior de la construcción fue haciéndose cada vez más y más lúgubre a medida que el sol se desplazaba por el cielo. Nuestra vivienda era la más grande de la manzana, una de las más grandes de la ciudad, y creaba su propia sombra. Había sido la casa de mamá y de su propia madre antes que la suya, pero nunca me había parecido un verdadero hogar. Había demasiadas habitaciones y demasiado espacio que llenar con ecos y susurros furibundos que mis padres no querían que oyera.

En momentos como ese echaba de menos la furia silenciosa. Ahora estaba saliendo a raudales a la calle.

Mamá seguía paseándose arriba y abajo, y papá aún estaba de pie junto a la mesa, suplicándole que lo escuchara. Gritaban mientras las sombras de los árboles se desplazaban a través del jardín hasta que el sol se quedó suspendido justo sobre el horizonte. Los grillos empezaron a cantar, lo que indicaba que faltaba poco para el crepúsculo. Me rugía el estómago mientras tiraba de las briznas de hierba; al final había optado por sentarme en la superficie irregular de nuestra acera, aún caliente por el sol de verano. El cielo estaba salpicado de rosa y púrpura, y los aspersores siseaban y rociaban nuestro jardín, pero la guerra no tenía visos de acabar pronto.

En la calle Juniper solo había coches que trataban de evitar el tráfico de después del horario escolar. Una vez que todos habían salido del trabajo y llegado a sus casas, volvíamos a ser la zona tranquila de la ciudad.

Oí un clic y un ruido sibilante detrás de mí, y me di la vuelta. El chico de la cámara estaba de pie al otro lado de la calle, con su aparato aún en la mano. Lo levantó una vez más y tomó otra foto, enfocando en mi dirección.

—Al menos podrías disimular y hacer como que no me estás sacando fotos —protesté con un gruñido.

—¿Por qué habría de hacer eso?

—Porque hacer fotos a una desconocida sin su permiso es penoso.

—¿Y eso quién lo dice?

Miré alrededor, ofendida por su pregunta.

—Todo el mundo. Lo dice todo el mundo.

Colocó la tapa en su objetivo y luego se bajó de la acera a la calle.

—Bueno, pero es que todo el mundo no ha visto lo que acabo de ver a través de mi objetivo, y era cualquier cosa menos algo penoso.

Lo fulminé con la mirada, tratando de decidir si aquello era un cumplido o no. Aunque seguí con los brazos cruzados, mi expresión se suavizó.

—Dice mi padre que eres el sobrino de la señora Leigh.

Asintió con la cabeza, subiéndose las gafas por el puente de su brillante nariz.

Me volví hacia la ventana para echar un vistazo a las siluetas de mis padres y luego lo miré a él otra vez.

—¿Vas a pasar aquí el verano?

Asintió de nuevo.

—¿Hablas? —dije, furiosa.

Él sonrió con una mueca divertida.

—¿Por qué estás tan enfadada?

—No lo sé —solté, cerrando los ojos otra vez. Inspiré hondo y luego lo miré por debajo de las pestañas—. ¿Es que tú no te enfadas o qué?

Cambió de postura.

—Igual que todo el mundo, supongo. —Señaló hacia mi casa—. ¿Por qué gritan?

—A mi, mmm… a mi padre lo han despedido hoy del trabajo.

—¿Trabaja para la compañía petrolera? —preguntó.

—Trabajaba.

—Mi tío también… hasta hoy —dijo. De repente parecía vulnerable—. No se lo digas a nadie.

—Puedo guardar un secreto. —Me puse de pie, limpiándome los pantalones cortos. Cuando vi que no decía nada, le dije mi nombre a regañadientes—. Yo soy Catherine.

—Lo sé. Yo soy Elliott. ¿Quieres ir a Braum's conmigo a tomar un helado?

Me sacaba media cabeza, pero, aparentemente, pesábamos lo mismo. Tenía los brazos y las piernas demasiado largos y delgados, y estaba desproporcionado con respecto a sus orejas, con unos pómulos marcados que sobresalían lo bastante para que sus mejillas parecieran hundidas, y un pelo largo y deshilachado que no contribuía a mejorar el aspecto de su cara ovalada.

Él cruzó el asfalto resquebrajado y yo abrí la verja de entrada, parándome a mirar hacia atrás. La casa todavía me observaba y esperaría a que regresara.

Mis padres seguían gritando. Si entraba, se callarían lo justo para trasladar la pelea a su dormitorio, pero eso significaba que tendría que escuchar la ira amortiguada de mi madre durante el resto de la noche.

—Sí, iré contigo —dije, volviéndome hacia él. Parecía sorprendido—. ¿Tienes dinero? Te lo devolveré. No pienso volver ahí dentro para buscar mi cartera.

Él asintió y se palpó el bolsillo delantero como prueba.

—Yo me encargo. Corto el césped de los vecinos.

—Lo sé —dije.

—¿Lo sabes? —exclamó con una leve sonrisa de sorpresa.

Asentí con la cabeza, me metí los dedos en los bolsillos de los pantalones cortos vaqueros y, por primera vez, me fui de mi casa sin permiso.

Elliott echó a andar a mi lado, pero a una distancia respetable. No dijo nada durante una manzana y media, y luego no se calló.

—¿Te gusta vivir aquí? —preguntó—. ¿En Oak Creek?

—La verdad es que no.

—¿Y qué hay del instituto? ¿Cómo es?

—Lo comparo con una tortura.

Asintió como si hubiera confirmado una sospecha.

—Mi madre se crio aquí, y siempre hablaba de cuánto lo odiaba.

—¿Por qué?

—La mayoría de los niños indios iban a su propia escuela. Ella y el tío John eran objeto de muchas burlas por ser los únicos niños nativos en Oak Creek. Eran muy malos con ella.

—¿Por qué? ¿Qué le hacían? —le pregunté.

Frunció el ceño.

—Una vez les destrozaron la casa, y también el coche de ella. Pero eso solo lo sé por el tío John. Lo único que me ha dicho mi madre es que los padres tienen la mente muy cerrada y los niños son peores. No estoy seguro de cómo tomármelo.

—¿Tomarte el qué?

Fijó la vista en la carretera.

—Que me haya enviado a un lugar que odia.

—Hace dos años pedí unas maletas para Navidad. Mi padre me compró un juego. Las llenaré en cuanto llegue a casa después de la graduación y no volveré nunca más.

—¿Cuándo es eso? ¿Tu graduación?

Lancé un suspiro.

—Me quedan tres años.

—¿Así que vas a primero? ¿O ibas? Yo también.

—Pero ¿vienes aquí todos los veranos? ¿No echas de menos a tus amigos?

Se encogió de hombros.

—Mis padres se pelean mucho. Me gusta venir aquí. Es todo muy tranquilo.

—¿De dónde eres?

—De Oklahoma City. Bueno, de Yukon, en realidad.

—¿Ah, sí? Jugamos con vosotros en la liga de fútbol.

—Sí, lo sé, lo sé. «Yukon son unos patatas». He visto las pancartas de Oak Creek.

Reprimí una sonrisa. Yo misma había hecho algunas de esas pancartas con Minka y Owen en las reuniones del club de fans del equipo después de clase.

—¿Tú juegas?

—Sí, pero como en séptima posición. Aunque estoy mejorando. Al menos eso es lo que dice el entrenador.

El cartel de Braum's estaba justo encima de nosotros, iluminándonos con una luz de neón rosa y blanco. Elliott abrió la puerta y el aire acondicionado me golpeó en la piel.

Los zapatos se me quedaron pegados al suelo de baldosas rojas. El azúcar y la grasa saturaban el aire, y había familias enteras sentadas a las mesas, charlando sobre los planes para el verano. El pastor de la Primera Iglesia Cristiana estaba de pie junto a una de las mesas más grandes, con los brazos cruzados a la altura de la barriga, atrapando entre ellos su corbata roja mientras hablaba con algunos de sus feligreses sobre las próximas actividades de la iglesia y su decepción por los niveles del agua en el lago local.

Elliott y yo nos acercamos al mostrador. Me hizo una seña para que pidiera yo primero. Anna Sue Gentry estaba al frente de la caja, y su coleta rubia teñida se balanceó cuando nos miró a ambos exageradamente para tratar de determinar qué relación había entre nosotros.

—¿Quién es este, Catherine? —preguntó, levantando una ceja al ver la cámara que colgaba del cuello de Elliott.

—Elliott Youngblood —dijo él antes de que pudiera contestarle yo.

Anna Sue dejó de dirigirse a mí, y sus grandes ojos verdes lanzaron un destello cuando el chico alto situado a mi lado demostró que no le daba ningún miedo hablar con ella.

—¿Y tú quién eres, Elliott? ¿Primo de Catherine?

Hice una mueca, preguntándome qué narices habría visto en nosotros para llegar a esa conclusión.

—¿Qué?

Anna Sue se encogió de hombros.

—Lo dos tenéis el pelo más o menos igual de largo. Los dos lleváis un corte de pelo igual de horrible. Pensaba que a lo mejor era cosa de familia.

Elliott me miró sin inmutarse.

—La verdad es que yo lo llevo más largo.

—O sea que no sois primos —dijo Anna Sue—. ¿Has cambiado a Minka y a Owen por este?

—Vecino. —Elliott se metió las manos en los pantalones cortos, para nada impresionado.

Ella arrugó la nariz.

—¿Qué pasa? ¿Es que no vas al colegio ni nada?

Lancé un suspiro.

—Se va a quedar con su tía a pasar el verano. ¿Podemos pedir algo, por favor?

Anna Sue trasladó el peso de una cadera a la otra, agarrándose a cada lado de la caja registradora. La expresión agria en su rostro no me sorprendió. Anna Sue era amiga de Presley. Se parecían mucho, las dos tenían el mismo tono de rubio, llevaban el mismo peinado, el mismo delineador de ojos negro grueso... y ponían la misma cara cada vez que me veían.

Elliott no pareció darse cuenta, sino que se limitó a señalar la pizarra que había encima de la cabeza de Anna Sue.

—Yo tomaré una tarrina de helado de plátano y salsa de caramelo.

—¿Con nueces? —dijo ella; al parecer, la pregunta era obligatoria.

Él asintió y luego me miró.

—¿Catherine?

—Un cucurucho de sorbete de naranja, por favor.

Miró hacia el techo con exasperación.

—Qué original. ¿Algo más?

Elliott frunció el ceño.

—No.

Esperamos mientras Anna Sue levantaba una tapa transparente y excavaba con una cuchara plateada en el sorbete del congelador tras la barrera transparente. Después de formar una bola con él y de colocarlo en el cono, me lo ofreció y empezó a preparar el helado de Elliott.

—Creía que habías dicho que solo comeríamos un par de cucuruchos —dije.

Él se encogió de hombros.

—He cambiado de idea. He pensado que estaría bien sentarnos aquí con el aire acondicionado un rato.

Anna Sue suspiró mientras colocaba la tarrina de Elliott en el mostrador.

—Helado de plátano.

Elliott eligió una mesa junto a la ventana y me pasó unas servilletas antes de hincar desesperadamente la cuchara en la salsa de caramelo y chocolate como si estuviera muerto de hambre.

—Tal vez deberíamos haber pedido algo de cena —dije.

Levantó la vista y se limpió una mancha de chocolate de la barbilla.

—Aún estamos a tiempo.

Miré mi helado, que estaba goteando.

—No les he dicho a mis padres que salía. Debería volver a casa pronto… aunque ni siquiera se habrán dado cuenta de que me he ido.

—Los he oído pelearse. Soy algo así como un experto en esas cosas. A mí me parece que van a estar toda la noche…

Suspiré.

—No pararán hasta que él encuentre otro trabajo. Mi madre es una especie de… neurótica.

—Mis padres están todo el día peleándose por culpa del dinero. Mi padre opina que si no cobra cuarenta dólares la hora, no puede trabajar. Como si un dólar no fuese mejor que cero dólares. Así que lo echan siempre, de todos los trabajos.

—¿A qué se dedica?

—Es soldador, lo cual está muy bien, porque pasa fuera mucho tiempo.

—Es un tema de orgullo —dije—. Papá encontrará algo, seguro. Mami simplemente se sube por las paredes.

Me sonrió.

—¿Qué?

—Has dicho «mami». Es tierno.

Me recosté en el asiento, sintiendo que me ardían las mejillas.

—No le gusta que la llame de otra forma. Dice que solo intento fingir que soy mayor de lo que soy. Es la costumbre.

Me observó retorcerme en el asiento con expresión divertida y luego habló al fin:

—Yo he llamado «mamá» a mi madre desde que aprendí a hablar.

—Lo siento. Sé que es raro —dije, mirando hacia otro lado—. Mi madre siempre ha sido un poco especial con algunas cosas.

—¿Por qué te disculpas? Solo he dicho que era tierno.

Cambié de posición y desplacé la mano que tenía libre entre las rodillas. El aire acondicionado estaba funcionando a la máxima potencia, como en la mayoría de las empresas de Oklahoma en verano. En invierno había que vestirse con varias capas de ropa porque hacía demasiado calor dentro. En verano llevabas una chaqueta porque hacía demasiado frío.

Me relamí el intenso dulzor de los labios.

—No estaba segura de si te estabas burlando de mí.

Elliott comenzó a hablar, pero un grupito de chicas se acercó a nuestra mesa.

—Vaya, vaya… —dijo Presley, tocándose el pecho con aire melodramático—. Catherine se ha echado novio. Ahora me sabe fatal haber pensado todo este tiempo que estabas mintiendo cuando decías que no era de aquí…

Tres réplicas exactas de Presley —Tara, Tatum Martin y Brie Burns— se pusieron a reír tontamente y menearon sus melenas teñidas de rubio platino. Tara y Tatum eran gemelas, pero todas se esforzaban al máximo para parecerse a Presley.

—A lo mejor no es de aquí, pero sí de muy cerca, justo fuera de la ciudad —señaló Brie—. ¿Como de una reserva, tal vez?

—En Oklahoma no hay ninguna reserva —contesté, indignada por su estupidez.

—Sí, sí que hay —me contradijo Brie.

—Te refieres a las tierras tribales —dijo Elliott, imperturbable.

—Soy Presley —le dijo a Elliott con actitud engreída.

Aparté la mirada porque no quería ver cómo se conocían, pero Elliott no se movió ni habló, así que me volví para ver qué era lo que impedía el saludo. Elliott me dedicó una pequeña sonrisa, sin hacer caso de la mano que le tendía Presley.

Ella hizo una mueca y se cruzó de brazos.

—¿Brie tiene razón? ¿Vives en White Eagle?

Elliott arqueó una ceja.

—Ahí es donde vive la tribu ponca.

—¿Y? —soltó Presley.

Elliott suspiró con aire aburrido.

—Pues que yo soy cherokee.

—Bueno, pero eso es ser indio, ¿no? ¿Acaso White Eagle no es para los indios? —preguntó ella.

—Vete ya, Presley —le pedí, preocupada por que dijera algo aún más ofensivo.

Un brillo de entusiasmo destelló en los ojos de Presley.

—Vaya, Kit Cat. ¿Esos pantalones bombachos no te quedan un poco pequeños?

La miré con furia llameante.

—Me llamo Catherine.

Presley se fue con las demás a un reservado al otro lado de la sala, sin dejar de burlarse de Elliott y de mí desde lejos.

—Lo siento mucho —susurré—. Lo hacen porque estás conmigo.

—¿Porque estoy contigo?

—Me odian —dije con un gruñido.

Puso la cuchara del revés y se la metió en la boca, aparentemente sin inmutarse.

—No es difícil ver por qué.

Me pregunté qué parte de mi aspecto físico lo hacía tan obvio. Tal vez por eso la ciudad entera no había dejado de culparnos a mamá y a mí por los errores de mis abuelos. Quizá me parecía a alguien a quien debían de odiar.

—¿Por qué pareces tan avergonzada? —preguntó.

—Supongo que esperaba que no supieras lo de mi familia y la fundición.

—Ah, ¿eso? Mi tía me lo dijo hace años. ¿Es eso lo que piensas? ¿Que se meten contigo por la historia de tu familia con la ciudad?

—¿Por qué otro motivo iba a ser?

—Catherine. —Mi nombre sonaba como una risa suave cuando salía de su boca—. Te tienen envidia.

Fruncí el ceño y negué con la cabeza.

—¿Y por qué iban a tenerme envidia? Si apenas llegamos a fin de mes…

—¿Tú te has visto? —preguntó.

Me ruboricé y bajé la mirada. Solo mi padre me dedicaba cumplidos por mi aspecto.

—Tú eres todo lo que ellas no son.

Crucé los brazos sobre la mesa y vi cómo, en la calle, la cálida luz de la farola de la esquina parpadeaba entre las ramas de un árbol. Era una sensación extraña, querer seguir escuchándolo y, al mismo tiempo, esperar que hablara de cualquier otra cosa.

—¿No te molesta lo que han dicho? —pregunté, sorprendida.

—Antes sí me molestaba.

—¿Y ahora no?

—Mi tío John dice que la gente solo puede hacernos enfadar si se lo permitimos, y si se lo permitimos, les damos poder.

—Eso es muy profundo.

—A veces escucho lo que dice, aunque él piense que no.

—¿Y qué más dice?

No dudó en contestar.

—Que con el tiempo, o bien te haces un experto en estar por encima y responder a la ignorancia con educación, o te conviertes en un verdadero experto en ser un amargado.

Sonreí. Elliott pronunciaba las palabras de su tío con respeto.

—Entonces, ¿eliges no dejar que lo que dice la gente te afecte?

—Más o menos.

—¿Y se puede saber cómo lo haces? —dije, inclinándome hacia delante. Tenía una curiosidad genuina, esperando que me revelara algún secreto mágico con el que poner fin al sufrimiento que a Presley y sus amigas tanto les gustaba infligirme.

—No, si me enfado. Es muy pesado cuando la gente se empeña en decirme que su bisabuela era una princesa cherokee, o cuando me sueltan esa broma estúpida sobre si me pusieron mi nombre por lo primero que vieron mis padres al salir de un tipi. Puedo ponerme nervioso cuando alguien me llama «gran jefe», o cuando veo gente con un penacho de plumas fuera de nuestras ceremonias. Pero mi tío dice que debemos ser compasivos y didácticos, o no hacerles caso y dejarlos con su ignorancia. Además, hay demasiada ignorancia en el mundo para dejar que todo me afecte. Si lo hiciera, estaría enfadado todo el día, y no quiero ser como mi madre.

—¿Por eso estabas pegando a nuestro árbol?

Bajó la mirada, o reacio o incapaz de responder a mi pregunta.

—A mí hay montones de cosas que me molestan —gruñí, reclinándome hacia atrás. Eché un vistazo a las clones, vestidas con pantalones cortos vaqueros y blusas con estampados de flores, simples variantes de la misma camisa de la misma tienda.

Papá trataba de asegurarse de que siempre tuviera la ropa adecuada y la mochila que había que tener, pero, año tras año, mi madre veía cómo mis amigas de la infancia iban desapareciendo. Empezó a preguntarse qué habíamos hecho mal, y luego empecé a preguntármelo yo también.

La verdad era que odiaba a Presley por odiarme. No tenía el coraje de decirle a mi madre que yo nunca encajaría allí: no era lo bastante mala para esas chicas de ciudad y mentalidad cerradas. Tardé mucho tiempo en darme cuenta de que, en el fondo, yo tampoco quería encajar, pero a los quince años a veces me preguntaba si no era mejor que estar sola. Mi padre no podría ser mi mejor amigo para siempre.

Di un mordisco a mi helado de sorbete.

—Déjalo —dijo Elliott.

—¿Que deje el qué? —le pregunté con aquella delicia anaranjada derritiéndose en mi lengua.

—De mirarlas como si te murieras de ganas de estar sentada allí. Estás por encima de eso.

Sonreí, divertida.

—¿Crees que no lo sé?

Se calló lo que fuese que iba a decir a continuación.

—Y cuéntame, ¿cuál es tu historia? —pregunté.

—Mis padres van a ir a un centro de terapia de pareja durante seis semanas. Una especie de asesoramiento intensivo o algo así. Un último intento, supongo.

—¿Qué pasa si lo intentan y fallan?

Recogió su servilleta.

—No estoy seguro. Mamá dijo algo de que los dos volveríamos aquí como último recurso. Aunque eso fue hace uno o dos años.

—¿Por qué se pelean?

Lanzó un suspiro.

—Mi padre bebe. No saca la basura. Mi madre se enfada. Mi madre pasa demasiado tiempo en Facebook. Mi padre dice que bebe porque ella no le hace caso; mi madre dice que está todo el día en Facebook porque él nunca habla con ella. Básicamente, la cosa empieza con la tontería más estúpida que puedas imaginar y va calentándose cada vez más, como si los dos se hubiesen pasado todo el día esperando a que uno provocara al otro. Ahora que mi padre se ha quedado sin trabajo, otra vez, es peor. Por lo visto, el psicólogo dice que mi padre siempre tiene que ser una víctima y que a mi madre le gusta «castrarlo», sea lo que sea lo que signifique eso...

—¿Ellos te han dicho eso?

—No son la clase de padres que se pelean detrás de puertas cerradas, ¿sabes?

—Pues vaya mierda. Lo siento.

—No sé —dijo, mirándome por debajo de las gafas—. Aquí no se está tan mal.

Me retorcí en mi asiento.

—Me parece que deberíamos, mmm... deberíamos irnos ya.

Elliott se levantó y esperó a que yo saliera deslizándome del reservado. Me siguió para irnos, así que no estaba segura de si había visto a Presley y las clones tapándose sus insultos y risitas con las manos.

Cuando se detuvo junto al cubo de la basura que había detrás de su reservado, supe que sí las había visto.

—¿De qué os reís? —preguntó.

Le tiré de la camiseta, implorándole con la mirada que siguiera andando.

Presley adelantó los hombros y levantó la barbilla, entusiasmada ante la atención.

—Míralos, qué tiernos los dos, Kit Cat con su nuevo novio... Es conmovedor que no quieras herir sus sentimientos. Porque... supongo que tengo que asumir que eso es lo que es —nos señaló a los dos, alternativamente— esto.

Elliott se acercó a su mesa y las risas de las chicas cesaron. Dio unos golpecitos en la madera y suspiró.

—¿Sabes por qué nunca superarás la necesidad de hacer que los demás se sientan como una mierda para que tú te sientas mejor, Presley?

Ella lo miró entornando los ojos, como una serpiente lista para atacar.

Elliott continuó hablando:

—Porque es como un colocón, una euforia pasajera. No dura demasiado, y tú nunca dejarás de necesitarlo porque es la única felicidad que vas a experimentar en esa triste y patética vida que tienes y que gira en torno a las manicuras y a las mechas en el pelo. ¿Tus amigas? No les caes bien. Nunca le gustarás a nadie porque tú no te gustas a ti misma. Así que cada vez que te metas con Catherine, ella lo sabrá: sabrá por qué lo haces, como también lo sabrán tus amigas. Igual que tú sabrás que lo haces para compensar tus carencias. Cada vez que insultas a Catherine se hace más obvio. —Miró fijamente a cada una de las clones y luego a Presley—. Que tengas el día que te mereces.

Regresó a la puerta y me la aguantó, haciéndome una señal para que pasara. Sorteamos los coches aparcados hasta que estuvimos al otro lado del aparcamiento y echamos a andar hacia nuestro barrio. Las farolas estaban encendidas, y los mosquitos zumbaban bajo las brillantes bombillas. El silencio amplificaba el ruido que hacían nuestros zapatos al pisar el pavimento.

—Eso ha sido... —empecé a decir, buscando la palabra correcta—, épico. Yo nunca podría decirle algo así a alguien.

—Bueno, yo no vivo aquí, así que eso lo hace más fácil. Y no era del todo mío.

—¿Qué quieres decir?

—Es de una escena de *Detention Club, el Musical.* No me digas que no la viste cuando eras pequeña.

Lo miré con incredulidad y luego me estalló la risa en la garganta.

—¿Te refieres a la película que salió cuando teníamos ocho años?

—La vi todos los días durante un año y medio.

Solté una carcajada.

—Vaya. No me puedo creer que no lo haya pillado.

—Pues yo me alegro de que no lo haya pillado Presley; eso habría hecho mi monólogo mucho menos amenazador.

Me reí de nuevo, y esta vez también lo hizo Elliott. Cuando dejamos de reírnos, me dio un codazo.

—¿De verdad tienes un novio de fuera?

Me alegré de que estuviera oscuro. Era como si me ardiera la cara entera.

—No.

—Está bien saberlo —comentó con una sonrisa.

—Se lo dije una vez cuando estábamos acabando la primaria, con la esperanza de que me dejaran en paz.

Se detuvo y me miró con una sonrisa divertida.

—¿Deduzco que no funcionó?

Negué con la cabeza, y entonces recordé cada episodio de sus burlas y sus insultos como si fueran una herida recién curada que empezaba a abrirse de nuevo.

Elliott suspiró y se tocó la punta de la nariz con un nudillo rasguñado.

—¿No te duele? —le pregunté.

Las carcajadas y las sonrisas se desvanecieron. Un perro lanzó un ladrido grave y solitario desde unas pocas manzanas de distancia; un aparato de aire acondicionado dio un chasquido y se estremeció y se oyó el ruido de un motor acelerando; seguramente eran los alumnos mayores del instituto recorriendo Main Street. Cuando se hizo de nuevo el silencio a nuestro alrededor, la luz en los ojos de Elliott se extinguió.

—Lo siento. No es asunto mío.

—¿Por qué no? —preguntó.

Me encogí de hombros, reanudando nuestra caminata.

—No lo sé. Es solo que me parece algo personal.

—¿Te he hablado de mis padres y de todos sus problemas, y crees que las heridas de mis nudillos son algo personal?

Me encogí de hombros.

—Perdí la calma. La tomé con vuestro roble. ¿Lo ves? No hay magia de ninguna clase. Todavía me enfado.

Aminoré el paso.

—¿Estás frustrado por lo de tus padres?

Negó con la cabeza. Vi que no quería decir nada más, así que no insistí. En nuestra parte tranquila de la ciudad, caminando por la última calle dentro de los límites urbanos, el mundo tal como

Elliott y yo lo conocíamos estaba tocando a su fin, a pesar de que nosotros aún no nos habíamos dado cuenta.

Las casas flanqueaban la calle como pequeñas islas de vida y actividad. Las ventanas iluminadas quebraban la oscuridad entre una farola y la siguiente. De vez en cuando, una sombra se deslizaba por delante de una de ellas y yo me preguntaba cómo sería vivir en aquellas islas, si estaban pasando el viernes por la noche viendo un telefilme, acurrucados en el sofá. La preocupación por pagar las facturas seguramente era algo muy muy lejano.

Cuando llegamos a la verja de mi casa, mi isla estaba oscura y en silencio. Deseé que hubiera el cálido resplandor amarillo de las ventanas de las casas vecinas, el parpadeo de una pantalla de televisión.

Elliott se metió las manos en los bolsillos e hizo tintinear la calderilla que llevaba en ellos.

—¿Están en casa?

Miré al garaje y vi el Buick de mi padre y el Lexus de mi madre detrás.

—Eso parece.

—Espero no haber empeorado las cosas entre tú y Presley.

Hice un gesto quitándole importancia a aquello.

—Presley y yo hace mucho tiempo que nos conocemos. Esta ha sido la primera vez que alguien ha salido en mi defensa. No estoy segura de que sepa qué hacer con respecto a eso.

—Con un poco de suerte, se lo guardará bien cerca de ese palo que lleva en el culo.

Aquello me arrancó una carcajada inmensa de la garganta, y Elliott no pudo ocultar su satisfacción por mi respuesta.

—¿Tienes un número de móvil?

—No.

—¿No? ¿En serio? ¿O es que no quieres darme tu número?

Negué con la cabeza y solté otra carcajada.

—En serio. ¿Quién va a llamarme a mí?

Elliott se encogió de hombros.

—Pues iba a hacerlo yo, la verdad...

—Ah.

Levanté el pestillo de la verja y la empujé para abrirla, oyendo el sonido agudo del metal al frotar contra el metal. La puerta se cerró detrás de mí con un clic y me volví para mirar a Elliott, apoyando las manos en la parte superior del hierro elegantemente forjado. Él miró hacia la casa como si simplemente fuera otra casa más, sin miedo. Su valentía me hizo experimentar una cálida sensación en mi interior.

—Somos prácticamente vecinos, así que... estoy seguro de que te veré por aquí —comentó.

—Sí, seguro. Quiero decir, probablemente... es probable —dije, asintiendo.

—¿Qué vas a hacer mañana? ¿Tienes un trabajo de verano?

Negué con la cabeza.

—Mi madre quiere que ayude en casa los veranos.

—¿Puedo pasarme a verte? Fingiré que no te hago fotos.

—Claro, a no ser que haya mal rollo con mis padres.

—Está bien, entonces —dijo, y se irguió un poco más, sacando un poco más de pecho. Dio unos pasos hacia atrás—. Hasta mañana.

Se volvió para irse a su casa y yo hice lo mismo, subiendo despacio los escalones. El ruido que hacían los tablones de madera combados que formaban el suelo de nuestro porche bajo la presión de mis cincuenta kilos parecía lo bastante fuerte para alertar a mis padres, pero la casa siguió a oscuras. Empujé la ancha puerta, maldiciendo para mis adentros las bisagras y sus chirridos. Una vez dentro, esperé. No oí ninguna conversación en voz baja ni pasos amortiguados. No había voces de enfado atenuado procedentes de arriba. No había susurros en las paredes.

Cada paso parecía anunciar a gritos mi llegada mientras me dirigía a la planta de arriba. Subí por el centro de los peldaños, sin querer rozar el papel pintado de las paredes. Mamá quería que tuviéramos cuidado con la casa, como si fuera otro miembro más de nuestra familia. Avancé con cuidado por el pasillo y me detuve cuando crujió un tablón frente al dormitorio de mis padres. Tras no percibir ningún signo de movimiento, enfilé hacia mi habitación.

El papel pintado de mi cuarto tenía rayas horizontales, y ni siquiera los colores rosa y vainilla impedían que pareciera una jaula. Me quité los zapatos y caminé por la oscuridad hacia la ventana de una sola hoja. La pintura blanca del marco estaba descascarillándose, formando un pequeño montoncito en el suelo.

Fuera, dos plantas más abajo, Elliott apareció y desapareció de mi vista al pasar bajo la luz de las farolas. Estaba andando hacia donde vivía su tía Leigh, mirando su teléfono mientras pasaba por la parcela de tierra de los Fenton. Me pregunté si encontraría una casa dormida, o si la señora Leigh tendría todas las luces encendidas; si estaría peleándose con su marido, o haciendo las paces, o esperando a Elliott despierta.

Me volví hacia mi tocador y vi el joyero que mi padre me había regalado para mi cuarto cumpleaños. Levanté la tapa y una bailarina empezó a girar frente a un pequeño espejo ovalado sobre una tela de fieltro rosa. Los pocos detalles pintados en su rostro se habían desvaído, dejando apenas dos manchas negras que hacían las veces de ojos; tenía el tutú aplastado; el muelle sobre el que se apoyaba estaba torcido, obligándola a inclinarse demasiado hacia un lado mientras hacía piruetas; sin embargo, las notas tintineantes, lentas e hipnóticas aún sonaban perfectamente.

El papel pintado también estaba pelándose, como la pintura, y se veía desprendido a trozos por la parte de arriba en algunos lugares, o despegado desde el zócalo en otros. En una esquina del techo había una mancha marrón que parecía crecer cada año. Mi cama blanca con armazón de hierro chirriaba con el más mínimo movimiento, y las puertas de mi armario no se deslizaban como antes, pero mi habitación era mi espacio, un lugar donde la oscuridad no podía alcanzarme. El estatus de mi familia como los parias de la ciudad y la ira de mi madre parecían muy muy lejanos cuando estaba dentro de aquellas cuatro paredes, y no me había sentido así en ningún sitio hasta que me senté al otro lado de una mesa pegajosa frente a un chico moreno y sus grandes ojos marrones, un chico que me miraba sin ningún rastro de compasión o desdén en su mirada.

Me quedé junto a la ventana, sabiendo ya que no iba a ver a Elliott en la calle. Era un chico distinto —algo más que simplemente raro—, pero me había encontrado. Y, al menos de momento, me gustó la sensación de no estar perdida.

Capítulo 2

Catherine

—¿Catherine? —me llamó mi padre desde abajo.

Bajé trotando las escaleras.

Él estaba abajo, sonriendo.

—Hoy te veo mucho más alegre. ¿Qué pasa?

Me detuve en el penúltimo escalón.

—¿Será que es verano?

—No. Ya he visto tu sonrisa de «es verano» antes. Esto es diferente.

Me encogí de hombros y tomé una loncha crujiente de beicon de la servilleta que llevaba en la palma abierta de la mano. Mi única respuesta consistió en una sucesión de ruidos al mascar, ante los que mi padre reaccionó riéndose con aire burlón.

—Hoy tengo una entrevista a las dos, pero he pensado que tal vez podríamos ir a dar un paseo por el lago.

Robé otro trozo de beicon y lo mastiqué, ronzando.

Papá hizo una mueca.

—Puede que tenga otros planes.

Papá arqueó una ceja.

—Con Elliott.

Los dos surcos que cruzaban su entrecejo se hicieron más profundos.

—Elliott. —Pronunció el nombre como si fuera a refrescarle la memoria.

Sonreí.

—El sobrino de Leigh. El chico raro de nuestro jardín trasero.

—¿El que estaba pegándole al árbol?

Me quedé sin saber qué decir hasta que al final mi padre añadió:

—Sí. Lo vi.

—Pero... si tú mismo me preguntaste si estaba destrozando el jardín...

—No quería preocuparte, princesa. No estoy seguro de si me gusta la idea de que pases tiempo con un chico que ataca a los árboles.

—No sabemos lo que pasa en su casa, con su familia, papá.

Mi padre me tocó el hombro.

—Es que tampoco quiero que mi hija tenga algo que ver con eso.

Negué con la cabeza.

—Después de lo de anoche, tal vez sus tíos estén diciendo exactamente lo mismo sobre nuestra familia. Seguro que os oyó todo el vecindario.

—Lo siento. No me di cuenta.

—Era sobre todo ella —dije con un gruñido.

—Éramos los dos.

—Anoche se encaró con Presley.

—¿El chico del árbol? Espera. ¿Qué quieres decir con eso de «anoche»?

Tragué saliva.

—Fuimos a Braum's... cuando mamá llegó a casa.

—Ah —dijo papá—. Entiendo. ¿Y se comportó? Quiero decir que no intentó pegar a Presley ni nada por el estilo, ¿o sí?

Me eché a reír.

—No, papá.

—Siento no haber ido a tu habitación a darte las buenas noches. Nos quedamos levantados hasta muy tarde.

Alguien llamó a la puerta. Tres veces, y luego dos.

—¿Es él? —preguntó papá.

—No lo sé. No quedamos a ninguna hora en concreto… —dije, viendo a mi padre encaminarse a la puerta. Sacó pecho antes de tirar del pomo y ante nosotros apareció un Elliott recién salido de la ducha, con el pelo húmedo ondulado y brillante. Sostenía la cámara con ambas manos, a pesar de que llevaba la correa alrededor del cuello.

—Señor…

—Calhoun —dijo papá, estrechando la mano de Elliott para darle un firme apretón. Se volvió hacia mí—. Creía que habías dicho que lo conociste anoche. —Luego miró a Elliott—. ¿Ni siquiera averiguaste cuál era su apellido?

Elliott sonrió con aire avergonzado.

—Puede que esté un poco nervioso por conocerlo, señor.

Los ojos de papá se dulcificaron y sus hombros se relajaron.

—¿Sabías que su nombre de pila es princesa?

—¡Papá! —exclamé, indignada.

Mi padre me guiñó un ojo.

—Volved a la hora de cenar.

—Sí, señor —dijo Elliott, haciéndose a un lado.

Pasé junto a papá y le di un rápido beso en la mejilla antes de guiar a Elliott por los escalones del porche y salir por la puerta de la verja.

—Ya hace calor —dijo Elliott, secándose la frente—. Este verano va a ser brutal.

—Has llegado muy temprano. ¿Qué tienes en mente? —pregunté.

Me dio un codazo.

—Salir contigo.

—¿Para qué llevas la cámara?

—He pensado que podríamos ir al arroyo.

—¿Para…?

Levantó la cámara.

—Para hacer fotos.

—¿Del arroyo?

Sonrió.

—Ya lo verás.

Caminamos hacia el norte, hacia Braum's, y doblamos una calle antes. La carretera se convirtió en una pista de tierra roja y grava, y anduvimos un kilómetro y medio más hasta Deep Creek, donde encontramos un riachuelo estrecho que, salvo por unos pocos tramos con anchos de hasta tres metros, podía saltarse de una orilla a otra con un poco de carrerilla. Elliott me guio por la ribera hasta encontrar una parte en que la corriente discurría por encima de unas piedras.

Dejó de hablarme y se puso a jugar con la cámara. Hizo una foto rápidamente, comprobó los ajustes y luego tomó varias fotos más. Después de observarlo durante una hora, estuve paseando por allí yo sola, esperando hasta que estuviera satisfecho.

—Muy bonitas —dijo simplemente—. Vámonos.

—¿Adónde?

—Al parque.

Nos dirigimos de vuelta hacia la calle Juniper y de camino paramos en Braum's para comprar agua helada. Presioné el pulgar sobre mi hombro y mi dedo dejó una mancha blanca temporal en la piel antes de que se volviera roja.

—¿Te has quemado? —preguntó Elliott.

—En junio siempre me pasa. Me quemo una vez y ya estoy lista para todo el verano.

—Eso a mí no me pasa, ¿ves? —bromeó.

Examiné su piel morena con envidia. Había algo en ella que la hacía parecer suave y apetecible, y esos pensamientos me hicieron sentir incómoda porque nunca los había tenido antes.

—Hay que ponerte protector solar. Eso te va a doler.

—Bah. Estaré bien. Ya lo verás.

—¿Veré el qué?

—Solo quería decir que estaré bien, que no me va a doler nada —dije, empujándolo fuera de la acera.

Contuvo una sonrisa y luego me empujó a mí también. Perdí el equilibrio demasiado cerca de la verja y, no sé cómo, mi blusa acabó enganchada y retorcida en un alambre suelto. Grité y Elliott extendió las manos mientras el alambre me rasgaba la delgada tela de la prenda.

—¡Cuidado! —exclamó, tratando de agarrarme.

—¡Estoy atrapada! —dije, doblada sobre mi estómago. Tenía los dedos entrelazados en la malla metálica, tratando de no caerme y desgarrarme aún más la blusa.

—Ya te tengo —dijo, desenganchando la tela de la verja—. Ya casi está —me tranquilizó con voz tensa—. Lo siento mucho. Eso ha sido una estupidez.

Una vez liberada mi camisa, Elliott me ayudó a incorporarme. Examiné el desgarrón y me reí.

—No pasa nada. Soy una torpe.

Él hizo una mueca.

—No suelo ponerle la mano encima a una chica.

—No me has hecho daño.

—No, ya lo sé. Es solo que… mi padre a veces se enfada mucho y pierde los nervios. Me pregunto cuándo empezó eso o si siempre fue así. No quiero ser como él.

—Mi madre también pierde los estribos.

—¿Pega a tu padre?

Negué con la cabeza.

—No.

Vi que movía la mandíbula, pero luego se volvió de espaldas hacia el parque, haciéndome señas para que lo siguiera. Estuvo callado durante las siguientes manzanas hasta que oímos la risa débil y los chillidos de los niños.

El parque Beatle estaba muy descuidado, pero aún se hallaba abarrotado de humanos diminutos cuando llegamos. No estaba segura de cómo iba a hacer Elliott alguna foto sin que apareciese en el encuadre un mocoso lleno de babas y con la cara sucia, pero de algún modo logró captar la belleza en los columpios oxidados y el subibaja astillado al que no se subía nadie. Una hora más tarde, las madres y las cuidadoras de las guarderías empezaron a reunir a sus rebaños de niños, llamándolos para que volvieran a los autocares y pudieran ir a almorzar. En cuestión de minutos nos quedamos solos.

Elliott me ofreció un columpio y yo me senté, riéndome mientras tiraba de mí hacia atrás y luego me empujaba hacia delante antes de pasar corriendo por debajo de mí.

Tomó su cámara y me tapé la cara.

—¡No!

—Es peor si te resistes.

—Pero es que no me gusta. Para, por favor.

Elliott dejó la cámara apoyada en su pecho y negó con la cabeza.

—Eso es raro.

—Pues entonces será que soy rara.

—No, es solo que... es como si el sol del crepúsculo no quisiera ser tan hermoso.

Me columpié hacia delante y hacia atrás, frunciendo los labios en una línea recta para no sonreír. Una vez más, no estaba segura de si me estaba dedicando un cumplido o si, simplemente, así era como él veía el mundo.

—¿Cuándo es tu cumpleaños? —preguntó Elliott.

Arrugué la frente; me había pillado desprevenida.

—En febrero, ¿por qué?

Se rio entre dientes.

—En febrero, pero ¿cuándo?

—El dos. ¿Cuándo es el tuyo?

—El dieciséis de noviembre. Soy escorpio. Tú eres… —Levantó la vista y se quedó pensando—. Ah. Eres acuario. Un signo de aire. Muy misterioso.

Una risa nerviosa me brotó de los labios.

—No tengo ni idea de qué significa eso.

—Significa que deberíamos mantenernos muy muy alejados el uno del otro, según mi madre. A ella le gustan todas esas cosas.

—¿La astrología?

—Sí —dijo con aire avergonzado por haber compartido esa información.

—¿La astrología es algo típico de los cherokee? Lo siento si es una pregunta tonta.

—No —dijo, sacudiendo la cabeza—. Solo es una afición.

Elliott se sentó en el columpio situado junto al mío, se empujó hacia atrás y luego se ayudó con las piernas para impulsarse hacia delante. Agarró la cadena de mi columpio y me arrastró consigo, en el mismo movimiento. Yo también empecé a usar las piernas y al poco rato me elevé tanto que el columpio daba una sacudida cada vez que llegaba arriba del todo. Estiré la punta de los pies hacia el cielo, recordando aquella misma sensación tan estimulante de cuando era una niña pequeña.

Mientras nuestros columpios iban deteniéndose, vi cómo Elliott me observaba. Me tendió la mano, pero dudé un momento.

—No tiene que significar nada —dijo—. Tú solo tómala y ya está.

Entrelacé los dedos con los suyos. Los dos teníamos las manos sudorosas y resbaladizas y parecía una sensación desagradable, pero era la primera vez que sujetaba la mano de un chico aparte de la de mi padre, y aquello me provocó una emoción ridícula que no admitiría ante nadie. Elliott no me parecía un chico muy guapo ni divertido, pero era tierno. Sus ojos parecían verlo todo, y aun así, todavía quería pasar tiempo conmigo.

—¿Te caen bien tus tíos? —pregunté—. ¿Te gusta estar aquí?

Él me miró, entornando los ojos por culpa del sol.

—En general, sí. La tía Leigh es… ha pasado lo suyo.

—¿A qué te refieres? —le pregunté.

—Ellos no me hablan de eso, pero por lo que he oído a lo largo de los años, los Youngblood no recibieron a la tía Leigh con mucho entusiasmo al principio. El tío John simplemente siguió queriéndola hasta que la aceptaron.

—Porque ella es… —empecé a decir, trastabillando con las palabras.

Él se rio entre dientes.

—No pasa nada, puedes decirlo. Mis abuelos también tuvieron problemas con eso. La tía Leigh es blanca.

Apreté los labios con fuerza, tratando de no reírme.

—¿Y tú? ¿De verdad vas a irte después de graduarte en el instituto?

Asentí.

—Oak Creek está bien —dije, dibujando círculos en la arena con la sandalia—. Es solo que no quiero quedarme aquí para siempre… o ni un segundo más de lo estrictamente necesario.

—Yo voy a viajar por el mundo con mi cámara. Hacer fotos de la tierra y el cielo y de todo lo que hay en medio. Podrías venir conmigo.

Me eché a reír.

—¿Y para hacer qué?

Se encogió de hombros.

—Para ser lo que hay en medio.

Pensé en lo que mi padre me había dicho antes. Quería demostrarle que estaba equivocado. Sonreí.

—No estoy segura de querer viajar por el mundo con alguien que pega a los árboles.

—Ah. Eso.

Le di un codazo.

—Sí, eso. ¿A qué venía eso?

—Esa fue una de las veces que no hice caso de la filosofía del tío John sobre la ira.

—Todo el mundo se enfada. Es mejor desquitarse con un árbol. Solo que la próxima vez quizá sea mejor que uses guantes de boxeo.

Soltó una carcajada.

—Mi tía ha dicho algo de instalar un saco de boxeo abajo.

—Pues eso es una válvula de escape muy sana, en mi opinión.

—Bueno, pues si no vas a viajar conmigo por el mundo, ¿qué vas a hacer?

—No estoy segura —dije—. Solo nos quedan tres años. Pienso que debería tener alguna idea, al menos, pero al mismo tiempo me parece una locura pensar que debería tenerla con solo quince años. —Aparté la mirada, frunciendo el ceño—. Es estresante.

—Tómame la mano de momento.

—¿Catherine?

Levanté la vista y, al ver a Owen, solté la mano de Elliott.

—Hola —dije, poniéndome de pie.

Owen dio unos pasos hacia delante, secándose el sudor de la frente.

—Tu padre me dijo que podrías estar aquí. —Alternaba la mirada entre Elliott y yo.

—Te presento a Elliott. Vive un poco más abajo, en mi calle —expliqué.

Elliott se levantó y le tendió la mano. Owen no se movió, sino que miró con recelo a aquel extraño alto y moreno.

—Owen —mascullé.

Owen agitó sus pestañas rubias. Estrechó la mano de Elliott y luego volvió a centrar su atención en mí.

—Ay. Lo siento. Bueno, el caso es que… mañana me voy al campamento. ¿Quieres venir a mi casa esta noche?

—Ah —dije, mirando a Elliott—. Pues la verdad es que yo, hum… tenemos planes, más o menos.

Owen frunció el ceño.

—Pero me voy mañana.

—Ya lo sé —dije, viéndome comer palomitas durante horas y horas mientras Owen disparaba contra miles de mercenarios espaciales—. Puedes venir con nosotros.

—Mi madre no me deja ir a ninguna parte esta noche. Quiere que esté en casa temprano.

—Lo siento mucho, Owen.

Se volvió y me dio la espalda, frunciendo el ceño.

—Ya. Nos vemos dentro de un par de semanas, supongo.

—Sí, claro. Que lo pases bien en el campamento científico.

Owen se apartó el pelo castaño claro de los ojos, se metió los puños en los bolsillos y echó a andar en dirección opuesta a mi casa, hacia su calle. Owen vivía en uno de los barrios bonitos y su casa estaba al final de una calle sin salida, rodeada de árboles y verde. Había pasado un tercio de mi infancia allí, sentada en un puf relleno de bolitas de poliestireno delante de la tele. Quería pasar tiempo con él antes de que se fuera, pero Elliott tenía muchas capas, y yo solo disponía de unas pocas semanas durante las vacaciones de verano para ir descubriéndolas.

—¿Quién era ese? —me preguntó Elliott. Por primera vez, la sonrisita espontánea que llevaba pegada permanentemente a la cara había desaparecido.

—Es Owen, un amigo de la escuela. Uno de los dos amigos que tengo. Está enamorado de mi amiga Minka. Somos amigos desde primero. Él es así… un *gamer* total. Le gusta que Minka y yo lo miremos mientras juega. No le gustan mucho las partidas de dos jugadores. No le gusta esperar a que nosotras entendamos el juego.

Una comisura de la boca de Elliott se curvó hacia arriba.

—Uno de los tres.

—¿Cómo?

—Owen es uno de los tres amigos que tienes.

—Ah. Eso es… un comentario muy agradable por tu parte. —Bajé la mirada hacia mi reloj de pulsera para ocultar el rubor de mis mejillas, y me fijé en la hora. El sol había extendido nuestras sombras hacia el este. Llevábamos dos horas en el parque Beatle—. Creo que deberíamos comer algo. ¿Quieres venir a casa a por un sándwich?

Elliott sonrió y me siguió por la sombra hacia la calle Juniper. No hablamos mucho y no buscó mi mano otra vez, pero yo sentía un cosquilleo en la palma, en el punto donde había estado la suya. Me detuve en la puerta, dudando. El coche de mamá estaba aparcado detrás del Buick, y los oía discutir.

—Puedo prepararme un sándwich en mi casa —dijo Elliott—. O puedo entrar contigo. Lo que tú quieras.

Lo miré.

—Lo siento.

—No es tu culpa.

Elliott se metió un mechón de pelo por detrás de la oreja y luego tomó la decisión por mí. Empujó de nuevo la puerta de la verja y echó a andar hacia la casa de su tía, secándose el sudor de la sien y luego recolocó la correa de la cámara.

Subí los escalones del porche despacio y me encogí cuando bajaron la voz.

—¡Estoy en casa! —anuncié, cerrando la puerta a mi espalda. Entré en el comedor y vi a mi padre sentado a la mesa, con las manos entrelazadas ante sí—. ¿No te han dado el trabajo?

Papá tenía las axilas manchadas de sudor y la cara muy pálida. Trató de esbozar una sonrisa débil.

—Había cien candidatos más para ese puesto, todos más jóvenes y más inteligentes que este viejo carcamal que es tu padre.

—Eso no me lo creo, para nada —le dije, pasando junto a mamá en dirección a la cocina. Preparé dos vasos de agua con hielo y luego planté uno delante de él.

—Gracias, princesa —dijo, tomando un buen trago.

Mi madre puso cara de exasperación y se cruzó de brazos.

—Escúchame. Podría funcionar. Tenemos todo este espacio y…

—Te he dicho que no, cariño —dijo papá, tajante—. A esta ciudad no vienen turistas. No hay nada que ver más que negocios cerrados y un Pizza Hut. Las únicas personas que hacen noche aquí son las que pasan por la autopista interestatal o los del petróleo. No van a pagar más para alojarse en una casa de huéspedes.

—Solo hay un hotel —espetó mamá—. Está lleno casi todas las noches.

—No todas las noches —repuso mi padre, secándose la frente con una servilleta—. Y aunque estuviéramos desbordados de clientes, no sería suficiente para mantener un negocio.

—¿Papá? —dije—. ¿No te encuentras bien?

—Estoy bien, Catherine. Es solo que hoy he pasado demasiado calor.

—Bebe más agua —dije mientras empujaba el vaso hacia él.

Mi madre se retorcía las manos.

—Sabes que es algo que siempre he querido hacer con esta casa.

—Para abrir un negocio se necesita dinero —dijo papá—. Y no me siento cómodo con la idea de tener a unos extraños durmiendo al lado de Catherine todas las noches.

—Pero si acabas de decir que no tendríamos ningún huésped —le echó en cara mamá.

—Es que no los tendremos, Mavis. Si esta casa estuviera en San Francisco o en cualquier lugar con una atracción turística, los tendríamos, pero estamos en mitad de Oklahoma, no hay absolutamente nada en dos horas a la redonda.

—Dos lagos —replicó ella.

—La gente que va al lago hace una excursión de un día o acampa. Esto no es Missouri. No estamos en la orilla de Crystal Lake con Branson a diez minutos. No es lo mismo.

—Podría serlo, si lo publicitáramos. Si conseguimos que la ciudad colabore con nosotros.

—¿Para hacer qué, exactamente? Eso no puedes discutírmelo. Sencillamente, en términos financieros no es responsable abrir ese tipo de negocio cuando llevamos un mes de retraso para saldar nuestras deudas. —Papá me miró como si acabara de meter la pata.

—Yo podría buscar trabajo —dije.

Papá empezó a hablar, pero mamá lo interrumpió:

—Podría trabajar para mí en la casa de huéspedes Juniper Bed & Breakfast.

—No, cielo —dijo papá, exasperado—. No podrías pagarle hasta después de mucho tiempo, y entonces ya no tendría ningún sentido. Mírame. Sabes que no es una buena idea. Sabes que no lo es.

—Llamaré al banco por la mañana. Sally nos concederá un préstamo. Sé que lo hará.

Papá dio un puñetazo sobre la mesa.

—Maldita sea, Mavis. He dicho que no.

Mamá soltó un bufido.

—¡Tú nos metiste en esto! ¡Si hubieras hecho tu trabajo, no te habrían despedido!

—Mami… —le advertí.

—¡Esto es culpa tuya! —dijo sin hacerme caso—. Nos vamos a quedar sin un centavo, ¡y se suponía que tú debías cuidar de nosotras! ¡Lo prometiste! ¡Ahora te quedas todo el santo día en casa mientras yo soy el único sustento! Tendremos que vender la casa. ¿Adónde vamos a ir? ¿Cómo diablos acabé con un tipejo así?

—¡Mami! —grité—. ¡Ya está bien!

A mamá le temblaban las manos mientras se hurgaba las uñas y se toqueteaba el pelo alborotado. Giró sobre sus talones y corrió escaleras arriba, resoplando mientras subía.

Papá me miró con gesto avergonzado y arrepentido.

—Tu madre no lo ha dicho en serio, princesa.

Me senté.

—Nunca lo dice en serio —gruñí en voz baja.

Papá torció la boca.

—Solo está estresada.

Alargué la mano hacia la mesa y tomé su mano húmeda.

—¿Solo ella?

—Ya me conoces. —Me guiñó un ojo—. Caerse es muy fácil. Lo difícil es volver a levantarse. Lo arreglaré, no te preocupes. —Se frotó el hombro.

Le sonreí.

—No estoy preocupada. Iré a Braum's y preguntaré si necesitan a alguien.

—No te precipites. Empezaremos a hablar de eso el mes que viene. Tal vez.

—No me importa, en serio.

—¿Has almorzado ya? —preguntó.

Negué con la cabeza y papá frunció el ceño.

—Será mejor que te prepares algo. Yo voy a subir a ver si tranquilizo a mamá.

Asentí con la cabeza, viéndolo levantarse con dificultad y luego casi perder el equilibrio. Lo sujeté del brazo hasta que se estabilizó.

—¡Papá! ¿No te habrá dado una insolación?

—Me llevaré esto conmigo —dijo, sujetando el vaso de agua en la mano.

Crucé los brazos mientras observaba cómo subía las escaleras despacio. Parecía más viejo, más débil. Ninguna hija querría ver a su padre de otro modo que no fuera invencible.

Cuando llegó arriba, entré en la cocina y abrí la nevera. Esta empezó a emitir un zumbido, y siguió zumbando mientras buscaba embutido y un poco de queso. No había ni rastro de embutido, pero encontré una última loncha de queso y algo de mayonesa. Saqué las dos cosas de la nevera y busqué pan. Nada.

Había un paquete de galletas saladas en el armario, así que unté un poco de mayonesa y desmenucé el queso en cuadrados pequeños, tratando de extenderlo sobre la mayor cantidad de galletas posible. Mamá había estado tan preocupada que había olvidado ir a comprar. Me pregunté cuántas veces más podríamos permitirnos ir a la tienda.

La silla del comedor de papá crujió cuando me senté. Tomé la primera galleta y, al darle un mordisco, se partió ruidosamente en mi boca. Mi padre y mi madre no estaban peleándose —mamá ni siquiera estaba llorando, cosa que solía hacer cuando estaba así de estresada— y empecé a preguntarme qué estaría pasando ahí arriba y por qué no estaba en el trabajo.

La lámpara del techo tembló, luego las tuberías comenzaron a gimotear. Lancé un suspiro, suponiendo que papá estaría preparando un baño para ayudar a mamá a calmar sus nervios.

Terminé de almorzar, lavé el plato y salí al balancín del porche. Elliott ya estaba columpiándose allí, con unos *brownies* gigantes envueltos en celofán y dos botellas de Coca-Cola.

Me los enseñó.

—¿Postre?

Me senté a su lado, sintiéndome relajada y feliz por primera vez desde que se había ido. Abrí el plástico transparente y mordí el brownie, emitiendo un murmullo de satisfacción.

—¿Lo ha hecho tu tía?

Entrecerró un ojo y sonrió.

—Le miente a su grupo de mujeres que ayudan en la iglesia y dice que es su receta.

—¿Y no lo es? Nos los ha hecho para nosotros antes. Todo el vecindario habla maravillas de los *brownies* de Leigh.

—Es una receta de mi madre. La tía Leigh me hace feliz, así que no la delato.

Sonreí.

—No se lo diré a nadie.

—Lo sé —dijo, empujando con los pies—. Eso es lo que me gusta de ti.

—¿Y qué es eso, exactamente?

—¿Le has dicho a alguien que mi tío se ha quedado sin trabajo?

—Por supuesto que no.

—Pues eso. —Se inclinó hacia atrás, acunando su cabeza en las manos—. Que sabes guardar un secreto.

Capítulo 3

Elliott

Fui a ver a Catherine al día siguiente, y al otro, y todos los días durante dos semanas. Íbamos paseando a tomar un helado, íbamos paseando al arroyo, íbamos paseando al parque... simplemente paseábamos. Si sus padres se estaban peleando, ella no estaba en casa para verlo, y aunque yo no podía hacer nada más para mejorar esa situación, ella estaba contenta.

Catherine seguramente estaría sentada en el balancín del porche, como hacía todas las tardes, esperando a que yo asomase por su zona de la calle. Yo había estado cortando el césped toda la mañana, tratando de acabar todos mis compromisos antes de que las nubes oscuras y amenazadoras que habían empezado a encapotar el cielo del sudoeste llegaran a Oak Creek.

Cada vez que volvía a casa para beber más agua, el tío John estaba pegado a las noticias, escuchando el parte meteorológico sobre los cambios de presión y las ráfagas de viento. Habíamos estado oyendo truenos durante la última hora, unos truenos que resonaban cada vez con más fuerza, cada diez minutos más o menos. Después de acabar mi último jardín, volví corriendo a casa y me duché, agarré mi cámara y me esforcé al máximo por disimular la prisa que tenía cuando llegué al porche de Catherine.

Su blusa fina y sin mangas se le adhería en distintos puntos de aquella piel reluciente. Estaba tirándose de los bordes deshilachados de los pantalones cortos vaqueros con lo que le quedaba de sus uñas mordidas. Me costaba respirar en medio de aquel bochorno, y me alegré al percibir un súbito escalofrío en el aire cuando el cielo se oscureció y la temperatura bajó. Las hojas empezaron a silbar cuando el frío viento de la tormenta se abrió paso entre ellas y se llevó volando el calor que danzaba sobre el asfalto apenas momentos antes.

El señor Calhoun salió corriendo de la casa, arreglándose la corbata.

—Tengo un par de entrevistas, princesa. Te veo esta tarde.

Bajó las escaleras al trote para, acto seguido, volver sobre sus pasos. Después de darle un rápido beso en la mejilla y de lanzarme una mirada elocuente, corrió hacia el Buick y salió con el coche, pisando a fondo el acelerador.

El balancín rebotó y las cadenas se estremecieron cuando me senté junto a Catherine. Tomé impulso con los pies y nos empujé a ambos en un vaivén desigual. Catherine estaba en silencio, y sus dedos largos y elegantes captaron mi atención. Me dieron ganas de agarrarle la mano de nuevo, pero esta vez quería que fuese ella quien tomase la iniciativa. Las cadenas del balancín crujían a un ritmo relajante, e incliné la cabeza hacia atrás, mirando las telarañas del techo y advirtiendo el montón de insectos muertos que había dentro de la lámpara del porche.

—¿Cámara? —preguntó Catherine.

Di unas palmadas a la bolsa.

—Por supuesto.

—Has hecho cientos de fotos de la hierba, del agua del arroyo de Deep Creek, de los columpios, del tobogán, de los árboles y de las vías del ferrocarril. Hemos hablado un poco de tus padres y mucho de los míos, de Presley, las clones, el fútbol, las universidades a las que nos gustaría ir y dónde queremos estar dentro de cinco años. ¿Cuál es el plan para hoy? —preguntó.

Sonreí.

—Tú.

—¿Yo?

—Va a llover. He pensado que podríamos quedarnos en casa.

—¿Aquí? —exclamó ella.

Me levanté y le ofrecí la mano, cansado de esperar a que lo hiciera ella.

—Ven conmigo.

—¿Qué? ¿Para una sesión de fotos o algo así? Es que no… no me gusta que me hagan fotos.

No me tomó la mano, así que me escondí el puño en el bolsillo, tratando de no morirme de vergüenza.

—Hoy no habrá sesión de fotos. Quería enseñarte algo.

—¿Qué?

—Lo más bonito que he fotografiado en mi vida.

Catherine me siguió a través de la puerta de la verja y seguimos andando calle abajo hasta la casa de mis tíos. Era la primera vez en semanas que íbamos a algún sitio sin que nuestra ropa estuviera completamente empapada de sudor.

La casa de la tía Leigh olía a pintura fresca y ambientador barato. Las marcas recientes de la aspiradora sobre la moqueta contaban en pocas palabras una breve historia sobre un ama de casa sin hijos muy atareada. El estampado de cuadros y la hiedra del papel pintado de las paredes venían directamente del año 1991, pero la tía Leigh se sentía orgullosa de su casa y se pasaba varias horas al día asegurándose de que estuviese inmaculada.

Catherine alargó la mano hacia la pared, hacia un cuadro con una mujer india, nativa norteamericana, con el pelo largo y oscuro, adornado con una pluma. Se detuvo justo antes de que sus dedos tocaran el lienzo.

—¿Es esto lo que querías enseñarme?

—Es bonito, pero no te he traído aquí por eso.

—Es tan... elegante. Parece tan perdida... No es solo hermosa... es de esas imágenes que hacen que te den ganas de llorar.

Sonreí, viendo a Catherine mirar el cuadro embelesada.

—Es mi madre.

—¿Tu madre? ¡Es guapísima!

—La tía Leigh lo pintó.

—Guau... —exclamó Catherine, mirando otros cuadros con estilos similares, todos paisajes y retratos, y en todos parecía como si, en cualquier momento, el viento fuera a hacer que la hierba se estremeciera, o que un pelo oscuro rozara la exuberante piel morena—. ¿Son todos suyos?

Asentí.

El televisor de pantalla plana que colgaba en la pared, muy arriba, estaba encendido, con el presentador de las noticias hablando a una habitación vacía desde antes de que llegáramos.

—¿Leigh está en el trabajo? —preguntó Catherine.

—Deja la tele encendida cuando se va. Dice que así los ladrones piensan que hay alguien en casa.

—¿Qué ladrones? —preguntó.

Me encogí de hombros.

—Pues no sé. Cualquier ladrón, supongo. —Pasamos por delante del televisor y recorrimos un pasillo en penumbra hacia una puerta marrón con el pomo de bronce. La abrí y una ráfaga de aire con un rastro sutil de moho apartó el flequillo de Catherine de sus ojos.

—¿Qué hay ahí abajo? —preguntó, asomándose a la oscuridad.

—Mi habitación.

Se oían unos golpes rítmicos en el tejado y, al volverme para mirar por las ventanas delanteras, vi unas bolitas de hielo del tamaño de un guisante rebotando sobre la hierba mojada. Mientras caían, se hacían más grandes. Una bola blanca del tamaño de una moneda de medio dólar hizo contacto con la acera y se rompió en pedazos. Con la misma rapidez con que iba cayendo el granizo, este desaparecía y se derretía, tal como había imaginado.

Ella volvió a centrar su atención en la oscuridad. Parecía extremadamente nerviosa.

—¿Duermes ahí abajo?

—Normalmente, sí. ¿Quieres verlo?

Tragó saliva.

—Tú primero.

Me reí.

—Gallina.

Bajé los escalones y luego desaparecí en la oscuridad, estirando el brazo exactamente donde sabía que había un cordón para encender la única bombilla pelada del techo.

—¿Elliott? —me llamó Catherine desde la mitad de las escaleras. Oírla llamarme con su vocecilla menuda y nerviosa hizo que algo dentro de mí hiciera un clic. Solo quería que se sintiera segura conmigo—. Espera, estoy encendiendo la luz.

Después de un chasquido y un tintineo, la bombilla que colgaba del techo iluminó el espacio que nos rodeaba.

Catherine bajó el resto de los peldaños despacio. Miró hacia abajo, a la enorme alfombra verde de pelo que había justo en el centro del suelo de cemento.

—Es horrorosa, pero es mejor que pisar un suelo frío a primera hora de la mañana —comenté.

Examinó el pequeño sofá de dos plazas, un televisor antiguo, un escritorio con un ordenador y el futón donde dormía.

—¿Dónde está tu cama? —preguntó.

Señalé el futón.

—Ahí, en el suelo.

—No parece… lo bastante largo.

—No lo es —dije sin más, sacando la cámara de la bolsa y la tarjeta de memoria de la parte inferior del aparato. Me senté en la silla de jardín que el tío John me había comprado para que la usara con el escritorio que la tía Leigh encontró abandonado en una acera, e inserté el pequeño rectángulo que llevaba en la mano en una rendija del ordenador.

—¿Elliott?

—Solo tengo que abrirlo. —Hice clic varias veces con el ratón y entonces oímos una especie de aullido débil y agudo que resonaba por encima de nosotros. Me quedé paralizado.

—¿No es esa...?

—¿Es la sirena de alarma para tornados? —dije, poniéndome de pie precipitadamente y agarrando a Catherine de la mano para arrastrarla hacia lo alto de las escaleras. El sonido venía de la televisión, donde aparecía un meteorólogo frente a un mapa salpicado de colores rojos y verdes. Habían emitido una alerta para todo el condado ante el riesgo inminente de una fuerte tormenta que nos iba a alcanzar en cualquier momento.

—Elliott —dijo Catherine, apretándome la mano—. Será mejor que vuelva a casa antes de que la cosa se ponga fea.

El cielo se estaba oscureciendo por momentos.

—No me parece una buena idea. Deberías quedarte aquí hasta que pase la tormenta.

Un pequeño mapa de Oklahoma, dividido por condados, aparecía en la esquina superior derecha de la pantalla plana, iluminado como un árbol de Navidad. Los nombres de las ciudades iban desfilando por la parte inferior.

El meteorólogo se puso a señalar a nuestro condado y a decir cosas como «riesgo de fuertes inundaciones» y «tomar precauciones de forma inmediata».

Miramos por la ventana y observamos como una fuerza invisible golpeaba los árboles y esparcía las hojas. Un relámpago relumbró y proyectó nuestras sombras sobre la pared, entre dos sillones reclinables de cuero marrón. El trueno retumbó por todo Oak Creek y empezó a granizar de nuevo. La lluvia azotaba el tejado, acumulándose tan rápido que el agua rebosaba de los canalones y caía a chorros sobre el suelo. Las calles se estaban transformando en riachuelos cargados con lo que parecía más bien leche con chocolate en lugar de agua de lluvia, y las alcantarillas desbordadas no tardaron en gorgotear y regurgitarlo todo a la calle.

El meteorólogo rogó a los espectadores que no condujesen bajo la lluvia torrencial. El viento aullaba a través de las juntas de la ventana mientras los cristales se estremecían.

—Mi padre está ahí fuera, conduciendo seguramente. ¿Me prestas tu teléfono? —preguntó.

Le di mi aparato, desbloqueado y listo para marcar. Catherine frunció el ceño cuando saltó el buzón de voz.

—¿Papá? Soy Catherine. Te llamo desde el teléfono de Elliott. Estoy en su casa y a salvo. Llámame cuando escuches este mensaje para saber que estás bien. El número de Elliott es… —Me miró y vocalicé los números—. Tres-seis-tres, cinco-uno-ocho-cinco. Llámame, ¿de acuerdo? Estoy preocupada. Te quiero.

Me devolvió el teléfono y me lo guardé en el bolsillo.

—Seguro que está bien —le dije, abrazándola.

Catherine se agarró a mi camisa y presionó la mejilla contra mi hombro. Me hizo sentir como un superhéroe.

Me miró y yo detuve mis ojos sobre sus labios. El labio inferior era más carnoso que el superior, y durante medio segundo me imaginé qué se sentiría al besarla, justo antes de inclinarme hacia delante.

Catherine cerró los ojos y yo cerré los míos, pero justo antes de que mis labios tocaran los de ella, susurró:

—¿Elliott?

—¿Sí? —dije sin moverme ni un centímetro más.

Aun a través de los párpados cerrados, vi cómo un rayo iluminaba toda la casa, y un trueno lo sucedió de inmediato. Catherine me rodeó con los brazos y me abrazó muy fuerte.

La abracé hasta que se relajó, soltándome con una risa tímida. Tenía las mejillas sonrosadas.

—Lo siento.

—¿Por qué?

—Por… estar aquí conmigo.

Sonreí.

—¿Y en qué otro sitio iba a estar?

Vimos la transformación del granizo en una lluvia que se estrellaba contra el suelo en grandes goterones. El viento obligaba a los árboles a inclinarse y recibir la tormenta haciendo una reverencia. El primer chasquido me tomó por sorpresa. Cuando cayó el primer árbol, Catherine dio un respingo.

—Pasará pronto —dije, abrazándola. Nunca en toda mi vida me había alegrado tanto de que hubiese una tormenta.

—¿Deberíamos ir al sótano? —preguntó Catherine.

—Podemos ir si eso te hace sentir mejor.

Catherine miró la puerta de mi habitación y luego relajó la presión de sus dedos sobre mí.

—Será mejor que no.

Me eché a reír.

—¿Qué es lo que te hace tanta gracia? —preguntó ella.

—Que estaba pensando justo lo contrario.

—No es que yo… —Se situó a mi lado, entrelazando su brazo con el mío y apretándolo con fuerza, presionando la mejilla contra él—. Muy bien, voy a decirlo: me gustas.

Ladeé la cabeza y apoyé la mejilla en su pelo. Olía a champú y sudor. A sudor limpio. En esos momentos era mi olor favorito.

—Tú también me gustas. —Seguí con la vista fija al frente mientras hablaba—. Eres exactamente como pensé que serías.

—¿Qué quieres decir?

Empezó a granizar de nuevo, esta vez directamente contra las ventanas que recorrían la pared delantera de la sala de estar de la tía Leigh. Una parte del cristal se resquebrajó y extendí el brazo sobre el pecho de Catherine, dando un paso atrás. Una luz muy potente relumbró desde el otro lado de la calle y un fuerte estruendo sacudió la casa.

—¿Elliott? —dijo Catherine, con el miedo impregnando su voz.

—No dejaré que te pase nada, te lo prometo —dije. Vimos cómo, fuera, los árboles se zarandeaban al viento.

—Quieres salir, ¿verdad? A sacar fotos —dijo Catherine.

—No tengo la cámara adecuada para eso. Algún día.

—Deberías trabajar para *National Geographic* o algo así.

—Ese es el plan. Hay un mundo entero ahí fuera por descubrir. —Me volví para mirarla—. ¿Ya has cambiado de idea? Vas a hacer la maleta después de la graduación de todos modos. ¿Por qué no te vienes conmigo y ya está?

La primera vez que se lo pregunté acabábamos de conocernos. Una amplia sonrisa se extendió por su rostro.

—¿Me lo estás preguntando otra vez?

—Todas las veces que haga falta.

—¿Sabes? Ahora que hemos pasado algún tiempo juntos, la idea de viajar por el mundo contigo me parece un proyecto más estable que quedarme en casa.

—¿Entonces? ¿La respuesta es sí? —pregunté.

—La respuesta es sí —dijo.

—¿Lo prometes?

Catherine asintió y no pude controlar la estúpida expresión de mi rostro.

De pronto dejó de granizar, y luego el viento empezó a amainar. La sonrisa de Catherine se desvaneció con la lluvia.

—¿Qué pasa?

—Debería irme a casa.

—Ah. Sí, claro. Te acompaño.

Catherine me sujetó ambos hombros y luego se inclinó hacia delante, el tiempo justo para besarme la comisura de la boca. Fue tan rápido que ni siquiera tuve tiempo de disfrutarlo antes de que el beso terminara, pero no me importaba: en ese momento habría sido capaz de escalar una montaña, de dar la vuelta al mundo corriendo y de atravesar nadando el océano, porque si Catherine Calhoun decidía que quería besarme, todo era posible.

El sol comenzaba a asomar tímidamente por detrás de las nubes mientras la oscuridad se desplazaba hacia la siguiente ciudad. Los vecinos empezaron a salir a la calle para comprobar los daños. A pesar de que había unas cuantas ventanas rotas, una gran cantidad de tejas desprendidas y desperdigadas por todas partes, líneas eléctricas rotas, árboles caídos y ramas, las casas parecían intactas. Una alfombra de hojas verdes inundaba la calle Juniper, flanqueada por dos corrientes de agua sucia que fluían hacia los desagües pluviales al cabo de la calle.

Catherine se dio cuenta al mismo tiempo que yo de que no había ningún coche en la entrada de su casa. Abrí la puerta de la verja, la seguí y nos sentamos en el balancín húmedo del porche.

—Esperaré aquí contigo hasta que lleguen —dije.

—Gracias. —Se acercó y deslizó sus dedos entre los míos, y yo tomé impulso con los pies, balanceándome y esperando que el mejor día de mi vida hasta ese momento pasara muy muy despacio.

Capítulo 4

Catherine

El resto del verano estuvo marcado por días con temperaturas que batían todos los récords y por el constante martilleo de las pistolas de clavos mientras las distintas empresas reparaban los tejados. Elliott y yo pasamos mucho tiempo riéndonos bajo la sombra de los árboles y haciendo fotos a la orilla de Deep Creek, pero nunca volvió a invitarme a ir a casa de su tía. Todos los días luchaba contra el impulso de pedirle poder ver al fin la fotografía de su sótano, pero mi orgullo era lo único más fuerte que mi curiosidad.

Vimos juntos los fuegos artificiales del Cuatro de Julio sentados en sillas de camping detrás de los campos de béisbol, e hicimos sándwiches y compartimos almuerzos y pícnics todos los días después de eso, sin hablar de nada importante, como si nuestro verano no fuera a terminar jamás.

El último sábado de julio parecía que nos habíamos quedado sin cosas que decirnos. Elliott se había presentado todas las mañanas a las nueve, esperando fielmente en el balancín, pero desde la semana anterior se le veía más tristón.

—Tu chico está en el balancín otra vez —dijo papá, enderezándose la corbata.

—No es mi chico.

Papá se sacó un pañuelo y se secó el sudor de la frente. Estar en el paro le había pasado factura: había perdido peso y no dormía bien.

—¿Ah, no? ¿Dónde está Owen?

—He pasado por su casa unas cuantas veces. Prefiero estar fuera en la calle que ver cómo juega a videojuegos.

—Quieres decir fuera en la calle con Elliott —señaló papá con una sonrisa.

—¿Has desayunado? —pregunté.

Mi padre negó con la cabeza.

—No he tenido tiempo.

—Tienes que cuidarte más —dije, y le empujé suavemente las manos a los lados. Le arreglé la corbata y le di unas palmaditas en el hombro. Tenía la camisa húmeda—. Papi.

Me besó en la frente.

—Estoy bien, princesa. Deja de preocuparte. Deberías irte. No querrás llegar tarde a tu cita en el arroyo. O en el parque. ¿Hoy qué toca?

—Parque. Y no es una cita.

—¿Te gusta?

—No en ese sentido.

Papá sonrió.

—Pues me habrías engañado perfectamente. Aunque él no me engaña. Los padres sabemos cosas.

—O imagináis cosas —dije, abriendo la puerta.

—Te quiero, Catherine.

—No tanto como yo te quiero a ti.

Salí y sonreí al ver a Elliott meciéndose en el balancín del porche. Llevaba una camisa a rayas y un pantalón corto de color caqui, y la cámara colgada al cuello, como siempre.

—¿Lista? —me preguntó—. He pensado que podríamos pasar por Braum's a desayunar.

—Perfecto —dije.

Caminamos las seis manzanas hacia uno de nuestros lugares favoritos y nos sentamos en el reservado que nos habíamos hecho nuestro. Elliott seguía tan callado como toda la semana anterior, asintiendo y respondiendo cuando tocaba, pero su cabeza parecía estar a miles de kilómetros de allí.

Fuimos al centro, andando sin ningún destino concreto. Tal como habíamos hecho durante los tres meses anteriores, utilizábamos nuestros paseos como excusa para hablar, para pasar tiempo juntos.

El sol se apuntalaba en lo alto del cielo cuando llegamos a mi casa para preparar unos sándwiches. Habíamos convertido los pícnics en nuestro ritual, y nos turnábamos para elegir el lugar. Le tocaba a Elliott, y eligió el parque, bajo la sombra de nuestro árbol favorito.

Extendimos en silencio una colcha de *patchwork* que había tejido mamá. Elliott desenvolvió su sándwich de pavo con queso como si el bocadillo lo hubiera ofendido, o como si lo hubiese ofendido yo, aunque no se me ocurría ni un solo momento de nuestro verano juntos que hubiera sido algo menos que perfecto.

—¿No está bien? —pregunté, sujetando mi sándwich con ambas manos. Al de Elliott solo le faltaba un simple mordisco, cuando yo ya me había comido la mitad del mío.

—No —dijo Elliott, soltando su sándwich—. Decididamente, no está bien.

—¿Por qué? ¿Qué le pasa? ¿Demasiada mayonesa?

Hizo una pausa y luego esbozó una sonrisa tímida.

—No hablo del sándwich, Catherine. Me refiero a todo lo demás menos al sándwich… y a estar sentado aquí contigo.

—Ah —acerté a decir, a pesar de que no dejaba de darle vueltas a la última frase de Elliott.

—Me voy mañana —dijo de mala gana.

—Pero volverás, ¿verdad?

—Sí, pero… no sé cuándo. En Navidad, tal vez. Quizá no vuelva hasta el verano que viene.

Asentí, bajando la vista hacia mi almuerzo, que acabé dejando de lado tras decidir que, después de todo, en realidad no tenía tanta hambre.

—Tienes que prometérmelo —dije—. Tienes que prometerme que volverás.

—Te lo prometo. Puede que no sea hasta el próximo verano, pero volveré.

El vacío y la desesperación que sentí en ese momento solo eran comparables a cuando perdí a mi perro. Podía parecer una conexión absurda, pero Bobo se tumbaba a los pies de mi cama todas las noches y no importaba cuántas veces mamá tuviera un día malo o un ataque de ira: Bobo siempre sabía cuándo gruñir y cuándo mover la cola.

—¿En qué estás pensando? —preguntó Elliott.

Negué con la cabeza.

—Es una tontería.

—Vamos. Dímelo.

—Antes tenía un perro. Era un perro callejero. Papá lo trajo a casa de la perrera un día, así, de repente. Se suponía que era para mamá, para animarla, pero él se encariñó conmigo. Mamá se ponía celosa, pero yo no estaba segura de quién tenía celos, si de Bobo o de mí. Se murió.

—¿Tu madre sufre depresiones?

Me encogí de hombros.

—Nunca me lo han dicho. No hablan de eso delante de mí. Solo sé que lo pasó mal cuando era niña. Mamá dice que se alegra de que sus padres murieran cuando lo hicieron, antes de que yo naciera. Decía que eran muy crueles.

—Ay… Si alguna vez soy padre, mis hijos tendrán una infancia normal. Una infancia que, cada vez que la recuerden, deseen poder volver a ella, y no que sea algo que tengan que olvidar y superar. —Me miró—. Te voy a echar de menos.

—Yo también voy a echarte de menos. Pero… no por mucho tiempo. Porque volverás.

—Volveré. Prometido.

Fingí estar contenta y bebí un sorbo de mi lata de refresco con la pajita. Después de eso todos los temas de conversación fueron forzados, y todas las sonrisas, artificiales. Quería disfrutar de mis últimos días con Elliott, pero saber que nuestra despedida estaba a la vuelta de la esquina lo hacía imposible.

—¿Quieres ayudarme a hacer las maletas? —preguntó, encogiéndose al oír sus propias palabras.

—La verdad es que no, pero quiero verte todo lo que pueda antes de que te vayas, así que te ayudaré.

Recogimos nuestras cosas. Oímos el sonido de unas sirenas acercarse. Elliott se detuvo y luego me ayudó a ponerme de pie. Se oyó otra sirena procedente del extremo opuesto de la ciudad, posiblemente del parque de bomberos, y parecía venir en nuestra dirección.

Elliott enrolló la colcha de mamá y se la colocó bajo el brazo. Yo reuní las bolsas del almuerzo y las tiré a la basura. Elliott me ofreció su mano y yo, sin dudarlo, la tomé. El hecho de saber que se iba hizo que dejara de importarme si las cosas entre nosotros habían cambiado.

Cuando nos acercábamos a la calle Juniper, Elliott me apretó la mano.

—Vamos a dejar la colcha en tu casa y luego haremos mis maletas.

Asentí con la cabeza y sonreí cuando empezó a balancear nuestras manos. La vecina del otro lado de la calle estaba de pie en el porche con su hijo pequeño apoyado en la cadera. La saludé con la mano, pero ella no me devolvió el saludo.

Elliott aminoró el paso y la expresión de su rostro cambió, pasando de la confusión primero a la preocupación después. Miré hacia mi casa y vi un coche patrulla de la policía y una ambulancia, con las luces rojas y azules girando sin cesar. Solté la mano de Elliott, pasé por delante de los vehículos de emergencia y tiré de la puerta de la verja, sin reparar en que, presa del pánico, no había quitado el pestillo antes.

Las manos firmes de Elliott retiraron el pestillo y entré corriendo, deteniéndome a mitad de camino cuando la puerta de mi casa se abrió. Un auxiliar médico caminaba de espaldas, arrastrando una camilla en la que transportaba a mi padre. Este estaba pálido y tenía los ojos cerrados, y llevaba una mascarilla de oxígeno en la cara.

—¿Qué… qué ha pasado? —pregunté, llorando.

—Disculpa —dijo el paramédico, abriendo la parte trasera de la ambulancia mientras subían dentro a mi padre.

—¿Papá? —lo llamé—. ¿Papi?

No respondió, y las puertas de la ambulancia se cerraron en mi cara.

Corrí hacia el agente de policía que bajaba los escalones del porche.

—¿Qué ha pasado?

El agente me miró.

—¿Eres Catherine?

Asentí, notando las manos de Elliott sobre mis hombros.

El agente torció la boca.

—Al parecer, tu padre ha sufrido un ataque al corazón. Dio la casualidad de que tu madre hoy solo trabajaba media jornada y se lo ha encontrado en el suelo al llegar a casa. Ella está dentro. Deberías… intentar hablar con ella. Prácticamente no ha dicho nada desde que llegamos. Tal vez debería ir al hospital. Podría estar en estado de shock.

Subí corriendo las escaleras y entré en la casa.

—¿Mami? —la llamé—. ¡Mami!

No me respondió. Miré en el comedor, en la cocina, y luego corrí por el pasillo hacia la sala de estar. Mi madre estaba sentada en el suelo, con la mirada fija en la alfombra que tenía debajo.

Me arrodillé frente a ella.

—¿Mami?

No me reconoció, ni siquiera parecía que me hubiese oído.

—Todo irá bien —dije, tocándole la rodilla—. Papá se va a poner bien. Deberíamos ir al hospital y estar con él allí. —No respondió—. ¿Mami? —La zarandeé con delicadeza—. ¿Mami?

Nada.

Me puse de pie, me toqué la frente con la palma de la mano y luego corrí afuera para llamar al agente. Lo alcancé justo cuando se iba la ambulancia. Era un hombre grueso y sudaba a chorros.

—Agente… mmm… —Miré la placa plateada que llevaba prendida del bolsillo—. ¿Sánchez? Mami… mi madre no está bien.

—¿Sigue sin hablar?

—Creo que tiene razón. Debería ir al hospital ella también.

El agente asintió con gesto apesadumbrado.

—Esperaba que hablara contigo. —Pulsó el botón de una pequeña radio que llevaba en el hombro—. Aquí cuatro siete nueve.

Una mujer respondió:

—Cuatro siete nueve, te recibo.

—Voy a llevar a la señora Calhoun y a su hija a urgencias. La señora Calhoun podría necesitar asistencia médica a nuestra llegada. Por favor, avisen al personal del hospital.

—Recibido, cuatro siete nueve.

Busqué a Elliott, pero se había ido. Sánchez subió las escaleras y volvió a entrar directamente en la sala de estar donde estaba mamá, que seguía mirando al suelo.

—¿Señora Calhoun? —dijo el policía en voz baja. Se agachó delante de ella—. Soy el agente Sánchez de nuevo. Voy a llevarlas a usted y a su hija al hospital a ver a su marido.

Mamá negó con la cabeza y susurró algo que no pude entender.

—¿Puede levantarse, señora Calhoun?

Cuando mamá volvió a ignorar sus indicaciones, el agente trató de ponerla de pie. Yo me situé al otro lado, ayudándola para que no perdiera el equilibrio. Entre el agente Sánchez y yo llevamos a mamá al coche patrulla, donde le abroché el cinturón.

Mientras el policía rodeaba el coche hacia el lado del conductor, eché otro vistazo alrededor para ver si Elliott andaba por allí.

—¿Señorita Calhoun? —me llamó Sánchez.

Abrí la puerta del pasajero y me metí dentro, buscando a Elliott con la mirada mientras nos alejábamos.

Capítulo 5

Elliott

—¿Mami? ¡Mami! —La cara desencajada de Catherine adoptó una expresión que yo no había visto nunca mientras subía los escalones del porche de su casa. Desapareció detrás de la puerta, dejándome con la duda de si debía seguirla o no.

Mi instinto me decía que me quedara con ella. Di un paso adelante, pero un agente de policía me detuvo poniéndome la mano en el pecho.

—¿Eres familia?

—No, soy amigo suyo. Amigo de Catherine.

Negó con la cabeza.

—Entonces tendrás que esperar fuera.

—Pero... —Hice presión contra su mano, pero sus dedos se hincaron en mi piel.

—He dicho que esperes aquí. —Lo fulminé con la mirada, pero se limitó a reírse, sin sentirse en absoluto intimidado—. Tú debes de ser el hijo de Kay Youngblood.

—¿Y? —solté.

—¿Elliott? —Mamá estaba de pie en la acera, con las manos a los lados de la cara, a modo de megáfono improvisado—. ¡Elliott!

Volví a mirar a la casa y luego corrí hacia la verja de hierro forjado. A pesar de que el sol ya se había hundido en el horizonte, el sudor me goteaba desde el nacimiento del pelo, y el aire era casi demasiado espeso para poder respirar.

—¿Qué estás haciendo aquí? —pregunté, sujetando las puntas afiladas de la verja de hierro negro de los Calhoun.

Mamá dirigió la mirada a la policía y a los paramédicos, y luego miró hacia la casa, lo que le produjo una evidente desazón.

—¿Qué ha pasado?

—Es el padre de Catherine, creo. No me dejan entrar.

—Tenemos que irnos. Vamos.

Fruncí el ceño y negué con la cabeza.

—No puedo irme. Ha pasado algo malo. Tengo que asegurarme de que está bien.

—¿Quién?

—Catherine —contesté con impaciencia. Me volví con la intención de regresar a donde estaba antes, pero mi madre me agarró de la manga.

—Elliott, ven conmigo. Ahora.

—¿Por qué?

—Porque nos vamos.

—¿Qué? —exclamé, alarmado—. Pero si no tenía que irme hasta mañana…

—Cambio de planes.

Aparté el brazo bruscamente.

—¡No me voy a ir! ¡No puedo dejarla ahora! ¡Mira lo que está pasando! —Señalé la ambulancia con las dos manos.

Mi madre irguió el cuerpo, lista para atacar.

—No te atrevas a darme la espalda. Todavía no eres lo bastante mayor, Elliott Youngblood.

Retrocedí. Ella tenía razón. Había pocas imágenes más pavorosas que mi madre cuando sentía que le había faltado al respeto.

—Lo siento. Tengo que quedarme, mamá. Es lo correcto.

Levantó las manos y luego las dejó caer sobre los muslos.

—Pero si apenas conoces a esa chica…

—Es mi amiga y quiero asegurarme de que está bien. ¿Cuál es el problema?

Mi madre frunció el ceño.

—Esta ciudad es tóxica, Elliott. No puedes quedarte. Ya te advertí sobre el tema de hacer amigos, sobre todo con las chicas. No pensaba que lo primero que harías sería toparte precisamente con Catherine Calhoun.

—¿Qué? ¿De qué estás hablando?

—Hoy he llamado a la tía Leigh para organizar cuándo vendría a recogerte. Me ha contado lo de la hija de los Calhoun, la cantidad de tiempo que estabas pasando con ella. No te vas a quedar aquí, Elliott. Ni por ella, ni por tu tía Leigh, ni por nadie.

—Quiero quedarme, mamá. Quiero ir a la escuela aquí. He hecho amigos y…

—¡Lo sabía! —Señaló calle abajo—. Ese no es tu hogar, Elliott. —Respiraba con dificultad, y supe que estaba a punto de darme un ultimátum, como hacía siempre con papá—. Si quieres volver antes de que cumplas los dieciocho años, mueve el culo hacia la casa de tus tíos y haz las maletas ahora mismo.

Mis hombros se hundieron.

—Si me voy ahora y la dejo así, no querrá que vuelva —dije con voz suplicante.

Mamá entornó los ojos.

—Lo sabía. Es algo más que una amiga para ti, ¿no? ¡Lo último que te hace falta es dejar embarazada a esa chica! ¡Ellos nunca se marcharán de este pueblo de mala muerte! ¡Te quedarás aquí atrapado para siempre con esa putilla!

Tensé los músculos de la mandíbula.

—¡Ella no es así!

—¡Maldita sea, Elliott! —Se echó el pelo hacia atrás con los dedos, dejando las manos sobre la cabeza. Se paseó arriba y abajo un par de veces y luego me miró a la cara—. Sé que ahora no lo entiendes, pero algún día me agradecerás que te haya alejado de este sitio.

—¡A mí me gusta estar aquí!

Volvió a señalar calle abajo.

—Andando. Ahora. O nunca más volveré a traerte de visita.

—¡Mamá, por favor! —supliqué, gesticulando hacia la casa.

—¡Tira! —me gritó.

Lancé un suspiro y miré al agente, que estaba disfrutando divertido con el intercambio de palabras que estaba manteniendo con mi madre.

—¿Podría decírselo, por favor? Dígale a Catherine que he tenido que irme. Dígale que volveré.

—Te juro que te llevaré a rastras al coche, te lo juro por Dios —dijo mamá entre dientes.

El agente levantó una ceja.

—Será mejor que te vayas, muchacho. Tu madre habla en serio.

Crucé la puerta y pasé junto a mi madre, caminando trabajosamente en dirección a la casa del tío John y la tía Leigh. Mamá se esforzó por seguirme el ritmo, y su regañina se perdió entre el torbellino de pensamientos en mi cabeza. Haría que la tía Leigh me llevara al hospital para reunirme allí con Catherine. La tía Leigh podría ayudarme a explicarle por qué me había ido. Tenía ganas de vomitar. Catherine se llevaría un disgusto enorme cuando saliese y viese que yo no estaba allí.

—¿Qué ha pasado? —dijo la tía Leigh desde el porche. Subí los escalones y pasé junto a ella antes de abrir la puerta de golpe y dejar que se cerrara a mi espalda—. ¿Qué has hecho?

—¿Yo? —preguntó mamá, poniéndose inmediatamente a la defensiva—. ¡No soy yo la que deja que se escape con la hija de los Calhoun sin que nadie los vigile!

—Kay, solo son unos niños. Elliott es un buen chico, él no…

—¡¿Es que no te acuerdas de cómo eran los chicos a esa edad?! —gritó mamá—. ¡Sabes que no quiero que se quede aquí, y tú vas y miras hacia otro lado mientras él está haciendo sabe Dios qué con ella! Seguro que ella también quiere que se quede. ¿Qué crees que sería capaz de hacer para retenerlo aquí? ¿Te acuerdas de Amber Philips?

—Sí —respondió Leigh en voz baja—. Ella y Paul viven en esta misma calle, un poco más abajo.

—Él iba a graduarse y a Amber aún le faltaba un año para terminar el instituto, y estaba preocupada por que él conociese a otra en la universidad. ¿Qué edad tiene su niño ahora?

—Coleson va a la universidad. Kay —empezó a decir la tía Leigh; llevaba años practicando cómo manejar el carácter de mamá—: le dijiste que podía quedarse hasta mañana.

—Bueno, pues hoy estoy aquí, así que se va hoy.

—Kay, puedes quedarte aquí a pasar la noche. ¿Qué más da un día después? Deja que se despida.

Señaló a mi tía.

—Sé lo que estás haciendo. ¡Es mi hijo, no el tuyo! —Mamá se volvió hacia mí—. Nos vamos. No pasarás ni un minuto más con la hija de los Calhoun. Solo nos faltaba que la dejaras preñada, entonces te quedarías aquí atrapado para siempre.

—¡Kay! —la reprendió Leigh.

—Ya sabes lo mal que lo pasamos John y yo aquí cuando éramos pequeños. El acoso, el racismo, los insultos… ¿De verdad quieres eso para Elliott?

—No, pero… —La tía Leigh trató desesperadamente de encontrar palabras con que refutar sus argumentos, pero no lo consiguió.

Le supliqué con la mirada que me ayudara.

—¿Ves? —exclamó mamá, señalándome con todos los dedos—. Mira cómo te está mirando. Como si tú fueras a salvarlo. ¡No eres su madre, Leigh! ¡Te pido ayuda y tratas de arrebatármelo!

—Es feliz aquí, Kay —dijo la tía Leigh—. Piensa aunque sea dos segundos en lo que quiere Elliott.

—¡Estoy pensando en él! Que tú estés contenta viviendo en este lugar dejado de la mano de Dios no significa que vaya a permitir que mi hijo se quede aquí —espetó mamá—. Recoge tus cosas, Elliott.

—Mamá…

—¡Que recojas tus cosas te he dicho, Elliott! ¡Nos vamos!

—Kay, por favor… —le imploró la tía Leigh—. Espera a que John llegue a casa. Podemos hablar de esto.

Al no moverme, mi madre bajó las escaleras hacia mi cuarto con pasos furiosos.

La tía Leigh me miró y levantó las manos con gesto impotente. Se le humedecieron los ojos.

—Lo siento. No puedo…

—Lo sé —dije—. Está bien, no pasa nada. No llores.

Mi madre reapareció con mi maleta y algunas bolsas en la mano.

—Sube al coche.

Me empujó hacia la puerta.

Volví la mirada.

—¿Te asegurarás de que Catherine lo sepa? ¿Le dirás lo que ha pasado?

La tía Leigh asintió.

—Lo intentaré. Te quiero, Elliott.

La puerta de mosquitera se cerró de golpe, y con su mano en mi espalda, mi madre me guio hasta su camioneta Toyota Tacoma y abrió la puerta del pasajero.

Me detuve, intentando por última vez hacerla entrar en razón.

—Mamá. Por favor. Me iré contigo. Solo déjame decirle adiós. Déjame que se lo explique…

—No. No dejaré que te pudras en este lugar.

—Entonces, ¿por qué me trajiste aquí? —repliqué en voz alta.

—¡Sube al coche! —gritó ella, arrojando mis maletas a la parte de atrás.

Me senté en el asiento del pasajero y cerré dando un portazo. Mamá rodeó la parte delantera a toda prisa y se acomodó al volante, hizo girar la llave de contacto y metió la marcha atrás. Nos fuimos en la dirección opuesta a la casa de los Calhoun, justo cuando la ambulancia arrancaba y se alejaba por la carretera.

***

El techo de mi habitación, cada grieta, cada mancha de humedad, cada capa de pintura para tapar un resto de suciedad o de una araña… lo tenía todo grabado en mi mente. Cuando no estaba mirando al techo, preocupándome por cuánto más me odiaría Catherine con cada día que pasaba, estaba escribiéndole cartas, tratando de explicarme, suplicándole perdón, haciéndole nuevas promesas que —tal como mi madre me había advertido— tal vez sería imposible cumplir. Una carta por cada día, y acababa de terminar la número diecisiete.

Las voces ahogadas y enfurecidas de mis padres se filtraron por el pasillo, ya en la segunda hora de su discusión. Se peleaban por la pelea y discutían sobre quién estaba más equivocado de los dos.

—Pero ¡él te gritó! ¿Me estás diciendo que está bien permitir que te grite? —gritó mi padre.

—¡Me pregunto de dónde habrá sacado esa costumbre! —replicó mi madre.

—Ah, ¿vas a echarme eso en cara? ¿Esto es culpa mía? Fuiste tú quien lo envió allí, para empezar. ¿Por qué lo mandaste allí, Kay? ¿Por qué Oak Creek, si has dicho todos estos años que quieres que esté lo más lejos posible de allí?

—¿Y adónde iba a enviarlo si no? ¡Es mejor que dejar que se quede aquí y te vea tirado en casa, emborrachándote todo el santo día!

—Ah, no empieces otra vez con esa mierda. Te lo juro por Dios, Kay...

—¿Qué pasa? ¿Es que los hechos te estropean tu argumento? ¿Qué esperabas que hiciera exactamente? No podía quedarse aquí y vernos... verte... ¡No tenía otra opción! ¡Ahora se ha enamorado de esa maldita chica y quiere irse a vivir allí!

Al principio, mi padre contestó en voz tan baja que me fue imposible oírlo, pero no por mucho tiempo.

—Y te lo llevaste de allí sin ni siquiera dejarle decir adiós. No me extraña que esté tan cabreado. Yo también lo estaría si alguien me hubiera hecho eso cuando empezamos a salir. ¿Nunca piensas en nadie más que en ti, Kay? ¿No podrías pensar en sus sentimientos ni un minuto, joder?

—Estoy pensando en él. Ya sabes cómo me trataron allí de pequeña. Ya sabes cómo trataron a mi hermano. No quiero eso para él. No quiero que se quede atrapado allí. Y no hagas como si te importara algo lo que le pase. A ti lo único que te importa es tu estúpida guitarra y tu próxima caja de cerveza.

—Hay algo que me importa mucho y que es estúpido, sí, pero ¡no es mi guitarra!

—¡Vete a la mierda!

—Enamorarse de una chica de allí no es una sentencia a cadena perpetua, Kay. Lo más probable sería que no durasen mucho y rompiesen, o que esa familia se mudase a otro sitio.

—¡¿Es que no me estás escuchando?! —gritó mamá—. ¡Esa chica es una Calhoun! ¡Ellos no se van! ¡Son los dueños de esa ciudad! Leigh dijo que Elliott lleva años obsesionado con esa chica. ¿Y a que sería genial para ti si Elliott se fuera a vivir allí? Entonces no tendrías responsabilidades que te miraran a la cara todos los días. Podrías fingir que tienes veintiún años y alguna oportunidad aún de convertirte en una estrella de la música country.

—Los Calhoun no han sido los dueños de esa ciudad desde que estábamos en el instituto. Dios, qué ignorante eres…

—¡Que te vayas a la mierda!

Se oyó el ruido de un cristal al romperse y mi padre estalló.

—Pero ¡¿estás loca?!

Era mejor que me quedara en mi cuarto. Era el mismo rifirrafe de todos los días, tal vez un mando a distancia o un vaso lanzados al otro extremo de la sala, pero si me aventuraba a ir al resto de la casa, eso sería una declaración de guerra. Unos días después de haber vuelto a Yukon, quedó claro que pelearme con mi madre atraería la atención no deseada de mi padre, y cuando él se encaraba conmigo, entonces ella me defendía e iba a por él. Pese a lo mal que estaban las cosas antes, ahora estaban mucho, muchísimo peor.

Mi habitación seguía siendo el refugio seguro que siempre había sido, pero ahora me parecía diferente, y no entendía por qué. Mis cortinas azules todavía flanqueaban la única ventana, y el lateral de pintura descascarillada de la casa del vecino y su oxidado aparato de aire acondicionado seguían siendo las únicas vistas. Mamá había limpiado un poco en mi ausencia; había sacado el polvo a los trofeos del campeonato infantil de fútbol y de béisbol, y ahora estaban colocados mirando hacia fuera, todos separados a la misma distancia y organizados por año. En lugar de procurarme consuelo, mi entorno familiar solo me recordaba que estaba en una prisión deprimente, lejos de Catherine y de los interminables campos de Oak Creek. Echaba de menos el parque, el arroyo y kilómetros de paseos por caminos y pistas de tierra simplemente charlando y jugando a terminarnos nuestros cucuruchos de helado antes de que el azúcar y la leche nos chorrearan por los dedos.

La puerta de la entrada se cerró de golpe y me levanté para asomarme entre las cortinas. La camioneta de mamá dio marcha atrás y vi que mi padre iba al volante. Ella ocupaba el asiento del pasajero y seguían gritándose. Cuando desaparecieron de mi vista, salí corriendo de mi habitación y me precipité por la puerta principal para atravesar la calle a todo correr e ir a la casa de Dawson Foster. La puerta de mosquitera dio una sacudida cuando la golpeé con un lado del puño. En apenas unos segundos Dawson abrió la puerta, con el pelo rubio y enmarañado recogido a un lado y, pese a ello, cayéndole aún en sus ojos marrones.

Frunció el ceño, con aire confuso.

—¿Qué?

—¿Me dejas tu teléfono un momento? —pregunté, resoplando.

—Supongo —dijo, dando un paso al lado.

Abrí la puerta de mosquitera de un tirón y el aire acondicionado me refrescó la piel inmediatamente. Había bolsas vacías de patatas fritas en el sofá desvencijado, y el polvo relucía en cada superficie, mientras que el sol se reflejaba en las motas de polvo suspendidas en el aire. El impulso instintivo de apartarlas de un manotazo y saber, al mismo tiempo, que las inhalaría igualmente hizo que sintiera que me ahogaba.

—Ya lo sé. Hace un calor infernal —dijo Dawson—. Mi madre dice que es el veranillo de San Martín. ¿Qué significa eso?

Lo miré con gesto impaciente y sacó su teléfono de la mesa auxiliar situada junto al sofá antes de dármelo. Lo sujeté y traté de recordar el número de móvil de la tía Leigh. Tecleé los números y luego me acerqué el aparato a la oreja, rezando para que respondiera.

—¿Diga? —contestó la tía Leigh, ya con un rastro de suspicacia en la voz.

—¿Tía Leigh?

—¿Elliott? ¿Ya estás instalado en casa? ¿Cómo van las cosas?

—No muy bien. Llevo castigado prácticamente desde que volví.

Mi tía suspiró.

—¿Cuándo empiezan los entrenamientos de fútbol?

—¿Cómo está el señor Calhoun? —le pregunté.

—¿Cómo dices?

—El padre de Catherine. ¿Está bien?

Se quedó callada.

—Lo siento, Elliott. El entierro fue la semana pasada.

—El entierro. —Cerré los ojos, sintiendo una fuerte opresión en el pecho. Entonces empezó a bullirme la sangre.

—¿Elliott?

—Estoy aquí —dije entre dientes—. ¿Puedes...? ¿Puedes ir a casa de los Calhoun? ¿Explicarle a Catherine por qué me fui?

—No quieren ver a nadie, Elliott. Lo he intentado. Les llevé un guiso y una bandeja de *brownies*. No abren la puerta.

—¿Y ella está bien? ¿Tienes alguna forma de comprobar cómo está? —pregunté frotándome la nuca.

Dawson me observaba mientras me paseaba arriba y abajo, mirándome con los ojos llenos de preocupación y curiosidad a partes iguales.

—No la he visto, Elliott. No creo que nadie haya visto a ninguna de las dos desde el entierro. Toda la ciudad habla de ellas. Mavis estaba muy rara en el funeral, y han estado encerradas en esa casa desde entonces.

—Tengo que volver allí.

—¿No está a punto de comenzar la liga de fútbol?

—¿Puedes venir a buscarme?

—Elliott… —dijo la tía Leigh, arrastrando mi nombre con el peso del remordimiento—. Sabes que no puedo. Incluso aunque lo intentara, ella no me lo permitiría. Simplemente, no es una buena idea. Lo siento.

Asentí, incapaz de formular una respuesta.

—Adiós, muchacho. Te quiero.

—Yo también te quiero —susurré, lanzándole el teléfono a Dawson.

—¿Qué diablos…? —preguntó—. ¿Ha muerto alguien?

—Gracias por dejarme usar tu teléfono, Dawson. Tengo que volver antes de que mis padres regresen a casa.

Una vez fuera, volví corriendo a mi casa, con el calor golpeándome en la cara. Estaba sudando cuando llegué al porche, y cerré la puerta a mi espalda apenas minutos antes de que la camioneta reapareciera en el camino de entrada. Regresé a mi habitación, dando un portazo detrás de mí.

Su padre estaba muerto. El padre de Catherine había muerto, y yo había desaparecido, así, sin más ni más. Si antes estaba preocupado, ahora el pánico se había apoderado de todo mi ser. Catherine no solo iba a odiarme, sino que además nadie la había visto a ella ni a su madre.

—Mira quién está vivo —dijo mamá cuando abandoné mi cuarto para cruzar la sala de estar, pasar por la cocina, recorrer el pasillo pisando fuerte y atravesar el umbral de la puerta del garaje. Las pesas de papá estaban allí, y me habían prohibido salir de casa. La única forma de desahogarme era levantando pesas hasta que mis músculos temblaran de cansancio.

—Eh —dijo mi madre desde la puerta. Se apoyó en el marco y me observó mientras hacía ejercicio—. ¿Va todo bien?

—No —respondí, gruñendo.

—¿Qué pasa?

—Nada —le solté, sintiendo cómo me ardían los músculos.

Mi madre me observó terminar una serie y luego otra, y las arrugas de su entrecejo se hicieron más profundas. Se cruzó de brazos, rodeada de ruedas de bicicleta y estantes llenos de trastos y porquería de toda clase.

—¿Elliott?

Me concentré en el sonido de mi respiración, tratando de hacer que Catherine entendiera por pura voluntad que lo estaba intentando.

—¡Elliott!

—¿Qué? —grité, dejando caer la pesa que sostenía en la mano. Mamá se sobresaltó con el ruido y luego entró en el garaje.

—¿Se puede saber qué te pasa?

—¿Dónde está papá?

—Lo he dejado en casa de Greg. ¿Por qué?

—¿Va a volver?

Bajó la barbilla, confundida por mi pregunta.

—Pues claro.

—No hagas como si no os hubieseis estado peleando durante todo el día. Otra vez.

Suspiró.

—Lo siento. Intentaremos no gritar tanto la próxima vez.

—¿Para qué? —dije, jadeando.

Entornó los ojos para mirarme fijamente.

—Hay algo más.

—No.

—Elliott —dijo con tono de advertencia.

—El padre de Catherine ha muerto.

Arrugó la frente.

—¿Cómo sabes eso?

—Simplemente lo sé.

—¿Has hablado con tu tía Leigh? ¿Cómo? Tengo tu teléfono. —Cuando no respondí, señaló el suelo—. ¿Estás haciendo cosas a mis espaldas?

—No me dejas muchas más opciones.

—Yo podría decirte lo mismo.

Puse los ojos en blanco y ella tensó la mandíbula. Mi madre odiaba que hiciera eso.

—¿Me traes de vuelta aquí a rastras para encerrarme en mi habitación y escucharte a ti y a papá gritaros el uno al otro todo el día? ¿Es ese tu brillante plan para hacer que quiera quedarme a vivir aquí?

—Sé que las cosas son un poco difíciles ahora mismo.

—Las cosas son una mierda ahora mismo. Odio este lugar.

—No hace ni dos semanas que has vuelto.

—¡Quiero irme a casa!

La cara de mamá se incendió de un rojo llameante.

—¡Esta es tu casa! ¡Te quedas aquí!

—¿Por qué no me dejas explicarle a Catherine por qué me fui? ¿Por qué no me dejas averiguar si está bien o no?

—¿Por qué no puedes olvidarte de esa chica?

—¡Porque me importa! ¡Es mi amiga y está sufriendo!

Mamá se tapó los ojos y luego dejó caer la mano, volviéndose hacia la puerta. Se detuvo y dirigió la mirada hacia mí.

—No puedes salvar a todo el mundo.

La miré con el ceño fruncido, conteniendo mi rabia.

—Solo quiero salvarla a ella.

Cuando se fue, me agaché a recoger la pesa. Luego la sostuve sobre mi cabeza, la bajé por detrás y tiré de nuevo hacia arriba lentamente, movimiento que repetí hasta que me temblaron los brazos. No quería ser como mi padre, un hombre que lanzaba puñetazos a diestro y siniestro cada vez que algo o alguien le hacía estallar. El deseo de atacar era tan natural en mí que a veces me asustaba.

Mantener mi ira bajo control requería una práctica constante, sobre todo ahora que tenía que encontrar la manera de llegar a Catherine. Tenía que mantener la cabeza fría. Tenía que idear un plan sin dejar que mis emociones se interpusieran en mi camino.

Me hinqué de rodillas en el suelo y las pesas volvieron a golpearlo por segunda vez, con mis dedos sujetándolas todavía con fuerza alrededor de las empuñaduras, el pecho agitándose mientras los pulmones me pedían aire, los brazos temblando y los nudillos rozando el suelo de cemento. Las lágrimas me ardían en los ojos, haciendo que la ira fuera aún más difícil de dominar. Mantener las emociones fuera del plan para regresar junto a la chica a la que amaba iba a ser tan imposible como volver a Oak Creek.

Capítulo 6

Catherine

Las bisagras oxidadas de la verja de entrada crujieron para anunciar mi regreso del instituto. Hacía menos de dos semanas que había empezado mi último año de secundaria y ya me dolían los huesos y sentía que tenía el cerebro lleno de información. Arrastré la mochila por la tierra y por el tramo de acera irregular que llevaba al porche delantero. Pasé junto al desvencijado Buick que se suponía que iba a ser mío al cumplir los dieciséis, y me caí de rodillas cuando me tropecé con la punta del zapato en un trozo de cemento.

«Caerse es muy fácil. Lo difícil es volver a levantarse».

Me sacudí las rodillas despellejadas y me tapé la cara cuando una ráfaga de viento caliente me arrojó arena a las piernas y a los ojos. El cartel de arriba chirrió y levanté la vista, viéndolo balancearse hacia delante y hacia atrás. Para cualquier persona ajena, aquel lugar era la casa de huéspedes Juniper, pero, por desgracia para mí, era mi casa.

Me puse de pie, restregándome la tierra que se estaba convirtiendo en barro sobre los rasguños sanguinolentos que llevaba en los pulpejos de las manos y en las rodillas. No tenía sentido llorar. Nadie me oiría.

Era como si llevase la bolsa cargada de ladrillos mientras la subía por los escalones, intentando entrar en el porche enrejado antes de que el viento volviese a arrojarme una tonelada de arena. El instituto Oak Creek se hallaba en el lado este de la ciudad, mi casa estaba en el oeste, y me dolían los hombros por la larga caminata bajo el sol desde allí. En un mundo perfecto mi madre me recibiría de pie en la puerta con una sonrisa en el rostro y un vaso de té helado en la mano, pero la puerta polvorienta se veía cerrada y todo estaba a oscuras. Vivíamos en el mundo de mamá.

Lancé un gruñido a la puerta gigantesca con el arco redondo, que me fruncía el ceño cada vez que volvía a casa, burlándose de mí. Tiré del pomo y entré con la mochila a rastras. Aunque estaba enfadada y harta, tuve el cuidado de no dejar que la puerta de la calle se cerrara de un portazo a mi espalda.

La casa estaba llena de polvo, a oscuras, y hacía mucho calor, pero seguía siendo mejor que estar fuera, con el sol cruel y el chirriar de las cigarras.

Mamá no me recibió en la puerta sosteniendo un té helado. Ni siquiera estaba allí. Me quedé inmóvil, aguzando el oído para ver quién estaba.

En contra de los deseos de mi padre, mi madre había usado la mayor parte del dinero de su seguro de vida para transformar nuestra casa de siete habitaciones en un lugar donde el viajero fatigado pudiese descansar una noche o un fin de semana. Tal como papá había vaticinado, rara vez recibíamos nuevas visitas, y con los clientes habituales no teníamos suficiente. Aun después de haber vendido el coche de mamá, seguíamos sin poder pagar las facturas a tiempo. Aun después de los cheques de la seguridad social, aunque alquiláramos todas las habitaciones todas las noches durante el tiempo que me quedaba de instituto, nos lo quitarían todo igualmente. El banco se quedaría con la casa, el Departamento de Asuntos Sociales se quedaría conmigo y mamá y los huéspedes tendrían que encontrar otra manera de vivir fuera de las paredes del Juniper.

Me atraganté con el olor a cerrado y humedad y decidí abrir una ventana. El verano había sido terriblemente caluroso, incluso para Oklahoma, y el otoño no estaba dándonos ninguna tregua. Aun así, a mi madre no le gustaba encender el aire acondicionado a menos que esperásemos huéspedes.

Pero sí los esperábamos. Siempre estábamos esperando huéspedes.

Unos pasos corretearon por el pasillo de arriba. La araña de cristal vibró y yo esbocé una sonrisa: Poppy había vuelto.

Dejé mi mochila en la puerta y subí los escalones de madera de dos en dos. Poppy estaba al final del pasillo, de pie junto a la ventana, mirando al jardín trasero.

—¿Quieres salir a jugar? —le pregunté, alargando el brazo para acariciarle el pelo.

Ella negó con la cabeza pero no se volvió.

—Vaya —exclamé—. ¿No has tenido un buen día?

—Papá no me deja salir hasta que vuelva —dijo, gimoteando—. Lleva fuera mucho tiempo.

—¿Has almorzado? —le pregunté, tendiéndole la mano. Ella negó con la cabeza—. Seguro que tu papá te dejará salir conmigo si te comes un sándwich primero. ¿Mantequilla de cacahuete y mermelada?

Poppy sonrió. Era prácticamente una hermana pequeña. Había estado cuidando de ella desde su primera noche en la casa. Ella y su padre fueron los primeros en llegar después de la muerte de mi padre.

Poppy bajó las escaleras con paso torpe y luego me observó mientras hurgaba en los armarios buscando pan, un cuchillo, mermelada y mantequilla de cacahuete. Curvó hacia arriba las comisuras de su boca sucia mientras me veía untar los ingredientes y luego añadir un plátano por si acaso.

Mamá siempre me colaba algo saludable cuando tenía la edad de Poppy, y ahora, cuando solo me faltaban cinco meses para cumplir los dieciocho años, yo era la adulta. Así había sido desde que papá murió. Mamá nunca me daba las gracias ni reconocía en voz alta lo que hacía por nosotras dos, aunque no es que esperara que lo hiciera. Nuestra vida ahora consistía en sobrevivir y llegar al final del día. Cualquier otra cosa más ambiciosa era algo demasiado abrumador para mí, y no podía permitirme el lujo de arrojar la toalla. Al menos una de las dos tenía que seguir en pie para no derrumbarnos por completo.

—¿Has desayunado esta mañana? —le pregunté, intentando hacerme una idea de cuándo había llegado al establecimiento.

Ella asintió con la cabeza y se llevó el sándwich a la boca. Un pegote de mermelada de uva se sumó a la porquería que ya le pringaba la cara.

Recogí mi mochila y la llevé al final de nuestra larga mesa rectangular del comedor, no demasiado lejos de donde estaba Poppy. Mientras ella masticaba y se limpiaba la barbilla pegajosa con el dorso de la mano, terminé los deberes de geometría. Poppy era una niña feliz, pero se sentía sola, como yo. A mi madre no le gustaba que invitase a amigos a casa, con la excepción de alguna que otra visita de Tess, que se pasaba casi todo el rato hablando de su casa, situada al final de la calle. Tess no estaba escolarizada, sino que la educaban en casa, y era una chica un poco rara, pero era alguien con quien hablar, y no le importaba lo que pasaba en el interior del Juniper. Aunque yo tampoco tenía tiempo para esas cosas, de todos modos. No podíamos permitirnos que los extraños vieran lo que pasaba de puertas adentro.

Se oyó el sonido de unos bajos fuera y aparté la cortina para mirar por la ventana. El Mini Cooper descapotable blanco de Presley estaba lleno de clones, ahora todas estudiantes de último curso, como yo. Habían bajado la capota, así que se las veía a todas riendo y moviendo la cabeza al ritmo de la música mientras Presley reducía la velocidad al llegar al cruce, delante de nuestra casa. Dos años antes la envidia o la tristeza me habrían devorado por dentro, pero en ese momento lo único que sentía era la desazón que me producía no sentir nada. La parte de mí que deseaba un coche, salir con chicos y ropa nueva había muerto con papá. Querer algo que no podía tener era demasiado doloroso, así que decidí no desearlo.

Mamá y yo teníamos facturas por pagar, y eso significaba que había que guardar los secretos de las personas que recorrían los pasillos de nuestra casa. Si nuestros vecinos se enteraban de la verdad, no querrían que siguiéramos allí, así que éramos leales a los clientes de mi madre y les guardábamos sus secretos. Yo estaba dispuesta a sacrificar a los pocos amigos que tenía para que siguiésemos felices y solos todos juntos.

En cuanto abrí la puerta de atrás Poppy salió corriendo por los escalones de madera hacia el jardín de abajo, plantó las palmas de las manos en el suelo y dio una voltereta haciendo la rueda con movimiento torpe. Soltó una risita y se tapó la boca, sentada en la hierba dorada y quebradiza. Se me secaba la boca solo de oírla crujir bajo nuestros pies. El verano había sido uno de los más calurosos que recordaba. Incluso en ese momento, a finales de septiembre, los árboles seguían marchitos y el suelo estaba cubierto de hierba mustia, polvo y escarabajos. La lluvia era algo de lo que los adultos hablaban como si fuera un recuerdo memorable.

—Papá volverá pronto —dijo Poppy con un deje de nostalgia en la voz.

—Lo sé.

—Cuéntamela otra vez. La historia de cuando naciste. La historia de tu nombre.

Sonreí y me senté en los escalones.

—¿Otra vez?

—Otra vez —dijo Poppy, arrancando distraídamente briznas blanquecinas del suelo.

—Mi mamá quería ser una princesa toda su vida —dije, haciendo una reverencia. Era el mismo tono de voz que usaba papá cuando me contaba la historia antes de irme a dormir. Todas las noches hasta el día antes de su muerte me contaba *La historia de Catherine*—. Cuando tenía solo diez años, mamá soñaba con vestidos vaporosos, suelos de mármol y tazas doradas de té. Deseaba todo aquello con tanta fuerza que estaba segura de que su sueño se haría realidad. Y supo, en cuanto se enamoró de mi papá, que seguro que era un príncipe en secreto.

Poppy levantó las cejas y los hombros mientras se perdía en mis palabras, y luego le cambió la expresión.

—Pero no lo era.

Negué con la cabeza.

—No lo era. Pero ella lo quería aún más de lo que quería su sueño.

—Entonces se casaron y tuvieron una niña.

Asentí.

—Mi madre quería ser de la realeza, y poder otorgarle un nombre, un título, a otro ser humano era lo más cerca que llegaría a estar de eso. El nombre de Catherine le sonaba a princesa.

—Catherine Elizabeth Calhoun —dijo Poppy, irguiéndose.

—Suena regio, ¿verdad?

Poppy arrugó la frente.

—¿Qué significa «regio»?

—Perdón —dijo una voz grave desde la esquina del jardín.

Poppy se levantó y miró al intruso con aire hostil.

Me puse de pie a su lado, levantando la mano para protegerme los ojos del sol. Al principio solo veía su silueta, pero luego conseguí enfocar su cara. Casi no lo reconocí, pero la cámara que le colgaba de una correa alrededor del cuello lo delató.

Elliott estaba más alto y su cuerpo era más recio, con más músculo. Su mandíbula cincelada hacía que pareciese un hombre hecho y derecho, en lugar del muchacho que yo recordaba. Llevaba el pelo más largo, y ahora le caía hasta la parte inferior de los omoplatos. Apoyó los codos sobre la parte superior de nuestra valla de estacas y pintura descascarillada con una sonrisa esperanzada.

Miré por encima del hombro hacia Poppy.

—Ve adentro —dije.

Ella obedeció y se metió en silencio en la casa. Miré a Elliott y luego le di la espalda.

—Catherine, espera —me suplicó.

—Eso es lo que he hecho —le espeté.

Se metió las manos en los bolsillos de los pantalones cortos color caqui, y eso hizo que se me estremeciera el corazón. Había cambiado mucho desde la última vez que lo había visto, y al mismo tiempo era el mismo. Proyectaba una imagen lejana del adolescente desgarbado y torpe de apenas dos años antes. Sus *brackets* habían desaparecido, dejando una sonrisa perfecta bajo aquellos labios mentirosos, brillantes en contraste con su piel. La intensidad de su tez se había desvaído, así como la luz de sus ojos.

La nuez de Elliott se desplazó arriba y abajo cuando tragó saliva.

—Yo... Mmm... Soy...

«Un mentiroso».

La cámara se balanceó en la correa gruesa y negra que colgaba de su cuello mientras Elliott se movía con inquietud. Estaba nervioso, con un aire culpable, y muy guapo.

Lo intentó de nuevo.

—Yo...

—No eres bienvenido —dije, subiendo despacio los escalones.

—Acabo de mudarme aquí —gritó a mi espalda—. Con mi tía. Mientras mis padres terminan los trámites del divorcio. Mi padre está viviendo con su novia y mi madre está la mayor parte del día metida en la cama. —Levantó el puño y señaló hacia atrás con el pulgar—. Estoy justo al final de la calle... ¿Donde vive mi tía...?

No me gustaba la forma en que terminaba las frases, como con puntos suspensivos y signos de interrogación. Si alguna vez volvía a hablar con un chico que me despertara un mínimo de interés, ese chico tendría que hablar con puntos finales, y solo a veces con signos de admiración. Solo cuando fuese algo realmente interesante, como hablaba papá.

—Vete —dije, mirando a su cámara.

Levantó el aparato cuadrado con sus dedos largos y me dedicó una sonrisa tímida. La nueva cámara de Elliott era vieja y seguramente había visto más mundo que él.

—Catherine, por favor. Deja que te explique...

En lugar de responder, me acerqué a la puerta de mosquitera. Elliott bajó la cámara y extendió la mano.

—Empiezo las clases mañana. Un traslado en el último año de instituto, ¿increíble, no? Sería... Estaría bien conocer al menos a una persona...

—Las clases ya han empezado —solté.

—Lo sé. Tuve que negarme en redondo a ir al instituto en Yukon para que mi madre me dejara venir por fin.

El dejo de desesperación en su voz ablandó mi determinación. Mi padre siempre me había dicho que tendría que hacer un gran esfuerzo para cubrir mi fibra sensible con una máscara de insensibilidad.

—Tienes razón. Eso jode mucho —dije, incapaz de contenerme.

—Catherine... —dijo Elliott con voz suplicante.

—¿Sabes qué otra cosa jode mucho? Ser tu amiga —dije, y me di media vuelta para entrar.

—Catherine. —Mi madre retrocedió cuando me di de bruces con su garganta—. Nunca te había visto comportarte de forma tan grosera.

Mamá era alta, pero tenía unas curvas suaves en las que antaño me encantaba acurrucarme. Hubo una época, después de la muerte de mi padre, en que no era tan suave ni tenía tantas curvas, cuando los huesos del cuello le sobresalían de tal manera que creaban sombras, y cuando recibir un abrazo suyo era como soportar el abrazo de las ramas sin vida de un árbol muerto. Ahora tenía las mejillas carnosas y volvía a ser suave de nuevo, aunque ya no me abrazara tanto. En ese momento la abracé.

—Lo siento —dije.

Tenía razón. Mamá nunca había sido testigo de mi comportamiento grosero. Era algo que hacía cuando ella no estaba delante para mantener alejada a la gente insistente. La profesión de mamá se basaba en ofrecer hospitalidad, y los modales rudos la molestaban, pero eran necesarios para poder guardar nuestros secretos.

Me tocó el hombro y me guiñó un ojo.

—Bueno, eres hija mía, ¿verdad? Supongo que yo tengo la culpa.

—Hola, señora —dijo él—. Soy Elliott... ¿Youngblood...?

—Yo soy Mavis —respondió mamá, educada, amable y risueña, como si la humedad no la asfixiara como a nosotros.

—Acabo de mudarme aquí, con mi tía Leigh, que vive al final de la calle...

—¿Leigh Patterson Youngblood?

—Sí, señora.

—Madre mía... —dijo mamá. Parpadeó—. ¿Y cómo te llevas con tu tía Leigh?

—Ahora mejor —contestó Elliott con una sonrisa.

—Sí, bueno, pues te deseo suerte. Lo siento, pero es una bruja. Lo ha sido desde la época del instituto —dijo mamá.

Elliott se rio y me di cuenta de cuánto lo había echado de menos. Lloré por dentro como había estado haciendo desde que se fue.

—Pero ¿dónde están nuestros modales? ¿Quieres entrar, Elliott? Creo que tengo un poco de té y frutas y verduras frescas del jardín. O lo que queda del jardín después de esta sequía.

Me volví para mirar con furia a mamá.

—No. Tenemos trabajo que hacer. Poppy y su padre están aquí.

—Ah, vaya —dijo mamá, llevándose los dedos al pecho. Se puso nerviosa de repente—. Lo siento mucho, Elliott.

—Otra vez será —repuso Elliott, y se despidió con un saludo—. Te veo mañana, princesa Catherine.

Sentí que me hervía la sangre.

—No me llames así. Nunca.

Guie a mamá adentro, dejando que la puerta de mosquitera se cerrara a mi espalda. Mamá se retorcía las manos en el delantal, inquieta. La llevé al piso de arriba, al final del pasillo, subí otros cinco peldaños hasta el dormitorio principal, y le hice una seña para que se sentara frente al tocador. Mi madre no había podido pasar la noche en su dormitorio y el de papá desde que él murió, así que habíamos transformado el pequeño almacén del desván en su propio dormitorio.

Se toqueteó el pelo y sacó un pañuelo de papel para limpiarse las manchas de la cara.

—Dios, con razón no querías que entrara. Estoy hecha una piltrafa.

—Has estado trabajando mucho, mamá. —Le peiné el pelo.

Ella se relajó y sonrió.

—¿Qué tal tu día? ¿Cómo te ha ido en el instituto? ¿Has acabado los deberes?

Con razón le caía bien Elliott: ella también salpicaba las frases con signos de interrogación.

—Todo bien, y sí. Solo geometría.

Soltó un bufido.

—«Solo geometría» —repitió, imitando mi tono frívolo—. Yo ni siquiera podría hacer una simple ecuación de álgebra.

—Eso no es verdad —dije.

—Era gracias a tu padre... —Se quedó callada y vi que tenía la mirada perdida.

Dejé el peine, eché a andar por el pasillo y bajé las escaleras, tratando de encontrar algo que hacer. Ahora mamá estaba deprimida y estaría como ausente el resto de la tarde. Pasaba sus días fingiendo que todo iba bien, pero de vez en cuando, cuando papá aparecía en la conversación, el recuerdo la golpeaba demasiado fuerte, rememoraba demasiadas cosas y se evadía de la realidad. Yo me quedaba en casa, limpiando, cocinando, hablando con el huésped ocasional. Me pasaba el tiempo actualizando los libros de contabilidad e intentando mantener en buen estado la casa ruinosa. La gestión del Juniper —incluso una pequeña casa de huéspedes con escasa clientela como la nuestra— generaba suficiente trabajo para mantener ocupados a dos empleados a jornada completa. Algunas noches me alegraba cuando mi madre se encerraba con sus recuerdos, dejándome a mí a cargo de todo. Mantenerme ocupada se había convertido en sinónimo de paz.

La puerta se cerró de golpe y Poppy me llamó desde lo alto de la escalera.

—¡Catherine!

Subí corriendo las escaleras y la abracé mientras sus sollozos le sacudían el cuerpo.

—¡Papá se ha ido otra vez!

—Lo siento —dije, meciéndola suavemente.

Me alegraba de lidiar con Poppy en lugar de con su padre. Duke era un hombre furioso y vociferante, que siempre estaba gritando y muy ocupado (pero no en el sentido pacífico), y nada fácil de complacer. Cuando Duke estaba en casa, Poppy se quedaba callada.

Mamá se quedaba callada. Eso me dejaba a mí sola teniendo que tratar con él.

—Me quedaré contigo hasta que vuelva —dije.

Ella asintió y luego hundió la cabeza en mi pecho. Me senté con ella en la alfombra roja, raída y desgastada, que caía en cascada por las escaleras, hasta que llegó su hora de acostarse, y luego la metí en la cama.

No estaba segura de si Poppy seguiría allí por la mañana, pero no me costaba nada asegurarme de que tuviese preparado algo rápido y dulce para el desayuno, o de que Duke pudiera comerse sus gachas de avena o su tortilla con jamón y verduras. Bajé las escaleras para dejar la cocina lista para la mañana. Si lo dejaba todo preparado, mamá cocinaría mientras yo me arreglaba para irme al instituto.

Después de lavar y dejar los tomates, las cebollas y los champiñones cortados a trozos en la nevera, subí las escaleras.

Mi madre tenía sus días buenos y sus días malos. Ese día había sido algo intermedio. Habíamos vivido días peores. Regentar el Juniper era demasiado para mamá. Todavía no estaba segura de cómo me las arreglaba para sacarlo adelante, pero cuando la prioridad era llegar al día siguiente, no importaba la edad, sino únicamente hacer lo que había que hacer.

Me duché, me puse solo la parte superior del pijama por la cabeza —hacía demasiado calor para cualquier otra cosa— y luego me metí en la cama.

En el silencio, los gemidos de Poppy recorrieron el pasillo. Me quedé inmóvil, esperando a oír si volvía a dormirse o si lloraría aún más. Las noches en el Juniper eran muy duras para ella, y me preguntaba cómo serían cuando estaba lejos de allí, si estaba triste y asustada y se sentía sola, o si trataba de olvidar la parte de su vida que había entre sus noches en la calle Juniper. Por lo poco que me había contado, sabía que su madre se había ido. Su padre, Duke, daba mucho miedo. Poppy estaba atrapada en un ciclo donde, o bien tenía que ir a su lado en el coche mientras viajaba por distintas ciudades como comercial, o bien la dejaba sola durante horas, y a veces días, mientras él estaba trabajando. El tiempo que pasaba en la casa de huéspedes eran sus horas favoritas, pero eso era solo una pequeña parte de su vida.

Pensé en las clases del día siguiente y eso interrumpió mi preocupación por Poppy. Haría todo lo posible por mantener alejada a la gente, e incluso más aún por mantener bien lejos a Elliott. Éramos los únicos alumnos del instituto de nuestra edad que vivíamos en la calle Juniper. Aparte de Tess y de un niño en edad preescolar, el barrio estaba lleno de nidos vacíos y de abuelos cuyos hijos y nietos vivían en la otra mitad del país. Inventarme excusas para ningunear o evitar a Elliott no iba a ser tarea fácil.

Tal vez se convertiría en un chico popular rápidamente y ya no necesitaría intentar ser mi amigo. Tal vez me llamaría rara y me escupiría en el pelo como hacían algunos de los otros. Tal vez Elliott haría que fuese más fácil odiarlo. Mientras me quedaba dormida, deseé que así fuese. El odio hacía que la soledad fuera más fácil.

Capítulo 7

Catherine

Unas pequeñas tiras blancas atadas a un respiradero de metal en el techo se agitaban a un ritmo silencioso en algún lugar dentro del sistema de ventilación del instituto. Tenían como función demostrar que el aire acondicionado estaba funcionando, y así era, solo que no funcionaba muy bien.

Scotty Neal retorció el cuerpo para desperezarse, agarrándose a mi mesa hasta que le crujió la espalda, y luego lanzó un suspiro melodramático. Se subió la parte inferior de la camiseta y la usó para secarse el sudor de su cara roja y llena de manchas.

Me recogí el pelo, que ahora me llegaba varios centímetros por debajo de los hombros, en un moño. Tenía húmedos los mechones sueltos de la nuca y me hacían cosquillas en la piel, así que los alisé hacia arriba. Los otros alumnos también estaban nerviosos, asándose de calor.

—Señor Mason —dijo Scotty con voz quejosa—. ¿Podemos encender un ventilador? ¿Beber agua? ¿Algo?

El señor Mason se secó la frente con un pañuelo y se subió las gafas por el puente resbaladizo de la nariz por enésima vez.

—Esa es una buena idea, Scotty. Un descanso para beber agua. Id a la fuente de la esquina. Hay otros alumnos haciendo clase ahora mismo, así que no quiero ningún jaleo. Quiero silencio, quiero que bebáis agua ordenadamente y quiero que estéis de vuelta dentro de cinco minutos.

Scotty asintió con la cabeza y las mesas arañaron las baldosas de color verde apagado mientras todos se levantaban y salían por la puerta, de todo menos en silencio. Minka pasó por mi lado, con el pelo encrespado y amenazando con rizarse en cualquier momento. Me miró por encima del hombro, todavía enfadada conmigo por no haber querido saber nada más de ella y de Owen desde hacía dos años.

El señor Mason puso cara de exasperación al oír el barullo de las conversaciones y negó con la cabeza; luego reparó en mí, la única alumna que aún seguía en el aula.

—¿Catherine?

Levanté las cejas a modo de respuesta.

—¿Es que no tienes sed? —Hizo un gesto de impotencia, pues ya sabía qué le iba a responder—. Ah, ya: lo de ahí fuera es un circo. Lo entiendo. Pero ve a beber agua cuando todos hayan vuelto, ¿de acuerdo?

Asentí con la cabeza y luego me puse a hacer garabatos en mi cuaderno, tratando de no pensar en la línea de sudor que se estaba formando en su camisa, donde sus pechos masculinos caían completamente planos, como dos *pancakes* gemelos y gruesos, sobre su barriga cervecera.

El señor Mason tomó aire y luego contuvo la respiración. Estaba a punto de hacerme una pregunta, probablemente interesándose por cómo estaba o si todo iba bien en casa, pero él ya sabía la respuesta. Todo iba «bien», o «normal», o «como siempre». Todo había ido «bien», «normal» o «como siempre» también en su clase el año anterior. Al parecer, siempre se acordaba de preguntármelo los viernes. Para las vacaciones de Navidad, ya había dejado de hacerlo.

Cuando la mitad de los alumnos hubieron vuelto a clase, el señor Mason me miró por encima de sus gafas.

—¿Sí, Catherine?

Como no quería protestar delante de todos, asentí con la cabeza y me puse de pie, concentrándome en las baldosas verdes y blancas al caminar. Las risas y los murmullos se hicieron más fuertes, y luego aparecieron varios pares de zapatos.

Me detuve al final de la cola para la fuente de agua, y las clones se rieron.

—Ha sido todo un detalle por tu parte esperarte al final de la cola —dijo Presley.

—No pienso beber después de ella —murmuró su amiga Anna Sue.

Me clavé la uña del pulgar en el brazo.

Presley lanzó una sonrisa a su amiga, y luego se dirigió a mí.

—¿Cómo va la casa de huéspedes, Cathy? Parecía cerrada la última vez que pasé por allí.

Lancé un suspiro.

—Es Catherine.

—¿Cómo dices? —exclamó Presley, haciéndose la ofendida por haberle contestado.

La miré de frente.

—Mi nombre es Catherine.

—Vaya, vaya... —se burló Presley—. Hoy Kit Cat está combativa.

—Se ha dignado mezclarse con la plebe —murmuró Minka.

Apreté los dientes y me solté el brazo para cerrar el puño.

—He oído que la casa está embrujada —dijo Tatum, con un brillo de excitación dramática chispeando en sus ojos. Se apartó las trenzas teñidas de la cara.

—Sí —respondí—. Y bebemos sangre de vírgenes. Así que estáis todas a salvo —solté, volviéndome hacia la clase.

Corrí a refugiarme en la presencia del señor Mason, deslizándome en mi pupitre. Él no se dio cuenta, aunque nadie lo estaba distrayendo. No había nadie hablando, ni moviéndose. Hacía demasiado calor casi hasta para respirar.

Scotty regresó, secándose las gotas de agua de la barbilla con el dorso de la mano. El gesto me recordó a Poppy, y me pregunté si estaría en el Juniper cuando volviera a casa, cuánta ayuda necesitaría mamá y si habría llegado algún huésped nuevo en mi ausencia.

—¿Necesitas algo? —preguntó el señor Mason.

Levanté la vista de mi cuaderno. Elliott Youngblood estaba de pie con la mitad de una enorme zapatilla de deporte dentro del umbral de la puerta, sosteniendo un pequeño papel blanco en una mano y la correa de una mochila roja desteñida en la otra. Más alumnos regresaron a la clase, empujando a Elliott hacia delante al pasar por su lado, como si fuera un objeto inanimado que se interponía en su camino. No se oyó ninguna disculpa, ninguna señal de reconocimiento de que acababan de rozarlo con su piel sudorosa sin ni siquiera un «perdona».

—¿Eso es para mí? —preguntó el señor Mason, señalando con la cabeza el papel que Elliott llevaba en la mano.

Elliott empezó a andar y estuvo a punto de rozar con la coronilla el pequeño Saturno de papel que colgaba del techo.

Imaginé distintas formas de odiarlo. Normalmente, las personas demasiado altas o demasiado bajas o demasiado algo tenían complejos de inferioridad muy exagerados, y Elliott probablemente se había vuelto sensible e inseguro, imposible de soportar.

El brazo voluminoso de Elliott extendió la mano para dar el papel al señor Mason. Arrugó la nariz mientras respiraba con fuerza. Estaba enfadada con su nariz y con sus músculos, y con el hecho de que hubiese cambiado tanto y se le viese tan distinto, mucho más alto y mayor. Pero sobre todo lo odiaba por haberme dejado sola cuando recibí la noticia de que mi padre había muerto. Le había dado todo mi verano —mi último verano con papá— y, cuando más lo necesitaba, él me había dejado allí tirada.

El señor Mason entornó los ojos para leer la nota y luego la colocó con los papeles apilados de cualquier manera en su escritorio.

—Bienvenido, señor Youngblood. —El señor Mason miró a Elliott—. ¿Viene usted de White Eagle?

Elliott arqueó una ceja, escandalizado ante semejante muestra de ignorancia.

—Pues no.

El señor Mason señaló una mesa vacía en la parte de atrás, y Elliott avanzó en silencio por mi pasillo. Se oyeron unas risas burlonas y, cuando miré hacia atrás, vi a Elliott tratando de acomodar sus piernas interminables bajo la estructura de la mesa. Yo era más bien bajita; nunca se me había ocurrido que aquellas mesas estaban hechas para el tamaño de un niño. Elliott era un hombre, un gigante, y no iba a caber en nada que fuera talla única.

Las bisagras de metal crujieron cuando Elliott se acomodó de nuevo, y estallaron más risas.

—Está bien, está bien —dijo el señor Mason, poniéndose de pie. Cuando levantó los brazos para indicar a toda la clase que nos calmásemos, las manchas oscuras de sudor quedaron a la vista y los alumnos se rieron aún más.

En ese momento entró la orientadora del instituto y examinó todas las cabezas hasta que se detuvo en la de Elliott. Puso cara de decepción absoluta y suspiró.

—Ya hemos hablado de esto, Milo. Elliott necesitará una mesa y una silla. Creía que tenías una aquí.

El señor Mason frunció el ceño, molesto por la segunda interrupción.

—Estoy bien —dijo Elliott. Hablaba con voz profunda y suave, y cada palabra destilaba un sentimiento de vergüenza.

—Señora Mason. —El señor Mason pronunció su nombre con el desdén de un futuro exmarido—. Lo tenemos todo controlado.

La mirada de preocupación desapareció del rostro de la mujer y le lanzó una mirada irritada. Corría el rumor de que los Mason habían decidido intentar una separación de prueba la primavera anterior, pero a la señora Mason le estaba sentando mucho mejor que a él.

La señora Mason había perdido más de quince kilos, se había dejado el pelo largo y se había hecho mechas, y llevaba más maquillaje. Tenía la piel más luminosa y le habían desaparecido las arrugas alrededor de los ojos. Estaba radiante de felicidad, y eso había empezado a transpirar por su piel y por sus ojos y a extenderse por todo el suelo, prácticamente dejando un rastro de arcoíris con aroma a rosas a su paso. La señora Mason estaba mejor sin su marido. Sin su mujer, en cambio, el señor Mason no valía mucho.

El señor Mason levantó las manos, con las palmas hacia fuera.

—Está en el cuarto de suministros. Ahora la sacaré.

—No se moleste —dijo Elliott—. No pasa nada.

—Confía en mí, hijo —murmuró el señor Mason—. Si a la señora Mason se le mete algo entre ceja y ceja, es mejor que lo hagas.

—Así es —dijo la señora Mason, con la paciencia a punto de agotársele—. Así que hazlo.

Incluso cuando estaba enfadada, la felicidad aún le brillaba en los ojos. Sus tacones resonaron contra las baldosas cuando salió de la clase y echó a andar por el pasillo.

Vivíamos en una población de mil habitantes, e incluso dos años después de que despidieran a mi padre, no había muchas oportunidades laborales. Los Mason no tenían más remedio que seguir trabajando juntos, a menos que uno de ellos se fuera a vivir a otro sitio. Aquel parecía un año de *impasse* para ellos.

La noticia sobre cuál de los dos se iría supondría un giro interesante en los acontecimientos de nuestro año escolar. Me caían bien los dos Mason, pero parecía que uno de ellos se marcharía de Oak Creek muy pronto.

El señor Mason cerró los ojos y se frotó las sienes con el pulgar y el dedo corazón. La clase estaba en silencio. Hasta los alumnos sabían que no se podía poner a prueba a un hombre que se enfrenta al final de su matrimonio.

—Está bien, está bien —dijo el señor Mason, levantando la vista—. Scotty, toma mis llaves y saca la mesa y la silla que te hice guardar en el cuarto del almacén el primer día de clase. Llévate a Elliott y un par de pupitres contigo.

Scotty se acercó a la mesa del señor Mason, recogió sus llaves y luego hizo una seña a Elliott para que lo siguiera.

—Está aquí mismo, al final del pasillo —dijo Scotty, esperando que Elliott encontrara la manera de salir de su pupitre.

Las risas se habían desvanecido como nuestro desodorante. La puerta se abrió y una pequeña ráfaga de aire quedó succionada por el aula, lo que provocó que los alumnos que estaban sentados al lado de la puerta soltaran un pequeño e involuntario suspiro de alivio.

El señor Mason dejó caer las manos sobre el escritorio, haciendo crujir el papel de debajo.

—Tienen que suspender las clases. Nos va a dar a todos un golpe de calor. Así no hay manera de concentrarse, ni vosotros, ni yo.

—La señora McKinstry nos ha dejado dar clase de inglés debajo de ese roble tan grande que hay entre el instituto y el edificio del auditorio —dijo Elliott. Sus ondas de pelo, largas y oscuras, estaban reaccionando al calor, a la humedad y al sudor, y tenían un aspecto lacio y apagado. Con una goma elástica, se lo recogió en una media cola de caballo, haciendo que pareciera un moño, con la mayor parte del pelo sobresaliendo por debajo.

—Pues no es mala idea. Aunque —dijo el señor Mason, pensando en voz alta— seguramente ahora hace más calor fuera que dentro.

—Al menos fuera sopla el aire —señaló Scotty, jadeando y chorreando sudor mientras ayudaba a Elliott a llevar la mesa.

Elliott sujetaba la silla con su mano libre, junto con su mochila roja. No me había dado cuenta de que había salido con ella, y eso que yo me fijaba en todo.

Miré el respiradero de encima de la cabeza del señor Mason. Las tiras blancas estaban flácidas. El aire acondicionado había exhalado su último suspiro al fin.

—Oh, Dios, señor Mason... —gimoteó Minka, inclinándose sobre su mesa—. Me muero...

El señor Mason me vio mirando hacia arriba, e hizo lo propio, levantándose al darse cuenta de lo mismo que yo. En las rejillas de la ventilación no había ningún movimiento. El aire acondicionado estaba estropeado y la clase del señor Mason estaba en el lado del instituto donde más pegaba el sol.

—Está bien, salid todos. Aquí va a hacer cada vez más calor. ¡Fuera! ¡Todos fuera! —gritó al cabo de varios segundos en los que los alumnos miraban alrededor con gesto confuso.

Reunimos nuestras cosas y seguimos al señor Mason al pasillo. Nos indicó que nos sentáramos en las largas mesas rectangulares de la zona común mientras él iba a buscar a la directora Augustine.

—Volveré —dijo el señor Mason—. O suspenden las clases, o vamos a dar clase a la heladería que hay cerca de aquí.

Todos aplaudieron menos yo; estaba ocupada fulminando con la mirada a Elliott Youngblood. Se sentó en una silla junto a mí, en la mesa vacía que había elegido.

—Su alteza —dijo Elliott.

—No me llames así —respondí en voz baja, mirando a mi alrededor para ver si alguien nos había oído. Lo último que necesitaba era darles un nuevo motivo para que se burlaran de mí.

Él se inclinó para acercarse.

—¿Qué clases tienes luego? Tal vez tenemos más horas juntos.

—No.

—¿Cómo lo sabes? —preguntó.

—No lo sé, es un deseo en voz alta.

La secretaria del instituto, la señora Rosalsky, se acercó al sistema de megafonía.

—Atención a todos los estudiantes: a continuación habrá un anuncio de la directora Augustine.

Se oyó un poco de ruido y luego la voz de la directora Augustine, con su tono cantarín de niña de trece años.

—Buenas tardes, queridos alumnos. Como ya habréis notado, el sistema de aire acondicionado ha estado fallando hoy, y lo hemos declarado oficialmente averiado. Hemos suspendido las clases de la tarde, así como las de mañana. Esperamos tener el problema solucionado para el viernes. El sistema automático del instituto llamará a vuestros padres, a través del número de teléfono que tenemos registrado, para notificar cuándo se reanudarán las clases. Los autobuses escolares saldrán en breve. Para aquellos alumnos que no utilicen los servicios del autobús escolar, pedid a vuestros padres o a un tutor que vengan a recogeros, ya que hoy estamos en alerta por ola de calor. ¡Que disfrutéis de las vacaciones!

Todos a mi alrededor se pusieron de pie y empezaron a dar gritos de alegría, y al cabo de unos segundos los pasillos se llenaron de adolescentes que saltaban entusiasmados.

Bajé la mirada al garabato de mi cuaderno. Un cubo en tres dimensiones y el alfabeto en negrita estaban rodeados de gruesos sarmientos de vid.

—No está nada mal —dijo Elliott—. ¿Vas a clases de dibujo?

Atraje mis cosas hacia mí y empujé la silla hacia atrás mientras me levantaba. Después de andar unos pasos en dirección a mi taquilla Elliott me llamó.

—¿Cómo vas a volver a casa? —preguntó.

Tras dudar unos segundos, respondí.

—Andando.

—¿Vas a cruzar andando toda la ciudad? Las temperaturas rozan los cuarenta grados.

—¿Qué es lo que quieres decir? —pregunté, volviéndome para mirarlo.

Él se encogió de hombros.

—Tengo coche. Es una chatarra muy antigua, un Chrysler de 1980, pero si se pone el aire acondicionado a tope, te congelas. He pensado que tal vez podríamos parar en Braum's y tomar una limonada de lima y cerezas, y luego te llevaría a casa.

La fantasía de una limonada bien fría y el aire acondicionado hizo que mis músculos se relajaran. Ahora Braum's era el único restaurante de toda la ciudad, y la idea de ir a casa en el coche de Elliott, protegida del sol, era como música celestial para mis oídos, pero cuando aparcase delante de mi casa, esperaría entrar, y si entraba, lo vería todo.

—¿Desde cuándo tienes coche?

Se encogió de hombros.

—Desde que cumplí los dieciséis.

—No.

Giré sobre mis talones y me dirigí a mi taquilla. Hacía casi dos años que tenía coche. Ya no había ninguna duda: había roto su promesa.

Durante las dos semanas anteriores, desde el primer día de clase, había tenido deberes todos los días, así que marcharme del instituto sin la mochila a cuestas o sin mis libros me obligó a repasar una lista mentalmente de forma casi obsesiva. Sentía un ataque momentáneo de pánico cada cinco pasos más o menos. Atravesé Main Street y doblé a la izquierda hacia South Avenue, una calle en el límite de la ciudad que cruzaba hacia el lado oeste, directamente hasta la calle Juniper.

Para cuando llegué a la esquina de Main y South, mi cerebro pasó de desear con toda mi alma una gorra, agua y protector solar, a maldecirme a mí misma por rechazar el ofrecimiento de Elliott.

El sol me daba con fuerza en el pelo y los hombros. Después de cinco minutos de caminata, las gotas de sudor empezaron a resbalarme por el cuello y el costado de la cara. Tenía la garganta como si hubiera tragado arena. Entré en el jardín del señor Newby para refugiarme unos minutos bajo la sombra de sus árboles, decidiendo si colocarme en su aspersor antes de proseguir mi camino.

Un sedán cuadrado de color rojizo se detuvo junto a la acera, y el conductor estiró el tronco para acercarse a la ventanilla del pasajero y bajar el cristal manualmente mientras su cuerpo se movía arriba y abajo. La cabeza de Elliott asomó por la ventanilla.

—¿Una bebida bien fría y aire acondicionado te parecen ahora una buena idea o todavía no?

Abandoné la sombra y seguí andando sin responder. La gente insistente era insistente con todo lo que quería. En ese momento Elliott quería llevarme a casa. Más tarde tal vez querría entrar en el Juniper o que fuéramos amigos otra vez.

El *chatarramóvil* avanzaba despacio a mi lado. Elliott no dijo nada más, a pesar de que la ventanilla seguía bajada, dejando escapar su precioso aire acondicionado. Seguí caminando por la acera, en la hierba, agradeciendo en silencio la breve ráfaga de aire frío que salía del lado del pasajero del Chrysler.

Después de tres manzanas más y de ver cómo me limpiaba el sudor de la frente por enésima vez, Elliott lo intentó de nuevo.

—Está bien, no tenemos que ir a tomar nada. Te llevaré a casa.

Seguí andando, a pesar del calor que sentía en los pies y de que tenía la cabeza ardiendo. Sin nubes que bloquearan los rayos del sol, la exposición era brutal.

—¡Catherine! Por favor, déjame llevarte a casa. No te hablaré; te dejaré allí y me iré.

Me detuve, entornando los ojos bajo la luz cegadora. El mundo entero parecía desteñido por el sol, y el único movimiento eran las olas de calor que bailaban sobre el asfalto.

—¿No hablarás? —le pregunté, haciendo visera con la mano en la frente para protegerme lo bastante los ojos para verle la cara. Sus ojos me lo dirían, aunque él no lo hiciera.

—Si eso es lo que quieres... Si con eso consigo que te apartes de este sol de justicia... Es peligroso, Catherine. Aún te quedan cinco kilómetros.

Lo pensé un momento. Tenía razón: no tenía ningún sentido caminar tanto trecho con temperaturas de cuarenta grados a la sombra. ¿Y de qué le serviría a mamá si me daba un golpe de calor?

—¿Ni una palabra? —le pregunté.

—Te lo prometo.

Hice una mueca.

—No cumples tus promesas.

—He vuelto, ¿no? —Cuando fruncí el ceño, Elliott extendió la mano, indicándome que entrara—. Por favor, Catherine. Déjame llevarte a casa.

Echó el freno de mano y alargó el cuerpo de nuevo, tensando el bíceps cuando alcanzó la manija y abrió la puerta del pasajero.

Me deslicé en el asiento de terciopelo de color chocolate, cerré la puerta y subí la ventanilla. Me recosté, dejando que el aire frío me soplara sobre la piel.

—Gracias —dije, cerrando los ojos.

Fiel a su palabra, Elliott no respondió mientras el coche se alejaba del bordillo de la acera.

Lo miré; su nuez se desplazaba arriba y abajo mientras tragaba, y sus dedos se movían inquietos sobre el volante. Estaba nervioso. Quería decirle que no iba a morderlo, que quizá aún lo odiase por haberse ido y por hacerme echarlo de menos durante dos años, pero que había cosas mucho más importantes en el mundo de las que tener miedo en lugar de tenerlo de mí.

Capítulo 8

Catherine

—Cielo, cielo, cielo... —dijo Althea, tirando de mí hacia sus brazos. Me guio hasta un taburete de cocina, corrió al fregadero y mojó un trapo con agua fría.

Sonreí, apoyando la barbilla en el dorso de mi mano. Althea no se alojaba con nosotras muy a menudo, pero se preocupaba mucho por mí, y no podría haber elegido un mejor momento para volver a hospedarse en la casa.

Dobló el trapo y lo presionó sobre mi frente, sujetándolo con firmeza.

—Aquí hace tanto calor que ni siquiera puedo usar mi peluca. ¿Se puede saber en qué estabas pensando, pequeña inconsciente?

—En que tenía que llegar a casa —dije, cerrando los ojos. Dentro de la casa todavía reinaba un ambiente sofocante y caluroso, pero al menos no me abrasaba el sol—. ¿Crees que mamá nos dejaría encender el aire acondicionado?

Althea suspiró, secándose las manos en el delantal y poniendo los brazos en jarras.

—Pensaba que ya estaba en marcha. Déjame comprobarlo. —Su falda hizo frufrú al rozarle los generosos muslos mientras atravesaba la habitación. Se inclinó y entornó los ojos para mirar el termostato. Negó con la cabeza—. Aquí marca quince grados, cuando la temperatura ambiente es de treinta y uno. —Chasqueó la lengua contra el paladar—. Vaya por Dios... Tu madre va a tener que llamar a alguien.

—Puedo hacerlo yo —dije, haciendo ademán de levantarme.

—¡Cielo, siéntate ahora mismo! Las partes de tu cuerpo que no están rojas están completamente blancas —dijo Althea, corriendo hacia mí.

Me obligó a sentarme en una silla y rebuscó en los armarios hasta que encontró un vaso limpio. Lo llenó con hielo del congelador y luego sacó una jarra de té con azúcar.

—Tú siéntate y tómate esto. Tu madre volverá a casa pronto y puede llamar al inútil que se encarga de la calefacción y el aire.

Sonreí a Althea. Era una de mis huéspedes favoritas. Solo de pensar en lidiar con Poppy y su padre ya me sentía exhausta.

—Bueno —empezó a decir, apoyándose en los codos—. ¿Cómo te ha ido en el instituto?

—Como siempre —dije—. Bueno, casi como siempre. Hay un chico nuevo. Me ha traído a casa con el coche.

—¿Ah, sí? —exclamó Althea, intrigada. Tenía la cara manchada de harina. Otra vez había estado trasteando en la cocina; era la única huésped que ayudaba a mamá en el Juniper, pero era porque Althea no sabía quedarse quieta. Siempre estaba horneando algo o limpiando mientras tarareaba la misma cancioncilla alegre, algún viejo himno de la iglesia que me sonaba vagamente. Llevaba el pelo recogido en un moño bajo, con un mechón oscuro colgándole suelto por delante.

Se estaba abanicando con un plato de papel y el sudor le relucía en el pecho y la frente.

—Es Elliott —le dije, esperando que reconociera el nombre. No lo hizo.

—¿Quién es? Lo siento, cielo. He estado tan liada con el trabajo y mi concordancia bíblica que apenas he podido prestar atención a nada…

—Lo conocí hace dos veranos. Era mi amigo.

—¿*Era* tu amigo o *es* tu amigo? —preguntó, enarcando una ceja—. Porque necesitas un amigo, pequeña. Necesitas al menos diez. Pasas demasiado tiempo trabajando, Dios sabe que es demasiado para alguien tan joven…

—Era —dije, rascando el granito de la encimera.

—Vaya —exclamó Althea—. ¿Y qué pasó?

—Que se fue sin despedirse. Y rompió una promesa.

—¿Qué promesa? —preguntó en tono defensivo.

—Que volvería.

Althea sonrió y se inclinó para acercarse, buscando mis manos.

—Pequeña… escucha las sabias palabras de la señorita Althea: el chico ha vuelto. —Se levantó y regresó junto al fregadero. Abrió el grifo para llenarlo de agua y lavar los platos que no cabían en el lavavajillas—. A mí me parece que cuando lo hizo, volvió directamente a casa.

—Lo necesitaba —dije—. Se fue cuando más lo necesitaba, y ahora que ya no lo necesito, aparece. Ha vuelto demasiado tarde.

Althea removió los dedos en el agua, mezclando el jabón. Levantó la vista, pero no se dio media vuelta, y habló despacio y con ternura. Percibí la sonrisa en su voz, como si estuviera recordando una época más sencilla y fácil.

—Tal vez aún lo necesitas.

—No —dije, tomando el último trago de té. El hielo se deslizó por mi garganta y una expresión de sorpresa se apoderó de mi cara. Solté el vaso y me sequé la boca.

—Bueno, pues necesitas a alguien. No es bueno pasar tanto tiempo sola. En ese instituto tan grande, ¿no puedes encontrar ni un solo amigo? ¿Ni uno?

Me levanté.

—Tengo deberes, y luego me toca hacer la colada.

Althea chasqueó la lengua.

—Ya la haré yo luego, más tarde, después de llamar al técnico del aire acondicionado. Dios, hace tanto calor que no se puede ni respirar...

—Dice ella mientras suda con las manos metidas en un fregadero lleno de agua caliente, lavando los platos —bromeé.

Althea se volvió a medias y me fulminó con aquella mirada típica de madre que no se andaba con tonterías y que tanto me gustaba. A veces pensaba que ojalá Althea se quedara a vivir allí para siempre. Estaría bien sentirse cuidada por alguien, para variar. Los nietos de Althea vivían en algún lugar de Oak Creek, pero cuando iba a visitarlos, se alojaba con nosotras para contentar al marido de su hija, que era muy controlador. Ella era la única cosa buena del Juniper.

—Mañana tampoco tenemos clase. El aire acondicionado no funciona allí tampoco.

—Supongo que es normal que se estropee en todas partes... —dijo con tristeza—. Tienes que encontrar un lugar donde haga más fresco para descansar. Arriba se está peor que aquí abajo.

Dejé el vaso en el fregadero y luego pasé junto al termostato del comedor y lo toqué, como si eso fuese a servir de algo. No se movió, y el polvo y el calor me estaban asfixiando, así que salí por la puerta principal y me senté en el balancín.

De vez en cuando, una brisa ligera soplaba a través de la celosía situada a cada lado de nuestro porche, procurando un respiro momentáneo del calor sofocante. Tomé impulso apoyándome suavemente en los tablones de madera del porche y me mecí, esperando a que se pusiera el sol, viendo pasar los coches y oyendo el griterío de los niños unas manzanas más abajo, seguramente en la casa de la piscina desmontable.

Las cadenas chirriaban a un ritmo lento, y yo incliné el cuerpo hacia atrás, mirando hacia las telarañas cubiertas de polvo del techo. Algo me tocó la piel desnuda justo encima de la rodilla derecha y di un grito, incorporándome.

—Perdona. Estaba dando un paseo y te he visto sentada aquí y he pensado en pasar a saludarte.

—¿Dando un paseo por dónde? —le pregunté, frotándome la rodilla.

La chica que tenía delante frunció el ceño.

—Pues por la calle, tonta. Oye, ¿quieres ver una película esta noche?

—No lo sé, Tess. Ya veremos.

Tess tenía diecisiete años, como yo, pero no iba al instituto, sino que sus padres la educaban en casa, y era una chica un poco peculiar y muy directa, pero me gustaban sus visitas. Pasaba a verme cuando estaba aburrida o cuando yo necesitaba una amiga. Tenía una especie de sexto sentido que yo sabía apreciar. Se había recogido el pelo en lo alto de la cabeza y llevaba ropa que parecía heredada de su hermano mayor, Jacob. Yo no lo conocía, pero ella me hablaba tanto de él que era como si, efectivamente, lo conociese.

Se sorbió la nariz y luego se la limpió con el dorso de la mano.

—¿Cómo va todo? —No me miró cuando habló, sino que miró calle abajo, hacia donde vivía.

—Bien. Elliott ha vuelto.

—¿Ah, sí? ¿Y qué tal?

—Todavía estoy enfadada. Althea dice que no debería estarlo.

—Althea es muy inteligente, pero me temo que no estoy de acuerdo con ella. Creo que deberías mantenerte alejada de él.

Lancé un suspiro.

—Creo que tienes razón.

—A ver, es que lo único que sabes de él realmente es que le gustan las cámaras y marcharse.

Tragué saliva.

—Yo le gustaba.

Tess frunció el ceño.

—¿Cómo les vas a explicar a Minka y a Owen que al final has decidido que puedes tener amigos, después de todo?

Le sonreí.

—Te tengo a ti.

Reflejó mi misma expresión.

—Sí, me tienes a mí, así que no necesitas a Elliott.

Hice una mueca.

—No, no lo necesito. Y, de todos modos, tampoco me arriesgaría a volver a pasar por eso otra vez.

—Me acuerdo de aquellos días. Acabas de empezar a superarlo y ahora reaparece. Bastante cruel, si quieres mi opinión. —Se levantó—. Debería irme. Jacob me está esperando.

—Bueno. Hasta luego.

Me incliné hacia atrás y cerré los ojos, dejando que otra ráfaga de aire me recorriera el cuerpo. Los tablones del porche crujieron, y supe, incluso con los ojos cerrados, que alguien se había plantado delante de mí y le hacía sombra al sol, oscureciendo aún más la oscuridad.

Abrí los ojos de golpe, y luego los entorné: Elliott estaba de pie delante de mí con un vaso enorme de refresco en cada mano. Los vasos de poliestireno estaban chorreando de sudor y el rabito de una cereza asomaba por la tapa, atrapado debajo del plástico.

Me puso un vaso delante de la cara.

—Limonada de lima y cereza.

—Lo prometiste —dije, mirando el vaso fijamente.

Elliott se sentó a mi lado y lanzó un suspiro.

—Lo sé. Pero tú misma lo dijiste... Rompo mis promesas.

Me ofreció la bebida de nuevo y la acepté. Fruncí los labios alrededor de la pajita y tomé un sorbo, saboreando la lima ácida y helada y el jarabe de cereza dulzón mientras las burbujas carbonatadas me hacían cosquillas en la lengua.

—Te he echado de menos, tanto si quieres creerlo como si no. Pensaba en ti todos los días. Intenté ponerme en contacto contigo de todas las maneras posibles. Siento lo de tu…

—Deja de hablar —dije, cerrando los ojos.

Esperó un rato y luego habló como si no pudiera contenerse.

—¿Cómo está tu madre?

—Lo lleva a su manera.

—¿Y Presley… sigue siendo Presley?

Me reí entre dientes y lo miré.

—Has estado en el instituto un día entero. ¿A ti qué te parece?

Asintió con la cabeza.

—¿Que sí?

—Tienes que dejar de hacer eso —dije.

—¿El qué?

—Hablar con preguntas. Tu entonación… Es un poco raro.

—¿Desde cuándo dejó de gustarte lo raro?

—Desde que mi vida se convirtió en la definición de raro.

—¿Quieres que controle la entonación de mi voz? —Asintió con la cabeza—. Hecho.

Parecía como si, durante todo el tiempo que había estado fuera, Elliott hubiese estado viviendo en un gimnasio: tenía el cuello grueso, la mandíbula cuadrada y las curvas de los hombros y los brazos definidas y sólidas. Se movía con más seguridad, me miraba a los ojos demasiado prolongadamente y sonreía con el típico encanto que acompañaba a la arrogancia. Me gustaba más como era antes: desgarbado y torpe, de voz tímida y calladamente desafiante. Entonces era humilde. Ahora, en cambio, tenía ante mí a un chico que se sabía atractivo y que estaba seguro de que eso le bastaba para ganarse el perdón.

Mi sonrisa se desvaneció y miré hacia delante.

—Ahora los dos hemos cambiado, Elliott. Ya no te necesito.

Bajó la mirada, frunciendo el ceño pero no derrotado todavía.

—Es verdad, parece que no necesitas a nadie. Me he fijado en que Minka y Owen han pasado por tu lado y ni siquiera los has mirado.

—¿Y?

—Catherine… he dejado a todos mis amigos, a mi equipo de fútbol, a mi madre… He vuelto.

—Ya me he dado cuenta.

—Por ti.

—Calla.

Suspiró.

—No puedes seguir enfadada conmigo para siempre.

Me levanté y le devolví el vaso bruscamente. Lo atrapó apretándolo contra su pecho, pero la tapa se abrió y el líquido rojo le salpicó la camisa blanca y el rostro.

Se me escapó una risa involuntaria. Elliott tenía los ojos cerrados y la boca abierta, pero después del shock inicial, sonrió.

—Bueno. Me lo merecía.

Ya no tenía gracia.

—¿Te merecías que te tirara un refresco a la cara? Mi padre murió, Elliott, ¿entiendes? Se lo llevaron en una camilla ante mis propios ojos, delante de todo el vecindario. Mi madre desconectó mentalmente de la realidad. Se suponía que eras mi amigo, y tú… me dejaste allí tirada.

—Yo no quería eso.

Las lágrimas me escocían en los ojos.

—Eres un cobarde.

Se irguió, una cabeza y media más alto que yo. Sabía que me estaba mirando desde arriba, pero no quise levantar la vista.

—Mi madre vino a buscarme. Intenté explicárselo; vio la ambulancia y el coche de policía y se puso muy nerviosa. Me obligó a ir con ella. Yo tenía quince años entonces, Catherine, vamos...

Estiré el cuello y lo miré entornando los ojos.

—¿Y desde entonces?

—Quería llamarte, pero no tienes teléfono, y luego a mí me quitaron el mío. Estaba muy enfadado por cómo me obligaron a marcharme. Llamé a escondidas a mi tía un par de veces para ver cómo estabas, pero se negó a ir a tu casa. Me dijo que las cosas habían cambiado, que tu madre no quería hablar con ella de ninguna de las maneras. Me pillaron a mitad de camino a Oak Creek una semana después de que me dieran el coche, y mi padre me puso un regulador en el motor con un límite de setenta kilómetros por hora. Intenté llegar hasta aquí de todos modos, pero me quitaron el coche. Traté de convencer a todos mis amigos para que me trajeran aquí, lo intenté absolutamente todo para volver a verte, Catherine, lo juro por Dios.

—Eso no significa nada para mí. Dios no existe —mascullé.

Acercó el dedo a mi barbilla y la levantó con delicadeza hasta que mis ojos miraron a los suyos.

—En cuanto mis padres me dijeron que se iban a divorciar, pedí venirme a vivir con mi tía hasta que terminase el proceso. Les dije que no quería pasar mi último año de instituto en medio de su guerra, pero todos sabíamos la verdadera razón: necesitaba verte.

—Pero ¿por qué? —pregunté—. ¿Por qué estaban tan empeñados en mantenerte lejos de mí?

—El día que me fui, la tía Leigh llamó a mi madre. Durante la conversación le dijo que tú y yo estábamos pasando mucho tiempo juntos. Mi madre lo pasó muy mal aquí. Odia Oak Creek y no quería que tuviera ningún motivo para quedarme. Esperaba que me olvidara de ti.

—Pero ahora estás aquí. ¿Deduzco entonces que se ha rendido?

—A ella ya no le importa nada, Catherine. Ni siquiera ella misma.

Sentí que flaqueaba mi determinación y presioné la mejilla contra su pecho. Me abrazó y percibí el calor que irradiaba a través de su delgada camiseta.

—Lo siento —dijo—. No quería dejarte aquí así. No quería dejarte, para nada. —Cuando no respondí, intentó guiarme hacia la puerta—. Vamos adentro.

Me aparté de él, sacudiendo mi cabeza.

—No puedes.

—¿No puedo entrar? ¿Por qué no?

—Tienes que irte.

—Catherine…

Cerré los ojos.

—Que estuviera enfadada contigo por cómo te fuiste no significa que te haya echado de menos, porque no te he echado de menos en absoluto.

—¿Por qué no? ¿Por los montones de amigos que tienes a tu alrededor?

Lo fulminé con la mirada.

—Vete y déjame en paz.

—Mira a tu alrededor. Ya estás en paz, aquí sola.

Elliott giró sobre sus talones, se metió las manos en los bolsillos de los pantalones cortos, bajó los escalones y cruzó la verja de la calle. No giró a la derecha, hacia la casa de su tía. No sabía muy bien adónde iba, y me esforcé por que no me importara lo más mínimo.

Mis ojos se llenaron de lágrimas y me senté en el balancín, empujándolo hacia atrás una vez más y oyendo las cadenas chirriar contra el gancho de donde colgaban.

El balancín se hundió más y resbalé involuntariamente hasta apoyarme en Althea, que se había sentado a mi lado. Ni siquiera la había oído salir de la casa.

—Has espantado a ese pobre chico.

—Me alegro.

Capítulo 9

Catherine

El señor Mason se apartó de sus garabatos en la pizarra electrónica y se secó la frente con un pañuelo. La temperatura todavía superaba los treinta grados y los profesores estaban cada vez más irritables.

—Vamos, chicos. Casi es octubre. Esto deberíais saberlo. ¿Nadie?

La pata de la mesa de Elliott chirrió contra el suelo de baldosas y todos nos volvimos para mirarlo.

—Perdón —dijo.

—¿Estás cómodo en esa mesa? —preguntó el señor Mason—. La señora Mason me ha estado persiguiendo para que la informe.

—Estoy bien —dijo.

—He oído que has conseguido el puesto de *quarterback* —comentó el señor Mason—. Felicidades.

—Gracias —respondió Elliott.

—Por los pelos —dijo Scotty con desdén.

Todas las chicas de la clase miraron inmediatamente a Elliott con un brillo especial en los ojos y yo fijé la vista hacia delante, sintiendo que me ardían las mejillas.

—El efecto fotoeléctrico —dije, ansiosa por desviar la atención de Elliott.

—Respuesta correcta —dijo el señor Mason, gratamente sorprendido—. Muy bien. Buen trabajo, Catherine. Gracias.

La puerta se abrió y entró la señora Mason, radiante y con un aspecto muy elegante.

—Señor Mason.

—Señora Mason —repuso él con un gruñido.

—Necesito ver a Catherine Calhoun en mi despacho, por favor.

—¿Y no podría haber enviado a alguien a buscarla? —preguntó el señor Mason con un atisbo de esperanza en los ojos, como si esperara que su todavía esposa admitiera que, simplemente, quería verlo.

—Estaba aquí mismo, al lado —respondió ella con un brillo vengativo en la mirada. El entrenador Peckham estaba dando clase de salud en el aula contigua y se rumoreaba que estaban saliendo juntos—. Catherine, recoge tus cosas. Hoy no vas a volver.

Busqué a Elliott, aunque no sabía muy bien por qué. Tal vez porque sabía que él sería la única persona a la que le importaba que me hubiesen convocado al despacho de la orientadora escolar. Estaba sentado con el cuerpo hacia delante, con una mezcla de curiosidad y preocupación en la cara.

Me incliné para meter mi libro de texto, el cuaderno y el bolígrafo en mi mochila, y luego me puse de pie, pasando los brazos por las correas.

El señor Mason se despidió de mí con la cabeza y luego continuó con su clase magistral, señalando sus lamentables ilustraciones de los fotoelectrones en la pizarra.

La señora Mason me condujo por el pasillo y atravesó la zona común hacia el despacho. Sus largas piernas daban unos pasitos pequeños pero elegantes dentro de los límites de la falda de tubo que llevaba. El dobladillo le llegaba justo por debajo de la rodilla, casi con recato a pesar de ser una falda ajustada, compensando así el atrevimiento de la blusa roja con los primeros tres botones desabrochados. Sonreí. Estaba disfrutando de su libertad, y yo esperaba que esa fuera yo algún día.

Fuimos objeto de las miradas de la secretaria de la escuela, la señora Rosalsky, de algunos de los ayudantes de la oficina y de algunos gamberros que estaban cumpliendo su castigo dentro del recinto del instituto.

La puerta de la señora Mason ya estaba abierta, y un corazón de punto con su nombre bordado en el centro colgaba de un solo clavo en la madera. Cerró la puerta detrás de mí y, con una sonrisa, me indicó que me sentara.

—Señorita Calhoun. Hace tiempo que no hablamos. Tus notas son estupendas. ¿Cómo va todo?

—Todo va bien —dije, casi incapaz de mirarla a los ojos.

—Catherine —dijo con voz cariñosa—. Ya hemos hablado de esto. No tienes de qué avergonzarte. Estoy aquí para ayudarte.

—No puedo evitarlo.

—No fue culpa tuya.

—No, pero sigue siendo embarazoso.

Me senté en aquella silla tres veces a la semana durante la primera mitad de mi segundo año de instituto, repitiendo cómo me sentía por la muerte de mi padre. La señora Mason le dio a mamá un margen de seis meses, y cuando vio que no había indicios de que fuese a mejorar, llamó a Asuntos Sociales para que fuesen a verla al Juniper. Eso hizo que mi madre empeorase, y una noche, muy tarde, acabó en casa de los Mason.

Después de eso aprendí a fingir. La señora Mason me citaba una vez a la semana. El tercer año de instituto las sesiones eran solo una vez al mes, y ese año había empezado a pensar que no iba a llamarme a ninguna.

Esperó, mirándome con expresión bondadosa y con su sonrisa reconfortante. Me pregunté cómo era posible que el señor Mason no hubiese hecho más por retenerla a su lado. En cualquier otra ciudad estaría casada con un abogado o con un empresario, haciendo de orientadora escolar de niños por vocación. En cambio, se había casado con su novio del instituto, que se había convertido en un hombre gruñón, aburrido, rechoncho, sudoroso y bigotudo. Yo sabía mejor que nadie que podía haber cosas peores esperándote en casa, pero la señora Mason iba camino de encontrar la felicidad, y el señor Mason no estaba al final de ese camino.

—¿Y a usted? ¿Cómo le va todo? —le pregunté.

Curvó hacia arriba una comisura de la boca, acostumbrada a mis cambios de tema.

—Catherine, sabes muy bien que no puedo hablar…

—Lo sé, pero solo tengo curiosidad por saber por qué se fue si no estaba tan mal. Algunas personas no se separan a pesar de tener mejores razones para irse. No la estoy juzgando. Supongo que solo quiero saber… ¿en qué momento decidió que ya había tenido suficiente?

Me miró fijamente un momento, tratando de decidir si ser sincera conmigo me ayudaría.

—La única razón por la que necesitas irte es si no quieres quedarte. Tú ya sabes de lo que hablo. Cuando entras en un lugar y sientes que no es tu sitio…, donde no te sientes cómoda o ni siquiera bienvenida. Lo más importante es sentirse segura y feliz y tener salud, y muchas veces esas tres cosas son sinónimos. Cuando todavía no se es una persona adulta, es importante que alguien en quien confías te ayude a navegar por ese camino.

Asentí y miré el reloj. Al cabo de diez minutos sonaría el timbre y me iría a casa, en medio de aquel calor, a un lugar que encajaba en todas y cada una de las descripciones negativas de la señora Mason.

—¿Cómo van las cosas en casa? —insistió.

—La casa de huéspedes no está muy llena, pero da mucho trabajo. Todavía echo de menos a mi padre.

La señora Mason asintió.

—¿Tu madre todavía sigue yendo a terapia?

Negué con la cabeza.

—Está mejor.

La señora Mason se dio cuenta de que mentía.

—Catherine —empezó a decir.

—Tengo un nuevo amigo.

Arqueó las cejas y el movimiento le creó tres largas arrugas en la frente.

—¿De verdad? Eso es estupendo. ¿Quién?

—Elliott Youngblood.

—El nuevo *quarterback*. Muy bien. —Sonrió—. Parece un buen chico.

—Vive en mi calle, un poco más abajo. A veces vamos juntos al Braum's.

Se inclinó hacia delante, juntando las manos.

—Me alegro. Solo que… es nuevo. Parece…

—¿Popular? ¿Admirado? ¿Lo contrario a mí, socialmente hablando?

La señora Mason sonrió.

—Iba a decir que parece tímido.

Parpadeé.

—Sí, bueno, supongo. No había pensado en él de esa manera. Cuando está conmigo, no hay manera de hacer que se calle.

La risa cantarina de la señora Mason inundó la habitación. Sonó el timbre y se levantó.

—Vaya. Esperaba que tuviéramos más tiempo. ¿Te va bien que nos veamos otra vez el mes que viene? Quiero hablar contigo sobre tus opciones para la universidad.

—Claro —le dije, colgándome la mochila al hombro.

La señora Mason abrió la puerta y vimos a la señora Rosalsky de pie al otro lado de su escritorio, charlando con Elliott.

Él se volvió hacia mí con expresión de alivio.

—Señora Mason, Elliott necesitaba hablar con Catherine antes de irse al entrenamiento de fútbol.

—Quería asegurarme de que no necesitabas que te llevaran a casa.

La señora Mason me sonrió, alegrándose de haber confirmado mis palabras.

—Eso es muy amable por tu parte, Elliott.

Él sabía que no lo rechazaría delante del personal del instituto, así que acepté y lo seguí afuera. Incluso me tomó la mochila, y al ver ese detalle, la señora Mason pareció entusiasmada.

En cuanto Elliott empujó las puertas que daban al parking, le arrebaté mi mochila y me di media vuelta para ir en dirección a mi casa.

—Lo sabía —dijo él.

Me detuve, girando sobre mis talones.

—¿Sabías el qué?

—Que estabas actuando. No estaría de más que me dijeses «gracias».

Arrugué la nariz.

—¿Y qué es lo que tengo que agradecerte?

—Que te haya dado la oportunidad de engañar a la señora Mason con lo que sea que estés intentando engañarla.

—No sabes nada de nada —dije, y eché a caminar de nuevo.

Elliott corrió para alcanzarme y me tiró suavemente de la mochila para frenarme.

—Todavía sigo queriendo llevarte a casa.

—Solo acepté porque sabía que eso haría que la señora Mason se sintiera mejor. Solo me quedan unos meses para cumplir los dieciocho. Si fingir que no te odio le impide volver a llamar a los servicios sociales por lo de mi madre, eso es lo que haré.

Él frunció el ceño.

—¿Por qué llamó a los servicios sociales por lo de tu madre?

Me alejé de él, sujetando las correas de mi mochila.

—¡No me odias! —gritó.

Caminé hacia la esquina, luchando contra mis sentimientos encontrados y contra las palabras de Althea en mis oídos. Iba atrasada con la colada, e incluso aunque mamá la hubiera hecho mientras yo no estaba, estaría enfadada conmigo. Elliott me estaba distrayendo y no podía permitirme el lujo de crearle más estrés a mamá. Cuando no estaba contenta, nadie estaba contento, y eso creaba un ambiente muy tenso en la casa.

Me bajé de la acera para cruzar la calle y, acto seguido, me encontré tumbada de espaldas en el suelo, sin aliento. Elliott estaba encima de mí, con los ojos muy abiertos.

—Oh, Dios… Catherine, ¿estás bien? Lo siento.

Cuando recobré el aliento, lo aparté de un empujón. Me ayudó a incorporarme mientras luchaba contra el movimiento frenético de mis brazos.

—¡¿Qué… estás… haciendo?! —grité, forcejeando con él.

Señaló la carretera.

—¡Casi te plantas delante de un coche! —dijo mientras trataba de sujetarme las muñecas.

Respiré con dificultad, mirando hacia la carretera. Además de los alumnos del instituto que salían del parking, había otros vehículos entrando en la ciudad desde la autopista, yendo a más velocidad de la debida.

Pestañeé, mirando a mi alrededor, tratando de reunir el valor de disculparme.

—Gracias —dije—. Estaba distraída.

—Por favor, déjame llevarte a casa —suplicó.

Asentí con la cabeza, conmocionada por haber estado a punto de morir aplastada en la calzada. Me pregunté qué pasaría con mamá y el Juniper si me sucedía algo. Tenía que tener más cuidado.

***

El motor de Elliott todavía se oía a una manzana de distancia, y me enfurecía que mi corazón gritara cuanto más se alejaba. No quería echarlo de menos. No quería quererlo. La amabilidad de Elliott hacía que fuera mucho más difícil odiarlo. Solté la mochila en la silla del comedor con un golpe y me fui directa al fregadero para llenarme un vaso de agua fría.

Todavía llevaba adherido en la piel el sudor que se había evaporado en el aire acondicionado del Chrysler de Elliott, y empezaron a formarse nuevas perlas en el aire espeso y rancio del Juniper. Dejé el vaso para remojarme la cara una vez, y luego me sequé con un paño. El delgado tejido tenía un tacto suave sobre mi piel, y me tapé los ojos con él para disfrutar de la oscuridad hasta que oí el chirrido de la pata de un taburete en el suelo.

—¿Quién era ese? Está supermoreno —dijo Tess en su tono más serio.

—Ese —dije, tomándome otro vaso de agua— era Elliott.

—¿El chico que se fue?

Suspiré, dejando los vasos en la isla.

—Sí, y por mí ya puede irse otra vez. Otra complicación que no me hace ninguna falta.

—Desde luego. Dile que lo quieres y empieza a ponerles nombres a vuestros futuros hijos. En serio. Seguro que sale corriendo. —Me reí una vez y dejé un vaso delante de Tess y otro delante de mí. Tragué saliva, y Tess me miró con cara de disgusto—. ¿Por qué no enciendes el aire acondicionado? Es una sugerencia.

—Si ves a mi madre antes que yo, pregúntaselo a ella, anda.

—Entonces, ¿quién era?

—No es asunto tuyo.

Tess dejó su vaso.

—Me voy. Aquí dentro estaremos a cuarenta grados por lo menos, y tú estás muy gruñona. Ah, y tienes un huésped. Acababa de subir justo antes de que llegaras.

Vi a Tess salir por la puerta y la llamé.

—¡Tess! ¿Quién?

Al cabo de un momento, Duke gritó desde el piso de arriba.

—¡Maldita sea! ¡Joder! —Oí el estrépito de algo al romperse y me apresuré a salir al pie de la escalera. Una puerta se cerró de golpe y luego se oyeron unos pasos avanzando por el pasillo, despacio y con determinación, y la madera crujió bajo el peso de Duke.

Me miró desde arriba, vestido con una camisa blanca con manchas y con una corbata gris deshecha. La barriga le sobresalía por encima del cinturón que sujetaba sus pantalones grises, y bajó un peldaño de la escalera agarrándose a la barandilla.

—No hay toallas. ¿Cuántas veces te he dicho que necesito toallas limpias? ¡Me ducho todos los días! ¡Necesito una maldita toalla todos los días! ¿Tan difícil es eso?

Tragué saliva, viéndolo bajar los escalones despacio. Althea había dicho el día anterior que acabaría de hacer la colada para que yo pudiera hablar con Elliott. Al alterar mi rutina, había olvidado reponer las toallas en las habitaciones.

—Lo siento, Duke. Ahora mismo te las llevo.

—¡Demasiado tarde! He tenido que quedarme en el baño y secarme al aire. Ahora llego tarde. ¡Estoy harto de que siempre me falte algo cada vez que me hospedo en este maldito antro! Las toallas son un elemento básico en cualquier hotel. ¡Básico! ¿Qué parte es la que no entiendes de eso?

—Iré por las toallas —dije, dirigiéndome hacia el cuarto de la lavadora.

Duke bajó los últimos dos escalones rápidamente y me agarró del brazo, hincando los dedos gruesos en mi carne.

—Si vuelve a pasar… —Se me acercó más aún. Era bajo, casi de mi misma altura, lo que no hacía que la expresión de loco de su rostro sudoroso fuera menos intimidante. Me miró fijamente, moviendo con furia las aletas de la nariz mientras respiraba con agitación—. Asegúrate de que no vuelva a pasar.

—Tendrás que soltarme primero, Duke —dije, cerrando la mano en un puño.

Bajó la mirada hacia mi mano y luego me soltó, empujándome. Entré en el cuarto de la lavadora y vi las toallas que Althea había doblado perfectamente encima de la secadora. Llevé cinco toallas blancas a la habitación habitual de Duke, llamando antes a la puerta. No respondió, así que la abrí unos centímetros.

—¿Hola? —exclamé, esperando ver a Poppy, o a mamá, o a cualquiera menos a Duke.

Entré en la habitación vacía y advertí la cama todavía hecha de Duke y la maleta abierta y vacía en el mueble situado al lado del tocador. Colgados en el armario había trajes demasiado familiares, por lo que el dolor sordo por mi padre, que siempre me acompañaba, se convirtió en un dolor verdaderamente lacerante e insoportable. Siempre lo echaba de menos, pero no me dolía hasta que empezaba a dolerme, y luego la realidad y la tristeza se apoderaban de mí en oleadas. Cada vez se me daba mejor llorar por dentro. Además, derramar lágrimas no servía de nada igualmente.

El baño estaba limpio y la cortina de la ducha, echada. Me agaché delante del estante de madera del rincón y dejé allí las toallas dobladas y esponjosas.

Las anillas de la cortina de la ducha tintinearon a mi espalda, y me puse de pie, cerrando los ojos, a la espera de que quienquiera que estuviera allí revelase su presencia. Cuando no pasó nada, me di media vuelta y advertí que el aire acondicionado se había puesto en marcha. El aire soplaba por la rejilla de ventilación, haciendo que la cortina de la ducha se moviera suavemente.

Respiré aliviada, y luego salí de la habitación a toda prisa, llevé el resto de las toallas a la habitación de mamá y me dejé solo una para mí. Las otras habitaciones no estaban ocupadas, pero busqué ropa sucia de todos modos, y luego bajé un cesto casi vacío al piso de abajo y puse una pequeña carga en la lavadora.

Cuando el agua comenzó a llenar el profundo tambor, me maldije para mis adentros. Había sido una estupidez dejar mis tareas en manos de otra persona. Yo ya lo sabía, pero no asumir mis responsabilidades por culpa de Elliott era precisamente algo que debía evitar a toda costa: guardar secretos significaba no llamar la atención sobre el Juniper, y si Duke se enfadaba lo suficiente como para alojarse en otro lugar, eso llamaría la atención. Ya me lo imaginaba llevando su maltrecha maleta de color verde oliva hasta el Holiday Inn de la localidad vecina, montando una escena en el mostrador de recepción mientras intentaba registrarse con un documento de identificación que no coincidiría con su nombre. Teníamos que tenerlo contento porque, de lo contrario, sucedería lo peor, y ni siquiera estaba segura de en qué consistía eso, salvo por la certeza de saber que nos separarían a mamá y a mí. Tal vez para siempre.

Pasé la siguiente hora limpiando, y justo cuando estaba acabando de preparar un estofado de fideos, oí que la puerta se abría y se cerraba. No estaba segura de si era Duke o mi madre, así que esperé a oír el sonido de los pasos en las escaleras.

Me puse tensa. Duke ya había regresado.

—¡¿Hay alguna maldita toalla?! —gritó mientras se acercaba al último piso—. Cada vez que salgo a la calle en esta ciudad dejada de la mano de Dios acabo empapado de sudor.

—¡Hay toallas limpias en tu habitación! —le dije.

Bajó las escaleras dando fuertes pisotones y yo me puse rígida.

—¿Me has gritado, niñata?

—No, te he contestado a lo que me has preguntado.

Entornó los ojos y luego arrugó la nariz, sorbiendo el aire. Se inclinó para mirar el estofado detrás de mí.

—¿Qué es eso?

—Estofado de fideos. Es una receta de mi madre.

—Ya lo he comido antes.

Tuve que hacer memoria para recordar cuándo fue la última vez que lo habíamos comido y cuándo había estado él allí. Era posible.

—Estará listo dentro de una hora. —Puse la temperatura del horno a 120 ºC.

—Eso espero. El servicio aquí es peor que tener que morirse de asco en esta ciudad de mierda.

—Si necesitas algo más, por favor, dímelo.

Se acercó hacia mí pisando fuerte y se inclinó hasta detenerse a escasos centímetros de mi cara. Miré al suelo.

—¿Estás intentando librarte de mí, niña? —Apretó los dientes y volvió a respirar con fuerza por la nariz. El sonido me recordó a un animal salvaje que se prepara para atacar.

Negué con la cabeza.

—Estoy intentando compensar mi error de antes. Quiero que estés contento aquí.

Duke no podría ir a ninguna otra parte que no fuera el Juniper, ni siquiera aunque alguien le dejase registrarse en su hotel. Con su comportamiento y sus turbias maniobras, nadie lo dejaría quedarse más de una noche, y estaba segura de que no podría pagar su estancia en otro sitio de todos modos. Además, me preocupaba Poppy si llegaba a irse.

Duke se irguió.

—Conque contento, ¿eh?

Asentí. El horno emitió un pitido y abrí la puerta para meter el estofado. Me volví hacia Duke y vi bullir en sus ojos redondos la ira que siempre parecía hervir en su interior.

—¿Sí? ¿Necesitas algo más?

Entrecerró uno de sus ojos, pero no dijo nada.

Esbocé una sonrisa forzada y luego me dirigí a la puerta principal, moviendo los pies cada vez más rápido con cada paso. Cuando llegué al porche, me di de bruces directamente con Elliott.

—¡Ay! Hola —dijo con una sonrisa que se desvaneció rápidamente en cuanto vio la expresión de mi cara—. ¿Estás bien?

Miré detrás de mí.

—¿Qué haces aquí?

Sonrió otra vez.

—Estaba por el barrio.

Lo empujé por la puerta.

—Tenemos que irnos. Vamos.

—¿Adónde? —preguntó, mirando a Duke, detrás de mí. Estaba al pie de la escalera, observándonos por debajo de sus cejas.

—A cualquier sitio. Por favor, vámonos.

—Está bien —dijo Elliott, tomándome de la mano. Me condujo por los escalones y por la superficie irregular del camino de entrada para salir después por la verja, dejando que se cerrara de golpe detrás de nosotros. Echamos a andar hacia el parque, y cuanto más nos alejábamos de mi casa, menos miedo sentía.

Elliott no me hizo ninguna pregunta mientras caminábamos, cosa que agradecí aún más que el hecho de que no me hubiese soltado la mano todavía. Era imposible odiarlo, daba lo mismo cuánto lo intentase. Cuando llegamos a la acera que bordeaba el claro rodeado de abedules y arces, tiré de la mano de Elliott y elegí el banco del fondo. Estaba al lado de una papelera maloliente, pero tenía mejor sombra.

Me senté apoyándome en el respaldo del banco, deseando que me bajara el ritmo cardíaco. Me temblaban las manos. Duke no venía a menudo, pero cuando lo hacía, daba mucho miedo.

—Catherine, ¿estás bien? —preguntó Elliott al fin, después de varios minutos de silencio—. Parecías asustada.

—Estoy bien —dije—. Es solo que me has dado un susto.

—Entonces, ¿a qué ha venido todo eso?

—Anoche me olvidé de reponer las toallas de las habitaciones. Uno de los huéspedes estaba molesto.

Elliott no parecía convencido.

—¿Tienes miedo de meterte en problemas?

No respondí.

Elliott suspiró.

—No tienes que decirme nada, a menos que alguien te esté haciendo daño. ¿Es así? ¿Alguien te está haciendo daño?

—No.

Elliott se debatió entre creerme o no y luego asintió.

—Hoy te he visto en el instituto. Te llamé, pero no me respondiste.

—¿Cuándo? —pregunté.

—En el almuerzo. Acababas de levantarte para dejar la bandeja. Traté de alcanzarte, pero doblaste la esquina y desapareciste.

—Ah.

—¿Qué quieres decir con «ah»?

—Me metí en el baño. Presley y las clones iban en mi dirección.

—Así que ¿te escondiste?

—Es mejor que la alternativa.

—¿Cuál es la alternativa?

—Enfrentarme a ellas. —Eché un vistazo a su reloj—. ¿Qué hora es?

—Casi las siete.

El sol ya se estaba poniendo.

—¿No deberías estar en tu entrenamiento de fútbol?

Se miró y me di cuenta de lo sudoroso y sucio que iba, todavía con una camiseta de fútbol y pantalones de entrenamiento azul marino.

—He venido directamente. No sé… Tuve un mal presentimiento, y en cuanto entré en el porche, tú salías corriendo por la puerta. Ahora estamos sentados aquí como si no hubiera pasado nada. Estoy preocupado por ti.

—¿Por qué?

Enarcó las cejas.

—Ya te lo he dicho. Pareces asustada, y sé que no me lo estás diciendo todo.

Me incliné hacia un lado, me rasqué la barbilla con el hombro y luego miré hacia otro lado.

—¿Sabes qué? A lo mejor no tienes por qué saberlo todo.

—No he dicho que tenga que saberlo, pero puedo preocuparme por ti igualmente.

—No te he pedido que te preocupes por mí. —Cerré los ojos—. No quiero que te preocupes por mí. Además, tampoco puedes ayudarme, de todos modos. Tu vida ya es bastante complicada por los dos.

—Déjalo.

Me volví para mirarlo, sorprendida por no hallar una expresión dolida en su rostro.

—¿Que deje el qué?

—Que dejes de intentar que me cabree. No va a funcionar.

Abrí la boca para hablar, pero dudé. Tenía razón, hacer que la gente se alejase de mí era lo que había hecho desde que murió mi padre, pero ahora que Elliott había regresado, la idea de que se fuera otra vez me hacía sentir un peso insoportable en el pecho.

—Lo… siento.

—Estás perdonada.

Señalé a mi espalda.

—Me parece que debería entrar. Tengo algo en el horno.

—Espera… Espera unos minutos más. ¿Por favor…?

Volví la vista hacia la casa.

—Catherine…

—Estoy bien, de verdad. Algunos días son más difíciles que otros.

Elliott me tomó de la mano y deslizó los dedos entre los míos.

—Yo también tengo días malos, Catherine. Pero no salgo corriendo de mi casa porque tengo miedo de lo que hay dentro.

No tenía una respuesta para eso, así que le solté la mano y lo dejé solo en el parque.

Capítulo 10

Elliott

—¡Ya basta, Youngblood, maldita sea! —gritó el entrenador Peckham, levantándome del césped.

Me puse de pie, asintiendo.

Me sujetó de la máscara del casco.

—Sé que eres famoso por tus *sneaks*, pero lo último que necesito es que te lesiones con tu propio equipo antes del primer partido.

—Lo siento, entrenador —dije.

Era mi segunda colisión frontal del día. Ya me había ganado una bronca por llegar tarde al entrenamiento. El entrenador me hizo correr hasta caer medio muerto con todo el calor, pero era justo lo que necesitaba para quemar la ira que bullía dentro de mí. Era más fácil correr con el balón que tratar de recordar jugadas cuando era Catherine quien dominaba mis pensamientos, así que simplemente cogí el balón y corrí directo hacia la zona de anotación.

Nos quedamos quietos escuchando a los entrenadores hasta que acabó el entrenamiento. Los directores técnicos saltaron al campo, repartiendo botellas de agua. Cuando nos dejaron irnos, mis compañeros de equipo no tardaron en apiñarse a mi alrededor para golpearme el trasero, los hombros y la parte posterior de la cabeza. Al entrar en el vestuario, se pusieron a gritar y a lanzar exclamaciones de alegría, entusiasmados por empezar la siguiente temporada ahora que tenían un *quarterback* de categoría 5A en el equipo.

—No es que no nos alegremos, pero ¿por qué decidiste venir a estudiar aquí el último curso de instituto? —preguntó Connor Daniels.

Era un compañero de mi mismo curso, le encantaba hablar sobre las chicas que se estaba follando y cuánto había bebido el fin de semana anterior. Me recordaba mucho a los chicos con los que jugaba en Yukon, como si el sexo y la bebida fueran lo único que se podía hacer o sobre lo que mereciese la pena hablar. O tal vez estaba intentando hacerse el simpático. El caso es que me resultó un tipo molesto.

—¿Eres militar o algo así? —preguntó Scotty Neal. Lo había desbancado del puesto de *quarterback*, y aunque intentaba aparentar que estaba enfadado, saltaba a la vista que lo que sentía era alivio.

—Por una chica —contesté, orgulloso.

Mis compañeros se rieron.

—No digas gilipolleces, Youngblood, menuda tontería —repuso Connor. Cuando no respondí, me miró abriendo mucho los ojos—. Espera un momento. ¿Lo dices en serio? ¿Qué chica?

—Catherine Calhoun —dije.

Scotty arrugó la nariz.

—¿Catherine? Pero ¿qué mierda dices, tío?

—Está buena —dijo Connor. Lo fulminé con la mirada y retrocedió un paso—. Era un cumplido.

—Vivimos en el mismo barrio. Llevo viniendo aquí todos los veranos desde que era niño.

—Mierda —dijo Scotty—. Sabes que está loca, ¿verdad?

—No está loca —repuse, tajante—. Ella solo… ha pasado por muchas cosas.

—Alguien debería ponerte sobre aviso —dijo Scotty—. Toda su familia es mala gente. Y hablo de generaciones de mala gente. Envenenaron a toda la ciudad y luego se declararon en quiebra. El padre murió y la madre es rara de cojones. Catherine... Podrías obtener una beca, tal vez incluso pasar a la liga profesional. Deberías alejarte de ella.

—Repite eso otra vez —dije, dando un paso hacia él.

Scotty dio un paso atrás.

—Tranquilo, hombre. Solo intento advertirte.

El resto del equipo los siguió a él y a Connor a las duchas y yo recogí mi bolsa, me pasé la correa por la cabeza y salí del vestuario, furioso todavía.

Alguien me agarró del brazo cuando doblé la esquina y me solté bruscamente.

—Eh, tranquilo —dijo el entrenador Peckham—. Buen entrenamiento hoy, Elliott.

—Gracias, entrenador.

—He oído lo que ha dicho Scotty ahí dentro. No exagera. Esa familia... Solo ten cuidado, ¿de acuerdo?

Fruncí el ceño. Éramos de la misma altura, lo que me facilitaba mirarlo a los ojos y dejarle claro que nadie iba a hacerme cambiar de opinión sobre Catherine.

—Nadie la conoce como yo.

—¿Dijiste que eras vecino suyo?

Me di cuenta de que tenía los hombros muy tensos, y los relajé. Debido a mi volumen, debía prestar más atención a mi lenguaje corporal. Me había metido en demasiadas peleas los últimos dos años por parecer que estaba amenazando a alguien, y lo último que necesitaba era que mi entrenador pensara que estaba intentando intimidarlo.

—Vive en la misma calle que yo.

Él asintió, sopesando esa información un momento.

—Hola —dijo una voz de mujer de entre las sombras. La señora Mason apareció con expresión avergonzada—. No te lo vas a creer. Me he dejado las llaves y mi teléfono dentro del coche.

El entrenador Peckham sonrió y su actitud cambió al instante.

—Pues la verdad es que sí que me lo creo...

Ella soltó una risita de animadora enamorada y me recoloqué la correa de mi bolsa de deporte.

—¿Elliott? —dijo la señora Mason, tocándome el brazo con delicadeza—. ¿Estabas hablando de Catherine?

Asentí.

La señora Mason sonrió.

—Es una buena persona. Me alegra que te hayas dado cuenta.

—Becca —la regañó el entrenador.

La señora Mason lo miró frunciendo el ceño.

—Por fin ha encontrado un amigo, ¿y tú estás preocupado por tu equipo?

—Siempre he sido su amigo —dije. La señora Mason me miró, confusa—. He estado viniendo a visitar a mi tía todos los veranos. Ya hace un tiempo que somos amigos.

—Ah —dijo con los ojos brillantes—. Eso es genial. En las ciudades pequeñas como la nuestra... la gente te encasilla y es difícil salir de ahí. Pero no hagas caso a nadie. He llegado a conocerla mejor después de la muerte de su padre. Creo que Catherine es una chica maravillosa.

Le dediqué una pequeña sonrisa antes de dirigirme a mi coche.

—Sí, lo es.

—Youngblood —me dijo el entrenador Peckham—, no vuelvas a llegar tarde o te haré correr hasta que vomites.

—¡Sí, señor! —le contesté.

Justo cuando llegaba al Chrysler me sonó el teléfono. Era el tono de llamada de mi padre, así que lo dejé sonar hasta que me acomodé en mi asiento.

—¿Diga?

—Hola. ¿Cómo va todo? ¿El equipo de fútbol de ahí vale la pena?

—Valdrá la pena.

—Necesito que hagas algo por mí —dijo en tono neutro.

Puse cara de exasperación, a sabiendas de que no podía verme.

—¿Elliott?

—Sí.

—¿Todavía...? ¿Todavía trabajas cortando el césped?

—Trabajaba. Estoy intentando dejar eso, ¿por qué? —No me hacía falta preguntarlo; ya sabía lo que iba a decir.

—Estaba pensando en venir a ver tu primer partido, pero la gasolina está cada vez más cara. Si pudieras adelantarme el dinero para llenar el depósito...

—No tengo dinero —mentí.

—¿Qué quieres decir? —preguntó con fastidio—. Sé que tienes dinero ahorrado de hace tres veranos.

—El Chrysler se averió. Tuve que pagar la reparación.

—¿Y no podías hacerlo tú mismo?

Apreté los dientes.

—No tengo dinero, papá.

Lanzó un suspiro.

—Supongo que no estaré para ver tu primer partido, entonces.

«Creo que sobreviviré», pensé.

—Siento oír eso.

—¡Maldita sea, Elliott! ¡No seas vago! ¿Qué le pasaba a tu coche?

—Algo que no podía arreglar —solté.

—¿Te estás haciendo el gracioso conmigo?

—No, señor —dije, mirando a los insectos que interpretaban su sinfonía habitual bajo el haz de las luces del campo.

—Porque iré allí, pequeño trozo de mierda, y te pegaré una buena paliza.

«Pensaba que necesitabas dinero para gasolina. Podrías haber venido con mamá, si realmente querías verme jugar. Supongo que tendrás que conseguir un trabajo en lugar de deberle dinero a tu hijo adolescente».

—Sí, señor.

Lanzó un suspiro.

—Bueno, no la cagues. Tu madre odiaba esa ciudad, y hay una razón para eso. Puede que ahora te adoren, pero si la cagas, se acabó, ¿me oyes? Te harán sentirte como una mierda, porque les importan un carajo los chicos piel roja. Solo les gusta que les hagas quedar bien.

—Sí, señor.

—Muy bien. Hablamos luego.

Colgué y agarré el volante con fuerza, respirando por la nariz y por la boca, tratando de dejar que mi odio bullese a fuego lento en lugar de chisporrotear como el aceite. Al cabo de unos minutos y de unos ejercicios de meditación que me había enseñado la tía Leigh, empezó a remitir. Oía la voz serena de mi tía en mi cabeza: «Él no puede tocarte, Elliott. Tú tienes el control sobre tus emociones. Tienes el control de tus reacciones. Puedes, en cualquier momento, cambiar cómo te sientes».

Dejaron de temblarme las manos y solté el volante. Cuando se ralentizaron los latidos de mi corazón, alargué la mano para hacer girar la llave de contacto y encender el motor.

Fui directo con mi coche chatarra a la mansión Calhoun y aparqué al otro lado de la calle, entre las farolas. Dentro de la casa todas las luces estaban apagadas salvo la del dormitorio de arriba. Esperé, deseando que, de algún modo, Catherine viese mi coche y saliera, deseando poder hablar con ella una vez más antes de irme a casa. Me había perdonado más rápido de lo que pensaba… o al menos estaba empezando a hacerlo. Aun así, no conseguía sacudirme de encima la sensación de que iba a tener que esforzarme mucho más para que me dejara entrar en su vida, literal y figuradamente. Fuese lo que fuese lo que me estaba ocultando, eso la asustaba, y llevaba demasiado tiempo teniendo que valerse por sí misma. Yo quería protegerla, pero no estaba seguro de qué.

Justo cuando hice girar la llave, una figura se detuvo frente a la única ventana iluminada. Era Catherine, mirando calle abajo hacia la casa de mi tía, sosteniendo algo en sus manos. Parecía triste y yo estaba ansioso por cambiar eso.

Me sonó el teléfono y apareció un mensaje de texto de la tía Leigh.

Deberías estar ya en casa.

Le respondí:

Voy de camino.

No puedes ir por toda la ciudad sin permiso. Todavía no tienes dieciocho años.

Solo estaba intentando calmarme un poco antes de volver a casa. Me ha llamado mi padre.

¿Ah, sí? ¿Y qué quería?

Sonreí. Ella lo conocía muy bien.

Mi dinero de cortar el césped.

Los tres puntos que indicaban que había empezado a escribir de nuevo tardaron un poco en aparecer.

El tío John se encargará de que eso no vuelva a suceder. Ven a casa y hablamos.

Estoy bien. Ya me siento mejor.

Ven a casa.

Puse primera y salí en dirección a casa. Veía a Catherine en el espejo retrovisor, todavía de pie junto a la ventana, y me pregunté si estaría soñando con la libertad, o si se alegraría de que aquel cristal la separara del feroz mundo exterior.

Capítulo 11

Catherine

Un tablón de madera del suelo crujió justo al otro lado de mi puerta. Cuando reconocí el sonido, abrí los ojos y pestañeé hasta que estos se adaptaron a la oscuridad. Una sombra impedía que la luz del pasillo se colara por debajo de la puerta, y esperé, preguntándome quién estaría ahí tan quieto en plena noche, frente a mi habitación.

El pomo giró y el pestillo hizo clic. La puerta se abrió despacio. Me quedé inmóvil mientras los pasos se acercaban a mi cama y la sombra que se cernía sobre mí se hacía más grande.

—Dios, Catherine... Estás horrible...

—Estaba durmiendo —gruñí. Me incorporé, bajé las piernas por la orilla de la cama y me froté los ojos para dejar de ver borroso. No necesitaba ver para saber que mi prima Imogen había llegado, en algún momento de la noche. Por lo visto, no podía esperar hasta la mañana para insultarme—. ¿Cómo estás? —dije, mirándome los pies descalzos. No estaba de humor para charlar, pero Imogen se dedicaría a molestarme hasta que le prestara atención. Ella y el tío Sapo no venían muy a menudo, pero siempre nos visitaban en octubre.

Lanzó un suspiro melodramático, como hacían todos los preadolescentes, y dejó caer las manos de golpe sobre los muslos.

—Odio este lugar. Me muero de ganas de irme.

—¿Ya? —exclamé.

—Hace tanto calor…

—Pues deberías haber estado aquí hace un par de semanas; ahora ha refrescado.

—¡No todo gira a tu alrededor, Catherine, Dios! —dijo Imogen, enroscándose el pelo oscuro alrededor del dedo—. Tu madre nos dijo cuando llegamos que andabas de mal humor.

Traté de contenerme y no replicarle. Soportar a Imogen requería grandes dosis de paciencia, pero sus apariciones nocturnas hacían que fuese aún más difícil. Mi única prima siempre se presentaba acompañada del tío Sapo, y yo ya sabía que, o bien tendría que aguantar las incesantes quejas e insultos de Imogen, o bien debería ir limpiando detrás de su padre, porque a pesar de que era demasiado perezoso para moverse, siempre se las arreglaba para dejar un auténtico estropicio a su paso, por dondequiera que fuera.

Poppy era muchos años más joven que Imogen, pero, en cierto modo, también era más madura, y mucho más simpática. Tener que decidir entre lidiar con Poppy y su padre, Duke, o estar con Imogen y el tío Sapo era un auténtico dilema.

Mi prima enrolló la tela acolchada de mi manta entre sus dedos y arrugó la nariz.

—Este sitio está hecho una verdadera pocilga.

—¿Qué te parece tu habitación? —pregunté—. ¿Quieres que te acompañe allí?

—No —contestó, golpeando el suelo con los dedos de los pies.

—Por favor, no… no hagas eso —dije, alargando la mano para tocarle el pie como si pudiera detenerla.

Imogen me fulminó con la mirada y luego puso los ojos en blanco.

—Como quieras…

Me levanté y eché a andar pasillo abajo, indicándole a Imogen que me siguiera. El sonido de sus pesados pies contra la madera retumbaba por el viejo caserón, y me pregunté cómo no había despertado a todo el vecindario.

—Por aquí —dije, hablando en voz baja. Doblé la esquina y elegí la habitación contigua a la de Duke, la que sabía que estaba limpia y lista.

Imogen pasó junto a mí, frunciendo el ceño con desaprobación.

—¿Esta es la única que tenéis?

—Sí —mentí. Teníamos varias habitaciones preparadas, pero esperaba que, al dormir tan cerca de las escaleras que llevaban a la habitación de mamá, Imogen se quedara en su extremo del pasillo.

Mi prima se cruzó de brazos.

—Toda esta casa se ha convertido en un basurero. Antes era muy bonita. Y tú eras más amable. Ahora eres antipática. Tu madre es rara. Ni siquiera sé por qué venimos aquí.

—Yo tampoco. —Pronuncié las palabras en voz baja mientras me alejaba, arrastrando los pies hacia mi habitación. Me detuve y oí a Imogen salir al pasillo.

—¿Catherine?

Me volví para mirar a mi prima y me fijé en las ojeras bajo sus ojos. Recé para que se durmiera en cuanto apoyara la cabeza en la almohada.

—¿Sí, Imogen?

Me sacó la lengua y arrugó la nariz para hacer la cara más fea posible. La lengua le brillaba con la baba que se acumulaba en las comisuras de su boca. Retrocedí, viendo a aquella mocosa malcriada seguir poniendo aquella cara tan horrorosa hasta que regresó a su habitación, dando un portazo a su espalda.

Mis hombros reaccionaron dando una sacudida ante el ruido, que quebró la tranquilidad de la casa.

Al cabo de un momento oí el sonido de otra puerta y de unos pies descalzos sobre el duro suelo de madera.

—¿Catherine? —preguntó mamá, con cara de cansada—. ¿Va todo bien?

—Sí, todo bien —dije, volviendo a mi habitación.

Había empujado mi cama hasta que quedó perpendicular a la puerta. Las patas de hierro chirriaron sobre el suelo e hicieron nuevos arañazos en la madera. Habían pasado casi seis meses desde la última vez que tuve que impedir que alguien entrara en mi habitación. El Juniper ya no era mi hogar, y tampoco era una casa de huéspedes cualquiera; mi madre había creado un santuario para personas que no eran de este mundo, y yo estaba atrapada allí con ellos. Aunque fantaseaba con la libertad, no estaba segura de que mi conciencia me permitiera irme y abandonarla. Era difícil explicarle eso a alguien… a Elliott, a la señora Mason, ni siquiera a mí misma. Además, explicarlo implicaba que me hicieran más preguntas.

Abrí mi joyero y oí las notas mientras me lo llevaba a la cama, para que la música me ayudase a volver a conciliar el sueño.

Presioné la cabeza contra la almohada, estirándome para ponerme cómoda y volver a familiarizarme con mi colchón, pero entonces oí un crujido al otro lado de mi puerta y, al mirar abajo, vi por la rendija otra sombra que tapaba parte de la luz del pasillo. Esperé. Imogen era una bocazas, pero no perseguía la confrontación. Estaba enfadada. Me pregunté si la persona que estaba afuera sería el tío Sapo o, peor aún, Duke.

Me mentalicé para oír golpes en la puerta, el gruñido del tío Sapo o las amenazas de Duke. Sin embargo, la sombra se movió y los pasos fueron alejándose cada vez más de mi habitación. Tomé aire profundamente y lo solté, deseando que mi corazón dejara de latirme desbocado y que la adrenalina volviera a disolverse en mi organismo para poder descansar un poco antes de ir al instituto.

***

—¡Eh! ¿Estás bien? —preguntó Elliott, apoyándose en la taquilla cerrada al lado de la mía. Se recolocó la pequeña mochila roja que le colgaba del hombro.

Metí mi libro de texto de geometría entre mis libros de química y de español, casi demasiado cansada para levantarme. Formar una frase amenazaba con colapsar completamente mi cerebro.

—¿Tienes planes para el almuerzo? —preguntó—. Tengo un sándwich extra de mermelada y mantequilla de cacahuete y un asiento de copiloto que se puede reclinar casi del todo.

Le lancé una mirada asesina.

—Para la siesta —dijo rápidamente. Me sorprendió cuando sus mejillas morenas se tiñeron de rojo—. Comer y dormir la siesta. Ni siquiera tenemos que hablar. ¿Qué te parece?

Asentí, al borde de las lágrimas.

Elliott me hizo una seña para que lo siguiera, quitándome la mochila de los hombros y andando despacio para seguir mi ritmo a lo largo del pasillo, hasta que llegamos a la doble puerta que conducía al parking.

La empujó y me dejó pasar a mí primero.

Entorné los ojos al salir al sol y me los protegí con la mano a modo de visera para evitar el dolor de cabeza que había estado amenazándome todo el día.

Elliott me abrió la puerta y esperó a que estuviera sentada para mostrarme dónde estaba la palanca para ajustar el grado de inclinación del asiento. En cuanto la puerta se cerró, me quedé casi horizontal, y fui empujando hacia atrás hasta poner el respaldo en posición horizontal y apoyado en el asiento de atrás.

La puerta del lado del conductor se abrió y Elliott se acomodó a mi lado. Sacó dos sándwiches envueltos en celofán de una bolsa de papel marrón y me dio uno.

—Gracias —acerté a decir, tirando con torpeza de los bordes de plástico transparente.

Una vez que el pan quedó al descubierto, me metí un cuarto del sándwich en la boca, masticando rápidamente antes de dar tres mordiscos más hasta hacerlo desaparecer. Cerré los ojos sin decir nada más, sintiendo que iba perdiendo la conciencia poco a poco.

Al cabo de lo que me parecieron apenas unos pocos minutos, Elliott me dio unos golpecitos, con delicadeza.

—¿Catherine? Perdona, pero es que no quiero que llegues tarde...

—¿Mmm? —musité, parpadeando. Me incorporé y me sequé los ojos—. ¿Cuánto tiempo he estado durmiendo?

—Casi toda la media hora de descanso. Dormías como un tronco. No te has movido ni una sola vez.

Agarré la correa de mi mochila de nailon y salí del coche. Varios de nuestros compañeros de clase se volvieron a mirarnos, y vi que un pequeño grupo caminaba del brazo, entre risitas y susurros.

—Míralos ellos, qué tiernos... —dijo Minka—. Todavía llevan el mismo corte de pelo. —La melena pelirroja le cayó sobre el hombro mientras se volvía para mirar. Le dio un codazo a Owen y nos miró otra vez, con cara de asco, antes de tirar de él hacia la puerta.

—No les hagas caso —dijo Elliott.

—Es lo que hago.

Seguimos atravesando el parking hacia el edificio del instituto. Las puertas dobles de metal estaban pintadas de rojo, y en lugar de tiradores o pomos normales, una barra plateada prácticamente decía a gritos «quedaos bien lejos de aquí». Los rumores no tardarían en circular por todo el instituto. Presley tendría una nueva razón para meterse conmigo, y ahora le pasaría a Elliott también. Empujó la barra metálica y esta emitió un fuerte golpeteo. Me indicó que pasara yo primero, y así lo hice.

—Eh —dijo Elliott, tocándome el brazo—. Estoy preocupado por ti. ¿Seguro que va todo bien? ¿Antes no eras muy amiga de Minka y Owen?

—Dejé de hablarles después de…

Connor Daniels le dio una fuerte palmada a Elliott en la espalda. Elliott apretó los dientes y los labios.

—¡Esta noche toca *scrimmage*, Youngblood! ¡Vamos a por todas!

Elliott lo señaló.

—¡Somos los Mudcats!

—¡Los invencibles Mudcats! —le gritó Connor, haciendo su mejor pose de campeón.

Elliott se rio entre dientes y sacudió la cabeza, y luego se puso serio cuando vio la expresión de mi rostro.

—Lo siento. Me estabas hablando de Minka y Owen.

—¿Eres amigo de Connor Daniels?

Él levantó una ceja.

—Sí, supongo. Está en mi equipo.

—Ah.

—¿Qué pasa? —preguntó, dándome un golpecito con el codo mientras seguíamos caminando.

—Nada, es que no sabía que tú…

—¡Youngblood! —gritó otro miembro del equipo.

Elliott lo saludó con la cabeza y luego me miró.

—¿No sabías que yo qué?

—Que eras amigo de esa gente.

—¿De esa gente?

—Ya sabes lo que quiero decir —le dije mientras me dirigía a mi taquilla—. Él es amigo de Scotty, que es amigo de Presley. ¿Y le has arrebatado a Scotty su posición de *quarterback* sénior? ¿Por qué no te odian?

Se encogió de hombros.

—Les gustará ganar, supongo. Soy bueno, Catherine. Quiero decir… —Parecía que estaba a punto de rectificar, pero luego decidió no hacerlo—. Sí, voy a decirlo: soy muy bueno en fútbol. Me han elegido como uno de los mejores *quarterbacks* de todo el estado.

Seguimos caminando.

—Guau. Eso es… eso es genial, Elliott.

Me dio un codazo.

—No finjas estar tan impresionada.

La escena de algunos de sus compañeros de equipo saludándolo y gritando su apellido se repitió al menos media docena de veces más antes de que me detuviera frente a la hilera de taquillas granate. Me paré delante de la número 347 e hice girar la rueda negra, introduciendo mi combinación numérica, y tiré de la puerta.

Lancé un gruñido. La puerta estaba atascada, como siempre. Elliott me observó mientras lo intentaba de nuevo, y luego se puso detrás de mí. Percibí el calor de su piel a través de su camisa y de la mía. Deslizó el brazo sobre mi hombro, sujetó el tirador y tiró de él con fuerza. La cerradura se desatascó y la puerta se abrió.

Se inclinó para susurrarme al oído.

—La mía también se atasca. Solo hay que insistir un poco.

—Y eso tú lo sabes hacer muy bien. —Era consciente de todos y cada uno de mis músculos, de cada movimiento, de mi postura. Todo en aquella situación me resultaba incómodo cuando saqué los libros de mi mochila y los volví a depositar en la taquilla antes de colgar la mochila en el gancho. Tenía que ponerme de puntillas, pero llegaba—. ¿Y esa bolsa pequeña roja que llevas siempre?

—Ah —dijo, mirando hacia abajo—. Es mi cámara. Es discreta.

—Pues menos mal que sé guardar un secreto… —dije con una sonrisa.

Elliott me miró, divertido.

—Deberías venir al *scrimmage*.

—¿Esta noche? No —dije, sacudiendo la cabeza.

—¿Por qué no?

Lo medité un momento, demasiado avergonzada para responder. No tendría a nadie con quien sentarme. No sabría ni dónde sentarme. ¿Había una sección de estudiantes? ¿Costaba dinero entrar? Me enfadé conmigo misma por ser tan cobarde. Me había enfrentado a cosas mucho peores que una situación social incómoda.

—Por favor, ven a verme —dijo, mirándome con aire suplicante.

Me mordí el labio mientras pensaba por qué debía ir a verlo o no. Elliott esperó pacientemente, como si no fuera a sonar el timbre de un momento a otro.

—Lo pensaré —dije al fin.

Sonó el timbre y Elliott apenas se dio cuenta.

—¿Sí?

Asentí con la cabeza y luego lo empujé suavemente.

—Deberías irte a clase.

Retrocedió unos pasos, sonriendo como un idiota.

—Tú primero.

Recogí mis cosas y cerré la taquilla, mirándolo fijamente unos segundos más antes de dirigirme a mi siguiente clase.

No crucé la mirada con el señor Simons mientras ocupaba mi asiento. El profesor dejó de hablar durante unos segundos, pero optó por no dirigirse a mí directamente, y me deslicé en mi silla en silencio, aliviada.

El señor Simons estaba tan entusiasmado como siempre con la fisiología, pero en mi cerebro se estaba librando un verdadero tira y afloja entre ir al entrenamiento de fútbol como una estudiante cualquiera o regresar a casa, como sabía que era mi obligación. No sabía qué nuevos huéspedes se habrían registrado en la casa —si es que había alguno— y empecé a elaborar listas mentales y a decidir qué tareas que había planeado hacer después de clase podían esperar y cuáles no.

Poner lavadoras.

Limpiar las bañeras.

Preparar la cena.

¿Y si iba al *scrimmage* y Poppy estaba sola en el Juniper? O peor aún, ¿qué pasaría si Imogen todavía estaba allí y se enfadaba y me ponía mala cara cuando volviera por no haber llegado a la hora prevista? El tío Sapo sin duda aparecería por allí; el hecho de que Imogen estuviese en la casa lo garantizaba. Cerré los ojos, imaginándome a mi tío montando en cólera, o al padre de Poppy furioso por que llegara tarde. Cuanto más lo pensaba, más desanimada estaba. Los contras superaban con creces a los pros. Sonó el timbre y me sobresalté.

Volví a mi taquilla andando con pasos pesados. Antes de que pudiera abrirla, un brazo moreno y familiar se deslizó sobre mi hombro y tiró del tirador. Traté de no sonreír, pero cuando alcé la vista y vi a Elliott, su sonrisa contagiosa, la misma de antes, seguía allí.

—¿Lo has pensado?

—¿A qué hora empieza el partido? —pregunté.

—Justo después de clase. —Me enseñó un juego de llaves—. Si necesitas ir a casa antes, puedes llevarte mi coche. Pero tráemelo de vuelta. No tendré fuerzas para volver a casa andando.

Negué con la cabeza.

—No tengo permiso de conducir.

Arrugó la nariz.

—¿En serio?

—Papá no llegó a enseñarme antes de… No llegué a aprender.

Asintió con la cabeza.

—Bueno es saberlo. Podemos ponernos con eso. ¿Y entonces? ¿Vendrás al *scrimmage*?

Bajé la vista.

—Lo siento. No puedo.

***

El señor Mason estaba mirando su teléfono, y en las axilas de su raída camisa blanca había unos cercos de sudor. Se secó la frente con un pañuelo.

—Dios, qué calor… ¿Es que no va a refrescar nunca?

—En el infierno no refresca nunca, señor Mason —gruñó Minka.

El resto de las sillas se llenaron de alumnos, sonó el timbre y el señor Mason acababa de empujar su escritorio para levantarse cuando entró la señora Mason, quien reparó inmediatamente en Elliott.

—Creía haber pedido una mesa para el señor Youngblood…

El señor Mason parpadeó y luego miró a Elliott.

—Está al final, detrás de todo. —Scotty estaba sentado en la mesa de Elliott—. Muy bien, vosotros dos, esto no es el juego de las sillas. Volved cada uno a vuestro sitio.

Elliott suspiró y luego trató, no sin dificultad, de liberarse de la pequeña silla de madera y el pupitre que la acompañaba, mientras todos se reían; todos menos yo y los Mason.

El señor Mason miró a su todavía esposa, esperando ver alguna señal de satisfacción. La había pillado desprevenida, y por una vez no era culpa del señor Mason. Lo vi erguirse un poco más en la silla, y seguramente esa pequeña victoria le bastaba para hacerle sentirse más hombre de lo que se había sentido en mucho tiempo.

—¿Qué quieres, Becca? —dijo con firmeza.

—Yo… Vengo a buscar a Catherine.

Me hundí en mi asiento, sintiendo ya veinte pares de ojos clavados en mi nuca.

El señor Mason examinó el aula y detuvo la mirada en mí, como si no supiera exactamente dónde estaba sentada. Luego señaló con la cabeza hacia la puerta.

Asentí, recogí mis cosas y seguí a la señora Mason a su despacho. Se sentó detrás de su escritorio y entrelazó las manos, un poco conmocionada aún por su pequeña derrota moral.

—¿Está usted bien? —le pregunté.

Ella sonrió y dejó escapar una risotada por la nariz.

—Se supone que debo ser yo quien te pregunte eso. —Esperé, y al final contestó—: Sí, estoy bien. Supongo que no estoy acostumbrada a equivocarme, Catherine. Estoy perdiendo reflejos.

—Tal vez no es perfecta. Tal vez eso está bien.

Me miró entornando los ojos con expresión entre ceñuda y burlona.

—¿Quién es la orientadora escolar, tú o yo?

Sonreí.

—Ya sabes lo que te voy a preguntar —dijo, recostándose en el asiento—. ¿Por qué no hablas tú?

Me encogí de hombros.

—Las cosas van mejor.

Enderezó la espalda.

—¿Mejor?

—Elliott.

—¿Elliott? —Era evidente que trataba de disimular el dejo de esperanza en sus palabras, pero fracasaba estrepitosamente.

Asentí, frunciendo el ceño mientras miraba al suelo.

—Más o menos. Aunque intento que no.

—¿Por qué? ¿Porque estás mejor sola o porque te está presionando para que seáis algo más que amigos?

Arrugué la nariz.

—No es nada de eso. Es solo que estoy enfadada con él.

Saltó como solía saltar mi padre cuando le hablaba de Presley.

—¿Qué te ha hecho?

—Solía pasar los veranos con su tía. Luego tuvo que irse a casa. Fue el día que mi… el día que…

Ella asintió, y agradecí que no necesitara que lo dijera con palabras.

—¿Y?

—Me prometió que volvería, pero no lo hizo. Luego lo intentó cuando se sacó el permiso de conducir, pero no le dejaron. Ahora sus padres se van a divorciar, y él está aquí.

—Menuda historia. Entonces, ¿estás empezando a darte cuenta de que tal vez no fue culpa suya? Parece buena persona. ¿Y dijiste que intentó volver?

Asentí con la cabeza, tratando de no sonreír mientras lo imaginaba escabulléndose en mitad de la noche y subiéndose a su coche destartalado, circulando por la autopista a setenta kilómetros por hora.

—Intentó… ¿Señora Mason?

—¿Sí?

—Cuando usted tenía mi edad, ¿iba a partidos de fútbol?

Sonrió al rememorar los recuerdos instantáneos.

—Iba a todos. El señor Mason jugaba al fútbol.

—¿Y trabajaba usted?

—Sí, pero en el trabajo entendían que yo era joven. No podrás recuperar estos años, Catherine.

Pensé en sus palabras. El instituto no era mi lugar favorito, pero no podía volver y estudiar la secundaria de nuevo.

—¿Has ido a algún partido? —preguntó, haciéndome volver a la realidad. Supo la respuesta por la expresión de mi cara—. ¿Nunca? Ah, pues deberías ir a alguno, Catherine. Son muy divertidos. ¿Qué es lo que te preocupa?

Vacilé, pero el despacho de la señora Mason siempre había sido un lugar seguro.

—Tengo cosas que hacer en casa.

—¿Y no pueden esperar? ¿Y si lo hablas con tu madre?

Negué con la cabeza y ella asintió con aire comprensivo.

—Catherine, ¿estás segura en casa?

—Sí. Ella no me pega. Nunca lo ha hecho.

—Bueno. Te creo. Si eso cambia...

—No va a cambiar.

—No quiero que te metas en ningún lío. No puedo aconsejarte que hagas algo en contra de los deseos de tu madre. Creo que deberías pedir permiso, pero tener una noche libre no es ninguna barbaridad. Como menor de edad, es obligatorio. ¿Algo más? —Advirtió mi inquietud—. Vamos. Sabes que puedes hablar conmigo. ¿Quieres que vuelva a contarte mis diez momentos más embarazosos de la época del instituto?

Me estalló una carcajada en la garganta.

—No. No, no la obligaré a hacer eso.

—Muy bien entonces. Cuéntamelo.

Después de unos segundos, vomité la verdad.

—Tendré que sentarme sola en la grada.

—Yo voy a ir. Siéntate conmigo.

Hice una mueca y ella lo entendió.

—Está bien, está bien. No soy la mejor opción, pero soy alguien con quien puedes sentarte. Muchos de los alumnos se sientan con sus padres. —Le lancé una mirada elocuente y rectificó—. Bueno, de acuerdo. Solo algunos alumnos lo hacen. Un segundo. Ponte a mi lado hasta que te sientas cómoda. Podemos tomar una limonada de lima y cerezas de camino a casa y puedo dejarte allí.

—Eso… es muy amable por su parte, pero Elliott me dijo que me llevaría a casa. Somos prácticamente vecinos.

Juntó las manos de golpe.

—Entonces, arreglado. Tu primer partido de fútbol. ¡Yupi!

Su reacción podría haber suscitado vergüenza ajena en cualquier otra alumna, pero yo no había presenciado ese tipo de muestras de alegría desde antes de la muerte de mi padre. Le dediqué una sonrisa incómoda y luego miré por encima del hombro al reloj.

—¿Tal vez debería…?

—Sí. Hablaremos otra vez el mes que viene, si te parece bien. Estoy muy satisfecha con tus progresos, Catherine. Me alegro mucho por ti.

—Gracias —dije, empujando la silla.

Sonó el timbre, de modo que fui directamente a mi taquilla y apoyé la mano en la rueda negra, deteniéndome un segundo para recordar la combinación.

—Dos, cuarenta y cuatro, dieciséis —dijo Elliott a mi espalda.

Entorné los ojos.

—Eso es secreto.

—Lo siento. La olvidaré. ¿Entonces? ¿Vas a venir?

Suspiré.

—¿Por qué? ¿Por qué tienes tanto empeño en que vaya?

—Porque sí. Quiero que nos veas ganar. Quiero que estés allí cuando salga al campo. Quiero verte esperando en mi coche cuando salga, con el pelo mojado, todavía sin aliento, con la adrenalina corriéndome a tope todavía por las venas. Quiero que formes parte de eso.

—Ah —dije, abrumada por sus palabras.

—¿Demasiado? —Soltó una risotada, divertido por mi reacción.

—Está bien, vamos.

—¿De verdad?

—Sí, démonos prisa, antes de que cambie de opinión. —Guardé todos mis libros, excepto uno, que me metí en la bolsa, y me eché la correa al hombro mientras me volvía.

Elliott me estaba tendiendo la mano, esperando a que la tomara.

Miré alrededor, tratando de detectar miradas curiosas.

—No los mires. Mírame a mí —dijo, aún con la mano extendida.

La tomé en la mía y él me guio por el pasillo, traspasó las puertas dobles y atravesó el parking. Metimos nuestras bolsas en su coche y seguimos andando hacia el campo de fútbol, sin soltarnos de la mano.

Capítulo 12

Catherine

Elliott recibió el balón de Scotty, retrocedió unos pasos y lanzó la pelota dibujando una espiral perfecta hacia Connor. Este saltó en el aire, más alto de lo que jamás habría imaginado capaz a un ser humano, esquivando los brazos extendidos de dos jugadores del otro equipo. Sujetó el balón contra el pecho y cayó con fuerza al suelo.

Los árbitros pitaron, levantando las manos en el aire, y la multitud se puso de pie, dando gritos de júbilo tan fuertes que tuve que taparme los oídos con las manos.

La señora Mason me agarró de los brazos y se puso a saltar arriba y abajo como una quinceañera histérica.

—¡Hemos ganado! ¡Lo han conseguido!

El marcador decía 44-45, y los Mudcats, chorreando de sudor y un poco magullados, se apiñaban hombro con hombro, abrazándose, balanceándose de un lado a otro mientras la banda tocaba el himno de nuestro instituto.

La señora Mason empezó a cantar y entrelazó su brazo en el mío. El resto de la multitud estaba haciendo lo mismo, balanceándose y sonriendo.

—¡Oaaak... Creeek...! —cantaba el público, y luego toda la afición prorrumpió en aplausos.

Los Mudcats rompieron la formación y se fueron corriendo al vestuario con los cascos en las manos, todos menos Elliott. Estaba buscando a alguien en las gradas. Sus compañeros de equipo lo animaban a seguirlos fuera del campo, pero él no les hacía caso.

—¿Te está buscando? —preguntó la señora Mason.

—No —dije, negando con la cabeza.

—¡Catherine! —gritó Elliott.

Salí a la escalera desde la grada en la que estaba sentada.

—¡Catherine Calhoun! —gritó Elliott otra vez, llevándose la mano libre a un lado de la boca.

Algunas de las personas que hacían cola para la escalera de salida levantaron la vista, las animadoras se volvieron a mirar, y luego los alumnos de una estrecha hilera que había entre Elliott y yo dejaron de lanzar vítores y de charlar para mirar hacia arriba.

Bajé los escalones, saludándolo con la mano, hasta que me vio. El entrenador Peckham le tocó el brazo y tiró de él, pero Elliott no se movió hasta que me reconoció entre la multitud y me devolvió el saludo.

Imaginaba que todos los que tenía detrás se estarían preguntando qué era lo que Elliott veía en mí y que ellos no veían por ninguna parte, pero en el momento en que la mirada de Elliott se encontró con la mía nada de eso me importó. Era como si estuviéramos sentados en la orilla de Deep Creek, hurgando en el suelo y fingiendo que no nos moríamos de ganas de entrelazar nuestras manos en lugar de arrancar briznas de hierba. Y, en ese momento, el dolor, el rencor y la ira que había estado albergando desaparecieron por completo.

Elliott salió corriendo del campo con su entrenador, quien le dio una palmadita en la espalda antes de que ambos desaparecieran por la esquina.

La multitud se estaba dispersando, desfilando escaleras abajo y abriéndose paso a empujones a mi lado.

La señora Mason consiguió alcanzarme al fin y entrelazó su brazo con el mío.

—Qué partidazo… Vale la pena tomarse una noche libre. ¿Elliott te va a llevar a casa? —Asentí—. ¿Estás segura?

—Estoy segura. Tengo que esperarlo en su coche. Es donde está mi mochila, así que…

—Parece un buen plan. Nos vemos mañana.

Se detuvo bruscamente y me dejó pasar para que ella pudiera girar a la izquierda hacia la calle que recorría el lateral del estadio. El entrenador Peckham se reunió con ella en la esquina y continuaron andando juntos.

Arqueé una ceja y luego empecé a surcar el laberinto de coches entre la entrada del estadio y el coche de Elliott. Llegué a su Chrysler y apoyé el trasero en el metal oxidado del lado del conductor, encima del neumático.

Mis compañeros de clase regresaron a sus coches, animados por el partido y la inevitable fiesta de después. Las chicas fingían no estar impresionadas con las ridículas payasadas que hacían los chicos para llamar su atención. Tragué saliva cuando vi el Mini Cooper blanco de Presley a dos coches de distancia, y luego oí su risa estridente.

Se detuvo, con Anna Sue, Brie, Tara y Tatum justo detrás de ella.

—Dios mío… —exclamó con la mano en el pecho—. ¿Estás esperando a Elliott? ¿Es… algo así como tu novio?

—No —dije, avergonzada otra vez por el temblor de mi voz. No soportaba que hasta el más mínimo enfrentamiento me afectase de aquella manera.

—Entonces, ¿solo lo estás esperando? ¿Como un cachorrito? ¡Ay, Dios! —dijo Anna Sue, tapándose la boca con la mano.

—Somos amigos —dije.

—Tú no tienes amigos —repuso Presley con un gruñido.

Elliott llegó corriendo, aún mojado después de la ducha, y me rodeó con los brazos, haciéndome girar en un círculo. Yo lo abracé con fuerza, como si soltándolo fuese a dejar entrar todo el dolor y la oscuridad que nos rodeaba.

Se inclinó y me plantó un beso en la boca, tan rápido que ni siquiera me di cuenta de lo que había pasado hasta que terminó.

Parpadeé, sabiendo que Presley y las clones nos miraban boquiabiertas.

—¡Vamos a celebrarlo! —exclamó Elliott con una sonrisa llena de dientes.

—¿Vas a la fiesta, Elliott? —preguntó Brie, enroscándose el pelo en los dedos con nerviosismo.

Él las miró como si acabara de darse cuenta de que estaban allí.

—¿A la fogata? No. Voy a salir con mi chica.

Elliott sabía que no le llevaría la contraria allí, con público delante, sobre todo con Presley.

—Ah, ¿de verdad? —soltó Presley, recobrando la voz al fin. Sonrió mirando a Brie antes de hablar de nuevo—: Kit Cat acaba de decir que no eras su novio.

Elliott se llevó mi mano a sus labios y le dio un beso rápido, guiñándome un ojo.

—Se llama Catherine, y… todavía no. Pero estoy teniendo una muy buena noche. Creo que podría convencerla.

Presley puso los ojos en blanco.

—Qué asco. Vamos —dijo, llevándose a sus amigas hacia el coche.

—¿Lista? —preguntó, abriendo la puerta del conductor.

Me puse detrás del volante y me deslicé hacia el medio. Elliott se sentó a mi lado, pero antes de que pudiera moverme otra vez, me tocó la rodilla.

—Quédate aquí, ¿quieres?

—¿En el asiento del medio?

Asintió con un brillo de esperanza en los ojos.

Solté un suspiro, sintiéndome incómoda y cómoda al mismo tiempo. Elliott me hacía sentir segura de un modo especial, como no había vuelto a sentirme desde el día que se fue, como si no estuviera intentando sobrevivir yo sola.

Tras abandonar la plaza de aparcamiento y conducir hacia la salida del parking, salió disparado como un cohete por la carretera hasta llegar a la señal de STOP, y luego enfiló de nuevo hacia Main Street. Otros miembros del equipo nos pitaban exageradamente al pasar, algunos asomando medio cuerpo por la ventanilla para saludar con la mano, subirse las camisetas o hacer alguna otra payasada por el estilo.

Pasamos por delante del Walmart, en cuyo parking había una concentración de vehículos aparcados y alumnos del instituto gritando, bailando y llamando la atención de todas las maneras posibles. Cuando reconocieron el Chrysler de Elliott, gritaron y tocaron el claxon, tratando de que se detuviera.

—Puedes llevarme a casa y volver —le ofrecí.

Negó despacio con la cabeza.

—De ninguna manera.

—Pero tengo que irme a casa.

—Ningún problema. Pasaremos por el *drive-thru*, y estarás en casa en diez minutos. ¿Trato hecho?

El Chrysler se esforzaba al máximo para alcanzar los sesenta y cinco kilómetros por hora en la calle que llevaba a Braum's. Elliott se detuvo en la ventanilla pare realizar el pedido desde el coche y pidió dos cucuruchos y dos limonadas de lima y cereza, y luego se detuvo unos metros más adelante.

—Gracias —dije—. Te devolveré el dinero.

—No, no lo harás. Invito yo.

—Gracias por llevarme a casa, también. Y por invitarme al partido. Ha sido divertido.

—¿Ha sido divertido por mí?

—Po eso también —dije, sonrojándome.

Cuando nos dieron los helados, Elliott levantó el suyo para brindar.

—Por los Mudcats.

—Y por su *quarterback* —dije, chocando con delicadeza mi helado con el suyo.

Elliott sonrió, y la mayor parte del helado desapareció en su boca. Sujetó el vaso de limonada entre los muslos mientras me llevaba a casa, usando una mano para conducir y la otra para sostener el helado.

Me habló sobre las diferentes jugadas de fútbol, por qué algunas funcionaban y por qué otras no, de las palabrotas que se soltaban en los partidos, y cuando se detuvo junto a la acera frente a mi casa, suspiró con satisfacción.

—Voy a echar de menos el fútbol.

—¿No vas a jugar en la universidad?

Negó con la cabeza.

—No. Necesitaría una beca, y no soy tan bueno.

—Dijiste que te consideran uno de los mejores de todo el estado.

Pensó en eso unos segundos.

—Sí…

—Entonces, eres bueno, Elliott. Podrían darte una beca. Cree un poco más en ti.

Se encogió de hombros, parpadeando.

—Vaya. Supongo que no me había permitido creérmelo de verdad. Tal vez pueda ir a la universidad.

—Seguro que puedes.

—¿Tú crees?

Asentí con la cabeza.

—Sí.

—Mamá y la tía Leigh quieren que vaya. Yo no lo sé. Estoy un poco cansado de estudiar. Hay cosas que quiero hacer. Lugares que quiero ver.

—Podrías tomarte un año sabático para viajar. Eso sería divertido. Solo que mi padre decía que la mayoría de las personas que se toman un año de descanso nunca acaban matriculándose en la universidad. Y eso podría interferir con las becas.

Se volvió a medias en su asiento, con la cara a escasos centímetros de la mía. Los asientos eran ásperos y olían a humedad, mezclada con el olor a sudor de Elliott y a desodorante reciente. Parecía nervioso y me estaba poniendo nerviosa a mí también.

—Soy bueno para ti —dijo al fin—. Sé... Sé que puede que no confíes en mí todavía, pero...

—Elliott —lo interrumpí, lanzando un suspiro—. Perdí en el mismo día a las dos personas que más me importaban en el mundo. Mi padre murió y yo me quedé sola... con ella... Y tú me dejaste aquí tirada. No se trata de si confío en ti o no. —Apreté los labios—. Me rompiste el corazón. Aun en el hipotético caso de que pudiéramos volver a como eran las cosas antes... la chica que tú conocías... ha desaparecido, ya no está.

Negó con la cabeza y le brillaron los ojos.

—Tienes que saber que yo no me iría así por voluntad propia. Mamá me amenazó diciéndome que no me dejaría volver nunca más. Vio lo que sentía por ti. Sabía que no había ningún otro lugar en el mundo donde quisiera estar, y tenía razón.

Arrugué la frente.

—¿Por qué? ¿Por qué te caigo tan bien? Tienes un montón de amigos, la mayoría de los cuales no pueden verme ni en pintura, por cierto. No me necesitas.

Me miró por espacio de varios segundos, con cara de asombro.

—Me enamoré de ti ese verano, Catherine. Llevo queriéndote desde entonces.

Tardé varios segundos en responder.

—Yo ya no soy esa chica, Elliott.

—Sí, lo eres. Aún la veo en ti.

—Eso fue hace mucho tiempo.

Se encogió de hombros, sin inmutarse.

—El primer amor nunca se olvida.

Luché por encontrar palabras, pero no encontré ninguna.

Frunció el ceño y vi un destello de desesperación en sus ojos.

—¿Me darás otra oportunidad? Catherine… por favor —suplicó—. Te prometo que nunca volveré a dejarte en la estacada. Te lo juro por mi vida. Ya no tengo quince años. Ahora tomo mis propias decisiones, y espero, por lo que más quieras, que decidas perdonarme. No sé qué haré si no lo haces.

Volví la vista hacia el Juniper. No había luz en las ventanas. La casa estaba durmiendo.

—Te creo —le dije, mirándolo a los ojos, pero antes de que su sonrisa se ensanchara, añadí unas palabras descargándome de cualquier responsabilidad—: Pero mamá ha ido a peor desde que papá murió. Tengo que ayudarla a llevar la casa de huéspedes. Apenas tengo tiempo para mí.

Elliott sonrió.

—Me conformaré con lo que me des.

Mi cara era un reflejo de su expresión, pero luego se desvaneció.

—No puedes entrar, y no puedes hacer preguntas.

Arrugó la frente.

—¿Por qué?

—Acabas de hacer una pregunta. Me gustas, y me gustaría… intentarlo. Pero no puedo hablar de mi madre, y no puedes entrar.

—Catherine —dijo, deslizando los dedos entre los míos—. ¿Te ha hecho daño? ¿Hay alguien ahí dentro que te haga daño?

Negué con la cabeza.

—No. Ella solo… es una persona muy reservada.

—¿Me lo dirás? ¿Si eso cambia? —preguntó, apretándome la mano.

Asentí.

—Sí.

Se irguió y luego tomó mis mejillas entre sus manos, se inclinó hacia delante y cerró los ojos.

No estaba segura de qué hacer, así que yo también cerré los ojos. Sus labios rozaron los míos, suaves y carnosos. Me besó una vez y se apartó, sonriendo antes de inclinarse de nuevo, separando los labios esta vez. Traté de imitar lo que hacía él, muerta de miedo y derritiéndome a la vez. Me abrazó mientras su lengua se deslizaba dentro de mi boca y tocaba la mía, húmeda y cálida. Cuando la danza que tenía lugar dentro de nuestras bocas encontró su propio ritmo, envolví los brazos alrededor de su cuello y me incliné más, rogándole que me abrazara más fuerte. Entraría en el Juniper pronto y quería que la seguridad que sentía con Elliott me acompañara el máximo tiempo posible.

Justo cuando mis pulmones clamaban por un poco de aire, Elliott se apartó y apoyó su frente en la mía.

—Por fin... —susurró, casi de forma inaudible. Las palabras que dijo inmediatamente después no las pronunció mucho más alto—: Estaré en el balancín del porche a las nueve. Traeré pan de arándanos para desayunar.

—¿Qué es eso?

—Una receta de mi bisabuela. Estoy seguro de que es más vieja todavía. La tía Leigh prometió que haría un poco esta noche. Está riquísimo. Te va a encantar.

—Yo traeré el zumo de naranja.

Elliott se inclinó para darme otro beso en la mejilla antes de agarrar el tirador de la puerta. Tuvo que tirar dos veces, y luego se abrió.

Me bajé a la acera, delante del Juniper. La casa todavía estaba a oscuras. Dejé escapar un suspiro.

—Catherine, sé que dijiste que no puedo entrar, pero ¿puedo al menos acompañarte a la puerta?

—Buenas noches.

Crucé la puerta de la verja, eché a andar sobre las grietas del camino de entrada y agucé el oído para captar los ruidos del interior de la casa antes de abrir la puerta. Se oía el canto de los grillos y, cuando alcancé la puerta, el coche de Elliott se alejó, pero no se oía ningún movimiento en el interior del Juniper.

Giré el pomo y empujé, mirando hacia arriba. La puerta en lo alto de la escalera estaba abierta —mi dormitorio— e hice lo posible por evitar dejarme abrumar por el peso que sentía en el pecho. Yo siempre dejaba la puerta de mi dormitorio cerrada. Alguien me había estado buscando. Con manos temblorosas, dejé la mochila en una silla del comedor. La mesa todavía estaba cubierta de platos sucios y el fregadero también estaba lleno. Había trozos de cristales rotos al lado de la isla. Corrí hasta el armario debajo del fregadero para sacar los guantes gruesos de látex de mi madre y luego fui por la escoba y el recogedor. El cristal rechinaba en el suelo mientras barría las baldosas. La luz de la luna se asomaba por la ventana del comedor, haciendo brillar los fragmentos más pequeños a pesar de estar mezclados con restos de polvo y cabellos.

Oí un fuerte eructo procedente de la sala de estar y me quedé paralizada. Aunque imaginaba quién era, esperé a que él mismo revelara su presencia.

—Egoísta —farfulló.

Me puse de pie, vacié el recogedor en la basura y luego me quité los guantes y los metí detrás del fregadero. Sin prisa, salí del comedor con pasos sigilosos y crucé el pasillo hacia la sala de estar, donde el tío Sapo estaba sentado en el sillón reclinable. La barriga, que una camiseta delgada y llena de manchas apenas conseguía tapar, le sobresalía colgando por encima de los pantalones. Sujetaba una botella de cerveza en la mano, con una colección de botellas vacías a su lado. Ya había vomitado una vez: la prueba estaba desparramada por todo el suelo y salpicaba las botellas vacías.

Me tapé la boca, asqueada por el olor.

Eructó otra vez.

—Ah, por favor… —dije, y corrí hacia la cocina por un cubo. Volví y lo deposité en el suelo, junto al charco de vómito, y me saqué del bolsillo trasero el paño de cocina que había agarrado al vuelo—. Usa el cubo, tío Sapo.

—Tú te crees… que puedes entrar y salir cuando quieras. Egoísta, más que egoísta —repitió, mirando hacia otro lado, disgustado.

Le sequé el pecho, limpiándole la baba y el vómito del cuello y la camisa. No había acertado a agacharse a tiempo ni una sola vez.

—Deberías subir y ducharte —dije, sintiendo arcadas.

Se abalanzó hacia delante, más rápido de lo que lo había visto moverse en toda su vida, me agarró de la camisa y se detuvo a solo unos centímetros de mi cara. Percibí la acidez de su aliento cuando habló.

—Cumple tú con tus responsabilidades antes de decirme a mí qué hacer, niña.

—Lo siento. Debería haber venido a casa a ayudar a mamá. ¿Mamá? —la llamé, temblando.

El tío Sapo se sorbió unos trozos de cena de los dientes y luego me soltó, recostándose hacia atrás en el sillón.

Me levanté, retrocedí un paso, y luego solté el trapo y salí corriendo escaleras arriba hasta mi habitación y cerré la puerta detrás de mí. La madera estaba fría al contacto con mi espalda, y levanté las manos para taparme los ojos. Empecé a jadear con dificultad, descontroladamente, mientras se me llenaban los ojos de lágrimas, que me cayeron rodando por las mejillas. Cuando fuera las cosas iban mejor, dentro de casa empeoraban.

Mi mano olía a vómito y la aparté con repugnancia. Me metí precipitadamente en el baño, busqué el jabón y me froté las manos hasta tener la piel enrojecida, y luego la cara.

Un crujido en las escaleras hizo que me quedara paralizada un momento. Cuando la adrenalina desapareció, cerré el grifo con torpeza hasta detener el agua antes de correr hacia la puerta para deslizar el pestillo. Las escaleras volvieron a crujir y eso me hizo mirar alrededor en mi habitación en busca de algún objeto pesado. Empujé mi tocador contra la puerta, y luego mi cama contra el tocador antes de sentarme en el colchón, esperando en la oscuridad a que el tío Sapo pasara de largo o tratara de abrirse paso a la fuerza.

Subió otro escalón, y luego otro, hasta que llegó a lo alto de las escaleras. El tío Sapo se balanceaba al caminar, cargando con los ciento ochenta kilos que presumía de pesar. Jadeó un par de veces y después lo oí eructar de nuevo antes de echar a andar por el pasillo hacia su habitación.

Me llevé las rodillas al pecho, cerré los ojos y caí de costado, sin saber si volvería o si acabaría llamando a mi puerta alguien más. Nunca en toda mi vida había tenido tantas ganas de ver a mi madre, pero ella no quería verme. El Juniper estaba hecho un desastre: seguramente se había visto desbordada y ahora estaba escondida donde fuera que iba cuando las cosas se ponían demasiado difíciles.

Quería llamar a mi madre, pero no estaba segura de quién me oiría. Fantaseé con la idea de que, a la mañana siguiente, Althea estuviese en la cocina, guisando y limpiando, dándome los buenos días con una sonrisa. Eso fue lo único que logró calmarme lo suficiente como para conciliar el sueño. Eso, y saber que al día siguiente era sábado: clases de conducir. Tenía por delante un día entero con Elliott, a salvo del Juniper y de todos los que había dentro.

Capítulo 13

Catherine

Al principio, las voces parecían formar parte de un sueño que no podía recordar, pero cuando las oí cada vez más fuertes, me incorporé de golpe en la cama, frotándome los ojos mientras las voces discutían furiosamente en murmullos, como solían hacer mis padres. Todos los huéspedes estaban allí, algunos dominados por el pánico, otros enfadados y otros tratando de poner un poco de orden.

Me levanté, atravesé la habitación e hice girar el pomo de la puerta muy despacio, tratando de no alertar a nadie de que estaba despierta. Cuando abrí una rendija en la puerta, agucé el oído. Las voces seguían discutiendo acaloradamente, incluso el tío Sapo y la prima Imogen. Al salir al pasillo, el suelo frío me quemaba los pies descalzos. Cuanto más me acercaba a la habitación donde estaban todos reunidos, más claramente oía las voces.

—Me niego a escuchar lo que estoy oyendo —dijo Althea—. He dicho que no y es que no. No le vamos a hacer eso a la pobre niña. Ya ha tenido bastante.

—¿Ah, sí? —espetó Duke—. ¿Y qué piensas hacer cuando se largue y este lugar se vaya al infierno? Ya está yendo directo allí a mil kilómetros por hora. ¿Qué pasará con nosotros? ¿Qué hay de Poppy?

—No somos responsabilidad suya —dijo Willow.

—¿Y a ti qué te importa? —exclamó Duke—. Tú apenas estás aquí.

—Estoy aquí ahora —replicó Willow—. Y yo voto que no.

—Yo también voto que no —dijo Althea—. Mavis, díselo.

—Yo... no sé.

—¿No sabes? —preguntó Althea con una voz más firme de lo que la había oído hablar jamás—. ¿Cómo puedes no saberlo? Es tu hija. Pon fin a esta locura.

—Yo... —empezó a decir mamá.

La puerta se abrió y mamá apareció allí delante, en bata, tapándome la vista del resto de la habitación.

—¿Qué haces levantada, Catherine? Vete a la cama. Ahora mismo. —Me cerró la puerta en las narices y los susurros volvieron a invadir la sala al otro lado.

Retrocedí un paso, me encaminé hacia mi dormitorio y cerré la puerta a mi espalda. Me quedé mirando la luz que se colaba por la rendija del fondo, preguntándome por qué estaban hablando de mí y qué era lo que debatían y a lo que Althea había votado tan firmemente en contra. La caja de música emitió unas notas, lo que me impulsó a entrar en acción. Empujé el tocador contra la puerta y luego, decidiendo que no era suficiente, empujé la cama contra el tocador otra vez y me senté. Miré a la puerta hasta que ya no pude seguir manteniendo los ojos abiertos, rezando para que saliera el sol.

Cuando abrí los ojos por segunda vez, me pregunté si la reunión del pasillo habría sido un sueño. Cuando me vestí para ir a clase y bajé las escaleras, me pregunté si no habría soñado todo lo sucedido la noche anterior. El vómito del tío Sapo había desaparecido. La sala de estar, el comedor y la cocina estaban impecables —a pesar de que mamá estaba cocinando— y el olor a galletas en el horno y a la grasa de las salchichas impregnaba el aire, con la carne chisporroteando en la sartén entre las notas de la melodía que mamá estaba tarareando.

—Buenos días —dijo mamá, escurriendo una salchicha.

—Buenos días —saludé con cautela. Había pasado tanto tiempo desde la última vez que mamá se comportaba como ella misma y estaba de buen humor que no tenía claro cómo reaccionar.

—Tu tío y tu prima ya se han ido. Le dije que no volviera durante una temporada. Lo que pasó anoche es imperdonable.

—¿Cuánto tiempo es una temporada? —le pregunté.

Mamá se volvió hacia mí, con una expresión de remordimiento en los ojos.

—Siento las cosas que te dijo. No volverá a suceder, te lo prometo. —Me senté frente al plato que colocó en la mesa del comedor—. Ahora come. Todavía tengo algunas cosas que hacer. Tenemos a varios para desayunar. Hay mucho que hacer, y anoche no dormí muy bien.

Salió de la habitación.

—¿Cielo? —dijo Althea, saliendo de la despensa, atándose las tiras del delantal a su espalda. Tomó un trapo y se puso a limpiar la parte superior de la encimera de gas—. ¿Te despertamos anoche?

—¿Limpiaste tú el vómito del tío Sapo, o fue mamá?

—Bueno, eso no importa. —Miró por la ventana—. Será mejor que desayunes. Tu chico ya está aquí.

—Oh —dije, metiéndome una salchicha en la boca y llevándome dos galletas y mi chaqueta antes de pasar el brazo por las correas de mi mochila. Elliott ya estaba en el porche cuando abrí la puerta.

—¡Adiós, cielo! —se despidió Althea.

Capítulo 14

Elliott

Le aguanté la puerta a Catherine con una mano mientras le ofrecía una galleta caliente envuelta en la palma de la otra.

—¿Una galleta para el desayuno?

—Gracias —dijo ella, enseñándome otra.

Me reí.

—Ya compartimos las mismas ideas. Estamos hechos el uno para el otro.

Catherine se sentó en el asiento del pasajero, y yo le cerré la puerta y me fui corriendo al otro lado. Ella estaba muy callada, y eso me ponía nervioso.

—¿Va todo bien, imagino…?

—Sí. Solo estoy cansada —dijo, mirando por la ventana mientras me incorporaba a la calzada.

—¿No has dormido bien?

—Sí. Creo.

Bajé la vista hacia sus brazos y advertí en su piel múltiples marcas rojas furiosas en forma de media luna, desde la muñeca hasta el codo.

—¿Estás segura de que estás bien?

Se bajó la manga.

—No es nada. Un tic nervioso.

—¿Y por qué estabas nerviosa?

Se encogió de hombros.

—Es solo que no podía dormir.

—¿Qué puedo hacer? —le pregunté, desesperado.

Ella se inclinó hacia atrás y cerró los ojos.

—Ahora mismo solo necesito echar una cabezadita.

Le toqué la rodilla.

—Tú duerme. Yo conduciré.

Bostezó.

—He oído que Anna Sue va a dar una fiesta de Halloween la próxima semana.

—¿Y?

—Y… ¿vas a ir?

—¿Tú?

Catherine abrió los ojos. A pesar de su cansancio, parecía sorprendida, como si estuviera esperando que le dijera que estaba de broma.

—No. Disfrazarme de otra persona no me interesa nada.

—¿Ni siquiera por una noche?

Negó con la cabeza y volvió a cerrar los ojos.

—No, sobre todo si tiene algo que ver con Anna Sue Gentry.

—Pues entonces tendrá que ser unas palomitas de maíz y una maratón de películas de terror en mi casa, ¿qué te parece?

Sonrió, aún con los ojos cerrados.

—Me parece estupendo.

Catherine hundió los hombros, su cuerpo se relajó y su respiración se hizo más acompasada y regular. Procuré conducir despacio, haciendo amplias maniobras para doblar las esquinas. Justo antes de llegar al camino de tierra que tenía en mente, Catherine se acercó a mí y me tomó el brazo, apoyando la mejilla en mi hombro. Con mi otra mano, puse el cambio de marchas en punto muerto y apagué el motor, y luego nos quedamos parados a un lado de la carretera mientras ella dormía. Su nariz emitía un sonido sibilante casi inaudible, y aunque yo tenía el brazo y el trasero prácticamente dormidos, no me atreví a moverme.

El cielo se despejaría al cabo de unos minutos, cuando acabase de caer una ligera llovizna. Jugué con mi móvil hasta que la batería se redujo al uno por ciento, y luego maniobré despacio para enchufarlo al cargador del coche, mirando a la chica acurrucada junto a mí. Catherine parecía mucho más pequeña que cuando nos conocimos; más frágil, más delicada, y aun así, era dura como una roca. Nunca había conocido a alguien como ella, pero sabía que eso tenía que ver con el hecho de que nunca había querido a nadie como la quería a ella, y nunca volvería a querer a nadie de esa forma. Ella era más importante para mí de lo que imaginaba. Llevaba tanto tiempo esperando volver a su lado... y ahora que estábamos sentados los dos juntos en el coche, frío y en silencio, me parecía irreal. Le toqué el pelo solo para cerciorarme de que estaba pasando de verdad.

Me sonó el teléfono y me apresuré a responder antes de que despertara a Catherine.

—¿Diga? —susurré.

—Hola —dijo mi padre.

Hice una mueca de exasperación.

—Dime.

—Verás, le prometí a tu tío John que no te llamaría ni te pediría nada, pero Kimmy se ha quedado sin apartamento, y estamos viviendo en casa de Rick, y resulta que se ha echado una novia nueva y ella y Kimmy no se llevan bien. No he podido encontrar trabajo y las cosas no nos van muy bien en este momento. Lo sé... Sé que pronto será tu cumpleaños y que tu tía Leigh siempre te da un par de cientos de dólares. Si pudieras pedirle que te los diese un poco más pronto y me los prestaras, te juro que te los devolveré en Navidad, con intereses.

Fruncí el ceño.

—¿Estás pidiéndome el dinero de mi cumpleaños, que todavía no me han regalado?

—¿No has oído lo que acabo de decirte? Nos vamos a quedar sin sitio donde vivir dentro de una semana o dos.

Apreté los dientes.

—Búscate un trabajo, papá. ¿Esa tal Kim o quien sea tiene trabajo?

—Eso no es asunto tuyo.

—Si quieres pedirme dinero prestado, lo es.

Se quedó callado unos segundos.

—No, no tiene trabajo. ¿Me lo prestarás o no?

—No le voy a pedir dinero a la tía Leigh por ti. Ella cuida bien de mí. No pienso hacerlo. Si quieres pedirle dinero prestado, pídeselo tú mismo.

—¡Ya lo intenté! Ya les debo quinientos dólares.

—Y no se los has devuelto, pero quieres que yo te preste dinero.

Se quedó empantanado en sus mentiras, frustrado.

—Puedo pagaros a todos el mes que viene, solo necesito un empujón, hijo. Después de todo lo que he hecho por ti, ¿no puedes ayudar a tu padre?

—¿Qué es lo que has hecho por mí? —repuse, tratando de seguir hablando en susurros.

—¿Qué me has dicho? —preguntó en voz baja y amenazante.

—Ya me has oído. Era mamá la que pagaba tus facturas. La dejaste por alguien que no lo hace y ahora estás pidiendo prestado dinero a tu hijo de diecisiete años. Nos dabas unas palizas de muerte a mí y a mamá, te ibas de casa, no trabajabas nunca... La máxima contribución que has hecho en mi vida terminó cuando completaste algo en lo que los hombres piensan las veinticuatro horas del día. Eso no te hace merecedor de nada, papá, especialmente de un préstamo. Deja de llamarme... a menos que sea para disculparte.

—Maldito hijo de p…

Colgué y eché la cabeza hacia atrás. Puse el teléfono en silencio y, al cabo de unos segundos, empezó a vibrar. Presioné y sostuve el botón para apagarlo por completo.

Catherine se agarró a mi brazo con fuerza.

Miré por la ventanilla, maldiciendo a mi padre entre dientes. Me temblaba todo el cuerpo y no podía hacer nada por evitarlo.

—No lo sabía —dijo Catherine, apretándome el brazo—. Lo siento mucho.

—Eh, hola —dije, sonriéndole—. No pasa nada, no te preocupes. Siento haberte despertado.

Miró alrededor y vio mi chaqueta deportiva nueva en su regazo. Me la devolvió con gesto triste.

—¿Te pegaba?

Le aparté el pelo de la cara y luego apoyé la palma de mi mano en su mejilla.

—Se acabó. No puede hacerme daño nunca más.

—¿Estás bien? —preguntó—. ¿Hay algo que yo pueda hacer?

Sonreí.

—Basta con que te importe lo suficiente para preguntar.

Se apoyó en mi mano.

—Pues claro que me importa.

Los temblores fueron apaciguándose poco a poco, y la ira se desvaneció. Catherine no hablaba de sus sentimientos muy a menudo, y cualquier migaja que dejara caer era para mí un gran gesto.

Miró a su alrededor, tratando de descubrir dónde estábamos.

—¿Cuánto tiempo he estado durmiendo?

Me encogí de hombros.

—Un rato. Estamos en la calle Veintinueve —dije—. Cuando estés bien y acabes de despertarte, cambiaremos de sitio.

—Oye —dijo, irguiéndose en el asiento—, no tenemos que hacer esto hoy, ¿sabes?

Solté una carcajada.

—Sí, tendría que ser hoy, la verdad.

—Estaba teniendo un sueño maravilloso —dijo.

—¿Sí? ¿Aparecía yo en él?

Catherine negó con la cabeza, mirándome de reojo.

—Eh —dije, acercándola a mí—. Venga, cuéntamelo.

—Mi padre llegaba a casa, pero era ahora, no antes. Estaba muy confuso, y cuando se dio cuenta de lo que había hecho mi madre, se enfadó. Nunca lo había visto tan enfadado. Le dijo que se iba, y se marchó, pero me llevó con él. Recogí mis cosas y nos fuimos en el Buick. Estaba como nuevo. Arrancó a la primera. Cuanto más nos alejábamos del Juniper, más segura me sentía. Ojalá... Tal vez si hubiéramos hecho eso de verdad, papá todavía estaría vivo.

—No puedo cambiar eso, pero sí puedo llevarte lejos del Juniper. Podemos subirnos al coche y... conducir sin parar.

Se apoyó contra mí, mirando al cielo gris a través del parabrisas borroso.

—¿Adónde?

—A donde quieras. A cualquier sitio.

—Eso suena... a libertad.

—Y seremos libres —dije—. Pero tienes que aprender a conducir primero. No podrás irte hasta estar segura de que puedes tomar el control del volante si lo necesitas.

—¿Por qué iba a tener que hacerlo? —preguntó, volviéndose para mirarme.

—Por si me pasara algo a mí.

Sonrió.

—No te pasará nada. Eres como... invencible.

Enderecé un poco más la espalda, me sentí un poco más fuerte solo de saber que ella pensaba eso de mí.

—¿Tú crees?

Asintió.

—Eso está bien; así, por muy mal que conduzcas, no me mataré contigo al volante.

Accioné el freno de mano y me eché hacia atrás, esquivando por los pelos un golpe burlón de Catherine. Salí del coche y mis zapatos crujieron sobre la gravilla mojada. Llevaba horas lloviznando a ratos, pero no lo suficiente para que los caminos de tierra se enfangasen. Rodeé el coche, corriendo hacia el lado del pasajero, y abrí la puerta, animándola a ponerse al volante.

—Está bien —dije, frotándome las manos—. Lo primero, el cinturón de seguridad. —Los dos nos abrochamos el cinturón—. A continuación, los retrovisores. Revísalos todos, los laterales y el interior, asegúrate de que los ves bien y ajusta el asiento y el volante para que puedas llegar cómodamente.

—Pareces un instructor de autoescuela —murmuró, mirando los espejos e intentando desplazar el asiento. Lanzó un grito cuando este salió disparado hacia delante.

Hice una mueca.

—Es un poco sensible. Lo siento. Bueno, pues ahora deberías hacer girar la llave. La mueves hacia delante y... En los coches más nuevos no haría falta pisar el acelerador, pero en el mío... Simplemente presiona un poco el pedal hasta que tire. No lo hagas bruscamente o ahogarás el motor. Solo tienes que presionar un poco el pedal con el pie.

—Eso es mucha presión.

—Puedo arreglarlo.

Catherine hizo girar la llave de contacto y el motor arrancó de inmediato; se recostó aliviada en el asiento.

—¡Oh, gracias al monstruo de espagueti volador!

Me reí.

—Ahora enciende el intermitente izquierdo porque estamos simulando que vas a incorporarte al tráfico. Es esa cosa con aspecto de tallo largo en el lado izquierdo del volante. Si le das hacia abajo, señala hacia la izquierda, y arriba, hacia la derecha. —Hizo lo que le decía y el indicador comenzó a parpadear y a hacer clic—. Así que ahora solo tienes que pisar el freno, desplazar la palanca de cambios a la posición de conducir, y luego presionar un poco el acelerador.

—Dios… qué difícil. Bueno. Estoy muerta de nervios.

—Lo vas a hacer muy bien —dije, haciendo todo lo posible por usar un tono de voz tranquilizador.

Catherine hizo exactamente lo que le había dicho y salió despacio hacia la carretera. Después de que le recordara que apagara el intermitente, se agarró al volante sujetándolo a las diez con la mano izquierda y a las dos con la derecha, como si le fuera la vida en ello, a veinte kilómetros por hora.

—Lo estás haciendo… —dije.

—¡Lo estoy haciendo! —gritó.

Se rio con ganas por primera vez desde el verano en que la conocí, y su risa sonó como el sonido de los carillones de viento, y a sinfonía y a triunfo, todo a la vez. Catherine estaba feliz, y yo lo único que quería hacer era seguir allí sentado a su lado y verla disfrutar del momento.

Capítulo 15

Catherine

La lluvia caía sobre las ventanas rectangulares que formaban la pared norte de la clase del señor Mason. Los alumnos estaban callados, con la cabeza agachada, haciendo un examen, de manera que los gruesos goterones eran el único ruido aparte del que hacía algún que otro lápiz al romperse, o cuando alguien usaba la goma de borrar y luego barría los restos con la mano.

La lluvia de noviembre trajo consigo el otoño, como hacía cada año, y enfrió al fin las temperaturas de más de treinta grados hasta máximos tolerables. Las nubes oscuras se arremolinaban en el cielo y los canalones de los tejados estaban desbordados, de forma que una cortina de agua caía con un goteo constante en el suelo. Yo misma oía las salpicaduras en la tierra mientras empezaban a formarse pequeñas zanjas en el suelo.

Rodeé en un círculo mi última respuesta en el cuestionario de respuestas múltiples y solté el lápiz, hurgándome las uñas. Minka solía ser la primera en terminar, y normalmente yo era la segunda o la tercera, después de Ava Cartwright. Miré hacia ellas, curiosa, y me sorprendí al comprobar que Ava y Minka todavía seguían concentradas en el examen. Volví a repasar mi prueba otra vez, preocupada por si se me había escapado algo. Examiné las dos hojas grapadas y revisé todas y cada una de las preguntas, de forma desordenada, tal como las había respondido.

—¿Has acabado, Catherine? —preguntó el señor Mason.

Ava me miró el tiempo suficiente para que me diera cuenta del agravio que suponía para ella, y luego se inclinó acercándose más a su hoja.

Asentí.

Él me hizo una seña.

—Tráelo, entonces.

Tenía la frente cubierta de gotas de sudor, y las axilas de su camisa de manga corta húmedas, a pesar de que la temperatura era cómodamente fresca en clase.

Dejé mi examen en su escritorio y empezó a corregirlo de inmediato.

—¿Se encuentra bien, señor Mason? Está usted un poco pálido.

Asintió con la cabeza.

—Sí, gracias, Catherine. Es solo que tengo hambre. No he tomado más que un par de batidos de proteína hoy. Siéntate, por favor.

Me volví y vi a Elliott mirándome. Me estaba sonriendo, como hacía cada vez que me veía desde su primer partido de fútbol. Aquella fue la primera vez que me besó, la primera vez que me dijo que me quería, y desde entonces no había perdido la oportunidad de hacer ninguna de las dos cosas.

Los últimos partidos de Elliott habían sido fuera, pero había un partido en casa a las siete y media contra los Blackwell Maroons. Ambos equipos estaban invictos, y Elliott llevaba toda la semana hablando de eso, además de las becas que podía conseguir. La universidad, por primera vez, era una posibilidad real para él, por lo que sus victorias en el fútbol significaban mucho más. Un partido en casa quería decir que podríamos celebrarlo juntos, y Elliott no podía contener su emoción.

Uno a uno, los otros alumnos entregaron sus hojas. Elliott fue uno de los últimos, entregando su examen al señor Mason justo cuando sonaba el timbre.

Recogí mis cosas y me quedé atrás mientras Elliott hacía lo mismo. Fuimos juntos hacia mi taquilla y él esperó mientras me peleaba con el tirador. Sin embargo, esta vez logré abrirla yo sola. Elliott me besó en la mejilla.

—¿Tienes deberes?

—Por una vez… no.

—¿Crees que… piensas que podrías querer ir conmigo a algún sitio después del partido?

Negué con la cabeza.

—No me siento cómoda en las fiestas.

—No es una fiesta. Es… mmm… es el último partido en casa de la temporada. Mi madre va a venir a verme y van a hacer una cena especial después del partido. Van a cocinar todos mis platos favoritos.

—¿Pan de arándanos?

—Sí. —Asintió nervioso con la cabeza—. Y… se me ha ocurrido que tal vez tu madre también podría venir.

Volví la cabeza y lo miré de reojo.

—Eso es imposible. Lo siento.

—No tienes por qué sentirlo. Pero es que… le he hablado a mi madre de ti, y ahora está deseando conocerte y… ver a tu madre.

Lo miré un momento y sentí que se me aceleraba el corazón.

—Ya le has dicho que ella iba a ir, ¿no? Elliott…

—No, no le he dicho que vaya a ir, solo le he dicho que te lo preguntaría. También le he dicho que tu madre no se encuentra muy bien últimamente…

Cerré los ojos, aliviada.

—Bien. —Lancé un suspiro—. Está bien, entonces, lo dejaremos así.

—Catherine…

—No —dije, cerrando mi taquilla.

—Tu madre podría distraerse…

—He dicho que no.

Elliott frunció el ceño, pero cuando eché a andar por el pasillo hacia las puertas dobles que conducían al parking, me siguió.

Dejó de llover cuando apenas llevábamos caminados unos pocos pasos desde la puerta hasta el Chrysler de Elliott, y el olor a limpio de la tormenta pasajera pareció dar más energía aún a los estudiantes, que ya estaban bastante ansiosos. Habían pasado varias semanas desde la última vez que habíamos jugado en casa, y todos parecían percibir la misma electricidad en el aire. Los carteles del club de fans del equipo colgaban del techo, con frases como «Fuera Blackwell» y «Machacad a esos cabrones», los jugadores lucían sus camisetas, las animadoras llevaban sus uniformes a juego y todos los alumnos eran una marea de blanco y azul.

Elliott usó la palma de su mano para limpiar las gotas del capó de su coche. Toqué el número siete azul cobalto de la camiseta blanca de Elliott y lo miré.

—Lo siento si te has llevado una decepción. Te lo dije.

—Lo sé —repuso él, rozándome la frente con los labios.

Otra ola de estudiantes irrumpió a través de las puertas dobles. Los motores de los automóviles estaban acelerando, se oía el sonido de los cláxones y Scotty y Connor estaban haciendo trompos en el fondo del parking, cerca de la calle.

Presley tenía su coche aparcado cuatro plazas más allá del de Elliott y pasó por nuestro lado con una sonrisa.

—Elliott —lo saludó—. Gracias por la ayuda, anoche.

Elliott frunció el ceño, le hizo señas para que se fuera y luego se metió las manos en los bolsillos.

Tardé un rato en procesar sus palabras, y todavía no estaba segura de lo que había querido decir.

Elliott no esperó a que se lo preguntara.

—Ella… me envió un mensaje de texto pidiéndome ayuda con la guía de estudio de Mason.

Abrió la puerta y yo me deslicé en el interior del coche, sintiendo cómo la ira me iba dominando por dentro. El hecho de que Presley supiese algo sobre Elliott que yo no sabía me hacía sentir irracionalmente ofendida, y mi cuerpo estaba reaccionando de una forma muy extraña.

Se sentó a mi lado y sacó su teléfono para enseñarme el intercambio de mensajes. Apenas lo miré, pues no quería parecer tan desesperada como me sentía.

—Mira —dijo—. Le di las respuestas y eso fue todo.

Asentí.

—Muy bien.

Elliott arrancó el coche.

—Ya sabes que no estoy interesado en ella. Es una persona horrible, Catherine. —Me hurgué las uñas, ofuscada. Él continuó hablando—: Nunca, ni en un millón de años… Sé que me envió ese mensaje para poder darme las gracias delante de ti hoy.

—No me importa.

Frunció el ceño.

—No digas eso.

—¿Y qué quieres que diga?

—Que te importa.

Miré por la ventanilla mientras Elliott daba marcha atrás con el coche y conducía hacia la salida. El entrenador Peckham estaba de pie junto a su camioneta cerca del estadio, y la señora Mason estaba con él. Se estaba echando la melena hacia atrás por encima del hombro, con una sonrisa casi tan ancha como su rostro.

Elliott tocó el claxon y los dos reaccionaron inmediatamente, saludándolo con la mano. Me pregunté por qué la señora Mason iba a dejar atrás con tanto entusiasmo a su marido y su matrimonio provincianos para, acto seguido, caer en brazos de exactamente lo mismo. El entrenador Peckham se había divorciado dos veces —su segunda esposa era una exalumna que se había graduado apenas cuatro años antes— y la señora Mason se comportaba como si hubiese pescado al soltero más codiciado de la ciudad.

Elliott y yo no hablamos en todo el camino hasta el Juniper, y cuanto más nos acercábamos, más nervioso estaba Elliott. Los limpiaparabrisas barrían la lluvia a un ritmo sosegante, pero Elliott permanecía ajeno a ello, y parecía como si estuviera tratando de pensar en algo que decir para arreglar la situación. Cuando acercó el coche a la acera, puso punto muerto.

—No hablaba en serio cuando he dicho que no me importaba —dije antes de que pudiera hablar él—. Solo quería decir que no pensaba discutir por Presley. No hace falta ser un genio para adivinar qué es lo que está tramando.

—No tenemos que discutir. Podemos hablar y ya está.

Su respuesta me sorprendió. Mis padres nunca hablaban cuando no estaban de acuerdo: siempre era una pelea a gritos, una guerra de palabras, de lloros, de súplicas, que siempre abrían viejas heridas.

—¿No tienes que ir al partido? Me parece que la conversación sería muy larga.

Miró su reloj y se aclaró la garganta, frustrado por estar sometidos a la presión del tiempo.

—Tienes razón. Tengo que ir al vestuario.

—Solo tengo que echar un vistazo, pero si tardo demasiado, vete. Puedo ir andando al partido.

Elliott frunció el ceño.

—Catherine, está lloviendo a cántaros. No vas a ir andando bajo la lluvia.

Busqué el tirador de la puerta, pero Elliott me tomó la mano y miró fijamente nuestros dedos entrelazados.

—¿Podrías sentarte con mi familia durante el partido?

Traté de sonreír, pero la sonrisa se me hacía extraña en la cara, y me salió más bien una expresión dolorida.

—Tú estarás abajo en el campo. Será incómodo.

—No será incómodo. La tía Leigh querrá que te sientes con ellos.

—Ah. Está bien —dije, y las palabras sonaron como un farfulleo en mi boca—. Solo tardaré un momento.

Salí del Chrysler, corrí hacia la casa y me detuve el tiempo justo para abrir la puerta de la verja. Antes de llegar al porche, la puerta de entrada se abrió.

—Por Dios santo, pequeña. ¿No llevas paraguas? —preguntó Althea, secándome con un paño de cocina.

Me volví y vi a Elliott saludándome con la mano, y empujé a Althea adentro, cerrando la puerta detrás de nosotras.

—¿Cómo te va con el chico?

—La verdad es que muy bien —dije, peinándome hacia atrás el pelo húmedo. Miré a mi alrededor y advertí que todo parecía seguir en orden. Sabía que tenía que agradecérselo a Althea—. Elliott tiene un partido de fútbol esta noche. Volveré tarde a casa. ¿Ha dicho mamá si necesitaba algo?

—Te diré qué vamos a hacer: si necesita algo, yo me encargo.

—Gracias —dije, tratando de recuperar el aliento después del corto esprint hacia la casa—. Tengo que cambiarme. Bajo dentro de un segundo.

—¡Busca un paraguas, cielo! —gritó Althea mientras yo subía las escaleras.

Una vez en mi habitación, me quité la sudadera y la reemplacé con un suéter azul y un abrigo. Después de peinarme, cepillarme los dientes y pasarme una barra de cacao por los labios, me detuve justo antes de llegar a la puerta de mi habitación para rescatar mi paraguas del rincón.

El ruido de mis zapatos rechinando en las escaleras era inevitable, pero mamá tenía que decir algo al respecto.

—Catherine Elizabeth —dijo mamá desde la cocina.

—Lo siento, tengo que irme corriendo. ¿Necesitas algo? —pregunté.

Mamá estaba de pie frente al fregadero, lavando patatas. Se apartó los rizos oscuros de la cara y se volvió hacia mí con una sonrisa.

—¿Cuándo volverás?

—Tarde —respondí—. Es el último partido en casa de la temporada.

—No demasiado tarde —me advirtió.

—Lo dejaré todo preparado para la mañana. Te lo prometo.

Le di un beso en la mejilla y me volví hacia la puerta, pero ella me retuvo por la manga del abrigo, y su expresión de alegría desapareció de su rostro.

—Catherine. Ten cuidado con ese chico. No entra en sus planes quedarse a vivir aquí.

—Mami...

—Lo digo en serio. Es divertido, lo sé. Pero no te encapriches demasiado de él. Tú tienes responsabilidades aquí.

—Tienes razón. Él no quiere quedarse a vivir aquí. Planea viajar por el mundo. Tal vez con *National Geographic*. Me ha preguntado si tú... —Me quedé callada.

—¿Te ha preguntado si yo qué?

—Si querrías ir a casa de su tía a cenar.

Se dio media vuelta y tomó una patata con una mano y el pelapatatas con la otra.

—No puedo. Tengo mucho que hacer. Estamos completos.

—¿De verdad? —pregunté, mirando hacia arriba.

Mamá no contestó, deslizó el pelador por la superficie de la patata y le arrancó la piel. El grifo todavía estaba abierto y siguió pelando la patata más rápido.

—¿Mami?

Se volvió y me señaló con el pelapatatas.

—Ten cuidado con ese chico, ¿me oyes? No es de fiar. Nadie fuera de esta casa es de fiar.

Negué con la cabeza.

—No le he dicho nada.

Sus hombros se relajaron.

—Bien. Ahora vete. Tengo trabajo que hacer.

Asentí, girando sobre mis talones, caminé hacia la puerta lo más rápido posible y abrí el paraguas cuando estuve fuera. El Chrysler todavía seguía al ralentí junto a la acera, y los limpiaparabrisas se balanceaban de un lado a otro.

Sentarme en el asiento del pasajero y sacudir el paraguas sin que el agua cayese dentro del coche era una maniobra delicada, pero logré cerrar la puerta sin mojarlo.

—¿Le has preguntado lo de la cena?

—Se lo he preguntado —dije—. Está ocupada.

Elliott asintió y apoyó el brazo en el respaldo del asiento.

—Bueno, al menos lo hemos intentado, ¿no?

—No puedo quedarme mucho rato luego —dije.

—¿Qué? ¿Por qué?

—Está un poco rara. Más rara de lo habitual. Está de muy buen humor y lleva así varios días, pero ha dicho que el Juniper está completo.

—¿Qué significa eso?

—Significa que debería volver a casa temprano… solo por si acaso.

—¿Por si acaso qué?

Lo miré, deseando poder decirle la verdad, y luego me conformé con ofrecerle una versión de la verdad.

—No lo sé. Es la primera vez que pasa.

***

Me deslicé por la pasarela frente a las gradas, donde estaban sentadas la tía de Elliott, Leigh, y su madre. Al parecer, me reconocieron de inmediato.

Leigh sonrió.

—Hola, Catherine. ¿Puedes sentarte con nosotras? Elliott dijo que tal vez podrías.

Asentí.

—Será un placer.

Leigh se deslizó y me indicó que me sentara entre ella y su cuñada. Vi de dónde había sacado Elliott su intenso color de piel, aquel pelo oscuro que relucía incluso a la luz de la luna y sus hermosos pómulos.

—Catherine, te presento a la madre de Elliott, Kay. Kay, esta es la amiga de Elliott, Catherine.

La respuesta de Kay fue muy seca:

—Hola, Catherine. He oído hablar mucho de ti.

Sonreí, intentando no encogerme bajo su intensa mirada.

—Elliott me ha dicho que han organizado una cena para él esta noche. ¿Debo llevar algo?

—Eres muy amable, pero no hace falta —dijo Kay, mirando hacia delante—. Sabemos lo que le gusta.

Asentí y miré hacia delante yo también. Elliott estaba seguro de que me sentiría cómoda sentada al lado de su madre. O ella era buena actriz, o él no sabía lo fría que era con los extraños indeseados.

—¿Debería bajar ahora? —preguntó Kay.

—Creo que es en el medio tiempo, ¿no? —dijo Leigh.

—Voy a ir a ver. —Kay se puso de pie y nos rodeó a Leigh y a mí con cuidado antes de bajar las escaleras. El público de las gradas la llamó por su nombre y ella levantó la vista y saludó con una sonrisa artificial.

—Tal vez debería ir a sentarme con la señora Mason —pensé en voz alta.

—No digas tonterías. Hazme caso, a Kay le cuesta un poco de tiempo abrirse con los desconocidos. Eso, y que nunca se alegra de estar de vuelta en Oak Creek.

—Ah —dije.

—Recuerdo que cuando John y yo empezamos a salir, Kay se puso como una fiera. Nadie en la familia había salido con alguien que no fuera cherokee. A Kay y a su madre, Wilma, no les hizo ninguna gracia, y John tuvo que esforzarse mucho por convencerme de que al final acabarían aceptándolo.

—¿Cuánto tiempo?

—Bueno, pues… —dijo, sacudiéndose los pantalones—. Solo un par de años.

—¿Un par de años? Pero… ¿el padre de Elliott es…?

Leigh resopló.

—Cherokee. Y alemán, creo. Kay no habla del alemán, a pesar de que es más claro de piel que yo. Y sí, dos años. Se nos hicieron muy largos, pero también nos hicieron a John y a mí inseparables. ¿Sabes?, es bueno que las cosas no sean demasiado fáciles, así las valoras más. Creo que ese es el motivo por el que Elliott se ha pasado los últimos dos años castigado, tratando de volver a tu lado.

Apreté los labios, intentando contener una sonrisa. Kay regresó; parecía molesta.

—Tenías razón. En el intermedio —dijo ella. Alguien más la llamó y levantó la vista, saludó dos veces sin sonreír y se sentó.

—Fue idea tuya dejarle terminar el instituto aquí —dijo Leigh.

—Fue idea suya —dijo Kay. Me miró con expresión adusta—. Me pregunto por qué.

—Elliott dijo que fueses simpática —le advirtió Leigh.

—También dijo que ella es acuario —repuso Kay con aire petulante.

Leigh negó con la cabeza y se rio.

—Dios, no empieces con eso otra vez. Lo intentaste con John y conmigo, ¿recuerdas?

—Los dos nacisteis en la cúspide —respondió Kay. Esbozó una sonrisa forzada y luego se concentró en el campo.

La banda empezó a tocar, y luego las animadoras y los miembros del club de fans salieron corriendo al campo, formando un pasillo para los jugadores. Un minuto más tarde, el equipo apareció a través de una pancarta de papel, reventándola, y Kay inmediatamente localizó a Elliott de entre las decenas de estudiantes y lo señaló con una sonrisa radiante iluminándole el rostro.

—Ahí está —dijo, agarrando el brazo de Leigh—. Qué grande se le ve…

Elliott no pasaba desapercibido. Su pelo oscuro le sobresalía por debajo del casco.

Leigh dio una palmadita en el brazo de Kay.

—Eso es porque lo es, hermanita. Has engendrado a un gigante.

Sonreí, viendo como Elliott escaneaba rápidamente a la multitud y encontraba a su madre, a su tía y luego a mí. Levantó la mano, apuntando al cielo con el índice y el dedo meñique, con el pulgar hacia un lado. Leigh y Kay le devolvieron el gesto, pero cuando bajaron las manos, él dejó la suya en el aire. Leigh me dio un ligero empujón.

—Esa es tu señal, jovencita.

—Ah —dije, levantando la mano, con el meñique y el dedo índice en el aire y el pulgar hacia un lado, para luego bajarla otra vez a mi regazo.

Elliott se dio media vuelta, pero capté su característica amplia sonrisa antes de que se volviera.

Kay miró a Leigh.

—¿Le ha dicho que la quiere? ¿En lengua de signos?

Leigh le dio una palmada en el brazo otra vez.

—No finjas que no lo sabías.

Capítulo 16

Catherine

Los Youngblood estaban sentados alrededor de la mesa ovalada del comedor de Leigh, sirviéndose de todo, desde pan de arándanos hasta una cazuela de macarrones con queso. Leigh y su cuñada Kay habían dejado preparados todos los platos favoritos de Elliott y ya estaban listos cuando llegamos.

El tío de Elliott, John, estaba sentado delante de mí, y la curva de su oronda barriga rozaba ya la orilla de la mesa. Tenía el pelo largo, como Elliott, pero lo llevaba recogido en una cola de caballo, sujeto con una delgada correa de cuero que le envolvía todo el cabello y que estaba atada luego en un nudo en la parte inferior. Se le veían canas mezcladas con el cabello más oscuro, todas concentradas justo encima de las orejas. Llevaba unas gafas con montura dorada asentadas sobre el puente de la nariz.

Elliott comía con avidez, con las mejillas aún sonrojadas por el esfuerzo en el frío aire otoñal y el pelo todavía húmedo del sudor debajo del casco.

Levanté la mano para tocarle el ojo magullado, que se iba poniendo más morado e hinchado por momentos.

—¿Te duele?

—Seguramente me dolerá por la mañana —dijo, agarrándome la mano rápidamente para besarla antes de echarse más comida en el plato.

—Más despacio, Elliott. Vas a vomitar —lo regañó Kay.

—Nunca está lleno —dijo Leigh, viéndolo comer con una mueca rayana en el asco.

—¿No deberíamos ponerte hielo? —le pregunté sin dejar de mirarlo a los ojos.

Masticó rápidamente, tragó saliva y sonrió.

—Te prometo que estoy bien. —Se acercó, atrajo mi silla hacia él y me besó rápidamente la sien antes de volver a centrar su atención en la comida.

De pronto caí en la cuenta de que estaba sentada al lado del *quarterback* sénior del equipo del instituto —que acababa de besarme, además—, en la misma mesa con su familia.

Elliott se limpió la boca con una servilleta.

—Al menos todavía tiene buenos modales —señaló Kay con gesto inexpresivo—. El hijo de los Neal dijo que había una fiesta esta noche para celebrar el último partido de la temporada. ¿Vas a ir?

Elliott frunció el ceño.

—No, mamá. Ya te lo dije.

—Es que… —dudó un momento antes de añadir—: No quiero que te pierdas nada solo porque…

—¡Mamá! —dijo Elliott, levantando la voz.

Leigh arqueó una ceja y Elliott bajó un poco la cabeza.

—No vamos a ir.

—Bueno —dijo su tío John—, ¿y qué vais a hacer, entonces?

—No lo sé —contestó Elliott, volviéndose hacia mí—. ¿Quieres ver una película?

—Elliott, ve a la fiesta. De todos modos, yo tengo que volver a casa para asegurarme de que todo esté listo para el desayuno de la mañana.

—¿Esa casa de huéspedes todavía funciona? —preguntó Kay—. No lo parecía.

—Sí que funciona —dijo Elliott—. Catherine se deja la piel trabajando.

—¿Ah, sí? —exclamó Kay.

—Ayudo a mi madre con la colada, a preparar la comida, y también con la limpieza general y los suministros —le expliqué.

Kay se rio.

—¿Qué demonios viene a hacer la gente en Oak Creek, alojándose en una casa de huéspedes? No creo que tengamos muchos turistas, la verdad.

—Bueno, casi todos vienen por trabajo —dije, sintiéndome más incómoda con cada pregunta. No me gustaba mentir, pero hablar sobre el Juniper significaba decir lo que fuera menos la verdad. Intenté disfrazarlo de algo menos engañoso—. Una de nuestras huéspedes viene a ver a su familia.

—Qué cosa más rara… ¿Por qué no se queda con su familia? —preguntó John.

—No tienen espacio en casa —dije sin más.

—Pero ¿son de aquí? ¿De la ciudad? ¿Qué familia es? —preguntó Leigh.

Tomé un bocado de comida y me tapé la boca mientras masticaba, ganando tiempo a la vez que pensaba en una respuesta.

—No… No tengo autorización para revelar datos personales de nuestros huéspedes.

—Buena chica —exclamó el tío John.

—Muy bien —dijo Elliott—. Dejadla comer. Ya tendréis tiempo de sobra para someterla al tercer grado.

Dediqué a Elliott una sonrisa de agradecimiento y luego pinché con el tenedor una pequeña porción de macarrones con queso. Probé un bocado y lancé un suspiro.

Elliott me dio un ligero empujón.

—Está bueno, ¿eh?

—Es increíble. Tendría que conseguir la receta.

—¿Tú cocinas? —preguntó Kay.

—Mamá… —le advirtió Elliott.

—Está bien —dijo Kay, centrándose en la comida de su plato.

John se reclinó hacia atrás y apoyó la mano en su voluminosa barriga.

—Estoy orgulloso de ti, Elliott. Jugaste un partido increíble.

—Gracias —dijo Elliott.

En lugar de levantar la vista de su plato, se dedicó a meterse la comida en la boca lo más rápido que pudo. Después de repetir y servirse una segunda ración, redujo el ritmo al fin.

—Deberías haber visto al entrenador Peckham cuando no pudiste encontrar a un receptor abierto y corriste tú mismo con el balón para anotar un *touchdown*. Pensé que se iba a echar a llorar de la emoción —dije.

John y Elliott se rieron.

—Tu padre debería haber estado aquí —dijo Kay con un gruñido.

—Kay… —la regañó John.

—Le avisé con una semana de antelación —dijo Kay, dejando caer el tenedor, que golpeó su plato vacío.

—Mamá —dijo Elliott, molesto.

Kay se encogió de hombros.

—Supongo que no tengo derecho a decir nada sobre David.

—No, mamá, es un cabrón abusador y egoísta, pero no tenemos que hablar de eso —dijo Elliott. Me miró durante una fracción de segundo y luego clavó los ojos en su madre con gesto serio—. He tenido que oírlo toda mi vida. Te estás divorciando. Ya no vivo contigo. Ya basta.

Kay se quedó en silencio un momento y luego se levantó.

—Mamá, lo siento —dijo Elliott, viendo que se iba a la sala contigua. Al fondo del pasillo, una puerta se cerró de golpe.

Elliott cerró los ojos.

—Mierda —masculló—. Lo siento —dijo, volviendo brevemente la cabeza en mi dirección.

Me sentí atrapada entre la compasión que sentía por Elliott y el alivio de que otras familias también tuvieran problemas, pero no importaba cómo me sentía yo. No cuando Elliott parecía sentirse tan desgraciado.

—Por favor, no te disculpes.

Leigh dio unos golpecitos en la mesa, delante del plato de su sobrino. Elliott abrió los ojos y ella volvió la mano, con la palma hacia arriba. Elliott la tomó y ella se la apretó.

—No pasa nada —dijo Leigh.

Elliott tensó la mandíbula.

—Está dolida. No debería haber dicho eso.

—¿Quién es el adulto en esta situación? —preguntó Leigh.

Elliott suspiró y luego asintió.

—Tengo que llevar a Catherine a casa.

Elliott y yo ayudamos a Leigh y John a recoger la mesa. John enjuagó los platos sucios mientras Leigh y yo llenábamos el lavavajillas. Elliott limpió la mesa y barrió los suelos de la cocina y el comedor. Todo estuvo recogido en menos de diez minutos, y sonreí cuando sus tíos se abrazaron y se besaron.

—Tengo que responder algunos correos electrónicos, cariño. Luego subiré a acostarme y entonces podemos poner esa película que querías ver por internet a la carta, ¿qué te parece?

—¿De verdad? —dijo Leigh, entusiasmada.

John asintió y la besó una última vez antes de señalarme con la cabeza.

—Me he alegrado mucho de conocerte, Catherine. Espero verte por aquí más a menudo.

—La verás —le aseguró Elliott.

John y Leigh eran exactamente como debería ser un matrimonio: se ayudaban el uno al otro y se profesaban cariño y comprensión. Estaban del mismo bando, como Elliott y yo. Le sonreí mientras me ayudaba a ponerme la chaqueta, y otra vez cuando me aguantó la puerta de la entrada. Me detuve en el porche, esperando a que se pusiera la chaqueta deportiva antes de tomarme de la mano.

—¿Lista? —preguntó.

Caminamos juntos en la oscuridad hacia el Juniper. Las hojas marchitas daban volteretas por la calle, y sus frágiles bordes se desmenuzaban sobre el asfalto mientras se desplazaban juntas, todas revueltas, en el viento frío.

—¿Bueno? ¿Qué te ha parecido? —preguntó con cierta vacilación.

—Esta noche lo he pasado muy bien.

—¿Qué parte?

—Mmm... —empecé a decir—, viéndote jugar el partido. Sentándome con Leigh y Kay. Cenando con tu familia. Viéndote devorar la comida que te han hecho tu madre y Leigh. Y ahora esto.

Levantó nuestras manos entrelazadas.

—Esta parte es mi favorita, y ganar, y cuando nos apuntamos ese *touchdown*, y cuando levantaste la mano.

—¿Te refieres a esto? —le dije, haciendo la señal de «Te quiero» con mis dedos.

—Sí. Mi madre solía hacerlo antes de mis partidos en la liga infantil. Luego empezó a hacerlo Leigh. Pero no sé... contigo es diferente. —Hizo una pausa, pensando en lo que iba a decir a continuación—. ¿Lo decías en serio?

—¿Me estás preguntando si te quiero? —le pregunté.

Él se encogió de hombros con aire vulnerable.

Nos detuvimos al llegar a la puerta de la verja y Elliott la abrió y volvió a cerrarla una vez que la atravesé. Apoyé los brazos en lo alto del hierro y él se inclinó para darme un beso breve en los labios.

—¿Cómo lo sabes? —inquirí.

Meditó mi pregunta solo unos instantes.

—Catherine, siempre que me encuentro cerca de ti estoy pendiente de cada vez que respiras. Cuando no estamos juntos, todo me recuerda a ti. Lo sé porque nada más me importa.

Pensé en sus palabras y luego me volví a mirar al Juniper. Tenía responsabilidades, pero ¿eran más importantes que Elliott? ¿Podría dejarlas atrás y abandonarlas si él necesitaba que lo hiciera? Mamá me necesitaba. No creía poder hacer eso.

Elliott vio la preocupación en mis ojos.

—No tienes que decirlo. No tienes que decir nada.

Levanté la mano despacio, extendiendo el dedo índice, el meñique y el pulgar. Elliott sonrió, hizo lo mismo, y luego tomó mis mejillas entre sus manos y me besó. Sus labios eran suaves, pero me quemaban en la piel fría.

—Buenas noches —susurró. Me vio pasar sorteando los trozos irregulares del sendero de entrada y luego subir los escalones del porche. Justo cuando apoyé la mano en el pomo, la puerta se abrió de golpe.

Había una mujer en la puerta oscura, toda vestida de negro.

—¿Willow? —exclamé.

—¿Dónde has estado? Tu madre lleva horas esperándote.

Me volví para mirar a Elliott. Estaba frunciendo el ceño con gesto confuso, pero me dijo adiós con la mano.

Me despedí de él con la mano yo también, crucé el umbral y tiré de Willow para poder cerrar la puerta rápidamente a nuestra espalda.

Ella apartó el brazo dando una sacudida.

—¿Qué haces?

—No puede verte —le dije entre dientes.

—¿Quién? —preguntó.

—¡Elliott!

—Ah. —Se cruzó de brazos—. ¿Es tu novio?

La miré frunciendo el ceño mientras me quitaba la chaqueta y la colgaba de un gancho junto a la puerta. Casi todos los abrigos estaban en él: el abrigo marrón chocolate de mamá, la capa granate de Althea, la gabardina de Duke, la trenca rosa de Poppy, la chaqueta de cuero negro de Willow y la parka de color blanco roto de Tess con capucha forrada de piel.

—¿Estás satisfecha con tu habitación? —le pregunté.

—Supongo. —Lanzó un suspiro—. ¿Ese es tu novio?

Willow estaba trasladando el peso de su cuerpo de una pierna a la otra. Nunca podía quedarse quieta, siempre era como una bola de energía nerviosa. No se hospedaba en el Juniper muy a menudo, solo pasaba la noche de camino a algún lugar… a cualquier lugar. Mi madre la llamaba «vagabunda». Al haber vivido en primera persona los cambios de humor de Willow, de la euforia más absoluta a la depresión más profunda, yo la llamaba otras cosas.

Cuando no respondí, Willow abrió más los ojos.

—Guau, ya lo capto… Supongo que volveré a mi habitación.

—Buenas noches —dije, y me dirigí a la cocina.

Usé un trapo para limpiar las migas de la mesa, la grasa y los restos de la salsa de la pasta de la cena. Del lavavajillas salía un zumbido bajo y una especie de murmullo, y di las gracias por que mi madre hubiera hecho eso al menos. Tenía una hoja de trabajo que completar, una redacción que escribir y la mañana del sábado temprano la pasaría en la cocina. Con un poco de suerte, pasaría el resto del día con Elliott.

—Hola —dijo una vocecilla desde el otro lado de la isla de la cocina.

Levanté la vista un momento antes de concentrarme en una gota testaruda de salsa.

—Hola.

—¿Estás enfadada conmigo? Ya sé que hace mucho tiempo desde la última vez que vine, pero mis padres están como locos otra vez, y tú has estado… ocupada.

—No, Tess. Por supuesto que no. Tienes razón. He estado ocupada, pero debería tener tiempo para las amigas. Lo siento.

Abrí el armario de debajo del fregadero y busqué el espray de la cocina. Rocié la encimera y la limpié con el trapo.

Un fuerte golpe resonó en el techo y Tess y yo levantamos la vista despacio.

—¿Qué ha sido eso? —preguntó Tess, sin dejar de mirar al techo.

La casa volvió a quedarse en silencio, pero esperamos unos segundos más.

—No lo sé. Hay muchos abrigos en la puerta. La casa está llena.

—He visto a Poppy cuando entré. Seguro que está correteando ahí arriba.

Guardé el espray dc la cocina.

—Vamos a averiguarlo, ¿te parece?

—¿Qué quieres decir? —preguntó Tess. Cuando pasé a su lado, se apresuró a seguirme—. No es una buena idea. No sabes quién está ahí arriba.

Hice tintinear las llaves mientras subía las escaleras.

—Pero puedo averiguarlo.

Solo había una puerta cerrada en el pasillo de arriba. Elegí la llave correspondiente y la hice girar en la cerradura antes de empujar el tirador de la puerta. Había un hombre de pie vestido con una camisa, unos bóxeres y calcetines altos, y nada más.

—¡Mierda! —gritó, tapándose.

—¡Oh, Dios mío! ¡Ay! ¡Lo siento mucho!

—¿Quién eres tú? —exclamó.

—Soy… Soy la hija de Mavis. He oído un ruido muy fuerte y… No sabía que se hubiese registrado con nosotros en el establecimiento. Lo siento mucho, señor. Lo sentimos mucho. No volverá a suceder.

—¡Cierra la puerta! ¿Qué clase de lugar es este?

Me fui dando un portazo y cerré los ojos cuando oí al hombre apresurándose a echar la llave por dentro.

Tess no estaba muy contenta.

—Te lo he advertido —dijo ella, asomándose desde lo alto de las escaleras.

Me tapé los ojos en un intento de poner en orden mis pensamientos, y luego sacudí la cabeza y eché a correr hacia las escaleras.

—No me puedo creer lo que acabo de hacer. —Miré el libro de registro y vi el nombre «William Heitmeyer» anotado con la letra de mamá. Levanté la vista, preguntándome si debía ofrecerle el reembolso de su dinero y sugerirle que se alojase en algún motel, como el Super 8.

—Ha sido un error inocente —me aseguró Tess.

—Ni siquiera he comprobado el libro de registro para ver si había llegado alguien nuevo. Simplemente, he dado por sentado que el ruido del piso de arriba era extraño, porque aquí lo normal es que todo sea extraño.

—No digas eso. Él volverá.

—Nunca vuelven. —La miré—. No subas ahí. Mantente alejada de su habitación.

Levantó sus manos con aire impotente.

—¿Qué? ¿Acaso he hecho algo que te sugiera pensar que haría una cosa así? ¿Por qué narices me dices eso?

La miré entornando los ojos.

—Hazme caso y ya está.

—Tal vez esta casa se te está metiendo dentro de la cabeza, como si no hubiera suficiente espacio ahí... Es como si alguien te estuviera monopolizando el pensamiento.

Intenté contener la sonrisa.

—¿Te refieres a Elliott?

—Sí, me refiero a Elliott —dijo Tess, y se sentó en un taburete junto a la isla. Apoyó la barbilla en las manos—. ¿Cómo es? Lo he visto por aquí. Parece guapo.

—¿Parece?

—Es un gigante.

—No es un gigante. Es... alto, todo musculatura, y hace que me sienta segura.

—Segura —repitió Tess.

—Esta noche, en el partido de fútbol, se marcó una carrera con la pelota para anotar el *touchdown* ganador. Fue como en una película, Tess. Su equipo atravesó el campo corriendo hacia él, bueno, y el público también, y lo levantaron en brazos. Cuando por fin lo bajaron al suelo, me buscó entre la multitud.

Coloqué una tanda de cubiertos limpios y una pila de servilletas de tela sobre la encimera y empecé a enrollarlas para la mañana siguiente.

Tess me observó mientras trabajaba, con aspecto soñoliento y satisfecho, esperando a que le contara el resto de la historia.

—Y él... —Me tapé la boca, tratando de esconder la ridícula sonrisa en mi rostro—. Me señaló y levantó la mano, así... —dije, haciendo la señal de «Te quiero».

—Entonces, ¿te quiere? —preguntó Tess, con los ojos muy abiertos.

Me encogí de hombros.

—Dice que sí.

—¿Y qué sientes tú?

—Creo... Creo que también lo quiero. Pero no lo sé.

—Se gradúa en mayo, Catherine.

—Y yo también —dije con una sonrisa mientras enrollaba la última servilleta.

—¿Qué estás diciendo? ¿Que vas a irte? No puedes irte. Prometiste que te quedarías.

—Yo… —«No he pensado tan a largo plazo»—. Nadie ha dicho nada de irse.

—¿Él quiere quedarse?

—No lo sé. No se lo he preguntado. No empieces a preocuparte por algo que no puedes controlar.

Se levantó y las lágrimas amenazaban con rodarle por las mejillas.

—Eres mi única amiga. Si él te quiere y tú también lo quieres, te irás. Nos dejarás. ¿Qué se supone que vamos a hacer?

—No me voy a ninguna parte. Tranquilízate —dije con el temor de que sus lloros pudiesen despertar a Duke.

—¿Quieres irte? —preguntó Tess.

La miré y me encontré con su mirada llorosa. En los pocos segundos que pasaron antes de hablar, pensé en mentir, pero mi padre siempre me había dicho que fuera sincera, incluso cuando fuese difícil, incluso si dolía.

—Siempre he querido irme. Desde que era pequeña. Oak Creek no es mi hogar.

Tess apretó sus labios temblorosos y luego salió como un vendaval, dando un portazo tras de sí. Cerré los ojos, temiendo que el huésped de arriba montase en cólera, primero por la irrupción en su habitación y ahora por el ruido.

La cocina ya estaba limpia, así que subí las escaleras y cerré la puerta de mi habitación a mi espalda. Me soplé en las manos y las froté con energía, decidiendo rescatar la manta gruesa del armario. El edredón de plumas —que había sido blanco una vez— estaba doblado en un estante encima de mi ropa. Di un salto para alcanzarlo, tiré de él hacia abajo y lo extendí sobre mi cama doble.

Las pequeñas baldosas blancas del suelo de mi baño parecían de hielo bajo mis pies descalzos, y el agua de la ducha estaba congelada cuando abrí el grifo por primera vez. Tenía por delante otro invierno gélido, tan típico de Oklahoma, y lancé un gruñido al recordar que apenas unas semanas atrás el sol abrasaba a cualquiera que no se pusiera a cobijo bajo una buena sombra.

El agua caliente tardó varios minutos en llegar a las cañerías de mi baño, en el piso de arriba, y el viejo metal temblaba y chirriaba a medida que el agua iba cambiando de temperatura. Muchas veces me preguntaba si el ruido despertaría a alguien, pero nunca despertaba a nadie.

Seguí dándole vueltas en mi mente al enfado de Tess, pero me negaba a sentirme culpable. Me metí bajo el chorro de agua tibia, fantaseando con una ráfaga de aire veraniego que me alborotaba el pelo mientras Elliott y yo viajábamos en un descapotable hasta el golfo de México, o incluso a la Costa Oeste. Dondequiera que estuviésemos, yo solo veía autopista y palmeras. Él me buscaba la mano y deslizaba sus dedos entre los míos. Conducíamos hacia un lugar donde el verano no acababa nunca, y cuando hacía demasiado calor, el mar nos proporcionaba un respiro.

Me masajeé el pelo con el champú mientras imaginaba nuestro viaje por carretera, pero cuanto más conducíamos, más oscuro se volvía el cielo y más frío era el viento. Elliott y yo circulábamos por la autopista de California, pero él no sonreía. Ambos tiritamos y al momento nos dimos cuenta de que, de repente, éramos el último vehículo de la carretera. Me volví y vi que las casas que teníamos a cada lado eran todas iguales: el Juniper. Pasamos por delante una vez más, y otra, y otra, y daba lo mismo que Elliott pisase el pedal del acelerador a fondo o no, porque allí seguía. La noche cayó sobre nosotros y las farolas se apagaron una a una. Elliott parecía confundido cuando el automóvil dio una sacudida y finalmente se detuvo en medio de un puente elevado de dos carriles que parecía asomarse sobre la ciudad de Los Ángeles.

Todas las puertas principales de todos los Junipers se abrieron, y allí estaba mamá, con la cara manchada de algo negro.

Me incorporé de golpe en la cama, con los ojos muy abiertos mientras se adaptaban a la oscuridad. Envuelta en mi bata, traté de recordar en qué momento había terminado de ducharme y me había acostado, pero no lo logré. Resultaba alarmante perder la noción del tiempo de esa manera.

Me puse las zapatillas de estar por casa, atravesé mi habitación en dirección a la puerta y me asomé por el pasillo. El Juniper se hallaba en silencio, salvo por el crujido ocasional de las paredes por los movimientos de asentamiento de los cimientos.

El suelo de madera estaba helado bajo mis pies, así que miré el termostato. «¡Diez grados! Oh, no… No, no, no… Por favor, que no esté roto…», pensé.

Hice girar el dial y esperé. Cuando se encendió la calefacción y empezó a salir aire por las rejillas de ventilación, lancé un suspiro.

—Gracias a Dios… —dije.

El teléfono fijo de la planta baja empezó a sonar y bajé corriendo los escalones hasta el escritorio del vestíbulo.

—¿Recepción?

—Hola, soy Bill, de la habitación número seis. No tengo agua caliente. Hace un frío de muerte. Salgo de viaje dentro de una hora. ¿Qué clase de lugar es este? Ya sabía yo que debería haberme alojado en el Super 8…

—Siento mucho el problema con la calefacción. Por alguna razón estaba apagada, pero ahora ya funciona. La temperatura subirá enseguida.

—¿Y el agua caliente?

—Pues… no estoy segura. Lo comprobaré. Lo siento mucho. El desayuno estará listo para cuando baje.

—¡No tendré tiempo para desayunar! —gritó, colgando de golpe.

Dejé el receptor en su sitio, abatida.

—¿Era el señor Heitmeyer? —preguntó Willow, apoyándose en el marco de la puerta.

—Mmm… sí.

—¿Y acaba de gritarte?

—No. —Negué con la cabeza—. Es que habla muy fuerte.

Asintió y se dirigió a la escalera. Corrí tras ella.

—¿Willow? La hora de salida es dentro de una hora. ¿Mi madre dijo que te ibas hoy?

—¿Eso te dijo?

—Eso me dijo.

Asintió con la cabeza, y en vez de subir las escaleras, se encaminó de nuevo al salón. Esperé hasta que desapareció de mi vista y luego seguí el pasillo hacia la puerta del sótano. El ácido olor a moho se deslizaba por las grietas de dos centímetros de grosor de la puerta. Me volví hacia la mesa del pasillo y saqué una linterna del cajón. El metal de las bisagras chirrió cuando abrí la puerta, advirtiéndome silenciosamente que diera media vuelta y me fuera de allí.

Las telarañas se balanceaban en el techo, las paredes de cemento estaban agrietadas y llenas de manchas de humedad, las escaleras desvencijadas y podridas. Apoyé la mitad de mi peso en el primer peldaño y esperé. La última vez que me había aventurado a ir al sótano alguien me dejó allí encerrada tres horas y tuve pesadillas durante un mes. A medida que bajaba un escalón tras otro con paso tambaleante, hacía cada vez más frío, y me ceñí la bata con más fuerza. Los calentadores de agua estaban en plataformas situadas en la pared del fondo, justo después de una fila de unas treinta maletas de diferentes formas y tamaños, colocadas a lo largo de la pared adyacente.

El tenue resplandor de las luces del techo no llegaba a donde estaban los tanques, así que presioné el botón de la linterna con el pulgar, apunté hacia la esquina y luego desplacé el haz por la pared.

Me incliné e iluminé la base del primer termo de agua. Los pilotos estaban encendidos. Todos los indicadores de los termostatos apuntaban hacia abajo.

—¿Qué…?

Oí un crujido a mi espalda y me quedé paralizada, esperando oír otro ruido. Nada. Hice girar el termostato del primer calentador y luego el del siguiente.

La gravilla hizo un ruido áspero sobre el suelo de cemento.

—¿Quién anda ahí? —pregunté, enfocando con mi linterna.

Di un salto y grité, tapándome la boca. Mamá se volvió despacio hacia mí, descalza, pálida y con cara de enfado. Pellizcaba y retorcía con los dedos la misma franja de su fino camisón de algodón, una y otra vez.

—¿Qué estás haciendo aquí? —le pregunté.

La ira en su rostro se desvaneció y miró alrededor del sótano con gesto confuso.

—Estaba buscando algo.

—¿Estabas intentando arreglar los calentadores? —le pregunté. Me agaché, iluminé los paneles de control con la linterna e hice girar el resto de los termostatos—. Mami —dije, mirándola—. ¿Has hecho tú esto?

Se limitó a mirarme fijamente, con expresión perdida.

—¿Has hecho eso también con el termostato del piso de arriba? Tenemos un huésped. ¿Por qué has…?

Se tocó el pecho.

—¿Yo? Yo no he sido. Alguien intenta sabotearnos. Alguien quiere que el Juniper cierre.

Los pilotos estaban todos encendidos, prendiendo uno tras otro las llamas de debajo, haciendo que los calentadores emitieran un zumbido grave. La miré con exasperación.

—¿Quién, mami? ¿A quién le importaría tanto nuestro deficitario hotelito como para sabotearlo?

—No es por el hotel. ¿Es que no lo ves? ¡Es por lo que estamos intentando hacer aquí! Alguien nos está vigilando, Catherine. Creo... creo que es...

—¿Quién?

—Creo que es tu padre.

Mi cara pasó del asombro más absoluto a la ira.

—No digas eso.

—Llevo meses sospechándolo.

—Mami, no es él.

—Ha estado entrando aquí a escondidas, cambiando las cosas de sitio, asustando a nuestros huéspedes. Él nunca quiso este hotel. A él no le gustan nuestros huéspedes. No los quiere a tu alrededor.

—Mami...

—Nos dejó, Catherine. ¡Nos dejó y ahora intenta arruinarnos!

—¡Mami, para! Él no nos dejó. ¡Está muerto!

Los ojos húmedos de mamá se encontraron con los míos. Tardó mucho tiempo en hablar, y cuando lo hizo, se le quebró la voz.

—Eres muy cruel, Catherine.

Se volvió, subió los escalones y cerró la puerta detrás de ella.

Capítulo 17

Catherine

Cada clase pasaba como en una nebulosa. Los profesores hablaban y yo fingía escuchar, pero tenía la cabeza embotada de preocupación y aturdida por la falta de sueño. El señor Heitmeyer no volvería al Juniper, y una parte de mí esperaba que no viniera nadie más.

Fuera las nubes eran bajas y grises. Miré por la ventana y vi pasar los autobuses escolares y los coches, que avanzaban salpicando con los neumáticos a través de los ríos que cubrían las calles. El pronóstico anunciaba lluvia y frío para mediodía, y todo el mundo intentaba comprar pan y leche y llenar el depósito de gasolina, como si una simple barra de pan y un depósito de gasolina marcaran la diferencia entre la vida y la muerte.

Los últimos diez minutos antes del almuerzo me senté con la barbilla apoyada en la mano, parpadeando para evitar que se me cerraran los ojos, tremendamente pesados. Cada minuto se me hacía eterno, y cuando sonó el timbre, estaba demasiado cansada para moverme.

—¿Catherine? —dijo la señora Faust, con el pelo color zanahoria levantado como una cresta en algunas partes de la cabeza, como si se hubiera echado una cabezadita entre clase y clase y hubiese olvidado peinarse.

Los otros alumnos ya habían recogido y se habían ido a almorzar. Yo aún estaba reuniendo a duras penas todas mis cosas.

—Ven aquí un momento, Catherine. Quiero hablar contigo.

Hice lo que me decía, esperando mientras terminaba de clasificar una pequeña pila de papeles.

—Estás más callada que de costumbre. Pareces agotada. ¿Va todo bien en casa? Sé que has estado ayudando a tu madre.

—El agua caliente no funcionaba esta mañana. Recuperaré el sueño atrasado esta noche.

La señora Faust frunció el ceño.

—¿Has hablado con la señora Mason últimamente?

Asentí.

La señora Faust me estudió con la misma mirada de la que solía ser objeto cuando alguien intentaba averiguar si estaba encubriendo a mi madre.

—Está bien. Ahora vete a almorzar. Te veo mañana.

Le dediqué una sonrisa y luego fui arrastrando los pies hasta la taquilla 347, donde Elliott me estaba esperando. Esta vez no me esperaba solo, sino que estaba con Sam Soap, uno de los receptores del equipo de fútbol, y su novia, Madison. Los dos tenían el mismo color de pelo, y los rizos rubios de ella le llegaban casi hasta la cintura. Ninguno de los dos parecía muy cómodo al lado de mi taquilla.

—¿Cómo te encuentras? —me preguntó Elliott, abrazándome y atrayéndome a su lado.

—Todavía cansada.

—Les he pedido a Sam y Maddy que almuercen con nosotros. Espero que te parezca bien.

La pareja me miró, aguardando una respuesta, con la esperanza de que fuera la correcta. Sam era el bisnieto de James y Edna Soap, la pareja más poderosa en los días de gloria de Oak Creek. James Soap empezó en el mundo del petróleo, pero luego se diversificó y metió sus tentáculos en todo, desde supermercados de barrio hasta lavanderías. La familia de Sam era rica, pero Sam no tenía un carácter extrovertido. Reunía todas las características básicas de un chico popular: una casa grande, ropa de marca y cuerpo atlético. Era cocapitán del equipo de fútbol, y en quinto le había pedido a Madison que fuera su novia. Sam tenía todos los números para obtener el honor de ser el mejor estudiante del curso y pronunciar el discurso en la ceremonia de graduación, pero sus *hobbies* incluían a Madison Saylor y poco más.

Madison era conocida por ser muy tranquila y callada, salvo por algún que otro estallido ocasional. El año anterior la mandaron al despacho del director por soltarle unos insultos bastante escandalosos a Scotty Neal por hablar mal de Sam. El padre de Madison era diácono en la Primera Iglesia Cristiana de Oak Creek, y su madre era la pianista. Sus padres no la dejaban salir mucho de casa, para alejarla de cualquier peligro y asegurarse de que no le pasara nada malo, o de que no le pasara nada en absoluto.

—¿Qué dices? —preguntó Elliott—. ¿Te parece bien?

—Sí, quiero decir… sí. —Se me atascaban las palabras, preguntándome qué estaría tramando Elliott.

Me tomó de la mano y caminamos por el pasillo, siguiendo a Sam y Madison. Sam abrió las puertas dobles y las aguantó para que su novia pasara primero. Sus movimientos parecían ir al unísono, y sus expresiones se comunicaban entre sí sin decir nada en absoluto.

En lugar de subirnos al Chrysler de Elliott, caminamos hacia el Toyota 4Runner negro de Madison.

—¿No vamos a ir en tu coche? —le pregunté, sintiéndome incómoda al instante.

—Maddy se ha ofrecido a conducir —respondió Elliott.

—¿Quieres sentarte delante conmigo? —preguntó Madison con una sonrisa.

De pronto me asaltó un temor súbito e irracional de que fueran a dejarme colgada, lejos del instituto. Sin embargo, Elliott nunca permitiría que eso sucediera. Y aunque sucediera, él no me dejaría volver andando sola, pero estaba exhausta y era incapaz de controlar mi ansiedad.

—Se me había olvidado: tenía planeado comer aquí —dije.

—No pasa nada, Catherine. No te preocupes, yo te invito.

—No es por el dinero —dije.

—Entonces, ¿por qué? —preguntó Elliott.

Miré a Sam y a Madison. Sam estaba abriendo su puerta para subirse al asiento trasero. Madison seguía de pie junto a la puerta del conductor, con una expresión paciente y amable en sus ojos.

—Es que… —Me quedé atascada, tratando de decidir si la vergüenza de salir corriendo era peor que la ansiedad.

Elliott miró a Madison.

—Danos un segundo.

—Claro —dijo ella, y abrió la puerta para sentarse después al volante. Su voz sonaba como el canto de los pájaros, dulce e infantil.

Elliott se agachó e inclinó la cabeza, tratando de abrirse paso hasta mi línea de visión. Me agarró de los hombros.

—Ya te lo dije —susurré—. No puedo. Owen y Minka querían venir a mi casa. Tenían curiosidad. Cuando les diga a Madison y a Sam que no, empezarán a circular los rumores otra vez. Simplemente, es más fácil así.

—Solo es un almuerzo. No vamos a ir a tu casa.

—Esto no acabará bien.

—No lo sabes. Mereces tener amigos, Catherine. Maddy dijo que siempre había pensado que eres muy simpática. Sus padres son muy protectores, así que ni siquiera te pedirá ir al Juniper porque no puede. Sam está en el equipo de fútbol y es un tipo genial. No es un fanático de los músculos y los esteroides como el resto de esos idiotas. Por eso los elegí. Vamos con ellos. ¿Por favor…?

—¿Los elegiste? ¿Se puede saber qué estás haciendo? ¿Vas por ahí eligiendo amigos para nosotros, como si fueras de tiendas? ¿Soy demasiado aburrida para que salgas solo conmigo?

—No. No es nada de eso. Ya te he dicho por qué: mereces tener amigos.

Suspiré con resignación. La boca de Elliott se ensanchó en una amplia sonrisa y alargó la mano hacia la puerta del pasajero para accionar el tirador.

Me senté deslizándome al lado de Madison y me abroché el cinturón de seguridad, oyendo a Elliott cerrar la puerta trasera detrás de mí. El respaldo de mi asiento retrocedió unos centímetros mientras lo usaba para inclinarse hacia delante y luego me besó rápidamente en la mejilla.

—Entonces —dijo Madison—, ¿vamos al Sonic o a Braum's? ¿A Braum's o al Sonic?

—Al Sonic —respondió Sam desde atrás.

Madison dio marcha atrás primero y luego atravesó el aparcamiento, conduciendo con precaución para evitar el tráfico. Encendió el intermitente y cuando llegamos a la señal de STOP, apenas hizo una breve pausa antes de salir disparada.

—Todavía tienes que hacer más prácticas de conducción —dijo Elliott.

—¿Todavía no tienes permiso de conducir? —preguntó Madison, sin el menor rastro en su voz de juzgarme por no tenerlo aún.

Negué con la cabeza.

—Se suponía que iba a aprender con el Buick de mi padre, pero está muerto de risa en la entrada desde…

—Ah, es verdad. Desde que murió —concluyó Sam.

Me alegré de no poder verle la cara a Elliott. Sabía que aquella breve excursión era una especie de prueba. Lo habían invitado varias veces y había rechazado todas las invitaciones porque se negaba a ir sin mí. Era todo un detalle por su parte, pero no podía evitar sentir que por mi culpa se estaba perdiendo cosas.

—Sí —afirmé sin saber qué más decir.

—Y tu casa... —empezó a decir Sam—. ¿Es verdad que está embrujada?

Madison contuvo la risita que estaba a punto de escaparse de su boca. Pisó el freno y se detuvo en el primero de los cuatro únicos semáforos de Oak Creek.

—¡Sam! ¡No digas tonterías!

Sam inclinó hacia delante.

—Vemos *Casas paranormales* todos los domingos por la noche. Es una de nuestras mayores aficiones. Nos parecería genial si lo estuviera.

—No, no está embrujada —respondí, viendo el Mini Cooper blanco de Presley a nuestro lado. Intenté no mirar, pero por el rabillo del ojo percibí los movimientos de júbilo y entusiasmo bajo la capota del descapotable.

Madison se volvió e hizo una mueca.

—¿Qué les pasa? ¿Es que les está dando un ataque a todas? —preguntó, bajando la ventanilla con solo presionar un botón.

El aire frío invadió el interior del vehículo y me quemó inmediatamente la piel.

—¿Qué pasa? —les preguntó Madison.

Me recosté en el asiento, dejando bien claro que no tenía ninguna intención de involucrarme.

—¡Oh, Dios mío, Maddy! ¿Sabe tu madre que llevas a indigentes en el coche? —preguntó Presley. Las clones se rieron a carcajadas.

Madison se volvió para mirar a Elliott. Yo no le veía la cara, pero a juzgar por la respuesta de ella, no estaba muy contento.

—¡Cierra la puta boca! —gritó. La palabrota desentonó absolutamente con su voz aflautada y dulce.

Elliott y Sam estallaron en carcajadas y yo me quedé boquiabierta, igual que Presley y sus amigas.

Madison presionó el botón otra vez. La ventanilla del lado del pasajero terminó de subir mientras ella hablaba:

—Ufff. No les hagas ni caso. A Tatum le gusta Elliott, así que se han empeñado en hacerte la vida imposible.

—Me alegra saber que eso no ha cambiado —dije en voz baja.

—¿Qué? ¿A qué te refieres? —preguntó ella.

Elliott habló:

—Llevan haciéndole la vida imposible desde hace años.

—¿De verdad? No lo sabía. ¿Tú sabías eso, Sam? —preguntó Madison, mirándolo por el retrovisor.

—No, pero no me sorprende. Todo el equipo de fútbol las llama las «Brubrujas».

Madison frunció el ceño.

—¿«Brubrujas»? Ah, porque el apellido de Presley es Brubaker, ya lo pillo… —Soltó una risita—. Muy bueno.

El semáforo se puso en verde y pisó el acelerador. Era como si todos los semáforos fuesen cambiando a su paso hasta que llegamos a la esquina noreste de la ciudad. Madison dobló a la izquierda con el 4Runner hacia el Sonic, y luego dio un volantazo hacia la derecha, dirigiendo el vehículo hacia la primera plaza libre que encontró.

—Perdonadme por conducir tan agresivamente —dijo—. Hemos salido un poco tarde, así que quería asegurarme de que conseguíamos sitio—. Bajó la ventanilla y, una vez más, el aire me mordió la nariz y las mejillas.

Madison sacó el brazo para presionar el botón del altavoz y luego se volvió hacia nosotros.

—¿Qué queréis?

—Una *cheeseburger* —dijo Elliott.

—Una *cheeseburger* —contestó Sam.

Madison esperó a que yo respondiera, pero alguien empezó a hablar por el altavoz:

—Bienvenido a Sonic, ¿qué desea pedir?

—Mmm —tarareó Madison—. Dos menús *cheeseburger*.

—¿El número uno o el dos? — preguntó la chica del otro lado del altavoz.

—Con mostaza —dijeron los dos chicos.

—El dos —dijo Madison—. Un perrito caliente con queso y chile y...

Asentí.

—Eso suena bien. Yo también pediré lo mismo.

—¿Bebidas? —preguntó Madison.

—Una Coca-Cola Vainilla —dijo Sam.

—Una limonada de lima con cereza y vainilla —respondió Elliott.

Asentí.

—Eso también suena bien.

Madison terminó de pedir y luego subió la ventanilla y se frotó las manos. Se agachó y encendió la calefacción al máximo.

Cerré los ojos, disfrutando del calor mientras Elliott, Sam y Madison hablaban del día en el instituto, de quién salía con quién y del partido fuera ese fin de semana. Mamá siempre mantenía el Juniper a una temperatura muy baja, de modo que siempre hacía frío, y en el instituto no se estaba mucho mejor. El aire caliente que salía de las rejillas era como una manta cálida, y dejé que mi cuerpo se relajara contra el asiento, asándome con gusto.

—¿Catherine? —dijo Elliott.

Abrí los párpados.

—¿Qué? Lo siento.

—Este fin de semana el partido es en Yukon —dijo Madison con aire divertido—. Todavía estoy intentando convencer a mi padre para que me deje ir con el coche a un partido fuera, pero será más fácil convencerlo si me llevo a una amiga. ¿Quieres venir conmigo? ¡Un viaje en coche!

Mamá estaba más rara que de costumbre, y también los huéspedes. Tenía miedo de que el hecho de irme un día entero la hiciese perder la cabeza por completo.

—No puedo. Tengo que trabajar.

Elliott permaneció callado y un incómodo silencio se instaló en el automóvil hasta que Sam volvió a hablar.

—¿Cómo es? —preguntó—. ¿Vivir ahí?

—Hace frío —dije, tocando la rejilla.

—Pero ¿y la gente que entra y sale? A mí se me haría muy raro tener a extraños viviendo en mi casa —comentó Sam.

—No… No viven allí. Y no son extraños. Casi todos son clientes habituales.

—¿Y cómo son? —preguntó Madison.

—Se supone que no debo…

—Por favor… —insistió Madison—. Tenemos mucha curiosidad. No quiero que pienses que soy una entrometida, pero es que eres una especie de enigma.

—Bien dicho, Maddy —dijo Sam, impresionado.

Madison sonrió.

—He estado estudiando para el examen de acceso a la universidad. ¿Qué me dices, Catherine? Estoy tan intrigada…

Miré a Elliott de reojo. No estaba muy contento.

—No tienes que hacerlo, Catherine. Ya les he avisado de que no te hicieran ningún interrogatorio.

Los miré uno a uno, sintiendo como, poco a poco, me iba hirviendo la sangre y me ponía cada vez más roja.

—¿Que has hecho qué?

La expresión de Elliott pasó de la irritación a un gesto culpable.

—Bueno, verás… Yo sabía que sentían curiosidad por ti y por la casa, y que no querrías responder un montón de preguntas, así que antes del almuerzo les he dicho que no… ya sabes… que no te molestaran mucho con eso.

La idea de que Elliott tuviera que dar explicaciones por algo tan simple como un trayecto en coche para salir a almorzar era tan humillante que no estaba segura de cómo responder.

—Catherine… —empezó a decir.

Tenía que hacer algo, decir algo, para que no me vieran como el bicho raro que todos pensaban que era.

—Mi madre, Mavis, se encarga de recibir a los huéspedes y se ocupa más o menos de todo durante el día. Tenemos a Althea, que viene a visitar a sus nietos. Duke, que duerme aquí cuando tiene que trabajar por la zona. A veces se trae a su hija, Poppy. Mi tío y mi prima a veces también vienen de visita. Una chica que se llama Willow. Creo que solo es un año mayor que yo. También se hospeda a veces.

—Pero ¿la casa está encantada? —preguntó Sam—. Tiene que estar encantada. Puedes decírnoslo.

—No. —El Juniper estaba lleno de cosas aterradoras, pero todas eran reales.

Sam parecía confundido.

—Pero ¿tu padre no murió ahí?

—¡Sam! —le espetó Madison.

—Está bien, ya es suficiente —zanjó Elliott.

La camarera llamó a la ventanilla y Madison se sobresaltó. Bajó la ventanilla, tomando el dinero que le ofrecían Sam y Elliott. Cada uno recogió su comida y Madison demostró ser una experta conduciendo y comiendo al mismo tiempo, pero a pesar del hambre que tenía antes, el perrito caliente con chile y queso derretido ya no me parecía tan apetitoso.

Madison me miró con expresión de disculpa.

—Cuando volvamos solo nos quedarán cinco minutos —señaló Madison—. Deberías comer.

—Ten —dijo Elliott, abriendo su bolsa del Sonic—. Guárdalo aquí y comeremos en la zona común.

Metí mi comida dentro y Elliott cerró la parte superior de la bolsa, enrollándola. Seguí sorbiendo mi bebida hasta que llegamos al instituto y accioné el tirador de la puerta en cuanto Madison aparcó el coche.

—Catherine —me llamó Elliott, corriendo a mi lado con su bolsa del Sonic en una mano. Él ya se había zampado su comida, pero estaba segura de que me seguiría con la mía hasta que me la terminara—. Oye —dijo, tirándome del suéter hasta que me detuve—. Lo siento.

—Eso ha sido de lo más humillante… —dije, enfurecida—. ¿Primero convences a la gente para que sean mis amigos y luego los aleccionas?

—Solo quiero que seas feliz —dijo con tristeza.

—Ya te lo he dicho: no quiero tener amigos.

Lanzó un suspiro.

—Sí quieres tenerlos. Y deberías poder salir y hacer las cosas normales que hace la gente de tu edad. Deberías ir a fiestas y viajes en coche para ver partidos de fútbol y…

—Puede que sea una opción personal. No a todo el mundo tiene por qué gustarle ir a fiestas y a ver partidos.

—¿No te gusta ir a ver mis partidos? —preguntó, sorprendido.

Dejé caer los hombros. La expresión de su rostro me hizo sentirme avergonzada.

—Pues claro que sí. Solo creo que… tal vez somos diferentes.

—Oye, oye, oye… déjame que te frene ahora mismo. No me gusta adónde va a parar esta conversación. —Elliott se puso tenso y se formó una profunda arruga entre sus cejas. Le temblaban las manos y la boca.

—No era eso lo que quería decir. No me refiero a eso —dije sin querer pronunciar siquiera la palabra «romper». Elliott era mi mejor amigo. Lo único que recordaba de mi vida antes de que él regresara a Oak Creek era lo desgraciada que me sentía.

Sus hombros se relajaron y exhaló un suspiro.

—De acuerdo —dijo, asintiendo—. Bien. —Me tomó de la mano y me llevó adentro, buscando un sitio en la zona común.

Nos sentamos y él abrió la bolsa de la comida para darme mi perrito caliente. Miró su reloj.

—Dentro de seis minutos sonará el primer timbre.

Asentí mientras retiraba el envoltorio de la comida y daba un bocado. No había recuperado el apetito, pero sabía que Elliott se pondría insoportable si no comía. En cuanto la jugosa carne, la salsa y el queso derretido entraron en contacto con mi lengua, me alegré de haberlo hecho: era lo mejor que había probado en mi vida. A mi padre no le gustaba comer fuera, y después de que muriera, no podíamos permitírnoslo. A veces me daba el lujo de comprarme algún que otro helado en verano, sobre todo para salir de casa, pero el Sonic estaba demasiado lejos del Juniper, y ahora tendría que descubrir cómo preparar aquel delicioso plato en casa para poder comerlo de nuevo.

—Oh, Dios mío… —exclamé, dando otro generoso mordisco.

Elliott sonrió.

—¿Nunca habías comido un perrito con chile y queso?

Tragué saliva.

—No, pero ahora es mi plato favorito. ¿Quién iba a decir que un perrito caliente podía transformarse en un manjar delicioso con solo aderezarlo con una cucharada de chile y un poco de queso derretido?

Di otro mordisco, emitiendo un murmullo de placer mientras masticaba.

Tomé el último bocado y me recosté en la silla, sintiéndome llena y eufórica.

—¿Qué es eso? Nunca había visto esa expresión en tu cara —comentó Elliott, al parecer, tan feliz como yo.

—Eso es el efecto de la grasa y el sodio llenándome el estómago. Y no tener que lavar los platos después.

La sonrisa de Elliott se desvaneció y se inclinó hacia delante con cautela.

—¿Por qué no me dejas ayudarte los fines de semana? Trabajas demasiado, Catherine... No voy a juzgarte. No importa qué es lo que no quieres que vea, no va a cambiar en nada el concepto que tengo de ti.

—La verdad es que... —Hice una pausa. Lo que quería decir nos llevaría por unos derroteros por los que no podía ir—. No puedes.

Elliott tensó la mandíbula. No lo había visto enfadado desde que teníamos quince años; de hecho, era una de las personas más pacíficas y pacientes que había conocido en mi vida, pero mi resistencia a dejarlo entrar en mi casa estaba haciendo mella en él.

—¿Qué era lo que ibas a decir realmente?

Sonó el timbre y sonreí, poniéndome de pie.

—Será mejor que me vaya. El señor Simons me retorcerá el cuello si llego tarde otra vez.

Elliott asintió, frustrado.

Corrí a mi taquilla y luego seguí el pasillo C hacia mi clase de fisiología. El segundo timbre sonó justo cuando me estaba sentando, y el señor Simons me miró antes de volver a concentrarse en su carpeta.

—Hola —dijo Madison, deslizándose en la mesa situada a mi lado. Normalmente era Minka quien se sentaba allí, así que me sorprendió oír una voz diferente y más agradable procedente de esa dirección—. Siento mucho lo de hoy. Es que estábamos los dos tan emocionados de que vinieras a almorzar con nosotros... que nos hemos dejado llevar.

Arqueé una ceja.

—¿Emocionados?

Se encogió de hombros.

—Eres una persona normal, lo entiendo. No deberíamos tratarte como algo extraordinario, pero todo el mundo siente mucha curiosidad por ti, y tú eres tan reservada... que todos se pasan el día haciendo especulaciones. Y hay algunas historias descabelladas circulando por ahí sobre ti.

—¿Sobre mí?

—Sí —dijo ella con una risita—. Te prometo que la próxima vez no seremos así. Elliott esperaba que pudieras ir conmigo en coche al partido. Su madre no ha podido pedir permiso en el trabajo y sus tíos no pueden ir, así que...

—Ah —dije. No me había dado cuenta de que nadie estaría allí para ver jugar a Elliott, y que jugaría contra sus antiguos compañeros de Yukon. Iba a estar sometido a mucha presión y necesitaba que alguien estuviera allí—. Oh, mierda... —exclamé, tocándome la frente—. Este viernes es dieciséis de noviembre.

—¿Sí? —dijo Madison, aleteando sus largas pestañas.

Me tapé los ojos con la mano y lancé un gemido.

—Es el cumpleaños de Elliott. Soy lo peor... Con razón estaba tan dolido...

—¡Tienes razón! Tienes que ir al partido. Tienes que ir.

Asentí.

—Te has equivocado de asiento —dijo Minka con un gruñido.

Madison levantó la vista y puso cara de pocos amigos.

—¿Qué te pasa? ¿Eres una niña pequeña? ¿No puedes esperar cinco segundos mientras termino la conversación con mi amiga?

Minka me miró fijamente.

—¿Tu amiga? —exclamó, escéptica.

Madison se levantó y clavó los ojos en Minka.

—Sí, ¿pasa algo?

Minka se sentó y me lanzó una última mirada antes de agazaparse en su asiento. Me dieron ganas de chocar la palma de la mano con Madison, pero me conformé con una sonrisa de agradecimiento. Me guiñó un ojo y luego se encaminó hacia su mesa, al fondo de la clase.

—Por favor, abrid vuestros libros de texto por la página ciento setenta y tres —dijo el señor Simons—. La guía de estudio estará disponible en línea esta noche, y el examen es el viernes. No olvidéis que el trabajo sobre la atrofia muscular es para el lunes.

Aparte del trabajo para el señor Simons, tenía que hacer deberes para otras tres clases, además de las tareas en el Juniper y el partido. No estaba segura de poder encontrar tiempo para todo, pero Elliott me necesitaba.

Me volví hacia Madison y esperé a que me mirara para levantar el pulgar y articular con los labios: «Cuenta conmigo». Aplaudió en el aire, sin hacer ruido, y me di media vuelta, sonriendo. Iba a ser un equilibrio delicado, tener amigos y mantener la actividad del Juniper en privado, pero por primera vez sentía que era posible.

Capítulo 18

Elliott

Los frenos del Chrysler chirriaron cuando se detuvo frente a la mansión de los Calhoun. Catherine estaba sentada a mi lado en el asiento, aparentemente satisfecha con tener su mano entrelazada con la mía. Casi todos los adolescentes estaban estresados en su último año de instituto, pero por la presión de las solicitudes de ingreso en la universidad, las puntuaciones del examen de acceso y por el temor de que los birretes y las togas no llegaran a tiempo para la ceremonia de graduación. Catherine, en cambio, estaba atrapada dentro de algo infinitamente más oscuro. Lo único que yo quería era salvarla, o facilitarle la vida de alguna manera, haciéndosela más soportable, pero ella no se dejaba. Llevaba tanto tiempo sacándose las castañas del fuego ella sola que yo dudaba si sabría dejar que otra persona la ayudara.

Pero tenía que intentarlo.

—Te lo advierto: este fin de semana toca la segunda práctica de autoescuela —dije, apretándole la mano.

El amago de una sonrisa le curvó las comisuras de los labios hacia arriba.

—¿De verdad?

—Vas a cumplir los dieciocho dentro de unos pocos meses, y solo has conducido una vez.

Catherine miró al Buick del señor Calhoun. Llevaba aparcado en el mismo sitio desde el día que me marché, el día en que se llevaron al señor Calhoun en una ambulancia y nunca regresó a casa. La hierba había crecido alrededor de su coche y se había marchitado durante dos veranos, y dos de los neumáticos estaban desinflados.

—No sé por qué te empeñas tanto en que aprenda a conducir. No tengo coche —me dijo Catherine.

—Estaba pensando más bien en poder turnarnos para conducir cuando empecemos nuestro viaje. Solo necesitamos un coche para eso.

—¿Cuando empecemos nuestro viaje?

—Después de la graduación. ¿Recuerdas? Hablamos de eso antes de tu primera clase de conducir. Creía que estábamos los dos de acuerdo… Que era algo así como… ¿si lo hubiésemos grabado en piedra? —Me molestó que hubiera tenido que preguntarlo.

—Sí, lo sé, pero lo más probable es que te vayas a la universidad, y hace mucho tiempo que no te veo con tu cámara…

Señalé hacia la parte de atrás y ella se volvió y vio la bolsa de mi cámara en el asiento.

—¿Sigues tomando fotos? —preguntó.

—Montones.

—Entonces, ¿eres una especie de *paparazzi ninja*? Da un poco de miedo, la verdad…

—Fotografío más cosas aparte de sacarte fotos a ti —dije con una sonrisa.

—¿Como qué?

—El entrenamiento de fútbol, a los chicos del autobús de atletismo, las hojas, los árboles, los insectos, los bancos vacíos, a mi tía cocinando… lo que sea que me llame la atención.

—Me alegra saber que no soy la única a la que espías…

—Tú sigues siendo mi tema favorito.

—Tal vez puedas estudiar fotografía en la universidad, ¿verdad? No es que no seas bueno, pero si te gusta tanto, deberías estudiar más.

La sonrisa se desvaneció de mi rostro. No estaba seguro de si iba a ir a la universidad o no.

—El entrenador ha dicho que va a haber algunos ojeadores en el partido contra Yukon. Todo el equipo está enfadado conmigo por haberlos dejado para venir a Oak Creek. La cosa se pondrá muy muy fea. De entre todos los partidos, tenía que ser este el que van a ver los ojeadores...

—Le dije a Maddy que iría con ella.

Busqué alguna señal de que estaba bromeando.

—¿Me tomas el pelo?

—¡No! Yo no haría eso.

Sentí un alivio inmenso al oír aquello. Catherine no podía hacer nada para evitar el infierno al que me iban a someter los jugadores del Yukon en el campo, pero saber que ella estaría allí animándome me ayudaría a enfrentarme a ellos.

—¿De verdad vas a ir con Maddy? ¿Sabes que mi tía y mi tío no pueden ir?

—Maddy me lo dijo.

—Así que vas a ir.

—Es tu cumpleaños. Voy a ir.

Una amplia sonrisa se extendió por mi rostro.

—¿Te has acordado?

—Eres escorpio y yo soy acuario. Eso significa que somos fatales el uno para el otro. Estoy segura de que memoricé todo ese verano, pero sobre todo eso.

La miré con asombro, sacudiendo la cabeza para luego tomar su cara en mis manos y plantarle un beso suave en los labios. Me incliné hacia delante, con la frente pegada a la suya. Ella tenía que quererme. No podía ser de otro modo. Cerré los ojos.

—Prométeme una cosa.

—¿Qué? —preguntó.

—Por favor, deja que esto sea algo que perdure. No como nuestros padres. Que no sea algo banal. No quiero ser el novio del instituto sobre el que hablarás a tus amigos cuando seas una mujer ya adulta.

—Creo que ves mi futuro con demasiado optimismo, dando por sentado que tendré amigos.

—Tienes amigos. Muchos amigos. Gente que te adora, como yo.

Levantó la barbilla para besarme una vez más antes de accionar el tirador de la puerta. Se quedó atascado, así que extendí la mano y empujé con la fuerza necesaria para lograr que se abriera.

La agarré del brazo con delicadeza, impidiéndole que se bajara todavía. El Chrysler era nuestro espacio de intimidad, un lugar al que las fuerzas externas no podían acceder. Me sentía más conectado a ella allí dentro, y con el coraje suficiente para decirle lo que tuviera en mi mente.

—Te quiero, Catherine.

Le brillaban los ojos.

—Yo también te quiero.

La puerta se cerró, y la vi cruzar la verja y subir los escalones. Hizo una pausa antes de entrar y se volvió para despedirse.

Capítulo 19

Catherine

Me detuve en el porche y dije adiós a Elliott con la mano. Todavía no eran ni las cuatro, pero el sol ya estaba bajo en el cielo. No quería entrar, así que seguí despidiéndome de él durante largo rato. No quería que se preocupara más de lo que ya estaba, pero seguí allí, retrasando descaradamente el momento de tener que entrar en la casa.

Los días eran más cortos y por las noches ocurrían cosas muy turbias en el Juniper. Los huéspedes pasaban más tiempo levantados, caminando por los pasillos, sin poder dormir, susurrándose unos a otros planes para mantener abierto el negocio y retenerme allí. A medida que transcurrían los días, más inquietos estaban, preocupados por el futuro del Juniper y por lo que sucedería si intentaba irme.

Miré a Elliott mientras me decía adiós con la mano, esperando a que estuviera «a salvo» dentro de la casa, porque no conocía mi realidad aterradora. Si le contaba todo lo que había tenido que pasar y por lo que estaba pasando en aquel momento, me creería. Si se lo contaba, él me pondría a salvo, pero no estaba segura de poder hacer lo mismo por él. La verdad solo conseguiría atraparlo, como me había atrapado a mí. No podría decírselo a nadie; no podía luchar contra ello. No tendría más remedio que quedarse mirando impotente al margen, tal como estaba haciendo ahora. Contárselo no cambiaría nada.

Abrí la puerta lo bastante para que Elliott arrancara el coche y se fuera, y sentí una nostalgia abrumadora mientras veía el Chrysler alejarse calle abajo. Una lágrima afloró a mis ojos. Estaba pasando por alto lo inevitable, disfrutando egoístamente de mi tiempo con Elliott mientras pudiese. Después de la graduación él me dejaría —otra vez—, porque yo no podría irme con él. Mamá no tenía a nadie más. La última vez fue culpa de su madre, esta vez sería mía.

Cuando se abrió la puerta, vi a Poppy, con su vestido favorito, sentada en el suelo, con la cara enterrada entre las manos.

—¿Poppy? —dije, arrodillándome a su lado—. ¿Qué pasa?

Me miró con los ojos húmedos.

—Hoy he intentado ayudar. Lo he intentado, y creo que he roto la lavadora.

Respiré hondo, tratando de no dejarme dominar por el pánico.

—Enséñame a ver.

Poppy se puso de pie y me llevó de la mano al cuarto de la lavadora. Había agua y espuma por todas partes, y la máquina estaba en silencio. Alargué el brazo por detrás para cerrar el agua y luego miré dentro del tambor. Las toallas que antes eran blancas ahora eran rosadas, mezcladas con el suéter rojo favorito de mamá, el que se suponía que debía lavarse a mano.

Me presioné la frente con los dedos.

—Madre mía… Bueno, prioridades… Lo primero, la fregona.

Poppy salió corriendo y, en cuestión de segundos, me trajo la fregona y un cubo.

—Poppy…

—Lo sé. No debo ayudar más.

—Ya hemos hablado de esto. Cuando estés aquí, tienes que esperarme.

Poppy asintió, con el dedo en la boca.

—Lo siento.

—Y cuéntame, ¿qué más has estado haciendo hoy? —pregunté con la esperanza de que me hablara mientras yo trabajaba. Puse las toallas secas en los cestos de la ropa y luego separé las prendas mojadas.

—¿Cómo vas a arreglarlo? —preguntó.

—Creo... —mascullé—, que solo con apretar un poco más el tubo del desagüe... ya debería estar arreglado. Ojalá Elliott... —Me callé.

—¿Quién es Elliott?

Sonreí.

—Elliott es un amigo.

Poppy frunció el ceño.

—¿El chico de la cámara?

—Sí, el del jardín trasero. Había olvidado que estabas allí ese día. —Me levanté y estiré la espalda—. Bueno, ¿dónde crees tú que estará la llave inglesa?

Busqué en los armarios de la cocina y del trastero y al final encontré la caja de herramientas en el armario junto a la lavadora. Separé el electrodoméstico de la pared y, después de unas cuantas vueltas con la llave inglesa, abrí el agua y luego la lavadora, y vi cómo se llenaba sin inundar todo el suelo.

Poppy aplaudió.

—¿Lo ves? No necesitabas a Elliott.

—Supongo que no —dije, soplando para apartarme un mechón de pelo de la cara—. ¿Sabes qué deberíamos hacer ahora?

Poppy negó con la cabeza.

La abracé.

—Deberíamos leer *Alicia en el país de las maravillas.*

Poppy dio un paso atrás y se puso a dar saltos, aplaudiendo de nuevo.

—¿De verdad?

—Sí, y luego tendré que hacer un trabajo para clase.

—¡Iré a buscar el libro! —dijo Poppy, dejándome sola en el cuarto de la colada.

—¿Ese trabajo no era para el lunes? —preguntó mamá desde la cocina.

Me sequé la frente.

—Sí, pero… quería hablar contigo del viernes por la noche. Elliott tiene un partido. Juega fuera.

Mamá no respondió, así que me asomé a la cocina. Lucía mejor aspecto que la noche que la había encontrado en el sótano. Parecía descansada y tenía color en las mejillas.

—¿Mami?

—Ya te he oído. Dijiste que tenías un trabajo para el lunes. —Estaba ocupada guardando los platos, evitando mirarme a la cara.

—Pensaba empezarlo esta noche para así tenerlo terminado a tiempo.

—¿Qué hay del resto de tus deberes?

—Los haré todos.

—¿Y el Juniper?

Me retorcí las manos, nerviosa, hurgándome en los dedos hasta que reuní el coraje suficiente para contestar.

—Me gustaría tener libre la noche del viernes.

Mamá tardó un minuto largo en responder. Yo sabía que Duke estaba cerca, así que esperaba que no se enfadara, porque sus gritos llamarían su atención. No sería la primera vez que intentara impartirme un poco de disciplina en vez de hacerlo mamá.

—Si me dices qué es lo que necesitas que haga, puedo intentar terminarlo el jueves por la noche. Y el viernes por la mañana antes de clase.

Ella apartó la mirada, negando con la cabeza.

—Mami…

—Escúchame, Catherine. Sabía que ese chico traería problemas la primera vez que hablaste de él. Te pasaste dos años enteros llorando por los rincones de esta casa después de que se fuera, y ahora que ha regresado has caído de nuevo en sus garras. Te está utilizando. En cuanto se gradúe, se irá de aquí y no mirará atrás.

—Eso no es verdad.

—Tú no sabes nada.

—Sé que me ha pedido que me vaya con él después de la graduación. Quiere viajar por el mundo, mami, y quiere que yo le acompañe. Él… él me quiere.

Me dio la espalda y soltó una risita, la risa burlona y aterradora que soltaba justo antes de perder los nervios. Pero esta vez se quedó callada, y eso me daba más miedo que Duke.

—No te irás —dijo al fin—. Ya lo hemos discutido.

—¿Quiénes lo habéis discutido?

—Los huéspedes y yo. La otra noche. Lo decidimos.

—¿Que lo decidisteis? Mami —supliqué—, ¿de qué estás hablando? Los huéspedes no pueden decidir eso por mí. Tú no puedes decidir eso por mí.

—Te quedarás aquí.

—El partido solo está a hora y media en coche de aquí —dije con tono implorante.

—Después de la graduación te necesito aquí. No puedes irte.

Todo lo que quería decirle se quedó atrapado en mi garganta tras años de frustración y soledad reprimidas. Ella sabía lo que había pasado, lo desgraciada que me sentía en el Juniper, pero no le importaba. No podía, porque la alternativa era hundirse con aquel barco. Dejé caer los hombros. Una parte de mí esperaba que ella me liberara y me dijera que fuera.

—No me iré después de la graduación, mami. Ya lo he decidido.

Mamá se volvió, retorciendo el delantal en sus manos con lágrimas en los ojos.

—¿Lo has decidido?

Asentí, y mamá cubrió los pocos pasos que nos separaban para envolverme en sus brazos, con los hombros temblando con cada sollozo.

—Gracias, Catherine. Les dije que no nos dejarías. Lo sabía.

Me aparté.

—¿A quién? ¿A quién se lo dijiste?

—Ya sabes… a los huéspedes. Salvo a ese tipo, a Bill. No creo que vuelva —dijo casi para sí misma—. Althea es la única que piensa que es una buena idea que te vayas.

—¿Bill?

Hizo un ademán para quitarle importancia al asunto.

—El señor Heitmeyer. Estaba hecho una furia cuando se fue. Es de los que necesitan una ducha fría. No sé a santo de qué venía armar tanto alboroto. —Me sujetó de los hombros—. Catherine, tú eres la que mantiene este sitio en pie. Tú nos mantienes unidos. Si no fuera por ti, no podríamos continuar así.

Fruncí el ceño, dejando que mi cerebro acabase de asimilar sus palabras.

—Me tomo la noche del viernes libre.

Mamá asintió con la cabeza.

—Está bien. Me parece justo. Pero… recuerda que has prometido no marcharte.

—Ya sé lo que he dicho.

La dejé y me fui arriba, recogiendo mi mochila por el camino. Me llamó la atención un destello de negro y pasé de largo por delante de mi dormitorio y de las habitaciones para asomarme a la esquina. Había una maleta de cuatro ruedas con el mango completamente extendido al lado de la escalera que conducía a la habitación de mamá. Revisé la etiqueta de identificación del equipaje, rezando para que no fuera verdad.

WILLIAM HEITMEYER
674 OLEANDER BOULEVARD
WILKES-BARRE, PENSILVANIA
18769

Contuve el aliento y me alejé de la maleta. Había dos hileras de maletas en el sótano, todas con diferentes nombres. La del señor Heitmeyer se sumaría a la pila de las cosas que se dejaba la gente, así era como las llamaba mamá. La cabeza empezó a darme vueltas, y sentía una opresión en el pecho. La gente no se dejaba cosas así, sin más. Yo ya no lo creía. No desde que Elliott regresó.

—¿Catherine? —dijo Althea.

Me sobresalté y luego me llevé la mano al pecho.

—Ah. Althea. ¿Tú, mmm...? ¿Sabes tú algo de esto? —le pregunté, señalando la maleta.

Althea la examinó y luego me sonrió.

—No. ¿Quieres que le pregunte a tu madre cuando la vea?

—No, está bien. Ya le preguntaré yo, gracias.

Me fui a mi habitación.

—¿Todo bien, tesoro?

—Todo bien. Avísame si necesitas algo —le dije.

—Tú también —me respondió.

Percibí la incertidumbre en su voz, y estaba segura de que mi comportamiento le parecía extraño, pero era mejor no arrastrar a Althea a ninguna actividad sospechosa. Althea era la única roca sólida a la que agarrarme dentro de las paredes del Juniper, y no quería que se involucrara en lo que fuera que significase aquella maleta.

Los cuatro libros dentro de mi mochila cayeron sobre mi cama con un ruido sordo, y me senté en ella. Cinco minutos después, Poppy todavía no había venido para que le leyera. Me alegré, tenía mucho que hacer antes del partido. La reunión de aquella noche en la que oí a los huéspedes reunidos en una habitación, hablando con voces asustadas, dominados por el pánico, era para hablar de mí, y resultaba inquietante descubrir que yo era la razón. Me pregunté si sería la primera y si habría más.

Sabiendo que todos ellos tenían tanto interés en evitar que me fuera, no me quedaba otro remedio que preguntarme qué habrían planeado para mí.

Abrí mi libro y saqué un bolígrafo del bolsillo delantero de la mochila. La señora Faust quería un análisis literario de quinientas palabras sobre Grendel, cosa que no sería tan difícil si no hubiese tenido que hacer además el trabajo sobre atrofia muscular, dos hojas de deberes para el señor Mason y otras tareas de geometría. La buena noticia era que no tenía que entregar nada de eso hasta el lunes. Estaba demasiado agotada para concentrarme, por lo que mi nuevo plan era echar una cabezadita antes de sumergirme en los poderes sobrenaturales de Grendel, y en cómo su odio hacia los daneses lo llevó a su destrucción.

Alguien llamó a mi puerta y parpadeé, con la cabeza casi demasiado pesada para moverme.

—¿Quién es? —pregunté.

—Soy yo —dijo mamá.

Me incorporé.

—La maleta del pasillo…

—Hay unas chicas preguntando por ti en la puerta.

—¿Unas chicas? —pregunté, haciendo énfasis en el plural.

—Sí, unas chicas. Venga, no seas maleducada y no las hagas esperar.

—¿Han entrado?

—No, tonta. Están en el balancín del porche.

Mi curiosidad me ayudó a levantarme de la cama y bajar las escaleras hasta el porche. No debería haberme sorprendido que Presley y sus clones estuvieran allí, tal como había dicho mamá.

—¿Qué queréis? —les pregunté.

Presley tomó impulso con el pie para mecerse en mi balancín, el mismo en el que me sentía tan segura con Elliott. Me irritó que estuviera manchando ese recuerdo.

—¿Por qué estás tan enfadada, Kit Cat? Solo estamos aquí para hablar. —Esperé sin decir nada, sabiendo que seguiría hablando tanto si se lo pedía como si no—. Hemos oído que vas a ir al partido del viernes. ¿Es verdad?

—Eso no es asunto tuyo —dije.

Presley soltó una risita y sus clones la imitaron. Anna Sue, Tara, Tatum y Brie iban todas envueltas en sus abrigos, y unas bocanadas de aire blanco salían despedidas de sus bocas mientras se reían. Me di cuenta de que tenía frío, estando fuera con solo una camiseta de manga larga y unos vaqueros.

Anna Sue se levantó y se puso a dar vueltas a mi alrededor, interponiéndose entre la celosía y yo. Permanecí con la espalda pegada a la puerta, sin saber muy bien lo que estaban planeando.

Anna Sue tiró de uno de sus rizos rubio platino.

—Tú y Elliott hacéis tan buena pareja… Cuéntanos… ¿cómo pasó?

Fruncí el ceño.

—¿Fue idea suya que vayas a Yukon? ¿O de Madison y Sam? —preguntó Presley. Cuando se dio cuenta de que no pensaba contestarle, pasó a la siguiente fase de ataque—. ¿Sabes que Elliott se perdió una fiesta increíble el fin de semana pasado? Tatum le pidió que fuera, pero él se negó a ir sin la pobre princesa Catherine.

—No me llames así —espeté.

La sonrisa de suficiencia de Presley empezaba a agotar mi paciencia.

—¿Te ha dicho por qué te adora? Se lo ha dicho al equipo de fútbol. Se lo explica a sus amigos cuando se burlan de él.

—La verdad es que es muy triste —dijo Tatum. Tenía la mirada fija en un punto detrás de mí, perdida en alguna parte. Sentía verdadera lástima por Elliott.

—¿Qué queréis? —pregunté de nuevo.

—Solo hemos venido a advertirte —dijo Presley, poniéndose de pie—. Por lo visto, Madison está entusiasmada por que el bicho raro de Catherine vaya a ir con ella en coche al partido de mañana, porque se lo dice a todo el que le pregunta. Fue el tema del día después de clase. Ya sé que no tienes móvil, pero saliste en el chat del grupo, y solo se hablaba de ti y Madison. De las dos. —Presley se acercó a mí—. Y me dijo que cerrara la puta boca.

—Ve al grano, Presley. Tengo cosas que hacer —gruñí.

—Lo que quiero decir —dijo, acentuando la última sílaba— es que te espera una sorpresa en Yukon.

—Una sorpresa muy muy especial —añadió Tatum con una sonrisa.

—Me muero de ganas de verte allí —comentó Tara, volviéndose para seguir a una sonriente Presley hasta la verja.

—Así que no te la pierdas —dijo Anna Sue antes de seguir a sus amigas.

—¿En serio? —exclamé.

Las cinco chicas se volvieron.

Estaba cansada, iba atrasada con mis deberes y las tareas domésticas, y habían venido a mi casa para amenazarme.

—¿Me estáis amenazando? ¿Estamos hablando de una pelea o de una situación tipo Carrie? —pregunté.

Presley se cruzó de brazos.

—Ya lo descubrirás.

Bajé un peldaño y luego otro, sintiendo la presencia del Juniper a mi espalda.

—No me asustas, Presley. Nunca me has asustado. Voy a ir al partido.

—Bien —dijo con una sonrisa—. Sería una pena que no vinieras.

Salieron por la puerta de la verja y esta resonó tras ellas. Las clones se amontonaron en el Mini Cooper de Presley y luego se marcharon, charlando y riendo como si acabaran de salir de un parque de atracciones.

Me di media vuelta, empujé la puerta y corrí escaleras arriba para lanzarme boca abajo encima de la cama. No me salían las lágrimas, sino que, en vez de eso, una intensa rabia brotó en mi interior, un sentimiento que no había experimentado desde que pensé que Elliott se había ido sin decir adiós.

Un ligero golpe en la puerta precedió a un largo y prolongado chirrido de bisagras, mientras quienquiera que hubiese llamado la abría.

—¿Tesoro? —dijo Althea con su voz sosegada y sonora—. ¿Esas chicas te están molestando?

—No —dije con la cara enterrada en mi edredón.

Althea puso su cálida mano sobre mi espalda.

—Dios santo, estás helada, pequeña... ¿En qué estabas pensando, saliendo ahí fuera sin abrigo?

—No sé. No sentía el frío —dije. Quería estar sola, pero Althea siempre había sido buena conmigo. No quería herir sus sentimientos.

Me acarició la espalda un momento y luego habló de nuevo:

—¿Qué te han dicho?

—Que si voy al partido, me harán algo.

—¿Te han amenazado? ¿Han venido aquí, a nuestra casa, y han amenazado a mi Catherine? Oh, no. Eso no puede ser...

Me incorporé, arrugando la frente.

—Sí, eso han hecho.

—¿Y qué has hecho tú? ¿Sabes qué? No importa. Voy a ir directamente a hablar con sus madres y... —Vio mi expresión e inspiró hondo, sonriendo mientras me tocaba el pelo—. Tienes razón. Sé que tienes razón. Puedes ocuparte de esto tú sola.

—¿Althea?

—¿Sí, cielo?

—Mamá me ha dicho que la otra noche tuviste una reunión con los otros huéspedes. Me ha dicho que hablasteis de mí.

Althea presionó las palmas de sus manos contra su falda, con gesto incómodo.

—Así que eso te ha dicho, ¿verdad? Ojalá no lo hubiera hecho.

—¿Por qué estabais haciendo una reunión para hablar de mí?

Althea me tocó la mejilla con su mano cálida y sonrió con afecto maternal.

—No te preocupes por nada, ¿me oyes? Nosotros nos encargamos de todo.

—¿De qué? ¿De qué os vais a encargar?

—De cómo mantener este lugar en funcionamiento. No somos muchos, pero dependemos del Juniper. Estamos trabajando todos juntos.

—Pero ¿por qué estabais hablando de mí?

—Porque tú formas parte de ello, cariño.

—Pero... mamá dijo que tú no creías que debería quedarme.

—Yo no —dijo, jugueteando con su vestido de nuevo—. Pero lo sometimos a votación. Ahora mi tarea consiste en asegurarme de que seas feliz aquí.

Le sonreí.

—¿No es esa mi tarea?

Los ojos de Althea se llenaron de lágrimas de felicidad y me besó en la mejilla.

—Dios mío. Mira lo que has hecho. —Rebuscó en su bolsillo y sacó un pañuelo. Se inclinó y me tocó la rodilla—. Irás a ese partido y les demostrarás a esas chicas que no pueden asustarte. Elliott es un buen chico. Él cuidará de ti.

—Dice que me quiere.

—¿Te quiere? —Dejó escapar un suspiro—. Claro, ¿cómo no iba a quererte?

Me senté en la cama, viendo a Althea serenarse. Se dirigió a mi tocador y tomó la caja de música en sus manos para darle algunas vueltas a la manivela antes de despedirse con la mano y cerrar la puerta tras ella. Me recosté, mirando hacia el techo, dejando que se me fueran cerrando los ojos al son de la familiar melodía.

Capítulo 20

Catherine

Madison solo había conducido cuarenta y cinco minutos cuando empezó a ponerse el sol. El pronóstico del tiempo había anunciado aguanieve para el camino de vuelta, pero cuando faltaban apenas quince minutos para llegar a Oklahoma City, unas bolas diminutas de color blanco empezaron a golpear el parabrisas.

—No te preocupes —dijo Madison—. Mi padre me ha hecho llevarme todo un arsenal de ropa de supervivencia para invierno; está en la parte de atrás.

—¿De verdad es la primera vez que conduces para ir a un partido fuera de la ciudad? —le pregunté.

—Sí —dijo tímidamente—. Normalmente voy con mis padres, pero ahora que te tengo a ti para acompañarme…

Sonreí. Sentirse necesitada era agradable.

—Gracias por invitarme. Ni yo misma sabía que quería ir.

Ella se encogió de hombros sin apartar la vista de la carretera.

—Tú trabajas mucho. Tienes más responsabilidades que la mayoría de nosotros. Solo te recordaré que me acompañes de vez en cuando. Vamos, si te parece bien. No sé, puede que ni siquiera te caiga bien.

Me reí.

—Me caes bien.

—Estupendo. —Sonrió—. Eso está muy bien. No tengo muchos amigos. La mayoría de la gente piensa que soy... peculiar.

—Yo también.

Madison era un soplo de aire fresco. Me recordaba a cómo me hacía sentir Elliott: relajada y normal. Él tenía razón sobre lo de presentármela, y me pregunté si no me conocería mejor de lo que yo misma imaginaba.

Madison soltó una exclamación y alargó la mano hacia la radio. Subió el volumen y meneó la cabeza.

—Ah, me encanta esta canción.

Sonreí y me recosté hacia atrás, cerrando los ojos. La música fluyó a través de los altavoces y también dentro de mí. El buen humor de Madison era contagioso, inundando el reducido espacio y haciendo que las comisuras de mi boca se curvaran hacia arriba. Empezó a reír, sin motivo aparente, tanto que yo también hice lo mismo. Nuestras risitas se convirtieron en carcajadas a mandíbula batiente, hipidos e intentos frustrados por parar. Madison se secó las lágrimas, y sus dedos y los limpiaparabrisas tuvieron que esforzarse más de lo normal para que pudiera ver.

—¿A qué ha venido eso? —pregunté, todavía riéndome.

—No sé —dijo ella.

Contuvo el aliento y se le escapó una risa de nuevo, y después de eso las dos empezamos a reírnos otra vez. Después de cinco minutos de risa incontrolable, el tráfico de Oklahoma City se incorporó a la vía y Madison se secó las mejillas, concentrándose en la carretera.

—Hacía mucho tiempo que no hacía eso. Desde que era pequeña. Ha sido genial, pero también raro —dije.

—¿Como si por reírte tan fuerte te dieran ganas de llorar?

Asentí.

—¡Oh, Dios mío! Pensaba que solo me pasaba a mí. Yo estoy agotada después. Casi deprimida.

—Sí, yo también —dije.

A Madison le tembló el labio inferior.

—¿Seguirás siendo mi amiga si lloro?

Asentí con la cabeza, y las lágrimas empezaron a resbalar por su rostro. Sofocó un sollozo, y sentí que mis ojos empezaban a humedecerse. Lo cierto es que no había llorado en años, y ahí estaba, con Madison, prácticamente una extraña, permitiéndome mostrar vulnerabilidad.

Me miró.

—Es bonito ser rara en compañía.

Solté una carcajada.

—Sí, eso parece.

—Tú vives con mucha gente. No debes de sentirte nunca sola.

—Pues la verdad es que sí.

Madison miró hacia delante y el labio empezó a temblarle de nuevo.

—Yo también. No se lo digo a nadie. Por favor, no se lo digas a Sam. Eso le pondría muy triste.

—¿Por qué?

—Porque hasta ahora él ha sido mi único amigo. Le preocupa que esa sea la única razón por la que estoy con él.

—¿Y lo es?

—No. —Negó con la cabeza y se volvió hacia mí, sonriéndome con los ojos húmedos—. Lo quiero. Desde que teníamos once años. —Hizo una pausa—. ¿Sabes qué? Creo que Elliott también te quiere.

Asentí, mirándome las manos, entrelazadas en mi regazo.

—Eso dice.

—¿Te lo ha dicho? —preguntó con la voz una octava más alta—. ¿Y tú se lo has dicho a él también?

—Sí —dije con una sonrisa, esperando que me juzgara. No formuló ningún juicio.

—Entonces por fin puedo decirte... Habla de ti a todas horas. —Puso los ojos en blanco—. En clase de geografía. Y en la de literatura. Antes de que lo perdonaras por fin, era peor.

—Ah, ¿te ha contado eso?

Negó con la cabeza.

—Solo que estaba intentando pedirte perdón, pero tú no querías perdonarle. Le pregunté la razón, pero no me la dijo. Aunque tú puedes contármelo, si quieres.

Solo lo decía medio en broma, pero era bonito tener a alguien con quien hablar. Y de aquello podía hablar sin temor a las consecuencias.

—Lo conocí el verano después del primer año de instituto.

Sonrió.

—Esa parte sí me la contó.

—Pasamos casi todos los días juntos después de eso. Yo sabía que él se iría en algún momento, pero entonces mi padre murió. Elliott tuvo que irse. No le dejaron despedirse de mí, pero yo no lo sabía en ese momento.

—Ay, Dios... ¿Creíste que vio que tu padre había muerto y se largó sin más?

Asentí.

—Estaba hecho polvo. Vino aquí por ti, eso lo sé.

—¿Y...? —Me interrumpí, sin saber muy bien hasta dónde llegar. Madison esperó pacientemente, y me hizo sentir cómoda para seguir hablando—: ¿Alguna vez te dijo por qué?

Madison soltó una carcajada y se tapó la boca.

—Pues por ti, tonta.

—No, eso ya lo sé. Pero ¿por qué yo?

—¿No lo sabes? —Negué con la cabeza—. Huy. No, no. No voy a ser yo quien te lo diga. Tendrás que preguntárselo a él.

—Ya lo he hecho. No quiere decírmelo.

Madison me miró con gesto de comprensión.

—¡Ay! No me puedo creer que no te lo haya dicho. ¡Es tan tierno...!

Traté de no sonreír mientras imaginaba razones tiernas por las que yo le gustaba tanto a Elliott.

—Bueno, y ahora que hemos pasado por todas las emociones posibles, ya hemos llegado —dijo Madison, enfilando hacia la entrada del instituto.

Condujo despacio por el aparcamiento, tratando de encontrar un lugar donde aparcar. Tardó más tiempo de lo que Madison esperaba, pero al final encontramos una plaza libre en un rincón oscuro. Me bajé del coche y sentí que el frío me calaba los huesos. Empecé a temblar después de solo unos segundos.

—Este es un lugar perfecto para la sorpresa de Presley. Estoy pensando en sangre de cerdo. Espero que esté calentita.

Madison se cerró la cremallera de la chaqueta y entornó los ojos.

—No se atreverá.

—No sé —dije.

Madison se rio.

—No te preocupes. ¿Qué podría hacer?

—No lo sé, y creo que eso es precisamente lo que más me preocupa.

Madison se puso un gorro y guantes negros, y luego abrió la puerta del maletero de su 4Runner y sacó dos mantas gruesas. Me dio una con forro polar y luego entrelazó su brazo libre con el mío.

—Venga. Vamos a ver a nuestros chicos machacar a esos Yukon Millers y...

—¡Hola, Maddy! —dijo Presley, caminando con las clones.

Madison le respondió con una sonrisa igual de falsa.

—¡Hola! ¿Qué tal?

A Presley eso no le hizo ninguna gracia, y su sonrisa petulante se esfumó. Siguieron andando por el aparcamiento hasta la taquilla, y nos aseguramos de permanecer lo bastante lejos para no tener que volver a cruzarnos con ellas.

En el estadio ya reinaba un ambiente de gran expectación, con un ruido ensordecedor antes incluso de que llegáramos a la taquilla. Unas enormes pancartas con el nombre de Yukon Millers colgaban en casi todas partes, y las luces del campo perforaban el cielo nocturno.

Las botas de Madison resonaban sobre el asfalto con cada paso, recordándome la insistencia de Althea por que levantara los pies al caminar. Casi oía su voz en mi cabeza, y eso me hizo pararme en seco. No quería llevarlos conmigo, ni siquiera a Althea. Quería poder dejarlos a todos atrás cuando al fin lograba alejarme de ellos.

—¿Catherine? —dijo Madison, tirándome del brazo.

Pestañeé y me reí, disimulando que había estado como ausente unos minutos.

—¿Estás bien? —me preguntó con preocupación genuina en la voz.

—Sí —dije, dando un paso hacia delante. Ella echó a andar conmigo, con su brazo aún enganchado al mío—. Sí, estoy bien.

Nos detuvimos en la taquilla, mostramos nuestras tarjetas de estudiante, y la abuela de detrás de la ventanilla nos puso un sello en las manos con una sonrisa.

—Gracias —dije.

—Disfrutad de la derrota —nos deseó la abuela, con la sonrisa de un gato de Cheshire extendiéndose por su rostro arrugado.

Madison la miró boquiabierta y me la llevé de allí, conduciéndola a la puerta.

—¿Ha dicho…?

—Sí. Lo ha dicho —confirmé, deteniéndome al pie de los escalones que conducían a las gradas del lado visitante. La mitad ya estaba llena con el público de aficionados del equipo local, desbordando el aforo del estadio, pero había muchas gradas vacías y grupos esporádicos de padres.

Subimos los escalones y nos sentamos en la sexta fila desde el pasillo, lo más cerca posible del centro de los bancos de jugadores. Las animadoras estaban todas juntas de pie en la pista, delante de la banda, e iban vestidas con toda la parafernalia. Los músicos a cargo de las trompetas, las tubas y los tambores ya estaban ensayando, interpretando por separado una canción cualquiera de su repertorio.

Madison se frotó las manos enfundadas en sus guantes y luego advirtió mis manos desnudas. Me agarró los dedos, mirándome con los ojos muy abiertos.

—¿Te has dejado los tuyos en el 4Runner?

Negué con la cabeza.

—No, es que no tengo guantes. No pasa nada.

—¡No, claro que pasa! ¡Estamos a seis bajo cero! —Me levantó la manta y me metió las manos debajo, sosteniendo las suyas sobre las mías hasta que sintió que habían tenido suficiente tiempo para calentarse.

El director de la banda se situó al frente y sostuvo un cartel en alto. La sección de trompas emitió unas rápidas notas para practicar, y luego todos arrancaron con la misma escala. La voz del comentarista se oyó a través del sistema de megafonía, dando la bienvenida a los espectadores y agradeciéndoles que hubiesen desafiado al frío.

Madison y yo nos sentamos más cerca mientras el aire se filtraba dentro de nuestras mantas y abrigos, viendo cómo los Oak Creek Mudcats saltaban al campo al son del himno de nuestro instituto.

—¡Mira! ¡Allí están! —dijo, señalando a nuestros novios. Estaban en la banda, el uno al lado del otro, escuchando al entrenador Peckham.

Cuando el entrenador se alejó, Elliott se volvió y miró hacia arriba, a las gradas. Levanté la mano y los dedos índice, meñique y pulgar. Elliott hizo lo mismo y, como la última vez, sentí las miradas de todos aquellos que había en medio de nuestra línea de visión. Elliott se dio media vuelta, dando pequeños saltos, con su aliento resoplando en una nube blanca sobre su casco negro.

—Eso podría ser el gesto más tierno que he visto jamás —comentó Madison—. Con razón no llevas guantes... No podrías hacer eso con esto puesto —dijo, levantando una mano.

Incliné la cabeza, sintiendo cómo la vergüenza me teñía las mejillas de rojo, pero no pude dejar de mirar al número siete mientras se movía para conservar el calor de su cuerpo. Quizá por primera vez, me di cuenta de lo que significaba para él, y lo que significaba él para mí. El calor se extendió a mi pecho, y luego al resto de mi cuerpo. Ya no estaba sola.

—¡Vaya! —exclamó Presley desde unas pocas filas más arriba—. ¡Qué escena más dulce!

Madison se dio media vuelta y la miró aleteando las pestañas y sonriendo.

—¡Vete a la mierda, Presley!

—¡Madison Saylor! —gritó una mujer rubia sentada al lado de Presley.

—¡Señora Brubaker! —dijo Madison, sorprendida. Una risa nerviosa le salió de la boca—. Cuánto me alegro de verla. Así tal vez su hija no se comporte como una troll si está usted aquí.

Presley se quedó con la boca abierta y las clones hicieron lo mismo. La señora Brubaker la miró con expresión severa.

—Eso es intolerable —dijo, muy seria.

Madison se volvió y habló en voz baja:

—¿Está escribiendo un mensaje de texto?

Eché un vistazo por el rabillo del ojo.

—Sí.

Madison se agazapó y lanzó un gemido.

—Está enviándole un mensaje a mi padre. Van a nuestra iglesia.

—Yo soy la primera sorprendida. Siempre había pensado que eras muy tímida y discreta —dije.

—No, no lo soy. Es que nunca he tenido una amiga a quien tuviera que defender. ¿No es eso lo que hacen las amigas?

Le di un empujoncito con el hombro.

—Eres una muy buena amiga.

Me miró con cara de felicidad.

—¿Lo soy?

Asentí.

Sacó su teléfono y vio la alerta en la pantalla de que acababa de recibir un mensaje de su padre.

—Ha valido la pena —dijo, dejando su teléfono sin leer el mensaje.

Elliott, Sam, Scotty y Connor se dirigieron al centro del campo para encontrarse con los capitanes del equipo de Yukon. Lanzaron una moneda al aire y Elliott eligió cara o cruz. Fuese lo que fuese lo que dijo, el árbitro señaló a Elliott, y los pocos aficionados de Oak Creek que había en las gradas prorrumpieron en vítores. Elliott escogió recibir el balón, y volvimos a prorrumpir en gritos de júbilo. El sistema de megafonía reproducía música enlatada mientras los jugadores formaban en el campo y el equipo de Yukon se preparaba para lanzar a nuestro receptor. Hicimos un intento fallido de armar más jaleo que el equipo local.

Sam atrapó el balón y Madison gritó, aplaudiendo durante las sesenta yardas enteras en que permaneció en su poder.

Cuando Elliott salió al campo, sentí una extraña punzada en el estómago. Estaba preparándose para enfrentarse a sus antiguos compañeros de equipo, y me pregunté cómo debía de sentirse. La presión por ganar tenía que ser insoportable.

Elliott gritó unas palabras que apenas pude oír por culpa del ruido, y Scotty le pasó el balón. Elliott retrocedió unos pasos y, al cabo de unos segundos, lanzó una espiral perfecta hacia uno de los receptores. Yo no sabía muy bien qué estaba pasando y me costaba mucho seguir el juego, pero entonces la multitud se quedó sin aliento, los árbitros levantaron unas banderas amarillas y vi a un *lineman* defensivo de Yukon levantarse y señalar a Elliott. Mi número siete estaba en el suelo, con los brazos y las piernas extendidos.

—Oh, Dios mío… ¿Qué ha pasado? —pregunté.

—Eso era justo lo que les preocupaba —dijo Madison.

—¿El qué?

—Que el antiguo equipo de Elliott intentase eliminarlo. Saben lo bueno que es. También están molestos con él porque los dejó en el último año.

Me estremecí al escuchar sus palabras, sintiéndome culpable. Sabía exactamente por qué había dejado a sus compañeros de equipo.

Despacio, Elliott se puso de pie con dificultad, y la multitud aplaudió. Junté las manos congeladas, a pesar de que sentía un dolor insoportable en los brazos cada vez que aplaudía. Volví a deslizarlas debajo de la manta y vi a Elliott regresar a la línea cojeando ligeramente.

La siguiente vez que Elliott lanzó el balón quedó atrapado en la zona de anotación. Luego los Millers se anotaron un *touchdown*, y ambos equipos se mantuvieron más o menos igual hasta que obtuvimos una ligera ventaja en el medio tiempo.

Madison me convenció para que la acompañara a hacer cola para comprar chocolate caliente. Caminé hasta allí junto a ella, tratando de conservar el calor mientras esperábamos nuestro turno.

—¿Anna Sue? —dijo Presley en voz alta a nuestra espalda—. Dijo que te mandaría un mensaje de texto de camino a casa, ¿verdad?

—Ya veremos —respondió Anna Sue—. Últimamente se comporta como un crío, del miedo que tiene a que ella se entere.

—No te vuelvas —dijo Madison—. Están intentando llamar tu atención.

—Tarde o temprano tenía que ocurrir. A un chico no puede gustarle tanto el helado a no ser que sea para poder verte a todas horas —dijo Presley, más fuerte esta vez—. Era de nueces pecanas con mantequilla, ¿verdad?

Madison frunció el ceño y se volvió despacio.

Presley lo advirtió y una leve sonrisa asomó a sus labios.

—Bueno, esta vez avísame si vuelves a perderte la fiesta para quedar con él. No pienso esperar una hora como el fin de semana pasado.

Madison se volvió, con lágrimas en los ojos. Exhaló un largo suspiro.

—Es mentira.

—¿Mentira? —pregunté—. ¿El qué?

—Sam va a Braum's todos los días. El helado de nueces pecanas con mantequilla es su favorito.

Hice una mueca.

—Eso no significa nada. Si eso es lo que pide siempre, ella tiene que saberlo, claro.

—Sam llegó una hora tarde a la fiesta el fin de semana pasado. Dijo que tardó más tiempo de lo normal en hacer los deberes.

—No. Es imposible. Veo la forma en que te mira.

Madison asintió.

—Tienes razón. Pero todavía tengo ganas de arrancarle esos rizos rubios de animadora frustrada uno a uno.

—Por favor, no.

—Ni siquiera voy a preguntárselo. Sam nunca haría eso, ni en un millón de años. Odia a Anna Sue.

Nos acercamos al punto de venta y pedimos dos chocolates calientes grandes. Pagué con los pocos dólares que tenía para compensar el coste de la gasolina, y luego volvimos a nuestros asientos, haciendo caso omiso de las risitas de las clones.

La banda de música de Oak Creek estaba tocando *Back in Black*. Los despedimos con un efusivo aplauso y los sustituyó la grandiosa banda de Yukon. Interpretaron un *mashup* de Beyoncé e hicieron un T-Rex animado. La multitud estalló en gritos de entusiasmo. Incluso la afición de Oak Creek se puso en pie y aplaudió.

Poco después de que la banda del equipo local abandonara el campo, los Mudcats salieron corriendo del túnel de vestuario. Grité animando a Elliott cuando vi la camiseta número siete, preparándome para otra hora de temperaturas gélidas y amontonamientos humanos.

Hicieron un placaje a Elliott dos veces, y en la segunda ocasión tardó un minuto largo en levantarse. Cuando se puso de pie, parecía aún más decidido a ganar. Siguió corriendo para anotar otro *touchdown*. A un minuto del final del partido llevábamos doce puntos de ventaja y Yukon tenía el balón. Se alinearon en la línea de veinte yardas de su campo.

—¿Qué significa primero y diez? —pregunté a Madison. Las animadoras lo habían estado cantando durante todo el partido.

—Básicamente, cada vez que un equipo recibe el balón, tienen cuatro intentos para ganar diez yardas en una vez. Si no consiguen diez yardas en cuatro intentos, el otro equipo recibe el balón. ¿Tiene sentido?

Asentí.

El reloj seguía su cuenta atrás mientras Yukon lo intentaba de nuevo y fallaba. En su cuarto intento perdieron la oportunidad, y el número veintidós de Oak Creek, quienquiera que fuera, llevó el balón hasta nuestra zona de anotación.

Madison y yo nos pusimos de pie, dando saltos con nuestros vasos de poliestireno vacíos. Oak Creek y Yukon chocaron las manos, y luego Elliott y sus compañeros de equipo se dirigieron al vestuario. Sam y Elliott nos saludaron al pasar, pero vi que Elliott estaba cojeando. Intenté poner buena cara y sonreír, pero Elliott vio la preocupación en mi rostro. Me tocó la mejilla con la mano un breve segundo al pasar.

—Estoy bien, cariño.

Madison bajó la barbilla y me sonrió, y luego nos fuimos a esperar a la puerta, cerca del autobús.

—¿Qué crees que es? —le pregunté.

Madison arrugó la nariz.

—¿Cómo?

—La sorpresa de Presley. ¿Crees que como su madre está aquí, eso la frenará?

—No creo. ¿Cómo crees que ha llegado a ser como es? ¿Crees que a su madre le importa que Presley sea mala persona?

—Tienes razón —dije. Me pregunté qué pensaría Madison si conociese a mi madre, y luego deseché ese pensamiento rápidamente. Eso nunca iba a suceder.

Cuando el equipo de fútbol comenzó a salir, Elliott fue uno de los primeros.

—¡Feliz cumpleaños! —le dije.

Me tomó en brazos, robándome un beso rápido antes de que salieran sus entrenadores. Se le veía un rasguño en la nariz hinchada y otro morado en el ojo. También tenía la barbilla y el pómulo magullados. Parecía destrozado, pero estaba sonriendo.

—¿Estás bien? —le pregunté.

Sam le dio una palmada en el hombro a Elliott, y este hizo un gesto de dolor.

—Sabíamos que iban a por él. Pero nosotros lo protegíamos —dijo Sam.

—Bueno, no todo el tiempo... —dijo Elliott, escurriéndose de la mano de Sam.

—Elliott... —empecé a decir.

Sonrió.

—Estoy bien. Es una noche más de partido. Ha sido divertido.

—No parece muy divertido. ¿Te has roto la nariz? —preguntó Madison.

—El entrenador dice que no —respondió Elliott—. Hemos ganado. Y... —Echó un vistazo alrededor, inclinándose—. Dice el entrenador que van a venir un par de ojeadores al partido del *playoff*. Así que si lo hago bien, podría jugar en la liga universitaria.

—Creía que decías que eso era imposible —dije, guiñándole un ojo.

Se inclinó para besarme la mejilla.

Madison se volvió hacia Elliott.

—¿Los nativos americanos no pueden ir a la universidad gratis?

Elliott se rio.

—No.

—Oh, Dios mío. ¿Eso ha sido ofensivo? Lo siento mucho —dijo Madison.

—Es un mito muy extendido. —Me miró con una sonrisa—. Pero con una beca, parece que podríamos estar eligiendo universidad pronto.

Eché un vistazo alrededor, sin querer hablar de aquello delante de Madison y Sam.

—No puedo ir a la universidad, Elliott. No puedo permitírmelo económicamente —dije en voz baja.

Elliott permaneció impasible.

—Lo conseguiremos.

—Un gran partido, Elliott —dijo Presley con aire de suficiencia—. Hola, princesa Kit Cat.

Tatum saludó con la mano detrás de ella.

Elliott hizo un gesto con la cabeza y me habló en voz baja:

—¿Te han estado molestando?

Negué con la cabeza.

—Han intentado crear problemas con Sam y Maddy.

—¿Eh? —exclamó Sam, confuso—. ¿Yo? ¿Qué he hecho?

—Nada —dijo Madison, besándole en la mejilla.

—¿Qué han dicho? —preguntó.

—No importa —dijo Madison—. No las he creído.

—Ahora tienes que decírmelo —dijo Sam, frunciendo el ceño.

Ella trasladó el peso de su cuerpo de un pie a otro, nerviosa.

—Que me estás engañando con Anna Sue.

Sam y Elliott se doblaron sobre su estómago, con todo el cuerpo temblando de risa.

—Entonces eso es un no —dije, risueña.

Cuando dejaron de reírse al fin, Sam parecía disgustado.

—Será mejor que no hagan circular ese rumor por el instituto. Qué asco...

Madison lo abrazó y le besó en la mejilla.

—No me lo he creído ni por un segundo.

Elliott se irguió y respiró hondo.

—Bueno, no creo que sea solo eso lo que esconden en la manga.

—Nos defenderemos —dijo Madison, entrelazando su brazo con el mío—. No la tocarán.

—Maddy tiene dos hermanos mayores. Puede ponerse agresiva si es necesario —dijo Sam, abrazándola.

Madison se quitó el gorro de punto y rápidamente se recogió la larga melena rubio platino en un moño apretado.

—Digamos que tengo algunos... golpes escondidos. Puedo intentarlo.

Me volví hacia Elliott.

—No tengo miedo.

Elliott me apartó el pelo de la cara y me besó la nariz.

—Catherine no es un nombre de princesa. A mí me suena a nombre de guerrera.

Sonreí. Siempre me había encantado la historia que mi madre había contado sobre el origen de mi nombre, y me encantaba cuando mi padre me llamaba princesa, pero ahora todo era distinto y la versión de Elliott encajaba mejor conmigo.

Me abrazó una última vez antes de subirse al autobús.

Sam se despidió de Madison, y caminamos las dos juntas hacia su 4Runner. Mis pies crujieron sobre unos restos de cristal en el suelo al tiempo que se abrían los seguros de las puertas, y me metí rápidamente en el interior del coche, tratando de ponerme a resguardo del frío.

Madison puso la calefacción al máximo. Estuvimos tiritando unos segundos, frotándonos las manos mientras Madison enviaba un mensaje de texto a su padre. Puse la mano frente a las rejillas de ventilación, esperando ansiosa el momento en que el aire se volviera más cálido.

Madison se rio.

—Mi padre ni siquiera está enfadado.

—Qué bien —dije.

—Le digo que ya salimos y luego podemos irnos. —Presionó un par de teclas más y luego llevó la mano a la palanca de cambios para dar marcha atrás. Pulsó un interruptor un par de veces, frunció el ceño, y luego abrió la puerta y se bajó para ir a la parte delantera del 4Runner. Puso los ojos como platos y se tapó la boca.

Bajé de un salto y me reuní con ella en la parte delantera del coche, pero al cabo de apenas dos pasos noté otra vez los restos de cristales bajo mis zapatos, y ya sabía lo que estaba viendo allí delante: alguien había destrozado los faros.

—Esas… esas… ¡Las voy a matar! —gritó Madison.

Los autobuses aún seguían en el estadio, así que recogí nuestras cosas, cerré las puertas y tiré a Madison del abrigo.

—¡Tenemos que subir al autobús antes de que se vaya o nos quedaremos aquí tiradas!

Madison reaccionó y echó a correr conmigo. Yo ya me había quedado sin aliento a mitad de camino, pero el primer autobús ya se estaba yendo, y el segundo lo seguiría justo después.

En el preciso instante en que el autobús arrancaba, golpeé la puerta. El conductor pisó el freno a fondo. Miró atrás y luego afuera, donde estábamos nosotras. Madison también aporreó la puerta.

—¡Déjenos subir! —gritó con las mejillas húmedas de ira.

Elliott apareció en la puerta, tiró de la palanca y nos ayudó a subir los escalones.

El entrenador Peckham se puso de pie. Había estado sentado al lado de la señora Mason.

—¿Qué pasa? —preguntó.

—Necesitamos que nos lleven a casa —dijo Madison.

El entrenador Peckham puso los brazos en jarras.

—No podemos hacer eso.

—Alguien le ha roto los faros del coche. Hay cristales por todo el aparcamiento —expliqué.

—¿Qué? —exclamó Elliott, con un súbito brillo de furia en los ojos.

El entrenador lanzó un suspiro.

—Debe de haber sido el otro equipo.

—No, han sido Presley Brubaker y sus amigas —dijo Madison—. ¡Nos dijeron que si veníamos al partido, nos harían algo!

—Esa es una acusación muy grave —intervino la señora Mason—. Llama a tus padres. Asegúrate de que les parece bien que vuelvas en el autobús deportivo.

—Becca, primero tenemos que hablar con el director deportivo. Tal vez incluso con el superintendente —señaló el entrenador Peckham.

—No podemos dejarlas aquí. Con este tiempo, podría hacerse de día antes de que sus padres consigan llegar hasta aquí a recogerlas. Yo estoy en el autobús, así que tendrán supervisión femenina. Enviaré un mensaje de texto al señor Thornton y a la señora DeMarco y los pondré al corriente de la situación.

El entrenador Peckham se quedó pensativo un momento, lo que hizo hablar a Elliott:

—¿Qué es lo que tiene que pensar? ¿Se está planteando en serio dejarlas a más de dos horas de casa con temperaturas a bajo cero?

—Youngblood, ya basta —dijo el entrenador—. Hay unas normas que tener en cuenta.

Elliott se dio media vuelta, situándose frente a mí, casi como si me estuviera protegiendo con su cuerpo de la decisión del entrenador.

—Si las reglas significan que las va a dejar aquí, entonces las reglas no están bien.

—¡Déjame pensar un minuto! —gritó el entrenador.

Las animadas conversaciones en la parte trasera del autobús cesaron de repente, y todas las miradas se concentraron delante.

—No sería la primera vez, Brad —dijo la señora Mason—. Los directores técnicos van en el otro autobús. Esas chicas viajan con el equipo todo el tiempo.

—Pero es que los directores han firmado exenciones de responsabilidad, igual que el resto del equipo. Esto es diferente.

Elliott me tomó de la mano.

—Quiero avisarle de que, si no podemos localizar al señor Thornton o al superintendente… si no consigue la autorización y decide dejarlas aquí, yo me quedo con ellas.

—Youngblood, te sancionarán y no podrás jugar. ¡Siéntate! —gruñó el entrenador.

—Yo también, entrenador —dijo Sam, de pie junto a Maddy—. No podemos dejarlas aquí, y lo sabe.

—Yo también —dijo Scotty, incorporándose de su asiento.

—Yo también —dijo otro jugador desde atrás. Pronto, todos los jugadores en el autobús estaban levantados.

El entrenador Peckham se deslizó la mano por la cara con impotencia.

—Esto es ridículo. Muy bien. Chicas, sentaos en ese asiento de ahí, delante de nosotros. Señora Mason, usted se sentará en el asiento del pasillo. Todos los jugadores, desplazaos un asiento más atrás. Quiero una fila vacía detrás de mí y de las chicas. ¡Hacedlo! —ordenó—. ¡Ahora mismo!

La señora Mason facilitó la maniobra, y los chicos hicieron lo que les decía sin rechistar, rápidamente y en silencio. La señora Mason nos indicó que nos sentáramos frente a ella, y Elliott se detuvo antes de dirigirse a la parte de atrás.

—Ha hecho lo correcto, entrenador.

El entrenador Peckham lo miró.

—Elliott, cuando eres adulto, la diferencia entre lo que es correcto y lo que no lo es no está tan clara. No todo es blanco o negro.

—Pues debería serlo —dijo Elliott, volviendo a su asiento.

El entrenador se sentó y ordenó al conductor que arrancara.

El teléfono de Madison era la única luz en la oscuridad del autobús, y resplandeció en la cara del entrenador Peckham cuando este leyó el mensaje de texto de su padre.

Gracias a Dios que el autobús todavía estaba allí. Dale al entrenador Peckham las gracias por asegurarse de que vuelvas sana y salva a casa.

El entrenador Peckham asintió con aire avergonzado. La señora Mason le dio una palmadita en la rodilla y se relajó, sonriendo mientras hablaba con él.

Madison hizo unos garabatos con el dedo en la ventanilla helada, y yo la tapé a ella y a mí con las mantas, tratando de conservar el calor a pesar de las corrientes de aire del autobús. El zumbido del motor y el ruido de la carretera hacían que me pesasen los párpados, y me quedé dormida, sabiendo que estaba rodeada por un equipo de chicos que harían cualquier cosa por Elliott, y que Elliott haría cualquier cosa por mí.

Capítulo 21

Elliott

Sam y yo nos sentamos dos filas detrás de Catherine y Madison. Estaba tan oscuro que apenas veía las siluetas de sus cabezas asomando por encima del asiento. Al principio, las chicas miraban por la ventanilla y se miraban entre ellas mientras charlaban, y luego vi que Catherine se había quedado dormida, porque cabeceaba hacia delante y hacia atrás hasta que, al final, apoyó la cabeza sobre el hombro de Madison.

Me sentí un poco frustrado, medio engañado: Catherine habría estado mucho más cómoda durmiendo sobre mi hombro.

—Eh —dijo Sam, dándome un codazo—. ¿Has acabado ya de mirarla?

Solté una carcajada y sacudí la cabeza. No tenía sentido negarlo; Sam ya sabía que estaba perdidamente enamorado de esa chica. El autobús avanzaba con una lentitud exasperante, y cada vez me costaba más estar cerca de Catherine y no poder hablar con ella. En el instituto eso ya era bastante duro, pero aquello era una tortura.

Las gotas de lluvia que se arremolinaban con el viento en las ventanillas formaban unas perlas brillantes mientras ampliaban el tamaño de los faros de los coches que pasaban, a veces en cuestión de segundos. Los limpiaparabrisas oscilaban a izquierda y derecha, y junto con el zumbido del motor y el ruido de la carretera que reverberaba por la oscuridad del autobús, el ritmo relajante convertía en tarea casi imposible seguir despierto. Normalmente, en el camino de vuelta a casa después de ganar un partido, en el interior siempre reinaba un ambiente de celebración y energía, pero aparte de unas pocas voces profundas que murmuraban en la parte de atrás, el silencio resultaba incluso inquietante.

—Va a haber una fiesta con barriles de cerveza en el embalse —empezó a decir Sam, pero yo ya estaba negando con la cabeza—. Vamos, Elliott, ¿por qué no? Además, es la mejor manera de vengarse de Presley y las demás. Esperaban que Tatum disfrutara de un rato a solas contigo para así poder propagar otro rumor, pero si nos presentamos con las chicas y descubren que han viajado con nosotros en el autobús todo el camino de vuelta... ¡se llevarán un chasco increíble! —exclamó, riendo entre dientes.

—Catherine tiene que irse a casa.

Me dio un codazo.

—Podemos sacarla a escondidas.

Miré por la ventanilla.

—No, en serio. No sabes lo que le espera en casa.

—Su madre es muy estricta, ¿eh? Bueno, pero tú sí puedes ir. Con Madison y yo allí, al menos las Brubrujas no podrán decir que hiciste algo que no hiciste. —Cuando negué con la cabeza otra vez, Sam frunció el ceño—. ¿Por qué? No has ido a ninguna fiesta desde que empezó el curso.

—Y no pienso ir a ninguna. No sin ella.

—Entonces convéncela. Un poco de complejo de culpabilidad nunca le hace daño a nadie.

—Que no puedo hacer eso, Sam. No sabes lo mucho que me ha costado volver a ganarme su confianza. Vine aquí sin saber si ella me perdonaría o no. Pasé dos años separado de ella, y creía que me moriría hasta que me habló por primera vez. Justo ahora estamos volviendo al punto en que estábamos antes de que me fuera. Puede que incluso mejor. No pienso tirar por la borda todo lo que he conseguido por una fiesta. No es más importante para mí que Catherine.

—¿Acaso hay algo que lo sea? ¿El fútbol?

—No.

—¿Tu cámara?

—Tampoco.

—¿Qué hay de la comida?

Me reí.

—Si tuviera que elegir, me moriría de hambre.

—Vamos a ver, yo estoy locamente enamorado de Madison, así que lo entiendo, pero… no sé… Todo eso que dices…

Negué con la cabeza.

—Entonces no lo entiendes.

—Explícamelo.

—¿Qué sentido tiene ir a una fiesta si no voy a divertirme sin ella allí? —le pregunté.

—Eso no lo sabes. No has visto a Scotty saltar por encima de la fogata.

—¿Puede saltar sin quemarse? —exclamé.

—La mayoría de las veces —dijo Sam.

Nos reímos.

—Por cierto —continuó Sam—. Sí que lo entiendo. Madison tampoco puede ir a fiestas. Cuando yo voy a alguna, me paso todo el rato echándola de menos y deseando que estuviera allí. —Miró por la ventanilla y se encogió de hombros—. Pero ella quiere que vaya. No quiere sentir que por su culpa me estoy perdiendo algo. Si Catherine se siente así, ve a la fiesta solo una hora y ya está. Pasas un rato con los chicos y te vas a casa. Así te sentirás como si hubieras hecho piña con el equipo y ella no se sentirá culpable. Maddy sabe que yo nunca haría nada que pudiera hacerle daño. Es mi mejor amiga.

Asentí. Catherine lo era todo para mí. Si algo le sucedía mientras yo estaba en una estúpida fiesta, si venía a mi casa y yo no estaba allí, si se sentía herida, aunque fuese tan solo un segundo, por tener que oír algún rumor, nunca me lo perdonaría. Pero no podía decirle nada a Sam de eso.

—Catherine también es mi mejor amiga.

Me empezó a vibrar el teléfono. Cuanto más nos acercábamos a Oak Creek, más mensajes de texto enviaban los miembros del equipo sobre la fiesta.

Sam leyó los mensajes.

—¿Lo ves? Será una mierda si no vas.

—Hablaré con Catherine —dije.

Capítulo 22

Catherine

Pestañeé abriendo los ojos justo cuando los autobuses entraban en el aparcamiento. Me desperecé oyendo como el equipo de fútbol al completo se movía con impaciencia en los asientos de atrás. Bajamos desfilando del autobús. Justo cuando Elliott me tomaba de la mano, la señora Mason nos detuvo.

—Dime si tu madre quiere alguna aclaración por lo de esta noche, ¿de acuerdo? Le pediré al señor Thornton que envíe una carta a casa. Si no está satisfecha, él puede llamarla.

—No hace falta —dije.

—¿Estás completamente segura? Catherine, si se enfada...

—Estoy segura. Gracias, señora Mason. Buenas noches.

La señora Mason nos sonrió a Elliott y a mí antes de volver a centrar su atención en el entrenador Peckham.

Elliott me acompañó directamente a su coche. El suelo estaba mojado por la lluvia helada, y las luces del aparcamiento centelleaban en los charcos sobre los que Elliott me levantó en volandas, como si no pesara nada. Aún cojeaba, pero no tanto como antes.

Arrancó el coche y esperamos dentro para que se calentara. Tomó mis manos en las suyas, soplando para templarlas con su cálido aliento.

—Madison dijo que había una fiesta esta noche. ¿Tú querías ir?

Se encogió de hombros.

—Bueno, sí, pero tampoco pasa nada si no voy.

—Entonces, ¿quieres ir?

—He estado en muchas fiestas. Son todas iguales.

—Pero es tu último año, y esta fiesta es una celebración en tu honor. Eres el *quarterback* estrella. Le has dado vida nueva a este equipo; te adoran.

—Yo te adoro.

Miré hacia abajo, tratando de no sonrojarme.

—Yo... quiero darte una cosa. Es una tontería que te he preparado —dije, sintiendo que necesitaba un eximente.

—¿Me has preparado algo? —preguntó, levantando mucho las cejas. Su sonrisa se hizo más amplia.

Saqué una pila de tarjetas del bolsillo interior de mi abrigo y se las di, observando su reacción mientras leía cada uno de los sobres.

—«Cuando te sientas solo» —leyó—. «Cuando estés teniendo un mal día» —dijo, pasando al siguiente sobre—. «Cuando me eches de menos». «Cuando nos hayamos peleado». «Cuando acabemos de tener un gran día». «Si rompemos». —Levantó la cabeza de golpe y frunció el ceño—. Este lo voy a romper.

—¡Por favor, no! Ocupa cuatro hojas...

Miró los sobres otra vez.

—«Para ahora mismo». —Abrió el sobre y desplegó la hoja de cuaderno para leer mis palabras.

> Querido Elliott:
>
> No tengo nada más que regalarte, así que espero que esto te sirva. No se me da demasiado bien hablar de mis sentimientos. No se me da demasiado bien

hablar de nada, en realidad. Me resulta más fácil escribirlo.

Elliott, haces que me sienta amada y segura como nadie me ha hecho sentirme en mucho tiempo. Eres valiente y dejas que las cosas horribles que dice la gente te resbalen como si nada pudiera tocarte, y luego dices cosas que me hacen pensar que soy la única que puede hacerlo. Me haces sentir hermosa cuando tú eres hermoso. Me haces sentir fuerte cuando tú eres el fuerte. Eres mi mejor amigo, y resulta que también estoy enamorada de ti, lo cual es lo mejor que me podía haber pasado en la vida. Así que gracias. Nunca sabrás lo infinitamente mejor que es mi vida solo por el hecho de que tú estés en ella.

Te quiero,
Catherine

Elliott me miró, radiante.

—Este es el mejor regalo de toda mi vida.

—¿De verdad? —dije, encogiéndome—. He estado dándole vueltas y más vueltas a ver qué te podía regalar, pero…

—Es perfecto. Tú eres perfecta. —Se inclinó un poco más para besarme en los labios y me dio dos besos rápidos antes de separarse finalmente. Miró hacia abajo, ruborizándose—. Tú también eres mi mejor amiga. Me alegra que hayas escrito eso.

Me hurgué las uñas, pues me sentía muy expuesta, pero mi curiosidad era más fuerte que la rabia que me daba sentirme vulnerable.

—Maddy me ha dicho… me ha dicho que sabía algo que tú no me habías dicho, pero no ha querido decirme qué es. Tiene que ver con por qué viniste aquí.

—Ah. Eso. —Me acarició la mano con el pulgar.

—¿Estás nervioso por decírmelo?

—Un poco. Sí.

Se me escapó la risa.

—¿Por qué? No estabas nervioso cuando se lo dijiste a Maddy. —Le di un pequeño codazo—. Dímelo.

Se frotó la nuca, relajándose mientras el aire caliente se adueñaba del interior del coche. Éramos de los últimos en el aparcamiento. Todos los demás tenían prisa por llegar a la fiesta.

—¿Te acuerdas de la primera vez que me viste? —preguntó.

Arqueé una ceja.

—¿Cuando estabas dando puñetazos al árbol?

—Sí. —Se miró las marcas de los nudillos señalados—. No quiero que pienses que soy un enfermo o un acosador ni nada de eso. —Se volvió, se abrochó el cinturón de seguridad y puso la marcha atrás—. Será más fácil si te lo enseño.

Fuimos conduciendo a la casa de su tía y aparcó el coche en el camino de entrada. La casa estaba a oscuras y el garaje, vacío.

—¿Dónde están? —pregunté.

—Han salido con el jefe del tío John. No deberían tardar mucho.

Asentí con la cabeza y lo seguí escaleras abajo hasta su habitación, en el sótano. No se parecía en nada al cuarto que vi la última vez que estuve allí: era un dormitorio normal con una cama de matrimonio, una cómoda, un escritorio y con la pared decorada. Habían reemplazado la alfombra verde de pelo por una más moderna en tonos tierra.

—¿Qué es eso? —pregunté, señalando un anexo de reciente construcción.

—El tío John me hizo un baño para que no tenga que ducharme arriba.

—Ah, eso está muy bien.

Elliott abrió un cajón de su escritorio y sacó una caja de cartón con una tapa. Se detuvo un momento con las manos encima de la tapa y luego cerró los ojos.

—No te asustes. Esto no es tan extraño como parece.

—Bueno... está bien...

—¿Te acuerdas de cuando quería enseñarte la cosa más hermosa que había fotografiado?

Asentí.

Tomó la caja y se la llevó a la cama. Levantó la tapa, tratando de recoger lo que había dentro, y luego depositó una pila de fotos, todas en blanco y negro y de varios tamaños, encima de su colcha. Las extendió en abanico. Todas eran fotos mías, de aquel año, de primer curso, y en muy pocas salía conmigo mirando a la cámara. Entonces me fijé en unas fotos mías de cuando iba a primaria, y en una llevaba un vestido que no me cabía desde que iba a sexto.

—Elliott...

—Lo sé. Sé lo que estás pensando, y es un poco raro, sí. Por eso no te lo había dicho.

—¿De dónde has sacado esto? —pregunté, señalando las fotos mías de años atrás.

—Las hice yo.

—¿Las hiciste tú? Pero si parecen fotos de una revista...

Sonrió, aturullado.

—Gracias. La tía Leigh me compró mi primera cámara el año en que tomé esta foto —dijo, señalando la que estaba con mi vestido—. Me pasé todo el día fuera haciendo fotos con el aparato, y luego volví a casa y me pasé toda la noche editándolas en el viejo ordenador del tío John. Sin embargo, a mediados de verano decidí trepar a un roble muy alto para tomar una foto de la puesta de sol. Los dueños del jardín donde se encontraba el roble estaban allí fuera, y yo me quedé atrapado en lo alto del árbol. Estaban muy tristes y compartían un momento muy íntimo, así que no quería molestar. Estaban enterrando algo. Erais tú y tu padre. Estabais enterrando a Bobo.

—¿Nos estabas mirando? ¿Estabas encaramado al árbol?

—No era mi intención, Catherine, te lo juro.

—Pero… yo me quedé allí fuera sentada hasta que oscureció. No te vi.

Elliott se encogió.

—Esperé hasta que te fuiste. No sabía qué otra cosa hacer.

Me acerqué a las fotos y me puse a tocarlas todas.

—Recuerdo haberte visto merodeando por el vecindario y cortando el césped. Te veía mirarme, pero nunca me hablaste.

—Porque estaba aterrorizado —dijo con una risa nerviosa.

—¿De mí?

—Me parecías la chica más guapa que había visto en mi vida.

Me senté en la cama, con una de las fotos en la mano.

—Cuéntame más.

—Al verano siguiente —continuó Elliott—, te vi sentada en el balancín del porche. Viste algo en el jardín. Era un pajarillo. Te vi encaramarte casi hasta la cima del abedul solo para devolverlo a su nido. Tardaste media hora en bajar, pero lo hiciste. Con un vestido rosa.

Dio unos golpecitos en una foto mía sentada en los escalones de nuestro porche, ensimismada en mis pensamientos. Tenía once o doce años y llevaba el vestido favorito de papá.

—Esta es la foto más bonita que he hecho en toda mi vida. Lo veía reflejado en tu cara: estabas reflexionando sobre lo que habías hecho, el milagro, el orgullo. —Soltó una carcajada y asintió con la cabeza—. Está bien, ya puedes burlarte de mí.

—No, es que… —Me encogí de hombros—. Esto ha sido un poco… inesperado.

—Y también un poco raro, ¿no? —preguntó. Esperó mi respuesta como si esperara recibir un puñetazo.

—No lo sé. Ahora tengo fotos mías y de mi padre que no sabía que existían. ¿Y esta de aquí? —pregunté.

—Estabas ayudando a tu padre a arreglar un tablón roto del porche.

—¿Y aquí?

—Admirando el rosal de los Fenton. Siempre ibas al blanco, uno que era muy muy grande, pero nunca arrancaste ninguna rosa.

—Ya decía yo que esa casa me resultaba familiar. La he echado de menos desde que la derribaron. Ahora solo es un montón de tierra. Se supone que están construyendo una nueva.

—Yo echo de menos la luz de las farolas de la calle. Parece que cada año se funden más —dijo Elliott.

—Yo también. Pero, gracias a eso, es más fácil ver las estrellas.

Sonrió.

—Siempre viendo el lado positivo de las cosas.

—¿Qué estabas haciendo en mi jardín trasero ese día? —pregunté, señalando una foto del viejo roble—. La primera vez que te vi, cuando estabas golpeando nuestro árbol.

—Desahogándome. —Esperé a que continuara. Parecía avergonzado—. Mis padres todavía se peleaban mucho. Mamá odiaba Oak Creek, pero a mí cada día me gustaba más. Le dije que quería quedarme aquí.

—¿El día que nos conocimos?

—Sí. No sé. Sentía como una especie de paz junto a ese roble, pero ese día... no tuvo nada de pacífico. Cuanto más tiempo permanecía sentado al pie del árbol, cuanto más tranquilo y sereno intentaba estar, más furioso me sentía. Antes de darme cuenta de lo que hacía, me puse a dar puñetazos al árbol. Me sentó muy bien poder desahogarme por fin. Aunque no sabía que estabas en casa, de vuelta del instituto. De todas las veces que había imaginado la escena en que nos conocíamos, nunca pensé que fuera así.

—¿Y lo haces a menudo? ¿Lo de desahogarte?

—Ya no tanto. Antes rompía las puertas con los puños con bastante frecuencia. La tía Leigh amenazó con prohibirme que fuera a visitarlos si rompía otra. Me enseñó a canalizar mi ira de otra manera: haciendo ejercicio, con el fútbol, haciendo fotos, ayudando al tío John...

—¿Por qué te enfadas tanto?

Negó con la cabeza, frustrado.

—Ojalá lo supiera. Simplemente me pasa. Ahora se me da mucho mejor controlarlo.

—No te imagino tan enfadado.

—Intento mantenerlo controlado. Mi madre dice que me parezco mucho a mi padre. Una vez que se desata la ira... ya está fuera. —Parecía inquieto ante la idea.

Se sentó en la cama a mi lado y sacudí la cabeza con asombro. Había tantas expresiones diferentes en las fotos, todas mías: enojada, aburrida, triste, taciturna... tantos momentos de mi vida...

—Créeme, ahora, con dieciocho años, me doy cuenta de que no estaba bien hacerle fotos a alguien sin su consentimiento. Te las regalo todas con mucho gusto. Nunca se las he enseñado a nadie. Es que yo... a los diez años pensaba que eras la cosa más hermosa que había visto en mi vida. Y todavía lo pienso. Esa es la razón por la que volví, y eso es lo que le dije a Madison.

—¿Porque crees que soy hermosa?

—Porque llevo amándote casi la mitad de mi vida.

Me volví para mirarme en el espejo que colgaba de la pared, detrás de su escritorio. El pelo rojizo me había crecido más de veinte centímetros desde que Elliott había tomado su primera foto de mí. Ahora parecía una mujer en lugar de una niña. Mis ojos eran de un verde más bien soso; era absolutamente normal, y no la belleza espectacular que él describía.

—Elliott… Yo no veo lo que tú ves. Y no soy la única.

—¿Crees que por eso las chicas inseguras como Presley y sus amigas se meten tanto contigo? ¿Porque eres normal? ¿Porque eres aburrida? ¿Una chica del montón?

—Es que soy normal, aburrida y una chica del montón —dije.

Elliott me hizo colocarme frente al espejo, obligándome a mirarme a mí misma otra vez. Me sacaba una cabeza y podía apoyar la barbilla en la coronilla de la mía si quería. Su piel morena ofrecía un enorme contraste con mi piel color melocotón, y su pelo liso y oscuro era como ver palabras escritas en una hoja de color crema sobre mi pelo ondulado y rojizo.

—Si no lo ves tú… Créeme, eres muy hermosa.

Me miré otra vez.

—¿En cuarto curso? ¿En serio? Pero si era toda rodillas y dientes…

—No, no, tenías el pelo rubio y los dedos delicados, y al menos diez vidas enteras en tus ojos.

Me volví hacia él, deslizando las manos por debajo de su camisa.

—Echo de menos lo claro que tenía el pelo cuando era pequeña.

Elliott se puso rígido, mis manos sobre su piel desnuda lo habían pillado desprevenido.

—Tu… tu pelo está perfecto tal como está. —Tenía la piel cálida, y los sólidos músculos de su espalda se tensaron bajo mis dedos. Se agachó y sus labios suaves presionaron los míos. Di un paso hacia atrás, hacia la cama, y él se quedó paralizado—. ¿Qué estás haciendo? —preguntó.

—¿Ponerme cómoda?

Sonrió.

—Ahora eres tú la que contesta con preguntas.

Solté una risita y tiré de él hacia mí.

—Cállate.

Dio unos pasos y todo su cuerpo reaccionó cuando separé los labios y exploré su boca con mi lengua. Al echarme hacia atrás, Elliott se vino conmigo, sujetándonos a ambos con una mano en el colchón. Presionó su pecho contra el mío y estiré la mano para levantarle los bajos de la camisa. Cuando la tela de algodón le llegaba a la mitad de la espalda, oímos el ruido de la puerta de la entrada al cerrarse.

Elliott se levantó de un salto y empezó a frotarse la nuca.

—Son el tío John y la tía Leigh —dijo.

Me incorporé, muerta de vergüenza.

—Tengo que irme a casa de todos modos. Deberías ir a la fiesta. Quiero que vayas.

Parecía desilusionado.

—¿Estás segura?

Asentí.

—Me daré una ducha y luego te acompañaré a casa. ¿Quieres chocolate caliente o algo así mientras esperas?

Negué con la cabeza.

—Solo tardaré un minuto.

Recogió algo de ropa limpia y luego desapareció tras la puerta del baño que le había hecho su tío. Se oyó el ruido del agua de la ducha, y el vapor comenzó a condensarse en la parte superior de la puerta.

Me senté en la cama de Elliott, junto a mis fotos. Había muy pocas en el campo, caminando por la calle o incluso en el jardín. En la mayoría de las imágenes estaba sentada en el balancín del porche, con las ventanas del Juniper observándome por encima del hombro. Nunca sonreía. Siempre estaba sumida en mis pensamientos, incluso cuando mi padre aparecía en la instantánea, cerca de mí.

Oí como cerraba el grifo de la ducha y abría el del lavabo. Unos minutos más tarde, la puerta se abrió y Elliott apareció con una sudadera con capucha del equipo de Oak Creek, vaqueros, zapatillas de deporte y una amplia sonrisa, con la marca de su hoyuelo en la mejilla.

—Hueles muy bien —dije, abrazándolo de nuevo.

El olor a jabón corporal y a menta me inundaron las fosas nasales cuando me rodeó la parte baja de la espalda con los brazos. Todavía tenía el pelo húmedo y cayó en cascada a mi alrededor cuando se inclinó para besarme los labios. Me tomó de la mano y se dirigió hacia las escaleras, pero luego se detuvo y me besó de nuevo.

—¿A qué ha venido eso?

—Tardé seis veranos en reunir el valor para hablar contigo, y dos veranos más en volver a tu lado. Ya no más, ¿de acuerdo? Se acabó perderme los veranos contigo.

Sonreí.

—¿Qué? —preguntó.

—Que me gusta que ahora acabes las frases con puntos finales.

Retuvo mi mano, y mi piel fría halló consuelo en la calidez de la suya.

—Vamos —dijo—. Vamos a llevarte a casa antes de que se haga demasiado tarde.

Fuimos andando juntos hacia el Juniper, contando cuáles de las farolas estaban fundidas y cuáles seguían encendidas. Elliott levantó la vista y convino conmigo en que era más fácil ver las estrellas cuando todo estaba más oscuro.

Pasamos por delante del solar de los Fenton y esta vez Elliott cruzó la verja de hierro y me acompañó hasta el porche de la casa.

—Pásalo bien esta noche, ¿de acuerdo? —dije, hablando en voz baja. El Juniper estaba a oscuras, y quería que siguiera así mientras Elliott estuviese así de cerca.

Elliott enredó un mechón de mi pelo en sus dedos.

—Me gustaría que fueras conmigo.

Por primera vez en mi vida quería ir a una fiesta. Habría ido a cualquier parte si eso significaba poder pasar otra hora con Elliott. Me tragué esos sentimientos y negué con la cabeza.

—Será mejor que entre. —Lo besé en la mejilla—. Feliz cumpleaños.

Elliott asintió y luego me tomó las mejillas en sus manos. Presionó sus labios carnosos y cálidos sobre los míos. Movió la boca de forma diferente, esta vez con más deseo. El hecho de haber compartido un secreto y mi aceptación había cambiado las cosas, había derribado un muro. Separó los labios y dejé que deslizara la lengua dentro de mi boca, dando paso a un baile delicado mientras me atraía hacia sí.

Nuestro aliento formó una vaharada blanca encima de nosotros. Elliott se acercó un paso más y me empujó suavemente contra la puerta.

—Debería irme —susurré entre besos.

Extendí la mano detrás de mí y accioné el pomo. El pestillo hizo clic y las bisagras crujieron. Di un paso atrás y Elliott me siguió, entrando en el interior del Juniper.

Nos quedamos en la entrada, paladeándonos el uno al otro, perdidos en nuestra intensa cercanía. Fue en ese momento cuando pensé seriamente en hacer las maletas para estar con él, dejando atrás aquel mundo pavoroso y agotador.

—¿Qué demonios está pasando aquí? —gritó Duke, tirándome del abrigo.

—Eh, cuidado —dijo Elliott, levantando las manos.

—Vete, Elliott —le pedí, presa del pánico.

—¿Estás...? —empezó a decir Elliott.

—¡Vete, por favor! ¡Vete! —grité, y empujándolo hacia el umbral, le cerré la puerta en las narices.

—¡Catherine! —gritó Elliott, aporreando la puerta.

—¡Largo de aquí, desgraciado! —gruñó Duke.

Miré a Duke y me llevé un dedo a los labios, rogándole que se callara.

—Lo siento. Lo siento. Chisss... —dije con manos temblorosas. Apoyé las palmas de mis manos en la puerta—. ¿Elliott? Estoy bien. Vete a casa y ya está. Te veré mañana.

—¡No estás bien! —gritó Elliott—. Déjame entrar, Catherine. Yo se lo explicaré.

Duke me agarró del brazo, pero me zafé de él. Respiré profundamente y eché el cerrojo de la puerta.

—No puedes entrar. Pero estoy bien, te lo prometo. Solo... por favor, vete a casa. Por favor, vete.

—No puedo dejarte aquí —dijo Elliott.

Tragué saliva y, al mirar hacia atrás, vi la furia en los ojos de Duke.

—Elliott, no quiero que te hagas daño. Te prometo que te veré mañana, y te prometo que todo irá bien. Por favor, confía en mí.

—Catherine —dijo con desesperación en la voz.

Me acerqué a la ventana y di un golpe en el cristal. Elliott se reunió conmigo allí y presionó las manos contra el vidrio. Esbocé una sonrisa forzada y él se asomó buscando a Duke, que había desaparecido de la vista.

—Tienes que irte —dije.

Elliott frunció el ceño y tensó los músculos de la mandíbula. Percibí la batalla interior en sus ojos.

—Ven conmigo. Yo puedo hacer que estés segura.

Una lágrima me resbaló por la mejilla.

—Tienes que irte, Elliott, o no podré verte.

El labio inferior le temblaba de ira. Trató de asomarse y ver detrás de mí una vez más.

—Vete directamente a tu habitación y enciérrate allí.

—Lo haré. Te lo prometo.

—Estaré aquí a primera hora de la mañana.

—De acuerdo.

Elliott se dio media vuelta y bajó corriendo los escalones del porche. Dio un salto para cruzar la verja y se fue corriendo hacia su casa.

Cerré los ojos, sintiendo que un reguero de lágrimas me humedecía la cara. Me las limpié y me enfrenté cara a cara con Duke. Aún seguía jadeando, furioso, fulminándome con la mirada.

—Mantenlo alejado de aquí, Catherine, o haré que desaparezca.

Me sobrepuse al miedo y caminé hacia él, señalando su camisa manchada.

—No te acerques a Elliott, ¿me oyes? O me iré. Como le pongas un dedo encima, ¡me iré y no volveré nunca más!

Duke se quedó atónito y empezó a parpadear, inquieto, sin saber cómo reaccionar.

—El Juniper no puede funcionar sin mí. Harás lo que yo te diga —lo amenacé, hablando entre dientes—. Y ahora ¡vete a la cama! —le ordené, señalando el piso de arriba.

Duke se alisó la corbata y luego retrocedió, volviéndose hacia la escalera. Subió despacio, llegó a lo alto y giró a la derecha, hacia su habitación al fondo del pasillo. Cuando oí que cerraba la puerta de un portazo, subí corriendo las escaleras, entré en mi habitación y, a continuación, atranqué la puerta empujando la cama contra ella y me senté en el colchón para que tuviera más peso aún.

Me tapé la boca, arrepentida y asustada a la vez. Nunca le había hablado a Duke de ese modo, y no estaba segura de lo que sucedería ahora. Era el más amenazante de todos los huéspedes, y su fracaso al intentar asustarme para doblegarme abría la puerta a la incertidumbre. Me preocupaba que apareciese alguien más, alguien nuevo y más aterrador, para hacerme entrar en razón.

El tocador arañó el suelo cuando lo arrastré hacia la puerta. Justo cuando me estaba colocando en posición para mover la cama de nuevo, un ruido extraño me hizo detenerme.

Clic, clic.

Me quedé paralizada.

Clic.

El ruido venía de la ventana de mi habitación.

Me acerqué y vi a Elliott en el círculo perfecto del haz de luz de una de las farolas. Abrí la ventana y le sonreí.

—¿Estás bien? —dijo.

Asentí con la cabeza, limpiándome la cara.

—Lo siento. Ojalá no hubieses visto eso.

—No te preocupes por mí. Puedo ayudarte a bajar si quieres. No tienes que quedarte ahí.

—Estoy en mi habitación. La puerta está cerrada. Aquí estoy segura.

—Catherine.

—Sabes que no puedo —dije.

—No sabía que ahí dentro las cosas estaban tan mal.

—No están tan mal. Estoy bien.

—No sé lo que ha sido eso, pero no era nada bueno. Estoy preocupado por ti.

—Tienes que confiar en mí —le dije.

Elliott soltó las piedrecillas que llevaba en la mano y se frotó la nuca.

—Me da muchísimo miedo que te pase algo malo. Me da miedo lo que has dicho, eso de no poder verme más. ¿Qué clase de elección es esa?

—Una elección realista. —Miré a mi espalda—. Deberías irte.

—No puedo —dijo.

Sentí la amenaza de las lágrimas de nuevo. La vida en el Juniper estaba yendo a peor. Algo muy oscuro estaba cobrando vida allí dentro, y no quería que Elliott quedara atrapado en ello. El hecho de que no pudiese dejarme acabaría haciéndole daño, o algo peor.

—Por favor, no —dije—. Yo puedo ocuparme de esto.

—Debería llamar a alguien. Al menos déjame hablar con la tía Leigh.

—Lo prometiste —dije.

—Pero no es justo. No deberías haberme pedido que te prometiera algo así.

—Pero lo hice. Y lo prometiste... y estás rompiendo tu promesa.

—Catherine —suplicó—. Déjame subir. No puedo irme después de ver lo que he visto.

Cuando no protesté, tomó carrerilla y trepó por el costado de la casa para entrar por mi ventana. Se quedó de pie en medio de la habitación, jadeando, con las manos en las caderas, hasta que recobró el aliento.

Miré hacia mi puerta.

—¡No deberías estar aquí! —dije, mascullando entre dientes. Era la primera vez que alguien que no era un huésped o Tess había estado dentro de la casa desde que la ambulancia se había llevado a mi padre.

Se acercó a mí y luego miró alrededor.

—No me ha alcanzado ningún rayo. No haré ningún ruido. —Se volvió para cerrar mi ventana y luego avanzó unos pasos—. ¿Ha cambiado esto desde que eras pequeña?

Negué con la cabeza, tratando de no dejarme dominar por el pánico. Mamá se pondría furiosa si se enteraba. Su actitud protectora para con el Juniper era aún más poderosa que conmigo.

—No deberías estar aquí —susurré.

—Pero lo estoy y, a menos que me eches, pienso quedarme.

—Tu tía estará preocupada. Podría decirle algo a mamá.

—Tengo dieciocho años. —Miró detrás de mí y frunció el ceño—. ¿Por qué tienes el tocador atrancado contra la puerta?

Alcé la vista hacia él.

—Catherine... —Elliott me recorrió con la mirada, desesperado por protegerme de lo que fuera que me asustaba tanto como para atrancar la puerta de mi habitación con los muebles.

—Está bien —dije, cerrando los ojos—. Está bien, te lo diré, pero no puedes quedarte. No quiero que sientas lástima por mí. No quiero tu compasión. Y tienes que prometerme que no se lo contarás a nadie. Ni a tu tía, ni a nadie del instituto. A nadie.

—No es lástima, Catherine, estoy preocupado.

—Prométela.

—No se lo contaré a nadie.

—Duke nunca entra aquí, pero a veces mamá, o Willow, o Poppy o mi prima Imogen sí. Mamá no me deja hacer agujeros en la pared para poner una cerradura, así que uso la cama para que no entren.

Elliott frunció el ceño.

—Eso no está bien.

—Solo vienen para hablar. A veces me despiertan en mitad de la noche. Es un poco angustioso. Duermo mejor con mi cama contra la puerta. —Al cabo de un momento, lo empujé hacia la ventana—. Está bien, ya te lo he contado. Ahora vete a la fiesta.

—Catherine, no voy a ir a esa estúpida fiesta. Me quedaré aquí y te protegeré.

—No puedes estar conmigo todo el tiempo. Además, ya llevo dos años manejando esta situación. El hecho de que ahora lo sepas no significa que haya cambiado algo. No quiero que los dos nos perdamos cosas por culpa de este sitio, y ahora vete.

—Catherine...

—Vete, Elliott. Vete, o no podré hacer esto contigo. No podré soportar cargar con esa culpa también.

Elliott puso una cara muy larga, se encaminó hacia la ventana, salió a través de ella y la cerró. Luego presionó la mano contra el cristal, haciéndome la señal de «Te quiero». Yo hice lo mismo.

—Feliz cumpleaños —le dije, articulando las palabras con los labios.

Cuando Elliott bajó, abrí el cajón inferior y saqué la camiseta favorita de la Universidad de Oklahoma de mi padre. Era muy fina y tenía un par de agujeros, pero era lo más cerca que podía estar de él después de un momento tan aterrador. La enrollé y me acosté en la cama, abrazándome a ella. La camiseta hacía tiempo que había dejado de oler a él, pero lo recordé de todos modos, y traté de visualizarlo sentado al borde de la cama, esperando a que me durmiera, tal como hacía cuando era pequeña. Poco a poco fui quedándome dormida, pero no era mi padre quien sentía que me protegía en aquel espacio entre la vigilia y el sueño. Era Elliott.

Capítulo 23

Elliott

Me abroché la chaqueta y metí las manos en los bolsillos. La fogata era gigantesca, doblaba mi tamaño, pero la lluvia helada que estaba cayendo dificultaba poder guarecerse del frío. Todos, excepto los jugadores del equipo de fútbol, ya estaban borrachos cuando llegamos Sam y yo, pero el equipo empezó a beber a tragos de las botellas de tequila para no quedarse atrás.

Yo agachaba la cabeza cada vez que soplaba el viento helado, hundiendo la barbilla en la parte superior de la chaqueta de lana. Sam daba saltitos de un pie a otro para activar la circulación sanguínea.

—Voy a pedirle un trago a Scotty. Ha traído una botella de Fireball. ¿Quieres un poco?

Fruncí el ceño.

—Esto es insoportable. Voy a volver a casa de Catherine.

Sam levantó las cejas.

—¿Vas a entrar?

—Lo he hecho esta noche.

—¿Y cómo ha reaccionado su madre? Pensaba que solo dejaba entrar a familiares y huéspedes.

Me encogí de hombros, mirando hacia abajo.

—Me he encaramado a su ventana. Me ha dejado entrar el tiempo suficiente para echarme.

—Vaya. ¿Y has conseguido algo?

Fruncí el ceño.

—La verdad es que no. Ha sido más o menos como dijiste: no quiere ser responsable de que me pierda cosas como esta. Ella nunca ha estado en una fiesta. Está claro que cree que es algo diferente.

Un grupo estaba cantando al otro lado del fuego, junto a otro barril de cerveza.

—Elliott —dijo Tatum, echándose el pelo mojado hacia atrás—. Creí que no vendrías.

—No me quedaré mucho tiempo —dije, mirando detrás de ella para ver la actividad junto al barril.

—¿Te apetece un trago? He traído…

—No, gracias —respondí—. Necesito comentar una cosa con Scotty —dije, dejando a Sam a solas con Tatum.

»Hola —dije, tocando el hombro de Scotty.

—Pero ¡si es el cumpleañero! —exclamó Scotty. La botella de Fireball se veía ya casi vacía. Él estaba tambaleándose, pero sonriendo—. ¿Quieres un trago? ¡Vamos a beber! —Apuró el vaso de un sorbo.

—No, estoy bien —dije. Scotty no notaba el frío, de modo que estaba más lejos del fuego. Yo empecé a tiritar, así que retrocedí unos pasos y me tropecé con Cruz Miller. Tenía la mano de Minka entrelazada con la suya.

—¡Mira por dónde diablos vas, Youngblood! —soltó. Estaba borracho, pero no tan borracho como Scotty, que se interpuso entre nosotros como si estuviéramos a punto de pelearnos.

—Eh, eh, eh… es el cumpleaños de Elliott —dijo Scotty, arrastrando las palabras—. No te metas con él en su cumpleaños.

—¿Dónde está Catherine? —preguntó Minka con aire de suficiencia—. ¿No ha podido venir? ¿O es que tenía que limpiar los baños o algo así?

—Cállate, Minka —dije con desdén.

—¿Qué acabas de decir? —repuso Cruz. Yo le sacaba más de una cabeza, pero él era la estrella del equipo de lucha libre, y tenía las orejas y la nariz totalmente destrozadas, y el cuello tan grueso como la cabeza.

—Elliott —dijo Sam a mi lado—. ¿Algún problema?

Aparecieron más luchadores al lado de Cruz, lo que hizo que Scotty recuperara suficientemente la sobriedad para indicar al equipo que formara piña detrás de mí.

—Repite eso, indio de mierda —dijo Cruz.

Todos los músculos de mi cuerpo se tensaron en un momento. Había pasado mucho tiempo desde la última vez que alguien se había metido conmigo por mi origen, pero eso era lo que ocurría siempre: el insulto más fácil procedía de bocazas como Cruz.

Cerré los ojos, tratando de calmarme, escuchando la voz de la tía Leigh en mi cabeza, diciéndome que controlara mi ira.

—No pienso pelear contigo, Cruz. Estás borracho.

Cruz se rio.

—Vaya, ¿puedes insultar a mi novia, pero no vas a pelear conmigo? Puede que seas grande, pero eres muy torpe.

Sam sonrió.

—No has estado en ninguno de nuestros partidos este año, ¿verdad, Cruz?

—¿Y qué? —preguntó Cruz—. ¿Es que ahora es el puto amo? Si ni siquiera puede echarse una novia normal… Catherine es un bicho raro.

Los luchadores se rieron.

—Cierra la boca. Ahora mismo —mascullé entre dientes.

—Así que tú puedes hablarle mal a mi chica, pero nadie puede meterse con Catherine, ¿eh? —dijo Cruz.

—Catherine no te ha hecho nada. No os ha hecho nada a ninguno de vosotros —dije, a punto de estallar.

Sam me asió del hombro y tiró de mí unos centímetros hacia atrás. No me había dado cuenta de que estaba inclinándome hacia delante.

Minka agarró a Cruz del brazo.

—No sabes lo que ha hecho. Pero lo sabrás. Catherine solo te está utilizando.

Hice una mueca.

—¿Para qué?

—Para pasar el rato, como hace con todos los demás.

—Con todos los demás —dije—. Su padre murió, Minka. Pusieron en marcha un nuevo negocio. ¿Y tú te sientes ninguneada? Me alegro de que ya no te considere su amiga. Y luego hablas de egoísmo...

—Catherine es una gran amiga para Maddy —dijo Sam—. Tal vez se hartó de esa voz de ardilla tan insoportable que tienes. Sé que yo me hartaría.

Minka se quedó boquiabierta y Cruz se volvió hacia Sam. Ahí fue cuando sucedió. Ahí fue cuando estallé. Agarré a Cruz, lo arrojé al suelo y me abalancé sobre él. Minka estaba chillando en segundo plano, los jugadores del equipo y los luchadores gritaban a mi espalda, y a veces alguien me tiraba de la chaqueta, pero todo lo demás eran imágenes borrosas. No notaba el dolor en los nudillos cuando mis huesos se estrellaban contra los huesos de la cara de Cruz, pero podía oír el ruido.

No sabía cuánto tiempo había pasado cuando mis compañeros del equipo consiguieron apartarme al fin de Cruz, que acabó tirado en el suelo, con la cara ensangrentada. Minka estaba llorando y los luchadores me miraban como si fuera un monstruo.

Mis compañeros me daban palmaditas en la espalda, como si acabaran de ganar otro partido.

—Deberíamos irnos —dijo Sam, aturdido.

Scotty intentó felicitarme, pero lo aparté.

—¡Aléjate de mí! —le grité a la cara.

—Lo siento, hombre… Yo solo…

No oí el resto de su frase, ni si llegó a terminarla siquiera. Sam me siguió al Chrysler, y ambos cerramos las puertas al mismo tiempo. Agarré el volante y advertí que me salía sangre de los nudillos.

—¡Maldito idiota! ¡Joder! ¿Estás bien, Elliott? —preguntó Sam.

Estaba temblando, todavía tratando de calmarme.

—Solo… dame un segundo.

Sam asintió, mirando hacia delante.

—Puedo conducir yo si quieres.

Negué con la cabeza y giré la llave de contacto.

—Te voy a dejar en casa. Tengo que ir a un sitio. Tengo que ver a Catherine.

Sam frunció el ceño.

—¿Estás seguro de que quieres que te vea con las manos así? Podrías asustarla.

Suspiré.

—Se va a enterar el lunes en clase, de todos modos. Es mejor que lo sepa por mí.

Di marcha atrás y luego pisé el acelerador y salí de la pista de tierra donde habíamos aparcado todos. Me alegré de haber llegado allí el último. De lo contrario, el resto de los vehículos me habrían bloqueado.

Sam no habló mucho de camino a su casa, y yo me alegré. Las voces en mi cabeza eran tan fuertes que cualquier otro ruido habría sido demasiado para mí. Estaba preocupado por lo que iba a decir Catherine, por lo que diría la tía Leigh. En unos segundos todo el esfuerzo que llevaba años haciendo para controlar mi ira se había esfumado.

Sam dio unas palmaditas en la parte superior del Chrysler al bajarse.

—Gracias por salvarme el pellejo. Llámame mañana.

Asentí con la cabeza y luego enfilé hacia la calle Juniper.

La luz en la habitación de Catherine aún estaba encendida cuando llegué, cosa que hizo que la adrenalina me circulara de nuevo por las venas. No estaba seguro de si lo entendería o si, por el contrario, se enfadaría o se asustaría. Cerré los ojos y apoyé la cabeza contra el asiento. No se asustó cuando me vio golpeando el roble, pero de eso hacía mucho tiempo. Había pasado por muchas cosas desde entonces. Aun así, no podía posponerlo. No quería que se enterara por nadie más que por mí.

Crucé la calle y corrí hacia el costado de la casa, junto al solar de los Fenton, ganando velocidad a medida que me acercaba a la celosía del lateral. Subí, sintiendo cómo la tierra de las tejas me arañaba las palmas de las manos.

Catherine estaba hecha un ovillo, sujetando algo gris contra su pecho. Se había dormido con la luz encendida. Me invadió un profundo sentimiento de culpa y sentí que la ira volvía a hacerme bullir la sangre. Inspiré hondo varias veces, tratando de serenarme antes de dar unos golpecitos en la ventana con el dedo.

Catherine se removió en la cama, y luego se incorporó de golpe, sobresaltada al verme agachado al lado de su ventana. La saludé con una sonrisa forzada, sintiéndome culpable otra vez por haberla asustado.

Volvió la mirada hacia la puerta y luego se dirigió a la ventana para abrirla. Exhaló una bocanada de aire blanco cuando pasé por su lado y después cerré la ventana.

Frunció el ceño al verme las manos.

—¿Qué ha pasado?

—He ido a la fiesta —expliqué.

—¿Estás bien? —preguntó, mirándome las manos con preocupación—. Vamos a limpiarte eso.

Catherine me llevó al baño, hizo correr el agua hasta que estuvo tibia y enjuagó la tierra y la sangre de mis manos. Se arrodilló y se incorporó, sujetando una botella de agua oxigenada.

—¿Estás listo? —Asentí, y ella arrojó el líquido claro sobre mis heridas. Contuve el aliento, viendo cómo se teñía de rojo claro y escapaba por el desagüe. Me vendó la piel con lo que tenía a mano, y luego me llevó a la cama.

Nos sentamos con cuidado, aguzando el oído después de que chirriara para ver si habíamos despertado a alguien.

—Cuéntamelo —dijo Catherine.

—Cruz Miller.

—Ah —dijo con un destello de comprensión en los ojos.

—Creo que había ido allí a buscar pelea. Minka se ha puesto a decir tonterías y él la ha defendido cuando le he dicho que se callara.

—¿Sobre mí? —preguntó, conmocionada—. Esto ha sido por mi culpa, entonces.

—No, no ha sido culpa tuya, Catherine —dije, frunciendo el ceño. Sabía que se culparía a sí misma.

—Ni siquiera puedes disfrutar de una fiesta... en tu cumpleaños... porque te enzarzas en una pelea para defenderme.

—Y volvería a hacerlo.

—No deberías tener que hacerlo —dijo, levantándose.

Comenzó a pasearse de un lado a otro, con su largo camisón oscilando entre sus piernas. Se detuvo y me miró con gesto de determinación.

—No lo digas. No te atrevas a decir eso —dije—. Puedo soportar todo lo que me echen, pero eso no podría soportarlo.

Me miró fijamente.

—No soy buena para ti, no te convengo. No es justo lo que te está pasando. Eres el *quarterback* estrella. Todos te querrían si no fuera por mí.

—A mí solo me importa que me quiera una persona. —Hice una pausa—. ¿Catherine? —Me froté la nuca—. El lunes en clase van a decir que me puse como loco. Y más o menos fue así. No lo recuerdo muy bien. Cruz está bastante destrozado.

—¿Qué estás diciendo?

—Todo el mundo parecía bastante asustado cuando me he ido. Incluso Sam.

Se me quedó mirando sin decir nada durante varios segundos.

—¿Has perdido los estribos? ¿Como cuando haces agujeros en las puertas? —Asentí—. Creía que ya no hacías eso…

Suspiré.

—No sé lo que ha pasado. He estallado.

Se sentó junto a mí y me agarró de la mano, con cuidado de no tocarme los nudillos.

—Está bien. Todo va a ir bien.

—¿Me puedo quedar aquí? —le pregunté.

Asintió, tumbándose en la cama. Me acosté junto a ella y me abrazó la cintura, apoyando su mejilla contra mi pecho. La tela de color gris se cayó de la cama y aterrizó sin hacer ruido en el suelo, pero Catherine pareció no darse cuenta. En cambio, se agarró a mí con fuerza hasta que su respiración se hizo regular y todo su cuerpo se relajó.

Capítulo 24

Catherine

El lunes, después del último timbre, recogí mis cosas y me dirigí a mi taquilla. Cruz no había ido al instituto, y Minka ni siquiera me miró en las pocas clases que teníamos juntas. Era como un universo alternativo. La semana anterior no podíamos andar por el pasillo sin que alguien tratara de captar la atención de Elliott, mientras que ahora era objeto de las mismas expresiones de curiosidad o de asco reservadas normalmente para mí.

Elliott estaba muy callado de camino al Juniper, pero no me soltaba la mano, y me la apretaba alguna que otra vez , supuse que cuando pensaba algo que no quería formular en voz alta.

—Gracias por traerme a casa —le dije a Elliott mientras abría la puerta del pasajero empujándola contra el viento—. ¿Estás bien?

—No te preocupes por mí, estoy bien. Volveré después del entrenamiento.

Cerré la puerta y él levantó la mano, con el índice y el meñique apuntando hacia arriba y el pulgar extendido. Hice lo mismo antes de volverme para echar a andar hacia el Juniper.

El pelo me caía sobre la cara, lo que contribuía a evitar que el frío me azotara las mejillas, pero no era solo la ráfaga de viento helado lo que me empujaba a correr hacia la puerta: Elliott no se iría de allí hasta que yo estuviera dentro, y no podía llegar tarde al entrenamiento.

—¿Catherine? —me llamó mi madre cuando crucé el umbral.

—¡Estoy en casa! —anuncié, quitándome las capas de abrigo y colgando la chaqueta, la bufanda y el gorro de lana en el perchero junto a la puerta.

La hoja de registro del día estaba vacía, así que me dirigí a la cocina, dejé la mochila en la encimera, la abrí y saqué cinco libros de texto. Habían pasado tres días desde el encontronazo de Elliott con Duke, y todavía estaba preocupada, lo que me impedía concentrarme en clase. No había terminado los deberes y no había tomado ni la mitad de los apuntes. Ya estaba agotada solo de mirar la pila de libros.

—Mi hermano salió una vez con una chica que no le caía bien a mi madre. No duró mucho. —Tess depositó una taza de chocolate caliente delante de mí, sorbiendo la suya.

—¿Quién dice que a mamá no le cae bien Elliott? ¿Ella te ha dicho eso?

Tess se encogió de hombros.

—Dijo que Duke se puso como loco delante de Elliott. Le sabe mal, pero dice que tal vez sea lo mejor.

Suspiré.

—Gracias por el chocolate, pero hoy no, Tess.

—¿Hoy no? Tienes que terminar con esto ahora mismo. Vas a romperle el corazón. Sabes que no te vas a ir con él, y él no se va a quedar aquí…

—No, no lo sé —le espeté. Dejé escapar un suspiro, tratando de dominarme.

—No es culpa tuya —dijo Tess—. Es normal querer formar parte de algo, así que tiene sentido que quieras ambas cosas: a Elliott y al Juniper.

—¿Y quién dice que quiero las dos cosas? —le pregunté—. El Juniper es un mal necesario, no algo que desee. Elliott sí es un deseo, y todo iba bien hasta que Duke casi lo estropea todo. Todavía puedo seguir con esto. Ya se me ocurrirá algo. Siempre se me ocurre.

—Es una mierda, pero sabes que lo que tienes aquí es demasiado importante, y lo estás jodiendo todo.

Cerré los ojos.

—No sé nada. Y tú tampoco.

—Sé lo que estás pensando, pero estás equivocada. No puedes tener ambas cosas. Al final tendrás que elegir.

—Puedo tener las dos cosas mientras él esté aquí. Cuando se vaya… Dejaré que se marche, pero, por ahora, déjame disfrutarlo. Por una vez, déjame ser feliz.

—¿Él te hace feliz?

—Sabes que sí.

—Entonces, ya has elegido.

—No es una elección precisamente, Tess. Por favor. Tengo muchas preocupaciones ahora mismo. Vete a casa.

—La elección consiste en ser leal a tu madre o largarte con un chico que se va a ir de aquí. Para cualquier otra persona, la elección estaría muy clara. No puedo creerte. —Suspiré y me puse de pie, pero Tess me agarró del brazo—. Vine el viernes por la noche. No estabas aquí. Mavis dijo que te fuiste a ver su partido. Últimamente te pasas la vida fuera.

Me aparté de ella.

—Tengo derecho a salir de vez en cuando. He trabajado siete días a la semana durante dos años, Tess.

—Supongo. Bueno, ¿y cómo fue? El partido, digo. ¿Lo pasaste bien?

—No tanto como esperaba.

Tess me miró, entornando los ojos.

—¿El partido? ¿Por qué no?

Fuera el viento estremecía las ventanas y el aire hacía que las cortinas se mecieran suavemente.

Cuando no respondí, Tess llegó a su propia conclusión:

—¿Se portó mal contigo?

—¿Elliott? No, antes preferiría cortarse el brazo que portarse mal conmigo. Ni siquiera quiere ir a las fiestas sin mí. Plantó cara a su entrenador por mí. Él me quiere, Tess. A veces creo que me quiere más que nada en el mundo.

Sus mejillas se tiñeron de rojo.

—¿Qué hizo el entrenador?

—Nada —dije con un suspiro—. No hizo nada. Es complicado.

Entornó los ojos.

—Esas chicas. Las que te tratan mal. ¿Te molestaron? Presley otra vez, ¿verdad? ¿A eso se refería Althea? La escuché decirle a tu madre que te estaban molestando. Mavis dijo que habían venido a verte a casa. —Tess se enojaba aún más con cada frase.

—A Tatum le gusta Elliott, así que Presley está más odiosa que de costumbre, eso es todo.

—Bueno, al menos cuando lo dejes, ellas te dejarán en paz.

—No voy a dejar a Elliott… y lo otro no es muy probable.

—¿No crees que te dejarían en paz? —preguntó Tess.

Me encogí de hombros.

—No veo por qué iban a hacerlo. Me han estado molestando durante años, y disfrutan metiéndose conmigo. Sobre todo Presley. Rompieron los faros del coche de Madison para intentar que nos quedáramos tiradas en Yukon. —Tess frunció el ceño mientras tomaba otro sorbo de su chocolate caliente—. Pero no pasa nada. Todas se irán a la universidad dentro de unos meses.

—Lo que me recuerda… —dijo Tess, deslizando una pila de cartas hacia mí—. Althea me pidió que me asegurara de que veías estas cartas.

Las hojeé. Todas eran de distintas universidades en distintos estados. Había un 99,9 por ciento de posibilidades de que no pudiera permitirme pagar la matrícula de ninguna de ellas. Algunos sobres solo eran encuestas. Otros eran folletos publicitarios de las universidades. Los campus eran todos preciosos, con fotos hechas en verano, cuando estaban cubiertos de hierba verde y lucía el sol. Se me cayó el alma a los pies. Todos aquellos lugares estaban tan lejos de mi alcance que, para el caso, era como si estuvieran en la Luna.

Me pregunté —si los ojeadores acababan fichando a Elliott durante los *playoffs*— qué universidad escogería y si se iría muy lejos, si sería uno de esos estudiantes de primero que se reunían en el césped del campus y qué chica lo animaría gritando su nombre desde las gradas. Se me llenaron los ojos de lágrimas, y me las sequé.

—Cuanto antes dejes a Elliott, más fácil será para los dos.

Miré a Tess.

—Tienes que irte. Tengo que estudiar y luego tengo que hacer las tareas domésticas.

Tess asintió y se bajó del taburete para irse.

Abrí el libro de texto de geometría y saqué la hoja de cuaderno doblada que aún estaba dentro. Solo había terminado la mitad de la tarea en clase, dándole vueltas a cuánto tiempo más podría seguir pasando por alto el hecho de que Elliott se iba a marchar de Oak Creek. Le había dejado acercarse demasiado y lo había puesto en peligro. Ahora él era un paria en el instituto. Cuando llegara el momento, tendría que dejarlo volar.

Página tras página, problema tras problema, terminé cada una de las tareas asignadas mientras se ponía el sol y caía la noche. En el Juniper siempre había más ruido por las noches. Las paredes crujían, el agua siseaba por las tuberías y el frigorífico emitía zumbidos. En invierno el viento soplaba con tanta fuerza que a veces a la puerta principal le costaba mucho esfuerzo mantenerse cerrada.

El frigorífico se apagó y el zumbido cesó. Por una vez todo estaba demasiado silencioso. La puerta trasera se abrió y luego se cerró, y se oyeron como unos pasos caminando en círculos.

—¿Mami? —la llamé. No me respondió—. El calentador no funciona muy bien. ¿Quieres que llame a alguien?

Duke asomó por la esquina, sudando y resoplando, con la corbata floja y torcida. Me puse tensa, esperando un arrebato de furia inminente.

—Duke. No… no sabía que había alguien aquí. Lo siento, ¿qué puedo hacer por ti?

—Yo me ocuparé del calentador. Tú mantente alejada del sótano a partir de ahora. He oído que tienes la mala costumbre de que te encierren allí.

—Como si no lo supieras mejor que nadie… —le espeté.

—¿Qué quieres decir con eso? —replicó con un gruñido.

—Nada —repuse, guardando los deberes terminados.

Él se refería a la vez que estuve encerrada allí abajo tres horas. Había bajado a revisar el calentador de agua y alguien me cerró la puerta. Sospechaba que había sido Duke, pero cuando mamá respondió al fin a mis llamadas de auxilio, dijo que Duke no se había registrado ese día.

La puerta del sótano se cerró de golpe, y las pesadas botas de Duke bajaron por los desvencijados peldaños y no se detuvieron hasta llegar abajo del todo. Estaba trasladando y moviendo cosas de sitio, armando mucho estruendo. Me alegré de haber terminado los deberes. Los golpes y los chirridos de las patas de las sillas al rechinar sobre el suelo de cemento habrían hecho imposible concentrarse.

Preparé mi mochila para el día siguiente, la dejé junto a la puerta y luego subí las escaleras, más exhausta con cada escalón que subía. Mis pesados pies se quedaban pegados en la alfombra sucia y enmarañada, obligándome a agarrarme a la gruesa barandilla de madera para evitar tropezarme. La casa había envejecido dos décadas en los dos años transcurridos desde la muerte de papá. Yo solo sabía hacer pequeñas tareas de mantenimiento, como volver a poner en marcha la calefacción y buscar fugas en la instalación de agua. La pintura se estaba descascarillando, las tuberías goteaban, las lámparas parpadeaban y la casa estaba llena de corrientes de aire. Mamá no me dejaba hacer ni siquiera pequeñas reparaciones. Ella no quería que nada cambiara, así que simplemente dejábamos que todo se pudriera.

Una vez en mi habitación, me quité la ropa y oí los ruidos y los silbidos de las cañerías antes de que el agua saliera por el cabezal de la ducha.

Con el cuerpo y el cabello recién lavados, me puse en bata frente al espejo y limpié los centenares de pequeñas gotas de agua con la palma de mi mano. La chica del espejo era distinta de la que se había plantado frente al espejo con Elliott unos días antes. Las ojeras habían vuelto y tenía la mirada triste y cansada. Incluso sabiendo cómo terminaría todo, todavía me moría de ganas de verlo en el instituto todos los días. Era lo único que esperaba con ilusión, y lo iba a dejar escapar por razones que no entendía del todo.

Deslicé el peine por el pelo mojado. Me pregunté qué pensaría mi padre al ver cuánto me había crecido el pelo, si él habría aprobado lo mío con Elliott y lo diferente que sería mi vida si mi padre no hubiese muerto. La caja de música de mi tocador empezó a sonar y entré en mi dormitorio, mirando al cubo rosa. Estaba cerrada, y hacía días que no le había dado cuerda, pero desde el día después del funeral de mi padre, había fantaseado con que el fallo en el mecanismo que creaba aquella melodía lenta e inquietante era la forma que tenía papá de comunicarse conmigo.

Llevé la caja de música hasta mi ventana, accioné la pequeña manivela dorada y luego abrí la tapa, viendo a mi maltrecha bailarina girar al son de la reconfortante melodía.

Me senté en el pequeño banco bajo la ventana, notando ya que el aire frío se colaba por las rendijas. El arce de los Fenton, en el otro extremo de su terreno, tapaba una vista completa del cielo nocturno, pero todavía podía ver centenares de estrellas refulgir entre las ramas.

Las farolas estaban muy descuidadas e iban fundiéndose lentamente, una a una, pero los millones de estrellas del cielo siempre estarían allí: testigos callados y misteriosos, como los huéspedes del Juniper.

Un puñado de piedrecillas rebotó en el cristal, y al mirar dos plantas más abajo vi a Elliott de pie en la oscuridad.

Empujé hacia arriba la ventana con una sonrisa, y el invierno me resopló en la cara.

—Creía que no vendrías.

—¿Por qué creías eso?

—¿Porque hace horas que terminó el entrenamiento?

Parecía avergonzado.

—Lo siento, me he entretenido. He pensado… creo que debería subir de nuevo —dijo en voz muy baja—. Que debería quedarme a pasar la noche.

—Elliott… —Suspiré. Una noche era un riesgo. Dos era tomar una decisión.

El viento helado le alborotó el cabello hacia delante. Después de tenerlo solo una noche en mi habitación, me moría de ganas de verme rodeada por ese pelo, esos brazos y la seguridad que sentía estando cerca de él. Otra ráfaga entró por la ventana y me ceñí la bata con más fuerza.

—Hace un frío de muerte. Deberías irte a casa.

—Solo un segundo —dijo, retrocediendo unos pasos antes de echar a correr, trepar y saltar al tejadillo de debajo de mi ventana.

Lo detuve antes de que entrara, presionando mi mano contra su hombro.

—Nos van a pillar.

—Para eso estoy aquí, ¿no? ¿Por si alguien entra en tu habitación sin permiso?

—No quiero que estés aquí si eso sucede, Elliott. Hará que sea aún más difícil darte explicaciones.

—No tienes que explicarme nada.

—Esto es un desastre —dije con un suspiro—. Mi vida es un desastre.

—Bueno, ahora tu desastre es mi desastre.

Le toqué la mejilla, y él se apoyó en mi mano, provocándome una punzada en el pecho.

—Sé que solo intentas ayudar, pero si de verdad me importaras, no dejaría que te vieras involucrado. Tal vez… —Sentí que se me revolvía el estómago antes incluso de decir las palabras—. Elliott, creo que es hora de que… Tenemos que dejar lo nuestro. Tú te vas a ir de todos modos, y quiero mantenerte alejado de todo esto.

Frunció el ceño.

—Maldita sea, Catherine, no digas eso. No digas eso nunca. Tú te vienes conmigo, ¿recuerdas? Además, aquí soy yo el que hace de protector.

—Creía que yo era la guerrera…

—¿Por qué no te tomas un descanso por un tiempo?

Lancé un suspiro de frustración.

—Elliott, no tienes ni idea de lo que estás diciendo. Ni siquiera sabes con lo que te estás enfrentando.

—¿Esto tiene algo que ver con la pelea? —preguntó.

—No.

—Bueno. De acuerdo, entonces tal vez… —empezó a decir, eligiendo cuidadosamente sus palabras. Vi que estaba enfadado porque yo había pronunciado la palabra «dejarlo», igual de agitado y nervioso que la primera vez que fuimos a almorzar con Sam y Madison—. Está bien, ¿de acuerdo? Lo entiendo. Si nadie te está haciendo daño, no diré nada. Solo estoy preocupado por ti. No saber lo que está pasando lo hace aún peor.

El viento sopló y me abracé el estómago.

—Está bien, esto es ridículo —dijo, entrando en la habitación.

Elliott cerró la ventana y cruzó el cuarto para sentarse en mi cama, que crujió bajo su peso. Me miró, dando unas palmaditas a su lado con una dulce sonrisa.

Miré a la puerta, tratando de hablar en voz baja.

—Te agradezco que te preocupes por mí, pero como puedes comprobar, estoy bien. Ahora, por favor…

Oímos unas voces amortiguadas procedentes del pasillo, y nos quedamos paralizados. Reconocí a Duke y a mamá, y luego a Willow, pero Elliott frunció el ceño con gesto confuso.

—¿Esa no…?

Me tapé los ojos con las manos, sintiendo que unas lágrimas cálidas amenazaban con resbalar por mis mejillas.

—Elliott, tienes que irte.

—Lo siento, no volveré a hablar con signos de interrogación.

—Lo digo en serio. Esto es muy serio. Estoy intentando protegerte.

—¿De qué?

Señalé hacia la puerta.

—Ninguno de ellos estaba aquí antes, y ahora lo están. Tiene que haber una razón. Están tramando algo. Tienes que irte. Aquí no estás seguro.

Se puso en pie, tendiéndome la mano.

—Entonces tú tampoco deberías estar aquí. Vámonos.

Mantuve la palma pegada a mi pecho.

—¡No tengo otra opción!

Elliott se llevó el dedo a los labios y luego se levantó, atrayéndome en un abrazo cálido y firme. Quería quedarme acurrucada allí para siempre.

—Yo te doy al menos una —dijo Elliott en voz baja, con la boca en mi pelo. Él no tenía miedo, y yo no podía demostrarle lo peligroso que era sin ponerlos en peligro a él y al Juniper—. ¿Qué me dices de la señora Mason? ¿No puedes hablar con ella?

Negué con la cabeza, presionando la mejilla contra su pecho. Era difícil llevarle la contraria cuando lo único que quería era que se quedara allí conmigo en la habitación.

—Ya se nos ocurrirá algo. Pero se acabó eso de hablar de dejarlo o de que te deje aquí sola. Mírame. ¿Te parece que necesito que me salves? —Intentó sonreír, pero la sonrisa se desvaneció rápidamente cuando vio la tristeza en mis ojos.

—Me vas a dejar aquí sola, Elliott. Al final te irás, y yo no me puedo ir contigo. Es mejor si tú…

Oímos el crujido de un tablón del pasillo. Me tapé la boca, apartándome de la puerta y mirando a la rendija de abajo, esperando que en cualquier momento una sombra bloqueara la luz.

Elliott me atrajo hacia sí cuando los pasos desfilaron ante mi puerta y se dirigieron hacia las escaleras, con el sonido de unas botas pisando con fuerza el suelo a cada paso, y entonces la puerta del sótano se cerró de un portazo.

—Ese era Duke —susurré. Miré a Elliott con ojos suplicantes—. No puedes arriesgarte a que te descubran. No con él aquí. Eso no haría más que empeorar las cosas. Él no vendrá a mi habitación. Mamá no le dejará. Así que, por favor… vete.

—Si no tienes miedo de que entre, ¿por qué tienes el tocador arrimado a la puerta?

—No es por él.

Elliott se frotó la frente con la palma de la mano.

—Catherine, ya basta. No puedo aceptar más respuestas que no lo son. Tienes que confiar en mí lo suficiente para decirme qué está pasando. ¿Por quién es la barricada?

Tragué saliva.

—Por mi madre.

Dejó caer los hombros.

—¿Te pega?

Negué con la cabeza.

—No, solo me asusta. La situación es cada día peor. Es difícil de explicar, y Elliott… Te prometo que tanto daría si te lo explicara. Tú no puedes arreglarlo.

—Déjame intentarlo.

Me mordí el labio, pensando.

—Bueno. Está bien, puedes quedarte.

Lanzó un suspiro de alivio.

—Gracias.

La puerta trasera se cerró y, cuando me acerqué a la ventana para asomarme a la oscuridad del exterior, di un respingo al ver a alguien plantado abajo.

Mamá estaba en el centro del solar de los Fenton, en camisón, mirando calle abajo. Los hijos de los Fenton acababan de dar instrucciones para que aplanaran el terreno con un tractor y poder dejarlo preparado para levantar los cimientos de una nueva casa. Los pies descalzos de mamá estaban recubiertos de barro frío, pero ella no parecía darse cuenta.

Se volvió para mirar a la ventana de mi dormitorio, pero me aparté antes de que pudiera verme y pegué la espalda contra la pared. Después de unos segundos, me asomé de nuevo. Mamá seguía allí, mirando hacia la casa, esta vez con el cuerpo orientado hacia la ventana de la habitación contigua. Al darme cuenta de que era de mamá, y no del Juniper, de quien había tenido miedo todo ese tiempo, sentí que se me helaba la sangre.

Como siempre, mi primera reacción fue hacer caso omiso del miedo e ir corriendo a su lado para hacerla volver adentro, pero parecía enfadada, y temía demasiado a quien pudiera estar allí fuera, aparte de ella.

Retrocedí desde la ventana y me dirigí a los brazos de Elliott.

—¿Esa es… esa es tu madre?

—Volverá y se irá a la cama.

Elliott se asomó a mirar por la ventana y luego se apartó; parecía tan asustado como yo.

—¿Qué crees que está buscando ahí abajo? ¿Crees que me está buscando a mí?

Negué con la cabeza, mientras la observaba, viendo cómo miraba calle abajo.

—No tiene ni idea de que estás aquí.

Mamá bajó la vista y hundió los dedos de los pies en los fríos y húmedos terrones de tierra.

—¿Qué está haciendo? —preguntó Elliott.

—No creo que ella tampoco lo sepa.

—Tienes razón. Tu madre da miedo.

—No tienes que quedarte —dije—. Solo espérate a que ella entre para salir.

Me estrechó en sus brazos.

—No pienso irme a ninguna parte.

Capítulo 25

Elliott

Tuvimos mucho cuidado de evitar que la cama hiciera demasiado ruido cuando nos acomodamos para pasar la noche. Catherine tenía razón cuando decía que el Juniper era un sitio raro y espeluznante. En la casa había tantos ruidos que parecía que las paredes, las tuberías, los suelos y los cimientos estuvieran comunicándose.

No dejaba de darle vueltas a qué hacer si alguien entraba por aquella puerta. Aun así, ninguno de los peores escenarios posibles que se me ocurrían era más aterrador que el que Catherine había descrito. Lo había expresado en voz alta ya más de una vez, lo que significaba que lo había pensado diez veces más. Ella creía que éramos demasiado diferentes, que lo que le estaba pasando era demasiado monstruoso para poder superarlo juntos, y que necesitaba que desapareciese de su vida para poder protegerme. Yo simplemente me negaba a admitirlo, pero cuanto más nos acercábamos al momento de la graduación, más me preocupaba que me dijera adiós para siempre.

El hecho de que al fin Catherine me hubiese contado la verdad, aunque solo fuese una pizca, me daba esperanzas, y cuando la estrechaba entre mis brazos, me decía a mí mismo que al final podía amarla lo suficiente para que acabara eligiéndome. Si no lo hacía, no estaba seguro de poder hacer las maletas para ir a la universidad y dejarla allí sola una vez más para que se valiera por sí misma.

Quería que descansara, pero también quería que me hablara sobre nuestro futuro. Permanecí callado mientras mi compasión y mi avidez luchaban entre sí, esperando que ganara una de las dos.

—¿Elliott? —susurró Catherine.

Mi alivio era palpable.

—¿Sí?

—No quiero que nadie te haga daño. Ni yo ni nadie.

—Tú eres la única que podría hacerme daño —dije, sintiendo una quemazón en el pecho. No tenía idea de lo que iba a decir a continuación.

Catherine enterró su cabeza en mi pecho y me abrazó con fuerza.

—Lo que dijiste, sobre cómo sabes que amas a alguien… ¿Y si…? ¿Y si esa persona es lo más importante, pero hay cosas que escapan a tu control y que se interponen en el camino?

La miré, esperando hasta que me mirara ella. Tenía los ojos brillantes e intenté no dejarme dominar por el pánico.

—Recuerdo la primera vez que te vi. Me pareciste la chica más guapa que había visto en mi vida. Luego fuiste la más compasiva; luego, la más triste. La más asustada. La más valiente. Cada día te admiro más, y si quieres saber qué es lo que me da miedo, es que seguramente no te merezco, pero sé que te amaré más que nadie. Haré lo que sea para que estés a salvo y seas feliz. Solo espero que sea suficiente.

—Eso lo sé. Lo sé todo, y te quiero por eso mismo. Me siento más segura, más feliz cuando estoy contigo. Pero ¿y si…? ¿Qué pasa si no puedo irme?

—¿Y si yo puedo ayudarte? —le pregunté.

—¿Cómo? —dijo ella.

Casi podía tocar su esperanza con los dedos y envolvernos a ambos con ella como si fuera una manta; Catherine estaba esperando que le mostrara la salida, pero estaba encadenada allí por su obligación para con su madre, y no estaba seguro de poder competir con eso. La culpa y el miedo eran bestias muy poderosas, y se habían estado alimentando de ella durante años, de dentro afuera.

—Puedo recoger tus cosas y meterlas en mi coche.

Catherine miró hacia otro lado.

—Este sitio se irá a pique contigo o sin ti a bordo para hundirte en él. Nadie te culparía por abandonar el barco. Y si tu madre estuviera mentalmente bien, ella tampoco lo haría. Cualquier persona que te quiera desearía verte tan lejos de este lugar como tú quieres verme a mí. Así que pregúntate a ti misma, cuando se vaya al garete, que se irá, ¿habrá valido la pena? ¿Qué querría tu padre que hicieras?

Una lágrima rodó por su mejilla y ella negó con la cabeza.

—Pero no puedo dejarla aquí.

—Entonces, encontremos otra forma. Algún programa, la administración… Podemos buscar trabajo y enviar dinero. Podemos llamar y buscar ayuda, asistencia, pero... este no es tu sitio, Catherine. Este no es tu hogar. Los huéspedes no son tu familia.

—Pero ella sí. Mi madre es todo lo que tengo.

—Me tienes a mí —dije—. No estás sola, y no volverás a estarlo nunca más.

—Solo si me voy contigo.

Le toqué la barbilla y la levanté con suavidad hasta que sus ojos se encontraron con los míos.

—¿Es que todavía no me conoces? Ve a donde quieras. Yo te seguiré. Pero no podemos quedarnos aquí. No puedes quedarte aquí, Catherine. No quieres, sé que no quieres.

Ella negó con la cabeza y otra lágrima cayó por su mejilla.

—No, no quiero. —Cerró los ojos y acercó los labios a los míos, y yo le tomé la nuca con una mano, abrazándola con la otra. Ella lanzó un suspiro, separándose—. Ya le dije que me quedaría.

—Los planes cambian.

—Tengo miedo de lo que le sucederá cuando me vaya.

—Catherine, escúchame. Ella es la adulta. No es responsabilidad tuya. No puede tenerte encarcelada aquí, y además, cuando te vayas, tendrá que buscar ayuda. Te está utilizando para cortarte las alas. Tendrá que seguir adelante o…

—Hundirse —dijo Catherine, mirando a la puerta.

—No puedes rescatar a alguien de las arenas movedizas si tú también estás atrapado en ellas —dije.

Apoyó su mejilla en mi pecho.

—Tienes razón. Sé que tienes razón, pero… es difícil de explicar. La idea de marcharse de aquí es muy emocionante, pero también aterradora. No sé si podré ayudarla una vez que me haya ido.

—Lo que está claro es que no puedes ayudarla quedándote aquí.

Ella asintió, pensando.

La abracé con fuerza.

—Hay muchas cosas que no sabemos, pero puedo prometerte que no lo harás sola.

Capítulo 26

Catherine

Los pasillos del instituto estaban especialmente silenciosos el martes por la mañana. Los alumnos parecían cansados, y al principio creí que solo era por el cielo encapotado de nubes y por el frío. Sin embargo, con el frente frío se estaba fraguando algo más, solo que no lo sabíamos aún.

Un ayudante de secretaría apareció en la puerta, con el pelo rizado y de color zanahoria. Tenía la cara plagada de pecas en su piel de porcelana, y ya guardaba rencor como estudiante de primero. Ese día, no obstante, los años de burlas y de acoso escolar estaban ausentes en su expresión, y más bien parecía poseído por la ansiedad cuando depositó la nota en la mesa de la profesora.

—¿Tatum? —la llamó la señora Winston—. Te quieren en el despacho de dirección.

—Pero el examen… —protestó.

—Recoge tus cosas —dijo la señora Winston, mirando el papel que tenía en la mano—. Ahora mismo.

A través de la pared de cristal vi a Anna Sue caminando por el pasillo, escoltada por otro ayudante de secretaría. Llevaba sus libros con ella.

Tatum hizo una pausa y observó a su amiga. Sus miradas se encontraron medio segundo antes de que Anna Sue pasara de largo.

Tatum agarró la mochila y salió corriendo al pasillo, llamando a Anna Sue para que la esperara.

En cuanto desaparecieron de nuestra vista, se oyeron algunos murmullos persistentes, pero luego volvimos a nuestros exámenes. Mientras contestaba las preguntas, tuve el inquietante presentimiento de que había pasado algo malo. Los pasillos se hallaban sumidos en un tenso silencio. Los alumnos estaban agotados, preparados inconscientemente para el terror que estaba a punto de adueñarse de las entrañas del instituto.

Sonó el timbre y cientos de adolescentes desfilaron por los pasillos, deteniéndose en sus taquillas para intercambiar libros y material en los dos minutos que teníamos entre clase y clase.

—¿Te has enterado? —preguntó Madison sin aliento.

—No, pero lo noto —dije, cerrando la puerta de mi taquilla.

Elliott y Sam aparecieron con las mismas expresiones confusas.

—Están diciendo que Presley no ha venido hoy al instituto, y han llamado a todas las clones al despacho de dirección —explicó Sam.

—Madison —dijo la señora Mason, mirándome. Le tocó el brazo a Maddy—. Necesito que me acompañes.

—¿Yo? ¿Por qué? —preguntó Madison.

—¿Qué pasa? —preguntó Sam.

—Tú ven conmigo y punto, Maddy. No discutas —susurró la señora Mason.

Madison echó a andar con la señora Mason por el pasillo C hacia el despacho.

Nos quedamos mirando mientras una multitud iba formándose a nuestro alrededor. La gente hacía preguntas, pero sus voces se confundían.

—¿Crees que es por el coche de Maddy? —preguntó Sam—. A lo mejor las han pillado y quieren hablar con ellas de eso.

—¿No has visto la cara de la señora Mason? —dijo Elliott—. Sea lo que sea... es algo muy malo. —Se inclinó y entrelazó los dedos con los míos.

Pasaron la segunda y la tercera hora de clase. Al salir del aula, esperaba encontrarme a Madison en mi taquilla para que relatara a toda velocidad la razón por la que la habían llamado al despacho, con voz casi inaudible. Elliott, Sam y yo aguardamos en mi taquilla, pero Madison no se presentó.

—Todavía está en el despacho —dijo Sam.

Fue entonces cuando advertí las lágrimas y los rostros sombríos, algunos incluso parecían asustados.

—¿Qué diablos está pasando? —exclamó Elliott.

Sam sacó su teléfono.

—Voy a mandar un mensaje al padre de Maddy. Él debería saber lo que pas...

El señor Saylor pasó por delante de nosotros y le lanzó a Sam una extraña mirada antes de desaparecer por la esquina.

—Se dirige al despacho —dedujo Sam, guardando su teléfono.

—Voy a ir —dije.

—Catherine, no... —comenzó a decir Elliott, pero antes de que pudiera acabar la frase, yo ya había cerrado mi taquilla y estaba siguiendo al señor Saylor.

La señora Rosalsky parecía aterrorizada en el momento en que entramos Elliott, Sam y yo. Se levantó, frenándonos con la mano.

—Catherine, deberías irte. Tú también, Elliott. Sam, acompáñalos.

—¿Dónde está Maddy? —pregunté—. La señora Mason vino a buscarla hace dos horas. Acabamos de ver a su padre.

La señora Rosalsky bajó la barbilla y me miró a los ojos.

—Catherine, vete. Te llamarán muy pronto.

—Señorita Calhoun —dijo un hombre, saliendo de la oficina de la señora Mason. Madison lo siguió acompañada de su padre, horrorizada.

—¿Qué pasa? —preguntó Elliott.

—Soy el inspector Thompson —dijo, estrechando la mano de Elliott. Nos miró con sus ojos saltones, de color azul.

—Encantado de conocerle —dijo Elliott, asintiendo con la cabeza antes de mirar alrededor buscando a Madison—. ¿Estás bien?

Madison asintió, empequeñecida detrás de su padre.

El inspector Thompson vestía un traje oscuro y gastado, con sus botas de *cowboy* mojadas después de un fin de semana de lluvia. Su bigote canoso e hirsuto hacía que pareciese más un vaquero que un representante de la ley.

—Ya que estáis los dos aquí, ¿por qué no entráis en el despacho de la señora Mason?

Miré a Elliott, buscando una respuesta en su expresión. Yo no tenía ni idea de qué estaba pasando, pero Elliott parecía impertérrito. Me tomó la mano y fue delante. Cuando pasamos, la mirada de Madison me lanzó mil advertencias. Nos rozó la mano con la suya mientras se iba con su padre, deseándonos buena suerte en silencio.

La señora Mason estaba de pie detrás de su mesa y nos hizo señas para que ocupáramos las dos sillas que tenía delante. Lo hicimos, pero Elliott no me soltó la mano.

El inspector Thompson miró nuestros dedos entrelazados mientras se sentaba en la silla de la señora Mason, juntando las manos por detrás de la placa de identificación.

—¿Sabéis por qué os hemos llamado aquí hoy? —preguntó Thompson.

Elliott y yo intercambiamos miradas, y luego negamos con la cabeza.

—Presley Brubaker no regresó a su casa anoche —dijo Thompson, constatando un hecho.

Fruncí el ceño, esperando a que aquellas palabras tuvieran sentido, a que el inspector nos las explicara.

—¿Se ha escapado de casa? —preguntó Elliott.

Thompson frunció la boca.

—Es interesante que digas eso, Elliott. Nadie más con quien he hablado parece pensar eso.

Elliott se encogió de hombros.

—¿Qué otra cosa podría ser?

El inspector se recostó en la silla, tan calmado y sereno como Elliott. Se miraban el uno al otro en una especie de duelo de miradas.

—Necesitaré vuestras fechas de nacimiento. Empecemos por Elliott.

—Dieciséis de noviembre de mil novecientos noventa y nueve —respondió Elliott.

—El dos de febrero —dije yo.

El inspector Thompson sacó un bolígrafo del portalápices de la señora Mason y anotó nuestras respuestas.

—Ha sido tu cumpleaños este fin de semana, ¿eh? —comentó el inspector.

Elliott asintió.

—¿Catherine? —dijo la señora Mason—. ¿Tú sabes dónde está Presley? ¿Has sabido algo de ella?

—Yo haré las preguntas, señora Mason. —Thompson dijo las palabras, pero esperó a que yo respondiera.

Intenté relajarme, aparentar tanta calma y seguridad como Elliott, pero Thompson ya había tomado una decisión. Era más bien como si esperara una confesión en lugar de realizar una entrevista informal.

—La última vez que la vi fue después del partido el viernes por la noche en Yukon —respondí.

—¿Intercambiaste algunas palabras con ella? —preguntó Thompson.

—Eso se parece mucho a dirigir un testimonio, inspector —dijo Elliott.

Thompson arrugó los labios de nuevo.

—Estos chicos de hoy en día... —dijo, poniendo sus botas llenas de barro en el escritorio de la señora Mason. Algunos trozos planos y secos cayeron sobre la madera y la alfombra—. Veis demasiada televisión. ¿No está de acuerdo, señora Mason?

—Solo en algunos casos. Elliott y Catherine son dos de nuestros mejores estudiantes. Muestran un comportamiento ejemplar y sus notas mantienen un promedio impresionante.

—Ha estado viendo a menudo a Catherine desde que murió su padre, ¿verdad? —le preguntó Thompson. La pregunta iba dirigida a la señora Mason, pero no apartó los ojos de mí.

La señora Mason habló atropelladamente:

—Lo... Lo siento, inspector. Ya sabe que no puedo hablar de...

—Por supuesto —dijo él, irguiendo la espalda—. Así que... ¿Catherine? ¿Presley y tú intercambiasteis unas palabras en el partido de fútbol en Yukon?

Me quedé pensando un momento.

—No, creo que no hablamos, no.

—Madison no parece estar de acuerdo contigo —dijo Thompson—. ¿No es así como fuiste al partido? ¿Con tu amiga Madison?

—Sí, pero no hablé con Presley —dije con seguridad—. Madison le respondió un par de veces. Ella le dijo hola, y luego... —Me tragué mis palabras. Lo último que quería era implicar a Madison de algún modo, y si Presley había desaparecido, cualquier hostilidad, aunque estuviese plenamente justificada, llamaría la atención de Thompson.

—¿Le dijo que se fuera a la mierda? —preguntó Thompson—. ¿No fue eso lo que le dijo?

Sentí que se me sonrojaban las mejillas.

—¿Sí? —preguntó.

Asentí.

Elliott soltó una carcajada.

—¿Te parece gracioso? —preguntó Thompson.

—A Presley no le hablan así muy a menudo —dijo Elliott—. Así que la verdad es que sí. Tiene su gracia.

Thompson me señaló y luego a señaló a Elliott, alternativamente.

—Vosotros dos sois pareja, ¿verdad?

—¿Qué importancia tiene eso? —preguntó Elliott. Por primera vez mostró signos de incomodidad, y Thompson se centró en eso:

—¿Tienes algún problema en responder a esa pregunta?

Elliott frunció el ceño.

—No. Sencillamente, no entiendo qué tiene eso que ver con Presley Brubaker, ni con el motivo de que estemos aquí.

Thompson nos señaló las manos.

—Responde a la pregunta.

Elliott me apretó la mano otra vez.

—Sí.

—Presley tiene un historial de acoso e intimidación a Catherine, ¿verdad? Y tú... Tú tienes un historial haciendo agujeros en las paredes.

—En las puertas —lo corrigió Elliott.

—Chicos —dijo la señora Mason—, recordad que podéis solicitar la presencia de un abogado. O de vuestros padres.

—¿Por qué íbamos a hacer eso? —replicó Elliott—. El inspector puede preguntarnos lo que quiera.

—Hubo una fiesta después del partido. ¿Fuisteis alguno de los dos? —preguntó.

—Yo fui con Sam —dijo Elliott.

—¿No fuiste con Catherine? —inquirió Thompson, arqueando una ceja.

—No quería ir —respondí.

Thompson nos observó durante varios segundos antes de volver a hablar.

—¿Y eso?

—Elliott me llevó a casa y me fui a la cama —dije.

—¿Te fuiste a casa? —preguntó, señalando a Elliott—. ¿La noche de su cumpleaños? ¿Después de una gran victoria contra Yukon? Eso es raro.

—No voy a fiestas —dije.

—¿Nunca?

—Nunca —respondí.

A Thompson se le escapó la risa, pero luego se puso serio.

—¿Alguno de los dos vio a Presley después del viernes por la noche?

—No —respondimos ambos al unísono.

—¿Y anoche, Youngblood? Háblame de tu noche después del entrenamiento de fútbol.

—Estuve paseando un rato.

Miré a Elliott. Me había dicho que tenía cosas que hacer después del entrenamiento y antes de venir a mi casa. No se me ocurrió preguntarle entonces qué eran esas cosas.

Thompson entornó los ojos.

—¿Paseando por dónde?

—Por mi barrio, esperando a que Catherine subiera a su habitación.

—¿Y eso por qué?

—Esperé, y cuando vi movimiento, lancé unas piedrecillas a su ventana.

—Le arrojaste piedras a su ventana —repitió Thompson, impresionado—. Qué romántico.

—Es lo que intento —dijo Elliott con una pequeña sonrisa.

La señora Mason se apoyó en su archivador, formando una línea recta con sus labios. Elliott reaccionaba ante la mayoría de las cosas de forma imperturbable, pero el inspector no lo sabía. Para él, Elliott podía parecer frívolo o, peor aún, insensible.

—¿Y Cathy acudió a la ventana? —preguntó Thompson.

—Es Catherine —dijo Elliott con tono firme. Demasiado firme para hablar con un adulto, especialmente un inspector.

—Mis disculpas —dijo Thompson con un brillo en los ojos—. Continúa.

Elliott se inclinó hacia delante y se aclaró la garganta.

—Catherine se asomó a la ventana y… hablamos.

—¿Eso es todo?

—Puede que trepara por el costado de su casa para robarle un beso —dijo Elliott.

—¿Fue así como te hiciste esos rasguños en las manos? —preguntó Thompson.

Elliott levantó su mano libre.

—Sí.

—¿Qué hay de tus nudillos?

—Eso fue por una pelea el viernes por la noche, después del partido.

—¿Ah, sí? —dijo el inspector.

—Todavía nos sentíamos invencibles después del partido. Me peleé con los luchadores. Estupideces de chicos adolescentes.

—He oído que dejaste a Cruz Miller sin sentido. ¿Es eso cierto?

—Me dejé llevar un poco, sí.

—¿Fue por Catherine? —preguntó Thompson.

—Los dos estábamos fanfarroneando y diciendo tonterías. Es agua pasada.

—¿A qué hora te fuiste de casa de Catherine anoche?

Elliott se removió en su silla. Si era sincero, se arriesgaba a que el inspector le dijera a mamá que había pasado la noche en el Juniper.

—Elliott —insistió Thompson—, ¿a qué hora te fuiste de casa de Catherine?

—No me acuerdo —dijo Elliott al fin.

—Vosotros dos me ocultáis algo. Os lo advierto, es mejor ir con la verdad por delante, de lo contrario, cualquier cosa que digáis después será cuestionada. —Cuando no respondimos, lanzó un suspiro—. ¿Tienes alguna idea de a qué hora se fue?

Me encogí de hombros.

—No miré el reloj. Lo siento.

—Dime, Catherine. ¿Piensas que Elliott es demasiado posesivo? ¿Tal vez un poco controlador?

Tragué saliva.

—No.

—Se acaba de mudar aquí, ¿verdad? Pero vosotros dos parecéis ir muy en serio…

—Ha venido a pasar varios veranos con su tía —le expliqué—. Nos conocemos desde hace varios años. —Caminar por la cuerda floja que había entre la verdad y la mentira era algo que había hecho muchas veces, pero en este caso Thompson tenía un plan, y no estaba segura de si mis medias verdades estaban haciendo más mal que bien.

El inspector dio unos golpecitos en el escritorio de la señora Mason con su arrugado dedo índice, y su anillo de boda atrapó el destello de luz fluorescente. Apoyó la barbilla en su otra mano. Mantuve la mirada fija en su delgada mano, contando las manchas de la edad, preguntándome si su esposa sabía que aterrorizaba a los chavales de instituto por gusto. Por la forma en que miraba a Elliott, tenía la sensación de que solo acababa de empezar.

—¿Algo más? —preguntó Elliott—. Tenemos que volver a clase.

El inspector Thompson se quedó en silencio durante un rato y luego se levantó bruscamente.

—Sí. Catherine, ¿por qué no vuelves a clase?

Nos pusimos de pie, sin soltarnos de la mano.

—Elliott, voy a tener que pedirte que me acompañes —dijo Thompson.

Elliott adoptó una postura protectora delante de mí, abrazándome.

—¿Qué? ¿Por qué?

—Necesito hacerte algunas preguntas más. Puedes negarte, pero volvería con una orden del juez. Podemos interrogarte entonces.

—¿Una orden de arresto? —preguntó Elliott. Todos los músculos de su cuerpo se pusieron en tensión, como si no pudiera decidir si salir corriendo o atacar—. ¿Por qué?

La señora Mason se levantó, con los brazos extendidos.

—Inspector, sé que no conoce a Elliott, pero creo que está interpretando como posesividad algo que simplemente es un carácter muy protector de él con respecto a Catherine. Su padre falleció hace unos veranos, y ella y Elliott comparten una historia. Él se preocupa mucho por ella.

Thompson arqueó una ceja.

—Y Catherine comparte una historia con Presley Brubaker. Hemos determinado ya que Elliott es muy protector con Catherine...

La señora Mason negó con la cabeza.

—No. Está tergiversando las cosas. Elliott nunca...

—¿Me acompañará a la comisaría, señor Youngblood? ¿O lo veré en el entrenamiento de fútbol con un par de esposas plateadas y relucientes? —preguntó Thompson.

Elliott me miró y luego se volvió hacia el inspector, exhalando el aire por la nariz, con sus fosas nasales llameantes. Su expresión era severa. Solo le había visto ese semblante una vez, el día que nos conocimos.

—Iré —se limitó a decir.

El rostro del inspector Thompson se iluminó y le dio una palmadita a Elliott en el hombro.

—Muy bien, entonces, señora Mason. Puede que no conozca bien todavía al señor Youngblood ahora, pero vamos a conocernos muy bien esta tarde.

Agarró a Elliott del brazo, pero me aferré a él.

—¡Espere! Espere un segundo —dije.

—Todo irá bien. —Elliott me besó en la frente—. Llama a mi tía. —Rebuscó en su bolsillo y me dio las llaves de su coche.

—Yo… no sé su número.

—Yo sí —dijo la señora Mason—. Solicita un abogado, Elliott. No digas nada más hasta que llegue uno.

Elliott asintió y luego se fue con el inspector Thompson. Yo los seguí a una distancia prudencial, acompañada por la señora Mason. Observé desde la pared de ventanas de la fachada del instituto mientras Thompson abría la parte trasera de su Crown Victoria azul marino. Toqué el vidrio helado, contemplando impotente la escena hasta que Elliott y Thompson desaparecieron de mi vista.

Me volví hacia la señora Mason.

—¡Él no tiene nada que ver con esto!

—Vuelve a mi despacho. Vamos a buscar el número de Leigh. Deberíamos llamarla. Ahora.

Asentí con la cabeza, siguiendo a la orientadora de regreso a su despacho. Me senté en el mismo asiento que había ocupado apenas unos minutos antes. Me temblaba la rodilla y me clavé la uña en el antebrazo mientras la señora Mason buscaba en el ordenador y luego levantaba el teléfono.

—¿Señora Youngblood? Hola, soy Rebecca Mason. Me temo que tengo malas noticias. Presley Brubaker ha desaparecido, y el inspector Thompson, del Departamento de Policía de Oak Creek, ha venido a buscar a Elliott para interrogarlo. Acaba de llevárselo a comisaría hace menos de cinco minutos. Elliott me pidió que la llamara.

Oí la voz de pánico de Leigh al otro lado del hilo, haciendo una pregunta tras otra.

—Señora Youngblood... Leigh... lo sé. Sé que es un buen chico. Pero creo... Creo que debería llamar a un abogado para que se reuniera con Elliott en la comisaría lo antes posible. Sí. Sí, lo siento mucho. Sí. Adiós.

La señora Mason colgó el teléfono y luego se tapó los ojos con una mano.

—Becca —dijo el señor Mason, entrando por la puerta.

La señora Mason levantó la vista, haciendo todo lo posible por no perder la compostura, pero cuando vio a su marido, las lágrimas le brotaron de los ojos y le resbalaron por las mejillas.

El señor Mason rodeó el escritorio y ayudó a su esposa a ponerse de pie, abrazándola con fuerza mientras ella intentaba reprimir el llanto. Al verme mirándola, la señora Mason soltó a su marido y se alisó la chaqueta y la falda.

—¿Catherine? —Se aclaró la garganta—. Leigh va camino de la comisaría de policía. John no tardará en llegar. Van a llamar a un abogado para Elliott. Quiero que te vayas a clase... —La compasión asomó a sus ojos—. Y quiero que intentes con todas tus fuerzas no preocuparte. Si alguien, quien sea, te molesta por esto, acude directamente a mí. ¿Entendido?

Asentí con la cabeza.

Se secó las mejillas con el dorso de la mano.

—Bien. Tengo una cita con Tatum, Anna Sue y Brie dentro de diez minutos. Ven a verme después del almuerzo, por favor.

Asentí y la observé mientras salía de su despacho, decidida a no permitir que todo el instituto se derrumbara.

Fue como si el trayecto hasta mi taquilla durase el doble que de costumbre. Hice girar la rueda negra, pero cuando tiré de la puerta, no se abrió. Sonó el timbre y lo intenté de nuevo, ansiosa por evitar las miradas suspicaces y los murmullos. Cuando volví a fallar, empezó a temblarme el labio inferior.

—Déjame a mí —dijo Sam, tirando directamente del pestillo. La cerradura se soltó y me abrió la taquilla.

Saqué mis libros rápidamente y cerré la puerta, volviendo a accionar la rueda.

—Maddy se ha ido a casa —dijo Sam—. ¿Puedo acompañarte? —Miró a su alrededor—. Debo acompañarte.

Eché un vistazo a mi espalda y me encogí al percibir las miradas acusadoras de los alumnos que se cruzaban conmigo. Ya se había extendido el rumor.

—Gracias.

Sam siguió andando a mi lado, acompañándome por las zonas comunes hasta el pabellón B. Los alumnos nos fulminaban a mí y a Sam con la mirada, y me preocupaba que él también se convirtiera en un objetivo.

Cuando llegamos a mi clase de literatura universal, Sam se despidió de mí y siguió andando hacia la suya. Me senté deslizándome detrás de mi pupitre, sin poder evitar que la señora McKinstry hiciera una pausa para mirarme antes de pasar lista.

Cerré los ojos, sujetando con fuerza las llaves de Elliott en la mano. Solo unas horas más y podría ir con él. Solo unas pocas horas más y…

—¡Catherine! —me llamó la señora McKinstry.

Miré hacia abajo y noté que un líquido caliente se acumulaba en la palma de mi mano y me caía goteando por la muñeca: las llaves de Elliott se me habían clavado en la piel.

La señora McKinstry agarró un trozo de papel de cocina y se acercó corriendo a mí, obligándome a abrir la mano. Me secó la palma y el papel blanco absorbió el rojo carmesí.

—¿Estás bien?

Asentí.

—Lo siento.

—¿Lo siento? —preguntó, sorprendida—. ¿Se puede saber qué demonios es lo que tienes que sentir? Anda... ve a la enfermería. Allí te curarán la herida.

Recogí mis cosas y salí apresuradamente de la clase, sintiéndome aliviada por no tener que soportar durante una hora entera las miradas de veinticinco pares de ojos fijos en mi nuca.

La enfermería estaba delante de secretaría, al doblar la esquina y a tres metros de mi taquilla. Me detuve en el número 347, sin poder dar un paso más. Al notar el contacto de las llaves de Elliott en el papel de cocina, giré sobre mis talones y eché a correr a través de las puertas dobles que daban al aparcamiento.

Capítulo 27

Catherine

Mis Converse, negras y gastadas, lucían un aspecto dolorosamente juvenil junto a los zapatos de tacón de aguja y piel de serpiente de Leigh. Ella estaba sentada con una postura perfecta, esperando en una de las diez sillas de respaldo metálico que bordeaban la sala principal del Departamento de Policía de Oak Creek.

Las paredes eran de un marrón sucio y los zócalos a juego estaban negros y salpicados de gotas de café y otras manchas desconocidas. Conté siete puertas que rompían la monotonía de las paredes que flanqueaban el pasillo, con la mayoría de sus mitades superiores ocupadas por ventanas de plexiglás cubiertas por minipersianas baratas.

Los fluorescentes zumbaban sobre nuestras cabezas como un recordatorio de que la luz del sol procedente de las ventanas delanteras solo llegaba al final del pasillo.

De vez en cuando uno o dos agentes pasaban por allí, observándonos con recelo, como si formáramos parte de un intrincado plan para ayudar a Elliott a escapar.

—No hace falta que te diga que no es una buena idea que conduzcas el coche de Elliott sin permiso de conducir —dijo Leigh, hablando en voz baja.

Me encogí.

—Sí. No volverá a suceder.

—Bien —dijo, limpiándose las palmas de las manos en los pantalones—. Estoy segura de que a Elliott no le importa, pero la próxima vez llámame. Iré a recogerte.

No me molesté en decir que era mejor que Leigh hubiese acudido directamente a la comisaría en lugar de desviarse para ir a buscarme. Leigh no estaba de humor para que le llevara la contraria.

—¡John! —dijo Leigh, poniéndose de pie.

—He venido en cuanto he podido. ¿Todavía sigue ahí dentro?

Leigh asintió, con el labio inferior tembloroso.

—¿Ha llegado Kent?

—Sí, lleva ahí una media hora. Elliott lleva allí el doble de tiempo. No sé muy bien qué está pasando. No me dejan verlo.

—¿Has llamado a Kay?

Leigh se frotó la frente.

—Viene de camino.

John la abrazó y luego alargó la mano en mi dirección. Me puse de pie y dejé que me abrazara.

—Todo saldrá bien, chicas. Sabemos que Elliott no ha tenido nada que ver con esto.

—¿La han encontrado? —pregunté.

John suspiró y negó con la cabeza. Se sentó en la silla a mi derecha, y Leigh a mi izquierda, convirtiéndome en un sándwich Youngblood y proporcionándome parte de la seguridad que sentía cuando tenía a Elliott cerca. John se puso a mirar su teléfono y escribió «procedimiento de arresto policial» en la barra del motor de búsqueda.

—John —dijo Leigh, alargando el brazo por encima de mí para dar un golpecito a su marido en la rodilla.

Ella señaló hacia la derecha y, al mirar hacia allí, vimos a los padres de Presley salir de uno de los despachos, con las minipersianas sacudiéndose de un lado a otro a su espalda.

La señora Brubaker se estaba secando la piel de debajo de los ojos con un pañuelo de papel, y el padre de Presley guiaba a su esposa con un brazo alrededor de sus hombros. Se detuvieron al vernos sentados en el pasillo. La señora lanzó un resoplido, mirándonos con incredulidad.

—Mmm —dijo el agente, indicándoles el camino con el brazo para que los Brubaker siguieran andando—. Por aquí.

Al cabo de unos segundos el agente convenció al fin a la pareja para que continuaran.

—Todo irá bien, cariño —dijo John.

Estaba hablando con su mujer, pero esta no había dicho nada, así que me sorprendió cuando ella respondió como si lo hubiera hecho.

—No me digas que todo va a ir bien. De todos los chicos que hay en ese instituto, ¿traen precisamente a Elliott a comisaría para que preste declaración?

—Leigh… —le advirtió John.

—Los dos sabemos que si fuera el hijo de mi hermana en vez de la tuya, él no estaría aquí.

John miró la puerta que tenía delante y frunció el ceño una fracción de centímetro.

—Elliott es un buen chico.

—Sí, lo es, por eso no debería estar aquí.

—¿Catherine? —preguntó John, volviéndose hacia mí—. ¿Qué ha pasado en el instituto?

Respiré hondo. No podía decirles que se habían llevado a Elliott bajo custodia por su comportamiento en el instituto. John y Leigh querrían saber entonces por qué se había mostrado tan protector conmigo. Sin embargo, una parte de mí se preguntaba por qué a Elliott no le habían sorprendido más las noticias sobre Presley. Sabía que ella no le caía bien, pero por más que acostumbrara a tomarse las cosas con tranquilidad, hasta Elliott tendría que haberse quedado estupefacto al enterarse de la desaparición de Presley.

—Bueno... —empecé a decir. No quería mentirles—. El inspector lo ha interrogado. No saben adónde fue después de irse de mi casa. Creo que por eso sospechan de él.

Quería decirle a Leigh que había pasado la noche conmigo, pero no deseaba tener que dar explicaciones de por qué. Me planteé dejar que simplemente diera por sentado que se había quedado allí para hacer lo que hacían la mayoría de los adolescentes, pero no pude decirlo.

Leigh se puso muy nerviosa.

—¿Anoche? Estábamos fuera. Cuando volvimos a casa, supuse que estaba en la cama.

—Leigh, no digas eso otra vez —dijo John—. La respuesta es que Elliott se vino directo a casa.

—Dios mío... —susurró Leigh—. Esto no pinta nada bien, ¿verdad? No hemos salido a cenar fuera en tres años y la primera vez que lo hacemos, teníamos que ser la coartada de nuestro sobrino.

«¿Coartada?». La palabra me era familiar pero extraña.

Las puertas dobles al final del pasillo se abrieron, y Elliott salió acompañado de un hombre con un traje gris. Elliott parecía acalorado, y sus ojos reflejaban el estrés y la ira que había acumulado en las tres horas anteriores.

Leigh se levantó y lo abrazó. Él permaneció allí, impertérrito, hasta que su mirada se detuvo en mí.

—¿Estás bien? —preguntó Leigh, apartándose para mirarlo—. ¿Te han hecho daño? ¿Kent? ¿Está bien? —le preguntó.

Kent se enderezó la corbata.

—Aún no es oficialmente sospechoso, pero lo será si encuentran un cadáver. Desde luego, piensan que tiene algo que ver con la desaparición. —Me miró—. ¿Tú eres Catherine?

—Déjala en paz, Kent —advirtió Elliott. Estaba temblando de ira.

—Vamos afuera —propuso el abogado.

Elliott me ayudó a ponerme el abrigo y luego me echó el brazo alrededor de los hombros, guiándome hacia el aparcamiento de la comisaría. Caminamos hasta que llegamos al sedán de Leigh.

Kent se abrochó la cremallera de su abrigo y miró a su alrededor, a los distintos coches aparcados. Vimos las nubes que formaba su aliento, hinchándose y desvaneciéndose luego en el aire de la noche.

—Dinos —dijo John—, ¿van a acusarlo de algo?

—¡Yo no he hecho nada! —exclamó Elliott, con las mejillas enrojecidas.

—¡Lo sé! —gruñó John—. ¡Déjame hablar, maldita sea!

—No han encontrado a Presley —nos informó Kent—. Parece ser que desapareció sin dejar rastro. Sin testigos o un cadáver, no pueden presentar ninguna acusación.

Me apoyé en el coche, pensando en la forma en que Kent había dicho la palabra «cadáver». Me imaginé el cuerpo sin vida de Presley tirado en una cuneta, su piel de alabastro cubierta de hierba marchita y manchada de barro.

—¿Estás bien? —me preguntó Elliott.

—Solo estoy… un poco mareada.

—Debería llevarla a casa —propuso Elliott.

—Nos vamos todos a casa —dijo John.

—Esa es una buena idea —intervino Kent con irritación. Hizo tintinear las llaves en el bolsillo de su traje antes de sacarlas—. El inspector Thompson está sediento de sangre. Piensa que Elliott y Catherine se traen algo raro entre manos. Ha dicho que tiene una corazonada —se burló—. Mi consejo profesional es que os llevéis a Elliott directamente a casa. No debería salir por ahí cuando anochezca. Ya sabéis, solo por si desaparece alguien más.

—Esto es muy grave, Kent —le espetó Leigh.

—Oh, sí, ya lo sé. Y no terminará hasta que encuentren a esa chica. E incluso entonces, puede que no acabe todavía. Sinceramente, Leigh, la ira de Elliott tampoco ayuda. Asegúrate de que sabe cómo manejarla.

—Elliott —dijo Leigh, tan decepcionada como sorprendida—, ¿qué ha pasado ahí dentro?

Elliott parecía avergonzado.

—Lo he intentado. Lo he intentado todo. Pero no dejaban de hacerlo todo el rato. Uno de los agentes me apuntaba en la cara con el dedo. Al final, después de una hora, se lo he apartado de golpe.

—Oh, por el amor de… —Leigh vio la expresión de Elliott y le tocó el hombro—. Está bien. No pasa nada. Todo va a ir bien.

—¿Por qué dejas que un policía apunte con el dedo en la cara de Elliott? —le preguntó John a Kent.

El abogado suspiró.

—Le dije que no lo hiciera.

—¿Vienes conmigo o con la tía Leigh? —preguntó John.

—He traído su coche hasta aquí —dije.

—¿Ah, sí? —exclamó Elliott, sorprendido.

—No debería conducir. No después de la noche que ha pasado —dijo John.

Elliott señaló hacia el sedán.

—Iremos más cómodos en el coche de la tía Leigh.

John asintió, sorprendido de que Elliott no se resistiera.

—Te veo en casa.

Elliott me abrió la puerta del coche y me deslicé en el asiento trasero de Leigh. El cuero estaba frío al contacto con mis vaqueros, pero el frío cesó cuando Elliott se sentó a mi lado y me atrajo hacia sí.

Leigh cerró la puerta de golpe y giró la llave de contacto. Un pequeño atrapasueños colgaba de su llavero, y la luz destellaba en el metal, que le colgaba justo por encima de la rodilla.

—Dejaré a Catherine en su casa.

—No —dijo Elliott—. Necesito hablar con ella antes.

—Entonces, ¿vamos a casa? —preguntó Leigh con exasperación.

—Sí, por favor —dijo.

Sabía perfectamente cómo se sentía Elliott. Teníamos mucho de que hablar, pero no me sentía cómoda discutiendo de nada de aquello en el asiento trasero del coche de Leigh.

Elliott permaneció muy cerca de mí, tenso y temblando aún por el rato que había estado en comisaría. No podía ni imaginarme por lo que habría tenido que pasar, las cosas que le habrían preguntado y de las que le habrían acusado.

Leigh redujo la velocidad cuando enfiló hacia el camino de entrada, esperando que la puerta automática del garaje subiera lo bastante para poder entrar.

—No salgas de la casa —le advirtió Leigh cuando entramos.

—Tengo que acompañarla a su casa —dijo Elliott, deteniéndose justo en el umbral.

Leigh cerró la puerta y echó la llave antes de señalar con un dedo admonitorio al pecho de su sobrino. Abultaba solo la mitad que él, pero resultaba intimidante.

—Escúchame bien, Elliott Youngblood. O yo la acompaño a su casa, o se queda a dormir aquí, pero tú no puedes salir de esta casa. ¿Me has entendido?

—No he hecho nada malo, tía Leigh.

Ella suspiró.

—Lo sé. Solo estoy intentando protegerte. Tu madre estará aquí dentro de un par de horas.

Elliott asintió, viendo a Leigh desaparecer por el pasillo, y luego me tomó de la mano y me condujo a su habitación en el sótano.

Los muelles viejos de la cama de Elliott chirriaron cuando me senté en el borde, abrazándome la cintura. Elliott me echó una manta sobre los hombros, y fue entonces cuando me di cuenta de que estaba temblando.

Se arrodilló frente a mí, mirándome con sus ojos cálidos y enrojecidos.

—No fui yo.

—Lo sé —dije simplemente.

—Me… me han hecho responder las mismas preguntas una y otra vez, de tal manera que ha llegado un momento en que estaba tan confundido que temía haberme vuelto loco y no recordarlo bien. Pero sé que no vi a Presley. Ni siquiera me acerqué a su casa. No fui yo.

Decía todas aquellas palabras más para sí mismo que para mí.

—¿Adónde fuiste? —pregunté—. ¿Cuando saliste del entrenamiento?

Se levantó y se encogió de hombros.

—Estuve paseando sin rumbo, tratando de pensar qué hacer, si debía marcharme o no. No puedo no estar contigo, Catherine. No puedo dejarte sola en esa casa. Tú te niegas a irte, así que estaba tratando de pensar en una solución. Sigues diciendo que no eres buena para mí, que intentas protegerme. Incluso trataste de romper conmigo una vez. Quería aclarar mis ideas y pensar en alguna forma de convencerte.

—Eres posible sospechoso en una desaparición, Elliott. Eso es lo último…

—¡Es lo único! —exclamó, esforzándose por controlar su temperamento. Respiró profundamente, se alejó unos pasos y luego volvió a acercarse—. Estaba sentado en esa habitación blanca con los suelos blancos y muebles blancos, sintiéndome como si me ahogara. Tenía sed, hambre y miedo. Solo pensaba en todas las luces de nuestra calle, y lo que siento cuando camino por ella contigo de la mano, entrando y saliendo de la oscuridad. Nada de lo que pudieran decirme podría cambiar eso. Nadie puede hacer nada para quitarnos eso. Excepto tú. Y tú me quieres, sé que me quieres. No puedo entender por qué no me dejas entrar del todo en tu vida.

—Ya te lo he dicho.

—¡No es suficiente! —Se hincó de rodillas en el suelo y me agarró de las mías—. Confía en mí, Catherine. Te juro que no haré que te arrepientas.

Lo miré fijamente, viendo la preocupación y la desesperación encharcando sus ojos. Volví la mirada hacia las escaleras.

—¿Tiene algo que ver lo que pasa ahí dentro con Presley? —preguntó.

Me quedé boquiabierta y le aparté las manos de las rodillas.

—¿Crees que yo tengo algo que ver con esto?

—No —dijo, levantando las manos—. Yo nunca pensaría eso, Catherine, vamos...

Me levanté.

—Pero me lo has preguntado de todos modos. —Dejé que la manta cayera resbalando al suelo y me dirigí hacia las escaleras.

—Catherine, no te vayas. ¡Catherine! —me llamó.

Cuando apoyé el pie en el primer escalón, oí un fuerte golpe a mi espalda y me di media vuelta. Elliott estaba dando un puñetazo a la puerta de su baño nuevo. Atravesó con el puño la madera hueca y endeble, y luego volvió a retroceder.

Cuando descargó otro puñetazo, subí corriendo las escaleras, abrí la puerta de golpe y sorprendí a Leigh al otro lado, mirándome con los ojos desorbitados. Pasó por mi lado como una exhalación, corriendo escaleras abajo para evitar que Elliott destrozara su habitación.

Abrí la puerta de la entrada. El invierno me abofeteó en la cara y sentí que me ardían los pulmones cada vez que respiraba el aire helado. Una de las últimas farolas encendidas iluminó un copo de nieve mientras danzaba frente a mí en su trayectoria hacia el suelo. Me detuve y al levantar la vista, vi unos copos gigantescos cayendo a mi alrededor, aferrándose a mi pelo y asentándose sobre mis hombros. Cerré los ojos y sentí cómo los pedazos de hielo me besaban la cara. La nieve conseguía hacer enmudecer el mundo, tentándome a permanecer sumergida en él. La delgada capa de nieve que estaba cuajando en el suelo crujió bajo mis pies cuando di el primer paso hacia el Juniper, alejándome de la persona que conformaba mi isla, la que me aislaba de los peligros que me acechaban al otro lado de la puerta de mi habitación. Ya no había ningún lugar seguro. Tal vez nunca lo hubo.

Capítulo 28

Catherine

La señora Mason retorció su lápiz del número dos entre los dedos, esperando a que yo hablara. Había hecho un comentario sobre mis ojeras.

Me senté en la silla llena de arañazos frente a su escritorio, hundida en el interior de mi voluminoso abrigo y en mi bufanda. La señora Mason tenía la misma expresión de preocupación que el día que llamó a Asuntos Sociales por lo de mamá.

—Las cosas no van viento en popa —me limité a decir.

Ella se inclinó hacia delante.

—Fuiste a la comisaría de policía anoche. ¿Qué tal te fue allí?

—Fue.

El fantasma de una sonrisa asomó a sus labios.

—¿Elliott está bien?

Me hundí más en el asiento. Sería tan fácil desenmascarar al Juniper, pero para hacer eso tendría que traicionar a mamá. Althea tenía razón. No podrían continuar como hasta ahora sin mí. Pero ¿debían hacerlo? Miré a la señora Mason con la cabeza cabizbaja.

—Está bien —fue mi escueta respuesta—. Fueron muy duros con él.

La señora Mason suspiró.

—Me lo temía. ¿Tú qué crees?

—¿Me está preguntando si creo que él tiene algo que ver con la desaparición de Presley? No.

—Le gustas. Mucho. ¿No crees que estaría enfadado por la forma en que te trataba Presley? He oído que era bastante mala contigo. ¿Por qué no me lo dijiste, Catherine? Con todas las horas que hemos pasado aquí sentadas las dos juntas, ¿no podías decirme que Presley Brubaker te estaba haciendo *bullying*?

—Elliott nunca le haría daño a Presley. Ella me ha hecho toda clase de perrerías desde que lo conocí y él nunca ha ido más allá de afearle su comportamiento en algunas ocasiones. Elliott ha tenido algunas peleas con otros chicos, pero nunca le haría daño a una chica. Nunca.

—Te creo —dijo la señora Mason—. ¿Hay algo que no me estés diciendo? —Cuando no respondí, juntó las manos—. Catherine, es evidente que estás cansada. Estás estresada. Te estás hundiendo. Deja que te ayude.

Me restregué la pesadez de mis ojos. El reloj marcaba las 8.45. El día iba a ser muy largo, sobre todo sabiendo que Elliott querría hablar. O tal vez no. Tal vez estaba cansado de no poder trepar por los muros que yo misma había construido a mi alrededor. No lo había visto desde que me fui de su casa la noche anterior.

—Catherine…

—Usted no puede ayudarme —dije, poniéndome de pie—. La clase de primera hora ya ha terminado. Debería irme.

—El inspector Thompson quiere que le informe. No puedo decirle de qué hemos hablado, por supuesto, pero quiere que le envíe un correo electrónico con una evaluación de tu estado emocional.

Fruncí el ceño.

—¿Eh…? ¿Qué…?

—Cuando te vayas, tengo que enviarle un correo electrónico. Tienen previsto llamarte para que prestes declaración.

—¡No hemos hecho nada! ¡Que no me guste Presley no es ningún crimen! ¡¿Por qué no se concentran en encontrarla en lugar de acosarnos a nosotros?! —grité.

La señora Mason se recostó en su silla.

—Vaya, esa es la reacción más sincera que he visto en ti hasta ahora. Eso es increíblemente valiente. La sinceridad requiere vulnerabilidad. ¿Cómo te has sentido al decir eso?

Hice una pausa, sintiéndome más manipulada que otra cosa.

—Envíele a Thompson lo que le parezca. Me voy.

Me eché la correa de la mochila sobre el hombro y tiré del pomo de la puerta. La señora Rosalsky y la directora Augustine me vieron salir de allí hecha una furia, al igual que el puñado de alumnos ayudantes.

Había una nota amarilla pegada a mi taquilla con la palabra CONFIESA escrita en mayúsculas. La arranqué, la arrugué y la arrojé al suelo, centrando mi atención en la taquilla. Tiré del tirador, pero la puerta no se abrió. Lo intenté una y otra vez, sintiendo multitud de ojos clavados en mi nuca. Probé mi combinación y tiré de nuevo. Nada. Unas lágrimas cálidas me humedecieron los ojos.

Un brazo apareció sobre mi hombro derecho, hizo girar la rueda y luego tiró con fuerza. El pestillo quedó desatascado, y agarré el brazo de Elliott con ambas manos, sintiendo que el aliento se me atragantaba en la garganta.

Presionó la mejilla derecha contra mi mejilla izquierda, y su piel era como un rayo de sol sobre la mía. Olía a jabón y a serenidad, y su voz me hizo entrar en calor como una manta suave.

—¿Estás bien?

Negué con la cabeza. Él era importante. Debía protegerlo como él me protegía a mí, pero no era lo suficientemente fuerte para dejar que se fuera. Elliott era lo único que me anclaba a las cosas normales que me quedaban en este mundo.

Elliott soltó la puerta de mi taquilla y me rodeó las clavículas con el brazo, abrazándose a mi hombro, con la mejilla pegada todavía a la mía.

—Siento mucho lo de anoche, Catherine. Juré que nunca volvería a hacer eso. Eres la última persona que querría que viera eso. Estaba cansado, furioso, y... perdí los nervios. Yo nunca jamás te pondría la mano encima. Al parecer, solo lo hago con las puertas. Y con los árboles... Bueno, y con Cruz Miller. La tía Leigh dice que necesito un saco de boxeo en mi habitación. Creo que...

Me volví, enterrando mi rostro en su pecho. Él me envolvió con los brazos, estrechándome con fuerza. Sus labios cálidos se hundieron en mi pelo y luego presionó la mejilla sobre el mismo sitio.

—Lo siento mucho —repitió.

Negué con la cabeza, notando que las lágrimas me resbalaban por la nariz. No podía hablar, sintiéndome más vulnerable en esa hora de lo que me había sentido en tres años.

—¿Qué tal en casa?

El pasillo se despejó de gente y sonó el timbre, pero nos quedamos allí.

—Yo solo... —Las lágrimas me rodaban por las mejillas—. Estoy muy cansada.

Los ojos de Elliott trazaron una danza mientras giraba el engranaje de su cerebro.

—Esta noche me quedaré contigo.

—No quiero que te pase nada.

Apoyó la frente en la mía.

—¿Sabes lo que me pasaría si te pasara algo a ti? Sería capaz de cortarme la mano con la que lanzo el balón para protegerte y que estuvieras segura.

Lo abracé más fuerte.

—Entonces, nos protegeremos el uno al otro.

***

El motor del Nissan de la madre de Madison emitía un silencioso zumbido allí parado frente al Juniper. Madison hurgaba el volante con nerviosismo mientras relataba la conversación con el inspector Thompson.

—Cuando entró mi padre —dijo, entornando los ojos—, cambió de actitud, pero estaba convencido de que yo sabía algo. Sí, creo que fue ella quien me rompió los faros, pero eso no significa que yo sea capaz de secuestrarla, asesinarla o lo que sea que le haya pasado. Thompson fue…

—Implacable —dije, mirando hacia la calle Juniper. El viento estremecía las ramas de los árboles desnudos, produciéndome escalofríos.

—Sí, eso. Dijo que podría llamarnos para ir a comisaría. A mí, a ti, incluso a Sam. Pero con quien está obsesionado es con Elliott. ¿Crees que… crees que es porque es cherokee?

—Su tía Leigh parece pensar eso. Estoy segura de que tiene razón.

Madison lanzó un gruñido.

—¡Es el mejor de todos nosotros! Elliott es un gran tipo. ¡Todos lo adoran! Incluso Scotty Neal, y eso que Elliott le arrebató su posición de *quarterback* en el equipo de fútbol.

—Ahora ya no lo adoran —comenté. Llevábamos recibiendo notas anónimas todo el día—. Circulan rumores sobre nosotros. Creen que lo hicimos solo porque nos interrogaron. Sea lo que sea lo que se supone que hicimos.

—Hay quienes piensan que Presley está muerta.

—¿Tú crees que está muerta? —le pregunté.

Madison se calló.

—No lo sé. Espero que no. Espero que esté bien. De verdad que sí.

—Yo también.

—Si alguien se la ha llevado, no fuimos nosotros, pero ha sido alguien. Y ese alguien sigue ahí fuera. Eso me da mucho miedo. Tal vez por eso todos están tan empeñados en culparnos a nosotros. Si saben que somos nosotros, se sienten más seguros, por así decirlo.

—Supongo —dije—. Gracias por traerme a casa.

—De nada. ¿Vas a ir al partido este fin de semana? Va a ser un poco raro animar al equipo y divertirnos con Presley todavía desaparecida. Dicen que van a organizar una vigilia para antes del partido.

—No sé. No creo que sea muy apropiado. Pero tampoco quiero dejar solo a Elliott…

—Iremos juntas.

Asentí con la cabeza y accioné el tirador de la puerta para salir del Nissan. La hierba marchita crujió bajo mis zapatos cuando eché a andar por la acera. El suelo estaba cubierto de miles de motas diminutas de nieve de Oklahoma, y buena parte de lo que no había salido volando se había quedado incrustado en las grietas del cemento del suelo. Me detuve en la verja negra de hierro, mirando hacia el Juniper.

El alegre «adiós» de Madison fue un contraste discordante, y por un momento me quedé desconcertada, medio segundo antes de despedirme de ella, saludándola con la mano yo también.

Tras alejarse el Nissan, agarré el pomo de la puerta, la empujé y oí el quejido familiar de los goznes cuando se abrió y luego otra vez cuando el muelle la cerró. Pensé que ojalá Althea, Poppy o incluso Willow estuvieran al otro lado de la puerta. Cualquiera excepto Duke o mamá.

—Tesoro, tesoro, tesoro…

Suspiré y sonreí.

—Althea.

—Dame ese abrigo y ven aquí a tomar un poco de chocolate caliente. Te hará entrar en calor enseguida. ¿Has vuelto andando a casa?

—No —dije, colgando mi abrigo en un gancho vacío junto a la puerta.

Llevé mi mochila a la isla y la dejé junto a un taburete antes de sentarme. Althea depositó delante de mí una taza humeante de chocolate caliente, con su puñado de nubes de malvavisco incluido. Se limpió las manos en el delantal y se recostó contra la encimera, apoyando la barbilla en la mano.

—Althea, ¿por qué te hospedas aquí? ¿Por qué no te quedas con tu hija?

Althea se levantó y corrió a afanarse con los platos en el fregadero.

—Bueno, es ese marido que tiene. Él dice que la casa es demasiado pequeña. Solo tienen un dormitorio, ¿sabes? Pero yo me he ofrecido a dormir en el sofá. Solía hacerlo cuando los niños eran bebés.

Se puso a limpiar más vigorosamente. Estaba incómoda, y levanté la vista, preguntándome si Duke estaría por allí cerca. Los huéspedes parecían nerviosos cuando él andaba rondando. O tal vez él estaba cerca porque los demás estaban nerviosos.

—¿Cómo está el chocolate? —preguntó Althea.

—Muy rico —contesté, haciendo grandes aspavientos mientras tomaba un sorbo.

—¿Qué tal el instituto?

—Hoy se me ha hecho muy largo. Anoche no dormí bien y la señora Mason me ha llamado a primera hora.

—Ah. ¿Y te ha estado haciendo preguntas otra vez?

—Ha desaparecido una chica del instituto. Me ha preguntado por ella.

—¿Ah, sí? ¿Quién?

—Presley Brubaker.

—Ah. Ella. ¿Y dices que ha desaparecido?

Asentí, calentándome las manos en la taza.

—Nadie ha visto nada. Hay un inspector en la ciudad que piensa que como no me llevaba bien con ella, tal vez yo haya tenido algo que ver.

—¿Y qué dice la señora Mason?

—Hoy me ha hecho muchas preguntas. El inspector le pidió que le enviara algún tipo de informe.

Althea frunció el ceño con expresión de disgusto.

—Fue ella la que denunció a tu madre a Asuntos Sociales aquella vez, ¿verdad?

—Estaba preocupada.

—¿Y ahora también está preocupada? —preguntó Althea.

—Probablemente. Está preocupada por Elliott. Yo también.

—Sabe Dios que lo estás. Me alegra que lo perdonaras. Eres más feliz cuando te llevas bien con él. El perdón es bueno. Sana el alma.

—Lo alejé de mí durante un tiempo. Como hice con Minka y Owen. —Me callé—. Pensé que estaría más seguro si lo mantenía alejado de mí.

Ella soltó una carcajada.

—¿Y Minka y Owen? Hace mucho tiempo que no hablas de esos dos. Nunca fueron buenos para ti.

—Pero ¿crees que Elliott sí lo es?

—Me gusta verte sonreír, y cuando hablas de ese chico, se te ilumina toda la cara.

—Althea… Mamá estaba fuera en la calle la otra noche. Iba en camisón. ¿Sabes por qué?

Negó con la cabeza.

—Tu mamá ha estado muy extraña últimamente. Yo solo me siento y observo.

Asentí, tomando otro sorbo.

—Entonces, ¿hablas con mamá? ¿Te ha contado por qué ha estado tan… diferente?

—Hablé con ella en la reunión.

—La reunión que hicisteis para hablar sobre mí.

Asintió.

—Tú no dejarías que nadie me hiciese daño, ¿verdad, Althea?

—No digas bobadas.

—¿Ni siquiera mamá?

Althea dejó de limpiar.

—Tu madre nunca te haría daño. Tampoco dejaría que nadie te lo hiciera. Lo ha demostrado una y otra vez. No le faltes el respeto delante de mí. Nunca. —Salió volando de la cocina como si la hubiera llamado alguien. Corrió escaleras arriba y un portazo resonó por todo el Juniper.

Me tapé los ojos con la mano. Acababa de ofender a mi única aliada.

Capítulo 29

Catherine

Madison se agarró a mi brazo, esperando a que los Mudcats salieran después del tiempo de descanso. Estábamos en los últimos segundos del último cuarto del partido del campeonato contra los Kingfisher Yellowjackets, en la línea de las veinte yardas. Las gradas se hallaban abarrotadas e íbamos empatados en el marcador, 35-35. El entrenador Peckham estaba hablando muy seriamente con Elliott, que tenía la mirada centrada en cada una de sus palabras.

Cuando aplaudieron y salieron al campo, el estadio se vino arriba.

—¡No van a ir a por el gol de campo! —gritó la señora Mason, tapándose la boca.

—¿Qué significa eso? —le pregunté.

Madison me apretó el brazo, viendo a Sam golpear la hombrera de Elliott con el lateral del puño.

—Significa que tienen cuatro segundos para hacer esta jugada, o entramos en tiempo adicional y los Kingfisher tienen el balón.

Levanté la vista hacia los ojeadores en la cabina de prensa. Algunos estaban hablando por teléfono, otros escribiendo. Elliott se colocó detrás de Sam, gritó y luego Sam le pasó el balón. Los receptores se dispersaron y Elliott se tomó su tiempo, a pesar de los gritos y la presión de las gradas.

—¡Oh, Dios mío! ¡Abríos! —les gritó Madison a los receptores.

Elliott echó a correr, llevando la pelota hacia la zona de anotación, y Madison y la señora Mason se pusieron a dar saltos a mi lado. Elliott esquivó a un Yellowjacket, luego a otro, y al ver que no podía entrar en la zona de anotación a la derecha, giró y se lanzó hacia delante de un salto para aterrizar con la pelota justo dentro de la línea. Los árbitros levantaron las manos en el aire, y el equipo y los aficionados estallaron en júbilo.

Madison y la señora Mason empezaron a chillar y luego, al cabo de un segundo, nos vimos las tres corriendo escaleras abajo y saltando por encima de la barandilla para reunirnos con el equipo en el campo. Todo el mundo sonreía, saltaba y gritaba. Era una marea humana de felicidad, y yo estaba en el medio, tratando de llegar hasta Elliott. Él asomaba la cabeza por encima de la multitud, escudriñando los rostros. Levanté la mano, disparando los dedos en el aire.

Él los vio y trató de separar la marea para llegar hasta mí.

—¡Catherine! —gritó.

Hice todo lo que pude por abrirme paso, pero Elliott llegó a mí primero y me levantó en volandas para plantarme un beso en la boca.

—¡Lo has conseguido! —exclamé, emocionada—. Si no te dan una beca ahora, ¡están locos!

Me miró fijamente un instante.

—¿Qué pasa? —pregunté, riendo.

—Nunca te había visto tan feliz. Es un espectáculo asombroso.

Presioné los labios, tratando de no sonreír como una idiota.

—Te quiero.

Él se rio y luego me estrechó con fuerza, enterrando la cara en mi cuello. Presioné mi mejilla contra su pelo mojado y le di un beso en la frente. La multitud todavía estaba celebrándolo por todo lo alto, llevando a la policía local de cabeza mientras los agentes trataban de mantener el control. El otro lado del estadio se estaba dispersando rápidamente, y los autobuses del equipo de los Kingfisher ya habían arrancado y estaban calentando motores.

—¡Youngblood! —lo llamó el entrenador Peckham.

Elliott me guiñó un ojo.

—Te veo en mi coche.

Me besó en la mejilla por última vez antes de bajarme al suelo y abrirse paso a través de la multitud para alcanzar al resto del equipo en el centro del campo.

Fui de un lado a otro como una bola de *pinball* hasta que me empujaron al margen exterior del gentío. Los padres y los alumnos estaban repartiendo velas blancas con recogedores de cera de cartón blanco. La excitación de los alumnos se fue apaciguando a medida que se iban repartiendo las velas.

La señora Brubaker se quedó paralizada delante de mí, con una vela blanca en la mano.

—Es... mmm... es para la vigilia por Presley.

—Gracias —dije, y tomé la vela.

La señora Brubaker intentó sonreír, con las comisuras de la boca temblorosas. Cuando no lo logró, siguió distribuyendo velas a otros estudiantes.

—Eres asquerosa —dijo Tatum, a unos pocos palmos de distancia vestida con su uniforme de animadora—. ¿Cómo puedes aguantar esa vela sabiendo lo que sabes?

—¿Qué es lo que sé? —pregunté.

—¡Dónde está Presley! —gritó Tatum.

La gente que nos rodeaba se volvió a mirarnos.

—Sí —dijo Brie—. ¿Dónde está Presley, Catherine? ¿Qué le hicisteis Elliott y tú?

—No puedes hablar en serio —repuse.

—Vamos —dijo Madison, entrelazando su brazo con el mío—. No tienes por qué aguantar esto.

—¡Fuera! —gritó Brie, señalando hacia el aparcamiento—. ¡Elliott le hizo algo a Presley! No es un héroe. ¡Es un asesino!

—Brie —dijo Tatum, tratando de calmarla—. No es culpa de Elliott. Fue ella. —Dio un paso hacia mí, entornando los ojos—. Fuiste tú.

Uno de los padres contuvo a Tatum.

—Está bien, chicas. ¿Qué está pasando aquí?

Brie me señaló.

—Catherine odiaba a Presley. —Señaló a Elliott—. Y él se deshizo de Presley por ella.

—¿Es esto cierto? —preguntó una madre.

—No —insistí, sintiendo varios pares de ojos clavados en mí.

Unos murmullos se extendieron por toda la multitud, y los vítores cesaron.

La madre de Tatum se puso de su lado.

—No deberías estar aquí.

—¿Por qué no? —exclamó Madison—. Ella no ha hecho nada malo.

—¡Tienen que irse! —gritó alguien—. ¡Fuera de aquí!

—¡Que se larguen!

—¡Fuera!

—¡Dejad de aclamarlo! ¡Él le hizo algo! ¡A Presley Brubaker!

—¡Asesino!

—Dios mío… —dijo Madison.

Los estudiantes estaban empujando a Elliott, y él estaba retrocediendo.

—¡Dejadlo en paz! —grité.

—Vámonos, Catherine. Catherine —dijo Madison, tirando de mí. Vi el miedo en sus ojos.

Los padres también empezaron a abuchear a Elliott. El tío John se abrió paso entre la multitud, y cuando llegó hasta Elliott, levantó las manos, tratando de apaciguar los ánimos, pero al cabo de unos segundos se vio teniendo que repeler los empujones de los padres y gritándoles en la cara cuando se acercaban demasiado. Elliott estaba detrás de él, pero seguían empujándolo desde todas direcciones.

—¡Parad! —gritó Leigh desde el borde de la multitud—. ¡Parad!

Kay estaba gritándole a otra madre y, acto seguido, la empujó al suelo.

Las luces iluminaron a la multitud, enfocando el súbito cambio de ambiente. Los que todavía estaban en las gradas se detuvieron para mirar el caos en el campo. No era una guerra. En las guerras había bandos; aquello era una represalia emocional.

Elliott me buscó y me hizo señas para que fuera hacia la puerta mientras seguían gritándole y empujándolo. Madison tiró de mí, y volví la vista hacia Elliott mientras ella me sacaba a rastras de allí. La policía agarró a Elliott y lo empujó a él y a su tío John a través de la multitud, protegiéndolos de los escupitajos y de las bolas de papel arrugado. Incluso los agentes tuvieron que gritar y proferir amenazas para abrirse paso. Solo hicieron falta unas palabras recordando la desaparición de Presley y, en cuestión de segundos, Elliott pasó de ser el héroe de nuestra pequeña ciudad a un villano abominable.

Seguimos a la policía y a Elliott, y no nos detuvimos hasta llegar a la puerta del estadio.

—Yo que tú no volvería ahí dentro —dijo uno de los agentes—. Es una masa de gente muy numerosa, y el ambiente está muy caldeado.

Elliott frunció el ceño, pero asintió.

Kay y Leigh corrieron hacia donde estábamos con John. Kay abrazó a Elliott y John abrazó a Leigh.

—¿Estás bien? —preguntó Kay, abrazada a su hijo.

—Sí —dijo Elliott, advirtiendo que le habían desgarrado el cuello de la camiseta—. Me han atacado así, de improviso.

—Vamos —dijo Leigh—. Deberíamos irnos.

—Voy a llevar a Catherine a casa primero —dijo Elliott.

—Puedo llevarla yo —se ofreció Madison.

Elliott me miró con gesto de preocupación.

—Estoy bien. Vete. Te veré más tarde —dije, poniéndome de puntillas para besarle la comisura de la boca.

Leigh y Kay se fueron con Elliott y lo condujeron a su coche. Mantuvo los ojos fijos en mí todo el tiempo, sin dirigir la vista al frente hasta que Kay le dijo algo.

Madison se volvió a mirar a la multitud. Las luces del estadio se atenuaron y aparecieron centenares de diminutas luces brillantes. Los estudiantes y los padres empezaron a entonar un himno, y Madison me tiró del abrigo.

—Me siento mal por decir esto, pero me pone los pelos de punta que hayan intentado agredir a Elliott hace un momento y ahora estén cantando *Amazing Grace*.

—Sí, la verdad es que da escalofríos. Estaban dispuestos a machacarlo y hacerlo pedazos y ahora están ahí tan tranquilos, todos cantando ahí de pie como si fueran extraterrestres.

—Vámonos.

—¿Estás segura de que no quieres esperar a Sam? —le pregunté.

—Le enviaré un mensaje de texto. Ya nos veremos luego.

La acompañé al 4Runner y comprobé que los faros nuevos habían borrado cualquier prueba de lo que Presley y las clones habían hecho. Madison salió del aparcamiento y se dirigió hacia el Juniper.

—Esta ciudad se ha vuelto loca —dijo con una expresión de incredulidad en los ojos—. Unos segundos antes lo estaban aclamando a grito pelado. Me alegro de que la policía lo haya sacado de allí. Podría haber sido mucho peor.

Negué con la cabeza.

—Es como si se les hubiera olvidado echarle la culpa hasta que aparecieron las velas.

—Pobre Elliott... —exclamó Madison—. Sus compañeros de equipo se han quedado ahí de brazos cruzados dejando que sucediera, sin hacer nada, cuando acababan de ganar el partido gracias a él. Lo ha ganado para toda la ciudad. Me sabe muy mal por él.

Su lástima hizo que se me cayera el alma a los pies. Elliott no se merecía nada de aquello. Estaba en el mejor momento de su vida, y en un instante había cambiado todo. En Yukon era una estrella. Les dolió mucho que se fuera. Ahora, por mi culpa, estaba atrapado en un lugar cuyos habitantes, en su mayoría, lo creían culpable de asesinato, y lo que era peor, pensaban que se iba a librar de la cárcel.

—A mí también.

—Y también me sabe mal por ti, Catherine. Él no es el único que está recibiendo palos por esto. Y sé que no tuviste nada que ver... Ojalá la encuentren pronto, o encuentren al que lo hizo.

Madison aparcó en el camino de entrada del Juniper. Me abrazó, le di las gracias por haberme llevado en coche y eché a andar junto a la verja de hierro negro que protegía al vecindario del Juniper hasta alcanzar la puerta. El 4Runner volvió a arrancar y se alejó hacia el instituto.

Abrí la puerta y entré en la casa, deteniéndome un momento en el recibidor a aguzar el oído unos segundos antes de subir las escaleras hasta la segunda planta. Los goznes de la puerta de mi habitación chirriaron cuando la abrí, y me apoyé contra la madera vieja, mirando hacia arriba. Las lágrimas amenazaban con anegarme los ojos, pero pestañeé para impedir que cayeran.

La caja de música de mi tocador emitió unas notas y me acerqué a ella, abrí la tapa y saludé a la bailarina en su interior. Hice girar la manivela y escuché la hermosa canción, dejando que la ira y el miedo se desvanecieran. Elliott no tardaría en llegar, lejos de la muchedumbre enardecida, lejos de las velas titilantes, y algún día estaría lejos de Oak Creek, a salvo de las miradas acusadoras de todos nuestros vecinos.

Al oír que una lluvia de piedrecillas golpeaba mi ventana, bajé la caja de música, me acerqué a la ventana y la abrí.

Elliott subió por la ventana cargado con una bolsa de lona negra y gris que colgaba de una larga correa cruzada sobre su pecho. Se incorporó y se quitó la sudadera con capucha. Llevaba el pelo recogido en una trenza baja y aún tenía las mejillas enrojecidas por el partido.

—He ido a casa de la tía Leigh a recoger algunas cosas, y luego he venido directamente aquí. ¿Puedo ducharme? —preguntó, hablando en voz baja.

—Sí, por supuesto —susurré, señalando el otro lado de la habitación.

Asintió con la cabeza y respondió con una sonrisa nerviosa antes de llevarse la bolsa al baño y cerrar la puerta. Segundos más tarde las tuberías empezaron a protestar y levanté la vista, preguntándome si las oiría alguien.

La caja de música todavía estaba sonando, y la bailarina girando. Elliott no había dicho nada, y me pregunté cómo se sentiría después de lo sucedido tras el partido. Una parte de mí temía que en algún momento dejara de creer que merecía la pena quererme.

Menos de diez minutos después, Elliott abrió la puerta vestido con una camiseta limpia y unos pantalones cortos rojos de baloncesto, sosteniendo algo pequeño en las manos. Se acercó a mi cama con los pies descalzos y se agachó para atar unas tiras de cuero al cabecero de mi cama, dejando que el pequeño aro con una telaraña tejida cayera colgando sobre mi almohada.

—Es un atrapasueños. Mi madre me lo hizo cuando era pequeño. He pensado que podrías usarlo. —Se deslizó bajo las sábanas, tiritando—. ¿Siempre hace tanto frío aquí?

Examiné el hermoso trazado de las formas dentro del círculo, incapaz de apartar la vista de ellas.

—Mi madre baja la temperatura de la calefacción para que las facturas no sean tan altas. La sube cuando llegan nuevos huéspedes. ¿Has tenido ese atrapasueños desde que eras pequeño?

—¿Nuevos huéspedes?

—Otros, además de nuestros clientes habituales.

Elliott me observó un momento y luego levantó el edredón y dio una palmada en el espacio que había junto a él.

—Desde que era un bebé. Lo tenía en mi cuna.

Me ceñí la bata.

—Tal vez deberíamos, mmm... —Me dirigí a los pies de la cama y agarré los barrotes de hierro.

Elliott se levantó de un salto y desplazó mi tocador contra la puerta. Luego me ayudó a mover toda la cama hasta ella. El pánico que me asaltaba con cada ruido me dejaba paralizada. Me detenía y tenía que volver a armarme de valor para continuar.

Cuando terminamos, esperé a oír el crujido de una puerta, el quejido de un tablón del suelo... cualquier cosa que indicara movimiento al otro lado de la puerta de mi habitación. Nada.

—¿Todo bien? —preguntó.

Me metí bajo las sábanas, al lado de Elliott, y no estuvieron frías ni un minuto, reaccionando al calor de su cuerpo. Tenerlo allí era como poner una manta eléctrica en la cama, y me quité los calcetines de lana, preguntándome si mis pantalones de franela y mi camisa térmica de manga larga me darían demasiado calor en mitad de la noche.

Me tumbé boca abajo, abrazada a mi almohada y mirando a Elliott. Él extendió la mano y me tiró con delicadeza de la barbilla hasta que mis labios rozaron los suyos. Nos habíamos besado docenas de veces, pero esta vez me deslizó la mano por el muslo y subió mi rodilla a la altura de su cadera. Sentí que me derretía con él, una cálida sensación que se formaba en mi pecho y se extendía al resto de mi cuerpo.

—Elliott —susurré, apartándome—, gracias por hacer esto, pero…

—Sé por qué estoy aquí —dijo, metiendo las manos debajo de la almohada—. Lo siento, puedes dormir. No dejaré que te pase nada malo. Lo prometo.

—No puedes prometer eso. Es como lo que ha pasado esta noche. Las cosas malas suceden tanto si queremos que sucedan como si no.

—Eso no me importa.

—¿Cómo? ¿Cómo puede no importarte? Lo que han hecho ha sido horrible.

—Has pasado dos años arreglándotelas tú sola tanto dentro del Juniper como en el instituto. Yo podré soportar unos meses más en el instituto. —Vaciló—. Catherine… ¿Cómo fue…? ¿Después de la muerte de tu padre…?

Suspiré.

—Me sentí muy sola. Minka y Owen intentaban venir a menudo al principio, pero yo simplemente los rechazaba. Al final dejé de abrirles la puerta, y ellos dejaron de intentarlo. Se enfadaron. Eso lo hizo un poco más fácil. Era duro no hacerles caso cuando estaban tristes.

—¿Por qué no los dejabas entrar?

—No podía dejar entrar a nadie.

—Ya sé que se supone que no puedo preguntar por qué…

—Entonces, por favor, no lo hagas.

Elliott sonrió. Alargó la mano y deslizó los dedos entre los míos.

—¿Elliott?

—¿Sí?

—¿Alguna vez piensas que, si no me quisieras, todo sería más fácil?

—Nunca. Ni una sola vez. —Se recostó contra el cabecero y me atrajo hacia sí, apoyando la barbilla sobre mi cabeza—. Eso es algo que sí te puedo prometer.

***

—¡Catherine! —me llamó Poppy desde abajo.

—¡Ahora voy! —grité, pasándome un cepillo por el pelo un par de veces antes de correr escaleras abajo. Los lunes por la mañana siempre eran muy estresantes, pero sobre todo cuando Poppy estaba en el Juniper.

Sonreí cuando la vi sentada sola en la cocina. Parecía triste, y no tardé en averiguar por qué.

—¿No hay desayuno esta mañana? —pregunté, mirando a mi alrededor. Aparte de una bandeja con restos de un sándwich de jamón y de un racimo de uvas, no había huevos, ni salchichas, ni siquiera tostadas.

Poppy negó con la cabeza, con los rizos encrespados y enmarañados.

—Tengo hambre.

Fruncí el ceño. Era la primera vez que mamá no preparaba el desayuno desde que abrimos.

—¿Cómo has dormido? —le pregunté, conociendo la respuesta de antemano. La delgada piel de debajo de los ojos de Poppy era de color púrpura.

—He oído ruidos.

—¿Qué tipo de ruidos? —Saqué una sartén del armario de debajo de los fogones y luego abrí la nevera—. No hay beicon. Ni huevos... —Fruncí el ceño. Mamá no había hecho la compra tampoco—. ¿Qué te parece un *bagel*?

Poppy asintió.

—¿Con mantequilla o con queso de untar?

Se encogió de hombros.

—Tenemos queso de untar de fresa —dije, sacándolo del cajón inferior—. Eso seguro que te gusta.

La dejé sola en la cocina para ir a la despensa. Los estantes estaban prácticamente vacíos a excepción de una caja de Cheerios, arroz instantáneo, algunas salsas, unas cuantas latas de verduras y... ¡Sí! ¡*Bagels*!

Volví a la cocina con la bolsa en la mano, pero mi alegría fue efímera. La lista de la compra que había hecho todavía estaba pegada a la nevera con un imán. Tendría que ir al supermercado después de clase, y no estaba segura de cuánto dinero teníamos en la cuenta bancaria.

Poppy estaba acurrucada en el taburete, con las rodillas pegadas al pecho.

El queso de untar se abrió con un chasquido y cuando la tostadora expulsó los *bagels*, le di el primero a Poppy. Estaba tarareando en voz baja la misma canción que tocaba mi caja de música.

Lo inspeccionó unos segundos antes de metérselo en la boca. El queso se derritió alrededor de sus labios, dejando unos restos rosados y pegajosos. Me volví para tostarme uno yo también.

—¿Estáis solos tú y tu padre? ¿Él quiere desayunar? —pregunté.

Negó con la cabeza.

—Se ha ido.

Me unté un poco de crema en el *bagel* y le di un mordisco, viendo a Poppy devorar el suyo en un tiempo récord.

—¿Cenaste anoche?

—Creo que sí.

—¿Qué ruidos?

—¿Eh? —preguntó con la boca llena.

—Has dicho que no dormiste por culpa de unos ruidos. Yo no oí nada.

—Venían de abajo —contestó.

Terminé mi desayuno, y el cajón junto al fregadero chirrió cuando lo abrí para sacar un trapo. Lo puse debajo del grifo de agua y luego le limpié la cara a Poppy. Dejó que la limpiara, como había hecho montones de veces antes.

—¿De abajo de dónde? ¿De debajo de tu cama?

Hizo una mueca, retorciéndose el camisón.

—Mira, ¿sabes qué? Esta noche miraré debajo de tu cama.

Ella asintió de nuevo, apoyando la cabeza en mi pecho. La abracé y luego salí al pasillo para revolver en el interior de la cómoda y buscar libros de colorear y unas ceras.

—Mira, Poppy —dije, sosteniendo en alto el libro y la pequeña caja.

—Acaba de irse —comentó Althea, recogiendo los platos del desayuno—. Esa niña tiene un auténtico don para escabullirse.

Las tiras de mi mochila se me clavaron en los hombros cuando me la deslicé sobre los brazos.

—Buenos días.

—Buenos días, cielo. ¿Elliott pasará a recogerte hoy?

—Sí —dije, sujetándome el pelo en una coleta baja—. Creo que sí, vaya. No debería darlo por sentado.

De la calle me llegó el ruido de un motor parado, y también el de la puerta de un coche al cerrarse. Me asomé por la ventana del comedor y sonreí al ver a Elliott acercarse corriendo al porche delantero. Se detuvo justo antes de llamar a la puerta.

—Dile a mamá que he dicho adiós —dije, despidiéndome de Althea con la mano.

Parecía cansada e inusitadamente malhumorada.

—Lo haré, cielo. Que tengas un buen día en el instituto.

Elliott no sonrió al verme, sino que señaló el coche de policía aparcado en la calle.

—¿Quién es? —pregunté, caminando hacia el borde del porche.

—Hay otro en la puerta de casa de la tía Leigh.

—¿Están… vigilándonos? ¿Por qué?

—El tío John dice que seguramente somos sospechosos.

Me volví a mirar a la casa y luego seguí a Elliott hasta su coche. La calefacción hacía que dentro del Chrysler reinase un ambiente sofocante, pero yo todavía estaba temblando.

—¿Te vieron salir de mi casa esta mañana?

—No.

—¿Cómo lo sabes?

—Porque me aseguré de que no me vieran.

—No entiendo —dije mientras Elliott se alejaba del Juniper con el Chrysler—. ¿Por qué nos vigilan a nosotros en vez de buscar a quien se llevó a Presley?

—Creo que piensan que eso es lo que están haciendo. La señora Brubaker llamó a mi tía anoche, llorando, para suplicarle. Le pidió que, si yo sabía algo sobre Presley, por favor, que lo dijera.

—Pero tú no sabes nada.

Elliott negó con la cabeza. Llevaba el pelo recogido en un moño, lo que le daba un aspecto extraño a su rostro. En su mandíbula marcada asomaba una barba incipiente, y todavía tenía los ojos cansados después de una noche muy larga.

Contemplé por la ventanilla la niebla que se asentaba sobre los campos de trigo y soja ya mustios, preguntándome dónde estaría Presley, si se habría escapado o si alguien la habría secuestrado. Se rumoreaba que no había habido signos de lucha, pero eso no impedía que la policía nos investigara a Elliott y a mí.

—¿Y si dicen que has sido tú? —le pregunté—. ¿Y si te acusan?

—No pueden. Yo no lo hice.

—Hay personas inocentes acusadas de crímenes todos los días.

Elliott aparcó el Chrysler en su lugar habitual y apagó el motor, pero no se movió. Tenía los hombros caídos, y no lo había visto tan abatido desde que volvimos a ser amigos otra vez.

—Cuando te interrogaron en comisaría, ¿les dijiste que pasaste la noche en mi casa? —le pregunté.

—No.

—¿Por qué no?

—Porque no quiero que le digan nada a tu madre.

Asentí. Definitivamente, eso pondría fin a la tranquilidad de mis noches.

—¿A qué hora te fuiste? —le pregunté.

Se removió en su asiento.

—Me dormí y no me desperté hasta el amanecer. Me fui justo después del alba.

—Tienes que decírselo.

—No.

—¡Maldita sea, Elliott!

Bajó la mirada y se rio.

—No me van a detener.

Entramos juntos en el instituto, bajo las miradas hostiles de los demás alumnos. Elliott aguardó frente a mi taquilla mientras yo dejaba mi mochila y recogía el material para la clase de primera hora.

Madison y Sam se detuvieron, y el cabello de ambos, a juego, formó una pared entre el resto de los alumnos y yo.

—Hola —dijo Sam—. Oye, ¿te llevaron esposado y todo eso?

Madison le dio un codazo.

—¡Sam! ¡Dios…!

—¿Qué? —exclamó, frotándose las costillas.

—¿Estáis bien, chicos? —preguntó Madison, abrazándome.

Elliott asintió.

—Estamos bien. La policía la encontrará y descubrirá lo que ha pasado muy pronto.

—Eso espero —dijo Sam.

Madison puso los ojos en blanco.

—La encontrarán. —Me miró—. Hoy no le dejes pasar ni una a nadie. O se las verán conmigo, joder.

Esbocé un amago de sonrisa, y Sam se llevó a Madison a su siguiente clase.

Elliott me acompañó por el pasillo y me besó en la mejilla en la puerta de mi clase de lengua española.

—¿Estás segura de que estás bien?

Asentí.

—¿Por qué?

Se encogió de hombros.

—No sé, tengo una sensación extraña.

—Estaré bien.

Me besó la mejilla rápidamente antes de marcharse corriendo por el pasillo y desaparecer por la esquina, apresurándose para llegar a su clase, en el otro extremo del edificio.

Me apreté el libro de texto contra el pecho mientras caminaba hacia mi asiento, dando cada uno de mis pasos bajo la atenta mirada de mis compañeros de clase. Incluso la señora Tipton me observó con cautela mientras me sentaba. Se ahuecó la permanente entrecana con la mano, dio la bienvenida a la clase en español y luego nos pidió que abriéramos el libro de ejercicios por la página 374.

Justo después de que la profesora anunciara los ejercicios y la clase se quedara en silencio mientras todos se concentraban en su trabajo, empecé a sentir unas punzadas en la barriga y la presioné con las puntas de los dedos para mitigar el dolor. Era abajo, justo entre los huesos de la cadera. Genial. Lo único que me faltaba: acababa de bajarme la regla.

Dudando si atraería la atención de los demás, me acerqué con sigilo a la mesa de la profesora y me agaché para dirigirme a ella.

—Necesito ir a mi taquilla.

—¿Por qué? —preguntó con voz lo suficientemente fuerte para que todos la oyeran.

Me estremecí.

—Es personal.

Un destello de comprensión le iluminó los ojos y me hizo una seña para que me fuera. Tomé el rectángulo naranja plastificado que decía PERMISO en letras mayúsculas. Cuando doblé la esquina, vi a Anna Sue y Tatum frente a mi taquilla, atareadas haciendo algo con movimiento frenético.

Un ruido como de raspado, de metal contra metal, atravesaba el aire. Anna Sue se detuvo y Tatum se dio media vuelta.

—¿Dónde está? —me preguntó Anna Sue, con furia en los ojos. Dio un paso hacia mí, sosteniendo el cuchillo de cocina—. ¡Sé que tú lo sabes!

Di un paso atrás, asomándome para ver la obra de Anna Sue, una palabra rayada con el filo del cuchillo sobre la pintura de mi taquilla, desde la esquina superior hasta la inferior.

CONFIESA

Tatum le quitó el cuchillo, lo sostuvo contra mi cara y me hizo retroceder contra la hilera de taquillas.

—¿Está viva? —dijo Tatum con un hilo de voz—. ¿Ese salvaje te ha dicho dónde la dejó, o solo la mató? ¿Está enterrada en algún sitio? ¡Dínoslo!

Las luces fluorescentes del techo se reflejaban en la punta del cuchillo, a escasos centímetros de mi ojo.

—No sé dónde está —respondí con voz jadeante—. Elliott no sabe dónde está. Estuvo en mi casa toda la noche. No pudo haber sido él.

Anna Sue me gritó en la cara:

—¡Todos saben que fue él! ¡Solo la queremos de vuelta! ¡Solo queremos que esté bien! ¡Dinos dónde está!

—Os lo advierto. Alejaos de mí —mascullé entre dientes.

—¿Eso es una amenaza? —preguntó Tatum, rozándome la mejilla con la punta del metal afilado.

Cerré los ojos y grité, arremetiendo con mis puños. Tatum retrocedió y el cuchillo cayó al suelo. Lo aparté de un puntapié y empujé a Tatum contra uno de los ventanales frente a mi taquilla, notando cómo mis nudillos impactaban con los huesos de su cara, pero sin sentir ningún dolor. Podría haber seguido golpeándola todo el día.

Anna Sue me agarró del pelo y tiró de mí hacia atrás. Las dos perdimos el equilibrio y caímos al suelo de baldosas. Me encaramé encima de ella y empecé a darle puñetazos en los antebrazos, con los que se protegía el rostro.

—¡Ya os lo he dicho! —grité, apretando los puños—. ¡Dejadme en paz! ¡Nunca os he hecho nada! ¡Me habéis maltratado casi toda mi vida! ¡Se acabó! ¡Nunca más! ¿Me oís? ¡Nunca! ¡Más! —Golpeé a Anna Sue después de cada palabra con la ira exudándome por los poros.

Trató de defenderse lanzando un puñetazo ella también, pero aproveché la oportunidad para hundir mi puño en su cara desprotegida.

—¡Parad! ¡Dejadlo ahora mismo!

Para cuando consiguieron apartarme, estaba jadeando, y los músculos me temblaban por la adrenalina y el cansancio. Pataleé y seguí lanzando golpes para tratar de alcanzar a Anna Sue otra vez. Por el rabillo del ojo vi a Tatum con la espalda aplastada contra la pared, aterrorizada.

—¡He dicho que paréis! —gritó el señor Mason, que me tenía agarrada por la cintura.

Dejé caer los brazos a los costados, me fallaron las rodillas y el llanto que había estado conteniendo desde que tenía siete años estalló al fin y me desbordó por completo.

La señora Mason apareció por la esquina y se quedó perpleja al ver a su marido sujetándome y a Anna Sue en el suelo con el labio ensangrentado.

—¿Qué demonios ha pasado aquí? —Vio las marcas en mi taquilla y luego enfocó con la mirada el cuchillo tirado en el suelo. Se apresuró a recogerlo—. ¿De quién es esto? Anna Sue, ¿has utilizado este cuchillo para escribir en la taquilla de Catherine?

Anna Sue se incorporó frunciendo el ceño, limpiándose el labio ensangrentado con el dorso de la mano.

—¡Contesta! —gritó la señora Mason. Cuando Anna Sue se negó a obedecerla, la orientadora miró a Tatum—. Dime. ¿Qué ha pasado?

—¡Sabemos que los están investigando! ¡Queremos saber qué le hicieron a Presley! —gritó Tatum.

El señor Mason me soltó y me miró por encima de sus gafas.

—¿Has atacado a estas dos chicas por haberte rayado la taquilla? Catherine, eso no es propio de ti. ¿Qué ha pasado?

Anna Sue y Tatum me lanzaron una mirada asesina. Bajé la vista un momento, reparando en mis nudillos llenos de sangre. Eran como los de Elliott, el día que nos conocimos. Mi mirada se encontró con la de la señora Mason.

—Anna Sue estaba escribiendo esas letras en mi taquilla con el cuchillo y yo las he pillado. Me han preguntado dónde estaba

Presley y luego Tatum me ha amenazado con el cuchillo, pegándomelo a la cara. Me ha acorralado contra las taquillas.

El señor y la señora Mason miraron a Tatum boquiabiertos.

—Tatum, ¿has amenazado a Catherine con este cuchillo? —preguntó la señora Mason.

Tatum alternó la mirada entre los dos Mason y luego se decidió por Anna Sue, que parecía estar recobrando la compostura.

—Haremos lo que tengamos que hacer para recuperar a nuestra amiga.

La señora Mason me miró con miedo en sus ojos. Se aclaró la garganta.

—Señor Mason, por favor, lleve a Anna Sue y a Tatum a la directora Augustine. Y llame a la policía. Catherine Calhoun acaba de ser amenazada con un arma peligrosa en las instalaciones del centro educativo.

El señor Mason agarró a Tatum del brazo y luego a Anna Sue, tirando de ella para que se pusiera de pie.

—Espere —dijo Tatum, forcejeando—. ¡Ella nos ha atacado! ¡Nos ha atacado!

—Después de que la amenazaras con un cuchillo —expuso el señor Mason, cuya voz grave retumbó por el pasillo—. Venga, vamos.

Hice girar la rueda de mi taquilla, tiré con fuerza y, por primera vez, liberé el pestillo al primer intento. Saqué una compresa fina y un tampón y me los metí en el bolsillo interior del abrigo.

—Ah, por eso has tenido que salir a mitad de clase para venir a la taquilla —dijo la señora Mason. Me tomó ambas mejillas en sus manos y luego me acarició el pelo—. ¿Estás bien?

Asentí, notando aún las lágrimas frescas en las mejillas.

Me abrazó, estrechándome con fuerza hacia ella. Al apoyar la mejilla contra su pecho, me di cuenta de que todavía estaba temblando.

—Aquí ya no estás segura.

—Yo no le hice nada a Presley. Ni tampoco Elliott. Le juro que no fuimos nosotros.

—Lo sé. Vamos —dijo, tirándome de la mano.

—¿Adónde vamos? —pregunté.

La señora Mason suspiró.

—Vas a hacer los ejercicios y el trabajo de clase en mi oficina hasta que esto se arregle.

Capítulo 30

Catherine

La lluvia caía sobre el cristal delantero del Chrysler, resbalando sin que los limpiaparabrisas pudieran hacer nada por remediarlo. Elliott había estado muy callado toda la tarde, después de clase, en el supermercado y sentado en su coche, frente al Juniper.

—¿Puedo entrar? —preguntó al fin, con el agua aún goteándole de la nariz. Tenía la mirada fija en el volante, aguardando mi respuesta.

Le toqué la mejilla.

—Sí. Tenemos que secarte.

—Entonces llevaré las bolsas al porche y me reuniré contigo arriba.

Asentí.

Cuando llevé la última bolsa a la cocina, me detuve y descubrí a mamá sentada en el sofá, mirando una pantalla apagada de televisión.

—He hecho la compra —le dije, quitándome el abrigo y colgándolo con los demás—. ¿Quieres ayudarme a guardarla? —No me respondió—. ¿Qué tal tu día?

Fui colocando un artículo tras otro y llené la despensa y luego el frigorífico. Tenía la ropa mojada pegada a mi piel, y empezaron a castañetearme los dientes mientras dejaba las bolsas de plástico vacías en la papelera de reciclaje. Me quité las botas y las dejé en el recibidor antes de entrar en la sala de estar.

—¿Mami?

No se movió.

La rodeé y vi su rostro pálido y sus ojos enrojecidos mirando al suelo.

—¿Qué estás haciendo? —le pregunté, arrodillándome frente a ella.

Le aparté con los dedos el pelo enredado de la cara, sintiendo un extraño malestar en el estómago. Ya había estado así de decaída una o dos veces antes, pero su comportamiento era cada vez más alarmante.

—Todo el mundo muere —susurró con la mirada perdida en el infinito.

—¿Echas de menos a papá? —le pregunté.

Levantó la vista para fulminarme con la mirada, y luego se volvió y vi que una lágrima le caía por la mejilla.

—Muy bien. Vamos a llevarte a la cama.

Me incorporé y la ayudé a levantarse con un gruñido. La llevé al piso de arriba, hasta el final del pasillo, y luego subimos el segundo tramo de escaleras que conducía a su dormitorio. Se sentó en la cama, con la misma expresión de tristeza en su rostro. Le desabroché la blusa, le quité el sujetador y encontré su camisón favorito y se lo puse metiéndoselo por la cabeza.

—Ven —dije, retirando las sábanas.

Cuando se acostó, la ayudé a quitarse los zapatos y los vaqueros, y la tapé con la sábana y la manta mientras me daba la espalda.

Tenía la piel fría y pegajosa cuando presioné los labios sobre su mejilla, pero permaneció quieta. Le di unas palmaditas en las manos y advertí que llevaba restos de suciedad y tierra incrustada en las uñas.

—Mami, ¿qué has estado haciendo?

Retiró la mano.

—Bueno. Ya hablaremos de eso mañana. Te quiero.

Cerré su puerta y procuré no hacer ruido mientras bajaba las escaleras y caminaba por el pasillo hacia mi habitación. Pasé por delante de mi puerta e hice girar la rueda del termostato, suspirando cuando se encendieron los conductos de la calefacción. Mamá ni siquiera me había preguntado por qué estaba mojada y temblando.

—Soy yo —susurré mientras me deslizaba por la pequeña abertura que había entre el tocador y la puerta.

Esperaba ver a Elliott en mi habitación, pero no estaba allí, sino que estaba en el baño, chorreando y tiritando. Solo llevaba sus vaqueros mojados, con una de mis toallas alrededor de los hombros desnudos.

—¿Qué estás haciendo? —le pregunté, reuniéndome con él en el baño.

Tenía los labios azulados y le castañeteaban los dientes.

—No consigo entrar en calor —dijo.

Los anillos de la cortina de la ducha se deslizaron chirriando por el soporte y abrí el grifo. Me quité el abrigo y entré en la bañera, arrastrando a Elliott conmigo.

Permanecimos juntos bajo el cálido chorro de agua corriente, mientras el temblor incontrolable de nuestros cuerpos iba disminuyendo a niveles más tolerables. Abrí más el grifo, ajustando la temperatura, calentando el agua mientras esta nos calentaba a nosotros.

Elliott me miró, capaz por fin de percibir algo más que el frío. El agua le goteaba desde la punta de la nariz y el mentón mientras me miraba, percatándose de que mi suéter y mis vaqueros estaban empapados. Extendió la mano hacia la parte inferior del suéter y, tirando de ella hacia arriba, me dejó tan solo con una delgada camiseta de color rosa. Se agachó y tomó mis mejillas en sus manos antes de acercar sus labios a los míos.

Bajé la mano para desabrocharme los vaqueros, pero no se deslizaron con la facilidad de siempre, sino que se me quedaban pegados a la piel a cada centímetro. Los arrojé hacia la parte posterior de la bañera de un puntapié. El tacto de los dedos de Elliott parecía distinto sobre mi piel, las yemas de sus dedos se hundieron más profundamente, su respiración se volvió más jadeante y su boca, más hambrienta. Envolvió los brazos alrededor de mi cintura y me atrajo hacia sí, y justo cuando su boca abandonó la mía para explorar mi cuello, sus besos se volvieron más lentos y la avidez de sus manos recobró la normalidad.

Extendió la mano para cerrar el grifo y luego tomó dos toallas. Me dio una y después se secó la cara con la otra.

—¿Qué pasa? —pregunté.

—Creo que deberías… —Señaló hacia mi dormitorio con gesto avergonzado.

—¿He hecho algo mal?

—No —dijo rápidamente, tratando de ahorrarme la misma humillación que sentía él—. No he venido… preparado.

—Ah. —Parpadeé, procesando el significado de aquellas palabras, hasta que al final las entendí. Cuando lo hice, abrí mucho los ojos—. Ah.

—Sí. Lo siento. No se me ocurrió pensar que tenía esa posibilidad…

Traté de contener una sonrisa, pero no lo conseguí. No podía culparlo. No le había dado ninguna pista de que la tuviera.

—Creo que… —Señalé mi tocador y cerré la puerta del baño a mi espalda. Me tapé la boca, sofocando unas risas antes de abrir un cajón.

Deslicé una pierna y luego la otra en unas bragas secas, y luego saqué del cajón el primer camisón que encontré y me lo puse.

Elliott llamó a la puerta.

—¿Puedes sacarme mi camiseta y mis pantalones cortos de la bolsa?

—Sí —dije, acercándome a la bolsa de lona del rincón. Había una camiseta negra y un par de pantalones cortos de algodón gris doblados en lo alto. Los saqué y corrí a la puerta del baño. Elliott la abrió unos centímetros y alargó la mano, con la palma hacia arriba.

Una vez que tuvo la ropa en la mano, cerró la puerta de nuevo.

Me senté en la cama, cepillándome el pelo con el sonido de fondo de mi caja de música, esperando que apareciera Elliott. Salió al fin, aún abochornado.

—No te sientas avergonzado —dije—. Yo no lo estoy.

—Es solo que… La tía Leigh lo mencionó después de la primera noche que pasé aquí. Yo le aseguré que eso no era una posibilidad a corto plazo. Ahora pienso que ojalá le hubiera hecho caso.

—Vaya, eso sí que resulta embarazoso…

Elliott se rio, sentándose a mi lado y arrancándose con dificultad el coletero de su moño mojado.

—Trae, déjame ayudarte —dije, y sonreí mientras se relajaba de espaldas a mí.

Tardé un minuto largo, pero logré soltarle la banda elástica negra del cabello y empecé a desenredárselo. Comencé por las puntas, sujetándolas mientras le cepillaba suavemente el resto del pelo. Respiró profundamente, cerrando los ojos mientras el sonido de los oscuros mechones al pasar por las púas de mi cepillo adquiría un ritmo constante.

—Nadie me había cepillado el pelo desde que era pequeño —dijo.

—Es muy relajante. Deberías dejarme hacerlo más a menudo.

—Puedes hacerlo cuando quieras.

Cuando pude comenzar desde la raíz y pasar el cepillo hasta las puntas, Elliott me quitó la banda elástica y se la puso de nuevo.

—Eres como ese tipo de la Biblia —dije—. Ese tan fuerte, el que tenía la fuerza en el pelo.

Elliott levantó una ceja.

—¿Has leído la Biblia? Creía que dijiste que no creías en Dios.

—Antes sí.

—¿Qué te hizo cambiar? —preguntó.

—¿Tú sí? ¿Crees en Dios?

—Creo en una conexión, con la tierra, con las estrellas, con todos los seres vivos, con mi familia, con mis antepasados.

—¿Conmigo?

Parecía sorprendido.

—Tú eres mi familia.

Me incliné para besarlo y le rocé apenas una herida rojo oscuro en el labio. Hizo una mueca de dolor.

—Voy a buscar un poco de hielo.

—No, no pasa nada. No te vayas.

Me reí.

—Vuelvo enseguida.

Salí y bajé las escaleras. Abrí el congelador y busqué una bolsa de gel frío. La envolví en un paño de cocina y regresé corriendo al piso de arriba, reparando en que para mí era algo natural aguzar el oído para detectar cualquier movimiento. No se oía nada. Incluso el calentador de abajo estaba en silencio.

Cuando volví al dormitorio, Elliott me ayudó a cambiar de sitio el tocador y la cama y colocarlos contra la puerta.

—Podría venir en algún momento cuando no esté tu madre e instalarte un cerrojo.

Negué con la cabeza.

—Entonces lo adivinaría. Y se asustaría si yo cambiara algo en la casa.

—Tiene que entender que su hija adolescente necesita un pestillo en la puerta de su habitación. Sobre todo habiendo huéspedes por aquí.

—No, no lo entenderá. —Le toqué la línea oscura del labio, la herida donde Cruz lo había golpeado—. Lo siento mucho, Elliott.

Si te hubieras mantenido alejado de mí, no estarías en esta situación ahora mismo.

—Piénsalo. ¿Por qué creen que tenías una razón para hacer daño a Presley? Porque ella era mala contigo. Nunca me vas a convencer de que algo de esto haya sido culpa tuya. Podrían agredirme una docena de veces y seguiría sin ser culpa tuya. Esa es su elección. Su odio. Su miedo. Tú no los obligas a hacer nada.

—¿Crees que intentarán atacarte de nuevo?

Lanzó un suspiro, irritado.

—No lo sé. ¿Importa?

—Sí. Porque tienes razón. Cada vez es peor. Tal vez deberías trabajar en el despacho de la señora Mason tú también —dije.

—No es mala idea. Echo de menos verte en el pasillo y en la clase del señor Mason.

—Dímelo a mí. Hace semanas que estoy allí. Se acercan las vacaciones de Navidad y no veo el final.

—La señora Mason está preocupada por ti. Y yo también.

—Pues vamos a preocuparnos por ti, para variar.

Los dos nos quedamos callados cuando un tablón crujió en el pasillo.

—¿Quién anda ahí? —susurró Elliott.

—Willow estaba aquí cuando llegué a casa del instituto. Probablemente sea ella.

—¿Quién es Willow?

Suspiré.

—Tiene diecinueve años. Se pinta los ojos con mucho delineador negro. Así es como se la reconoce entre la multitud. Siempre está… triste.

—¿De dónde es?

—No hablo con ella tanto como con los demás. La mayoría de las veces está demasiado deprimida. Mamá dice que es una fugitiva. Por su acento, creo que es de Chicago.

—¿Y el resto? Dijiste que el Juniper tiene clientes habituales.

—Mmm... —Se me hacía raro hablar de los huéspedes con alguien—. Están Duke y su hija Poppy. Él dice que trabaja en algo relacionado con el petróleo, y es de Texas, pero básicamente se dedica a gritar. Siempre está muy enfadado... da mucho miedo, y Poppy es como un ratoncillo que merodea por el Juniper.

—Eso es horrible. ¿Por qué viaja con él?

—Él viene aquí por trabajo. Poppy no tiene madre.

—Pobre niña.

Me retorcí.

—¿Quién más?

—Cuando Althea se queda con nosotras, me ayuda a cocinar y a limpiar, y siempre me da muy buenos consejos. Fue ella quien me dijo que te perdonara.

—Una mujer muy sabia —dijo Elliott con una sonrisa.

—Luego están mi tío Sapo y la prima Imogen, que vienen algunas veces, pero no tan a menudo como los demás. Después de la última vez, mamá le dijo al tío Sapo que no podría volver durante una buena temporada.

—¿El tío «Sapo»?

Me encogí de hombros.

—Si parece un sapo y habla como un sapo...

—¿Es hermano de tu madre o de tu padre? ¿O el marido de alguna hermana?

—No lo sé —dije, mirando al techo con aire pensativo—. Nunca lo he preguntado.

Elliott se rio.

—Eso sí que es raro.

—Es todo muy raro, créeme.

La habitación estaba oscura y el Juniper se hallaba en silencio, salvo por los pasos esporádicos de Willow y el ruido de los coches que circulaban por nuestra calle. El tocador estaba contra la puerta y la cama contra el tocador, así que ya no me preocupaba que los huéspedes entraran en mi cuarto por la noche. Me incliné para besar el labio hinchado de Elliott con delicadeza.

—¿Así está bien? —le pregunté.

—Siempre está bien.

Me recosté en el pecho de Elliott y escuché los latidos de su corazón. Se le aceleró durante unos segundos antes de apaciguarse de nuevo. Me abrazó y me habló en voz baja y suave:

—Vacaciones de Navidad, luego Navidad, luego Año Nuevo y luego el último semestre del instituto. Cumples los dieciocho en poco más de un mes.

Pestañeé.

—Guau. Parece imposible.

—¿Todavía planeas quedarte aquí?

Pensé en su pregunta. Hasta entonces había sido como si los dieciocho no fueran a llegar nunca. Ahora que ya estaban aquí y que me sentía tan segura y cómoda en los brazos de Elliott, mi determinación empezaba a flaquear.

—Rectificar es de sabios —dijo.

Le pellizqué el costado y dejó escapar un aullido casi silencioso. Sus dedos encontraron el punto débil en mi abdomen donde hacerme cosquillas y empecé a chillar. Me tapé la boca, con los ojos muy abiertos.

Nos reímos hasta que el pomo de la puerta se movió.

—¿Catherine? —dijo Willow.

Me quedé paralizada, sintiendo que el miedo me perforaba un agujero en el pecho y se expandía por mis venas. Tuve que hacer acopio de todo mi valor para atreverme a hablar.

—Estoy en la cama, Willow. ¿Qué necesitas? —pregunté.

La puerta se sacudió en sus goznes de nuevo.

—¿Qué hay detrás de la puerta?

—¿Mi tocador?

Empujó la puerta de nuevo.

—¿Por qué?

—Porque no tengo pestillo, y los huéspedes piensan que pueden entrar sin más.

—¡Déjame entrar...! —gimoteó.

Tardé unos segundos en reunir el coraje suficiente, pero la alternativa era peor.

—No. Estoy en la cama. Vete.

—¡Catherine!

—¡Te he dicho que te vayas!

El pomo de la puerta se quedó quieto y los pasos de Willow se fueron alejando a medida que caminaba pasillo abajo.

Dejé caer la cabeza sobre el pecho de Elliott, soltando el aire al fin, como si hubiera estado bajo el agua.

—Por poco...

Me abrazó, y la calidez de sus brazos ayudó a que mi ritmo cardíaco volviera a la normalidad.

—Definitivamente, su acento es de Chicago.

Apoyada aún en el pecho de Elliott, no dejé de mirar la puerta.

—¿Vas a seguir vigilándola hasta mañana? —preguntó.

—Elliott, si entra...

Esperó a que terminara de decir una verdad que le negaba sistemáticamente.

—Dilo. Dímelo.

Fruncí el ceño, mientras todo mi ser me pedía a gritos que no le dijera las palabras que quería escuchar.

—Estarán tratando de retenerme aquí. Mamá. Los huéspedes.

—¿Por qué?

—Más preguntas —dije, ya a kilómetros de distancia de cualquier sensación de comodidad.

—Catherine... —insistió—. ¿Qué está pasando aquí? ¿Qué están haciendo?

Me mordí el labio inferior y luego me cambié de posición.

—Los huéspedes nuevos... no se marchan. A veces encuentro sus maletas en el sótano. O sus artículos de aseo todavía en sus habitaciones. No tenemos huéspedes aparte de los clientes habituales muy a menudo, pero...

Elliott permaneció callado durante largo rato.

—¿Cuánto hace que sucede eso?

—Empezó poco después de que abriéramos.

—¿Y qué pasa con ellos? ¿Qué les pasa a los huéspedes nuevos?

Me encogí de hombros, sintiendo el escozor de las lágrimas en los ojos.

Elliott me abrazó a su pecho. Estuvo callado durante mucho tiempo.

—¿Ha venido alguien buscándolos?

—No.

—Puede que sea otra cosa. Tal vez los clientes habituales les roban.

—Tal vez.

—¿Nunca has visto a nadie irse?

—A nadie que haya venido solo.

Lanzó un suspiro y me abrazó con más fuerza. Al final sentí que los ojos me pesaban cada vez más, y por mucho que me esforcé en permanecer atenta a las sombras en la luz que se colaba por debajo de la puerta, la oscuridad me rodeó y me dejé atrapar por ella.

Cuando abrí los ojos de nuevo, Elliott se había ido. Los pájaros invernales gorjeaban bajo el sol brillante y el viento había enmudecido por una vez. Me vestí para ir a clase, y justo cuando me recogía el pelo en una coleta, oí el estruendo de unos platos en la cocina, y saltó la alarma antiincendios. Bajé corriendo las escaleras y me detuve en seco cuando vi el caos en la cocina. Mamá estaba haciendo todo lo posible por preparar un desayuno decente, y el olor a beicon quemado se mezclaba con el humo en el aire.

Abrí la ventana de la cocina, saqué un mantel individual y lo usé para ahuyentar el humo. Al cabo de unos segundos la alarma dejó de sonar.

—Vaya, habré despertado a toda la casa —dijo.

—¿Estás bien? —le pregunté.

—Pues… —Miró a su alrededor y suspiró al ver los restos de un huevo roto en el suelo.

Me incliné para recoger la yema y la cáscara y me levanté para arrojarlos al fregadero. Mamá era una cocinera experta, así que no tardé mucho en deducir qué había pasado.

—¿Está Duke aquí? —le pregunté. Pero antes de que pudiera responder, vi el Chrysler aparcado fuera—. ¡Oh! ¡Tengo que irme! —anuncié.

Elliott salió y me esperó junto al coche, pero su sonrisa no era tan luminosa, ni sus ojos estaban tan brillantes como de costumbre mientras me acercaba a él.

Cuando me senté en el asiento del pasajero, me tomó de la mano, pero hicimos el trayecto al instituto en silencio. Los dos sabíamos que ese día sería peor que el día anterior. Cada día que pasaba sin noticias de Presley, más hostil se volvía el instituto con nosotros.

Elliott aparcó y suspiró. Le apreté la mano.

—Tres días más hasta las vacaciones de Navidad.

—Me van a expulsar. Lo presiento.

—Deja que le pregunte a la señora Mason si puedes trabajar en su despacho, ¿de acuerdo?

Negó con la cabeza, tratando de disimular su ansiedad con una sonrisa.

—No. Quiero verte más, pero no me esconderé.

—No es justo que yo esté protegida ahí dentro y tú seas un blanco fácil. Y no te estarías escondiendo. Estarías evitando meterte en una pelea.

—No lo llevo en la sangre eso de evitar las peleas.

Entramos de la mano en el instituto. Él se situó un poco por delante de mí, lo justo para llevarse algún que otro empujón cuando se cruzó con sus compañeros de equipo y otros estudiantes en el pasillo. Las sonrisas y las palabras amables habían desaparecido, reemplazadas por las miradas acusadoras y por el miedo.

Elliott siguió andando con la vista fija delante, torciendo levemente la mandíbula después de cada empujón. Podría haber dado un puñetazo en la cara de cada uno de ellos, partirles los dientes o romperles las narices, pero se limitó a repetir su mantra para sus adentros, contando los días que faltaban para las vacaciones de Navidad.

Permaneció a mi lado mientras abría mi taquilla. Cuando tuve en mis manos los libros de lengua, física e historia mundial, me acompañó a la oficina y me besó en la mejilla, luego intentó llegar a su taquilla y a su clase antes de que sonara el timbre. Me pregunté si alguien lo pararía por el camino.

—Buenos días, Catherine —dijo la señora Mason. Ya estaba tecleando sin parar cuando entré en su despacho. Reparó en mi silencio y levantó la vista—. Vaya. ¿Va todo bien?

Me mordí la parte interior del labio, deseando con todas mis fuerzas hablarle de Elliott, pero él odiaría sentir que se estaba escondiendo en su despacho todo el día.

—Ha sido una mañana un poco accidentada. Se ha quemado el desayuno y hemos tenido que empezar de cero.

—¿Estabas distraída?

—No he sido yo. Era mamá. Está… triste otra vez.

Pasar tantas semanas en un pequeño despacho con la señora Mason hacía imposible eludir la conversación. Después de la primera semana, comenzó a sospechar, así que le contaba lo justo para que se quedara satisfecha.

—¿Ha pasado algo o…?

—Ya sabe. Simplemente, se pone así a veces. Va a peor a medida que se acerca el día de la graduación.

—¿Has enviado ya las solicitudes a las universidades? Aún tienes tiempo.

Negué con la cabeza, descartando la idea de inmediato.

—Podrías conseguir una beca fácilmente, Catherine. Yo podría ayudarte.

—Ya hemos hablado de esto. Sabe que no puedo dejarla.

—¿Por qué? Muchos hijos de padres que regentan un negocio van a la universidad. Podrías volver con todo lo aprendido y hacer cosas increíbles con el Juniper. ¿Qué te parece estudiar gestión hotelera?

Me reí.

La señora Mason sonrió.

—¿Te parece algo gracioso?

—No es posible.

—Catherine, ¿me estás diciendo que no puedes ir a la universidad porque tu madre no puede cuidar de sí misma mientras tú no estás? ¿Significa eso que la estás cuidando tú?

—Algunos días más que otros.

—Catherine —dijo la señora Mason, juntando las manos detrás de su placa de identificación. Se inclinó hacia delante, con tristeza y desesperación en su mirada—. Por favor. Por favor, déjame ayudarte. ¿Qué está pasando allí dentro?

Fruncí el ceño y luego le di la espalda y abrí mi cuaderno de ejercicios de lengua.

Suspiró y, acto seguido, una sucesión constante de golpes en el teclado inundó el silencio del reducido espacio.

Mi lápiz del número dos rascó el papel del cuaderno, incorporando un nuevo ritmo al tecleo de la señora Mason. Sentarse allí en silencio con ella se había convertido para mí en una costumbre cómoda... segura, incluso. Allí no había nada más que hacer aparte de las tareas escolares. Podía estar allí sin más.

Justo antes del almuerzo las persianas del despacho de la señora Mason se movieron. Después de algunos gritos y cierto alboroto, se asomó y luego tiró de la cuerda para subir la persiana.

El entrenador Peckham estaba justo en la puerta del despacho, sujetando el brazo de Elliott con una mano y el de otro estudiante que no reconocí porque tenía los ojos casi cerrados de la hinchazón.

La señora Mason salió corriendo y yo la seguí.

—Este de aquí —dijo el entrenador Peckham, empujando al chico hacia delante— empezó. Y este —añadió, empujando a Elliott— lo terminó.

—¿Quién es? —preguntó la señora Rosalsky, corriendo con una bolsa de hielo en la mano. Ayudó al chico a sentarse y le puso dos cuadrados fríos en los ojos.

—No es uno de los míos... por una vez —dijo el entrenador Peckham—. Owen Roe.

Me tapé la boca.

La señora Rosalsky levantó la vista.

—Voy a llamar a enfermería. Estoy casi segura de que tiene la nariz rota.

La señora Mason bajó la barbilla.

—La directora Augustine y el vicedirector Sharp están en una reunión de administración. Elliott, sígueme al despacho de la directora Augustine, por favor. Catherine, vuelve a tu mesa.

Asentí con la cabeza, percibiendo la expresión de vergüenza en el rostro de Elliott mientras pasaba por mi lado sin un solo rasguño. Tenía la mano izquierda hinchada, y me pregunté cuántas veces habrían hecho contacto esos nudillos con la cara de Owen antes de que alguien lo detuviera; cuánta furia reprimida había detrás de los mismos golpes que agujereaban las puertas.

Me acerqué a Owen, me senté a su lado y lo ayudé a sostener la bolsa de hielo en su ojo izquierdo.

—Hola —dije.

—¿Catherine?

—Soy yo —respondí, apartando la mano cuando él se echó hacia atrás—. Solo intento ayudar.

—¿A pesar de que tu novio me ha dejado ciego?

—No estás ciego. La hinchazón bajará. —Dudé, sin estar segura de querer saberlo—. ¿Qué ha pasado?

Se inclinó.

—Como si te importara.

—Sí. Me importa. Sé que hemos… Sé que he estado distante.

—¿Distante? Más bien desaparecida. ¿Qué te hicimos, Catherine?

—Nada. No hicisteis nada.

Volvió la barbilla hacia mí, sin poder ver mi expresión.

—No dejas tiradas a dos personas, dos personas de las que has sido amigo durante casi toda tu vida, por nada.

Suspiré.

—Mi padre murió.

—Lo sabemos. Y nosotros intentamos estar allí a tu lado.

—Eso no es lo que necesitaba.

—Entonces, ¿por qué no nos lo dijiste? ¿Por qué hacer que Minka se sintiera como si no valiera una mierda, y a mí como si fuera un montón de basura de la que pudieras deshacerte sin más? Entiendo que estabas mal, que sufrías. Pero podrías habernos dicho que necesitabas espacio.

Asentí con la cabeza, bajando la vista.

—Tienes razón. Eso es lo que debería haber hecho.

—Nos cerraste la puerta en las narices. Más de una vez.

—Me he portado fatal contigo, cuando tú solo intentabas ser mi amigo. Pero yo no era yo. Sigo sin ser… la chica que conocías. Y las cosas son mucho peores ahora de lo que eran entonces.

—¿Qué quieres decir? —preguntó. El dolor y la ira desaparecieron de su voz.

Me levanté.

—Aún debes mantenerte alejado de mí. Todavía no es seguro acercarse.

Se recostó hacia atrás y la expresión hosca regresó a su rostro.

—Pero Madison y Sam son inmunes a eso, ¿no?

—Maddy y Sam no quieren entrar —murmuré.

—¿Qué quieres decir? ¿Es que está pasando algo en tu casa?

Entraron dos auxiliares de enfermería, uno bajo y barrigudo y el otro alto y desgarbado. Se presentaron a Owen y yo me aparté.

—¿Catherine? —dijo la señora Rosalsky, mirando hacia la puerta abierta de la orientadora.

Sabía lo que quería, así que regresé al despacho de la señora Mason para seguir estudiando sola. Sonó el timbre que anunciaba el fin de la primera hora de clase y otra vez después para iniciar la segunda. Elliott continuaba en la oficina de la directora, y el resto del personal administrativo seguía trabajando como siempre.

Media hora más tarde, Elliott salió de la oficina de la directora Augustine. Con la mirada fija en el suelo, masculló una disculpa casi inaudible al pasar.

—Eh —dije, corriendo a alcanzarlo con una sonrisa reconfortante, pero él no me hizo caso y salió disparado por la puerta. Dos guardias de seguridad del instituto lo siguieron, y me volví hacia la señora Mason—. ¿Lo ha expulsado?

—No me mires así —dijo, guiándome a su despacho y cerrando la puerta—. Ha enviado a un alumno al hospital. No me ha dejado alternativa, sinceramente.

—¿Qué pasó? —exigí.

—Sabes que no puedo hablarlo contigo.

—Me lo dirá él después del instituto.

La señora Mason se desplomó sobre su silla.

—¿Estás segura de eso? —Fruncí el ceño. Ella suspiró y se irguió en el asiento—. Owen le dijo algo a Elliott que no le gustó. Elliott le dio un puñetazo. Muchos puñetazos.

—No haría eso sin que hubiera una provocación.

—¿De verdad? Porque he oído lo de su pelea con Cruz Miller en la fiesta de la fogata. —Se puso a ordenar papeles en su escritorio, claramente nerviosa.

—¿Tiene idea de todo por lo que ha tenido que pasar este último mes? Desde que nos trajeron aquí a rastras y nos interrogaron sobre Presley, todos piensan que le hicimos algo.

—Bueno, lo de hoy no ha sido en defensa propia. —La señora Mason dejó de ocuparse de los papeles y suspiró, mirándome con expresión sincera en los ojos—. Al no detenerse, se convirtió en el agresor. No te preocupes. Aquí estás a salvo.

—Pero a él lo ha dejado ahí fuera…

Meditó sobre mis palabras.

—¿Crees que debería haberlo traído aquí a él también? Sinceramente, no creo que nadie sea tan estúpido como para meterse con Elliott. Es casi del tamaño de un jugador de fútbol americano.

—Y menos mal que así es, porque es como atravesar un campo de fútbol cuando hay que recorrer el pabellón C desde el aparcamiento todas las mañanas, a la hora del almuerzo y después de clase.

—¿Se meten contigo o te empujan?

—Señora Mason… por favor. No puede expulsarlo. Podría perder la beca que estén planteando darle.

Me miró fijamente por un momento. Era la vez que le había hablado con más claridad sobre mis sentimientos o sobre lo que pensaba, y vi cómo decidía utilizarlo a su conveniencia. Su siguiente pregunta me dio la razón:

—Dime qué está pasando en casa y reconsideraré mi decisión.

—¿Me está...? ¿Me está chantajeando?

—Sí —contestó rotundamente—. Dime qué es lo que ocultáis tú y Elliott y lo dejaré volver al instituto mañana mismo.

Me quedé atónita. La habitación empezó a darme vueltas y creí que me quedaba sin aire.

—Eso no es justo. Ni siquiera estoy segura de que sea ético.

—¿Importa eso? —preguntó, recostándose. Estaba orgullosa de sí misma. Sabía que ya había ganado.

—¿Y seguro que puede hacer eso? ¿Anular su expulsión?

—Puedo castigarlo con una suspensión a nivel interno con obligación de asistir a sesiones de orientación. Eso debería apaciguar a los padres de Owen.

Puse los ojos en blanco.

—Ya le he dicho que podría perder su beca.

Se encogió de hombros.

—Eso es lo máximo que puedo hacer. Lo tomas o lo dejas.

—Suspensión interna con orientación. ¿Se encargará usted de la orientación?

—Si me dices la verdad sobre lo que ha estado ocurriendo en tu casa, sí.

Me recosté en la silla, agarrándome al respaldo como si fuera un salvavidas.

—Puedes tomarte un tiempo para pensarlo, si quieres —me ofreció la señora Mason.

Tomar la decisión de marcharme fue más fácil de lo que pensaba. Ahora que la señora Mason me obligaba a elegir entre salvar a Elliott o al Juniper, tuve la respuesta en cuestión de segundos. En ese momento estaba segura de que lo amaba, de que era digna de su amor, y de que dejar que el Juniper se hundiera era lo que de verdad acabaría salvando finalmente a mamá. Ella podría odiarme hasta que estuviese mejor, o podría odiarme para siempre, pero yo sabía que era lo correcto para todas las personas a las que quería. Sabía que Althea y Poppy lo entenderían.

Miré a la señora Mason a los ojos. La decisión era fácil, pero era más difícil decir las palabras en voz alta. Estaba a punto de ir contra todo aquello por lo que había estado luchando con uñas y dientes, lo que había intentado proteger durante más de dos años, contra todas las razones para alejar a Elliott de mí, para alejarlos a todos. Mi jaula estaba a punto de estallar y romperse en mil pedazos. Por primera vez en mucho tiempo no sabía qué ocurriría después.

—No me hace falta —dije.

La señora Mason bajó la barbilla, como mentalizándose para oír lo que iba a contarle.

—Catherine, ¿cuidan de ti en casa?

Me aclaré la garganta. Mi corazón latía tan fuerte que estaba segura de que la señora Mason podía oírlo.

—No.

La señora Mason entrelazó las manos, esperando pacientemente a que continuara hablando.

Capítulo 31

Catherine

Madison redujo la velocidad hasta detenerse frente al Juniper y Sam se inclinó hacia delante, mirando las ventanas polvorientas y la pintura descascarillada.

—Guau —exclamó Sam con la boca abierta.

—Gracias, Maddy. Sé que tu padre no quiere que te acerques a mí, así que te agradezco que me hayas traído a casa. Espero que no te metas en ningún lío.

Madison se volvió en su asiento para mostrar toda su indignación.

—Estamos a dos grados bajo cero y Elliott tiene prohibido ir al instituto a recogerte. Por supuesto que iba a traerte a casa.

Sonreí.

—Gracias. La señora Mason también se ofreció, pero he visto su lista de tareas para esta noche y era de dos páginas.

—¿Quieres que te acompañe a la puerta? ¿O adentro? —preguntó Sam, mirando por la ventana con fascinación.

—¡Sam! ¡Dios…! —lo regañó Madison—. ¡No es el momento!

—No, gracias —dije mientras recogía mis cosas.

Madison me tocó el brazo.

Llevé mi mochila adentro y subí las escaleras, doblé la ropa y guardé todas las camisas, los pantalones, los calcetines y la ropa interior que pude dentro de la maleta que mi padre me había comprado años atrás. Había fantaseado cientos de veces sobre el momento en que la usaría por primera vez, pero en ninguna de esas fantasías me planteé dejar el Juniper por ir a otro lugar en el propio Oak Creek.

Por mi cabeza desfilaban distintos escenarios una y otra vez, la reacción de mamá, el momento de la despedida, y esperaba que al final todo acabara bien. Aun así, ninguno de los escenarios hacía que me arrepintiera de haber ayudado a Elliott. Él era bueno, como lo eran Althea y papá. Elliott se había visto arrinconado y había luchado por salir de allí por sus propios medios, pero había pocas cosas que no estuviese dispuesto a hacer por los seres a los que amaba. Yo simplemente era una de las pocas afortunadas.

Oí el ruido de los armarios abajo cerrándose de golpe, y entonces alguien dijo mi nombre… alguien joven e impaciente, pero no era Poppy.

—Hola —dije, asomando por la esquina y dirigiéndome a la isla.

—Estás horrorosa —gruñó la prima Imogen. Dejó una taza de té delante de mí y se cruzó de brazos.

Me senté con el abrigo puesto en la isla de la cocina, dejando las manos suspendidas encima de la taza de té humeante como si fuera una fogata. Imogen parecía indiferente. Vestía su camiseta favorita, con el signo de la paz, y llevaba el pelo metido por detrás de las orejas. Estaba de pie con la espalda apoyada en la encimera, mirándome. Casi todos los armarios estaban abiertos de par en par, después de que los hubiera registrado en busca de las bolsitas de té.

Normalmente me ofrecía una rama de olivo en forma de taza de té cada vez que su padre me trataba mal, pero antes siempre había sido uno o dos días después de que sucediera. Mamá nunca le había prohibido a nadie que volviera, y hasta ese momento yo había albergado la esperanza de que realmente pudiera hacer que se mantuvieran alejados del Juniper.

Imogen me miró.

—¿Y bien? ¿Te vas a tomar el maldito té o no?

Un silencio espeso siguió a la pregunta de Imogen, permitiendo advertir la presencia del viento sibilante que se colaba a través de las partes más débiles del Juniper. Arriba, una puerta se cerró de golpe y ambas levantamos la vista.

—¿Duke? —preguntó Imogen, nerviosa.

—Un cambio de la presión. Solo es el viento.

Las cortinas estaban cerradas y solo permitían el paso de esquirlas de luz plateada en el comedor y la cocina. Fuera las nubes parecían haberse hecho dueñas del cielo de Oak Creek, satisfechas de instalarse allí durante el resto del invierno. Toleradas pero no bienvenidas, al igual que los huéspedes del Juniper.

—No me lo has dicho. ¿Por qué estás tan triste? ¿Qué ha pasado hoy? Tu madre le estaba hablando a mi padre de una chica que desapareció. ¿Has oído algo sobre ella hoy?

La idea de que el tío Sapo estuviera allí me hizo sentir rabia. Se suponía que tenía prohibido volver. Su incapacidad para mantenerse firme solo era otra señal de que la depresión de mamá estaba yendo a peor. Hurgué con el dedo en la muesca de la taza desportillada frente a mí.

—No.

—¿No? —preguntó Imogen—. ¿No has oído nada sobre ella?

—Solo que todavía está desaparecida —dije, tomando un sorbo—. Imogen… ¿dónde está mamá?

Se puso tensa.

—En el piso de arriba. ¿Por qué?

—Tienes que decirle que baje. Necesito hablar con ella.

Imogen gruñó.

—¿Sobre qué?

—Quiero hablar con mamá. No contigo. Dile que venga.

Se cruzó de brazos fijando su expresión en una sonrisa tozuda.

—Muy bien —dije, y tomé otro sorbo—. Me marcho. Hoy.

—¿Qué? —dijo Imogen, rodeando la isla—. ¿De qué estás hablando?

—Hoy han expulsado a Elliott. Le he hablado a la señora Mason del Juniper para que la expulsión no figure en su expediente.

Imogen se inclinó y me miró arrugando la frente. Me habló en voz baja:

—¿Qué es lo que le has dicho del Juniper?

Fijé la vista delante, incapaz de ver el miedo que sabía que inundaba los ojos de mi prima.

—Que mamá está enferma y que he estado ocupándome de algunas cosas.

—Eso es una mentira —musitó Imogen—. La tía Mavis cuida muy bien de ti.

—No, hace mucho tiempo que no lo hace —dije, recogiendo la taza y rehuyendo su mirada.

—Retira eso que has dicho. ¡Retíralo! —me gritó en el oído. Hice una mueca, apartándome de ella.

—Tienes que ir a buscar a mamá —dije, manteniendo un tono de voz sereno—. No tardarán en llegar.

—¿Quiénes? —chilló.

—Asuntos Sociales.

La cara de Imogen se torció en un gesto de disgusto.

—¿Cómo dices?

—Que van a venir los del Departamento de Asuntos Sociales —dije, y las palabras me atravesaron el pecho hacia dentro, cada vez más pesadas. Había hecho lo que prometí que no haría nunca.

El pánico pareció adueñarse de Imogen y luego empezó a lloriquear y se fue corriendo escaleras arriba, llamando a mamá.

—¡Mavis! —gritó—. ¡Mavis!

Alguien llamó a la puerta y corrí a abrirla. Elliott estaba al otro lado, por fin con el abrigo puesto, despidiendo unas nubes blancas con cada exhalación de su aliento. Parecía sorprendido de verme, y llevaba en la mano un sobre roto y un papel doblado.

—¿Qué has hecho? —preguntó.

—¿Qué has hecho? —dijo mamá, bajando las escaleras con pasos furiosos. Me agarró de los hombros y empezó a zarandearme.

Elliott tiró de mí y se interpuso entre nosotras.

—Eh, eh... espere un momento. Vamos a calmarnos.

—¿Calmarnos? ¡¿Calmarnos?! —dijo mamá, chillando.

Cerré los ojos.

—Odia que le digan eso.

—¿Cómo has podido hacerme esto? —preguntó mamá, apartando a Elliott—. Le dijiste... Le hablaste a esa zorra de la orientadora sobre nosotros, ¿y ahora qué? ¿Te vas a ir a vivir a un hogar de acogida de mierda con otros diez niños? ¿Con extraños? ¿Por qué? ¿Por él?

—¿Qué? —preguntó Elliott, volviéndose hacia mí. Parecía traicionado, y vi la expresión de dolor en sus ojos cuando se dio cuenta de que ella lo sabía y él no—. ¿Se lo has contado a la señora Mason?

—Le he contado lo suficiente.

—¿Lo suficiente? ¿Para qué? —preguntó Elliott. Levantó el sobre—. ¿Para esto?

Una furgoneta negra frenó y se detuvo junto a la acera, delante del Chrysler de Elliott, seguida de un coche patrulla, y escapé escaleras arriba.

Elliott miró la camioneta, luego el papel y después alzó la vista para mirar arriba.

—¿Te vas? ¿Adónde te llevan?

—No puedo decirlo ahora. —Recogí dos bolsas y mi mochila y bajé los escalones de dos en dos hasta que llegué a la puerta principal. Mamá me agarró del abrigo y se negó a soltarme.

—No. Tú no te vas.

—Mami, tienes que ponerte mejor. Tienes que cerrar el Juniper...

—¡No! —gritó.

—Tienes que cerrarlo y todos tienen que irse. Entonces, volveré. Me quedaré contigo. Pero... —Cuando me di cuenta de que estaba mirando boquiabierta a la camioneta y no me prestaba atención, la sujeté del mentón con delicadeza para que me mirara a la cara—. ¿Mami? Necesito que me escuches. Van a preguntarte con quién prefieres que me quede. Tienes que decirles que con la señora Mason. Rebecca Mason. La orientadora del instituto. Tienes que decir que te parece bien que me quede con ella.

Una mujer y un hombre salieron de la camioneta y echaron a andar hacia nuestra casa.

—¿Mami? Señora Mason —repetí, haciendo énfasis en el nombre de mi orientadora.

La señora Mason me había dicho que los de servicios sociales necesitarían que mamá firmara unos papeles dando su aprobación para que me fuese a vivir a su casa. De lo contrario, iría a la oficina de Asuntos Sociales y esperaría allí a que me asignaran una familia de acogida.

—¡No! —gritó mamá, intentando arrastrarme adentro mientras trataba de cerrar la puerta.

La miré a los ojos y vi terror en ellos.

—Volveré.

—¿Cuándo? ¿Qué... qué voy a hacer? Estaré sola. ¿Qué voy a hacer? —dijo mamá, con las lágrimas resbalándole por las mejillas.

Después de llamar brevemente, el hombre abrió la puerta de mosquitera, se alisó la chaqueta y se ajustó la corbata. Elliott estaba detrás de ellos, preocupado y sin saber qué hacer.

—Señora Calhoun, soy Stephanie Barnes —dijo la mujer. Tenía unos veintitantos años y la misma complexión que mamá, pero era más baja. Parecía nerviosa—. Me acompaña Steven Fry, del Departamento de Asuntos Sociales de Oklahoma, y el agente Culpepper, del Departamento de Policía de Oak Creek. Hemos venido a trasladar a Catherine a un entorno seguro hasta que podamos obtener más información sobre lo que le ha contado hoy a su orientadora en el instituto.

—¿Adónde la llevan? —suplicó mamá, sujetando mi abrigo con ambos puños. El pánico y el miedo en su voz eran desgarradores.

El agente de policía se interpuso entre nosotras.

—Señora Calhoun, tenemos una orden judicial. Va a tener que dar un paso atrás y dejar que el señor Fry y la señorita Barnes hagan su trabajo.

—Mami, haz lo que dice —le pedí, dejándolos separarme de ella—. Asegúrate de que comes. Hay pan, mantequilla de cacahuete y gelatina para Poppy.

—¡Catherine! —gritó mamá, quedándose con el agente y la señorita Barnes.

—¡Eh! ¡Espere! —exclamó Elliott, abriéndose paso a empujones por la puerta principal.

El señor Fry me llevó con él a través del porche y luego por el camino irregular. Se detuvo en la puerta de la verja y extendió el brazo para mantener a Elliott a distancia, pero yo se lo bajé.

—No pasa nada —dije—. Es un amigo.

—¿Adónde vas? —quiso saber Elliott, horrorizado—. ¿Te vas de Oak Creek?

—A casa de la señora Mason. Me quedaré con ella un tiempo.

—¿De verdad? —preguntó, aliviado—. ¿Y eso… eso está bien?

Me encogí de hombros.

—Era necesario.

Arrugó la nariz.

—Catherine, no habrás hecho todo esto por… —Miró el sobre que llevaba en la mano.

—Sí —dije—. Y lo haría de nuevo.

El señor Fry me hizo una señal para que lo siguiera hasta la camioneta, y lo obedecí, volviendo la vista atrás una sola vez.

Elliott se acercó corriendo y se detuvo justo antes de llegar a la puerta.

—¿Puedo ir a verte?

—Sí —dije mientras subía al asiento trasero de la camioneta.

—¿Has dicho la casa de la señora Mason? —preguntó.

Asentí.

El señor Fry cerró la puerta y rodeó la parte delantera del vehículo hacia el lado del conductor. Se sentó deslizándose detrás del volante y se encontró con mi mirada en el espejo retrovisor.

—Todo va a ir bien, Catherine.

La señorita Barnes pasó junto a Elliott para atravesar la verja. Abrió la puerta del pasajero, se sentó en el asiento y se abrochó el cinturón de seguridad.

Se volvió para mirarme con una sonrisa cálida.

—¿Lo tienes todo? —preguntó.

Asentí.

—¿Mamá está bien?

—Se quedará con el agente Culpepper hasta que se tranquilice. Abróchate el cinturón, por favor, Catherine.

Me despedí de Elliott, viendo cómo se iba empequeñeciendo mientras bajábamos por la calle Juniper hacia el otro lado de la ciudad.

Me pregunté si alguna vez lograría quitarme la sensación de que acababa de traicionar a mi familia, si bastaría con saber que mi ausencia significaría el final del Juniper y de la oscuridad que reinaba en su interior. Me preocupaba que mamá dejara de estar triste y me odiara, pero me preocupaba más que Althea y Poppy sintieran que les había dado la espalda. Más que cualquier otra persona, quería que ellas dos entendieran mi decisión.

El señor Fry aparcó la camioneta en el camino de entrada de la preciosa casa de estilo rústico de la señora Mason. El porche que rodeaba toda la construcción me recordaba un poco al Juniper, pero esa era la única similitud. El calor del interior irradiaba desde sus grandes ventanales, incluso en un helado día de invierno como aquel. El exterior ofrecía un aspecto acogedor, con un revestimiento de tejas de color verde claro y adornos blancos y luces multicolores que serpenteaban por las vigas del porche, y una corona de Navidad colgando de la puerta.

El amplio ángulo del techo a dos aguas le daba un aire menos amenazador que el Juniper y más afable, como un cálido hogar.

La señora Mason salió de debajo de la luz del porche, envuelta en un suéter y con una sonrisa que no ocultaba su nerviosismo ni el alivio que sentía.

La señorita Barnes me acompañó al porche, cargada con una bolsa.

—Hola —saludó la señora Mason, tocándome la mejilla. Se apartó a un lado para dejarnos pasar a la señorita Barnes y a mí.

Utilicé la punta de cada bota para quitarme la otra, las dejé en el suelo de madera y pisé la mullida moqueta beige de su salón con los calcetines. La señora Mason recogió mi abrigo y lo colgó en el armario delantero antes de escoltarnos a través de una amplia entrada que conducía a la sala de estar.

Un árbol de Navidad artificial se extendía hasta el techo de casi tres metros de altura, dejando apenas unos centímetros de espacio encima de la cabeza del ángel de cristal que lo coronaba. Las ramas estaban decoradas con adornos rojos y verdes, algunos caseros. Unas luces blancas brillaban por detrás de las agujas sintéticas, y una falda roja y verde cubría el soporte del árbol, bajo el cual ya había dos docenas de regalos.

—Tomad asiento —dijo la señora Mason, señalando su sofá. Era un sofá modular de microfibra de color pardo, con cojines de estampados florales de color verdoso, tan inmaculados que dudé antes de sentarme—. Oh, no seas tonta —dijo la señora Mason, sentándose en un sillón reclinable de cuero—. Tengo una sobrina y un sobrino que siempre comen helado y trepan por todas partes los domingos. Por eso me decanté por la microfibra.

La señorita Barnes se sentó, así que me senté junto a ella.

—¿Cómo ha ido? —preguntó la señora Mason, quitándose el suéter.

—Mavis estaba enfadada, lógicamente, pero ha ido mejor de lo que esperábamos. ¿La habitación está lista?

—Lo está —respondió la señora Mason con una sonrisa de alivio.

—Sé que ha tenido que hacer un esfuerzo para prepararlo todo —empezó a decir la señorita Barnes.

—¿No es lo que se hace siempre? —preguntó mi orientadora.

—Ah, no sabía que había tenido ya niños en acogida, señora Mason —le dije.

—No, no los he tenido. Quiero decir, hasta ahora. La señorita Barnes y yo simplemente trabajamos juntas a menudo. Y aquí soy simplemente Becca —dijo ella, recogiéndose el cabello castaño en un moño y tirando de las puntas para hacer un nudo.

Nunca la había visto con ropa informal. Parecía mucho más joven con sus pantalones de algodón gris jaspeado y su sudadera desteñida azul marino de la Universidad de Oklahoma.

La señorita Barnes señaló hacia la habitación.

—¿Te parece bien?

Parpadeé, sorprendida por su pregunta. Acababa de cambiar una casa victoriana decimonónica, fría y desvencijada, por una casa cálida e inmaculada, parecida a una casita de campo.

—Mmm, sí. Es genial.

La señora Mason y la señorita Barnes se rieron, y luego la trabajadora social se levantó.

—Muy bien, entonces. Os dejaré a las dos a lo vuestro.

—Gracias —dijo la señora Mason, abrazando a la señorita Barnes. La puerta se cerró y entonces la señora Mason juntó las manos.

—¿Es…? ¿Solo somos nosotras dos? —pregunté.

Tardó un momento en comprender mi pregunta y luego hizo un movimiento afirmativo con la cabeza.

—Sí. Sí. Solo nosotras dos. ¿Te gustaría ver tu habitación?

Asentí con la cabeza, recogiendo mis cosas, y a continuación la seguí por el pasillo.

—El baño para los invitados está todo recto. Yo estoy al final del pasillo a la derecha. —Lo señaló—. Tu habitación está al final del pasillo a la izquierda. Tienes tu propio baño.

La señora Mason encendió la luz y vi una cama doble, una cómoda de madera y un escritorio. Una puerta abierta conducía a un baño pequeño. Todo parecía reluciente y nuevo. Las paredes eran de un púrpura atenuado con adornos blancos, y la moqueta era de un gris claro. En lugar de pesadas cortinas oscuras colgadas de una barra de hierro, unos visillos transparentes flanqueaban la ventana.

—¿Cuánto tiempo lleva viviendo aquí? —le pregunté.

Escaneó la habitación con orgullo en los ojos.

—Siete años, tres meses y dos días. —Me sonrió—. Pero ¿qué importa el tiempo?

—¿Y ha hecho reformas? Todo parece tan nuevo…

Asintió, llevando una de mis bolsas a la cama para depositarla sobre la colcha de cuadros púrpura y gris.

—Sí, hicimos reformas. —El resto de su respuesta quedó suspendida en el aire. Sonó el timbre y a la señora Mason se le iluminaron los ojos—. ¡Oh! ¡Esa es la pizza! ¡Vamos!

La seguí hasta la sala de estar y la observé mientras entregaba propina al repartidor, le daba las gracias llamándolo por su nombre y luego llevaba dos cajas a la cocina.

Fuimos a la mesa del comedor y vi cómo la señora Mason abría las cajas e inhalaba el increíble olor a grasa y especias, igual que yo.

—¡Platos! —dijo, corriendo a la cocina—. Aquí tienes. —Depositó uno delante de mí, cortó una porción y tomó un bocado mientras me animaba con su mano libre a que me sentara frente a ella—. Oh, Dios. Lo siento. Estoy hambrienta.

Examiné mis opciones. Una de las pizzas era mitad queso, mitad pepperoni. La otra, mitad suprema, mitad salchicha.

—No sabía lo que te gustaba —dijo, masticando—. He supuesto que alguna de estas te gustaría.

Tomé una porción de cada una, las apilé en mi plato y miré a la señora Mason.

—Buena chica —comentó.

Primero mordí la punta de la de pepperoni, emitiendo un murmullo de placer mientras el queso derretido me abrumaba los sentidos. No había comido pizza en casa en años. Cerré los ojos y mi cuerpo se relajó al instante.

—Esta está muy buena —dije.

La señora Mason asintió, se rio y tomó otra porción.

Mi momento de placer no duró mucho, ya que la imagen de mamá comiendo sola, si es que estaba comiendo, se coló en mi cerebro. De repente, la pizza sabía a culpa en lugar de a satisfacción.

—No pasa nada, Catherine. Puedes sentir lo que sea que estés sintiendo. Es normal.

Miré hacia abajo.

—¿Es normal sentirse atrapada incluso aunque seas libre?

Se limpió la boca con una servilleta.

—Es parte del proceso. La gente tarda años en asimilar algo como esto. La culpa, la incertidumbre, los reproches... la pérdida. Pero está bien. Intenta vivir el presente y tómatelo con mucha calma. Y en este preciso instante puedes disfrutar de tu pizza y sentirte relajada aquí conmigo. Ser feliz lejos del Juniper no significa que quieras menos a tu madre.

Tomé otro bocado, tratando de digerir sus palabras mientras mi estómago se encargaba de la comida.

—Es difícil relajarse. Mi mente todavía está repasando las listas de cosas que hay que hacer antes de la mañana.

—También es normal. Ten paciencia contigo misma. Ten paciencia con el proceso.

Volví la mirada hacia el árbol de Navidad que brillaba en la sala de estar.

—Es muy bonito.

—¿Tenías un árbol en casa?

Negué con la cabeza.

—No desde que murió mi padre. Él solía encargarse de todo eso. De poner el árbol y las luces. La verdad es que nunca quedaban bien en el Juniper, de todos modos. Pero me gusta mirar por la ventana a los de los vecinos.

La señora Mason consultó su reloj.

—Bueno, te espera una sorpresa.

Empezó a contar hacia atrás y luego señaló el techo. Las luces del exterior se encendieron y dos bultos comenzaron a hincharse en el jardín delantero. Segundos después, un muñeco de nieve enorme y resplandeciente y Santa Claus estaban de pie sobre el césped, balanceándose al viento.

—Guau... —acerté a decir.

La señora Mason aplaudió y soltó una risita.

—Sí, ya lo sé. Completamente ridículo, ¿verdad?

Curvé la comisura de los labios.

—Es genial.

El timbre sonó de nuevo y la señora Mason se esforzó por conservar la sonrisa en su rostro.

—Quédate aquí.

Capítulo 32

Catherine

La señora Mason se acercó despacio a la puerta con su sudadera, los pantalones grises y los pies descalzos, y miró afuera antes de retirar el cerrojo y accionar el tirador.

—Hola.

—Hola —dijo Elliott, entrando cuando la señora Mason se hizo a un lado.

Él se quitó el abrigo mientras ella cerraba la puerta.

Levantó una hoja de papel en el aire, distinta de la carta que había recibido de la señora Mason y que anulaba su expulsión.

—Quería que fueras la primera en saberlo. Hoy he recibido la noticia oficial.

Me levanté y Elliott me abrazó mientras la señora Mason guardaba su abrigo en el armario.

—¿Qué es? —Miré hacia abajo. Era un sobre de Baylor—. ¿Has entrado? —pregunté, emocionada.

—No oficialmente. Me han ofrecido una beca de deporte completa —dijo él, ni la mitad de entusiasmado como debería haber estado—. Necesitarán un compromiso verbal si decido ir.

—¿Qué quieres decir con eso de «si decides ir»? —pregunté.

—¿Adónde? —quiso saber la señora Mason.

—¡Vas a ir! ¡Es Baylor! —exclamé, abrazando a Elliot. Cuando me aparté, él se limitó a esbozar una leve sonrisa.

—¿Qué hiciste? —me preguntó con una expresión de culpa apoderándose de sus facciones.

Presioné la mejilla contra su camiseta, inhalando el olor de su cuerpo. Olía a la casa de su tía: a ajedrea, por su cocina, y a limpio, por el jabón de baño y el detergente para la ropa.

—Catherine —dijo, manteniéndose a distancia.

—Catherine hizo un trato para que lo que ocurrió con Owen no conste en tu expediente. Tienes suerte de que la directora Augustine no estuviera allí hoy —dijo la señora Mason.

—Entonces, ¿no estoy expulsado? —preguntó.

—¿Has leído la carta? —replicó la señora Mason, levantando una ceja—. Es una suspensión a nivel interno, con visitas a mi despacho y sesiones para aprender a controlar tu ira. Ese es el trato.

—¿A cambio de qué? —Me miró.

—De contarle lo del Juniper. De decirle que mi madre está enferma, que no tengo ningún tipo de supervisión por parte de un adulto y que he estado cuidando de mí misma yo sola. Con un poco de suerte, eso no interferirá con tu beca.

Elliott me observó durante largo rato y luego miró a la señora Mason.

—Tus sesiones empiezan la próxima semana y continuarán hasta las vacaciones. ¿Tienes hambre? —le preguntó ella.

Elliott se fijó en la pizza.

—Siempre —dijo mientras se sentaba.

La señora Mason regresó a la cocina a por un tercer plato y lo depositó frente a Elliott.

—Siento haberme presentado así —dijo él entre bocado y bocado—. Solo quería asegurarme de que ella estaba bien.

—Lo comprendo —dijo la señora Mason, sentada frente a nosotros—. Y es muy considerado por tu parte. Pero no hace falta que te disculpes. De hecho, me siento mejor teniéndote aquí. Había olvidado lo reconfortante que es tener a un hombre en casa.

—Me alegro de ayudar —dijo Elliott.

—También tenemos un sistema de alarma —me informó ella—. Te daré el código más tarde.

—¿«Tenemos»? —repetí.

La señora Mason sonrió.

—Sí, tú y yo. Tú vives aquí ahora.

Sonreí. La orientadora intentaba con todas sus fuerzas hacerme sentir cómoda.

—La alarma debe de ser nueva.

—La pusimos después de que… —Se interrumpió, sonrojándose.

Los recuerdos de aquella noche se reprodujeron en mi memoria, tan vívidamente que tuve que sacudirme de encima la humillación y el miedo. Cerré los ojos y asentí, tratando de olvidar por enésima vez.

—¿Después de qué? —preguntó Elliott.

—Después de que un día los Mason se encontraran a mi madre al volver a casa.

—¿Qué? —exclamó Elliott.

—Fue después de la primera vez que la denuncié a Asuntos Sociales, unos seis meses después de que falleciera el señor Calhoun —explicó la señora Mason.

—Y… ¿estaba merodeando por la casa o qué? —preguntó Elliott.

La señora Mason palideció.

—Estaba escondida debajo de nuestra cama.

—¿Su… cama? —preguntó Elliott, buscándome con los ojos para que se lo confirmase.

Asentí, hundiéndome en mi asiento.

—Eso es una locura —dijo Elliott.

—No nos iba a hacer daño. Solo estaba confusa —explicó la señora Mason.

—Estaba allí tumbada, en posición fetal, gimoteando. No la defienda —dije—. Por favor, no.

—¿La detuvieron? —preguntó Elliott.

—No presentaron denuncia —respondí.

—Y todavía no estoy segura de si me has perdonado —dijo la señora Mason.

—No la culpo a usted. No culpo a nadie.

—¿Y bien? —preguntó la señora Mason, mirando a Elliott—. ¿Vas a decírnoslo?

—¿El qué? —Elliott alternó la mirada entre nuestra orientadora y yo.

—Lo que te dijo Owen.

Elliott se removió inquieto en su asiento.

—Creía que él ya lo habría dicho.

—No —dijo la señora Mason con frialdad—. Owen se pasó la tarde en urgencias.

—Ah. ¿Cómo…? ¿Cómo está?

—Por lo que me han dicho, la hinchazón se ha reducido un poco. Tiene el hueso orbital derecho fracturado. Tienes suerte de que tus tíos fueran a visitarlo al hospital y hayan convencido a sus padres para que no presenten denuncia, a pesar de que el inspector Thompson los haya presionado para que lo hicieran.

—Es él el que ha tenido suerte —repuso Elliott—. Me contuve y no le pegué de verdad.

La señora Mason arqueó una ceja.

—¿Qué fue lo que te dijo, Elliott? —le pregunté—. Para que le pegaras así…

Necesitaba que hubiera una razón. Una buena razón. Necesitaba oírle decir que le había provocado y que todo lo que estaba ocurriendo a nuestro alrededor no lo estaba destrozando a él también. Elliott era mi áncora, lo único que me mantenía unida a la normalidad, y sin eso, tenía miedo de salir volando al mismo lugar donde mamá había vivido desde que papá había muerto.

Miró hacia otro lado.

—No importa.

—Claro que importa —dijo la señora Mason. Plantó el pie en su silla, con la rodilla entre su pecho y el borde de la mesa. Era un movimiento planeado, como todo lo que hacía, para hacerla parecer más cercana y accesible.

—Dijo… —Elliott respiró hondo y luego las palabras salieron de su boca—: Me llamó indio salvaje y luego dijo que Catherine era una puta, y que seguro que estaba embarazada de mí y que daría a luz a otro indio de mierda.

La señora Mason se quedó boquiabierta.

Elliott intentó mirarme a los ojos, pero no lo consiguió.

—Lo siento.

—¿Que tú lo sientes? ¿Después de lo que te llamó? —Abrí la boca para añadir algo más, pero no pude. Me tapé los ojos con la mano—. Elliott. —Me temblaba el labio. No era justo que fuesen a por él de ninguna de las maneras, pero que encima alguien dijera algo tan repugnante porque parecía la manera más fácil de herirlo… A Elliott, la persona más amable que conocía… Eso hacía que se me revolviera el estómago.

—No tengo palabras, Elliott, excepto que lamento mucho que te pasara eso, y me aseguraré de que no se repita nada así en nuestra escuela —dijo la señora Mason.

—No me puedo creer que Owen te dijera algo tan horrible. No puedo creer que él…

—Pregúntale a cualquiera de la clase, porque lo dijo a voz en grito —insistió Elliott.

—No quiero decir que no te crea —aclaré—. Te creo. Es solo que, de todas las personas que conozco, Owen es la última que creería capaz de decirle algo así a otro ser humano.

La señora Mason entornó los ojos.

—Le preguntaré al entrenador Peckham por qué no nos reveló esa parte.

Elliott cerró los ojos.

—Hay más.

—¿Más? —dije.

—Necesito contártelo todo. Minka está en esa clase.

—Oh, no... —dije.

Después de unos segundos de silencio incómodo, Elliott confesó al fin:

—Me acusó de haberle hecho algo a Presley. Me preguntó delante de todos si la violé. Dijo que seguramente había arrojado su cuerpo a alguna zanja en White Eagle. Entonces, yo... le dije que cerrara la boca o que iba a acabar desapareciendo ella también.

Me tapé la boca, mientras que la señora Mason dio un respingo.

—¡Ya lo sé! —dijo Elliott, poniéndose en pie. La vergüenza ensombreció su rostro—. Sé que fue una estupidez. No lo decía en serio, pero después de semanas y semanas de toda esa mierda, ¡me harté!

—Ahora es un buen momento para que me contéis con detalle qué es lo que ha estado sucediendo exactamente —dijo la señora Mason.

Me coloqué junto a Elliott, dispuesta a defenderlo pasase lo que pasase, tal como él había hecho por mí.

—Las acusaciones. Los insultos raciales. Han estado empujándolo por los pasillos. Tirándole cosas —expliqué, viendo cómo Elliott se indignaba cada vez más con cada revelación—. Pero lo que dijiste, Elliott, parece una admisión de culpa. Por eso Owen te insultó. Él adora a Minka, y tú la amenazaste.

—Delante de una clase al completo. Esto no pinta nada bien —dijo la señora Mason.

—Me salió así, sin más —gimió Elliott. Entrelazó los dedos por encima de su cabeza y empezó a pasearse arriba y abajo.

—¿Por qué ninguno de los dos ha venido a verme antes? Para cuando Catherine me contó lo que estaba pasando, ya era demasiado tarde —dijo la señora Mason.

—Creí que podría manejarlo —dijo Elliott—. Pensé que una vez que encontraran a Presley o que no pudieran probar que yo era culpable, se olvidarían de mí. Pero ha ido a peor.

Alguien llamó a la puerta y nos quedamos inmóviles.

—Tranquilos —dijo la señora Mason, levantándose y dirigiéndose hacia la entrada. Cuando abrió, inmediatamente se cruzó de brazos y dio un paso atrás—. Milo.

El señor Mason entró en la casa, miró a Elliott y luego se volvió hacia su esposa.

—¿Qué está haciendo él aquí? —susurró, apenas sin mover los labios.

—Ha venido a ver a Catherine. Ella se va a quedar aquí un tiempo.

—¿Estás loca? —dijo el señor Mason. Trataba de hablar en voz baja, pero no lo conseguía.

—Lo estamos oyendo —comentó Elliott.

El señor Mason continuó:

—Los Brubaker fueron al hospital después de que se marcharan los Youngblood. Intentan convencer a los padres de Owen para que presenten denuncia. Si lo hacen, irán a buscar a Elliott.

—¿Quién irá a buscarlo? —preguntó la señora Mason.

Me levanté, tomando la mano de Elliott. Apretó la mía y noté que tenía la palma húmeda. Él también estaba asustado.

El señor Mason nos miró con expresión compasiva.

—La policía. Aprovecharán la oportunidad para volver a interrogarlo sobre la desaparición de Presley. No tienen más pistas. Van a ir por él, y luego… —Me miró—. Luego podrían ir por Catherine.

—No —dijo Elliott, poniéndose delante de mí como si el señor Mason estuviera allí para llevarme. Sus dedos se clavaron en los míos—. ¡Nosotros no hicimos nada! ¿Cuántas veces tenemos que decirlo?

La señora Mason se sentó a la mesa, con las palmas apoyadas contra la madera oscura. Cerró los ojos, respiró profundamente y luego asintió.

—Bueno. Todavía no ha pasado nada. No nos preocupemos hasta que haya algo de lo que preocuparse.

—Becca, él no debería estar aquí —espetó el señor Mason.

La señora Mason miró a su esposo.

—Y tú tampoco.

El señor Mason se puso nervioso, claramente dolido por su respuesta. Había perdido peso desde el comienzo de las clases, los bíceps se le empezaban a marcar en los brazos y la protuberancia a la altura del ombligo casi había desaparecido. Vestía con ropa que me recordaba más al entrenador Peckham que a las habituales camisas abotonadas de manga corta y las corbatas aburridas por las que el señor Mason era famoso.

Empezó a caminar, pero se detuvo junto al árbol y miró los regalos. Todos eran de color verde, rojo y plateado excepto uno: un pequeño rectángulo envuelto en el mismo tono de púrpura en que estaban pintadas las paredes de mi habitación.

—Becca…

—Debes irte, Milo.

El señor Mason señaló a Elliott.

—¿Él se va a quedar? —Cuando la señora Mason abrió la boca para discutir, él la acalló—. Es un sospechoso, Becca. No debería quedarse solo. No debería haber ningún momento en que no disponga de coartada.

—Entonces lo seguiré —dijo la señora Mason.

El señor Mason miró a Elliott y suspiró.

—Lo haré yo. No quiero que tengáis que volver solas conduciendo de noche. No mientras Presley siga desaparecida todavía. Y menos después de que hayas cabreado a la señora Calhoun. Sin ánimo de ofender, Catherine.

Negué con la cabeza y me encogí de hombros.

Elliott se volvió hacia mí.

—Probablemente tenga razón. Si la policía me detiene de camino a casa, el señor Mason podría decirles dónde he estado, al menos.

—Ya la verás mañana en el instituto. En mi despacho. A las ocho en punto —dijo la señora Mason.

Elliott asintió y luego se inclinó para besarme en la frente, demorando los labios allí un momento.

—Te veo mañana.

Me abrazó con fuerza y agarró su chaqueta del armario, recogió sus llaves de la mesa y pasó luego por la puerta abierta que el señor Mason le estaba aguantando.

La mirada de este parecía llena de ansiedad cuando se encontró con los ojos de su esposa.

—¿La puerta de atrás está cerrada? ¿Las ventanas? —Ella asintió y él suspiró—. Esto ha sido un poco imprudente, Becca. Ojalá hubieras hablado conmigo primero.

Ella se cruzó de brazos.

—Lo habría hecho de todos modos.

Él soltó una carcajada.

—Lo sé. Asegúrate de echar la llave cuando me vaya. Activa la alarma.

La señora Mason asintió con la cabeza, cerró la puerta detrás de su marido y echó el cerrojo.

Presionó unos botones en una pantalla blanca y cuadrada, y luego volvió la mirada.

—Necesito un número de cuatro dígitos. Algo que te resulte familiar, fácil de recordar.

Me quedé pensando un momento.

Ella presionó el código y luego otro botón. El aparato emitió dos pitidos.

—Solo tienes que introducir tu código y luego presionas este botón para activar y desactivar la alarma cuando entres o salgas de la casa. Este de aquí es para activarla si te vas a quedar en casa. Acostúmbrate a activarla cada vez que entres por la puerta. Yo no siempre estaré aquí.

—Está bien, señora Mason. Lo haré.

—Becca —dijo con una sonrisa exhausta. Se desperezó y luego se frotó la nuca, mirando hacia las cajas de pizza casi vacías.

—Ya lo recojo yo. —Fui a la mesa, recogí los platos y los llevé a la cocina para enjuagarlos y tirar las cajas.

La señora Mason me observaba con una sonrisa, apoyada contra la pared. Tenía los ojos cansados y enrojecidos. Cuando ella me observaba era como cuando me miraba Elliott, una sensación completamente distinta a como me sentía bajo la mirada de los ocupantes del Juniper.

—Gracias —dijo cuando terminé.

Echamos a andar hacia el pasillo y la señora Mason se detuvo a apagar las luces por el camino. Dejó el árbol de Navidad encendido, y el blanco suave resplandeció aún más.

—¿No es curioso que las luces parezcan mucho más bonitas en la oscuridad? —preguntó ella.

—Como las estrellas —dije—. Solía mirar por la ventana de mi habitación las luces de las farolas de nuestra calle. El ayuntamiento dejó de reemplazar las bombillas cuando se fundían, y eso me molestaba hasta que me di cuenta de que así podía ver mejor las estrellas.

—Tú siempre sacando el mayor provecho a tus circunstancias —comentó la señora Mason—. Buenas noches, Catherine.

—Buenas noches —le deseé, viendo cómo se dirigía a su dormitorio.

Su puerta se abrió, se cerró y luego me encontré de pie en medio del pasillo yo sola, esperando a que la casa respirara, a que abriera los ojos y me vigilara como hacía el Juniper por las noches. Sin embargo, allí solo se percibía el leve aroma a ambientador navideño de canela de la señora Mason y el resplandor del árbol de Navidad.

Cerré la puerta de mi habitación tras de mí. Deshice la maleta, sacando las prendas de ropa de una en una. Al fondo de la última bolsa estaba mi caja de música.

Parecía vieja y polvorienta cuando coloqué el desvencijado cubo de color rosa y blanco sobre el tocador reluciente de mi nueva habitación. Todas mis cosas —yo incluida— parecían gastadas ahora que estaban dentro de la acogedora casa de los Mason. Me desvestí y me duché, tratando de restregarme los secretos de la piel. La imagen de mamá sola y asustada se abrió paso entre mis pensamientos, y la preocupación por Elliott hizo que se me hiciera un nudo en el pecho. Seis meses atrás lo único que tenía valor era mi lealtad hacia mamá y el Juniper. ¿Cómo había cambiado tan rápida y completamente?

El agua me resbaló por la cara, enjuagando la espuma de mi pelo y el cuerpo y formando un charco alrededor de mis pies. La bañera era de un blanco inmaculado, la junta donde la fibra de vidrio se encontraba con la pared de azulejo estaba desprovista de moho, y las ventanas no dejaban pasar el viento frío que soplaba fuera. Levanté la vista hacia el cabezal de la ducha y vi que todas las espitas escupían el agua de forma regular, sin que la cal dura se acumulase en el metal.

Mamá todavía estaba atrapada en el Juniper con los demás, en su propia desesperanza y desesperación, y yo estaba duchándome en una casa calentita e impoluta que olía a pastel de manzana.

Vestida con un pijama que todavía olía al aire enrarecido del Juniper, me acerqué a la caja de música que había metido en la maleta antes de que Asuntos Sociales viniera a salvarme. La tapa emitió un crujido al abrirse y la bailarina tembló cuando le toqué la parte superior de su diminuto moño castaño. Las notas sonaron despacio y me recordaron a cuando era papá quien me salvaba. Me pregunté si se habría enfadado conmigo por mi decisión. Casi me parecía oír su voz severa pero amorosa explicándome que dejar atrás a alguien era doloroso, pero, al mismo tiempo, diciéndome que había hecho lo correcto. Aunque eso resultaba difícil de creer. Papá nunca habría abandonado a mamá, por muchos ataques o episodios que tuviera.

Althea, Poppy, Willow... incluso Duke estarían tratando por todos los medios de ayudar a mamá a hacer frente a la situación. Ellos se quedarían. Los desharrapados, los vagabundos y los marginados estaban más dispuestos que yo a sacrificarse para ayudar a mamá.

Cerré la caja de música, interrumpiendo la canción antes de que terminara.

—Ahora yo soy la huésped —murmuré.

Oí un golpe suave en la puerta y luego la voz amortiguada de la señora Mason.

—¿Catherine? ¿Estás despierta?

—¿Sí?

Abrí la puerta. La señora Mason estaba temblando en el pasillo en bata y con los pies descalzos, sujetando una linterna, con la piel brillante y el pelo húmedo de la ducha.

—He oído un ruido por la ventana. Iba a ir a ver.

—¿Quiere que vaya con usted?

Negó con la cabeza, pero vi en sus ojos que tenía miedo.

—No, tú quédate en tu habitación.

—La acompaño —dije, cerrando la puerta a mi espalda.

Nos pusimos los abrigos y las botas, y luego salimos al porche delantero.

—¿Deberíamos separarnos? —le pregunté—. ¿Voy yo por la izquierda y usted por la derecha?

—No —respondió ella rápidamente—. De ninguna manera. Tú te quedas conmigo.

Bajamos los escalones mientras la señora Mason enfocaba delante con la linterna. Nuestras botas crujieron sobre la hierba marchita, y el viento alborotó el pelo mojado de la orientadora, azotándole la cara.

Extendió la mano, indicándome que me detuviera.

—¿Hola? —llamó con voz temblorosa—. ¿Quién anda ahí?

Miré detrás de nosotras. Las luces en las casas vecinas estaban apagadas. La calle se veía vacía.

Un ruido de voces en la parte trasera de la casa hizo que la señora Mason diera un respingo. Se llevó el dedo a la boca, y la linterna proyectó un mosaico de sombras sobre su rostro.

—Susurros —musitó lo bastante fuerte para que yo lo oyera.

Agucé el oído y escuché a varias personas hablando en voz baja y aterrorizada. Atraje a la señora Mason hacia a mí.

—Deberíamos volver adentro.

El muelle de la puerta trasera de los Mason chirrió y luego la madera se cerró de un portazo. La señora Mason se zafó de mí, paseando la linterna por todo el jardín para detenerse finalmente en la puerta. Esta todavía se estremecía después de que la hubieran cerrado de golpe, pero el pestillo no estaba bajado.

—¡Becca! —la llamé cuando echó a correr hasta la otra punta del jardín. Desapareció por la puerta de la verja y lo único que pensé fue en lo rápido que había corrido con sus aparatosas botas—. ¡Becca! —grité, corriendo detrás de ella en la oscuridad.

Cuando llegué a la verja, había vuelto atrás y cerrado la puerta tras ella.

—¿Ha visto a alguien? —pregunté. Negó con la cabeza—. Eso ha sido una estupidez —la regañé.

—Lo siento. No quería asustarte.

—Una chica ha desaparecido, oímos voces de gente en su jardín, ¿y sale corriendo tras ellas usted sola? ¿Y si se la llevan a usted también? ¿Y si le hacen daño? ¿Qué habría hecho yo?

—Tienes razón. —Negó con la cabeza—. Lo siento. Solo he reaccionado por instinto. —Se detuvo bruscamente, iluminando un arbusto con su linterna. Alguien lo había pisoteado.

—Vamos —dije, tirando de ella—. Quiero entrar.

La señora Mason asintió, situándose delante de mí. Subimos los escalones y cerró la puerta a nuestra espalda. Los botones del recuadro blanco de la pared emitieron un pitido cuando reactivó la alarma.

—Voy a llamar a la policía, solo por si acaso. Deberías irte a la cama. Yo me quedaré levantada.

—Becca… —empecé a decir.

—Acuéstate. Todo irá bien, te lo prometo.

—Tal vez solo eran unos niños del vecindario —aventuré.

—Probablemente. Buenas noches. —Sacó su teléfono y la dejé sola.

Aun con el miedo de la señora Mason inundando la casa, seguía siendo más cálida y menos aterradora que el Juniper. Cerré la puerta y me metí en la cama, subiéndome el embozo de las mantas hasta las orejas. La señora Mason intentaba hablar en voz baja, pero la oí relatar lo sucedido a la policía.

Vendrían y harían preguntas. Sabrían que Elliott y el señor Mason habían estado allí, y temía que eso pudiese implicar a Elliott de alguna manera otra vez.

Conforme mis párpados se iban volviendo cada más pesados, los susurros del jardín fueron invadiendo mi cerebro: familiares, cercanos, como las voces que oía a veces en el pasillo desde mi habitación en el Juniper. Confabulando, formulando una estrategia, trabajando juntas para poner en práctica un plan o rediseñar uno nuevo. Los huéspedes eran como pájaros, volando en la misma dirección, virando, aterrizando y asustando, todo a la vez. Eran uno solo, trabajando por un objetivo común. Ahora estaban fuera, esperando, como habían hecho siempre en el Juniper. Nunca sería libre. Mamá nunca me dejaría escapar.

Capítulo 33

Catherine

—¿Catherine? —me llamó la señora Mason desde el otro lado de la puerta. Siguió un suave golpe.

Me senté y me froté los ojos, desorientada.

—Mmm… ¿sí?

—Como es el primer día de vacaciones de Navidad, he hecho gofres.

—¿Gofres? —Me incorporé, inhalando el olor de la harina, la levadura y el cálido jarabe de arce mezclado con los olores nuevos de la pintura y la moqueta, y los viejos que desprendía mi ropa en el armario.

Me levanté de la cama con paso tambaleante y abrí la puerta, con una camiseta blanca y raída y unos pantalones de chándal grises.

Becca estaba al otro lado, con gafas de montura negra, una bata azul claro, un pijama rosa y zapatillas mullidas. Llevaba el pelo recogido en un moño despeinado, con unos mechones castaños deshilachados.

—Gofres —dijo con una sonrisa radiante, sosteniendo una espátula—. ¡Vamos!

Corrimos a la cocina, donde hizo girar un cacharro plateado, accionó un cierre y luego abrió la tapa, dejando al descubierto un gofre perfectamente dorado.

—¿Crema de cacahuete o mantequilla? —preguntó, colocándolo en un plato.

Arrugué la nariz.

—¿Crema de cacahuete?

—Oh, Dios mío... ¿No los has probado nunca con crema de cacahuete?

—Ya no tenemos máquina de hacer gofres. Se nos rompió el año pasado. Pero no, nunca había oído que se le pusiera mantequilla de cacahuete a los gofres.

Se subió las gafas por el puente de la nariz.

—No eres alérgica, ¿verdad?

Negué con la cabeza.

—No.

—Ten —dijo, untando una mitad con mantequilla normal y la otra con mantequilla de cacahuete cremosa. Luego puso el frasco de sirope del revés y me cubrió el desayuno con azúcar—. Dime cuál te gusta más.

Me pasó el plato, un tenedor y un cuchillo, y luego agitó la masa para verterla de nuevo en la máquina. Incluso cuando teníamos una, la nuestra no era como aquella. La señora Mason le dio la vuelta y luego me acompañó a la mesa.

Ya había servido zumo de naranja y me estaba esperando. Me senté, corté una porción del lado de la mantequilla de cacahuete y me metí un cuadrado en la boca. Me tapé inmediatamente los labios con la mano mientras trataba de masticar la exquisita crema, pegajosa y azucarada.

—Oh, guau...

La señora Mason sonrió, apoyando los codos sobre la mesa e inclinándose hacia delante.

—Increíble, ¿eh?

—Está buenísimo —dije, farfullando las palabras.

Aplaudió y luego se levantó, señalándome mientras regresaba a la cocina.

—Nunca volverás a comerlos al viejo estilo.

Bostezó mientras esperaba que se acabara de hacer el suyo. El sol entraba a raudales por las ventanas, iluminando los tonos cálidos del interior. Si por la noche la casa de los Mason era acogedora, durante el día era directamente alegre. No podía imaginarlos peleándose allí; desde luego, no lo suficiente para separarse.

—¿Ha dormido bien? —pregunté entre un bocado y otro.

—Muy bien —dijo, asintiendo.

El aparato emitió un pitido y la señora Mason lo giró, abrió el cierre y sonrió mientras su gofre resbalaba sobre su plato. Tras añadir la mantequilla de cacahuete y una taza de sirope, se sentó frente a mí. Emitió un murmullo de placer mientras probaba el primer bocado, saboreándolo.

—Es bueno tener una excusa para volver a hacer esto. Fue Milo quien me enseñó a preparar gofres con mantequilla de cacahuete en la universidad.

—¿Empezaron a salir en la universidad? —le pregunté.

—En el instituto. —Cortó su gofre con el lateral del tenedor—. Me enamoré aquí mismo, en Oak Creek. —Se quedó callada—. Y me desenamoré aquí mismo también.

—Es un sitio un poco difícil, creo. No hay suficientes distracciones para que los adultos puedan evadirse del trabajo y la vida real. No tenemos playa ni montañas, solo un viento caliente que nos abrasa como una estufa en verano y un viento helado que nos corta la cara en invierno.

Se rio.

—Te olvidas de las puestas de sol. Y de los lagos. Y del fútbol.

—Nunca he estado en el lago —dije, tomando otro bocado.

—Milo tiene una barca. Eso lo arreglaremos cuando empiece el buen tiempo.

Me encogí de hombros.

—No estoy segura de dónde estaré.

—Estarás aquí. Hasta que te vayas a la universidad. No me has vuelto a decir nada de las solicitudes.

—No puedo costearme la universidad en este momento.

—¿Has pensado en pedir una beca Pell? ¿O ayudas? Eres una alumna brillante, Catherine. No has sacado la mejor puntuación del curso por dos puntos.

Solté una carcajada y miré mi plato casi vacío.

—¿Qué pasa? —preguntó la señora Mason.

—Es que es muy raro estar aquí sentada en esta casa con usted, que me sirvan el desayuno y poder hablar de cosas normales cuando todo es… lo contrario de normal.

—Tardarás algún tiempo en adaptarte.

—No creo que deba adaptarme.

—¿Y eso por qué?

—No me parece bien acostumbrarme a esto… a estar sin mamá.

—No tienes que estar sin ella. Está bien crear límites sanos y vivir el resto de tu último año en un entorno estable y seguro. —Frunció el ceño y se tocó el centro de la frente con el dedo índice—. Lo siento. No es mi intención ser tan aséptica.

—No, está bien. Entiendo lo que intenta decir, pero acepto que ella me necesita. Mi condición de cuidadora no cambiará después de la graduación, y esa es la razón por la cual la universidad es una opción más que discutible.

—No digas eso.

—No es ideal…

—No es vida.

—No es culpa de mamá.

La señora Mason suspiró.

—Me molesta que te hayas dado por vencida. Tienes la vida entera por delante. Nacer no debería ser una condena de cárcel.

—Yo no lo veo así.

—¿Eres feliz allí? ¿Es esa la vida que elegirías?

—Por supuesto que no, pero… ¿acaso elige alguien su vida? ¿Es esto lo que eligió usted?

La señora Mason estuvo a punto de escupir su zumo de naranja.

—Sabe… sabe que su esposa lo dejó porque estaba acostándose con Emily Stoddard, ¿verdad?

La señora Mason se limpió las manchas de naranja de la barbilla.

—Eso había oído.

—Emily se graduó hace dos años. No lo admitiría nunca delante de sus padres ni de la dirección del instituto, pero se lo dijo a todas sus amigas.

—Milo me dijo más o menos lo mismo.

Me recosté en la silla con una sonrisa.

—Y usted no le creyó. Como no me cree a mí ahora.

—De hecho, estaba casi segura de que Brad se estaba acostando con Presley antes de que desapareciera.

—¿Que usted… qué?

—Vi mensajes de texto de ella en el teléfono de él. Unos mensajes bastante explícitos. Dejé de salir con él después de eso.

Abrí los ojos como platos.

—¿Y no cree que eso es algo que debería haberle mencionado a la policía?

—Pues…

—¿Han estado investigándonos a Elliott y a mí, y resulta que usted tiene razones para creer que el entrenador de fútbol estaba manteniendo una relación inapropiada con una alumna desaparecida?

—Él…

—¡¿Por qué no lo denunció?! —dije en un tono más fuerte y agresivo de lo que pretendía.

—Catherine…

—Podrían detener a Elliott en cualquier momento si los padres de Owen lo denuncian, y usted…

—Catherine, lo hice. Se lo dije a la policía. Interrogaron a Brad y lo sometieron al detector de mentiras. Tiene una coartada. Estuvo aquí hasta la mañana siguiente.

—¿Qué? Pero si ha dicho…

—Que dejé de salir con él después de ver los mensajes. Y lo hice. Esa noche vino aquí a intentar convencerme de que volviera con él, y cuando se dio cuenta de que no iba a funcionar, me suplicó que no se lo contara a la directora Augustine. Había estado bebiendo. Dejé que se quedara a dormir la mona en mi sofá. Fue patético.

Me tapé la cara con las manos.

—Lamento haberle gritado.

—Eh. —Me tocó el brazo y la miré. Estaba inclinada sobre la mesa, sonriendo—. No pasa nada. Es una situación horrible, delicada y estresante. —Se irguió al oír el sonido de unos golpes en la puerta, y luego se levantó para dirigirse a la puerta y asomarse.

—Te has levantado temprano —dijo, abriendo la puerta.

El señor Mason entró, sujetando las asas de una bolsa de papel de gran tamaño.

—¿Van a venir Noah y Simone a abrir los regalos esta noche?

—Lo hacen todos los años.

Levantó la bolsa.

—Les he traído algunos más.

—Milo, tú… no tenías que hacer eso —dijo la señora Mason.

El señor Mason parecía dolido.

—También son mis sobrinos.

—Lo sé. Solo quería decir… —Suspiró—. No sé lo que quería decir.

El profesor llevó la bolsa al árbol de Navidad y se arrodilló junto a él para depositar allí los regalos. No estaban envueltos ni mucho menos con tanta gracia como los demás, y había empleado el doble de cinta adhesiva, pero a juzgar por la expresión en la cara de su esposa, había ganado muchos puntos.

—También he traído algunos para Catherine.

—Oh, Milo… —exclamó la señora Mason, llevándose la mano al pecho.

Él empujó el regalo de color púrpura hacia delante con cuidado, dejándolo en el centro y adelantado, y luego se levantó y miró a su esposa a los ojos.

—¿Tienes planes? —preguntó ella.

—Yo… —Alargó la mano hacia la señora Mason, pero ella se apartó. Nada más hacerlo, pareció arrepentirse, pero ya era demasiado tarde. La mirada de él se ensombreció—. No, probablemente no es una buena idea. No quiero confundir a los niños.

—No quiero que estés solo —dijo ella, nerviosa.

Él se volvió para mirarla, pero no dijo nada. En vez de eso, tiró del pomo de la puerta para abrirla y se marchó.

La señora Mason se quedó inmóvil, observando el regalo púrpura, y luego se sentó en cuclillas, tapándose la boca y la nariz con ambas manos. Tenía la mirada perdida y se secaba las lágrimas a medida que iban cayéndole por el rostro.

—Siento mucho que hayas tenido que presenciar eso, Catherine.

—¿Por qué? Ha sido bonito.

—¿El dolor es bonito? —preguntó, recolocando el regalo.

—El dolor… el amor. No puede haber una cosa sin la otra.

Dejó escapar una risa débil.

—Siempre me sorprendes.

—¿Para quién es el regalo púrpura? —le pregunté.

—Ah, eso es… eso es de Violet. Es nuestra hija. De Milo y mía. Nació en Navidad.

—¿Tuvo una hija? —pregunté, aturdida—. No recuerdo haberla visto embarazada.

—No estaba todavía de siete meses cuando nació Violet. Solo vivió unas pocas horas. Habría cumplido los cinco este año.

—Así que fue antes de que yo empezara el instituto.

—Exacto —dijo la señora Mason, poniéndose de pie—. La Navidad es una época muy dura para Milo. Todavía no lo ha superado.

—¿Y usted sí? —pregunté, viéndola caminar hacia la mesa.

Se sentó frente a mí con aspecto cansado.

—Yo elegí cerrar esa herida. Milo se sentía solo en su dolor, a pesar de que yo lo había vivido con él durante cuatro años. Sustituyó la tristeza por el resentimiento, y luego todo terminó entre nosotros.

—¿Y es usted feliz ahora?

—He amado a Milo desde que era una cría. Antes me miraba como Elliott te mira a ti. Ojalá hubiéramos podido superarlo juntos. Pero sí. Decirle que lo nuestro había acabado fue como quitarse un abrigo de piel en pleno agosto. Por fin era libre para poder cerrar mis heridas, y eso fue lo que hice. Todavía me cuesta verlo sufrir.

—¿Todavía lo ama?

Curvó las comisuras de la boca.

—Siempre lo amaré. El primer amor nunca se olvida.

Sonreí.

—Elliott me dijo eso mismo una vez.

—¿Fuiste su primer amor? —preguntó, apoyando la barbilla en la palma de la mano.

—Eso fue lo que dijo.

—Yo le creo.

Sentí que mis mejillas se teñían de rojo.

—Quiere que me vaya con él a la universidad. Si conseguimos… ya sabe, si sobrevivimos este año sin que nos detengan.

La señora Mason dudó antes de decir las siguientes palabras:

—Si tuvieras que hacer una suposición, ¿qué crees que le pasó a Presley? No había señales de lucha o violencia. Nadie forzó la cerradura. Ni siquiera había huellas dactilares que no fueran las de Presley.

—Espero que se escapara de casa, y espero que regrese.

—Yo también —dijo la señora Mason—. Bueno, hoy tengo que hacer algunos recados. Recoger algunas cosas para la cena de Nochebuena. ¿Tienes alguna preferencia?

—¿Yo? He pensado pasarme por casa esta noche. Para echar un vistazo a mamá.

—Catherine, no puedes. Lo siento…

—¿No puedo ir a ver cómo está?

—Puedo hacer que el agente Culpepper le eche un vistazo, si quieres. Es solo que no creo que sea una buena idea que vayas a casa todavía. ¿Y si no deja que te vayas? Simplemente, no es una buena idea. Lo siento.

—Ah.

—Sé que es duro. Sobre todo siendo Navidad, pero te prometo que es mejor así.

Sonó el timbre y la señora Mason arqueó las cejas.

—Hoy somos populares, según parece. —Abrió la puerta y luego se apartó, sonriendo—. Es tu turno.

Elliott entró y se deslizó la correa de la cámara por la cabeza, extendiendo la otra mano. Lo abracé con fuerza, fundiéndome en sus brazos mientras me estrechaba entre ellos. Llevaba su sudadera negra de fútbol, y el algodón gastado tenía un tacto suave sobre mi mejilla.

—¿Qué es eso? —preguntó la señora Mason, señalando su cámara.

—Un *hobby* —dijo Elliott.

—Es algo más que un *hobby*. Elliott es muy buen fotógrafo —dije—. Debería decirle que le enseñe algunas de sus fotos.

—Me encantaría verlas —dijo la señora Mason.

—¿De verdad? —Elliott me miró, sorprendido.

Le toqué el pecho con ambas manos.

—De verdad.

—¿Cuánto tiempo hace que tomas fotos? —preguntó la señora Mason, viéndolo poner sus cosas sobre la mesa.

—Desde que era niño. Catherine fue mi primera musa. Mi única musa.

La señora Mason se encargó de los platos del desayuno y me ahuyentó cuando le ofrecí ayuda.

—¿Por qué no le enseñas la casa? —me sugirió la señora Mason.

Lo llevé de la mano a la habitación púrpura y arrugué la nariz cuando se colaron por la puerta los olores del Juniper.

—Puaj. ¿Por qué no me advertías que yo olía así? —le dije mientras sacaba mi ropa del armario y los cajones y la ponía en un cesto junto a la puerta.

—¿Oler cómo? ¿Qué estás haciendo?

—La colada. —Recogí el cesto por las asas y eché a andar por el pasillo. Había una puerta junto al baño para invitados que supuse que sería el cuarto de la lavadora, y comprobé que, efectivamente, tenía razón. Solté el cesto y busqué los detergentes en los armarios.

—¿Va todo bien? —preguntó la señora Mason desde el pasillo.

—Está buscando jabón para la ropa, creo —dijo Elliott.

—Ah. —Pasó junto a él y abrió el armario de encima de la lavadora—. Son unas cápsulas. Es una lavadora de carga frontal, así que solo tienes que colocar la cápsula en el tambor con la ropa y cerrar la puerta. Usa el programa normal para todo menos para las prendas delicadas, y ya está listo. Bueno, eso es lo que hago yo, al menos. Las hojas para la secadora están en el armario de encima.

—Tiene sentido —dije, metiendo mis vaqueros y la ropa oscura en la lavadora. Cerré la puerta y seguí las indicaciones de la señora Mason. El agua empezó a inundar el tambor giratorio y la ropa comenzó a girar—. Fácil.

La señora Mason miró el cesto.

—¿Todo eso es ropa limpia?

—Eso pensaba yo —respondí—. Huelen al Juniper.

—Ah —dijo ella—. No me había dado cuenta. Avísame si necesitas algo mientras estoy fuera.

Elliott esperó hasta que la puerta de entrada se cerró antes de volver a hablar. Se metió las manos en el bolsillo de los vaqueros.

—¿Necesitas ayuda?

—Casi he terminado. —Me puse de pie, respirando con dificultad, y con los brazos en jarras resoplé para apartarme un pelo suelto de la cara.

Sonrió.

—Eres preciosa.

Apreté los labios formando una línea recta, tratando de no dejar traslucir lo halagada que me sentía.

—Y tú eres tonto.

—La tía Leigh quiere saber si vas a venir a almorzar.

—Vaya. La señora Mason ha planeado algo para el almuerzo, creo.

—Ah —dijo, incapaz de ocultar su decepción.

—Va a venir la familia de su hermana… Estoy segura de que no me echará de menos.

—¿De verdad? —Levantó la vista.

—¿Quieres ver la habitación?

—¿Tu dormitorio?

Le agarré la mano, sintiendo sus grandes dedos entre los míos.

—No estrictamente hablando.

Caminamos por el pasillo y abrí la puerta. Era mucho más ligera que la puerta de mi habitación en el Juniper. Todo en la casa de los Mason era más ligero.

—Guau. Qué bonita… —dijo Elliott, y me hizo algunas fotos antes de que me sentara en la cama. Rebotó un par de veces y luego empujó el colchón hacia abajo—. ¿Qué tal dormiste anoche?

Apuntó con la cámara por la habitación, tomando fotos de cosas que a mí me parecían de lo más normal, pero que él lograría convertir en interesantes y hermosas.

—Normal.

Arqueó la boca en una sonrisa.

—Esperaba que dijeras eso. Sería bastante decepcionante si durmieras mejor sin mí.

—Pues la verdad es que no —dije, sentándome junto a él. Me froté las manos.

—¿Tienes frío? —preguntó. Elliott se quitó la sudadera por la cabeza y, al hacerlo, se le subió un poco la camiseta, dejando al descubierto la piel morena.

El suéter me iba enorme, pero Elliott me miró como si estuviera mirando sus fotografías favoritas. Levantó la cámara y bajé la vista, dejando que el pelo me cayera por delante de la cara. Apartó la cortina rojiza con una mano.

—¿Por favor...?

Tardé mucho rato en responder.

—Espera hasta que deje de sonrojarme.

—Eso puedo editarlo. Pero esperaré.

Cuando noté que el calor de mi rostro empezaba a remitir, asentí, tensándome cuando Elliott se acercó la cámara al ojo y enfocó. Después de los primeros clics me resultó más fácil y empecé a mirar al objetivo como si estuviera mirando a mi novio.

Elliott se levantó para retratarme desde diferentes ángulos, fotografiando a veces objetos al azar presentes en la habitación. Se inclinó y se paró cerca de mi caja de música, le hizo una foto y luego se volvió y me captó mirándolo con una sonrisa en mi rostro.

—Guau —exclamó, mirando en la pantalla—. Esa es la mejor. —Se acercó a mí y giró la cámara.

—¿Desde cuándo tienes una cámara digital?

—Es un regalo de graduación de mi madre. Volverá esta noche.

—Ah —dije.

Se sentó a mi lado, riendo.

—En realidad no es tan mala.

—No, es solo que estoy casi segura de que me odia. Y ahora que te has metido en este lío…

—No es culpa tuya.

—¿Eso lo sabe ella?

—Estoy seguro de que la tía Leigh se lo ha explicado más de una vez. —La lavadora emitió un zumbido y Elliott se levantó—. Iré yo.

Desapareció unos pocos minutos.

—La de color se está secando. La blanca está en la lavadora.

—Eres un sol —le dije.

Me guiñó un ojo.

—Por fin puedo pasar el rato contigo en casa. Quiero asegurarme de que me invitas a volver.

Separé los labios cuando me di cuenta de que lo que decía era verdad y me tapé la boca.

Me apartó la mano con delicadeza y se inclinó para besarme, presionando los labios suaves y carnosos que tanto me gustaba notar contra los míos.

Había algo en la forma en que Elliott me abrazaba que me hizo desear que me estrechara contra él más fuerte, así que hinqué los dedos en su espalda. Él reaccionó acunando mi cara en sus manos. Era alto y, sí, del tamaño de un jugador profesional de fútbol americano, pero sus manos grandes se movían con delicadeza. Elliott no podría haber hecho daño a Presley con ellas.

Deslizó la lengua dentro de mi boca y acarició la mía, húmeda y cálida. Emití un ronroneo de satisfacción, tumbándome sobre mi espalda y atrayéndolo conmigo.

La forma en que movía las manos y la boca era diferente. Su pelvis halló acomodo entre mis muslos y se apretó contra mí, y la tela de sus vaqueros me resultó áspera y, en cierto modo, también erótica en contacto con mi piel.

Elliott dio una sacudida para quitarse los zapatos, y luego agachó la cabeza para arrancarse la camiseta. La piel de su espalda era suave y lisa, y no pude evitar deslizar las manos desde sus hombros hasta los dos hoyuelos en la parte baja de su espalda.

Desplazó la mano por debajo de la sudadera que me había prestado, tocándome la piel desnuda justo por encima de la cadera y hundiendo el dedo índice justo más allá de la goma elástica de mis bragas.

Nos besamos tanto y durante tanto tiempo que empecé a notar los labios irritados, pero aun así Elliott esperó a que yo le hiciera saber hasta dónde quería llegar.

Volvió a frotar los vaqueros contra mí cuando apoyó su frente en la mía.

—Tengo… ya sabes —dijo casi sin resuello.

La mención de los condones me hizo darme cuenta de que estaba hablando de sexo seguro, y me sacó de golpe del momento. Me separé de él y lo miré a los labios.

—Oh.

—Pero no he venido por eso… Los llevo encima desde la última vez que… Dijiste que deberíamos tenerlos, y tienes razón. Así que he comprado. Solo por si acaso. Pero no tenemos que hacerlo.

Era una imagen dolorosa verlo trastabillar con las palabras en una boca torpe cuando, apenas segundos antes, sus manos se habían movido con tanta seguridad.

Acerqué el dedo índice a sus labios, inclinándome para besarlo. Dejó caer los hombros. Ya sabía lo que iba a decir.

—Gracias por hacer eso. Pero todavía no es el momento.

Él asintió, incorporándose.

—Está bien. No pasa nada. No quiero que te sientas presionada.

—Bien —dije, bajándome la sudadera—. Porque no puede suceder aquí.

Me besó en la frente.

—Te esperaré en el sofá mientras te vistes. El almuerzo es dentro de una hora.

Atravesó la habitación.

Me levanté.

—Vi a la señora Mason guardar el mando a distancia en el cajón de la mesa auxiliar —dije antes de que cerrara la puerta.

—Gracias, cariño.

Me crucé de brazos, abrazándome y sonriendo de oreja a oreja. Nunca me había llamado así, y yo no sabía que era la clase de chica a la que le gustaba que la llamasen así —de hecho, no había duda de que no era la clase de chica a la que le gustaba que la llamasen así—, pero el sonido de la voz de Elliott expresando con naturalidad su amor por mí hizo que una felicidad indescriptible se apoderara de todo mi cuerpo. Estaba mareada. Esas dos palabras tan simples hicieron que me sintiese eufórica.

Me quedé inmóvil. Toda mi ropa estaba en el cuarto de la lavadora.

—Mierda —exclamé, yendo hacia la puerta.

Justo en ese instante Elliott llamó.

—¿Catherine? Tu ropa está seca. —Deslizó un cesto de ropa por la pequeña rendija que había entreabierto—. Puedes seguir llevando mi sudadera. Te queda muy bien.

—Gracias, nene —dije, sintiéndome lo suficientemente valiente para llamarlo así, ya que él también lo había hecho. Recogí el cesto y él dejó el brazo dentro, alcanzándome. Le tomé la mano y él tiró de la mía y la besó.

—Te quiero, Catherine Calhoun. No importa lo que pase, quiero que lo sepas.

Sus palabras eran como un amanecer, una puesta de sol, un hermoso sueño, el despertar después de una pesadilla. Eran cada momento maravilloso fundido en uno solo.

—Yo también te quiero.

—Lo sé. Por eso sé que todo va a ir bien.

—Me vestiré, dejaré una nota a la señora Mason y luego podremos irnos —dije a través de la puerta. Me puse su sudadera encima de mi camiseta, que ahora olía a la reluciente casa de la señora Mason en lugar de oler al oscuro y húmedo Juniper.

—Estaré aquí esperándote cuando estés lista.

Capítulo 34

Catherine

Leigh hundió el cuchillo en la enchilada de pollo y formó doce cuadrados perfectos. Se sentó al lado de John y lanzó un suspiro de cansancio.

—Tiene una pinta increíble —comenté.

Ella me sonrió desde el otro lado de la mesa.

Elliott se inclinó por encima de un centro de mesa compuesto por una vela blanca, nieve de mentirijilla y unas piñas, y me sirvió un trozo. Puso las capas de tortilla, salsa, pollo desmenuzado y aguacate en mi plato, y luego hizo lo mismo con el plato de sus tíos y su madre, a su derecha.

—Si te gusta —dijo Elliott, sentándose después de servirse dos trozos para él—, recuérdame que le pida la receta a la tía Leigh antes de que nos vayamos de Oak Creek.

—¿«Nos vayamos»? —inquirió Kay, arqueando una ceja.

—A la universidad o a viajar por el mundo —dijo Elliott, metiéndose un trozo grande en la boca. Se echó hacia atrás y emitió un murmullo de satisfacción mientras masticaba.

Leigh sonrió.

—Elliott, hoy ha llegado algo para ti.

—A la universidad o a viajar por el mundo —repitió Kay. Me miró y me quedé paralizada, con el tenedor casi en la boca—. Bueno, ¿y qué va a ser?

—Yo... no voy a ir a ninguna parte. Tengo que ayudar a mamá con el Juniper.

Elliott se limpió la boca con la servilleta, estirando el cuello para mirarme. Se rio, nervioso.

—Catherine... Creía que ya lo habíamos decidido.

—No —dije sin más, comiendo otro bocado.

—¿De verdad te vas a quedar aquí? —preguntó.

Le lancé una mirada indicándole que no quería hablarlo allí, pero Elliott siguió insistiendo.

—Vamos, tú no quieres quedarte aquí. Dime que me equivoco —dijo.

—Ya te lo dije. No tengo elección.

Arrugó la frente, disgustado por mi respuesta.

—Sí la tienes.

Me observó y recorrí la mesa con la vista, encogiéndome bajo la mirada de todos los presentes.

Hice una mueca.

—No puedo dejarla.

Kay lanzó un suspiro y se metió una porción de enchilada en la boca.

—Elliott —dijo Leigh, frenando a su sobrino antes de que dijera algo más—. Espera un segundo. Hoy ha llegado algo para ti. Quiero que lo veas antes de que siga esta conversación.

Su tía se levantó, se volvió hacia la sala de estar y regresó después de unos segundos con un sobre en la mano. Se lo ofreció a Elliott y él lo tomó y vio el membrete.

—Es de Baylor —anunció.

—Ábrelo —dijo Kay, dándose la vuelta para mirar a su hijo. Era la primera vez que la había visto sonreír.

Los dedos hábiles y grandes de Elliott se volvieron torpes al abrir la carta. Sacó el papel y lo desplegó.

—«Señor Youngblood» —leyó en voz alta. Movió los ojos de izquierda a derecha, y luego volvió a releer, saltándose los párrafos. Dobló el papel y lo colocó al lado de su servilleta.

—¿Qué? —dijo Kay—. ¿Qué dice?

—Es por la beca. Quieren un compromiso verbal en un plazo de siete días.

—Eso es muy pronto, ¿no? —preguntó Leigh.

—No estoy seguro —dijo Elliott.

—Cada vez lo hacen más temprano —señaló John—. Son buenas noticias. Baylor es tu primera opción, ¿verdad?

Elliott se volvió hacia mí.

—Catherine...

—No la mires a ella —dijo Kay—. Se trata de tu educación. Es tu decisión. Dijiste que Baylor era tu primera opción.

—Mamá —le advirtió Elliott. Su seguridad en presencia de su madre había aumentado; ya no le daba miedo herirla. Ella ya no era la única mujer en su vida, y vi el reflejo de eso en la cara de Kay.

Elliott no apartaba la mirada de mí.

—Los compromisos verbales no son una garantía —dijo el tío John.

Kay arañó el plato con el tenedor.

—Te comportas como si no pudieras volver a visitarla. Volverás de visita, ¿no?

—No se trata de eso —soltó Elliott. Aún me estaba mirando, a la espera de una respuesta.

—¿Se trata de que me vaya contigo? —pregunté con un hilo de voz.

—No puedo dejarte aquí sola.

El tenedor de Kay repiqueteó contra su plato al mismo tiempo que daba un golpe en la mesa con la palma de la mano.

—Lo sabía. Dios mío, hijo, sabe defenderse ella sola.

—Kay —la reprendió John.

La madre de Elliott me señaló.

—No vas a impedirle que vaya a la universidad y robarle esta oportunidad.

Me quedé atónita ante su repentino ataque. Kay nunca había fingido simpatía por mí, pero tampoco había sido nunca tan directamente hostil.

—Él debería ir. Yo quiero que vaya.

Kay asintió, recostándose en la silla.

—Así a lo mejor podrá salir del lío en que lo has metido.

—¡Mamá, ya basta! —le espetó Elliott.

Leigh respondió, disgustada.

—Se suponía que era un momento de celebración —dijo—. No puedes pensar en otra persona aunque sea dos segundos. Ni siquiera en tu propio hijo.

Kay la miró con ojos desorbitados.

—¿Ahora resulta que esto es culpa mía? Yo quería que se viniera a vivir a Yukon conmigo. Si hubiera estado allí, no estarían investigándolo en este momento, ¿a que no?

—¡Él no quería vivir en Yukon, Kay!

—¡Tal vez sí habría querido si hubieras estado de mi parte! ¡Se quedó aquí, tal como tú querías, y ahora mira! ¡Podría ir a la cárcel! ¡Ya te dije que esta ciudad era un problema!

—¿De verdad vas a echarme la culpa? ¿Por darle un hogar? ¿Por cuidar de él cuando tú no te levantabas de la cama?

—¡¿Cómo te atreves?! ¡Estaba deprimida! ¡No podía evitarlo! —se defendió Kay.

—¡Es como si fuera hijo mío, Kay! ¡Eso te hace tener una idea de cuánto lo quiero!

—Pero ¡no es tu hijo! —gritó Kay, poniéndose en pie. Aplastó las palmas de las manos contra la mesa—. ¡Él es mi hijo! ¡No es tuyo!

Elliott se levantó y se dirigió tranquilamente hacia la cocina. Un cajón chirrió cuando lo abrió, y luego regresó, sujetando una caja alargada y rectangular. Lo vimos desenrollar el rollo de papel de aluminio y arrancar un trozo. Cubrió mi plato y luego hizo lo mismo con el suyo. Los apiló, sosteniéndolos en la mano junto con nuestros tenedores, y luego me esperó.

—Elliott —dijo Leigh en tono de súplica—. Lo siento mucho.

—Comeremos abajo. —Me hizo un gesto para que lo siguiera, y lo obedecí, escuchando a Kay atacar a Leigh de nuevo cuando llegamos a las escaleras.

Elliott cerró la puerta detrás de nosotros, y luego bajamos los escalones, fuimos a su cama y nos sentamos con nuestros platos. El tenedor de Elliott arañó la loza y se llenó la boca de comida, mirando al suelo. Los gritos amortiguados de Leigh y Kay mientras discutían se colaron por las escaleras. El sonido me evocaba una extraña sensación familiar.

—Estás sonriendo —dijo Elliott.

—Ah. —Me tragué el bocado de comida antes de volver a hablar—: Es que me recuerda a cuando se peleaban mis padres. Hacía mucho tiempo que no lo oía.

Aguzó el oído y luego arqueó las comisuras de la boca.

—Parece un poco como la primera noche que hablamos.

Asentí, tomando otro bocado. Cuando las voces de Leigh y Kay subieron de volumen y la pelea se intensificó, el aire en el sótano pareció aún más ligero. Fingí que eran mis padres, gritando todo el tiempo, sin escuchar.

Vi unas fotos en blanco y negro de mí, de Elliott y yo, de un columpio en el parque Beatle y del campo que solíamos explorar cuando nos conocimos, colgadas de una cuerda que comenzaba en la esquina de su habitación y se detenía en un aparador verde desteñido colocado en el centro de la pared del fondo. Había más fotos mías y de ambos enmarcadas junto a su cama y pegadas a la pared en *collages*.

—Veo muchas fotos mías y poco más.

Se encogió de hombros.

—Dicen que fotografías lo que más quieres.

Agarré su cámara, lo enfoqué y tomé una foto. Él sonrió.

—¿Echas de menos a tu padre? —pregunté, mirando las fotos en la pantalla digital.

—Llama de vez en cuando. Probablemente cuando ya no aguanta sentirse como una mierda. ¿Y tú? ¿Echas de menos al tuyo?

—Cada segundo —dije, suspirando. Miré al suelo—. Y antes lo decía de corazón. Quiero que vayas a Baylor.

—Y yo decía de corazón que no voy a dejarte aquí sola.

—No estoy sola.

—Sabes a lo que me refiero.

Puse su cámara sobre la mesa.

—¿Te das cuenta de que estuve sola en el Juniper durante dos años antes de que aparecieras de nuevo?

Él suspiró, frustrado.

—Ya estás viviendo con la señora Mason.

—Solo hasta que te gradúes y te vayas.

Me miró con el rostro desprovisto de emoción.

—¿Es eso, entonces? ¿Estás comprando tiempo para mí para que pueda ir a la universidad? ¿Y luego volverás allí?

—Ya estás hablando con signos de interrogación otra vez.

—Sí, lo hago cuando estoy enojado. Te importa un comino tu propia seguridad. ¿Cómo se supone que voy a irme sabiendo eso?

—Eres un hipócrita —le solté.

Se señaló el pecho.

—¿Que yo soy un hipócrita?

—Dices que no debería ponerme en una situación que percibes como de peligro por ti, cuando estás hablando de tirar por la borda una carrera universitaria por mí.

—¿Que «percibo como de peligro»? No tengo idea de lo que está pasando en tu casa, pero ¡sé que allí no estás segura!

Arrugué la nariz.

—No es mi casa.

—¿Lo ves? —dijo, soltando su plato y poniéndose de pie. Me señaló con toda la mano—. Eso no es normal. Vas a volver y a seguir viviendo en un lugar que no consideras tu hogar.

—Nunca he considerado Oklahoma mi hogar.

Se arrodilló frente a mí, sujetando mis piernas.

—Entonces, vente a Texas conmigo.

Acuné sus mejillas en mis manos.

—No puedo pagarlo.

—Entonces, pide un préstamo.

—No puedo permitirme pagar un préstamo. Voy a tener que conseguir un segundo trabajo para que no perdamos el Juniper.

—¡¿Para qué quieres conservarlo?! —gritó. Se puso de pie y se alejó, paseándose arriba y abajo.

—¡No quiero! ¡No quiero quedármelo! ¡No quiero guardar sus secretos! Ojalá no tuviera que hacerlo, pero tengo que hacerlo.

Se volvió hacia mí.

—¿No lo sabes, Catherine?

—¿El qué? —exclamé.

—Eso es lo bonito de un secreto. La confianza. Confía en mí para esto. Deja que te ayude.

—Quieres decir que debería dejar que me salves.

Tragó saliva.

—Podríamos salvarnos el uno al otro.

Lo miré furiosa, rabiando de ira porque estaba haciendo flaquear mi determinación.

—Ya me he ido de allí. Ya he dejado a mi madre para que puedas conservar tu beca. No puedes pedirme eso también.

Señaló hacia el suelo.

—Allí no estás segura; nunca estarás segura allí. No puedo hacer las maletas y largarme sabiendo eso. ¡Si te sucediera algo, estaría a seis horas de distancia!

Dejé mi plato al lado y solté una carcajada.

—¿Crees… crees que es gracioso?

—Nos parecemos a mis padres.

Elliott dejó caer los hombros.

—Catherine, estoy enamorado de ti. No te dejaré aquí.

Aparté la mirada, sintiéndome acorralada.

—No tenemos que decidir nada esta noche.

—No, pero te conozco. Lo pospondrás hasta que meta las maletas en el Chrysler y llene el depósito. Entonces me dirás que no vienes. ¿Y sabes qué? Volveré a deshacer las maletas y ya está. Conseguiré un trabajo y alquilaré una habitación en el Juniper.

Me volví para mirarlo.

—Tú… no puedes —dije, negando con la cabeza.

Extendió las manos en los costados y luego las dejó caer sobre sus muslos.

—Supongo que ninguno de los dos tendrá otra opción más que quedarse aquí.

Me froté las sienes.

—Me está entrando dolor de cabeza. Creo que debería irme a casa. —Cuando Elliott no respondió, levanté la vista y me encontré con su mirada—. ¿Qué?

—Es la primera vez que te oigo llamar a un sitio tu casa desde primer curso.

Se sentó a mi lado en la cama; parecía exhausto. Deslizó el brazo por detrás de mis hombros y me atrajo a su lado. A veces parecía doblarme en tamaño; era mi gigante particular. Había cambiado mucho desde la última vez que se fue, y me imaginaba que cuando se marchara de nuevo, la siguiente vez que nos viéramos seríamos dos extraños. No quería que Elliott se convirtiera en un extraño para mí; eso era aún peor que volver al Juniper.

—Puedo traerte algo para el dolor de cabeza.

Negué con la cabeza.

Elliott se recostó sobre la almohada y me arrastró con él. Dejé que el calor de su pecho llegara a mi mejilla y ayudara a relajarse a cada músculo de mi cuerpo. Me pasó los dedos por el pelo, comenzando desde las sienes y desplazándose hacia la nuca. Oír la pelea entre Kay y Leigh y luego discutir con Elliott fue agotador. Miré la guirnalda de lucecitas blancas colgadas por el techo de su habitación y cerré los ojos, fingiendo que eran estrellas que se difuminaban y se hacían borrosas justo antes de que todo se volviera negro.

***

—¿Elliott? —dijo Kay en voz baja.

Me froté los ojos y la miré. La dureza en su expresión había desaparecido y el odio en sus ojos estaba ausente. Se sentó en la cama junto a su hijo aún dormido. Elliott creaba un enorme muro entre nosotras, con el pecho hinchándose y deshinchándose cada vez que respiraba.

—Hola, Catherine.

—Hola —dije, apoyándome en mi codo.

La pantalla de la lámpara proyectaba un tenue resplandor amarillo, y salvo por el zumbido de la calefacción, la habitación estaba en silencio.

Ella estuvo un minuto largo sin decir nada, mirando al suelo. Se puso nerviosa antes de hablar, un rasgo que Elliott emulaba a menudo.

—Tú le haces feliz. Sé que él te quiere. Simplemente, no sé por qué. Sin ánimo de ofender.

—No pasa nada. La verdad es que yo tampoco me lo explico.

Soltó una carcajada y negó con la cabeza.

—Nos hemos peleado tantas veces sobre Oak Creek... Y al final resulta, mira tú por dónde, que eran todas por ti.

—Lo siento —fue lo único que acerté a decir. Elliott compartía tantos rasgos con su madre que era difícil sentir otra cosa que no fuese afecto por ella.

—Intentó ponerse en contacto contigo tantas veces... y parecía que cuanto más luchaba yo para que se quedara, más ganas de irse tenía él. Creí que sería el típico enamoramiento adolescente, pero estaba ansioso. Irritable. Era como si no pudiera respirar.

Miré a Elliott, que estaba durmiendo de costado, de espaldas a su madre, rodeándome la cintura con el brazo. Se le veía tan plácido, tan diferente del chico que estaba describiendo...

—Solo tenía quince años. Ahora tiene dieciocho, y he pasado la mayor parte de ese tiempo peleándome con su padre o con él. Lo desperdicié. Tal vez lo descubrirás algún día. Espero que lo hagas, no demasiado pronto, sino algún día. Antes me miraba a mí de la manera en que te mira a ti. De forma distinta, por supuesto, pero con ese mismo amor sincero e incondicional en esos grandes ojos marrones. Sé lo que es ser su persona favorita en todo el mundo. Te envidio.

—No sabes lo que es oírlo hablar de ti —dije.

Volvió la mirada hacia mí.

—¿Qué quieres decir?

—Él te ha hecho caso. Te escuchaba y te cita a veces. Piensa que eres sabia.

—Conque sabia, ¿eh? —Miró las escaleras—. No esperaba esa palabra. —Su expresión se ensombreció—. Catherine, si lo amas, y sé que así es, encontrarás una forma de lograr que vaya a la universidad. Esta es su oportunidad.

Asentí.

Lanzó un suspiro.

—Él te seguiría a cualquier parte. Quizá esta vez podrías devolverle el favor. Eso, o dejarlo volar. Eso es lo que tuve que hacer yo cuando ya no era buena para él. Y Dios... —Sus ojos se humedecieron—. Si eso es lo que decides... no te envidio para nada.

Se levantó, recogió nuestros platos sucios y subió las escaleras. Sus pasos resonaron hasta que la puerta se abrió y luego se cerró.

Elliott se dio la vuelta, con gesto del todo inexpresivo, sin emitir ningún juicio, pero como si estuviera esperando eso de mí.

—¿Has estado despierto todo ese rato? —le pregunté.

—Un pequeño truco que aprendí de mi padre. Mamá odia despertarnos.

Se sentó y balanceó las piernas hasta que tocar el suelo con los pies. Con los codos plantados sobre sus rodillas, clavó la vista en la alfombra debajo de sus pies.

Le froté la espalda.

—¿Estás bien?

—Tengo un mal presentimiento —dijo con voz suave y soñolienta.

Envolví mis brazos alrededor de su cintura y lo abracé por detrás; luego lo besé en el hombro.

—Nos quedan más de siete meses antes de que te vayas.

—Incluso si rompes conmigo, no iré. Mamá tiene buenas intenciones, pero no tiene ni idea de lo que sería capaz de hacer o a lo que sería capaz de renunciar por ti.

—No digas eso demasiado alto. Media ciudad ya piensa que mataste a Presley por mí.

Frunció el ceño.

—Entonces, al menos tienen una idea.

Me levanté.

—No digas eso. No tiene gracia.

—Nada de esto tiene gracia.

Elliott se levantó y se dirigió al aparador. Abrió un cajón y luego lo cerró, dándose la vuelta. En su mano había una caja plana del tamaño de una libreta, envuelta en papel blanco y atada con una cuerda roja y verde.

Dio un paso hacia mí.

—Feliz Navidad.

Me encogí de hombros.

—Es mañana.

—Lo sé. Ábrelo.

Tiré de la cuerda, levanté la tapa y descubrí una foto en blanco y negro de mi padre y de mí solo uno o dos días antes de morir. Estábamos en el porche, sonriéndonos el uno al otro. Era un momento de tranquilidad, uno que había olvidado. El marco era un *découpage* de más fotos de mi padre; algunas solo de él, otras de nosotros dos juntos. Me tapé la boca con las manos y mis ojos se llenaron de lágrimas que se desbordaron rápidamente por mis mejillas.

Capítulo 35

Catherine

Elliott aparcó el Chrysler en el camino de entrada de la casa de la señora Mason y dejó el motor al ralentí. El coche de ella se veía a través de los cuarterones de las ventanas de la puerta del garaje, y aunque las luces estaban apagadas, era reconfortante saber que ella estaba dentro esperándome.

Elliott deslizó sus dedos entre los míos y luego se llevó mi mano hacia sus labios.

—Gracias por hoy. Y por esto —dije, tocando la caja con el marco dentro.

—¿Te gusta? —preguntó.

Asentí.

—Tú no tendrás el tuyo hasta mañana.

—Me parece justo.

—No es mucho.

—No hacía falta que me regalaras nada. ¿Cuándo puedo verte?

—¿A mediodía? Ay, Dios…

—¿Qué pasa?

—No le he comprado nada a la señora Mason.

—A ella no le importará, Catherine.

—Pero ellos tienen regalos para mí.

—¿Ellos?

—El señor Mason trajo algunos hoy. Oh, Dios mío... Soy terrible. Debería haber hecho algo para ellos hoy.

Elliott se rio.

—Está bien. Si quieres, podemos encontrar algo mañana y puedes dárselo entonces.

—¿Como qué?

Entornó los ojos.

—No lo sé. Podemos consultarlo con la almohada.

Me incliné para darle un beso rápido en los labios, pero él me agarró del brazo.

—¿Qué? —pregunté, todavía sonriendo.

La sonrisa de Elliott se desvaneció.

—Todavía tengo un mal presentimiento. Voy a acompañarte a la puerta. Ahora puedo hacerlo, ¿verdad?

Asentí.

Elliott dejó el motor en marcha y caminamos de la mano hacia la puerta. Accioné el tirador y, al empujar la puerta, la alarma emitió un pitido, de modo que introduje mi código y presioné la opción para desactivarla.

—¿Lo ves? Todo está bien —susurré.

—Supongo que mi mal presentimiento es solo por tener que dejarte.

—Feliz Navidad —dije, poniéndome de puntillas. Lo besé rápidamente en los labios y luego me despedí de él con la mano, observándolo mientras andaba hacia su coche.

El árbol de Navidad estaba encendido, y el suave resplandor me iluminó el camino a la cocina. Me detuve un momento, sintiendo algo pegajoso bajo mis pies, y luego seguí andando por el suelo de baldosas hasta el interruptor de la luz. Oí el ruido del Chrysler al abandonar el camino de entrada y alejarse, y encendí la luz.

Abrí la boca y sentí que se me revolvía el estómago al instante al ver las salpicaduras de color rojo brillante y las manchas en todas las encimeras, en la puerta de la nevera y en el suelo. Habían llevado a alguien a rastras por el suelo de la cocina, y en él se veían cuatro pequeñas marcas alargadas de unos dedos que habían tratado inútilmente de arañar las baldosas. El cuerpo había sido arrastrado a través del cuarto de la lavadora y luego por la puerta del garaje.

Me tragué la bilis que se me acumulaba en la garganta y me tapé la boca con una mano temblorosa. La sangre relataba una historia violenta, y a quienquiera que hubiese dejado aquella estela no le quedaba mucha más sangre que perder.

—¿Becca? —la llamé con un hilo de voz. Carraspeé—. ¿Becca?

Una espesa mancha carmesí hizo que mi mano se deslizara por el tirador de la puerta cuando traté de moverlo, y al final conseguí desplazarlo lo suficiente para abrir.

—¿Becca? —La luz parpadeó cuando accioné el interruptor, y en el rectángulo fluorescente del techo se encendió un tubo y luego el otro. Se me hizo un nudo en el estómago. Había marcas en la sangre del suelo y alguien la había usado para hacer garabatos en la pared. Me rodaron lágrimas por las mejillas—. ¿B... Becca?

Me alejé de espaldas de la puerta del garaje y la cocina, y luego busqué a tientas en la oscuridad el camino al pasillo, sin poder recordar dónde estaba el siguiente interruptor de la luz. Llegué a una puerta y palpé la pared hasta que al fin logré encender las luces. Miré a la izquierda. La puerta de mi habitación estaba abierta. A la derecha, un lado estaba manchado de rojo, con un reguero carmesí que venía del dormitorio de la señora Mason.

Me temblaba todo el cuerpo, y se me pusieron todos los pelos de punta mientras me obligaba a mí misma a dar un paso hacia el extremo del pasillo, donde estaba el cuarto de la señora Mason. La puerta estaba abierta de par en par, y llamé a mi tutora legal en la oscuridad.

—¿Señora Mason? —pregunté, rehusando subir el volumen más allá de un susurro. Alargué la mano hacia la pared y la luz reveló más escenas del sangriento espectáculo.

El bolso de la señora Mason estaba en su tocador, junto al que pasé corriendo para ir a mirar al baño.

—¿Becca? —exclamé con voz chillona.

Corrí a abrir su bolso y lo arrojé a la cama. Del interior cayeron unas monedas sueltas, una billetera y un bote de maquillaje, además de su teléfono. Lo recogí de la colcha y marqué el primer número en su lista de llamadas recientes.

—¿Diga? —respondió el señor Mason con voz vacilante.

—Soy, mmm… Soy yo, señor Mason. Soy Catherine.

—¿Catherine? ¿Estás bien? ¿Qué pasa?

—Acabo de llegar a casa. Yo… —Corrí al otro lado de la habitación para cerrar la puerta de la señora Mason y echar el pestillo—. Estoy dentro de la casa.

—Muy bien. Catherine… déjame hablar con Becca.

—No está aquí —susurré. Me temblaba incluso la voz—. Hay sangre. Hay sangre por todas partes —dije con voz ahogada, sintiendo cómo las lágrimas calientes me resbalaban por la cara.

—¿Sangre? Catherine, déjame hablar con Becca. Ahora mismo.

—¡No está aquí! ¡No está aquí, y hay un rastro de sangre desde su habitación hasta el garaje!

—Voy a colgar, Catherine. Voy a llamar a la policía. No te muevas de ahí.

—¡No, no cuelgue! ¡Tengo miedo!

—Llamaré a la policía y luego volveré a llamarte inmediatamente. Me estoy subiendo al coche. Estaré ahí en cinco minutos.

El teléfono enmudeció y me lo pegué a la mejilla, manteniendo los ojos cerrados para no ver la espantosa escena del dormitorio.

No sabía qué más hacer, así que conté. Conté hasta diez, luego hasta veinte, luego hasta cien y luego hasta quinientos. En el número quinientos seis, la puerta principal chocó con el árbol de Navidad, y los adornos y las luces se estremecieron en las ramas.

—¡¿Catherine?! —gritó el señor Mason, con el ruido de fondo de las sirenas de la policía a lo lejos.

Me levanté, eché a correr por el pasillo y luego me arrojé a los brazos del señor Mason, sollozando.

Él me abrazó, casi jadeando.

—¿Estás bien? —preguntó, mirándome de arriba abajo—. ¿Becca? —la llamó.

Negué con la cabeza, incapaz de articular una sola palabra.

El señor Mason entró con paso vacilante en la cocina y vio la escena con sus propios ojos. Corrió al garaje y luego al jardín, llamando a su esposa. Volvió adentro, resbaló y luego cayó de rodillas. Miró la sangre que había en sus manos.

—¿Qué ha pasado? —exclamó—. ¿Dónde está ella?

—Yo no… yo… —Negué con la cabeza y luego me tapé la boca con la mano.

Dos coches patrulla aparcaron frente a la casa de la señora Mason. Las luces azules y rojas parpadearon en el salón delantero, sofocando la tenue luz blanca del árbol de Navidad.

Un agente de policía se arrodilló a mi lado.

—¿Está bien, señorita?

Asentí.

Un segundo agente se quedó paralizado en el comedor.

—Tenemos que registrar la casa, señor. Necesito que salgan.

El señor Mason se puso de pie, giró sobre sus talones y se dirigió directamente a la puerta, agarrándome del brazo y arrastrándome consigo. Una ambulancia se detuvo en el camino de entrada y salieron de ella los paramédicos. Después de buscar un momento en la parte de atrás, uno de ellos nos trajo dos mantas mientras que el otro entró corriendo en la casa.

—¿Qué has visto? —preguntó el señor Mason, echándome la manta sobre los hombros.

—Nada. Acabo de llegar.

—¿De dónde?

—Elliott me ha traído de…

—¿Elliott estaba aquí? —preguntó.

—Me ha traído con el coche. Me ha acompañado hasta la puerta, pero no ha entrado.

—¿Dónde está ahora?

—Se ha ido. Se ha ido antes de que yo encendiera la luz y viera… ¿Cree que es su sangre?

Me abrazó, y por un momento se le atragantaron las palabras.

—Dios, espero que no…

Esperamos junto a uno de los coches patrulla, abrazados y temblando. Los vecinos fueron apareciendo uno tras otro para mirar mientras los agentes y los auxiliares médicos entraban y salían. Llegaron más policías y, por último, el inspector Thompson.

Me miró mientras atravesaba el jardín delantero en dirección a la casa, con las luces del coche patrulla proyectándole sombras sobre el rostro.

—¿Por qué no se sientan en la parte de atrás de la ambulancia, donde no hace frío? —sugirió uno de los paramédicos.

—¿La han encontrado? —preguntó el señor Mason, aturdido.

El hombre negó con la cabeza, frunciendo los labios.

—Parece que no está en la casa.

El señor Mason respiró hondo y lo seguí hasta la ambulancia.

—Si no está ahí y se la han llevado, tal vez aún está viva —dijo.

—Sus dedos… había marcas en el suelo. Como si estuviera intentando agarrarse a algo —recordé.

—Intentaba quedarse. Peleó y se defendió. Por supuesto que lo hizo. —Le tembló el labio inferior y luego se pellizcó el puente de la nariz, conteniendo un sollozo.

Le toqué el hombro.

—Seguro que está bien. Ellos la encontrarán.

Él asintió y me ofreció su teléfono.

—¿Quieres...? —Se aclaró la garganta—. ¿Quieres llamar a Elliott?

Me encogí de hombros, con labios temblorosos.

—No sé su número.

El señor Mason se secó los ojos con la manga del abrigo.

—¿Estuviste con él todo el día?

—Su madre está en la ciudad. Estuvo en casa todo el día, lo juro.

—Es un buen chico. —Se pasó la mano por el pelo—. Tengo que llamar a Lauren, pero, joder...

—¿Lauren es la hermana de Becca?

—Sí.

La puerta se abrió y el inspector Thompson subió a la ambulancia y se sentó a mi lado. Sacó una libreta y un bolígrafo.

—Catherine.

Asentí.

—¿Puedes decirme qué ha pasado esta noche?

—Estuve en casa de Elliott todo el día. Llegué a casa, y vi que el coche de la señora... de Becca estaba aquí, así que supuse que estaría en casa. Elliott me acompañó hasta la puerta, me dio un beso de despedida, luego atravesé el salón y el comedor y encendí la luz. Ahí fue cuando vi el... todo el...

El inspector asintió, garabateando en su libreta.

El señor Mason carraspeó de nuevo.

—Parece que todo el cuerpo de policía está aquí.

—Pues sí —dijo Thompson, sin dejar todavía de escribir.

—¿Quién ha salido a buscarla? —preguntó el señor Mason.

Thompson levantó la cabeza.

—¿Cómo dice?

—El enfermero ha dicho que no está en la casa. ¿Quién ha salido a buscar a mi esposa?

El inspector entornó los ojos.

—Nadie. Nadie está buscándola.

—¿Y por qué diablos no la están buscando? —exclamó el señor Mason. Por primera vez percibí ira en su voz. Él aún la amaba—. Si no está aquí, entonces tiene que estar por ahí, en alguna parte. ¿Por qué no están ahí fuera buscándola?

—Necesitamos reunir información primero, señor Mason, y luego podremos empezar. Catherine, ¿a qué hora saliste de la casa de los Mason para ir a la de los Youngblood?

Me encogí de hombros.

—No estoy segura. ¿A las diez y media, tal vez?

—¿Esta mañana?

—Sí.

—¿Y estuviste en casa de los Youngblood todo el día? ¿Hasta qué hora?

—Hasta la noche. Hasta hace una hora, tal vez.

—¿Y dónde estaba Elliott hoy?

—Conmigo.

—¿Todo el día?

—Sí. Vino a casa de los Mason esta mañana. Becca salió a comprar, le dejé una nota y nos fuimos a casa de Elliott.

—¿Le dejaste una nota? ¿Dónde?

—En la encimera de la cocina.

Apuntó el dato.

—¿En algún momento se fue Elliott?

—¡No! ¿Por qué no buscan a la señora Mason en lugar de intentar cargarle esto a Elliott? ¡No fue él! —grité.

El señor Mason señaló la calle.

—¡Kirk, deja tu maldita libreta y ve a buscar a mi esposa!

Thompson frunció el ceño.

—¿Ha habido hoy algún niño en la casa en algún momento?

—¿Qué? —pregunté.

—Los hijos de Lauren —explicó el señor Mason—. Vienen todas las Nochebuenas. Abren los regalos y se quedan a cenar.

—¿Quién es Lauren? —preguntó Thompson.

—La hermana de Becca. ¿Por qué?

—Hay dibujos en el garaje. Dibujos hechos por un niño. En la sangre.

Tragué saliva.

El señor Mason se sacó inmediatamente el teléfono del bolsillo y marcó un número.

—¿Lauren? ¿Estás en casa? Siento despertarte. ¿Están los niños en casa? Sí, ya lo sé, pero ¿puedes comprobarlo? ¡Tú hazlo y ya está! Esperó, sacudiendo la rodilla—. ¿Qué? —Apretó el teléfono contra el pecho y cerró los ojos, aliviado. Le habló en voz baja a Thompson—: Están allí. En la cama.

El inspector asintió.

—Lo siento, Lauren. No, no. Es… Becca. No estoy seguro. No pinta bien. La policía está aquí, en la casa. No está aquí. ¿Ella te dijo algo? No, irán a tu casa. No lo sé, Lauren. Lo siento.

Mientras el señor Mason hablaba con su cuñada, el inspector Thompson me hizo una seña para que lo siguiera fuera de la ambulancia hasta el jardín.

—¿Qué más puedes decirme? —preguntó.

—Eso es todo. Es todo lo que sé —dije, ciñéndome la manta con más fuerza.

—¿Estás segura?

Asentí.

Thompson miró a la casa.

—Es una suerte que Elliott estuviera contigo todo el día. Esto coincide exactamente con la forma en que desapareció Presley.

—¿Qué? ¿Cómo?

—Los dibujos del niño. Vimos lo mismo en las paredes de la habitación de Presley. No dejamos que se filtrara durante la investigación. Les dijimos a los padres de Presley que lo mantuvieran en secreto ellos también.

—¿Dibujos hechos con sangre?

Thompson asintió.

Me tapé la boca y cerré los ojos.

Thompson me dejó para regresar a la casa de los Mason. Oí al señor Mason tratando de calmar a Lauren. Antes de que pudiera detenerme a mí misma, me desprendí de la manta y eché a correr. Seguí la calle de los Mason durante varias manzanas y luego kilómetros, hasta que noté que tenía los dedos congelados y que me iban a estallar los pulmones. No paré hasta que llegué al pie de la oscura calle frente al Juniper. Las luces de las farolas todavía estaban rotas y las estrellas, cubiertas por el manto de nubes.

La puerta de la verja crujió cuando la empujé, y mis pies tropezaron con el suelo irregular. Subí los escalones del porche y me detuve en la puerta principal.

—Entra, Catherine. Eres una guerrera, no una princesa —me dije en voz alta.

Alcancé el pomo y lo empujé, sobresaltándome cuando se abrió la puerta. El Juniper estaba a oscuras, emitiendo crujidos y respirando, como había hecho siempre.

—¿Mami? —la llamé, apoyándome en la puerta hasta que se cerró detrás de mí.

Traté de recuperar el aliento, con unas manos que me aullaban de dolor a medida que la sangre volvía a fluir a mis dedos. No hacía mucho más calor dentro del Juniper que fuera, pero al menos estaba al resguardo del viento helado.

Una multitud de voces llegaban desde el sótano, discutiendo, llorando, gimoteando y gritando, y luego se callaron, dando espacio al Juniper para que se desperezara y respirara. Además de los gemidos y los aullidos de las paredes, se oía un murmullo sordo. Avancé por el pasillo, pasé por el comedor y la cocina hasta llegar a la puerta del sótano y luego pegué la oreja en la madera fría. Oí otro gimoteo y una voz grave que estaba regañando a quienquiera que estuviera abajo.

Duke.

Abrí la puerta, tratando de no hacer ningún ruido, pero Duke no prestaba atención, concentrado como estaba en desahogar su ira. Bajé los escalones poco a poco mientras oía la voz de Duke cada vez más fuerte a medida que iba descendiendo por la escalera.

—Te lo dije —gruñó Duke—. Te lo advertí, ¿verdad?

—¡Papá, ya basta! ¡La estás asustando! —gritó Poppy.

Me asomé y vi a Duke de pie delante de la señora Mason. Estaba sentada en una silla, con los pies descalzos y un camisón de algodón, las manos atadas a la espalda y amordazada con un calcetín sucio reforzado por un trozo de tela anudado en la nuca. Tenía el ojo derecho morado e hinchado, con sangre reseca y apelmazada en un punto justo encima de la sien derecha. El torso se le veía empapado en sangre y la cara sucia, con las lágrimas formando surcos que le emborronaban la piel.

La señora Mason me vio, abrió mucho el ojo izquierdo y sacudió la cabeza.

Duke se volvió a medias. La señora Mason armó un escándalo, empujando con los pies para golpear la silla contra el suelo mientras gritaba a través de la tela con la que estaba amordazada.

—¡Cállate! —la increpó Duke—. No podías soportarlo, ¿verdad? Tuviste que meter las narices donde no tenías que meterlas. Te dijimos que te mantuvieras alejada de ella, ¿verdad?

La señora Mason arrugó la cara y comenzó a llorar otra vez.

—Por favor —acertó a decir a través de la mordaza.

Arriba se oyó el ruido de un portazo y la voz de Elliott reverberó por toda la casa.

—¡Catherine! —gritó—. Catherine, ¿me oyes?

La señora Mason se quedó inmóvil, con el blanco de los ojos mostrando su sorpresa. Empezó a saltar arriba y abajo, golpeando las patas de la silla contra el suelo de cemento y lanzando lo que parecían gritos de auxilio y mascullando: «¡Estoy aquí abajo!».

Duke desplazó la vista hacia el techo y luego miró a la señora Mason, levantando su bate de béisbol.

Aplasté la espalda contra la pared, cerré los ojos y luego avancé y me planté delante de Duke.

—Ya basta —dije, esperando que mi voz expresara más valentía de la que sentía.

—¿C… Catherine? —dijo Duke, sorprendido.

Tenía las axilas de la camisa de manga corta empapadas de sudor, y el resto de la prenda manchada y salpicada de sangre. La señora Mason se había resistido, como evidenciaban los arañazos en la mejilla de Duke. Él sujetaba el bate de béisbol de madera de mi padre con una mano y un rollo de cuerda con la otra.

—¿Qué estás haciendo aquí?

—El inspector ha dicho que ha visto el dibujo de un niño en la sangre de Becca. Sabía que era de Poppy —dije.

Poppy lanzó un gemido.

—No fue culpa mía. Quiero irme a la cama.

—Puedes irte —dije, tendiéndole la mano.

Duke enseñó los dientes y gruñó.

—¡Se supone que no deberías estar aquí! ¡Lárgate y llévate a ese chico contigo!

Desvié la vista hacia la señora Mason, sucia y muerta de frío y de miedo.

—Y a ella.

—¡No! —La señaló—. ¡Lo ha estropeado todo! ¿Tienes idea de cuánto ha sufrido tu madre?

—¿Dónde está? Quiero hablar con ella.

Duke negó con la cabeza.

—¡No! No, no puedes.

—Sé que me echa de menos. ¿Está aquí?

—¡No! —repuso, furioso.

Los pasos de Elliott bajaron a toda prisa por los escalones y levanté un dedo de advertencia a Duke.

—No hables.

Duke abrió la boca, pero le apunté con el dedo.

—¡Si dices una sola palabra, no volveré nunca más!

Elliott se quedó paralizado al pie de la escalera, alternando la mirada entre la señora Mason, Duke y yo.

—Dios... ¿estás bien? —preguntó, dando un paso hacia delante.

Duke alzó su arma y avanzó un paso hacia Elliott. Levanté ambas manos para detenerlo, y luego miré a Elliott, asegurándome de no darle la espalda al hombre del bate.

—Tienes que irte. Llévate a la señora Mason contigo. Necesita una ambulancia. ¿Elliott?

—¿Sí? —dijo, incapaz de apartar la mirada de Duke.

—Saca tu teléfono y llama al número de emergencias.

Elliott se sacó su teléfono del bolsillo trasero y marcó el número.

Rodeé despacio la silla de la señora Mason, asegurándome de dejar mucha distancia entre Duke y yo. El sudor le goteaba del pelo mientras alternaba la vista entre Elliott, que estaba hablando en voz baja con el operador de emergencias, y yo, que estaba deshaciendo los nudos que rodeaban las muñecas de la señora Mason. Duke respiraba pesadamente, despacio y con cansancio. A juzgar por las oscuras medias lunas bajo sus ojos, deduje que no había dormido, y que sería fácil confundirlo, engañarlo incluso, si era necesario.

Sin apartar la mirada de Duke, me incliné para desatar las muñecas ensangrentadas de la señora Mason, y luego tiré de la cuerda que le sujetaba los tobillos. Su cuerpo temblaba de frío. Si no tenía ya hipotermia, la pérdida de sangre bastaba para que su vida corriese peligro.

Duke dio un rápido paso adelante, pero también lo hizo Elliott, atrayendo su atención.

—No —le advertí a Duke—. Está congelada y ha perdido mucha sangre. Voy a llevarla a un médico. ¿Has llamado? —le pregunté a Elliott.

Él asintió con la cabeza, y señaló con la mano libre el teléfono en su oreja.

—La mansión de la calle Juniper. No estoy seguro de la dirección. Es la casa de los Calhoun. Por favor, dense prisa. —Elliott colgó sin previo aviso y se guardó el teléfono en el bolsillo.

No sin gran dificultad, logré al fin desatar el nudo y liberar los tobillos de la señora Mason. La mujer cayó al suelo y se fue a rastras hasta Elliott. Él la ayudó a ponerse de pie.

—Catherine, vamos —dijo ella, tiritando y levantando la cabeza. Alargó la mano en mi dirección, con el cuerpo entero temblando de miedo—. Vamos… vámonos.

—Elliott, necesita un médico —dije—. Llévatela.

—No voy a irme —dijo Elliott con la voz quebrada.

La señora Mason apartó a Elliott a un lado y avanzó cojeando, desafiando a Duke.

—Ven con nosotros, Catherine. Ahora mismo.

Me quité la sudadera de Elliott y mis botas.

—¿Qué estás haciendo? —exclamó Duke.

Me llevé el dedo a los labios y le arrojé la ropa a Elliott. Duke dio otro paso y me interpuse entre ellos.

—No —dije con firmeza, como papá solía hablarle a nuestro perro.

Elliott le dio a la señora Mason la sudadera y mis botas, agachándose para ayudarla a deslizar los pies ensangrentados y descalzos dentro de cada una. Se puso de pie cuando ella se tambaleó, aguantándola para que no perdiera el equilibrio.

—Catherine… —empezó a decir la señora Mason, sujetando la sudadera contra el pecho.

—Póngasela —le ordené.

Hizo lo que le decía y luego volvió a alargar el brazo hacia mí.

—Catherine, por favor…

—¡Cállate! —ladró Duke.

—¡Te he dicho que no hables! —grité, con el cuerpo temblando de furia.

Duke soltó la cuerda, dio dos pasos y levantó el bate con ambas manos. Me volví y cerré los ojos, esperando el golpe, pero no pasó nada.

Abrí los ojos y enderecé la espalda al ver que Elliott sujetaba a Duke de la muñeca, mirando con cólera a mi agresor. Elliott habló en voz baja y amenazadora:

—No la toques.

Capítulo 36

Elliott

Los ojos de Mavis se dulcificaron cuando vio mis dedos enroscados con fuerza alrededor de su muñeca húmeda. Trató de blandir el bate en mi dirección, pero lo atrapé y se lo arranqué de los dedos. Apenas segundos antes tenía mucha más fuerza, casi tanta como mi tío John.

—¡Baja la mano! —le ordené con voz ronca.

Mavis retiró la muñeca y se llevó la mano que le había estado sujetando al pecho.

—Cómo te atreves... ¡Sal! ¡Sal de mi casa! —chilló Mavis, retrocediendo unos pasos.

Catherine extendió las manos, como tratando de amansar a un animal salvaje.

—¿Mami? No pasa nada...

Mavis se sentó en cuclillas en un rincón de la habitación, se agarró de las rodillas y empezó a mecerse entre gimoteos.

Catherine se arrodilló frente a su madre y le apartó los rizos ensortijados de la cara.

—Todo va a ir bien.

—Quiero irme a la cama —dijo Mavis con voz de niña.

—Chisss... —musitó Catherine—. Te llevaré a la cama. No pasa nada...

—Oh, Dios mío —murmuró la señora Mason a mi espalda—. ¿Cuántas hay?

—¿Cuántas qué? —pregunté, cada vez más confundido.

—Siete —respondió Catherine, ayudando a Mavis a ponerse en pie—. Señora Mason, esta es... esta es Poppy. Es la hija de Duke, y tiene cinco años.

—No lo decía en serio —dijo Mavis, limpiándose la mejilla—. Él se enfada mucho a veces, pero no lo dice en serio.

—Hola, Poppy —dijo la señora Mason, intentando sonreír mientras se abrazaba el estómago. Mi sudadera le iba enorme, y aun con la ropa extra y las botas, seguía tiritando. Tenía la cara cada vez más pálida—. Ay. —Se apoyó en mí, y la sostuve contra el costado—. Estoy mareada... y tengo náuseas. Creo que voy a entrar en shock.

—No tiene buen aspecto —dije.

Mavis empezó a sacudirse la camisa sucia.

—Dios santo... —dijo la madre de Catherine, con una voz diferente—. He estado todo el día haciendo la colada y voy hecha un desastre. —Nos sonrió, avergonzada—. Vaya pinta. —Miró a Catherine—. Le dije a ese hombre que no lo hiciera. Se lo supliqué. Pero Duke no escucha. No hace caso nunca.

—Está bien, Althea —dijo Catherine.

Lo que estaba viendo no tenía ningún sentido. Era como si Catherine y su madre estuvieran interpretando una especie de broma: Mavis hablaba con distintas voces y Catherine actuaba como si fuera normal. Yo lo observaba todo incrédulo.

—¿Catherine? —dije, dando un paso hacia ella.

Mavis cayó al suelo y se arrastró hacia mí a cuatro patas, como un perro, pero sus movimientos eran rígidos y sin naturalidad. Me detuve y di un paso atrás, sintiendo que las uñas de la señora Mason se me clavaban en los hombros.

—Pero ¿qué…? —dije, echándome hacia atrás.

Catherine corrió para interponerse entre su madre y yo.

—¡Mami! —gritó con desesperación—. ¡Te necesito! ¡Te necesito ahora mismo!

Mavis se detuvo a los pies de Catherine, se llevó las rodillas al pecho y se hizo un ovillo. Empezó a mecerse adelante y atrás, y el sótano se quedó sumido en silencio mientras tarareaba la misma melodía de la caja de música de Catherine y luego se reía.

—Elliott —susurró la señora Mason—. Deberíamos irnos.

Me tiró del brazo, pero yo no podía apartar la mirada de Catherine. Estaba pendiente de su madre, esperando a que Mavis hablara, esperando a escuchar con quién estaba hablando.

—No hay ningún huésped, ¿verdad? —le pregunté.

Catherine me miró con los ojos húmedos. Negó con la cabeza.

—Ese es el secreto —dije.

—Catherine, ven conmigo —dijo la señora Mason, buscándola con las manos. Se detuvo, como reacción al sonido de las sirenas a lo lejos.

Mavis se abalanzó sobre el brazo de la señora Mason, lo agarró con ambas manos y se lo mordió.

La señora Mason gritó.

—¡Para! ¡Para! —gritó Catherine.

Sujeté la mandíbula de Mavis y se la apreté. Ella gimió, gruñó y luego lloriqueó, soltando el brazo de la señora Mason y apartándose. Se sentó y después empezó a reír incontrolablemente, echando la cabeza hacia atrás.

La señora Mason extendió el brazo y tiró de la manga de mi sudadera, presionando con los dedos en la piel justo encima de la herida: seis agujeros en una forma de una media luna perfecta rezumaban un líquido carmesí.

—¿Fuiste…? —Catherine tragó saliva. Estaba muy pálida—. ¿Fuiste tú quien se llevó a Presley?

La expresión de Mavis cambió.

—La vimos durmiendo en su habitación, tan plácidamente… Como si no acabara de intentar destruirte. Entonces, Duke envolvió el puño alrededor de todo ese pelo rubio tan bonito y nos la llevamos a rastras por la ventana. En esta ciudad nadie echa nunca el pestillo de las ventanas.

—Chicago —dije, reconociendo la voz. La misma que había ido hasta la puerta de la habitación de Catherine y había intentado entrar—. Esa es Willow.

—¿Dónde está? —preguntó Catherine. Tenía el cuerpo rígido, aguardando la respuesta.

—Nadie vino por ella. —Willow sonrió—. No sé lo que pasó, pero sé que Duke la enterró en el solar de al lado, junto con los demás.

—¿El solar de los Fenton? —preguntó Catherine, con las lágrimas resbalándole por las mejillas.

—Eso es —dijo Willow. Se volvió y se dirigió a la silla a la que había estado atada la señora Mason—. Esa putilla estuvo revolcándose en su propia mierda durante días. Aquí mismo.

Catherine parecía hundida.

—Mami —dijo, llorando—. Ya no puedo seguirte.

—Vete, cariño —dijo Mavis mientras una lágrima le recorría la mejilla. Su voz sonaba como la de Althea otra vez—. Date prisa.

Catherine me empujó hacia atrás.

—Vete —susurró, hablando entre dientes.

—No me iré sin ti —dije, tratando de hablar con voz serena.

—¡Yo voy también! ¡Vete!

Tomé a la señora Mason en brazos y subí las escaleras caminando de espaldas, asegurándome de que Catherine nos estaba siguiendo.

La risa cesó y se oyó el gruñido de una voz de hombre. Unos poderosos pasos subían por las escaleras y Catherine echó a correr.

—¡Rápido! ¡Corre! —suplicó.

Al llegar a lo alto de las escaleras, Catherine cerró la puerta tras ella. Echó la llave y apoyó la frente en la madera. Suspiró, sorbiéndose las lágrimas, y luego miró a la señora Mason, con los ojos enrojecidos de cansancio.

—No está ahí abajo.

—¿Quién? —le pregunté.

—Mamá. ¿Cómo les explico que no fue ella? ¿Que no fue culpa suya que ellos mataran a Presley? —Frotaba la cabeza contra la madera una y otra vez.

—¿Catherine? —la llamó Mavis con su voz de niña pequeña—. ¡Catherine, tengo miedo!

Catherine se sorbió la nariz, con los ojos húmedos. Acarició la puerta.

—Estoy aquí, Poppy. Estoy aquí mismo.

La señora Mason negó con la cabeza, con el pelo castaño manchado de sangre y tierra.

—No la dejes salir.

Algo golpeó contra la puerta.

—¡Catherine! ¡Déjanos salir! —La puerta se estremeció de nuevo.

Catherine presionó ambas palmas contra la puerta para evitar que la madera se soltara de las bisagras, y yo la ayudé, apoyando la espalda contra ella y empujando contra la pared opuesta con los zapatos.

La voz de Mavis volvía a sonar como un hombre.

Empujé los pies con más fuerza contra la pared. Por extraño que pareciese, Mavis era más fuerte cuando era Duke.

—Él mató a Presley —dije, incrédulo—. El hombre. Duke.

—Fueron todos ellos —dijo la señora Mason mientras una lágrima solitaria se le derramaba por la mejilla—. Está muerta. —Se tapó la boca, tratando de sofocar el llanto—. Presley está muerta.

La puerta volvió a estremecerse.

—¡Déjanos salir! —Era difícil adivinar quién era esta vez, como si estuvieran hablando todos.

—¡Ya basta! —dijo Catherine, golpeando un puño contra la puerta—. ¡Basta! —gritó.

Acaricié el pelo de Catherine.

—Está bien. Todo va a ir bien.

—No —repuso, sacudiendo la cabeza, con la cara crispada de dolor—. Van a llevársela. La he encerrado ahí abajo como un animal.

—Catherine —dijo la señora Mason—, tu madre necesita ayuda. No puedes protegerla. Está cada vez peor. Está…

—Lo sé —afirmó Catherine, enderezando la espalda cuando cesaron los golpes. Se secó los ojos y miró hacia el pasillo—. Elliott, trae esa mesa. La apuntalaremos contra la puerta.

Hice lo que me pedía y corrí hacia el final del pasillo para levantar la mesa con un gruñido. Catherine se apartó hacia un lado y la apuntalé contra la puerta del sótano mientras las sirenas sonaban a lo lejos.

Ayudé a Catherine a pasar por encima de la mesa y luego se agachó detrás del mostrador de recepción, junto a la puerta principal, y le pasó un teléfono fijo a la señora Mason, quien presionó siete botones y luego se llevó el teléfono a la oreja.

—¿Milo? —Reía y lloraba al mismo tiempo—. Sí, estoy bien. Estoy en el Juniper. Sí, la casa de huéspedes. Estoy bien. La policía viene de camino. Solo… ven aquí. —Tapó el auricular del teléfono y su boca con una mano—. Yo también te quiero —dijo, llorando.

Se volvió y yo tomé a Catherine de la mano para llevarla al pie de las escaleras. Catherine tenía la mirada fija delante, como aturdida.

—Mírame —dije, apartándole el pelo de la cara con los dedos y metiéndole los mechones por detrás de las orejas—. ¿Catherine?

Me miró con sus enormes ojos verde oliva.

—¿Cuál de ellos era real? —le pregunté.

Tragó saliva.

—Ninguno.

—¿Althea?

Negó con la cabeza.

—Has dicho siete.

—Althea. Duke. Poppy. Willow. El tío Sapo. La prima Imogen.

—Eso hacen seis.

—Mamá. Mamá es la séptima. —Se apoyó en mi hombro y la atraje hacia mí, abrazándola con fuerza mientras daba rienda suelta a las lágrimas.

Las sirenas se oían cada vez más cerca, y luego solo quedaron los destellos rojos y azules. La puerta de un coche se cerró de golpe, y el señor Mason llamó desesperadamente a su esposa.

—¿Becca?

La señora Mason entró por la puerta mosquitera y corrió hacia él.

Me levanté y los vi abrazarse y llorar. Los agentes entraron en el Juniper desenfundando sus pistolas. Levanté las manos, pero el primer policía me agarró igualmente y me puso las manos detrás de mi espalda.

El inspector Thompson entró y miró a su alrededor, moviendo el bigote canoso.

—Ponle las esposas —ordenó al policía.

—¡No! ¡No ha sido él! —gritó Catherine, poniéndose de pie—. Está abajo. La persona que se llevó a la señora Mason y a Presley Brubaker.

Thompson levantó una ceja.

—¿Quién?

El corazón de Catherine se rompió ante mis ojos.

—Mamá. La hemos encerrado abajo. Está enferma, así que sean amables con ella.

—¿Dónde es abajo?

—La primera puerta a la derecha pasando la cocina. No le hagan daño.

Thompson dio instrucciones a los agentes y luego me miró.

—No te muevas.

Asentí.

Mavis gritó y luego empezó a gruñir. Las voces de pánico de los agentes se oían cada vez más fuerte y llegaban hasta nosotros desde la planta de abajo.

Thompson se inclinó hacia la derecha, se asomó al pasillo y luego corrió hacia la puerta del sótano. La luz parpadeó y empezaron a salir nubes de humo. Thompson se hizo a un lado cuando dos policías aparecieron en la escalera arrastrando a Mavis. Iba esposada, arrastrando los pies, con la mirada ausente y fija en el suelo.

Los hombres resoplaron mientras trataban de cargar el peso muerto de su cuerpo. Catherine los siguió con la mirada y luego dirigió la vista hacia la puerta del sótano.

—¿Qué es eso? ¿Qué está pasando? —preguntó.

—Quítale las esposas —le indicó Thompson al agente que nos custodiaba. Dio una orden por radio para llamar a los bomberos—. Catherine, ¿hay algún extintor de incendios?

—¿Hay un incendio? —exclamó ella.

—Uno de los muchachos ha tirado algo por ahí abajo. No estoy seguro. ¿Dónde está el extintor? ¿En la cocina? —preguntó, dándonos la espalda.

—¡No! ¡No! —gritó Catherine, zafándose del agente que la sujetaba—. ¡Dejen que se queme!

Thompson reaccionó con disgusto ante la idea.

—Está tan loca como su madre. Sácala de aquí.

Aparecieron más agentes desde el sótano, llevándose los puños a la boca mientras tosían por el humo. Segundos después a nosotros también nos sacaron a empujones hacia la puerta de entrada. Permanecimos en el jardín con los otros policías y auxiliares de ambulancia, viendo cómo el humo escapaba por la puerta y las ventanas como si fueran viejos fantasmas liberados de su prisión.

Más sirenas resonaron en la distancia.

—¡Catherine! —la llamó la señora Mason, ayudada por su marido. Abrazó a Catherine mientras todos veíamos las llamas engullir la madera vieja.

El señor Mason envolvió con una manta a su esposa y a Catherine, y esta miró a su espalda, viendo a los policías llevarse a Mavis al segundo coche patrulla. Corrió hacia el automóvil y puso la mano en el cristal. La seguí y vi a Catherine susurrar palabras de consuelo a su madre, hablando con Poppy, y luego con Althea. Se secó las mejillas y se incorporó, mirando al coche patrulla alejarse calle abajo.

Catherine cerró los ojos y se volvió hacia la casa en llamas, atraída hacia ella como una polilla a la luz hasta que la detuve. Vio cómo las brasas y las pavesas volaban por los aires como si fuera un espectáculo de fuegos artificiales.

Thompson pasó a nuestro lado hablando por su radio. Se detuvo bruscamente y me señaló.

—No vayas a ninguna parte.

—Déjelos en paz —le espetó la señora Mason—. No han tenido nada que ver con esto.

—¿Todo es obra de Mavis Calhoun? —exclamó Thompson, no muy convencido—. ¿Esa loca ha hecho todo esto sin ayuda de estos dos? ¿Está segura?

—Ha cometido usted un grave error. Podría haber salvado a Presley si hubiera dejado a un lado su propia arrogancia —le escupió la señora Mason. El inspector frunció el ceño—. Ahora tendrá que vivir con eso.

—Becca va a pasar la noche en el hospital, pero quiere asegurarse de que tienes un lugar donde quedarte esta noche —le dijo el señor Mason a Catherine.

Catherine todavía estaba mirando al Juniper. No había prestado ninguna atención a las palabras del inspector Thompson o del señor Mason.

—¿Catherine? —le dije, tocándole el brazo.

Se apartó de mí.

—Quiero verlo. Quiero ver cómo arde hasta quedar reducido a cenizas.

El Juniper estaba ardiendo, y la casa de los Mason era una escena del crimen. Catherine no podía volver allí.

—Sí —dije—. La llevaré a casa conmigo. A mi tía no le importará.

—Gracias —dijo el señor Mason.

Los aullidos de las sirenas eran ensordecedores cuando los camiones de bomberos se detuvieron junto a la vieja mansión. Los bomberos desplegaron las mangueras en el jardín mientras hablaban por sus radios.

—No. ¡No! ¡Dejen que se queme! —gritó Catherine.

—Vas a tener que dar un paso atrás —dijo uno de los agentes, levantando las manos y echando a andar hacia nosotros.

—Tengo que verlo —dijo Catherine, apartándolo.

—Lo digo en serio. Muévete. —La agarró del brazo y ella forcejeó con él.

—¡Dejen que se queme!

—Oiga —dije, empujándole el pecho. Me agarró de la muñeca.

—¡Atrás! —me gritó a la cara.

—De acuerdo, vamos a calmarnos todos —dijo el señor Mason, interponiéndose entre nosotros—. Catherine...

No quería apartar la mirada de la casa, embelesada por el espectáculo del tejado a punto de derrumbarse y las llamas oscilando ante sus ojos.

—Catherine —dijo la señora Mason.

Cuando Catherine no reaccionó a ninguno de ellos, el agente lanzó un suspiro.

—Está bien —dijo, sacándola por la fuerza del jardín.

—¡No! —gritó, resistiéndose.

—¡Quítele las manos de encima! —gruñí, tratando de arrancarla de sus garras. Otro agente tiró de mí hacia atrás y me inmovilizó.

—¡Déjenlos en paz! —exclamó la señora Mason.

El agente me habló mascullando al oído:

—¡Vais a conseguir que se haga daño! ¡Déjalo! Deja que el agente Mardis la saque de ahí.

Dejé de forcejear, respirando con dificultad, con el sufrimiento de ver luchar a Catherine.

—Catherine, no... ¡No te resistas, Catherine!

Fui con el policía en dirección a la ambulancia, haciendo una mueca de dolor al verla pugnar por seguir siendo espectadora del incendio. Tiró de los brazos para zafarse del agente y dio un paso hacia delante, más cerca, con fascinación.

—Llévatela de aquí —dijo Thompson—. Llévatela antes de que os detenga a los dos.

La señora Mason se mordió el labio.

—¿Catherine? —Le tomó la barbilla entre los dedos y la obligó a mirarla a los ojos—. Catherine. Tienes que irte. —Catherine intentó volverse hacia el Juniper, pero la señora Mason no le soltó la mandíbula—. Ya está. Ya no existe.

Una lágrima solitaria rodó por la mejilla de Catherine y asintió con la cabeza, tapándose la cara con ambas manos.

Me agaché y la tomé en brazos para llevarla al Chrysler. La acomodé en el asiento del pasajero.

Ella contuvo el aliento y volvió la mirada hacia la mansión.

—Haz fotos.

Asentí con la cabeza. Busqué mi bolsa de la cámara, la abrí y me quedé de pie junto a Catherine mientras hacía zoom y tomaba todas las fotos posibles antes de que Thompson me lo impidiera. Volví a guardar la cámara en la bolsa, cerré la puerta de Catherine y me apresuré a ponerme al volante.

Recorrimos en coche las pocas manzanas hasta la casa de la tía Leigh. Ella y el tío John estaban en el porche, con los ojos embargados por la preocupación.

—¡Elliott! —gritó mi tía, bajando por los escalones del porche y abrazándome segundos después de que me bajara del vehículo—. ¿Qué ha ocurrido? ¿Catherine…? —preguntó al verla en el asiento del pasajero, con las mejillas húmedas y los ojos enrojecidos—. Oh, Dios mío, ¿qué ha pasado?

—Hay un incendio en el Juniper —dije con un nudo en la garganta.

La tía Leigh se tapó la boca.

—¿Y Mavis…?

—Ella secuestró y mató a Presley Brubaker. Ha secuestrado a la señora Mason esta noche. La han detenido. No sé dónde está.

Los ojos de la tía Leigh se humedecieron y rodeó el coche para acercarse al lado del pasajero. Abrió la puerta y se arrodilló junto a Catherine.

—¿Cariño?

Catherine la miró y luego se apoyó despacio sobre su pecho. La tía Leigh la abrazó con fuerza, negando con la cabeza mientras me dirigía una mirada ausente.

El tío John me puso la mano en el hombro.

—Va a tener que quedarse con nosotros un tiempo —dije, viendo a la tía Leigh abrazar a Catherine.

—El cuarto de invitados está listo. Podemos recoger sus cosas mañana. —Se volvió a mirarme a la cara—. ¿Estás bien?

Asentí con la cabeza y él me abrazó.

La tía Leigh ayudó a Catherine a salir del coche y no dejó de rodearla con el brazo mientras entraban en la casa. El tío John y yo las seguimos.

La tía Leigh desapareció con Catherine detrás de la puerta del cuarto de invitados, y el tío John se sentó conmigo en la sala de estar.

—Cuidaremos de ella —me dijo.

Asentí. Había llegado el momento de que alguien cuidara de Catherine, para variar.

Capítulo 37

Catherine

Me quedé a solas en el cuarto de invitados de los Youngblood, con la pared del fondo revestida de paneles de madera con retratos de la familia enmarcados en blanco que había pintado Leigh. Una colcha de *patchwork* con motivos de anillos de boda cubría la cama doble, y había una cómoda antigua de madera con un espejo colocada contra la pared blanca.

Yo olía a fogata, y aunque Leigh me había ofrecido si quería darme una ducha, le dije que no. Ver el Juniper ardiendo en llamas había sido un punto final inesperado, y me invadía una extraña sensación de calma cada vez que respiraba. Mamá nunca podría regresar allí. Yo no tendría que volver nunca más. Éramos libres.

Un golpe en la puerta me hizo volver de pronto al presente, y pestañeé.

—Eh —dijo Elliot, con el pelo aún mojado de la ducha. Llevaba una camiseta desteñida y unos pantalones cortos de baloncesto, y se acercó a la cama descalzo.

—Hola.

—¿Estás bien? —preguntó.

—No, pero lo estaré.

—El señor Mason ha llamado a la tía Leigh. A la señora Mason le han dado un par de docenas de puntos de sutura en la cabeza. Tiene una conmoción cerebral, pero se pondrá bien. Su hermana Lauren va a ir a ayudar a limpiar, y han dicho que podrás volver allí cuando le den el alta, si a ti te parece bien. ¿Te... parece bien?

Asentí.

—No creo que sea correcto pedirles a tus tíos que me acojan aquí.

—No les importa. De verdad que no.

—Becca me necesitará. Debería quedarme con ella.

Elliott asintió, sentándose en la cama a mi lado.

—Es una lástima. Me podría acostumbrar a esto. —Me enseñó su teléfono, abierto por un grupo de chat con Sam y Madison—. Me han estado bombardeando con mensajes, preocupados por ti. Le dije a Maddy que la llamarías por la mañana.

—¿Cómo se te ocurrió? —pregunté—. Venir al Juniper...

—Después de dejarte, cuanto más me alejaba de casa de los Mason, peor me sentía. No conseguía librarme del mal presentimiento que había tenido toda la noche —dijo—. Paré delante de casa de la tía Leigh y luego fui y di media vuelta. Volví a casa de los Mason, vi las luces de policía y dejé el coche donde me había parado. Ni siquiera cerré la puerta. Simplemente salí corriendo. Cuando vi la sangre... Nunca había tenido tanto miedo, Catherine. Intenté abrirme paso para llegar a la casa. Te llamé a gritos. Fue entonces cuando el señor Mason me dijo que estabas bien, pero que te habías ido. Fui directamente al Juniper. Sabía que allí era a donde irías.

Lo abracé, enterrando la cara en su cuello.

—Volviste.

Apoyó su cabeza en la mía.

—Te dije que lo haría. Y ahora que sé...

—Ahora que sabes... —repetí, mirándolo fijamente.

Suspiró, clavando los ojos en la alfombra. Había intentado alejarlo de mí durante tanto tiempo… Ahora que tenía una razón para dejarme y marcharse, era más difícil de aceptar de lo que creía, pero si era eso lo que quería, no podía culparlo. Lo ocurrido en el sótano casi era demasiado difícil de creer incluso para mí, de modo que no quería ni imaginar las cosas que debían de estar pasándole por la cabeza a Elliott.

—Dilo —dije.

—Podrías habérmelo contado. Ojalá me lo hubieras dicho antes.

—Era un secreto —dije.

—Y no hay duda de que sabes guardar un secreto.

Lo solté, abrazándome las rodillas.

—No era mío, no podía contarlo.

Él alargó la mano hacia mí.

—Ni siquiera estoy seguro de cómo procesar lo que acaba de ocurrir. Presley está muerta. Tu madre…

—No era ella.

Elliott asintió, pero vi en sus ojos que le costaba trabajo separarla de los demás.

—Hace mucho tiempo que mamá no está bien. Mirando atrás, no estoy segura de que lo estuviera alguna vez. Si las cosas se ponían feas, era como si tuviese un cortocircuito, caía en una profunda depresión y se quedaba metida en la cama días y días. Papá intentaba protegerla de eso, intentaba protegerme a mí. Cuando él no estaba en casa, yo me daba cuenta. Los veía a todos, aunque solo fuera algún destello, pero en aquel momento no lo sabía. La muerte de papá los hizo más fuertes y el Juniper fue el puente perfecto para permitirles salir. Cuando Duke y Poppy aparecieron con sus propios nombres, con personalidades tan diferentes de la de mamá, tuve miedo. No lo entendía, y cuanto más intentaba hablar con mamá cuando estaba presente como Duke o Poppy, peor se ponía. Cuando le seguía la corriente, las personalidades afloraban durante períodos de tiempo más largos, pero su comportamiento era más predecible. Al principio dejé que aquello continuara porque no quería que nadie se llevara a mamá, pero ahora que se han ido... Yo quería a Althea y a Poppy. Guardé el secreto de mamá para poder tenerlas a ellas. Ahora Presley está muerta, y las he perdido a todas.

Elliott se frotó la nuca.

—No es culpa tuya, Catherine.

—Entonces, ¿de quién es la culpa?

—¿Por qué tiene que ser culpa de alguien?

—Si le hubiera buscado ayuda a mamá, Presley todavía estaría viva. Pero creía que podría hacerlo yo sola. Creía que podría tener las dos cosas. Estaba segura de que podría tenerte a ti y proteger el Juniper para mamá. —Contuve las lágrimas—. Ahora se ha ido. Es culpable de asesinato porque fui una egoísta.

Elliott me atrajo a su regazo y presioné la mejilla contra su pecho.

—Eres la persona menos egoísta que conozco. Y eres aún más valiente de lo que creía.

—Al final no importó nada. No pude salvarlas. Ni siquiera pude despedirme de ellas.

—Puedes ir a verla, ¿sabes? Podemos ir a visitarla.

—Solo estará mamá.

—Pero Catherine, ¿y eso no es bueno?

Negué con la cabeza.

—No lo entiendes.

—No, pero estoy intentando entenderlo.

—Entonces, entiende lo que te voy a decir: todos los seres que me importan acaban heridos o muertos.

—Yo no.

—Aún no.

—Catherine —dijo, suspirando—, tienes que descansar. —Se restregó los ojos, cansado.

Percibía la desesperación en su voz, el afán de ayudarme, de arreglarlo todo, pero aquella era la primera noche de muchas en las que intentaría desenterrarme a mí misma de entre las cenizas del Juniper.

—¿Qué otra cosa habrías podido hacer? Si se lo hubieras dicho a alguien, habrías perdido tu hogar y a tu madre. Y si no lo hacías, tenías que seguir viviendo en ese infierno y tu madre no podía recibir la ayuda y la atención que necesitaba. Tenías razón, Catherine. Llevas diciéndolo desde el principio. No era una elección. No tenías elección. Ahora no finjas que sí la tenías.

—Y mira adónde nos ha llevado eso.

—Aquí, a un lugar seguro, conmigo. —Sus palabras estaban teñidas de impaciencia, como si ya debiera haberlo sabido—. ¿Sabes? Durante dos años, todos me decían que tenía que olvidarte, pero de todos modos yo luché por ti. Cuando por fin volví aquí, tú me odiabas, pero de todos modos luché por ti. Te guardaste tus secretos, me alejaste de ti, dijiste prácticamente que romperíamos después de la graduación, pero yo sigo luchando. Cuando abrí la puerta del sótano, no sabía dónde me estaba metiendo, pero de todos modos bajé los escalones. No me dan miedo muchas cosas, Catherine, pero estaba aterrorizado de lo que vería al doblar esa esquina, casi tanto como me aterroriza irme de Oak Creek sin ti. —Me apretó la mano con más fuerza—. Sé tu secreto, y todavía sigo aquí. He estado aquí, y si eso significa estar contigo, haré cualquier cosa para quedarme.

Fruncí los labios.

—Está bien.

—¿Está bien? —dijo, repitiendo atropelladamente las dos simples palabras.

Asentí.

—¿Qué significa eso exactamente? —preguntó.

—Baylor. Lo que hay en medio, ¿recuerdas?

Se rio.

—Sí, lo recuerdo. Pero… ¿vas a venir conmigo?

Me encogí de hombros.

—La señora Mason dijo que podía conseguir alguna ayuda y tal vez incluso una beca académica. Podría pedir un préstamo para cubrir lo que falte. Podría buscar un trabajo. No se me caen los anillos por trabajar. Podría…

Elliott me envolvió en sus brazos, estrechándome un poco demasiado fuerte. Le temblaban los brazos y exhaló el aire con la respiración entrecortada, apoyando la frente contra mi sien.

—¿Estás bien? —le susurré, abrazándolo.

—Ahora sí. —Me soltó y se secó rápidamente la mejilla con el dorso de la mano. Inspiró hondo y luego soltó una carcajada—. Todo este tiempo estaba convencido de que iba a perderte.

Un esbozo de sonrisa asomó a mis labios.

—Pero de todos modos luchaste por mí.

Epílogo

Catherine

Mamá miraba a Elliott desde el otro lado de la mesa. Llevaba un mono de color caqui con una sucesión de números estampados en negro en el bolsillo delantero. La habitación tenía forma octogonal, con una ventana grande en cada uno de los lados. Había casi medio centenar de sillas de plástico de color naranja bajo las siete mesas redondas distribuidas por la sala, la mayoría de ellas vacías. Otra mujer estaba sentada con otra pareja, cada vez más nerviosa.

—¿Cuánto tiempo estarás fuera? —preguntó mamá.

—Estamos a solo siete horas de distancia. Te visitaré siempre que tenga vacaciones —dije.

Miró por encima de su hombro a Carla, la vigilante femenina apostada entre la puerta y la máquina expendedora.

—¿Quieres algo de comer? —preguntó Elliott, poniéndose de pie—. Iré por una bolsa de algo —dijo.

Su silla chirrió contra el suelo de baldosas cuando la empujó hacia atrás para levantarse. Atravesó la habitación, saludó a la vigilante y luego miró las opciones de la máquina. Se quedó de pie de medio lado, para poder verme por el rabillo del ojo, listo para actuar si era necesario.

—Y si yo estoy aquí y tú en la universidad, ¿quién se encargará del Juniper? —preguntó mamá con inquietud.

—El Juniper ya no existe. ¿Recuerdas, mami?

—Ah, es verdad —dijo, recostándose en su silla. Trataba de volver al mundo que habíamos construido dentro del Juniper al menos dos veces por visita, con la esperanza de que le siguiera el juego, como antes, pero el médico decía que era mejor que no alentáramos sus fantasías—. ¿Has solucionado lo de la compañía de seguros?

Asentí.

—Enviaron el cheque la semana pasada. Cubrirá la universidad y aún sobrará algo. Gracias por firmar los papeles.

Mamá intentó sonreír, pero la sonrisa no parecía natural en su rostro.

—Bueno, puedes agradecérselo a tu padre. Fue él quien insistió en que… —Se interrumpió, advirtiendo mi expresión—. No importa.

—Creo que es bueno que todavía hables con él.

Mamá miró a su alrededor y se inclinó hacia delante.

—Está bien. No se lo diremos a nadie. No tienes de qué preocuparte.

—¿Qué quieres decir?

Advirtió que Elliott regresaba y se echó hacia atrás.

—Nada.

Elliott regresó con tres bolsas.

—Nachos, patatas y *pretzels*. No hay mucha variedad.

Mamá abrió la bolsa roja y se puso a masticar, haciendo mucho ruido. Vi algún destello de Poppy mientras comía, y me pregunté si mis amigas seguirían dentro de ella, en alguna parte. Las visitas con los médicos en el hospital estatal de Vinita, Oklahoma, se centraban en hacer que se deshiciera de Althea, Poppy, Willow, la prima Imogen, el tío Sapo y, especialmente, Duke. Intentar hablar con cualquiera de ellos estaba estrictamente prohibido. Miré hacia las cámaras mientras Elliott deslizaba la mano para tomarme la mía.

—Se acabó el tiempo —dijo la vigilante.

—¿Te tienes que ir? —preguntó mamá.

—Elliott empieza pronto los entrenamientos de fútbol. Tenemos que conducir, llegar allí, instalarnos…

Ella le gruñó.

—Pórtate bien, mami.

Elliott se levantó.

—Yo la cuidaré, Mavis.

Yo la había visto irse, pero Elliott todavía no estaba acostumbrado a las señales de sus múltiples personalidades. Mamá no estaba allí.

—Carla —llamé a la vigilante, poniéndome de pie.

Duke me fulminó con la mirada, con las fosas nasales llameantes.

Carla se ocupó de mamá mientras salíamos. Me había acostumbrado a no decirle adiós. Duke solía aparecer al término de nuestras visitas. Esperaba que Althea acudiera a decir adiós, pero Duke era el único lo suficientemente fuerte para abrirse paso a través de la medicación.

Elliott parecía inquieto mientras recogíamos nuestras cosas de una taquilla y luego pasábamos por el proceso reglamentario para salir del edificio. Abrió la puerta doble, entornando un ojo al ver el sol, lo que me recordó el día que nos conocimos, solo que esta vez me llevaba de la mano en vez de estar golpeando un árbol. Nuestros zapatos crujieron sobre la gravilla mientras nos dirigíamos al Chrysler, y Elliott abrió la puerta del pasajero con una sonrisa.

El maletero y el asiento trasero estaban llenos de cajas, principalmente de Elliott. Yo tenía la mayor parte de mi ropa y mi caja de música en casa de los Mason, pero todo lo demás se había quemado en el incendio. Las fotos que Elliott había tomado de mí y de mi padre eran las únicas que me quedaban, y estaban empaquetadas en una de las cuatro cajas que contenían todas mis pertenencias.

El Chrysler había estado abrasándose bajo el sol del verano mientras visitábamos a mamá, y lo primero que hizo Elliott después de arrancar el motor fue poner en marcha el aire acondicionado y subirlo al máximo. Un minuto después el aire gélido estalló a través de las rejillas de ventilación, y Elliott echó la cabeza hacia atrás, lanzando una bocanada de alivio. El tacto de los asientos de terciopelo era suave sobre mis piernas desnudas, bronceadas después de las horas en la piscina de los Youngblood, pero no tan morenas todavía como la piel de Elliott. Extendí la mano y pasé los dedos por su brazo.

—¿Qué? —preguntó.

—Nos vamos —dije—. Y sin el regulador que colocaron tus padres cuando te castigaron por intentar conducir hasta Oak Creek, no tardaremos una semana en llegar hasta allí.

Elliott entrelazó los dedos con los míos.

—Sí, nos vamos. Estaremos allí a la hora de la cena. —Señaló hacia el suelo, delante de mí—. Busca debajo del asiento. Te he traído algo para que leas por el camino.

Sonreí, preguntándome qué estaría tramando. Palpé entre mis piernas y toqué una caja de zapatos.

—¿Qué es esto? —pregunté, colocando la caja en mi regazo y abriendo la tapa. Había una pila de sobres cerrados y sellados dirigidos a la tía de Elliott—. ¿Son cartas a tu tía?

—Abre el que está en la parte superior. Están en orden.

El sobre era grueso, y cuando lo abrí, saqué cuatro hojas de papel de cuaderno, con el resto arrancado de la espiral colgando aún de la orilla interior. La letra era de Elliott. Mi nombre figuraba en el encabezamiento, la fecha era del día en que murió mi padre, y comenzaba con una disculpa.

—Elliott —dije en voz baja—. ¿Estas son…?

—Las cartas que te escribí cuando me fui. Al principio, todos los días; luego, dos o tres a la semana hasta la noche anterior a mi regreso.

Lo miré y vi que se me anegaban los ojos de lágrimas.

—Elliott.

—Creía que las habías tenido tú, todo este tiempo —dijo.

—Tu tía nunca me las dio.

—Eso es porque nunca las recibió. Mi madre nunca las envió. Me las dio anoche. Un regalo de despedida, además de una disculpa de una hora.

Miré los garabatos que llenaban la página.

—Ya me imagino lo bien que iría la conversación…

—Estaba bastante enfadado; pero al menos me las ha dado. Ahora lo sabrás.

—¿Saber el qué? —pregunté.

—Que intenté cumplir mi promesa.

Apreté los labios, tratando de no sonreír. Elliott salió de la plaza donde estaba estacionado, atravesó el aparcamiento y redujo la velocidad antes de incorporarse a la carretera. Tomó un sorbo de su refresco aguado.

—Léelas en voz alta, por favor. Es como volver a leer un diario.

Asentí, empezando por el comienzo de la primera carta.

> 30 de julio
>
> Querida Catherine:
>
> Lo siento mucho. No quería irme. Mi madre dijo que no me dejaría volver nunca más si no me iba con ella inmediatamente. No debería haberme ido. Estoy muy enfadado por haberle hecho caso. MUY MUY ENFADADO. Estoy enfadado con ella, conmigo mismo y con todo esto. No tengo

idea de lo que ha pasado ni sé si estás bien, y eso me está matando. Por favor, que estés bien. Por favor, perdóname.

Sé que cuando no estás preocupada por tu padre, estás ocupada odiándome. Debería estar allí contigo, a tu lado. Esto me está matando. Estás ahí pensando que me he ido y te he abandonado. No tienes ni idea de dónde estoy y te preguntas por qué me fui sin despedirme. Eres la última persona a la que querría hacerle daño, y estoy a casi tres horas de distancia sin ningún medio para ponerme en contacto contigo. Me siento muy impotente. Por favor, no me odies.

Mis padres han estado peleándose desde que volvimos a casa hasta que fingí que me iba a dormir. A mamá le da miedo que quiera quedarme a vivir en Oak Creek si me acerco demasiado a ti. No anda desencaminada: la verdad es que quiero quedarme a vivir allí. Tenía planeado preguntar a la tía Leigh y al tío John si podía quedarme con ellos, porque la idea de hacer las maletas y separarme de ti me revolvía el estómago. Y ahora estoy aquí. Todo sucedió muy rápido, y ahora seguramente me odias.

Aunque, si es así, yo seguiré intentándolo hasta que dejes de odiarme. Te lo explicaré tantas veces como me lo permitas. Puedes odiarme durante un tiempo, lo entenderé. Pero lo seguiré intentando. Todo el tiempo que sea necesario. Te diré que lo siento tantas veces como sea preciso hasta que me creas. Puedes ser cruel conmigo y decirme cosas malas. Seguramente lo harás, y yo

> no le daré importancia porque sé que cuando lo entiendas, todo irá bien. ¿Verdad? Por favor, que todo vaya bien.
>
> Sabes que nunca me iría y te dejaría así. Al principio estarás enfadada, pero me creerás, porque me conoces. Me perdonarás, y volveré a Oak Creek, e iremos juntos a la fiesta de graduación, y me verás hacer el ridículo en los partidos de fútbol, y nos mojaremos los zapatos en el arroyo, y nos columpiaremos en el porche y comeremos sándwiches en el balancín de tu porche. Porque me vas a perdonar. Te conozco y sé que todo irá bien. Eso es lo que voy a decirme a mí mismo hasta que te vuelva a ver.

—Muy bien —dijo Elliott, haciendo una mueca—. Ahora lo estoy recordando todo. No son tan románticas como pensaba.

—¡No! —exclamé—. Me encantan. Esto es... esto es increíble, Elliott. Quiero decir, es desgarrador leer lo preocupado que estabas, pero tenías razón. Tenías razón en todo.

Entornó un ojo y sonrió, avergonzado.

—La verdad es que sí. —Se llevó mi mano a los labios y me besó los dedos.

—¿Quieres que siga leyendo? —le pregunté.

—No tienes que leerlas en voz alta. Al menos hasta que llegues a cuando me pillaron intentando conducir hasta Oak Creek. Son un poco menos desesperadas y repetitivas después de eso. Creo que puedo soportar escuchar las que escribí después.

Eché un vistazo a la pila, mirándolo con los ojos muy abiertos.

—Aquí hay al menos un centenar de cartas.

—Y esa es solo la primera caja. No me puedo creer que mamá no las enviara, pero aún me parece más increíble que las guardara todas.

—A mí me sorprende que te las haya dado. Eso ha sido un riesgo, hacer las cosas bien antes de que nos fuéramos. Podrías haberte ido furioso con ella.

—Ha sido un gesto, creo. Una forma de disculparse por todo.

—¿Parecería que estoy pasando de ti si las leo todas?

Se rio.

—Adelante. Están todas ahí, y el viaje es largo.

Hundí la cabeza entre los hombros y moví las rodillas con entusiasmo. Me emocionaba la idea de estar a punto de leer todo lo que pensaba Elliott mientras estuvo lejos de Oak Creek.

—Pareces demasiado contenta de poder leer la tortura que sufrí —bromeó.

Pensé en eso, recordando lo mucho que lo echaba de menos y lo enfadada que estaba por no saber adónde se había ido. Las largas noches con mamá y los días aún más largos en el instituto. Los días de Elliott no fueron mucho mejores. No estaba segura de si era bueno o malo que hallara consuelo en saber que no estaba sola en mi sufrimiento.

—Solo porque sé cómo termina —dije.

Elliott sonrió, más feliz de lo que lo había visto nunca.

—Este no es el final. Ni por asomo.

El Chrysler se incorporó a la autopista y condujimos hacia el sur, hacia la frontera estatal entre Oklahoma y Texas. En Baylor me esperaba una nueva residencia de estudiantes, una nueva compañera de cuarto y una nueva vida. El edificio donde se alojaban los atletas y deportistas no estaba muy lejos del complejo residencial para estudiantes Brooks, donde iba a vivir yo. El dinero del seguro del Juniper pagaría los cuatro años de la universidad, y Elliott tenía una beca completa. Habíamos dejado atrás la peor parte.

Puse la caja de zapatos a un lado, entre la puerta del pasajero y yo, y luego busqué mi caja de música y la coloqué en mi regazo. Accioné la manivela y vi a la bailarina girar lentamente al son de la melodía familiar que siempre me había ayudado a relajarme. Me dispuse a leer las palabras de Elliott.

—¿Estás bien? —preguntó, apretándome la mano.

Le sonreí, notando el calor de la luz del sol filtrándose por la ventanilla.

—Solo estoy muy emocionada. Y tal vez un poco cansada.

—No tienes que leer las cartas ahora. Descansa. Tenemos muchísimo tiempo.

Me apoyé en el reposacabezas, sintiendo que me pesaban los ojos.

—¿Me lo prometes?

Se llevó mi mano a los labios, me besó los nudillos y luego asintió. Volvió a fijar la mirada en la carretera y, al ritmo de mi caja de música, me tarareó la canción hasta que me quedé dormida.

Agradecimientos

Gracias, Elizabeth Deerinwater, por el tiempo que has dedicado a relatarme tu infancia, las dificultades a las que has tenido que enfrentarte y la aceptación que has encontrado desde entonces. Tus historias y tu punto de vista me abrieron los ojos a tantas cosas que no solo hicieron esta una mejor novela, sino que me hicieron una mejor persona.

Gracias, Misty Horn, por tu experiencia en hogares de acogida y atención a la infancia. Gracias aún más por ser una firme defensora de los derechos de los niños de acogida, y por presentarme la National CASA Association, y CASAforchildren.org, una organización que, con sus programas de miembros estatales y locales, apoya y promueve la defensa de oficio, de forma que, en Estados Unidos, todos los niños víctimas de abusos o desatendidos puedan sentirse seguros, tener un hogar permanente y desarrollarse en un mundo de oportunidades.

Como siempre, gracias a ti, Jeff, mi marido. Nunca podré agradecerte lo suficiente tu apoyo y tu amor incondicionales. Gracias por creer siempre en mí y por tu paciencia infinita. Gracias a mis hijos, por vuestra comprensión. ¡Lo sois todo para mí!

Y gracias al MacPack:

Abbi Smith, Abby Long, Abby Maddox, Abby O'Shea, Abby Reed Johnson, Abby Schumacher, Abi Rojas, Abigail Riley, Abrianna Marchesotti, Adrein Sherie Woodard, Adrian Kawai Perez, Adriana Maria Diaz, Adriana Reyna, Adrienne Sisler, Agustina Zanelli Arpesella, Ailyn Sablan Benjamin, Aimée Shaw, Aimee Shaye, Aisha Kelley, Alamea Lee, Alana Daniels, Alba Vasquez, Albino Luiz Caldas Prof, Aleah Colline, Alejandra Brambila, Alejandrina Curiel, Alesha Guynes, Alessandra Anderson, Alessia Barcaro, Alex Beadon, Alex Espinosa, Alex Phillips, Alex Santana, Alexa Ayana, Alexandra Adamovich, Alexandrea Concus, Alexandria, Louisiana, Alexandria, Virginia, Alexia Miranda, Alexis Whitney, Aleya Michelle, Ali Brown, Ali Jones, Ali Steel, Alice Gathers Puzarowski, Alice Pietrucha, Alicia Birrell McLean, Alicia Butterfield, Alicia DesRoches, Alicia Lamb, Alicia Mac, Alicia Marler Drayton, Alicia Meza, Aline Servilha, Alisa Warren Porter, Alisha Hebert, Alisha Miller Bryson, Alisha Weant, Alison Bradley Treacy, Alison Flores, Alison Mannering, Alison Massell Porterfield, Alissa Nayer, Alissa Riker, Allee Holyoke, Alley Mendoza, Allie Siebers, Allison Bower Patrick, Allison Elizabeth Anderson, Allison Harris, Ally Figueroa, Ally Swanson, Allyn, Washington, Allyson Laughery, Allyson Nicole Zebre, Alyona Valis, Alyson Matias, Alyson Tellier, Alyssa Cihak, Alyssa Susann Williamson, Alyx Girty, Amanda Abrams, Amanda Alexander, Amanda Antonia, Amanda Barrios, Amanda Billy Lindahl, Amanda Booksalot, Amanda Cain, Amanda Carender, Amanda Catherine Lavoie, Amanda Coil, Amanda Collins, Amanda Eskola, Amanda Fitzpatrick, Amanda Foster Wells, Amanda Goza, Amanda Gruber, Amanda Hanley, Amanda Harrison, Amanda Hopson Berisford, Amanda Hosey-Medlock, Amanda Huggins, Amanda Jayne, Amanda Joy Kepic, Amanda Kasiska, Amanda Kelley, Amanda King Lamb, Amanda Lee Duce,

Amanda Leonard, Amanda Marie, Amanda Marie, Amanda Marie Ridenour, Amanda Marin, Amanda Marshall, Amanda Mc Carron, Amanda McWaters Brackett, Amanda Mitchell, Amanda Modschiedler, Amanda Moore McDowell, Amanda N Cory Giles, Amanda Nilo, Amanda Perkins, Amanda Pimenta, Amanda Prigge, Amanda Ray Leake, Amanda Rounsaville, Amanda Schaefer, Amanda Sloan, Amanda Slough, Amanda Stewart, Amanda Sweep, Amanda Voisard, Amanda Wayne, Amanzimtoti, KwaZulu-Natal, Amber Ashley, Amber Atkinson, Amber Bates, Amber Caley Wells, Amber Cheeks, Amber Conley Gilliland, Amber Cory, Amber Drew, Amber Duncan, Amber Higbie, Amber Hillegass Brumbaugh, Amber Johnson, Amber Kibe, Amber M Smith, Amber Marie Irvin, Amber McCammon, Amber Nabors, Amber Nichols, Amber Presley Boyd, Amber Russell, Amber Smith, Amber Strickland, Amber Trottier, Amber Walker, Amber Wharton Mann, Amber Willett Vaughn, Amberley Johnson, Amberly Maria, Amelia Richardson, Amoj Quinta, Amy Burnett, Amy Daniel, Amy Dunne, Amy Forcum, Amy Hausman Thomure, Amy Hiatt, Amy Lee Wheeler, Amy Lepley Auker, Amy Li Hatcher, Amy Louise, Amy March, Amy Meagher, Amy Preston Rogers, Amy Rapp, Amy Roberts, Amy Smith, Amy Spatz Dissinger, Amy Sumrall Manning, Amy Tannenbaum, Amy Watts Taylor, Amy Wiater, Ana Cláudia Luna, Ana Duarte, Ana Isabel Rivera, Ana Jordan, Ana Neves, Ana Werner, Ana Winegar, Anastasia Austin, Anastasia Ted Triantos, Ancilla College, Andie Followell, Andrea Baca White, Andrea Black McCoy, Andrea DelGrosso-Silverson, Andrea Elisa Dillon, Andrea Fay Rhode, Andrea Griffiths, Andrea Kelleher, Andrea Lauster Record, Andrea Neill Bush, Andrea Rodriguez, Andrea Trotter, Andrekia Branch, Andsh Ibuna, Ang Ela D'Oherty, Ang Reads, Angel Hovatter, Angel Mchallen, Angel Tate, Angela Baker, Angela Blubaugh, Angela Brinkman Gramlick, Angela Butler Schirlls, Angela Dudley, Angela Freiberger Garcia,

Angela Palamara, Angela Pinckley Blankenship, Angela Renee Sanders, Angela Ro, Angela Rose Kinney, Angela Williams Wood, Angelee Uy, Angelica Alaniz, Angelica Cabanas, Angelica Gomez, Angelica Maria Quintero, Angelica Sanchez, Angelina Ocampo, Angeline Cusick, Angelita Lou, Angera Allen, Angie King, Angie Mae, Angie Stephenson, Angie White, Ania Bellon, Anisha Pineda, Anita Pytynia, Anjie Gamnje Gordon, Ann Bramlette, Ann Chandler Massey, Ann Harben Carr, Ann Waters, Ann Zimmer, Anna Hancock Watson, Anna Hixon, Anna Lisa R, Anna Nicole Ureta, Anna Rhodes, Anna Roselli, Anna Watson, Anna Wyatt Lewis, Anne Ber, Anne de Kruijf, Anne Marie, Anneliese Murine, Anne-Marie Pépin, Annette Martinez, Annette Wiley, Annie Annie Annie, Annie Love Mayeux, Annie Reada, Annie Wilson, Antoinette Escobar- Mora, April McCowan Beatty, April Newman, April Pracht, April Pratt, April Redford Mitchell, April Roodbeen, April St Clair Ashby, April Upton, Aquinas, Arabella Brai, Arely Betancourt, Arely Gonzalez, Arequipa, Ariella Holstein, Arin Royer, Arleen Marie Rivera, Arlene Stewart, Artemis Giote, Arwen E. Shoemaker, Ashlea Hunt, Ashlee Heffron, Ashleigh Bryan, Ashleigh Wilson, Ashley Baker, Ashley Bankston, Ashley Blake Christensen, Ashley Brinkman, Ashley Cabana, Ashley Campbell, Ashley Carmona, Ashley Chapman, Ashley Doyen, Ashley E Bucher, Ashley Elmore, Ashley Esse, Ashley Gibbons, Ashley Gill, Ashley Gill, Ashley Graham, Ashley Hale, Ashley Hughes, Ashley Hughes, Ashley Jasper, Ashley Kell, Ashley Mansfield Seymour, Ashley Marie, Ashley Marie Fowler, Ashley Marie Heitmeyer, Ashley Martin, Ashley Mclaughlin, Ashley Novak, Ashley Owens-Nunziato, Ashley Rayburn, Ashley Reyes, Ashley Ruiz, Ashley Scales, Ashley Schott, Ashley Steffes, Ashley Watkins McAnly, Ashley Willhite, Ashlie Hutchins Brooks, Ashly McCoy, Ashly Nunamaker, Ashlyn Powell, Ashna Goerdat, Asma Boulhout, Astrid Lemus, Atessa Naujok, Audra Adkins, Audra-Paul Johnson,

Autom Meadors, Autumn Phelps, Autumn Slider, Autumn Taylor Henion, Ava de Rossi, Aye Lopez, Ayla May Hill, Ayla Vincent, Aymeh Cruz, Azkah Viqar, Barbara Bucher, Barbara Lee, Barbara Murray, Barbara Myers Davis, Barbara Sterner Howard, Barbie Mullins, Barra do Piraí, Beatriz Emidio, Beatriz Gómez Medina, Bec Butterfield, Becca Cottingham, Becca Grissett, Becca Winter, Beckie Ashton, Beckley, West Virginia, Becky Baldwin, Becky Eisenbraun, Becky Emshwiller Grover, Becky Poindexter, Becky Rendon, Becky Schwalm, Becky Sharrard, Becky Starr, Becky Strahl, Becky Takach Wise, Becky Willert, Bekah Smith, Belinda Visser, Bella DaSilva, Bernadett Vidra, Bernadette Basile, Bessie S. Shepherd, Beth Bolin Medcalf, Beth Burkle-Logue, Beth Emery Houk, Beth Hudspeth, Beth LeMilliere, Beth Marie, Beth Mowry, Beth Oestreich-Baumbach, Beth Roberts, Beth Teachworth Hyche, Bethany Elaine Macielag, Bethany Waters, Betty Ioannidis, Beverly Camarena, Beverly Cordova, Beverly Lawrence Barrett, Bex Williams, Bianca Cristina, Bianca Villa, Biller at Lewiston Village Pediatrics, Biller at Pugi of Chicagoland, Billi Dolbear, Billie Jean Hedrick, Bishop Grimes, Blia Hoopes, Blushing Barbara Bookbabe, Bo Lindh, Bo Yzolde, Bobbi Hamilton Kegler, Bobbi Jo Bentz, Bobbie Shanks, Bobbie-Jo Graff-Bobst, Bonnie Ada Pierce, Bonny Buchanan, Bowsher, Brandeis, Brandi Barfield Austin, Brandi Clark, Brandi Clark, Brandi Coble, Brandi Kilchesky Ebensteiner, Brandi Martin Strickland, Brandi McGuire Peel, Brandi Mercer, Brandi Mofford Grosser, Brandi Murrell, Brandi Schattle, Brandi Slater Schoenheit, Brandi White, Brandi Zelenka, Brandon Teti, Brandy Diane Lucero, Brandy Harrison, Brandy Roberson, Breanna Mae Tresnan, Breanna McClearn, BreeAnn Manning, Brenda Connolly, Brenda Hans, Brenda Marin, Brenda Slochowsky, Brenda Thompson, Brenda Walt, Brenna Leigh, Brenna Link, Brenna O'Sullivan, Bri Haile, Bri Vitlo, Bria Starr, Briana Gaitan, Briana Glover, Briana Leyva, Briana Monroe, Brianna Courtney,

Brianna Imbergamo, Brianne Loves-Books, Bridget Gallagher, Bridget Jones, Bridgette Keech Hopkins, Britney Wyatt, Brittainy McCane, Brittanie Rose, Brittany Brasseaux, Brittany Grimes, Brittany L. Sorg, Brittany Lynn, Brittany Martins, Brittany Ozmore, Brittany S Ledbetter, Brittany Scott, Brittany Swan, Brittany Topping, Brittney Curtis, Brittney Houston, Brittney York, Brittny Smith, Brook Jones-Juett, Brooke Ratliff, Brooke Rich, Brooke Simon, Brooke Wade, Brooke Wilkerson Smith, Brooklyn Stoutenburg, Brynn Jordahl, Busto Arsizio, Butler CC, CA Pate, Caitie Janke, Caitlin Ell, Caitlin McCue, Caitlyn Davis Medlin, Caleb Jacob, Calli Pirrong, Callie Sedlacek, Camelle Rogando, Cami Nucitelli, Camielle Whyte Domon, Camii Maddox, Camila Cireli, Camila Díaz Arenas, Camila Silva, Camila Soares Carter, Candace Riffle, Candice Bragg, Candice Holmes Martini, Candy Alcantara-Hernandez, Candy Miller, Candy Young Harris, Cara Knight, Cara Louise Archer, Career Step, Carer at Carer, Cari Robbins-Koehly, Carisa Benedict, Carissa Kelly, Carla Atchison, Carla Lovesbooks Atchison, Carla Robertson, Carlyn Greulich-Garnett, Carmen Messing, Carol Dees Workman, Carol Geserick Seymour, Carol Lancaster, Carol Ordonha, Carol Sonnet, Carol Winney Elkins, Carolina Aguirre, Carolina Menacho, Caroline Manzo, Caroline Stainburn, Carolyn Watson Martell, Carrie Garner, Carrie Haley, Carrie L. Barrientes, Carrie L. Vestal, Carrie McDowell, Carrie Reed Cooper, Carrie Smith, Carrie Southard, Carrie Taylor, Carrie Thomason, Carrie Wilson Buttram, Cary Green Irvine, Cary Mattmiller, Casandra Navarrete, Casey Decock, Casey Phillips, Casey Scorzato Jewell, Cassandra Loiudice, Cassandra Rodriguez Vance, Cassandra Sue, Cassey Groves, Cassia Brightmore, Cassidy Wallace, Cassie Calbert, Cassie Graham, Cassie Ray, Cassie Webb, Caszy Bartlett, Catalina Prieto, Catherine Carlson, Catherine Corcoran, Catherine Gentry, Catherine Ketner Bates, Cathy Coleman, Cathy Floberg Sprague,

Cathy Grande, Catrina Reed, Cecile Anne, Cecily Wolfe, Ceeje Beats, Celina Colleen, Celina Suntay Dionisio, Chandrea Alexander, Chanpreet Singh, Chantal Brady, Chantal Gemperle, Chantal Harris, Chantel Sharp, Chantel Tonkinson, Charilene Lucas, Charity Bennett Knighten, Charity Chimni, Charity DeBack, Charity Hazelwood, Charlene Swartz, Charleston Southern, Charley Moore, Charli Jo Vance, Charlotte Spence, Chasity Heitmeyer, Chasity Metz, Chastity Sparks, Chauntel Long, Chele' Pitts-Walker, Chelly Massey, Chelsea Carol Jones, Chelsea Darroch, Chelsea DuLaney, Chelsea Gerbers, Chelsea Gonzales, Chelsea Stout, Chelsi Pawson, Chenoa Addison, Cherry Shephard, Cheryl Blackburn, Cheryl Jarvis, Cheryl Vaughn, Cheryl Wooten, Chey Iris Guevara, Chey Mercado, Cheyenne Davis, Chiara Arrigoni, Chinassa Phillips, Chitra Olivia Kusuma, Chloé de Mortier, Chrissy Smiley, Chrissy Wilson, Christa Windsor, Christalie Anor, Christi Bissett, Christi White Lofton, Christie Kersnick, Christie Thompson Corbin, Christin Ostheimer, Christina Concus, Christina D Gomez, Christina Emery, Christina Hunkins, Christina Kowalski Gustavson, Christina Lanners, Christina Lawrence, Christina Maffiola, Christina McClure, Christina Michelle Perdew, Christina Sachanowicz, Christina Santos, Christina Savala, Christina Valvano Moser, Christine Austin Dingman, Christine Baham Pappas, Christine Cartwright, Christine DiSanto, Christine Gallagher Brady, Christine Girardin, Christine Hoopes, Christine Maree, Christine Marie, Christine Puppe Baker, Christine Raroha-Blood, Christine Russo Schoenau, Christine Stanford Smith, Christine Williams Dunham, Christley Rae, Christy Fitzgerald, Christy M Baldwin, Cielo Gtz, Cincinnati, Cindi Settle, Cindl Norrell Straughn, Cindy Cooper Turpening, Cindy Franklin, Cindy Orosco, Cindy Salazar, Cindy Wyatt, Cinthia Paola, Cinthya Alburez, Claire Aillaud, Claire Andrews, Claire Holmes, Claire Jenni Alexander, Claire Todd, Claire Willis,

Claire Wright, Clara Chavez, Clare Fanizzi, Clare Sidgwick, Clarion, Claudia Barrera Fidhel, Clayton, Cody Wayne Amburn, Colegio de Santa Ana, Colégio QI, Colleen Byrnes Park, Colleen Cervenak, Colleen Ess Wilson, Colleen Friel, Colleen Oney, Comsats Islamabad, Connie Bugeja, Copiah-Lincoln, Coral Duran, Corey Beth, Corey Denison, Corey Reed, Corey Simpson, Cori Best Michaelson, Cori Willis Gilileo, Corina Gonzalez, Corinne Woolcock, Courtney Duff Dorcz, Courtney Findle Barbour, Courtney Jensen Junka, Courtney Kench, Courtney Luton Henderson, Courtney Marble, Courtney Marie, Courtney Montgomery Nicoll, Courtney Schwartz, Courtney Tomah, Courtney Wallsten, Courtney Wooten, Courtney Wray, Cristi Riquelme, Cristie Alleman, Cristie Jo, Cristie Rafter-Amato, Cristin Perry, Cristina Bon Villalobos, Cristina Wells, Crystal Attuso, Crystal Boudreaux Hebert, Crystal Garay, Crystal Gillock-Dorman, Crystal Gontarz, Crystal Griego, Crystal Hollow, Crystal Manchester McGowan, Crystal Marcotte Novinger, Crystal Perkins, Crystal Powell, Crystal Redick, Crystal Reeves, Crystal Rose, Crystal Segura, Crystal Stegall, Crystal Tripp-Fitzgerald, Crystal Wilke, Csenge Szabó, Cynthia Barber, Cynthia Canchola, Cynthia Estrada Gonzales, Cynthia Izzo Crocco, Cynthia Lynn Barnes-Myers, Cynthia Miller, Cynthia Pioch, Dacia Hawkley, Daina Smith, Daisy Avalos, Daisy Kennedy, Daisy Mai, Dale Mujah Mac Gardiner, Dale Valerie Mcfarlane, Dalton State, Damaris Zoe, Dana Bookwhore Gallie, Dana Bourque Atkins, Dana Cakes, Dana Dickinson Naylor, Dana Gartzman, Dana Jones Whorl, Daneke E. Kanarian, Dani Fernandes, Danica Sharrock, Danielle Alexander White, Danielle Allman, Danielle Behler, Danielle Childs Nelson, Danielle Girvan, Danielle Hon Kuczka, Danielle Hoover, Danielle Howard Hall, Danielle M. McCrerey, Danielle Marie, Danielle Marsh, Danielle Middleton, Danielle Parker, Danielle Reid, Danielle Rothschild, Danielle

Tubergen, Danielle Woods, Danielle Wright, Danielle Yellie Reilly, Daphne Reads, Daphney Reyes, Darcey Duncan, Darcey Springer, Darcy Stonger, Darcy Whiteley Fifield, Dariel Calero Quiroz, Darija Navoj Mihalina, Darlene Richardson, Darlene Ward Avery, Dawn Fulton, Dawn Gorwell, Dawn King, Dawn Nagle, Dawn Pratt, Dawn Reed Petersma, Dayna Nichole, Dean, Deana Ward, Deanna Blaney, Deanna Bosco, DeAnna Hill, Deanna Rangel, Deanne C Reese, Deanne Grant, Debbie Goff, Debbie Hawkley, Debbie Herron, Debbie Hopkins Smart, Debbie Jones, Debbie Laeyt, Debbie Winchester, Debi Nagle, Debi Quick, Deborah Aupied Charrier, Debra Elsner, Debra Guyette, Debra Nicole Vaughn, Debra Wharry Taylor, Dedee Delk Hayes, Delia Chavez, Delia Nuño, Delilah Caro, Dena Derby, Denae Hegefeld, Deni Torres, Denise Coy, Denise Dianne, Denise Holena, Denise Mendoza, Denise Sousa Drumheller, Denise Torres, Denise Zuniga, Desi Colon-Rodriguez, Desiree Baker Huskey, Desiree Rose, Dessa Delos Santos Geminiano, Destiny Ball, Destiny Marie Hand, Devan Wedge, Devin McCain, Devon Elmore Mican, Devonport TAFE, Diana Doan, Diana Gardner Skvorak, Diana Grimsley, Diana Hoenou-Smith, Diana Or, Diana Ramirez, Diana Rhodes, Diana Sauer-Hill, Diana Valdez, Diane Puckett Jones, Diane Simboli, Diane Zilinek, Dianna Hixson Malone, Dianne Rae Trinidad, Dominique David, Donna Benway, Donna Dugan, Donna Lottmann, Donna Marie, Donna Norman, Donna Sheret Roberts, Donna Vitale Montville, Dora Balfour-Lyda, Doris Freeman, Dorti Zambello Calil Professora, Dottie Flynt-Rankin, Dowling, Drea Perez, Dreama Johnson, Duetta N Merritt, Dusti Jeri, Dusty Shipp, E.B. Erwin, E.s. Mayo, Ebbie Lippelman Moresco, Eboni Showers, Eden Maddox, Edie Rodriguez-Martinez, Eileen Martin, Ela Zawlocka Brenycz, Elaine Pilkington, Elaine Turner, Elena Darken Nadih, Elena Hinojosa, Elisa Gioia, Elisabeth Szilasi, Elise Taylor, Elisha Renee, Eliza Castillo Rincón, Elizabeth

Aguilar, Elizabeth Ann Flores, Elizabeth Ann Smith, Elizabeth Bennett, Elizabeth Bishop, Elizabeth Booth Bennett, Elizabeth Cipriano Burton, Elizabeth Faria, Elizabeth Farrar, Elizabeth Harrell, Elizabeth Hyatt, Elizabeth Ingle Clark, Elizabeth McClees, Elizabeth McCoy-Boudreau, Elizabeth Morris, Elizabeth Pendleton, Elizabeth Prescott Lewis, Elizabeth Rialdi, Elizabeth Staniford, Ella ZR, Elle Teeter Hill, Elle Wilson, Ellen Greenwood, Ellery Phillips, Ellie Aspill, Ellie Guzman, Ellie Marks, Ellie Sterling, Ellyn Zis Adkisson, Elon, Elsa Noriega McDonald, Elyssa Calkin-Gaps, Emilie Coleman, Emilie Joanne Belisle, Emily A Mayeux, Emily Burzynski, Emily DiCarne Gaugler, Emily Milligan, Emily Pressler, Emily Reading, Emily Summers, Emily-Jane Wright, Emma Fenton, Emma Gladwin, Emma Sara, Emma Simpson, EN Hudgins, Erecia Chapman, Erica Boyd, Erica Feazel, Erica Hudgins, Erica Jane Craft, Erica Kowtko, Erica Samantha, Erica Stranahan, Erica Thibodaux, Erica Vining, Erica Wyrick, Erica Zamora, Erika Mendoza, Erin Chelsea Dugat, Erin Daley Gomes, Erin Daniels, Erin Dennis, Erin Elizabeth Johnston, Erin Jobe, Erin Kathleen, Erin Lee, Erin Lewis, Erin Marie Hale-Wood, Erin Morton, Erin Patterson, Erin Priemer, Erin Westlund, Esther Maza Phillips, Eva Hermann, Eva Willard Kreps, Evanescita Rosa, Evangeline Richards, Evelyn Garcia, Evie Creek, Eyeseride Ocegueda, Ezra Tiegan Leigh, Fabrício Farias Barros, Fairlena Hoffmann, Faith Bannister, Fanny Kristiansson, Fany Santiago Ortiz, Father Gabriel Richard, Fatima Trahan, Faye Hudson Pereira, Febie Ann Tancontian Cantutay, Federica Murgia, Felicia Grover, Felicia Holency, Felicity Barrow, Fern Curry, Fernanda Campolina, Fernanda Rubio, Florencia Barbero, Fran Smith, Françoise Giang, Fred LeBaron, G.D. Worthington, Gaba Guzmán Proboste, Gabriela Alvarez, Gabriela Perez, Gabriella Bortolaso, Gaby Paniagua, Gail Gregson, Gayle Ashman, Gemma Curran, Gemma Eade, Gemma Foot, Gemma Hirst Phillips, Georgana

Anderson Brown, George Mason, George Mason, Geraldine Major, Giedre Sliumba, Giezel Irwin, Gina Alwine, Gina Cazares Abitabile, Gina Chacon Porras, Gina Griffin Blanton, Gina LJ Barrett, Gina Marcantonio, Giovanna Giannino, Gislaine Honório, Gloria Spring Singleton, Gloria Vaigneur Green, Gmc Amritsar, Grace Aurora, Grace Pituka Rondon, Greta Holliday Hegeman, Guiomar Castro Berumen, Gwen Maya, Gwen Midgyett, Gwen Raivel Amos, Gwen Stover, Haidoulina Maurogiorgou, Hailey Seguin, estilista en Capellicrew, Haley Lukachyk, Haley Rathbone, Han Han, Hanna Lewallen Bates, Hannah Dunn, Hannah Ennis, Hannah Evans, Hannah Grierson, Hannah Jay, Harper, Hassie Daron, Hawkeye Community College, Hayley Jane Kearns, Hayley Ross, Hayley Tatton, Hazel Sison, Heather Ansaldo, Heather Ates, Heather Axley Lanham, Heather Bailey Wilkerson, Heather Blauth Ambrosino, Heather Cannon Bowers, Heather Coster Hamilton, Heather Cox Willis, Heather Curtis, Heather D, Heather Davenport, Heather Davis, Heather Devoll, Heather Dugal Pierce, Heather Hallberg, Heather Kirk, Heather Lilo Graff, Heather Lindsey, Heather Lynn Merie Huffmon, Heather Marie, Heather Martin Ogden, Heather McCain, Heather McGuire, Heather McIntosh, Heather McNeese, Heather Meeking, Heather Moss, Heather Mullins, Heather Nelson, Heather Peiffer, Heather Peralta, Heather Pittman, Heather Plants, Heather Ross Cicio, Heather Saleeba, Heather Schneider, Heather Sexton, Heather Skelton Todd, Heather Suber Erwin, Heather Summers, Heather Taylor Chrispen, Heather Tuck, Heather Walker, Hedworth comp, Heide Torock, Heidi Daniel, Heidi Davis, Heidi Goding, Heidi Martinez, Heidi Pharo, Heidi Romero, Helen Bates, Helen Neale, Helen Ramsay, Henle Villanueva, Hereford High, Hershy Faña, Holland Jean Glass, Hollie Clark, Holly Carrell Ubrig, Holly Freed, Holly Likens, Holly Malgieri, Holly McElroy, Holly Michelle Morales, Holly Neihaus, Hope Mckinney, Hope White,

Hope Wile Sheesley, Ian Schrauth, Ida Villanueva Waddell, Iftesham Iqbal, Ilene Glance, Indiana Kokomo, Inee Olivas, Irina Rebolo, Irma Gonnaread, Irma Jurejevčič, Isabel Marie Occiano, Itzel Rdz, Ive Snow, Ivona Hrastić, Ivy Stone, Jacey Becker, Jaci Cochran, Jackie Annis, Jackie Grice, Jackie Jackson, Jackie MacKinnon, Jackie Moore, Jackie Ortiz, Jackie Stowell, Jackie Ugalde, Jackie Watson, Jackie Wright, Jacqueline Marshall, Jacqueline Sanders, Jacqueline Starr, Jacqui McCulloch, Jade Emma Morton, Jade Mead, Jaime Gorman-Rosenberg, Jaime Lynne Seal, Jaime Martens Long, Jaime Scarfuto, Jaimee De Jong, Jaimilee Counts, Jaleesa Latta, Jamee Lynn, Jamee Thumm, Jami Glover, Jami Nichols, Jami Zabel, Jamie Alaniz, Jamie Baker, Jamie Beltran, Jamie Benoit, Jamie Ferguson, Jamie Grapes, Jamie Jones, Jamie Kaaihue, Jamie Lindblom, Jamie Lynn Trentz, Jamie M. Wohler, Jamie Mackedanz, Jamie McGuire, Jamie McKinnon, Jamie Mercieca, Jamie Phillips Little, Jamie Robinson, Jamie Sager Hall, Jamie Sewall Robinson, Jamie Sharkey, Jamie Shaw, Jamie Smith, Jamie Sykora Oskvarek, Jamie Taliaferro, Jamie Wittekind, Jana Mortagua, Jana Worthington, Jane Elizabeth, Jane Wharton, Janeen Manlapaz, Janelle May, Janet Alvarado Duran, Janice Mitchell, Janice Shirah, Janie Beck, Janie Porter, Janine Bürger de Assis, Janira Díaz, Jasmin Häner, Jasmin Liza, Jaxi Martin, Jayme Lee Latorella, Jaymie E Rogers, Jaymie Grimmett Lau, Jaz Cabrera, Jazmine Ayala, Jazmine Cabrera, JC Kane, Jean Jenkins, Jean Wright, Jeanine Grothus Stevens, Jeanine Levy, Jeanna Marie, Jeddidiah Namiah Parico, Jemma Brown, Jen Beams, Jen Kleckner, Jen Kolodziej, Jen Lucero, Jen Lynch Jata, Jen Pagan, Jen Phelps, Jen Pirroni, Jen Rogue, Jen Timmons Frederick, Jen Warner, Jena Hill, Jene Parker, Jeni Surma, Jenifer Huskey, Jenifer Wambsganss Wainscott, Jenn Benando, Jenn Cron, Jenn Donald, Jenn Gaffney, Jenn Hanson, Jenn Hedge, Jenn Lacher, Jenn Marr, Jenn McBroom, Jenn McElroy, Jenn Poole, Jenn SA, Jenn Tukuafu, Jenna Gentzler

Strickhouser, Jenna N Josh, Jennell Cardin, Jenney Findlay, Jenni Farley Eisenhardt, Jennie Bloom, Jennie Rubacha Simpson, Jennifer Amato Moates, Jennifer Barchuk Coulter, Jennifer Bauss, Jennifer Besley, Jennifer Bishop, Jennifer Bracken Santa Ana, Jennifer Brandt, Jennifer Carr-Amonett, Jennifer Castiglia, Jennifer Clement, Jennifer Craig, Jennifer Danielle, Jennifer Eckels-Alston, Jennifer Franse Meharg, Jennifer Frazee-Whitcomb, Jennifer Froh, Jennifer Garza, Jennifer Garza, Jennifer Ghiroli, Jennifer Gonsiorowski, Jennifer Hamby, Jennifer Harper, Jennifer Harston Larsen, Jennifer Hennessy Talley, Jennifer Jeambey-Spencer, Jennifer Jeffries-Lesner, Jennifer Jockers, Jennifer Kalman, Jennifer Kennard Duralja, Jennifer King Ortiz, Jennifer Ledgerwood Lake, Jennifer Lewis Grant, Jennifer Lutz, Jennifer Lynn, Jennifer Lynn Tate, Jennifer MacDonald, Jennifer Maria, Jennifer Marie, Jennifer Marie Witherspoon, Jennifer Martin, Jennifer McCarthy, Jennifer Monaco, Jennifer Mooney, Jennifer O'Dell, Jennifer O'Neill, Jennifer Premoe Chambers, Jennifer Ramsey, Jennifer Reilley, Jennifer Reyes, Jennifer Santos Nanna, Jennifer Scheible, Jennifer Sharp, Jennifer Swafford, Jennifer Thomas Norris, Jennifer Thompson Bray, Jennifer Wagner, Jennifer Walker Lashbrook, Jennifer Walters, Jennifer Weeks, Jennifer Wilson-Chandler, Jennifer Wineman, Jenny Beres-Rumowski, Jenny Dauksa Schaber, Jenny Kells, Jenny Luu Woller, Jenny Lynn Leon Guerrero, Jenny Olson, Jenny Payne, Jenny Rose, Jenny Stringer-Brusseau, Jenny Weed Vasquez, Jeraca Fite, Jerilyn Martinez, Jess Bigelow, Jess Pan, Jess Pfingst, Jess Pringle, Jess Stellar, Jess Thambidurai, Jessica Adair, Jessica Aguilar, Jessica Alderette, Jessica Bennett, Jessica Brown Hawkins, Jessica Buenbell, Jessica Bukowski, Jessica Burr, Jessica Caldwell, Jessica Camp, Jessica Chico, Jessica Childress Watson, Jessica Contreras, Jessica Corrine Darling, Jessica Cruz, Jessica Deviney, Jessica Di Leo, Jessica Etches, Jessica Franzi, Jessica Hall, Jessica Hicks, Jessica King, Jessica Landers, Jessica Leigh

Perez, Jessica Leneau, Jessica Lynn, Jessica Mackin, Jessica Marecle, Jessica Maree Swinerd, Jessica Marie Turner, Jessica Marques, Jessica Martin Townsend, Jessica Mobbs, Jessica Murdock, Jessica O'Rourke, Jessica Pastell, Jessica Pearson, Jessica Plater, Jessica Pryor, Jessica Roundy, Jessica Sanchez, Jessica Sheppard, Jessica Slomp, Jessica Soutar, Jessica Stopera, Jessica Swanson Steele, Jessica Thomas, Jessica Warren, Jessie Ferraccio, Jessie Steppe Weimer, Jhem de Sena, Jill Bradley, Jill Dyer, Jill Neff, Jill Povich, Jill Roberts Byrne, Jillian Brooks, Jo Cooper, Jo Matthews, Jo Reads, Jo Webb, Joan Gallo-Olsowsky, Joann Kalley, JoAnn Taylor, JoAnna Alsup, Joanna Hoffman Dursi, Joanna Holland, Joanna Ibarra, JoAnna Koller, JoAnna Mimi Haskins, Joanna Syme, Jo-anne Moor, Joanne Noble, Joanne Ruth Hebden, João Pessoa, Brazil, Jodee Canning Taylor, Jodi Ciorciari-Marinich, Jodi Smith McNeil, Jodie Hinnen, Jodie Rae Bradford, Jodie Woods, Jody Marie, Jody Zalabak, Joelle Schnorr, JoelyDebbie Santos, Jolanda Love, Jolean Kinnison Moore, Jolene Miller Dinsmore, Jolene Ward, Jonell Espinoza, Jordan Hukill, Jordan McCoy, Jordy Bartlett, Jorie Burnette Sus, Josefina Sanchez de Bath, Joselyn Pina, Joseph Case High, Josephine Zeidan, Josi Beck, Josie Haney Hink, Joy Nichols, Joy Palmer, Jude Ouvrard, Judy Gray, Jules Gomes, Julia Hillis, Julia Zamora, Juliana Martins, Juliana Teixeira Melchior, Julianna Cardoso Santiago, Julie Ahern, Julie Ann Ximenez, Julie Camp, Julie Cole, Julie Foster, Julie Heibult Kulesza, Julie Holcomb Hidalgo, Julie Joyness, Julie Lincoln, Julie Lynn Patrizi, Julie Malone Lewis, Julie Michelle, Julie Montmarquet, Julie Moss, Julie Purcell, Julie Trinh, Justin Katie Lee, Justin, Texas, Justine Malleron, K.k. Allen, Kacey Buckles, Kaci Capizzi-Meehan, Kaci Ellerbee, Kahealani Uehara, Kaitlyn Angel Taylor, Kaitlyn Chevalier, Kaitlyn Foster, Kalli Barnett, Kamran Bethaney Harkins, Kandi Steiner, Kandice Mobley, Kan-kan Peroramas, Kara Bailey, Kara Robinson, Karen Anderson, Karen Ayleen, Karen Cundy,

Karen Doolittle, Karen Fitzgerald Creeley, Karen Hanson Beard, Karen Ivet Garcia, Karen Jarrell, Karen Jones, Karen JuVette, Karen Lambden, Karen LaRue, Karen Lawhorne, Karen Louviere Hom, Karen Mcfarlane, Karen McVino, Karen Monnin Setser, Karen O'Day Allen, Karen Palmer Arrowood, Karen Sosa, Karen Szakelyhidi, Karena Schroeder, Kari Graf, Kari Sharp, Kari Williams, Kari Zelenka, Karin Enders, Karina Garcia, Karla Banda, Karlianna Mann, Karmen Snoeberger, Karola Pacherová, Karolína Debelková, Karoline Veloso, Kasey Elizabeth Metzger, Kasey Jones, Kasey Schnurr, Kasey Trimble, Kassi Jacob, Kassidy Carter, Kat Lenehan-Cuthbertson, Kat Trujillo, Katarina Savoie, Kate Mendoza Briso, Kate Perz, Katelond Mathews-York, Katelyn Cantrell, Katelyn Peters, Kate-Lynn W., Kateřina Fojtů, Katherine Hurrelbrinck, Katherine Nuñez Araya, Kathleen Gauci, Kathryn Eppler Golding, Kathryn Jacoby, Kathryn M. Crane, Kathy Dillemuth-Lausche, Kathy Fuller-Northen, Kathy J. Klarich, Kathy Jeffries-Smith, Kathy Moore, Kathy Osborn, Kathy Otero, Kathya Ruiz, Katie Davis, Katie Duran, Katie Grammer, Katie Hacha, Katie Harper-Bentley, Katie Jo Heuer, Katie Kampen, Katie Kostechka, Katie Little O'Neill, Katie Maes Smith, Katie Marie Hague, Katie Monson, Katie Nickl, Katie O'Brien, Katie O'Brien, Katie Pickett Del Re, Katie Pruitt Miller, Katie Rudd, Katie Smith, Katie Smith, Katie Stone, Katie Swisher, Katlynn Denise Jones, Katrina Brakeman Leatherman, Katrina Jay, Katrina Mari Swift, Katy Brousseau, Katy Keeton, Katy Phillips, Kay Richards, Kaycie Little, Kayla Collier Morris, Kayla Day, Kayla Eklund, Kayla Engman, Kayla Hines, Kayla Layton, Kayla Leonardo, Kayla Teeples, Kayla Vargas, Kayla Wethington, Kaylee Christine, Kayleigh Alexander, Kayleigh Barden, Keely Colletti Farquhar, Keisha Johnson, Keith N Tammy Graf, Kelcey Gonnerman-Rienhardt, Kelley Anne Johnson-Waggy, Kelley George Trumbull, Kelley Zeigler, Kelli Breen, Kelli Hollowell,

Kelli Mahon, Kelli Pendergrass, Kelli Shroyer, Kellie King, Kellie Richardson, Kellie Weygandt, Kelly Armstrong Cagle, Kelly Blair, Kelly Craft, Kelly Dawn, Kelly Freeman, Kelly Fullwood, Kelly Hadden, Kelly Halcon, Kelly Henry Rivera, Kelly Hodder Earick, Kelly Johnson Homan, Kelly Lake, Kelly Land, Kelly Loucks Risley, Kelly Miller, Kelly Nagy, Kelly Ramos, Kelly Ray Spaulding, Kelly Tannacore, Kelly Vaughn Morin, Kelly Wittmer, Kelly Woolerton, Kelly Yorke, KellyMae Helfrich, Kelsey McFee, Kendra Horton, Kenia Hinojosa, Kenjie Abuga-a, Kennedy Young, Kent State, Keri Greear, Keri Lynn Riley, Keri Quinn, Kerli Kern Smirth (Kelli), Kerri Elizabeth, Kerri Farrell, Kerry Garmon, Kerry Marriott, Kerry Melton, Kerry Sutherland, Kerry Westerlund, Kersten Smith, Keshia Schmelz Beard, Ketty McLean Beale, Kezza Lightbody, Kiera-Lee Crowfoot, Kiersten Hill, Kiki Chatfield, Kiley Kinzer Henry, Kilmarnock, Kilmarnock Academy, Kim A Johnson, Kim Ann, Kim Blaze, Kim Brown, Kim Carr, Kim David Hingada, Kim Doe, Kim Irving, Kim Lilledahl, Kim Mikalauskas, Kim Olivares, Kim Perry, Kim Slaybaugh Probst, Kim Trotter, Kim Vargo, Kimberlee Betner, Kimberley Costar, Kimberley Pinnow, Kimberly Ann Dodd, Kimberly Barnes Ferguson, Kimberly Caldwell, Kimberly Coglianese, Kimberly Diaz, Kimberly Foist, Kimberly Gonzales, Kimberly Hammett, Kimberly Henry, Kimberly Hundley Pierce, Kimberly Large, Kimberly Lenae Stewart, Kimberly Puma, Kimberly Ramsey, Kimberly Rivas-Adames, Kimberly Scarbin, Kimberly Turner Nesbit, Kimberly Uehlin, Kimberly Wilson, Kimmilyn Betner, Kimmy Johnson, Kirstie Hicks, Kirsty Black, Kirsty Wilson McCabe, Kjerstin Hughes, Kolleen Sittner Hinds, Kraków, Kringkring Nuyles, Kris Duplantier, Kris Melissa Young, Kris Shade Riley, KrisKay Pattie, Krissy Belden, Krissy Milless, Krista Dove, Krista Holly, Krista Ricchi, Krista Savage Jones, Krista Webster, Krista Yockey Fisher, Kristan Hernandez, Kristen Cecil, Kristen Chambers Erdman,

Kristen Danielle Waldman, Kristen Frioux, Kristen Griffin Reinke, Kristen Herek, Kristen Mata, Kristen Merryman Fuentes, Kristen Sullivan Prokop, Kristen Teshoney, Kristen Torres, Kristen Woska, Kristen-Dean Solis, Kristi Granger, Kristi Guillotte Quilliams, Kristi Hombs Kopydlowski, Kristi Hyden, Kristi Kelley-Martin, Kristi Lee, Kristiane Alonzo Ruiz, Kristie Leitch Rucker, Kristie Metz, Kristin Alford Reuter, Kristin Brown, Kristin Camella Widing, Kristin Engel, Kristin Leslie, Kristin Masbaum, Kristin Phillips Delcambre, Kristin Riggs Vaira, Kristin Roberta Wann, Kristin Shreffler, Kristin Sumrall Mann, Kristina Ackerler, Kristina Grosdidier Ludwig, Kristina Murray, Kristina Snyder, Kristine Barakat, Kristy Endicott, Kristy Feigum Aune, Kristy Johnson, Kristy Klim-Palm, Kristy Menke, Kristy Petree, Kristy Weiberg, Krys Johnson, Krystal Hollon, Krystal Starr Hawkley, Krystal Tiner Summers, Krystal Tripodi, Krystelle Annette, Kylee Doman, Kylee Owings, Kylee Wise, Kylie Barber Sharp, Kylie Cogzell, Kylie Hillman, Kylie McMillan, Kylie Sharp, LA Spiez, Lacey Dixon, Lacey Ogden Buchert, Laconia High, Lacy Daniel, Lacy Dempsey Lucks, LaGrange, Laina Lynae Martin, LaKeisha Martin, Lana Cargullo, Lansing, Lara Hightower, Larissa Weatherall, LaTrese Kinney, Laura Ann Ferguson, Laura Button, Laura Cotton Wood, Laura Edwards Davidson, Laura Fry, Laura G. Hitchcock, Laura Grogan, Laura Jamieson, Laura Jones, Laura Marie Erlandson, Laura Nelson, Laura Pierson, Laura Poe, Laura Renna, Laura Rodriguez, Laura Rouston, Laura Schweizer, Laura Singer, Laura Trott, Laura Vaught Gibala, Laura Wachowski, Laura Weaver Sullivan, Lauren Barrows, Lauren Black, Lauren Brake, Lauren Bush, Lauren DiFiore, Lauren Dootson, Lauren Heather, Lauren Hopkins, Lauren Lascola-Lesczynski, Lauren Mitchell, Lauren Mules, Lauren Renay, Lauren Stryker, Lauren Wyant, Laurie Ann Kindle, Lea Cabalar, Lea Jerancic, Lea Rivera, Leah Coghill, Leah Stevens, Leah-Kate Howells, Leandra Allison Bright, LeAnn Storm,

LeAnne Lopez, Leanne Michele, Leanne Ragland, Leanne Stacy Duty, Lee Dyson, Lee Hernan, Leene Scott, Lehh Santos, Leigh Alexandra, Leigh Morgan, Leipsic, Lela Lescallette, Len Webster Author, Lena Lange Menning, LeNee' DeMotte, Lenoir-Rhyne, Leona Fuchs Nagy, Leona Taylor, Lesley Hoose, Lesley Martin Weiler, Lesley Peck, Leslie Cook-Bevels, Leslie Waters, Lesterville R-4, Letica O'Hare, Letícia Kartalian, Letitia Vasconcelos, Lexi Bissen, Lexi Tyler, Lexie Kantanavicius, Liana Sue Parsons, Lianne Clarke, Libby Terrell Adams, Licha Sanchez, Liis McKinstry, Lilian Rega, Lilibeth Bella-Marie, Lilly Vizcaino, Lily Garcia, Lin Tahel Cohen, Linda Cotter, Linda DiSpena Maganzini, Linda Hales, Linda Houk, Linda Kay Williams, Linda Skrabak Hart, Linds Osten, Lindsay Garner, Lindsay Roberts, Lindsay-Meg Walker, Lindsey Bousfield, Lindsey Britt, Lindsey Hobbs, Lindsey M Jacobs, Lindsey Massey, Lindsey Rodner, Lindsey Snyder, Lindsey Weger, Lindy Waltman, Linh Lam, Lisa Anderson, Lisa Burwell, Lisa D. Scapicchio, Lisa Dodd, Lisa Edwards, Lisa Hadley, Lisa Kennedy, Lisa Kittleson, Lisa Lawrence, Lisa Marie, Lisa Marie Lima Pescoran, Lisa McCrey, Lisa McCrone, Lisa Moretti Chakford, Lisa Nott, Lisa Punter, Lisa Raven, Lisa Reeves, Lisa Ruiz, Lisa Sharley Serpa, Lisa Skonecki Jaskie, Lisa Skotcher, Lisa Sloan Nendza, Lisa Tanja, Lisa Trommeshauser, Lisa Turner, Lisa Warner, Lisa Wild, Lisa Wilhelm, Lisa Willemsen Szewczyk, Lisette Santiago, Lissa Hawley, Livonia, Michigan, Liz Dubuque-Briggs, Liz Jacobo Mata, Liz Lambert, Liz Mcneil, Liz Nordloh, Liza Tice, Lizz Gower, Lizzie Rummings Graves, Lola Winifred, Londa Beam, Lonestar Cy-Fair, Lora Kanupp Leathco, Lora Murphy, Lora Musikantow, Lora Tackett, Loren Meogrossi-Miller, Lorena Vicente Calvo, Lorencz Ingrid Ştefania, Lori Coleman, Lori Crowell Barrios, Lori Mctaylor, Lori Rothenberger, Lori Turner, Lorianne Warmbold Ferry, Lorie-n Richard Berger, Lorraine Harvey, Lorraine Tonks, Louise Chalmers-Wilson, Louise Roach,

Lu Lima, LuAnne Cole, Luce Ramirez, Lucero Duran, Lucía Sandoval, Luckey, Ohio, Lucy Davey, Lucy Dillard, Luisa Ventura, Lynda Lohmann, Lynda Throsby, Lyndsay Matteo, Lyndsay Muir, Lyndsey Aaron, Lyndsey Wallace, Lyndsie Cartney, Lynnae Idzi, Lynne Ligocki Gauthier, M Elise Herto, Mabel Masangkay, Macbeth Macbeth, Mackillop College Werribee, Madeleine Constance, Magaly Aponte, Magdalena, Maggie Becker, Maggie Jennabell Smith, Magie Cruz, Makati, Malak Rania, Malcolynn Angle Marshall, Malia Hardin Logan, Malin Ross Algotsson, Mallory Montgomery, Mallory Whitley, Manda Maddox, Mandee Migliaccio, Mandi Laughlin Cottle, Mandi Wood, Mandy Cote, Mandy Garza Castañeda, Mandy Green, Mandy Squier, Mandy Staack-Heidemann, Mandy Thornton Hancock, Maqi Panczuk, Mara Evitts Warren, Marcea Lewis, Marcela Perriolo, Marcella Celina, Marcella King, Marci Faircloth, Marci Jenkins Gilbert, Marci Wickham Pawson, Maree Draper, Maree Skellern, Margie Wilson Sheridan, Mari Tilson, Maria Alejandra Gutierrez, Maria Aparecida Dos Santos, Maria Blalock, Maria Cattleya Vanessa Querubin, Maria Ervin, Maria Macdonald-Author, Maria Sanchez, Maria Theresa Santos, Mariah Garcia, Mariah Rice, Mariah Stamper, Mariana Ravanales, Marianela Lema, Marianne Jeffery, Marianne Walter, Maridyth Barnett Nardone, Marie Cline, Marie Daigle, Marie Davila-Torres, Marie Findlay, Marie Murphy, Marie Reed Carlisle, Marie Vera, Marife Samonte, Marija Joshevska, Marija Peršić, Marika Nespoli, Marine Jemjemian, Mariola Izydor-Fik, Marisa Algarin, Marisa S Betchan, Marisol Avalos, Marissa Edwards, Marissa Newby, Marissa White, Maritza Torres, Marjorie Starks, Marnie Moran, Marta Ambrosi, Marta Wendy Pereira, Martha Cavazos, Martha Lissette Aykut, Martha Martinez, Martha Morales, Martha Stew McLendon, Martina Koleva, Martina Zeger, Marty Borum, Mary Aldridge-Ball, Mary Ann Bailey, Mary Ann Jelacic Anderson, Mary Armstrong, Mary Beth Johnson, Mary E

Snow, Mary Jo Hawks, Mary Jo Toth, Mary Lowery, Mary Manfield, Mary Mccormack-Ward, Mary Washington, Maryann Buchanan, Marybeth Risley Eggleston, Marygail Mello, Maryhel Andrade Ocoy, MaryLisa Commisso, Marymichele Bailey, Matt Dellisola, Mattoon, Illinois, Maui Nazario Dumuk, Maureen Mayer, May Martínez, Maya Duran, Maybelis Lopez, MaySue Lee, McNeese, Meagan Brewer, Meagan Dux, Meagan Wolpert, Meagen Rosa, Meaghan Royce, Measie Thibodeaux, Mecalia Bowen, Meera AlSuwaidi, Meg Hoefle Faulkner, Meg Rhea, Meg Velazquez, Megan B Eclectic, Megan Baxley, Megan Chandler, Megan Davis, Megan Donohue, Megan Handley, Megan Hansen, Megan Higginson, Megan Hughes, Megan Kara, Megan King, Megan Lee, Megan Lyons, Megan Mitchell, Megan Ono-Legener, Megan Tedeschi, Meggan Leigh Brewer, Meghan Green, Meghan McFerran, Meghan Meyers, Melanie Bünn, Melanie Carrie, Melanie KE, Melanie Lowery, Melanie Mauldin Keith, Melanie Menoscal, Melanie Unangst, Melany Gamboa Blanco, Melinda Cantley, Melinda Jane, Melinda Lazar, Melinda Lo, Melissa Arthur, Melissa Beacher, Melissa Bodeker, Melissa Brooks, Melissa Carrier, Melissa Crump, Melissa Emmons, Melissa Figini, Melissa Fraser, Melissa Gibson, Melissa Kelter, Melissa Landreth, Melissa Lazzara, Melissa Maffiola, Melissa Matles, Melissa May, Melissa Mayer, Melissa Metz, Melissa Moore, MeLissa N Keven Randol, Melissa Norwood, Melissa O'Brien, Melissa Ornelas France, Melissa Orozco, Melissa Passantino, Melissa Peterson Gage, Melissa Peterson Hoffmann, Melissa Ramirez, Melissa Rewbury, Melissa Ringrose, Melissa Romanelli, Melissa Savoy, Melissa Shank, Melissa Taegel Parnell, Melissa Tilton Guffey, Melissa Van Doren Vaughn, Melissa Wilder, Melissa Willson, Melissa Witt, Melissa Worrel, Mellies Beauty College, Melodi Mance, Melody Fancher Grabeel, Melonie Fust Sullivan, Memphis, Tennessee, Menifee, California, Mercedes Adame, Meredith Hickey, Meryll Therese

Elmido, Mia Grace, Micah Livingston Duke, Michaela Krumlová, Michaele Burris, Micheala Philpitt, Michele Cunningham, Michele Lister, Michele Mancuso Allen, Michele Nichols Henneman, Michele Wood McCamley, Michell Hall Casper, Michelle Abascal-Monroy, Michelle Allen, Michelle Bardin Ballard, Michelle Berger, Michelle Blauth, Michelle Bourey, Michelle Brown, Michelle Castillo Widarto, Michelle Chambers, Michelle Chen, Michelle Chu, Michelle Dagle St Cyr, Michelle Elizabeth Hollowell, Michelle Gray, Michelle Howard, Michelle Jenkins, Michelle Kizer, Michelle Kubik Follis, Michelle Lyn Forrester, Michelle Madden, Michelle Magnone Robinson, Michelle Mayer, Michelle McKinley, Michelle Moody, Michelle Muir Roper, Michelle Munar, Michelle Nowak Crane, Michelle Parke Doty, Michelle Powers Jenkins, Michelle Rijo, Michelle Rintoul, Michelle Ritchea, Michelle Roberts Howell, Michelle Rose, Michelle Simmons, Michelle Sinn, Michelle Sizemore Hall, Michelle Surtees, Michelle Tikal, Michelle Urso Raschilla, Michelle Wallace Maples, Michelle Whicker, Michelle Wilson Kropaczewski, Mick Murphy, Mickie Casper, Micole Lee Hopke, Migdalia Inés Mojica, Mikaela Snopko, Mikayla Orlosky, Mikey Earl, Mikki Leek Daniel, Mila Grayson, Milane Knutsen Price, Mililani Town, Hawaii, Mindi Gardner Stacey, Mindy Seal, Miranda Arnold, Miranda Blazekovich, Miranda Patterson, Miranda Roark, Mirela Motta, Missy Lockhart Henry, Missy Madison, Missy Meyer, Missy Zeiher, Misti Shay Carrell, Misty Beck, Misty Brahatcek, Misty G Mine, Misty Hicks Webb, Misty Horn, Misty Nichols, Misty Riojas Denis, Misty Warner, Mitchell Amy Buist, MJ Daniels, MJ Symmonds, MOISES SAENZ, Molly Jaber, Molly Sturgeon Lyon, Monash, Monica Ca, Monica Coburn, Monica Garcia, Monica Rodriguez, Monica Sagabaen-Caporali, Monica Sofia, Monica Whitlock Thomas, Monserrat Moran, Montclair, Morgan Clements, Morgan Lange, Morgan Martinez, Morgan Rae, Morgan Thomas, Morisa

Kessler Merhar, Mylene Ancel, MyMy Nguyen, Nadia Bouzalmat, Najah Shakir Parker, Nancy Ann Lashley, Nancy Avalos, Nancy DeVault, Nancy Edwards Greene, Nancy Ford Minot, Nancy Franco, Nancy Gennes Metsch, Nancy MacLeod, Nancy McNally, Nancy Ouellette, Nancy Rodriguez, Naomi Hop, Nardia Barnes, Natalie Boulton, Natalie Lopez-Hdez, Natalie Valdez Shelly, Natasha Crouch, Natasha Rowlin, Nathalia Bim, Nattie Collins, Navojoa, Sonora, Nazita Andrade, Negeen S Hogan, Neila Regina, Nelly Martinez Aguilar, Nels Wadycki, Nena Garcia, Neumann, Newton Aycliffe, Nicci Bly Freund, Nichol Perry Harris, Nichole Abutaa, Nichole Harper, Nichole Siesel, Nichole Wharton, Nichole Yates, Nicki Gould, Nicola Jane Tremere, Nicola Kate, Nicola Meredith Gough, Nicole Baumgartner, Nicole Besnoska, Nicole Copeland, Nicole Emison, Nicole Fernandes, Nicole Fiore-Jeffery, Nicole Geier, Nicole Grinaski, Nicole Hennerfeind, Nicole Howard, Nicole McArdle, Nicole Mottola, Nicole Murphy, Nicole Persinko, Nicole Peterson, Nicole Reads, Nicole Reiss, Nicole Sanchez, Nicole Smelcer, Nicole Steph, Nicole Tompkins DiPasquale, Nicole Weaver Price, Nicole Wojczynski, Nicole Zlamal Nigh, Nicolette Guajardo, Nicolle Horan Brashears, Nika Marie, Nikee McFann, Niki Bouffard, Niki Rios Pitcavage, Niki Robinson Haugh, Nikki Baker, Nikki Ballard, Nikki Barzaga, Nikki Dawkins, Nikki Hardesty, Nikki Johnson, Nikki Lee Sullivan, Nikki Phillips, Nikki Reeves, Nikki Weygandt Bunch, Nikki Whaley, Nikkie Eastall, Niky Moliviatis, Nildene Spagnuolo, Nina Moore, Nina Newman, Nina Sanchez, Noel Thompson, Noelle Napolitano, Noëlle Reads, Nohemi Perea, Nyssa Bryant, Ole Miss, Olga Oracz, Olivia Fox, Olivia Schmoyer, Olivia Warren, Omayra Enid, Ophelia Alexandrov, Pachy Love, Page Wood, Paig Rose, Paige Holcomb, Paige Lee, Paige Nicole Pickering, Paige Smith, Paige Thompson, Paloma Carrillo, Pam Nelson, Pam Rosensteel, Pamela Dunne, Pamela Morgan, Pamela Rae, Pamela

Scully, Panayiota Triantos, Patrice Simon, Patricia Fiumara Mavrich, Patricia Lynn Jenkins, Patricia Maia, Patti Mengel, Patty Bryant, Patty Jacobs, Paula Byrd, Paula Jimenez, Paula Urzua, Pauline Hughes, Penny Rudge, Pepsy Herrera Antenorcruz Bolton, Peter-Karen Race, Petina Dilworth, Petra van Gool, Peyton Farrell, Peyton Harris, Phuong Richardson, Pia Hansson, Poliana Oliveira, Pooja Bk, Priscilla Stecz, Priscilla Vidal, Quincy, Rach Fran, Rachael Berkebile, Rachael Humphries, Rachael Leissner, Rachael Tortorella, Rachael Vrbanac, Racheal Wilson, Rachel Ann, Rachel Arroyo, Rachel Brookes, Rachel Elliott, Rachel Grace Micallef, Rachel Johnson, Rachel Kallio, Rachel Martinetti, Rachel Morehead Martinez, Rachel Reads, Rachel Rockers, Rachel Schanna, Rachel Spencer, Rachel Sullivan, Rachel Veronica, Rachel Watkins Rozelle, Rachel Wilson, Rachelle Arias, Raegan Michelle, Raelene Barns, Raj Billa, Ramie Kerschen, Rania Gomes, Raquel Pauwels, Raquel Wood, Rebecca Ann, Rebecca DelGrosso Kennedy, Rebecca Gates, Rebecca Hatchew, Rebecca Hogg, Rebecca Hope De Anda, Rebecca LeVier Knight, Rebecca Mew Lewis, Rebecca Price, Rebecca Ross, Rebecka Brown, Rebekah Liserio, Reeve Austinne, Regina Brooks, Ren Abella, Renee Appleby, Renee Chauffe, Renee Iheight-Meelife, Renee Tymofy, Renny Reilly, Rhye-Lilly Chambers, Rhyzza Alair, Rita Verdial, Robert Morris, Roberta Bristol, Robin Davis Feerick, Robin Parker, Robin Schatz Van Houten, Robin Stranahan, Roby Gold, Robyn BookGeek, Rochdale, Rochelle Spaccamonti, Rochelle Timmons, Rolanda Stafford Legg, Rolene Naidu, Romi Sol, Romulus, Michigan, Ronda Brimeyer, Roni Friday, Ronnie Grove, Rony Pinedo Apaza, Rosa María Fernández, Rosa Saucedo, Rosalia LoPiccolo, Rosario N Alfredo Blanco, Rose Hills, Rose Maniscalco, Rosemary Smith, Rosie Gomesky, Rosiefer Baca, Rowena Dorrington, Rowley Regis, Roxana Yoss, Roxanne Tuller, Ruby Henderson, Rusti Reno Seaton, Ruth Corley, Ruth Ibbotson, Ryan

Jessica Lisk, Ryan Lombard, Sabana Hoyos, Puerto Rico, Sabina van Nijnatten-Bestulic, Sabine Wagner, Sabrina Ford, Sabrina Ogle, Sabrina Owensby, Sadie Madrid, Sage, Salli Reads Singleton, Sally Battersby-Wright, Sally McGregor, Sam Shemeld, Samaiyah Corbin, Samantha Allen, Samantha Davis, Samantha Eyster, Samantha Jo Anable, Samantha Jones, Samantha Kelly, Samantha Kozlowski, Samantha Lucky, Samantha Mackay, Samantha Maren Carpenter, Samantha Mckiernan, Samantha Mikus-Fisher, Samantha Modi, Samantha Newnham, Samantha Nicole Sarmiento, Samantha O'Brien, Samantha Ordway, Samantha Race, Samantha Reynolds, Samantha Reynolds, Samantha Short, Samantha Simon Ide, Samantha Smith, Samantha Wolford, Samay Alvarez Lopez, Samira Clemente, Sammy J Wilson, Sandi Hopkins-Thompson, Sandie Curney, Sandra Aguilar, Sandra Barrientos, Sandra Cave Macemore, Sandra Ruiz, Sanne Heremans, Santoesha Somai, Sara Astros Rojas, Sara Boyzo, Sara Bunoan, Sara Cantu, Sara Collins, Sara E. Tepale, Sara Gibson, Sara Hawkins Glynn, Sara Jean Breaux, Sara Liz, Sara Lohan Bintz, Sara Maria Borsani, Sara Pasetes, Sara Wiebe, Sarah Ann, Sarah Barber, Sarah Blackburn PA, Sarah Cardullo Henderson, Sarah Chitty, Sarah Conlon Nett, Sarah Costello, Sarah Cothren, Sarah Dosher, Sarah Dunsmore, Sarah Elder, Sarah Everson Scholz, Sarah Fabiano, Sarah Ferguson, Sarah Ferguson, Sarah Fitzgerald, Sarah Forbrook, Sarah Gould, Sarah Green, Sarah J. Nickles, Sarah James Hall, Sarah Kaman, Sarah Keath, Sarah Larson, Sarah Louise Harper, Sarah Machuca, Sarah Martin, Sarah Martins, Sarah Motyl, Sarah Nichole Smith, Sarah Pirie, Sarah Porter Souders, Sarah Powers Radford, Sarah Priebe, Sarah Priscilla, Sarah Ratliff, Sarah Reimerink, Sarah Ringsdorf, Sarah Roberts-Lello, Sarah Rose Sweet, Sarah Ruffino-Black, Sarah Ryrie, Sarah Saunders, Sarah Schwanke, Sarah Smith, Sarah Tobin, Sarah Todd, Sarah Vert, Sarah Waisanen, Sarrah Shafer, Sasha Waddle, Saudy Ly, Savannah Laurence, Savannah,

Georgia, Say Yida Lynn, Selina Cinanina Melendez, Sera Evans, Seth Bookjunkie, Shadee Morgan, Shae Wilk, Shameca Smith, Shana Breann Brumble, Shana Cochran, Shana Moss, Shani Poole Brown, Shanna Grannis, Shannon Anderson, Shannon Avangeline, Shannon Brooke, Shannon Cencerik Stevens, Shannon Coldewey, Shannon Donahue Mess, Shannon Eveland Ellis, Shannon Helms, Shannon Maeser, Shannon Mc, Shannon Nicki Heatley-Williams, Shannon O'Neill, Shannon Panzer, Shannon Provost, Shannon Richardson, Shannon Thacker Weeks, Shari Bramble, Shari Elson, Shari Simmons, Shari Smith-Ziegler, Sharmin Parks, Sharolyn Parks Penneau, Sharon Callaway, Sharon Hiers McCarter, Sharon Hurd, Sharon Massaglia, Sharon Renee Goodman, Sharon Smith, Sharon Utech, Sharrice Aleshire, Shauna Marie, Shaunna Walewski, Shawna Broadstock, Shawna Cramer, Shealynne Velasco, Sheena Marie Abshire, Sheffield, Sheila Francke, Sheila Karr, Shelbi Smith Vaughn, Shelby Bauer, Shelby Bowers, Shelby Leah, Shelby Lynne Reeves, Shelby Nicole Wilson, Shelby Valley High School, Shelby Woods, Shell Giallo, Shell Williams, Shelley Jarin, Shelley McDonald, Shelley Morgenstern, Shelli Hyatt, Shelly Hammett, Shelly Lazar, Shelly Lippert Moore, Shelly Ryan, Shelly Tooley, Shepherd, Shera Layn, Sheri Parker, Sherilyn Braam Becker, Sherita Eaton Landers, Sherrie Moore, Sherry Peevyhouse, Sheryl Huet, Shiran Kaarur, Shirley Hall Morrow, Shyla Renea, Sierra Leslie, Simina Maria, Simone McPhail, Skye Phillips, Skye White, Sofia Zavaleta Oliden, Somiyeh Zalekian, Sonia Montes, Sonya Byrd, Sonya Martin Andrews, Sonya Paul, Sophia Amell, Sophie Mcloughlin, Stace Louise, Stacey Bibliophile Edmonds, Stacey Broadbent, Stacey Clark, Stacey Evans, Stacey Evanshine, Stacey Kelly, Stacey Lynn, Stacey Sullivan Arthur, Stacey Weller Markel, Stacey Wentworth-Lake, Stacie Fortune Donner, Stacie Redinger, Stacie Snyder Danks, Stacy Benson, Stacy Cutshaw Moore, Stacy Davies, Stacy Franklin, Stacy Hawkins, Stacy Layton, Stacy

Treadway West, Stacy Wilkerson, Starla Young, Stefanie de Heus, Stefanie Gabrysiak, Stefanie Nicole Lewis, Stefany Lopez, Steph Hoban, Stephanie Anne Hall, Stephanie Boting, Stephanie Britton, Stephanie Butler, Stephanie Duno, Stephanie Edlen Bolinger, Stephanie Elliott, Stephanie Gerber Wilson, Stephanie Gibson, Stephanie Graham, Stephanie Herron Smith, Stephanie Hume, Stephanie Husson Diehl, Stephanie J Lambrecht, Stephanie Jacoba McCorkle, Stephanie Jacobs, Stephanie Jones, Stephanie Kaphengst, Stephanie Lynn, Stephanie Lynn B, Stephanie M Rosch, Stephanie Mcnamara Hancock, Stephanie Middleton, Stephanie Miller, Stephanie Nedrow, Stephanie Persing Otis, Stephanie Romig, Stephanie Rose Smith, Stephanie Sab, Stephanie Seeman Wright, Stephanie Smith Hunn, Stephanie Watson, Stephanie Zalekian, Stevie Creek, Stevie Goldsbury, Storm Winchester, Stormie Minor, Střední odborná škola veterinární Hradec Králové, Su Ah Lee, Sue Champion Tintorer, Sue Maturo, Sue Olson Andersen, Sue Raymond, Sue Shaw, Sue Stiff, Sue Tarczon, Sugar Tsismosa, Sulphur Springs, Texas, Sulvia Alsaigh, Summa-luven Donnelly, Summer Brown Bieker, Summer Hall, Summer Jennings, Summer Jo Brooks, Sundas Malik, Suniko Morales, SUNY Delhi, SUNY New Paltz, Şura Yılmaz, Surrey, British Columbia, Susan Bramer Pearson, Susan Bromberg, Susan Dunnagan, Susan Fulop Decker, Susan Jetter, Susan Rowland Oldfather, Susan Storm, Susan Thornton Dunnagan, Susi Marcone, Susie Carlile, Susie Griffith, Susie Hedgelon Hachemeister, Susie Raymond, Sussan Marie Fuduric, Suzanne Caroline, Suzy Do, Sydney Haack, Sylvia Chavarin, Sylvia McCormick DiBlasi, Tabby Coots, Tabitha Elliott, Tabitha Frala Hoyt, Tabitha Willbanks, Tachatou Kate, Tal Rejwan, Talon Smith, Tamara Hampton Meadows, Tamara Lindenberg, Tamara Soleymani, Tamara Welker, Tamara Yaklich, Tami Ainsworth-Calcote, Tami Clem, Tami McCown, Tami Sharp Overly, Tammy

Bachman, Tammy Dreste-Remsen, Tammy Hughes, Tammy Lem, Tammy Manwell Craigie, Tammy Paterson, Tammy Ramey-Matkin, Tampa, Florida, Tania Cooper, Tania Estrada Reyes, Tania Lancia, Tania Sweeney, Tanisha Elder, Tanja BookPage White, Tanya Conaway, Tara Broadwater, Tara Jones Howell, Tara Kight Ritter, Tara Romanelli, Tarsh Smerdon, Taryn Leigh, Taryn Rice Stonelake, Taryn Rivard, Tasha Gladieux, Tasha Lamb, Tasha Walker, Tasha Wiley Eirich, Tatiana Iman, Tatii Ávila Quirós, Tatum Lyne, Taylor Ellenburg, Taylor Grannis, Tea Usai, Temple, Texas, Tennille Brown, Teresa Cromes Edwards, Teresa Wright, Teressa Kloss, Teri Adams Erickson, Teri Beth Cameron, Terri Hamlin, Terri Hunter Stone, Terri Malek Lesniowski, Terri Moreland-Walker, Terrilynn McGraw, Terry Duryea, Tess Halim, Tessa Smith Fautherree, Tessa Tarr, Tessie Gaffney, Texas Tyler, Thatty Cruz, Theresa Clark, Theresa Sollecito Natole, Tia Borich, Tia Bruce, Tia Ramsey Canizalez, Tiffani Morrin King, Tiffani Towery, Tiffany Danielle, Tiffany Irons Siders, Tiffany Keough DiMiceli, Tiffany Kirby, Tiffany Landers, Tiffany Lebel, Tiffany Macklin, Tiffany Matt Davis-Dawson, Tiffany McCain Pruden, Tiffany Swindoll Bobalik, Tiffany Turley, Tiffany Ward Gordon, Tiffany Welch, Tiffany Whitworth, Tiffany Williams, Tila Anderson, Timmi-Jo Pashuta-Huber, Tina Buczek Wojtowicz, Tina G., Tina Hargis, Tina Jester, Tina Karich, Tina Lynne, Tina Mason, Tina Smith, Tiphani Marie, Tisha Lee, Tobi Hamilton, Toinette Morales, Toni Fiore Buccino, Toni Kessler, Toni L Crouse, Toni Petralia-Woodcock, Tonya Bailey-Tioran, Tonya Beard Wyant, Tonya Bunch, Tonya Coleman, Tonya Holland, Toree Pruett, Torrie Frisina-Robles, Tosha Woods, Tracey Bailey-Bunse, Tracey Marie, Traci Napolitano, Traci Smith, Tracie Aron Lockie, Tracie Collins Warburton, Tracie Weathers Fields, Tracy Abel, Tracy Anderson, Tracy Ballantine-Bianchi, Tracy Devillier Venable, Tracy Gonzalez, Tracy Hull Hulke, Tracy Kirby, Tracy Miller Hurn,

Tracy Ray Allen, Tracy Slone, Tracy Swifney Taylor, Tracy Wilkin, Tracy, California, Tricia Bartley, Tricia Daniels, Tricia Skiba Caron, Trini Suarez Valladares, Trisa Johnson, Trish Cox-Body, Trish Kitty Taylor, Trish Lutz, Trisha Baylor, Trisha Lavy, Tristin Blacksill, Troy, Trudy Lynn Spraker, Tyler De Jong, Tyra Kendal Olmstead, UC Davis, Ursula Vitolo, Vale González, Valencia, Valeria De la Cruz, Valerie Calabria, Valerie Killius, Valerie Roeseler, Valerie Vess, Valerie Wilson Cooper, Vane Villegas, Vanessa Andrade Cavazos, Vanessa Bearden-Willett, Vanessa Castellon, Vanessa Diaz, Vanessa Foxford, Vanessa McFarland, Vanessa Renee Place, Vanity Mae Doroteo, Vei Gatchalian, Venus Windmiller, Vera Machado, Verna Mcqueen, Veronica Ashley, Veronica DeStasio Bryan, Veronica Escobar M, Veronica Guajardo Almand, Veronica L Bergeron, Veronica Maldonado, Veronica Sanchez, Veronika Ujhelyi-Poór, Vicci Kaighan, Vicki Burns Thompson, Vicki Joerg, Vicki Owens Bentley, Vicki Thrailkill Pheil, Vickie Embury, Vicky Macdonald, Vicky Machado, Victoria González, Victoria Iglesias Calzadilla, Victoria Joy Stolte, Victoria Kraus, Victoria Lopez, Victoria Rivera, Victoria Suárez Santana, Victoria Whinery, Vikarie inom barnomsorgen , Vikki Turner Bailey, Violeta Montañez-Martinez, Vitória Gomes, Vivian Grey, Vivian Lineth Ruiz, Wanda Rodriguez, Wendy Brock Young, Wendy Broman, Wendy Bury, Wendy Garnica, Wendy Gibbs, Wendy Giles, Wendy Kupinewicz, Wendy Leonard-Richardson, Wendy Linares Mata, Wendy Livingstone, Wendy Louise, Wendy Manry Donley, Wendy Mcclintock, Wendy Pinner, Wendy Shatwell, Wendye Chesher, Wesleyan, Whit N Lacy Brumley, Whitehall High School, Whitley Chance-Grija, Whitney Cannon, Whitney KayLyn Taylor, Whitney Kralicek, Whitney Lahita, Whitney Moss, Whitney Reddington, Whitney White, Whynter Raven, X.s. Susan Stenback, Yadira Alonzo, Yael Elsner, Yamina Kirky, Yaremi Rodriguez-Garcia, Yellow status Independant Younique Presenter at Younique,

Yellville - Summit High School, Yesenia Nunez, Yi Le Wang, Yolanda Bevan, Yolanda Harrison McGee, Yolanda Scanlon, Yolanda Smith Barber, Yona Garlit, York University, Yukon, Oklahoma, Yuliiana Sánchez, Yuma, Arizona, Yvette Lynch, Zagreb, Croacia, Zandalee Marie, Zee Hayat, Zelda Chacon, TEI Αθήνας, Злата Трещева, מנהלת at עיר של עצמות | הנפילים בני | קסנדרה קלייר, ممرضة en Nurse.

Made in the USA
Columbia, SC
08 September 2021